BASTEI
LÜBBE

Aus dieser Taschenbuchreihe sind folgende Romane erhältlich. Fragen Sie Ihren Buch- oder Zeitschriftenhändler.

24 001	Robert A. Heinlein	Sternenkrieger
24 003	Larry Niven	Ringwelt
24 004	Addison E. Steele	Buck Rogers
24 005	Alan Dean Forster	Dark Star

Brian W. Aldiss

Der Millionen-Jahre-Traum

Die Geschichte der Science Fiction

BASTEI LÜBBE

BASTEI-LÜBBE-TASCHENBUCH
Science Fiction Special
Band 24 002

Deutsche Lizenzausgabe 1980
Bastei-Verlag Gustav H. Lübbe, Bergisch Gladbach
Originaltitel: Billion Year Spree
Ins Deutsche übertragen von Michael Görden
Umschlaggestaltung: Bastei-Grafik (D)
Druck und Verarbeitung:
Mohndruck Graphische Betriebe GmbH, Gütersloh
Printed in Western Germany
ISBN 3-404-24002-2

Inhalt

Vorbemerkung des Übersetzers

Die im Text enthaltenen Zitate sind den in der deutschen Bibliographie (siehe Seite 426) genannten Übersetzungen der jeweiligen Werke entnommen oder lehnen sich an diese an. Zitate aus dort nicht aufgeführten Werken wurden neu übersetzt.

Da die deutschen Titel von fremdsprachigen SF-Romanen in der Regel nicht eine Übersetzung des Originaltitels darstellen und viele Romane in mehreren Ausgaben unter verschiedenen Titel vorliegen (etwa als Romanheft und als Taschenbuch), werden jeweils die Originaltitel und dahinter in eckigen Klammern [ ] die deutschen Titel genannt. Soweit zum Verständnis notwendig, ist eine Übersetzung des Originaltitels in Kommata beigegeben. Bei Werken der Hochliteratur wird nur der geläufige deutsche Titel genannt (Huxleys ›Brave New World‹ erscheint als ›Schöne neue Welt‹)

Dem Begriff ›gothic novel‹ kommt bei Aldiss eine wichtige Bedeutung zu, da Aldiss in der ›gothic novel‹ den Ursprung der Science Fiction sieht. Der Begriff bezieht sich auf Romane einer Epoche der englischen Literaturgeschichte, die im Deutschen ›Schauerromantik‹ genannt wird. In einigen Fällen wurde bei der Übersetzung Gotik dafür eingesetzt und das Adjektiv ›gotisch‹ gebildet, um das unangemessen klingende Adjektiv ›schauerromantisch‹ zu vermeiden.

Der Übersetzer dankt Anette von Charpentier und Karl-Ullrich Burgdorf, ohne deren Unterstützung diese Übersetzung nicht zustandegekommen wäre: Anette von Charpentier für ihre Bearbeitung des 3. Kapitels und Karl-Ullrich Burgdorf für seine Bearbeitung des 9. und 10. Kapitels.

Bonn, Februar 1980
Michael Görden

In ihrer Verwurzelung mit den Wirklichkeiten des heutigen Lebens sind die Phantasien selbst eines zweitklassigen Autors moderner Science Fiction unvergleichlich reicher, kühner und fremdartiger als die utopischen oder millennianischen Vorstellungen der Vergangenheit.

ALDOUS HUXLEY: *Literature and Science*

Oft sitze ich des Nachts allein und suche mit den Augen des Geistes die Dunkelheit der noch ungeborenen Zeit zu durchdringen und frage mich, wie wohl dereinst dies große Drama enden und welches der Schauplatz seines nächsten Aktes sein wird.

RIDER HAGGARD: Aus dem letzten Absatz von *She*

Vorwort des Autors zur Deutschen Ausgabe

Dieser Band wurde zu Beginn der siebziger Jahre zusammengestellt; seine Veröffentlichung in deutscher Übersetzung fällt in den Anfang der achtziger Jahre. Die dazwischen liegende Dekade zeigte eine unvorhergesehene Ausweitung der Science Fiction rund um die Welt, verbunden mit einer gewaltigen Zunahme von Sekundärliteratur zur Science Fiction.

Die Vereinigten Staaten sind die Kinderstube, wenn nicht die Wiege der Science Fiction. Dort ist SF als Lehrstoff inzwischen weit verbreitet, selbst in renommierten Kultureinrichtungen. Dort widmen sich kleine akademische Fachzeitschriften solchen abstrusen Themen wie »Konzept der Unsterblichkeit in *Die Zeitmaschine*«. Dort gibt es Verlage, die nichts anderes veröffentlichen als kritische Bücher über SF.

Solche Entwicklungen sind Zeichen definitiver Erfolge. Wenn die SF als Literatur blühen will, oder sogar als Teil *der* Literatur, was vielleicht eine andere Sache ist, dann bedarf sie der ›fliegenden Festungen‹ der Kritik, um ihr Kernland zu sichern und abzugrenzen. Aber damit verbindet sich auch ein kleiner Verlust. Dieser Verlust ist eine vertraute Erscheinung der modernen Welt: es ist die Bedrohung des Individuums, der Verlust des Amateurs.

»Der Millionen-Jahre-Traum« ist das Werk eines Amateurs. Ein Amateur ist jemand, der sich mit einem bestimmten Bereich von Wissenschaft oder Kunst aus Liebe zur Sache beschäftigt und nicht professionell. Ich möchte ›aus Liebe zur Sache‹ betonen, denn das beschreibt den Impuls hinter der vorliegenden Arbeit. Science Fiction hat einen großen Teil meines Lebens bestimmt, von Jugend an; und hier habe ich mir den Wunsch erfüllt, mich hinzusetzen und meine Erfahrungen mit ihr niederzuschreiben. Ich schreibe eigentlich Romane, aber ich legte alles für drei Jahre beiseite, um meine SF-Geschichte zu schreiben, und hoffte, daß meine Familie nicht inzwischen verhungern würde.

Ich wollte meine Freude an der Sache hineinlegen. Ich wollte aber auch etwas darlegen (allerdings ohne mit dieser Darlegung ein langweilig belehrendes Buch zu schreiben). Was ich darlege, ist auf den ersten Blick ein recht bescheidener Anspruch: daß die SF nichts ist, wenn sie kein Vergnügen bereitet, und daß dieses Vergnügen am lesbarsten durch die Anregung der Phantasie des Lesers erreicht wird.

Die Macht der Phantasie ist etwas, das ich hier kaum weiter bemühen muß; alle meine Leser werden sie gut genug kennen. Sie werden auch bemerkt haben, daß die Phantasie im allgemeinen knapp ist in der Welt; und die Tatsache, daß Politiker und Ideologen ihren Qualitäten mißtrauen, spricht nur für sie. Phantasie ist etwas, das die meisten Erzeugungssysteme, die meisten Tätigkeiten zerstören. Doch die Kraft, die wir heute so dringend benötigen, ist genau die, die der Dichter Shelley pries: »Die Kraft, sich vorstellen zu können, was wir wissen.« Und genau das ist es, was die SF tut. Sie sagt nicht die Zukunft voraus, sie schafft eine *Vorstellung* der Gegenwart.

Ich neige dazu, einer Bemerkung von Rafail Nudelman zuzustimmen, der sagt, daß der Wissenschaftler am besten arbeitet, wenn der Intellekt ein- und die Phantasie ausgeschaltet ist. Wohingegen »die Phantasie des SF-Autoren besonders gut arbeitet, wenn die Vernunft absolut machtlos ist«.

Das mag eine notwendige Übertreibung sein. Ich halte es jedenfalls dafür. Doch es verweist auf die eigenartige Ying- und Yang-Beziehung zwischen SF und Wissenschaft. Weil ich mir wohl bewußt bin, daß die SF wesentlich mehr als eine Handlangerin der Wissenschaft ist, viel mehr als nur ein Weg, Studenten in die Laboratorien zu locken (obwohl sie in beidem zufällig erfolgreich war), konzentrierte ich mich im Folgenden auf eine grundsätzliche Diskussion der Ursprünge des Genres.

Ich argumentiere dabei – wie es Ihnen in meinem ersten Kapitel noch wesentlich ausführlicher und amüsanter dargelegt wird –, daß bis in die siebziger Jahre zwei Hauptursprünge der SF gesehen wurden.

Die einen blickten zurück durch die Nebel der Literatur und zitierten Homer und Lukian von Samosata und jedes andere Stück Literatur, das eine Unmöglichkeit enthielt (»Der goldene Esel des Apuleius« ist ein Beispiel, das ich angeführt gesehen habe), die anderen sahen nicht weiter als bis in die Zeit von 1920 und auf das erste nur SF enthaltene Magazin von Hugo Gernsback.

Das Erstaunlichste daran ist, daß die Kommentatoren es oft noch schafften, diese beiden Ursprünge gleichzeitig heranzuziehen, als merkten sie nicht, wie lächerlich das ist.

Es war mir klar, daß die Frage des Ursprungs von der Frage der Funktion abhing. Wenn alles mit Gernsback anfing, dann hat die SF offensichtlich viel mit Propaganda für die Wissenschaft, technischen Tricks und der Ausweitung des Verkaufs von Radios zu tun. Ich halte die SF für etwas Besseres als das.

Wenn alles mit Lotus essenden Griechen, sprechenden Vögeln, Kerlen, die sich in Schweine verwandelten, und einäugigen Riesen anfing – nun, da habe ich meine Phantasie, sicher; aber was ich wollte, war eine Art von Phantasie, die aus dem Bewußtsein der modernen Welt entstand.

Und so kam ich zu meiner anderen Alternative, die eben aus dem Unterschied zwischen Lukian und Gernsback entspringt.

Selbst damals, als ich dieses Buch schrieb – vor langer, langer Zeit, in jenen blassen und fernen Tagen, zehn ganze Jahre in der Vergangenheit, vor der Epoche der Armband-Digitaluhren mit eingebautem Rechner, der Computerisierung, Heim-Stereo-Video-Kassettenrecordern, PSI und Bioenergie –, sah ich, daß meine so präzise Wahl des Ursprungs zu präzise war. Kein Literaturgenre beginnt mit einem einzigen Buch, kein Kunststil mit einem einzigen Gemälde.

Ich kann nicht sagen, daß ich glaube, die SF beginne mit »Frankenstein«; ich kann nicht sagen, daß ich es jemals geglaubt habe. Trotzdem muß man irgendwo beginnen, und »Frankenstein« war in vieler Hinsicht eine gute strategische Wahl. Die industrielle Revolution mußte begonnen haben, die Romantik im allgemeinen Bewußtsein sein, die moderne Welt vor der Tür stehen. »Frankenstein« war die ideale Wahl für das, was ich darstellen wollte

Wenn ich den »Millionen-Jahre-Traum« heute schreiben würde, gäbe es einige kleinere Veränderungen. Ich bin heute etwas weniger ignorant, als ich es vor zehn Jahren war. Insbesondere würde ich der futuristischen Utopie »L' An 2440« des Franzosen Sebastien Mercier etwas Platz einräumen. Sein Buch erschien 1771 in Paris, eine sehr hoffnungsvolle Zeit in Europa, als man sich die Zukunft als eine Zeit ruhigen Fortschritts vorstellen konnte. Das Buch wurde sofort ins Deutsche, Holländische und Englische übersetzt.

Merciers Zeitreisender, der in einer Zeit des Friedens und des Fortschritts aufwacht, fand viele Nachahmer, besonders in Deutschland. Die Titel der ›Zukunftsromane‹ klingen heute schon fast nostalgisch: »Das Jahr 1850« (1777), »Das Jahr 2440 zum zweitenmal geträumt« (1783), »Das Jahr 2500« (1794).

Alle diese Werke, die heute von wenig mehr als antiquarischem Interesse sind, können als Vorläufer der heutigen SF gelten. Sie markieren die ersten Jahre der Industriellen Revolution, sie haben romantische Züge, und die moderne Welt steht ihnen nahe.

Ihre Portraits haben ihren Platz an der Wand in einer Reihe mit so ehrwürdigen Ahnen wie de Bergerac und Holberg. Aber sie gehören doch mehr zu der langen utopischen Tradition von Plato und Bacon, einer Tradition, die uns wenig über den derzeitigen Zustand der Gesellschaft sagt. Man vergleiche sie mit Frankenstein, mit seiner packenden düsteren Atmosphäre, seinem Gefühl der Verlorenheit, seiner Geschichte verbotener Forschungen, fremdartigen Lebens und des Menschen, der seine Sache selbst in die Hand nimmt. Mein Instinkt hat mich nicht betrogen. Frankenstein steht der heutigen SF näher als Mercier. Um die Mercier-Tradition weiterzuverfolgen, müssen wir uns der spekulativen Wissenschaft zuwenden und Büchern wie T. A. Heppenheimers »Kolonien im Weltraum«. Aber das würde über dieses Buch hinausgehen.

Wie ich schon zu Anfang sagte, ich habe dieses Buch geschrieben in der Hoffnung, daß es Vergnügen bereitet, und um damit etwas deutlich zu machen. Was ich verdeutlichen wollte, war etwas sehr notwendiges; es half der SF, zu einem Gefühl der Kontinuität und der Einheit in der Vielfalt zu finden. Es gibt keine andere Literatur wie sie. Sie ist so schön, wie sie fremd ist.

Deutsche Leser haben sich meinen Romanen gegenüber als sehr gastfreundlich erwiesen. Ich würde deshalb gerne auf eine ebenso freundliche Aufnahme dieses Sachbuches hoffen, wenn ich nicht dem deutschen Anteil an der SF so wenig Aufmerksamkeit gewidmet hätte, abgesehen von einem recht knappen Hinweis auf eine amerikanische Ausgabe von Kurd Laßwitz. Zur Erklärung muß gesagt werden, daß meine Bescheidenheit mir nicht erlaubte, vorherzusehen, daß meine SF-Geschichte mehr als lokale Verbreitung finden würde. Vielleicht werden meine Auslassungen einen deutschen Forscher inspirieren, seine eigene Geschichte zu verfassen.

Ich bitte ihn nur darum, den Schatten von Mary Shelley nicht zu vergessen, der wir viel zu verdanken haben. Ihre Phantasie hat noch immer Macht über uns.

Brian W. Aldiss
Oxford, Juni 1979

Einführung

Warum sind öffentliche Gebäude immer so hoch? Ganz einfach – weil der Geist der Staatsmacht zu Höhenflügen nicht fähig ist.

So oder in ähnlichen Worten urteilt W. H. Auden über die Städteplaner und weist damit auf eine eher verschwommene Beziehung hin.

Ganz eindeutig existiert jedoch eine innere Beziehung zwischen individueller Phantasie und kollektiven Ereignissen und Erfahrungen. Wie diese Beziehung genau aussieht, kann ich allerdings auch nicht beschreiben. Geht man davon aus, daß die Anzahl von Menschen, die durch Menschenhand ums Leben kamen – ich denke da an Kriege, Völkermord, Massenhinrichtungen, gewalttätige Säuberungsaktionen, Polizeieinsätze, Vernichtung aus ideologischen Gründen und so weiter – in diesem Jahrhundert mit bisher rund 110 Millionen angesetzt wird, dann habe ich eigentlich wenig Interesse, diese innere Beziehung genauer kennenzulernen.

Die Science Fiction ist einer der schärfer abgegrenzten Spielräume, wo individuelle Phantasie und Kollektivbewußtsein aufeinandertreffen. Man bezeichnet sie als Unterhaltung, und eben das habe ich stets vor Augen gehabt, während ich dieses Buch schrieb.

Science Fiction wird ebensowenig für scientists – Wissenschaftler – geschrieben wie Geistergeschichten für Geister. In den meisten Fällen birgt die wissenschaftliche Umhüllung das, was man allgemein mit Phantasie bezeichnet. Und Phantasien dieser Art sind mindestens ebenso wichtig und bedeutungsvoll wie die Wissenschaften. Die Trugbilder der Technologie verkörpern adäquat unsere Hoffnungen und Ängste. Und aus diesem Blickwinkel habe ich versucht, meine Aufgabe zu bewältigen.

Unter den farbigen und lebendigen Kunstrichtungen des letzten Jahrzehnts hat die Science Fiction eine gewichtige, wenn auch unterdrückte Rolle gespielt. Durch ihre Denkmodelle hat sie einen gewissen Einfluß auf die Regierungen ausgeübt. Sie hat Probleme wie die Überbevölkerung oder den Umweltschutz aufgegriffen, bevor diese der breiten Öffentlichkeit zu Bewußtsein gekommen waren. Damit nahm die Science Fiction an den großen Auseinandersetzungen unserer Zeit teil. Durch ihre Popularisierung unbekannter Wissenschaftsgebiete und technischer Neuerungen wirkte sie außerdem als eine Art Wissenschaftsjournalismus. Durch ihr Streben, sich zu einer Kunstform zu entwickeln, gehört sie zur Literatur der Welt. Dank ihrer Verrücktheiten und ihrer ungezügelten Ideen half sie bei der Geburt der neuen Popmusik. Indem sie pseudoreligiöse Fragen aufwarf, fand sie Eingang in die geheimnisvolle Unterwelt, wo Drogen, Mystik, Sektentum und manchmal sogar Mord aufeinandertreffen. Und schließlich entwickelte sie sich zu einer ganz eigenständigen Form der Unterhaltung, einer bizarren Form der Fiktion, der Spannungsliteratur, die aber auch wirklich alles, ganz gleich ob alt oder neu, zu ihrem zentralen Thema macht und in ein strahlendes, nicht selten sinnentleertes Wunder verwandelt.

Mein Hauptanliegen beim Schreiben dieses ersten historischen Überblicks über das Genre besteht darin, dem Gegenstand der Untersuchung zu seinem angemessenen Stellenwert zu verhelfen. Zur Zeit geschieht viel Aufregendes in der Welt. Doch die Science Fiction war schon aufregend seit der ersten Aufforderung: »Los!« – nur kann heutzutage niemand genau sagen, wer nun diesen Befehl: »Los!« wirklich als erster gab.

Daher habe ich mich vorwiegend mit den Ursprüngen der Science Fiction im vergangenen Jahrhundert beschäftigt und weiterhin ihre Entwicklung zu einem selbständigen Genre in diesem Jahrhundert nachvollzogen. Ich biete damit die Gelegenheit, in einem vergleichsweise rauhen und abenteuerlichen Territorium außerhalb der kultivierten Gärten der Literatur auf die Jagd zu gehen, und garantiere, daß das aufzuscheuchende Wild in jeder Hinsicht exotisch ist.

Es ist praktisch unmöglich, Sinn und Wert der Science Fiction zu verstehen, solange man nichts von ihrer Entstehung weiß. Unter diesem Aspekt unterlag fast jeder – glaube ich jedenfalls –, der über die Science Fiction geschrieben hat, einem gewichtigen Irrtum, hervorgerufen durch Überbewertung oder Ignoranz. Die Beschreibung der Science Fiction bereits bei den Dramen des Aristophanes oder einigen Fragmenten der mykanischen Kultur zu beginnen, wo die Rede ist von einem Flug zur Sonne auf dem Rücken einer Gans, hieße, die zentrale Funktion des Genres völlig mißzudeuten. Den Beginn der Science Fiction in ein Pulpmagazin des Jahres 1926 zu verlegen, ist mindestens ebenso irreführend.

Aufgrund dieser fehlerhaften Betrachtungsweise hat sich innerhalb der SF eine seltsame Hackordnung herausgebildet, innerhalb derer einige wenige krankhaft produktive Schreiberlinge sich eines völlig überzogenen Ansehens erfreuen, von dem vergleichsweise interessantere und ernsthaftere Autoren nur träumen können. Ich hege die Hoffnung, daß mein Versuch, das Anfangsstadium eingehender zu untersuchen, und zu erzählen, »wie es wirklich war«, eine gerechtere Beurteilung zur Folge hat. Ganz bestimmt lag es nicht in meiner Absicht, dem untersuchten Gegenstand seinen Zauber zu nehmen. Sollte meine Energie ausreichen, so werde ich vielleicht eines Tages einen zweiten Band schreiben, in dem ich mich mit der gegenwärtigen Science Fiction-Szene und meinen Mit-Autoren auseinandersetze.

Die Hauptthese meines Buches, natürlich durch entsprechende Indizien untermauert, besagt, daß die Science Fiction im Herzen und am Kreuzweg der in der Schweiz im Exil befindlichen Englischen Romantik aus der Taufe gehoben wurde, als nämlich die Frau des Dichters Perey Bysshe Shelley ihren Roman *Frankenstein: or, The Modern Prometheus* schrieb. Weiterhin versuche ich aufzuzeigen, wie sich die heutige Unterhaltungsliteratur immer noch mit den wesentlichen Elementen dieses Romans und ihren möglichen Deutungen beschäftigt, denn sie sind auch in der heutigen technologischen Gesellschaft immer noch von lebenswichtigem Interesse. Ich bemühe mich deutlich zu machen, in welcher Weise diese

Elemente miteinander verwoben wurden und wie die Zeit aussah, in der sie entstanden, denn Shelleys Generation war die erste, welche sich einen weitergefaßten Überblick über Zeit und Geschichte verschaffen konnte – bis auf den heutigen Tag und auch in Zukunft werden die Grenzen immer noch weiter gesteckt –, ohne den die Science Fiction beziehungs- und bedeutungslos wäre.

Diese Aufgabe wird umso reizvoller, als die Science Fiction des vergangenen Jahrhunderts und auch die der vergangenen Jahrzehnte und des gegenwärtigen nichts von ihrer Faszination eingebüßt hat. Wo sie nicht nur technologische Probleme, sondern auch den Menschen in seiner Individualität und Unberechenbarkeit zum Thema hat (ein Thema, dem ja auch die Aufmerksamkeit aller ernster Literatur gilt), gewinnt sie Wert und Bedeutung eines Mythos.

Hoffentlich wird dieses Buch auch den Zeitpunkt hinausschieben, an dem Schriftsteller, die ganze Welten konstruieren, mit jenen auf eine Stufe gestellt werden, die Aufstieg und Untergang eines Filmmagnaten oder die Irrungen und Wirrungen zweier in Liebe entbrannter Herzen in einer spießbürgerlichen Umgebung glorifizieren und zum Thema eines bewegenden Schundromans machen. Der Phantasie entsprungene Universen und Zeiten sind uns nicht selten näher als Hollywood oder Kensington. Im Zusammenhang damit hat C. S. Lewis einmal über eine von William Morris' paradiesischen Landschaften gesagt: »Wir brauchen lediglich die Forderung aufzustellen, daß diese Phantasiewelt eine intellektuelle oder emotionale Bedeutung für die Welt hat, in der wir leben.«

Im Grunde ist jeder Versuch einer Definition der Science Fiction zum Scheitern verurteilt, da sie unvollständig ist, sein muß. Meine Definition können Sie im ersten Kapitel nachlesen. Dabei verfuhr ich nach dem Grundsatz, daß Definitionen die Aufgabe einer Landkarte übernehmen sollten: sie helfen, ein unbekanntes Gelände zu erforschen, jedoch ersetzen sie nicht die Erforschung an sich. Meine Definition soll lediglich als eine Art Leitlinie dienen. Erst das Buch in seiner Gesamtheit bietet einen Überblick über die verschiedenen Spielarten der Science Fiction, von denen ich einige bereits aufgezählt habe.

An dieser Stelle will ich denen danken, die mir geholfen haben, dieses Werk fertigzustellen.

Ich bin Schriftsteller. Ein großer Teil meiner Arbeit während der letzten fünfzehn Jahre besteht aus Science Fiction. Ich habe Romane geschrieben, Kurzgeschichten und sogar Gedichte. Ich habe Anthologien bearbeitet und herausgegeben, habe Sammlungen zusammengestellt, Romane ediert und an Buchreihen mitgewirkt. Gemeinsam mit Harry Harrison gebe ich das mittlerweile fest etablierte *Year's Best Science Fiction Stories* heraus. Ich habe und werde auch wahrscheinlich wieder eine Sammlung kritischer Essays zur Science Fiction herausgeben. Ich selbst habe im Verlauf von zwei Jahrzehnten lange kritische Essays geschrieben und hunderte von SF-Romanen rezensiert.

All das ist sicherlich beachtenswert. Jedoch kann keine Geschichte der Science Fiction, keine Betrachtung dieses Genres Bedeutung erlangen, wenn der Autor sich nur auf dem Gebiet der SF auskennt. Neben meinen Aktivitäten in diesem Genre war ich zwölf Jahre lang Feuilletonredakteur einer Tageszeitung, und zwar der *Oxford Mail*; und über einen noch längeren Zeitraum hinweg habe ich für dieses und für andere Blätter regelmäßig Science Fiction und allgemeine Bücher besprochen. Ich habe auch Reiseberichte, allgemeine Romane, Geschichten und Gedichte geschrieben, die allesamt mit Science Fiction nicht das geringste zu tun haben. So heiß und innig ich die SF auch liebe, die viel facettenreichere Welt jenseits ihrer Grenzen hat mir stets mindestens ebensoviel bedeutet. Daher werde ich meinen Sinn für das rechte Maß wohl nicht allzu oft verlieren.

Dieses Buch hat eine ziemlich lange Geschichte. Die ersten Notizen dazu machte ich schon vor zehn Jahren. Der Titel *Billion Year Spree* erschien im Jahre 1964 zum erstenmal in gedruckter Form. Seitdem habe ich viele Freundschaften geschlossen und mich immer wieder fremder Hilfe bedient.

Mein inniger Dank gilt eine Menge von lieben Mitmenschen. Da die Science Fiction in meinen Leben einen wesentlichen Raum einnimmt, sind unter meinen engen Freunden eine ganze Reihe von Schriftstellern zu finden. Vor allem jenen bin ich zu tiefem Dank verpflichtet. Dankbar bin ich auch einigen

Freunden, die nicht in meiner nächsten Umgebung, d. h. in meinem Heimatland leben. Die Gespräche mit ihnen und ihre Ansichten haben mir vielfach die Augen für das Wesentliche geöffnet. An erster Stelle möchte ich in diesem Zusammenhang Jon Bing erwähnen, der mich angeregt hat, für den Norwegischen Rundfunk das Manuskript zu einer Sendung über die Science Fiction zu schreiben. Außerdem bedanke ich mich bei drei weiteren Freunden aus Schweden: Göran Bengtson, einem Experten zu Samuel Beckett und Philip K. Dick, sowie Sam Lundwall und Sven Christer Swahn. Vergessen möchte ich auch nicht Jannick Storm, der in Dänemark so viel für die Science Fiction getan hat und dem ich dieses Buch widmen möchte.

Im weiteren Sinne schuldet darüberhinaus jeder, der sich in diesem Bereich betätigt, den Freunden und Kritikern des Genres in England Dank für die Begründung einer eigenständigen Science Fiction-Kultur. Ich denke da an Kingsley Amis, Robert Conquest, Edmund Crispin, C. S. Lewis, Philip Toynbee und Angus Wilson. Verdient gemacht haben sich auch die Verleger, die der Science Fiction die Treue hielten, als diese noch keinen kommerziellen Erfolg versprach und dringender Unterstützung bedurfte – Tom Boardman, Jr., Tony Godwin, Herbert Jones (der den SF-Buchclub gründete), Charles Monteith und Hilary Rubinstein, damals eine wichtige Stütze von Gollancz.

Wie man bei der Lektüre des ersten Kapitels sicherlich auf Anhieb bemerken wird, schulde ich Desmond King-Hele einen ganz besonderen Dank für seine Diskussionsbeiträge. Ich danke auch Philip Strick, der mit mir an diesem Projekt arbeitete, bis andere Verpflichtungen ihn in Anspruch nahmen. Ebenfalls danke ich Philip Harbottle für seine Korrekturen.

Dankbar bin ich auch für die unendliche Geduld, die meine englischen und amerikanischen Verleger an den Tag legten, sowie für die freundliche Unterstützung von Larry Ashmead – wie immer – und Diane Cleaver bei Doubleday und für die fruchtbaren Anstöße und Ermutigungen von Faith Evans während seiner Zeit bei Weidenfeld und Nicolson. Dank gebührt auch Margaret Chuter, der treuen Seele an der Schreibmaschine, als die ich sie seit fünfzehn Jahren kenne, welche einige der Kapitel öfter wieder neugeschrieben hat, als sie oder ich heute zugeben wollen.

Meine Frau Margaret kann selbst ermessen, wie lebenswichtig ihre Rolle war während dieser langen Periode der Erforschung und Katalogisierung der Visionen einer möglichen Zukunft aus der Vergangenheit.

> And who feels discord now or sorrow?
> Love is the universe today –
> These are the slaves of dim tomorrow,
> Darkening Life's labyrinthine way.
> (Percy Bysshe Shelley)

Brian W. Aldiss
Heath House
Southmoor
Juni 1972

1.
Die Ursprünge der Gattung

MARY SHELLEY

»The gigantic shadows which futurity casts upon the present . . . « Percy Bysshe Shelley: The Defence of Poetry

»Bisweilen gaben die über mir dahinziehenden Wolken mir den Blick auf die Sterne frei; dunkel ragten die Nadelbäume vor mir in die Nacht; da und dort lag ein gestürzter Stamm auf dem felsigen Grunde. Dies Schauspiel der wunderbarsten Erhabenheit beschwor dann auch die seltsamsten Gedanken in mir herauf.« Soweit Baron Frankenstein nach einem Zusammentreffen mit jenem Wesen, das er aus Leichenteilen zusammenflickte. Der Baron denkt gerade darüber nach, ob er für sein Geschöpf eine Frau erschaffen soll oder nicht.

Die öde Landschaft, das Gefühl der Verlassenheit, das Dilemma des Barons – gespenstisch, und kaum den Schwierigkeiten gleichzusetzen, mit denen man im täglichen Leben zu kämpfen hat – das alles ist charakteristisch für einen großen Teil der Science Fiction. Und was die seltsamen Gedanken des Barons angeht – aus ihnen erwuchs ein ganzer Wald von Science Fiction.

Dieser Wald, abgelegen und wild wuchernd, ist so interessant und hat inzwischen solche Ausmaße erreicht, daß ein Versuch der Kartographierung angezeigt ist. Einige Wege sind bereits gerodet worden, und hier und da gibt es Fußpfade, aber der Autor gibt sich der kühnen Hoffnung hin, eine vierspurige Straße mitten durch das Herz des Waldes zu schlagen. Ohne jeden einzelnen Baum einzuzeichnen, will er eine Generalstabskarte der SF–Landschaft aufnehmen.

Um uns aus dem Unterholz unserer Metapher zu lösen, dieses Buch befaßt sich mit dem zu beachtlichem Umfang angewachsenen Schrifttum, das gemeinhin als Science Fiction bezeichnet wird. Es will versuchen, weniger Bekanntes an das Licht zu holen und das Bekannte noch unterhaltsamer zu machen.

In diesem ersten Kapitel werden wir uns mit drei Themen beschäftigen. Wir werfen einen Blick auf die Traumwelt der Schauerromantik, aus der die Science Fiction hervorgegangen ist; wir identifizieren die Autorin, die durch eines ihrer Werke zur ersten SF–Schreiberin wurde; und wir erforschen den brillanten Kontext – in literarischer, wissenschaftlicher und sozialer Hinsicht – aus dem sie ihre Inspiration bezog.

*

Als Vorbereitung benötigen wir zunächst eine Definition der Science Fiction. Was also ist Science Fiction?

Viele Definitionen sind schon geschmiedet worden. Die meisten gehen an der Sache vorbei, weil sie sich auf eine Abgrenzung beschränken, ohne eine inhaltliche Darstellung zu geben. Die folgende mag für ein Genre, das auch ausgesprochene Albernheiten hervorgebracht hat, etwas geschwollen klingen, aber wir können sie ja im weiteren nach Bedarf modifizieren.

Science Fiction ist die Suche nach einer Definition des Menschen und seiner Stellung im Universum, die vor unserem fortgeschrittenen, aber verunsicherten Stand des Wissens bestehen kann, und sie wird charakteristischer Weise im romantischen oder nachromantischen Stil geschrieben, wie er durch die ›gothic romances‹ geprägt wurde.

Es gibt eine Korrelation: je größer und übermenschlicher die Macht, die der Protagonist genießt, um so näher ist die Geschichte echter Hardcore-Science Fiction. In der Umkehrung: je gewöhnlicher und fehlbarer der Held, um so weiter weg von der Hardcore.

In vielen Fällen ist es unmöglich, Science Fiction von Science

Fantasy zu trennen, oder beide von Fantasy, da beide Genres eigentlich Subgenres der Fantasy sind.*

Ein etymologisches Wörterbuch bietet für *fantasy* Definitionen wie ›Hirngespinste‹, ›Trugbilder‹ und ›haltlose Vermutungen‹ an – Begriffe, die genausogut zu bestimmten Bereichen der Science Fiction passen. H.G.Wells verwies auf eine Ähnlichkeit zwischen den Genres, wenn er von seinen frühen Stories sagte: »Bisher wurde das Phantastische durch Magie ins Spiel gebracht, wenn man von den Geschichten über phantastische Entdeckungsfahrten einmal absieht. Selbst Frankenstein verzichtete nicht auf ein wenig Jahrmarktszauber, um sein künstliches Monster ins Leben zu rufen. Es gab Schwierigkeiten mit der Seele für das Ding. Aber gegen Ende des letzten Jahrhunderts wurde es schwierig, den Leuten auch nur für einen winzigen Augenblick die Wirklichkeit von Magie einzureden. Ich kam daher auf den Gedanken, daß man die üblichen Interviews mit dem Teufel oder einem Magier am vorteilhaftesten durch eine geniale wissenschaftliche Entdeckung ersetzte . . . Ich brachte einfach den alten Zauberfetisch auf den Stand der Zeit und paßte ihn den aktuellen Theorien so weit wie möglich an.«[1]

So verleibt sich die Wissenschaft die Phantasie ein. Aber die Phantasie bediente sich genauso eifrig der Wissenschaft: 1705 schrieb Daniel Defoe *Consolidator: or, Transactions from the World in the Moon,* in dem eine Maschine vorkommt, die einen Menschen auf den Mond befördert – inspiriert war das Ganze von den populären Spekulationen über die neue Newtonsche Himmelsmechanik. In einem weiteren Sinne schließt die Fantasy auch alle Science Fiction mit ein. Aber Fantasy im engeren Sinne, als Gegensatz zu Science Fiction, ist im allgemeinen eine Literatur, die sich mehr dem Mythischen oder dem Mythopoe-

* Nichtsdestotrotz muß man die Kühnheit von Miriam Allen de Fords Satz bewundern: »Science Fiction befaßt sich mit nicht nachprüfbaren Möglichkeiten, Fantasy mit plausiblen Unmöglichkeiten« (in ihrem Vorwort zu *Elsewhere, Elsewhen, Elsehow).*

tischen zuwendet als einem fiktiven Realismus. (Der Unterschied wird klar, wenn man Ray Bradburys Mars mit dem sorgfältig beschriebenen Mars von Rex Gordons *No Man Friday* vergleicht: Bradburys Mars ist als Analogie zu verstehen und Gordons als Essay in der Tradition Defoes.)

Man darf dabei nicht übersehen, daß die Suche der Science Fiction nach jener ›Definition des Menschen‹ oft spielerisch ist. Und es läßt sich keineswegs absehen, ob das Ergebnis gut, schlecht, kompletter Unfug oder einfach eine biblische Offenbarung für den gläubigen Leser ist (so wie Heinleins *Ein Mann in einer fremden Welt* für manche zur Bibel wurde). Aber Definitionen sollten das Denken unterstützen, nicht ersetzen.

Unsere Definition geht davon aus, daß der meistbegangene und wahre Weg, die Stellung des Menschen aufzuzeigen, darin besteht, ihn in der Konfrontation mit einer Krise zu beschreiben, sei sie von ihm selbst heraufbeschworen (Überbevölkerung), von der Wissenschaft (neuer tödlicher Virus) oder der Natur (neue Eiszeit). Und die Definition berücksichtigt, daß es Formen der Fiktion gibt, die diese Definition zu erfüllen scheinen, aber trotzdem keine Science Fiction sind. In der Regel, weil es sich um Ur–Science Fiction (schon vor der Entstehung des Genres entstanden) handelt, angefangen mit Dantes großartigen imaginären Welten des *Inferno, Purgatorio* und *Paradiso* – oder weil sie den Bedeutungsrahmen der Schauerromantik überschreiten, wie z.B. *Moby Dick*, Thomas Hardys Romane, John Cowper Powys' *A Glastonbury Romance*, die Stücke von Samuel Beckett und ähnliche Werke.

Auch wenn vieles hier klingen mag, als wolle der Autor die ganze Literatur für die Science Fiction vereinnahmen, liegt der Fehler dieses Werkes eher in seinem Bemühen um die Exklusivität der SF. Es ist mehr *hardcore* als *soft*.

Alles in allem muß ich aber meine Sympathie für den Standpunkt eingestehen, daß die meisten alten Formen der Literatur unübersehbar eng mit der Science Fiction verwandt sind; daß Reisen in unbekannte Länder, mythische Abenteuer, phantastische Ungeheuer und symbolische Vorkommnisse ein Teil der großen Tradition des Geschichtenerzählens sind, den erst in jüngster Zeit der realistische Gesellschaftsroman verschmäht.

So wurden das Gilgamesch–Epos mit seiner Zerstörung der Welt durch eine Flutkatastrophe, die Hindu–Mythologie, die *Odyssee, Beowulf,* die Bibel – praktisch alles bis hin zu Walt Disneys *Mickey Mouse* – schon bei der einen oder anderen Gelegenheit von SF–Fans mit kolonialistischen Ambitionen beansprucht.

Die Phrase in unserer Definition über den ›fortgeschrittenen Stand unseres Wissens‹ erspart uns dieses grandiose Streben nach Universalität. SF ist JETZT, nicht ›Es war einmal‹.

Nichtsdestotrotz sieht Miltons *Das verlorene Paradies,* Zweites Buch, mit Satan, der die ›öde Leere‹ zwischen seiner und unserer Welt durchquert, verdächtig nach purer SF aus.

Die *frontier* ist traditionell ein etwas vager Grenzbereich. Glücklicherweise bereitet es jedoch keine Schwierigkeiten, das erste echte Exemplar der Gattung zu identifizieren.

*

Der Begriff ›Science Fiction‹ ist jüngeren Datums. Er wurde in den späten Zwanziger Jahren geprägt, um den noch alberneren Begriff ›scientifiction‹ zu verbessern, lange nach der Geburt der Gattung. Man führte ihn für plump geschriebene Stories ein, die in verschiedenen amerikanischen Pulp–Magazinen erschienen. Das erste dieser Art war *Amazing Stories* (ab 1926). Für respektablere Raubzüge in dasselbe Gebiet benutzte man das Etikett ›scientific romance‹ [etwa: wissenschaftlicher Abenteuerroman].*

* Dieses Werk benutzt (im Englischen) den Begriff ›science fiction‹ (und die Abkürzung ›sf‹), der fast überall der Bindestrich–Version ›science–fiction‹ vorgezogen wird. [Der Duden schreibt im Deutschen ›Science–fiction‹ vor – eine Schreibweise, die jedoch so gut wie nie angewandt wird. ›Science‹ groß und ›fiction‹ klein zu schreiben, scheint dem Genre nicht recht angemessen. Allgemein durchgesetzt hat sich ›Science Fiction‹ (SF). Diese Schreibweise wird daher für die Übersetzung benutzt.] Vielleicht liegt es an der grammatischen Unmöglichkeit, ein Nomen als Adjektiv in die Pflicht zu nehmen, daß es in Mode gekommen ist, den Begriff auf die unterschiedlichsten Arten abzukürzen: SF, sf, sci–fi, sci–fic, si–fi, si–fic. Nur wer unbedingt 'in' sein will, sagt 'sci–fi'.

Dieses etwas Parvenuhafte der Science Fiction hat ihre Anhänger dazu verführt, ihr in widersprüchlicher Manier bewunderungswürdige Neuheit und unglaubliches Alter zuzuschreiben. Hausgemachte Literaturgeschichten des Genres tragen ihre selbsternannten Historiker in munterem Galopp zurück durch griechische Legenden von fliegenden Göttern wie Hermes und satirische Reisen zum Mond und den Sternen, die Lukian von Samosta im zweiten nachchristlichen Jahrhundert unternahm. Aber die Science Fiction ist genausowenig von Lukian ›begonnen‹ worden, wie die Raumfahrt in Leonardo da Vincis Notizbüchern ›begann‹.

Auf ihrem mühevollen Weg von Lukian bis zu dem epochalen Datum von 1926 arbeiten sich diese Historiker dann durch Thomas Morus, Rabelais, Cyrano de Bergerac, Jonathan Swift und ein gutes Dutzend Bischöfe des Achtzehnten Jahrhunderts zurück in die Gegenwart. In einer kroatischen SF–Anthologie nimmt ein belesenerer Anthologist auch Dante und Shakespeare in die Ahnenreihe auf,[2] während andere sogar das erste Kapitel der Schöpfungsgeschichte beanspruchen, vielleicht mit mehr Berechtigung.

Solche Fischzüge nach illustren Vorfahren sind verständlich bei Kritikern wie bei Familien. Aber sie führen zu Fehleinschätzungen. Die erste Fehleinschätzung ist die Annahme einer nicht vorhandenen Kontinuität. Man entdeckt Verbindungen und Einflüsse, wo es keine gibt. Ohne zu sehen, daß Schriftsteller im Kontext ihrer Zeit schreiben, durchstöbern die SF–Jünger ihre Bücher und überblättern mit ein paar Seiten die dreizehn langen Jahrhunderte zwischen Lukian und Ariosto.[3]

Die zweite Fehleinschätzung, zu der diese Ahnenforschung führt, besteht darin, die Science Fiction als eine Reihe von Beschreibungen imaginärer Reise zum Mond und zu den Planeten zu betrachten.

Interplanetarische Reisen gehören sicher zur Science Fiction und schienen in den fünfziger Jahren, als das Weltraumfieber einen Höhepunkt erreicht hatte, das Genre zu dominieren.*

* Zweifellos war es auch in den Fünfzigern, als die Science Fiction sich das ihr noch immer anhängende Etikett 'Weltraumroman' verdiente.

Die wechselseitige Beziehung zwischen Phantasie und wissenschaftlicher Forschung auf diesem Gebiet aufzuzeigen, ist in der Tat interessant. Am besten scheint dies bisher Majorie Hope Nicolson gelungen zu sein.[4] Aber die Science Fiction ist ein viel umfassenderes Gebiet. Es ist keinesfalls notwendig, die Erde zu verlassen, um einen SF–Roman zu schreiben; ja es ist nicht einmal notwendig, über technologische Entwicklungen zu schreiben. Die Auswirkungen der Entwicklungen können durchaus viel interessanter sein als diese selbst.

Eine Lukian–bis–Verne–Chronologie der Science Fiction ist falsch und verleitet zu einer Fehlinterpretation des Wesens und der Funktion der Science Fiction. Eine chronologische Liste der Autoren, die sich von innovatorischen Ideen und Entdeckungen anregen ließen, entspricht nicht den Anforderungen, die heute an eine vertiefte Beschäftigung mit dem Genre zu stellen sind.

Genau wie die meisten anderen Zweige der Kunst der Gegenwart ist sich die Science Fiction heute ihres eigenen Wesens mehr bewußt als jemals zuvor. Dieses Werk hat nicht vor, die illustren Vorläufer der Science Fiction zu übergehen. Sie sind für uns von der gleichen grundlegenden Bedeutung wie die Kathedralen für das Studium der Architektur. Aber sie verdienen, aus dem Dämmerlicht der Perspektivlosigkeit herausgeholt zu werden, in dem sie bis jetzt betrachtet wurden.

Die größten Erfolge der Science Fiction befassen sich mit dem Menschen in seiner Beziehung zu einer sich wandelnden Umwelt, seinen sich fortentwickelnden eigenen Fähigkeiten: Was man vereinfachend als *environmental fiction*, Umwelt–und–Geist–Erzählungen, bezeichnen könnte. Davon ausgehend, hoffe ich, aufzeigen zu können, daß der Grundgedanke der Science Fiction ebenso evolutionärer wie technologischer Art ist. Wenn man schon in diesen Begriffen denkt, scheint es durchaus angemessen, Lukian und die anderen Pilgerväter für so nahe und geschätzte Verwandte der SF–Schriftsteller zu halten, wie die Menschenaffen Verwandte des Menschen sind – bei allem Respekt vor unserem Stammvater.

*

Die Revolution der Evolutionsgeschichte und die Industrielle Revolution fanden in der gleichen Zeit statt.

Die industrielle Produktion weitet sich in Großbritannien von der zweiten Hälfte des 18. Jahrhunderts an immer schneller aus, zu einer Zeit, als das Bevölkerungswachstum rapide zunimmt. Dieser Ansporn industrieller Entwicklung paart sich mit der Liste von Erfindungen, die uns aus der Schule noch bekannt ist: Hargreaves Feinspinnmaschine, Cartwrights mechanischer Webstuhl, Watts Dampfmaschine usw.

Nicht nur in der Industrie gibt es Veränderungen. Die Amerikanische Unabhängigkeitserklärung von 1776 und die französische Erklärung der Menschenrechte von 1789 sind Dokumente eines neuen Verhältnisses des Menschen zu seiner eigenen Spezies. Es ist kein Zufall, daß die Abschaffung der Sklaverei zu einer der brennendsten Forderungen dieser Zeit wird. Oder daß der Mensch des Westens sein Verhältnis zu Gott zu überdenken beginnt.

Es war in diesem von großen Umwälzungen bestimmten kulturellen Klima, daß die Science Fiction zum ersten Mal auftauchte – mit einem versteckten blasphemischen Unterton, den sie bis heute nicht abgelegt hat.

Spekulationen über die Evolution und die natürliche Auslese der Arten waren gegen Ende des 18. Jahrhunderts weit verbreitet. Schon die alten Griechen hatten auf diesem Gebiet erstaunliche Einsichten gehabt. Thales glaubte, daß das Leben im Wasser entstanden sei, und Anaximenes nahm an, daß es sich spontan in einer Art Urschlamm gebildet habe. Aber im christlichen Europa verbot die Bibel solche Gedanken, und eine wörtliche Interpretation der Genesis herrschte allgemein vor.

Die Debatte, ob die Arten unveränderlich oder wandelbar seien, zog sich lange hin. Im 18. Jahrhundert gewann sie unter dem Eindruck der Erforschung des Pazifik an Schärfe und Entschiedenheit. Die Welt der Südsee – die erste Region des Globus, die wissenschaftlich erschlossen wurde – lieferte neue Anregungen für die alte Frage, wie unser Planet, seine Tierwelt und der Mensch entstanden waren.

Die letzte Dekade des Jahrhunderts brachte eine bemerkenswerte Vorausahnung der späteren Evolutionstheorie. Die

Argumente dieses Vorkämpfers waren sorgfältig untermauert und seine Quellen auf der Höhe der Zeit. Es handelte sich um Darwin – nicht den Charles Darwin von der *Beagle*, sondern seinen Großvater, Erasmus Darwin.

Erasmus Darwin (1731 – 1802) war Arzt und ein Zeitgenosse von Diderot und den Enzyklopädisten, deren Ideen ihn beflügelten. Er war ein geistreicher und sprachgewaltiger Redner mit einem scharfen, forschenden Geist. Viele Erfindungen sind ihm zuzuschreiben, dazu gehören neue Typen von Kutschen und Kohlenloren, eine Sprechmaschine, eine mechanische Fähre, Kreiselpumpen und eine horizontale Windmühle.

Er scheint auch einen Raketenmotor erfunden oder zumindest vorgeschlagen zu haben, der mit Wasserstoff und Sauerstoff angetrieben werden sollte. Seine groben Skizzen zeigen, daß er die beiden Gase in getrennten Kammern speichern wollte, von wo sie eine zylindrische Brennkammer mit einer Austrittsdüse an einem Ende speisten. Eine beachtliche Annährung an den modernen Raketenantrieb und wesentlich früher formuliert als die Ideen des russischen Raketenpioniers Ziolkowski. Die beste Monographie dieses hochinteressanten Mannes und seiner Gedanken und Erfindungen stammt von Desmond King-Hele.[5]

Neben all seinen anderen Begabungen war Erasmus Darwin auch ein fähiger Verseschmied. Er wurde als Poet berühmt – und schnell wieder vergessen. In seinen langen Gedichten legte er seine Ansichten zur Evolution des Lebens dar und beeinflußte damit die großen Dichter seiner Zeit. Aber sein Ruhm verblaßte rasch, so daß er heute fast völlig unbekannt ist. Samuel Taylor Coleridge sprach von ihm noch 1797 als ›dem ersten Schriftsteller Europas und seinem eigenständigsten Denker‹; zur Zeit seines Enkels sagte sein Name schon niemandem mehr etwas.

Darwins gewaltiges Werk *Zoonomia* erschien in zwei Bänden 1794 und 1796. Es erklärte das System der geschlechtlichen Zuchtwahl und legte besondere Betonung darauf, wie von Urzeiten vorgegebene Geschlechtstriebe, die Suche nach Nahrung und die Notwendigkeit sich zu schützen in Wechselwirkung mit der natürlichen Umgebung das Leben in all seinen sich wandelnden Formen bestimmen. Dabei wird auch das große Alter der Erde besonders hervorgehoben*; evolutionäre Prozesse verlangen eben neben viel Raum auch viel Zeit, um sich zu entfalten.

Die philosophischen Strömungen, die sich im 19. Jahrhundert mit dem Darwinismus verbanden, tendierten zu einem pessimistischen Weltbild. Philosophen wie Tennyson waren sich nur allzusehr einer Natur 'red in tooth und claw', mit blutigen Zähnen und Klauen, bewußt. Erasmus zeichnete in seinen heroischen Couplets ein helleres Bild – ein Bild des 18. Jahrhunderts könnte man sagen: ausgeglichen, gar parnassisch. Es läßt sich leicht vorstellen, daß dieses Jahrhundert mit dem Schock der darwinistischen Evolutionstheorie viel besser zurechtgekommen wäre als das nachfolgende.

Shout round the globe, how Reproduction strives
With vanquish'd Death – and Happiness survives;
How Life increasing peoples every clime,
And young renascent Nature conquers Time.

Ruft um den Erdenkreis, wie Fortpflanzung sich erhebt,
Den Tod besiegt – und Glück so ringsum überlebt;
Wie Leben wuchert ständig weit und breit,
Und Natur fortgebärend erobert selbst die Zeit.

Dieser Auszug stammt aus dem letzten Gesang von *The Temple of Nature*, das 1803 posthum erschien. Eramus faßte darin den gesamten bisherigen Verlauf der Evolutionsgeschichte zusammen, vom fast unsichtbaren Leben in den Urmeeren bis zum Menschen und seiner Zivilisation. In dem Gedicht aus vier Gesängen mit gut zweitausend Versen beschreibt er den Entwicklungsweg, auf dem ein Foetus im Mutterleib noch einmal alle vorausgegangenen Stadien der

* Im Widerspruch zu der damals verbreiteten Ansicht, die von Bischof James Ussher im 17. Jahrhundert eingeführt worden war, daß Gott den Schöpfungsakt im Jahre 4004 v.Chr.Geb. vollbrachte, wahrscheinlich nach dem Frühstück.

Evolution durchlebt. Gleichzeitig gibt er einen Eindruck von der natürlichen Auslese der Lebenstüchtigsten und prophezeit dann mit bemerkenswerter Genauigkeit viele Charakteristika des modernen Alltags, etwa gigantische Wolkenkratzer–Städte, Wasserleitungen, die Auto–Gesellschaft, Überbevölkerung und Flotten atomar angetriebener Unterseeboote:

Bid raised in air the ponderous structure stand,
Or pour obedient rivers through the land;
With crowds unnumbered crowd the living streets,
Or people oceans with triumphant fleets.

Hoch in die Luft erheben sich mächtige Bauten,
Oder zwingen gehorsame Flüsse in neue Betten;
Zahllose Scharen drängen sich auf den lebenden Straßen,
Und über die Ozeane breiten sich triumphierende Flotten.

So wurde Erasmus Darwin zu einem Part–Time–SF–Autor!

Seine Hiebe gegen Kirche und Staat blieben nicht unwidersprochen, und man brachte seine Stimme bald erfolgreich zum Schweigen. In George Cannings *Anti–Jacobin* erschienen unter dem Titel *Die Liebe der Dreiecke* höhnische Parodien von Darwins Versen, die seine kühnen Theorien verlachten. Daß man jemals aus der Elektrizität allgemeinen Nutzen ziehen würde, daß der Mensch sich aus niedrigeren Lebensformen entwickelt haben könnte, daß die Berge älter sein könnten, als es in der Bibel stand – über diese Arten von Verrücktheit amüsierten sich die Leser des *Anti–Jacobin* mit dem gleichen Gelächter, das spätere Generationen bei der Vorstellung einer Eroberung des Weltraumes ausstießen. Canning hatte das Subversive an Darwins Gedanken sehr genau erkannt und schaffte es, seinen Ruf als Dichter zu ruinieren.

Und auch über Darwins Ruf als wissenschaftlicher Erfinder fielen bald Schatten; und als der berühmte Enkel dann die Bühne betrat, schloß sich der Kreis. Er konnte fast am gleichen Punkte beginnen wie sein Großvater. Erst in jüngster Zeit gibt es wieder Versuche, diesem interessanten Mann die verdiente Beachtung zukommen zu lassen.[6]

Trotz seiner langen Vergessenheit waren die Gedanken Erasmus Darwins äußerst fruchtbar. Wie zu erwarten, beeinflußten sie in besonderem Maße jene Dichter, die eine der seinen ähnliche Einstellung zur Natur besaßen – die Romantiker. Wordsworth verdankt ihm etwas; auf Shelley übte er einen beachtlichen Einfluß aus, der weit über das Echo ähnlicher Verse hinausgeht. Shelley war ein Dichter der Wissenschaft, ein Rebell, ein Atheist, und er liebte die Freiheit und den Westwind über alles. Kein Wunder, daß er Darwin bewunderte, an dem die gleichen Eigenschaften so deutlich ausgeprägt waren.

Wie wir noch sehen werden, gibt es auch noch eine andere Richtung, in der Darwin sehr stark und sehr direkt die Science Fiction beeinflußte.

*

Es ist wert, sich noch an zwei Romane zu erinnern, die im selben Jahr wie der erste Band von Darwins *Zoonomia* erschienen: William Godwins *Caleb Williams* (den man für die erste psychologische Schuldgeschichte hält) und Mrs. Radcliffes *Mysteries of Udolpho* (den man als Höhepunkt der englischen Schauerromantik betrachtet).

Obwohl Godwin und Darwin sich nie getroffen haben, hatten sie gemeinsame Verbindungen und Sympathien, und sie wurden gemeinsam als Atheisten gebrandmarkt, besonders nachdrücklich im *Anti-Jacobin*.Godwin war ein Novelist und ein liberaler Philosoph, der von den Dichtern und Schriftstellern seiner Zeit hoch geachtet wurde. Er heiratete Mary Wollstonecraft, die ebenfalls einen Beitrag zur Literatur der Zeit erbracht hatte, besonders mit ihrem *Vindication of the Rights of Women* (1792).

William Hazlitt berichtet, daß Coleridge ›Godwin nicht sehr hoch einschätzte (das mochte Willkür oder Vorurteil sein, mit wirklichem Grund oder nur vorgetäuscht), aber er hielt sehr viel von Mrs. Wollstonecrafts Wortgewandheit.‹ So erging es auch dem Schweizer Maler Johann Heinrich Füßli, der sich in sie verliebte. Nach einer Reihe von Schicksalsschlägen heiratete Mary Wollstonecraft schließlich Godwin und gebar ihm eine Tochter – Mary.

Diese Mary wuchs heran und schrieb *Frankenstein*; sie ist eines der Hauptthemen dieses Kapitels. Ihr schriftstellerisches Werk steht in der Tradition der ›gothic romances‹, *Frankenstein* eingeschlossen. Um das Neue an *Frankenstein* richtig würdigen zu können, ist es daher notwendig, seine Vorläufer der ›Gotischen‹ Schule zu verstehen.

*

Edmund Burke veröffentlichte sein Essay über das *›Erhabene und das Schöne‹* 1756. Es beherrschte für viele Jahrzehnte den Geschmack, und sein Einfluß ist noch heute zu spüren. Burke unterschied zwischen dem Schönen, das sich auf der Freude gründet und beruhigend wirkt, und dem Erhabenen, das Ehrfurcht und Schrecken hervorruft und auf der Grundlage des Schmerzes die Gefühle bewegt. Er spricht von ›entzücktem Schaudern, das der vornehmste Effekt und die wahrste Bestätigung des Erhabenen ist‹. Man bemerke, daß dies mitten im Zeitalter derAufklärung geschrieben wurde, was vielleicht denjenigen ein Trost sein mag, die vor dem vielfältigen Horror zurückschrecken, den ein doch so der Zukunft zugewandtes Genre wie die Science Fiction birgt.

Wie üblich kopierte die Kunst sich selbst. Die Ossianischen Gesänge erfüllten als erstes die Burke'sche Definition.* Sie waren von einem genialen Schotten, James MacPherson, gefälscht worden, und sofort wurde neben anderen Horace Walpole der Urheberschaft verdächtigt; aber ihre riesigen keltischen Geister, Klippen, Stürme und Blutbäder schlugen viele Schriftsteller und Künstler, unter ihnen auch Füßli, genauso in ihren Bann wie den Rest der lesenden Bevölkerung Europas.

Die Gesänge des Ossian erschienen von 1760 bis 1763. Im Jahre 1765 wurde dann unter einem Pseudonym *The Castle of Otranto* veröffentlicht. Es wurde so populär, daß der Autor,

* Das erste Bild, das Burkes Definition entsprach, ist vielleicht George Stubbs' *Pferd schreckt vor einem Löwen zurück* (1770); ein Meisterwerk, in dem sich das Schöne und die Erhabenheit des Schrecklichen treffen. Stubbs war, was niemanden überraschen mag, nicht nur ein Meister der Tiermalerei, sondern auch ein fähiger Wissenschaftler.

Horace Walpole, sich verschämt an das Licht der Öffentlichkeit wagte und seine Identität im Vorwort zur zweiten Auflage eingestand.

The Castle of Otranto gilt als der erste ›Gotische‹ Roman. Es gibt einen Bericht, daß die ganze Wiederbelebung der ›Gotik‹ mit einem Traum begann.[7] In einer Juni–Nacht des Jahres 1764 hatte Walpole einen Alptraum, in dem er eine riesenhafte, in eine Rüstung gehüllte and sah, die nach dem Geländer einer großen Treppe griff. Nach dem Erwachen begann er seinen Roman zu schreiben.[8]

Walpole war ein großer Liebhaber der Altertümelei. Sein andauerndstes Monument ist nicht *Otranto,* sondern seine Residenz Strawberry Hill, die er nach seinen eigenen Plänen im Gotischen Stil erbauen ließ. Die *Gefängnisse* des Piranesi[9] – ein anderer Künstler, der wie Stubbs heute wieder in Mode ist – hatten erheblichen Einfluß auf Walpole.

Verdankte *The Castle of Otranto* Piranesi etwas, so findet sich in *Vathek* eher etwas von Tiepolo. Dieser einzige und einzigartige Roman des exzentrischen William Beckford ist voller Geist und Magie. Veröffentlicht 1786, schöpft er zugleich aus Samuel Johnsons *Rasselas* und *Tausendundeine Nacht.* Beckfords Strawberry Hill war das architektonisch gewagte Fonthill Abbey (zu gewagt – der Turm stürzte nach einigen Jahren ein, und das Gebäude wurde zerstört).

Beckford schrieb *Vathek* in Französisch. Byron nannte es seine Bibel. Mit seinem Faustischen Thema – der Kalif Vathek verkauft sich für die Schätze der präadamitischen Sultane an die Mächte des Bösen – hatte es eine natürliche Anziehungskraft für das, was man die Byronische Seite von Byron nennen könnte. *Vathek* ist ein leichter zu genießendes Werk als Walpoles *Otranto,* aber beide gewannen großen Einfluß – Beckford nicht zuletzt auf Oscar Wilde, einen Dichter mit ähnlichen Vorlieben, dessen *Bildnis des Dorian Gray* das gleiche Motiv benutzt und sich vor Burkes Diktum über das Erhabene verbeugt.

Es war auch eine Zeit der botanischen Renaissance, die der Einführung eines Klassifikationssystems für die Pflanzenwelt durch den Schweden Linné und mehr noch den Südseereisen von Sir Joseph Banks und Captain Cook entsprang. Der letztere wurde 1779 auf Hawai ermordet. Cook brachte nicht nur phantastische Landschaften und Bilder nach Europa, von der Eiswelt der Antarktis bis zu den gigantischen Köpfen der Osterinseln, sondern auch einen Schatz an Pflanzenfunden: dreitausend Arten, von denen tausend der Botanik bis dahin unbekannt gewesen waren. Die Welt war von Neuigkeiten über sich selbst erfüllt.

In Erasmus Darwins Gedichten zeigen sich Einflüsse davon. In *The Love of the Plants* (mit seinen von William Blake gravierten Füßli–Dekorationen) erweist er der Antarktis seine Referenz und erzählt wie

Slow o'er the printed snows with silent walk
Huge shaggy forms across the twilight stalk.

Langsam über den festen Schnee in lautlos' Schreiten
Riesig–zottige Gestalten durch das Zwielicht schleichen.

Ein Couplet, das seine Spur in Coleridges so gotischem Gedicht vom *Ancient Mariner* hinterließ, wenn das verfluchte Schiff dem Südpol entgegentreibt:

And through the drifts the snowy clifts
Did send a dismal sheen:
Nor shapes of men nor beasts we ken,
The ice was all between.

Von Klippen blinzt durch Schneegespinst
Fernher ein Schein trübweiß:
Wir sahen hier nicht Mensch noch Tier,
dazwischen war nur Eis.

Heute kommt es uns abwegig vor, wie Darwin exakte technische Details in heroischen Couplets beschreibt und das Liebesleben der Pflanzen vermenschlicht; wir würden kaum von Bentham oder Hooker erwarten, daß sie in der Art von Popes *Lockenraub* zu uns sprechen. Aber wir haben über unsere Sachlichkeit etwas verloren. Vor der Viktorianischen Zeit gab es die Trennung zwischen Kunst und Wissenschaft noch nicht, die die SF heute zu überbrücken versucht.

Zu Beginn des 19. Jahrhunderts lagen die heute meisterinnerten Werke des ›Gotischen Romans‹ vor, zu denen auch Matthew ›Monk‹ Lewis' *The Monk* [Der Mönch] gehörte, eine Schauergeschichte mit lüsternen Mönchen, romantischen Räubern, Geistern und einer vergewaltigten Nonne sowie Episoden, die Mord, Folter, Homosexualität, Muttermord und Inzest beschrieben. Selbst Lord Byron zeigte sich schockiert. Ann Radcliffes beiden berühmtesten Romane, *The Mysteries of Udolpho* und *The Italian* [Der Italiäner oder Der Beichtstuhl der Schwarzen Büßermönche], waren erschienen, ebenso wie zahllose ›blue books‹, Auszüge oder Imitationen von ›Gotischen Romanen‹, billig verkauft und billig aufgemacht.[10]

Es war die Sorte Literatur, über die sich Jane Austen in *Northanger Abbey* lustig macht. Aber Moden sind unwiderstehlich; selbst Shelley, der Poet, schrieb während seiner Schulzeit zwei solcher Romane, *Zastrozzi* und *St. Irvyne*.

Thomas Love Peacock (1785 – 1866) war kein ›Gotischer Romantiker‹. Trotzdem verwandte auch er das ›Gotische‹ *mise en scène*, und sogar die Titel seiner bemerkenswerten Romane spiegeln ironisch die Lektüre seiner Jugendzeit; von *Headlong Hall* (1816) zu *Gryll Grange*, vierundvierzig Jahre später veröffentlicht. Peacock ist für die Science Fiction von speziellem Interesse. Nicht nur weil er ein naher Freund von Percy Bysshe Shelley und Shelleys erster Frau Harriet war; seine Form des Romans, in dem Sonderlinge auf abgelegenen Landsitzen zusammenkommen und über Gott und die Welt und alles andere, was ihnen gerade einfällt, diskutieren, wurde zu einer Vorlage für spätere SF–Schreiber wie Aldous Huxley.[11]

Mary Wollstonecraft Shelley las Peacocks *Melincourt*, das zwei Jahre vor ihrem *Frankenstein* erschien. In diesem weniggelesenen Roman sind die Gefahren der kritischen Methode, die alles durch Umwelteinflüsse und Herkunft erklären will, sehr anschaulich aufgezeigt. Denn der Charakter, um den sich in *Melincourt* alles dreht, ist ein Orang–Utan mit Namen Sir Oran–Haut–Ton, der zwar nicht spricht, aber sehr gut Flöte und Waldhorn spielt. Er ist ein Symbol des edlen Wilden, geradewegs von Rousseau entliehen. Ist er ein literarischer Vorläufer von Frankensteins Monster? Ist er ein Vorläufer von

Poes Orang–Utan in *Murders in the Rue Morgue*? Sollte er mit seinem Titel und seinen rollenden Muskeln gar ein Vorläufer Tarzans sein? Vielleicht sollten wir uns doch lieber wieder der ›gothic romance‹ zuwenden.

Die Science Fiction ist ein Kind der literarischen ›Gotik‹ und kann ihre Herkunft bis heute kaum verleugnen. Der Unterschied zwischen den beiden Genres ist nicht groß. Die ›Gotik‹ beschwor das Ferne und Unirdische, während sie gleichzeitig den ›suspense‹, das spannende Geheimnis, in die Literatur einführte – Mrs. Radcliffe wurde von Scott für ihre Meisterschaft im Erzeugen von Spannung gepriesen. Heutzutage fällt es uns schwer, solche Qualitäten an ihr zu entdecken, denn erfahrenere Künstler haben ihre Methoden erheblich verfeinert – angefangen mit Sheridan Le Fanu und Wilkie Collins – und was uns an Mrs. Radcliffes bestem Werk bleibt, ist ein traumhafter Zauber des Exotischen. Die bedrohlichen Landschaften der Gotik, ihre einsamen Schlösser, ihre finsteren alten Städte und ihre mysteriösen Gestalten können uns noch immer in eine verwunschene Welt entführen, in der grauenvolle Enthüllungen unserer harren. Die Enthüllungen können sich allerdings als recht enttäuschend erweisen, wie in *The Mysteries of Udolpho*. Dann verwandelt sich unser Traum nur allzuleicht in den Ausdruck von Verdauungsbeschwerden. Es ist bekannt, daß einige gotisch–romantische Autoren sehr viel um inspirative Träume gaben: Mrs. Radcliffe selbst verschlang schwerverdauliches Essen, um sich Alpträume zu verschaffen, genau wie Füßli rohes Fleisch aß, um seine schreckliche Muse zu nähren. So ist denn auch Füßlis berühmtestes Gemälde *Der Nachtmahr* entstanden.

Die Methode der ›Gotischen‹ Schriftsteller ist die vieler SF–Autoren, besonders von denen, die mit ihren Beiträgen die Magazine zwischen 1930 und 1960 gestalteten. Es wäre absurd anzunehmen, daß die letzteren Autoren seriöse Propagandisten der Sache der Wissenschaft sind, genausowenig, wie der Autor von *Romano Castle: or, The Horrors of the Forest* ein seriöser Kritiker der Untaten der Inquisition war – nichtsdestotrotz gab es natürlich auf beiden Seiten immer welche, die alles sehr ernst nahmen.

SF–Schriftsteller haben aus dem Prinzip der schrecklichen Enthüllung eine hohe Kunst gemacht und schnüren das Ferne und Unirdische häufig mit in das gleiche Paket. Andere Planeten geben ideale Hintergründe für bedrohliche Landschaften, einsame Schlösser, finstere Städte und geheimnisvolle Außerirdische[12] ab; oft sind die Bösewichte sogar Mönche, die die lokale Bevölkerung unter dem Deckmantel der Religion ausbeuten.[13] Die schrecklichen Enthüllungen haben inzwischen beeindrukkende Ausmaße angenommen: daß die Menschheit schon lange im Universum unterwegs gewesen ist, aber von einem übermächtigen Gegner zurück auf ihre Ursprungswelt verbannt wurde;[14] daß die Erde nicht mehr ist als eine Art kosmisches Naturschutzgebiet oder der Müllplatz für die Lagerung der gefährlichsten Elemente der Galaxis;[15] oder daß die Menschheit von einer Art Ratten abstammt, die bei der irdischen Zwischenlandung eines interstellaren Raumschiffes entkommen konnten.[16]

Für beide, die ›gotischen‹ und die SF–Autoren, gilt ebenfalls, daß große Entfernung die Dinge unter einem besonderen Zauber sehen läßt, wie es der Dichter Campbell bemerkte. Wenn etwas Unwahrscheinliches passieren soll, dann läßt man es besser irgendwo passieren, wo der Leser die Ereignisse nicht sofort an seinen eigenen Erfahrungen messen kann.

So liegt der Ort der Handlung im ›Gotischen‹ Roman meist in einer fernen und nebeligen Vergangenheit. Mrs. Radcliffe beginnt ihr *Mysteries of Udolpho* im späten 16. Jahrhundert; ihr Schloß blickt über einen Fluß mit schönen Bäumen (sie geht immer sehr genau auf die Bäume ein, und viele Passagen ihrer Romane erinnern daran, daß sie in der Zeit von Gilpins *Forest Scenery* und Reptons *Landscape Gardening* schrieb) und ›die majestätischen Pyrenäen, deren Gipfel, von Wolken verhüllt oder bedrohliche Formen zeigend . . . manchmal öde waren . . . und manchmal mit Wäldern luftiger Fichten bewachsen‹. Mrs. Radcliffe geht vorsichtig mit ihren Örtlichkeiten um; ihre Imitatoren waren oft weniger präzise.

Ähnlich bei Science Fiction–Romanen. Sie können in einer fernen Zukunft auf der Erde angesiedelt sein, oder auf den Planeten des Sonnensystems, oder irgendwo in der Galaxis, oder sogar in einer fernen anderen Galaxis; oder sie bemächtigen sich einer anderen Wahrscheinlichkeitsebene oder einer anderen Zeitlinie (es gibt mindestens drei brilliante Geschichten über alternative Universen, Ward Moores *Bring the Jubilee*[17], in dem der Süden den amerikanischen Bürgerkrieg gewonnen hat; Harry Harrisons *A Transatlantic Tunnel, Hurrah!* [Der große Tunnel], in dem George Washington erschossen wurde und der amerikanische Unabhängigkeitskrieg nie stattfand; und Philip K. Dicks *The Man in the High Castle* [Das Orakel vom Berge], in dem die Achse den 2. Weltkrieg gewonnen hat). Der Mars, den Edgar Rice Burroughs in seinen Romanen feiert, hat mit dem Mars, den wir kennen, nur den Namen gemeinsam.

Der ›Gotische‹ Roman war Teil der europäischen Romantik. Schon Anfang des 19. Jahrhunderts geriet er wieder aus der Mode. Aber Schrecken, Geheimnisse und das entzückte Schaudern, das Burke mit dem Erhabenen verband – an allem hat seither ein großer Teil der Leserschaft andauernden Gefallen gefunden, und man findet davon bis auf den heutigen Tag in der Science Fiction. Vielleicht kam dieser Geschmack mit dem Niedergang des im 18. Jahrhundert verbreiteten Vertrauens in Hierarchie und Rationalität auf, das Pope mit seinem ›was immer ist, ist richtig‹ ausdrückte. Shelley erblickte 1792 das Licht der Welt, und er rächt sich mit einer anderen Sicht der Dinge!

While yet a boy I sought for ghosts, and sped
Through many a listening chamber, cave and ruin,
And starlight wood, with fearful steps pursuing
Hope of high talk with the departed dead.[18]

Als Kind nach Geistern suchte ich und lief lauschend durch
Kammern, Höhlen und Ruinen
Durch nächtlichen Wald mit furchtsamen Schritten
Die Verstorbenen dort zum Gespräch ich mir rief.

Das neue Zeitalter fand denselben Gefallen am Unerklärlichen wie unsere heutige Zeit; schon bald fanden seine Zweifel ihre Verkörperung in den Gestalten eines Romans, der von Shelleys junger zweiten Frau geschrieben wurde.

*

Frankenstein: oder, Der neue Prometheus erschien 1818, im selben Jahr mit Werken von Shelley, Peacock, Scott, Hazlitt, Keats und Byron. Die Napoleonischen Kriege waren zuende; die *Savannah* überquerte als erstes Dampfschiff den Atlantik; die ersten Dampflokomotiven schnauften über ihre eisernen Straßen, und in den Eisenwerken rauchten die Essen; Gaslicht erleuchtete bereits die Textilfabriken, und in London wurden die ersten Gasleitungen verlegt. Tellford und McAdam bauten Straßen und Brücken, Galvanis Jünger und Humphry Davy experimentierten mit der Elektrizität. ›So vieles also ist schon errungen worden, rief Frankensteins Seele –, ich aber will noch mehr, weit mehr erreichen !‹ (Drittes Kapitel)

Mary Wollstonecraft Godwin wurde im August 1797 geboren. Ihre intelligente und schöne Mutter Mary starb zehn Tage später nach einem schweren Blutsturz und heftigem Fieber. Sie ließ ihr Baby und Fanny, Mary Wollstonecrafts dreijährige Tochter aus einer früheren Verbindung, in den Händen des mit der praktischen Seite des Lebens nicht sehr vertrauten Godwin zurück. Als Shelley später begann, die Familie regelmäßig zu besuchen, wurden er und Godwin gute Freunde. Godwin erhielt schließlich sogar finanzielle Unterstützung durch seinen jungen Freund. Mary brannte 1814 mit Shelley durch. Im darauffolgenden Jahr gebar sie ihm einen Sohn, der starb. Ihre acht kurzen Jahre an der Seite von Shelley bis zum Ertrinken des Dichters 1822 waren die entscheidenden ihres melancholischen Lebens.

Das Jahr 1816 zeigt eine besonders wichtige Periode in Marys Leben an. Ihr Sohn William wurde im Januar geboren. Im Mai verließen Shelley, Mary und Marys Halbschwester Claire Clairmont England und ließen sich in der Schweiz bei Genf nieder. Hier begann Mary noch vor ihrem neunzehnten Geburtstag mit der Arbeit an *Frankenstein*. Shelleys erste Frau, Harriet, beging Anfang Dezember Selbstmord durch Ertrinken, und Shelley und Mary heirateten noch vor Ende des Jahres.

Hier ist das anziehende Bild, das Trelawny von Mary zeichnet: ›Das Beeindruckendste an ihrem Gesicht waren ihre ruhigen, grauen Augen; sie war etwas kleiner, als die englische Frau gewöhnlich ist, sehr zart und mit leuchtendem Haar, geistreich, gesellig, in der Umgebung von Freunden sehr lebhaft, aber niedergedrückt, wenn sie einsam war.‹[19] Es fällt schwer, sich der Vorstellung zu entziehen, daß dies das Portrait der ersten SF–Autorin ist; Mary hatte die wissenschaftlichen Ideen eines Darwin und Shelley eingesogen; hatte gehört, was diese beiden über die Zukunft zu sagen hatten; und nun machte sie sich daran, das Entdeckte in den lockeren Rahmen eines ›Gotischen Romans‹ einzuarbeiten.

Frankenstein wurde vollendet, bevor Mary zwanzig Jahre alt war. Sie schrieb noch weitere Romane in ihrem Leben und starb 1851, im Jahr der Weltausstellung, dreiundfünfzig Jahre alt. Auf einem Friedhof in Bournemouth liegt sie begraben.[20]

Von ihren drei Kindern mit Shelley überlebte nur eins, Percy Florence, die Kindheit. Wie Shelley ihr in einem Gedicht an sie sagt:

> We are not happy, sweet! Our state
> Is strange and full of doubt and fear.
>
> Glück ist uns nicht beschieden, Geliebte!
> Fremd ist unser Leben, voll Furcht und Zweifel.

Modernen Lesern mag Marys Erzählstil in *Frankenstein* schwerfällig und verwirrend erscheinen. Ihre ersten Leser, denen die Art, einen Roman in Briefen zu erzählen, wie es Richardson tat, noch wohlvertraut war, hatten in dieser Beziehung keine Schwierigkeit; für sie war die Folge von Dokumenten aus verschiedenen Händen – die Briefe Captain Waltons an seine Schwester in England, das Manuskript von Victor Frankenstein, in dem auch sechs Kapital eines von dem Monster selbst verfaßten Berichts über sein Leben enthalten waren, und schließlich wieder Waltons Erzählung – nur eine Steigerung der Lebendigkeit und Glaubwürdigkeit des Geschehens.

Diese Erzählstruktur ist auch keineswegs völlig willkürlich

gewählt. Mary mag Byron und Shelley im Auge gehabt haben, als sie Walton und Frankenstein schuf; ihre beiden Charaktere zeigen große Bewunderung füreinander, und Waltons tollkühne Reise ist ganz offensichtlich als Parallele zu Frankensteins Lebenswerk angelegt.

Die philosophierenden Passagen und die Landschaftsbeschreibungen waren 1818 ansprechender als heute. Aber sie stehen an der richtigen Stelle, und besonders die beschreibenden Passagen sind sehr wirkungsvoll, auch wenn die in England spielenden, etwa der Besuch in Oxford, ein wenig gezwungen wirken, wie topographisch genau sie auch sein mögen.

Bevor wir mit der Erzählstruktur von *Frankenstein* ungeduldig werden, sollten wir uns überlegen, daß die literarische Tradition, in der Mary stand, sich in erster Linie von Sterne herleitete. Die Idee des Romans, der nach einem architektonischen Konzept konstruiert wird, hatte sich in dieser Zeit noch nicht durchgesetzt – ja, nicht einmal der Aufbau eines Plots. In all ihren Romanen arbeitete Mary Shelley daran, einen Stoff aus verschiedenen Farben, aus Tränen, Glück, Gefühl und gelegentlichen ›starken‹ Szenen zu weben.[21] Was sie schaffen wollte, waren Kontraste, und darin war sie erfolgreich; in *Frankenstein* gibt es eine große Bandbreite von Kontrasten.

Ursprünglich wollte Mary mit dem fünften Kapitel beginnen: ›In einer düsteren Novembernacht war es soweit . . . ‹ Ihr Mann überredete sie, die Geschichte weiter auszudehnen. Nachdem eine Einführung gegeben ist und die Geschichte von Victor Frankensteins vorbereitenden Forschungen erzählt, wird sein zusammengeflicktes Geschöpf zum Leben erweckt. Von Entsetzen über das, was er da hervorgebracht hat, überwältigt, flieht Victor vor seiner Schöpfung, und ein ganzer Sommer vergeht, bevor er sie wiedersieht. Während dieser Zeit wird sein jüngerer Bruder William ermordet; eine unschuldige Frau, Justine, wird für das Verbrechen gehängt.

Der Bericht der monströsen Kreatur über ihr Leben handelt von ihrer dauernden Ablehnung durch die menschliche Gesellschaft, angefangen mit ihrem Schöpfer. Sie beginnt mit reinem Gewissen wie ein edler Wilder – das Böse wird ihr aufgezwungen. Darin folgte Mary ganz den Lehren ihres Vaters. Das Monster drängt Frankenstein, ihm ein Weib an die Seite zu stellen; Frankenstein erklärt sich unter bestimmten Bedingungen dazu bereit. Bevor er mit der Arbeit an dem zweiten Geschöpf beginnt, verlegt er seinen Wohnsitz auf die Orkneys. Frankensteins Wanderlust mag heute etwas merkwürdig anmuten; zweifellos spiegelt sie die Reisegewohnheiten der Napoleonischen Generation wider – viele Briten waren wie die Shelleys in Europa unterwegs. Als das neue Werk fast vollendet ist, hält der verunsicherte Schöpfer inne und beginnt über das Geschlecht von Teufeln nachzudenken, das der Vereinigung seiner beiden Geschöpfe entspringen mag. (Für die Science Fiction ist dies ein spannender Augenblick; man blickt zurück auf Calibans Ruf an Prospero in *Der Sturm* – ›Hätte längst sonst die Insel mit kleinen Calibans bevölkert!‹ – und nach vorn zu den monströsen Roboterlegionen, die auf den Buchseiten des 20. Jahrhunderts entfesselt wurden). Victor zerstört, was er begonnen hat, das Monster entdeckt den Bruch ihres Paktes, stößt seine furchtbarste Drohung aus – ›Ich werde dich besuchen in deiner Hochzeitsnacht!‹ – und verschwindet.

Der Rest ist eine Geschichte von Flucht und Verfolgung, unterstrichen von Tod und Vergeltung, in der sich alle Hände gegen das unglückselige Monster kehren, aus Vorurteil wie aus Bosheit. Dieser Abschnitt enthält viel von Godwins Gedanken und seinem Roman *Caleb Williams,* der, wie sein Vorwort verkündete, eine Betrachtung der ›Gewohnheiten des herrschaftlichen und nirgendwo aufgezeichneten Despotismus, durch den der Mensch zum Zerstörer des Menschen wird‹ war. In dieser Kombination von sozialer Kritik und neuen wissenschaftlichen Ideen, mit der sie gleichzeitig ein Bild ihrer eigenen Epoche zeichnete, nahm Mary Shelley die Methoden H.G.Wells vorweg, die dieser in seinen ›scientific romances‹ anwendete, und einige der Autoren, die ihm folgten.[22]

Von tausend Menschen, die mit der Geschichte Victors vertraut sind, wie er sein Geschöpf aus Leichenteilen zusammenflickte und zu neuem Leben erweckte, nur um dann entsetzt vor seiner eigenen Schöpfung zu fliehen, muß niemand Mary

Shelleys Roman gelesen haben. Dies zeigt etwas von der Macht an, mit der sich der erste große Mythos des Industriezeitalters heute durchgesetzt hat.* (Interessanterweise wurde die Legende vom Nikolaus als Kinderfreund etwa zur gleichen Zeit ins Leben gerufen; es ist eine der wenigen völlig gutartigen Legenden unserer Tage.)

Liest man den Roman, entdeckt man, wie prekär er zwischen dem Alten und dem Neuen balanciert. In Kapitel 3 geht Victor Frankenstein zur Universität und besucht zwei Professoren. Dem ersten, einem gewissen Krempe, der Professor der Naturphilosophie ist, erzählt er, wie seine Suche nach Wissen ihn zu den Werken von Cornelius Agrippa, Paracelsus und Albertus Magnus führte. Krempe ist entsetzt. ›Diese Phantastereien, welche Ihr so begierig in Euch aufgenommen habt, sind schon ein Jahrtausend alt und dementsprechend modrig!‹ Ein moderner Einwand; hohes Alter ist nicht länger etwas, auf das man sich berufen kann.

Frankenstein wendet sich an den zweiten Professor, Waldmann, der Vorlesungen über Chemie hält. Waldmann verdammt die alten Lehrer, die ›das Unmögliche versprachen und im Grunde nichts erreichten.‹ Dagegen stellt er die neuen Wissenschaftler, die mit Mikroskop und Schmelztiegel arbeiten, und es gelingt ihm, Frankenstein zu seiner Sicht zu bekeh-

* Der Film hat enorm dazu beigetragen, den Mythos zu verbreiten, während er gleichzeitig seine Signifikanz zerstörte. Nicht lange nach seiner ersten Veröffentlichung wurde *Frankenstein* zu einem Theaterstück verarbeitet, dessen Aufführung bis in die dreißiger Jahre dieses Jahrhunderts großen Erfolg hatte. Zu dieser Zeit bemächtigte sich dann der Film des Stoffes. Es gab einige kurze Stummfilm–Versionen, aber das Monster begann seine eigentliche Filmkarriere erst 1931 mit James Whales Universal–Film *Frankenstein*, in dem Boris Karloff das Monster spielte. Seitdem haben die Instrumente des Kellerlaboratoriums nicht mehr aufgehört zu flimmern. Das Monster hat *Söhne, Töchter, Geister* und ganze *Häuser* hervorgebracht; nahm sich *Bräute* und schuf *Frauen*; trat gemeinsam mit *Dracula* und dem *Wolfsmann* auf; genoß das *Böse*, den *Schrecken* und seine *Rückkehr*, und einmal wurde es sogar vom *Fluch* erwischt; bei einer anderen Gelegenheit traf es dann auch noch *Abbott und Costello*.

ren. Eine symbolische Wendung: Frankenstein entscheidet sich gegen die Alchemie und die Vergangenheit und für die Wissenschaft und die Zukunft – und er wird dafür mit seinem furchtbaren Erfolg belohnt.

Im Roman wird nur vage angedeutet, wie dem neu zusammengesetzten Körper der ›Lebensfunken‹ eingehaucht wird. In ihrer Einleitung zu der Ausgabe von 1831 enthüllt die Autorin allerdings einiges über die Entstehung der Geschichte. Wie bei *The Castle of Otranto* stand am Anfang ein Traum. In diesem Traum sah sie ›die schreckliche Vision eines ausgestreckt daliegenden Mannes, der sich durch die Energie einer mächtigen Maschine plötzlich zu regen begann und krampfhafte, unnatürliche Bewegungen vollführte‹. Es war die Science Fiction selbst, die sich dort zu regen begann.

Größere Dinge regten sich zwischen der Veröffentlichung der ersten und der zweiten Ausgabe von *Frankenstein*. Der erste Teil von Lyells *Principles of Geology* war gerade erschienen und vergrößerte drastisch das Alter der Erde. Mantell und andere entrissen der Erde gigantische Fossilienskelette. Die Gräber der Vorzeit wurden aufgewühlt, wie Frankenstein es mit den Friedhöfen auf der Suche nach Leichenteilen für sein Geschöpf tat. Es begann jene große Erweiterung unserer Imagination, die wir das Zeitalter der Reptilien nennen – die Epoche der Saurier, dieser ungeschlachten Monster, die wir zu einem so kraftvollen, neuen Leben erweckt haben.

Andere Verweise, die sich in der Einleitung von 1831 finden lassen, beziehen sich auf den Galvanismus und die Elektrizität. Aber auch das Vorwort zur ersten Ausgabe von 1818 ist aufschlußreich. Obwohl Mary sich eigentlich darangesetzt hatte, eine Geistergeschichte zu schreiben, änderte sie bald ihre Intentionen; sie sagt ausdrücklich im Vorwort: ›Ich habe mich durchaus nicht bloß in der Rolle desjenigen gesehen, der da lediglich eine Anzahl übernatürlicher Schrecknisse miteinander verflicht.‹ Das Vorwort ist eine Apologie, und Mary Shelleys Hauptentlastungszeuge, den sie gleich im ersten Satz erwähnt, ist Erasmus Darwin.

Die Quellen, aus denen *Frankenstein* schöpfte, sind bekannt. Wie Mary Shelley erzählt, wurde ihr Traum von einer mitternächtlichen Unterhaltung mit ihrem Gatten, Byron und Dr. Polidori inspiriert. Das Gespräch drehte sich um Vampire und das Übernatürliche; Polidori versorgte die Gesellschaft mit dem passenden Lesestoff[23]; und Byron und Shelley diskutierten auch Darwin, seine Gedanken und seine Experimente.[24]

Marys Traum, in dem sich die schreckliche Vision zum ersten Mal regte, erinnert an einen Traum, den sie ein Jahr zuvor in ihrem Tagebuch festhielt. Im März 1815 hatte sie gerade ihr erstes Kind bei einer Frühgeburt verloren. Am 15. des Monats schrieb sie: ›Träumte, daß mein kleines Baby wieder ins Leben zurückkehrte; daß es nur kalt gewesen war, und wir es vor dem Feuer massierten, und dann lebte es.‹ Rückblickend meint man bei diesen Worten einen schaurigen Unterton zu vernehmen.

Die Nachaußengekehrtheit von Wissenschaft und Gesellschaft wird in dem Roman von einer Innerlichkeit ausgeglichen, die zu schaffen Marys Traum half. Diese besondere Ausgeglichenheit ist vielleicht einer der größten Verdienste *Frankensteins*: daß es eine Geschichte ist, in der äußerliche Abenteuer und Schicksalsschläge immer von psychologischen Tiefen begleitet werden.*

Als Mary mit ihrem Roman begann, entschloß sich Byron gerade, England für immer fernzubleiben. Er hielt sich am Ufer des Genfer Sees in der Villa Diodati auf, wo einst John Milton weilte. Die Shelleys wohnten in der Nähe. Auch Lewis, *›der Mönch‹*, gesellte sich dazu und las Byron Goethes *Faust* vor, den er dabei aus dem Stegreif ins Englische übersetzte – die Saat für Byrons *Manfred* wurde bei dieser Gelegenheit gesät. Wie die Shelleys Byron wahrscheinlich in die Gedanken Darwins über die Evolution und die Zukunft einführten, brachte er ihnen den *Prometheus Vinctus* des Aeschylos. Während seines Aufenthaltes in der Villa Diodati schrieb Byron sein an Science Fiction erinnerndes Gedicht *Darkness*, das eine Art düsterer

* Mary mag von ihrem Drama gesagt haben, was Shelley von seinem *Prometheus Bound* sagte: ›Die Bilderwelt, derer ich mich bedient habe, ist, wie man sehen wird, den Windungen des menschlichen Geistes nachgezeichnet oder den äußerlichen Handlungen, in denen sie sich ausdrücken.‹ (Shelleys Vorwort zu *Prometheus Bound.)*

Evolutionsvision ist. Auch dieses Werk beginnt mit einem Traum oder, genauer gesagt, einer hypnotischen Vorstellung der Phantasie.

I had a dream which was not all a dream.
The bright sun was extinguished, and the stars
Did wander darkling in the eternal space,
Rayless, and pathless, and the icy earth
Swung blind and blackening in the moonless air.

Einen Traum hatte ich, der mehr war als nur ein Traum.
Ausgelöscht war die helle Sonne, und die Sterne
wanderten verdämmernd durch den ew'gen Weltenraum,
lichtlos, fern der gewohnten Bahn. Eine eisig' Erde
schwang schwarz erblindet durch mondlose Himmel.

Etwas von dieser düsteren Größe kann man auch in Mary Shelleys Roman spüren.

Frankenstein ist ein einzigartiges Buch. Wir haben uns seine Form vergegenwärtigt; nun zu seinem Inhalt.

In vieler Hinsicht ist es typisch ›gothic‹, mit Beschreibungen grandioser Landschaften, mit überschäumenden Gefühlen, mit Geflüster in Leichenhallen, vermischt mit modernen Spannungselementen.

Doch es war auch im Herzen und am Wendepunkt einer großen poetischen Bewegung geboren – und es enthält noch immer etwas von ihrer Glut.

Evolutionäre Theorien müssen für den jungen Atheisten Shelley von besonderem Interesse gewesen sein. Wenn Gott die Schöpfung nicht für sich persönlich beanspruchte, warum sollte der Mensch sich nicht ihrer bemächtigen? Unter der Feder von Shelleys Frau übernimmt der Wissenschaftler die Rolle des Schöpfers. Das Konzept von *Frankenstein* beruht auf der quasi–evolutionären Idee, daß Gott der Schöpfung müde ist oder gar nichts mit ihr zu schaffen hat; hierin stimmte der Roman ganz mit Erasmus Darwins Ansicht überein, daß die Evolution, wenn sie einmal begonnen hatte, sich aus sich selbst heraus weiterentwickelte und keinerlei göttlicher Eingriffe bedurfte. Wir sehen, daß Erasmus Darwin als Vaterfigur hinter dem ersten Science Fiction–Roman steht.[25] Das Faustische Thema wird in dramatischer Weise auf den Stand der Zeit gebracht. Die Wissenschaft nimmt jetzt den Platz der übernatürlichen Kräfte ein. In Mary Shelleys Roman liegt die Saat zu allen späteren bösen Schöpfungsmythen künstlichen Lebens, wie H.G. Wells' *Die Insel des Dr. Moreau* und die Legionen von Robotern, die sich seit Čapeks Tagen aus den Buchseiten ergießen.

Die Dauerhaftigkeit der Frankenstein–Legende mag man auf die Tatsache zurückführen, daß sie nicht nur viele unserer Sorgen über die janusköpfigen Triumpfe des wissenschaftlichen Fortschrittes vorwegnahm, sondern auch die erste Erzählung ist, die von dem neuen Verständnis der Evolution beherrscht wird, in der Gott – wie oft auch zu ihm gerufen wird – ein abwesender Hausherr ist, dessen Gäste sich daran machen, den verwaisten Besitz zu übernehmen.

Eine parallele Situation taucht in Shelleys lyrischem Drama *Prometheus Unbound* auf, das er dichtete, während Mary ihren *Frankenstein* schrieb. Jupiter fesselt Shelleys Prometheus an einen eisigen Felsen. Prometheus erleidet endlose Qualen, aber schließlich wird er befreit, als Jupiter von seinem Thron stürzt und in Vergessenheit gerät.

Bevor wir uns den mehr personengebundenen Themen in *Frankenstein* zuwenden, verlangen noch einige abstraktere Themen genauere Betrachtung, besonders das religiöse. Auch hier finden wir eine vorsichtige Balance zwischen dem Alten und dem Neuen. Gegen den Darwinismus setzt Mary die etablierte Theologie von John Miltons *Paradise Lost*. Wir wissen aus Marys Tagebuch, daß Shelley ihr *Paradise Lost* 1816 vorlas, und auf ihrer Titelseite findet sich ein Zitat aus diesem Gedicht.

Das Monster vergleicht sich selbst mit Adam – aber sein Schicksal ist um so vieles unglücklicher, denn sein Schöpfer flieht vor ›dem fürchterlichen Popanz, den er erschaffen‹. Der Schicksalsweg des Monsters verläuft parallel zu dem Adams mit der entscheidenden Ausnahme, daß ihm seine Eva vorenthalten wird: zuerst wird er erschaffen und zum vollen Bewußtsein der Welt gebracht, die ihn umgibt – ein Stadium, in dem er ›Gutherzigkeit und Großmut immer vor Augen hatte‹. Dann folgt seine Version des Sündenfalls, ›vielmehr empfand ich nichts als Wut und Rachedurst‹ (Kapitel 16). Von nun an spricht man von dem Wesen regelmäßig als dem ›Unhold‹. In vieler Hinsicht wird es nun weniger menschlich und mehr ein Symbol der Unmenschlichkeit, auch des Übermenschlichen. ›Ich sah ihn‹, erzählt Frankenstein, ›den Berg hinabeilen mit einer Schnelligkeit, welche selbst die des Adlerfluges übertraf‹ (Kapitel 17).

Der Böse sieht sich selbst zunehmend in Milton'schen Begriffen, und schließlich sagt er über Victors Leiche von sich selbst: ›der gefallene Engel, er ward zum boßhaften Teufel‹.

Dieser Wandel in der Natur des Monsters versetzt Mary Shelley in die Lage, noch zwei andere Aspekte des Konflikts aufzuzeigen, die dem religiösen Grundthema nachgeordnet sind. Der Mythos vom künstlichen Leben wird zu einer ›Dr. Jekyll und Mr. Hyde‹–Situation, wenn Frankenstein mit seinem Alter Ego kämpft, denn die besessene gegenseitige Verfolgung zwischen Frankenstein und dem Monster findet nur in diesem Doppelgänger–Motiv ihren Sinn.

Der zweite Aspekt ist der Verfall der Gesellschaft, der der arroganten Machtanmaßung des Menschen folgt. Wir sehen, wie eine Perversion der natürlichen Ordnung des Lebens zu immer weiteren führt. *Frankenstein* läßt überall die Korruption des Guten spüren, und der Böse schweift frei durch die Welt, um nach Belieben zuzuschlagen, wie eine Krankheit, die, wo anders als in einem Leichenhaus, beginnt, um nur noch auf einer treibenden Eisscholle isoliert und sterilisiert werden zu können.

Hier sehen wir uns den autobiographischen Zügen des Romans gegenüber. Der Kampf zwischen Victor und seinem monströsen Feind trägt auch ödipale Züge. Wie André Gides Ödipus quälten das Monster unablässig die Fragen: ›Wer war ich denn? Und was? Von wannen gekommen und zu welchem Ende unterwegs‹ (Kapitel 15). Diese Unsicherheit über die eigene Herkunft mag Marys eigene Situation widerspiegeln, die sich in ihrer Familie von Halbgeschwistern sowohl aus früheren Verbindungen ihrer Mutter als auch aus späteren ihres Vaters umgeben sah.

Einige Kritiker wollen in den mehr makaberen Szenen von *Frankenstein* Untertöne von Vampirismus (ein Lieblingsthema Lord Byrons) und Inzest entdeckt haben. ›Ich werde dich besuchen in deiner Hochzeitsnacht!‹ ruft das Ungeheuer Frankenstein zu. Sexuelle Motive ziehen sich durch das ganze Buch. Inzestuöses wird am deutlichsten in der Szene spürbar, in der Frankenstein jene furchtbare Eva zerstückelt, das Weib für seinen makaberen Adam. Aber Inzest war zur damaligen Zeit gerade in Mode und nicht nur ein verläßlicher literarischer Kitzel: Byron und seine geliebte Augusta, seine Halbschwester, waren ein lebendes Beispiel in Marys nächster Umgebung. Falls Mary De Sades *Justine* gelesen haben sollte, was durchaus wahrscheinlich ist, hätte sie Väter gefunden, die ihre Töchter vergewaltigen und verderben.[26] Und in *The Cenci*, dem Versdrama ihres Gatten, ereifert sich der alte Cenci über seine Tochter wie einer der Helden des göttlichen Marquis, wenn er ausruft:

'I do not feel as if I were a man,
But like a fiend appointed to chastise
The offences of some unremembered world . . .
My heart is beating with expectation
Of horrid joy.'(4. Akt)

Kein Mensch schien ich zu sein,
Sondern ein Unhold, ausgesandt, zu züchtigen
Für die Vergehen einer fremden Welt . . .
Mein Herz schlägt voll Erwartung
Furchtbarer Freuden.

Algolagnie, die Lust am Schmerz, war auch Mary selbst sicherlich nicht fremd. Sie schrieb *Frankenstein* mit ihrem kleinen Sohn William an ihrer Seite; zum ersten Opfer des Monsters macht sie ausgerechnet einen kleinen Jungen mit Namen William, Victors jüngster Bruder. ›So schnürte ich ihm die Kehle zu, auf daß er endlich schwiege – und da lag er auch schon tot zu meinen Füßen! Wie ich ihn so leblos darniedergestreckt sah, schwoll mir das Herz vor Frohlocken und satanischem Triumpfe‹. Ihr kleiner William ('Willmouse') starb im Sommer 1819.

Mary war eine sehr komplexe Persönlichkeit. Sie hatte tiefes Verständnis für Shelley, und ihre gegenseitige Zuneigung war sehr tief. Ein neuerer Kritiker, Christopher Small, argumentiert, daß Mary in Frankensteins Monster instinktiv die beiden Seiten ihres Gatten porträtierte[27] – das Zärtliche und Helle und das wenig gesehene, aber vorhandene Düstere und Wilde an ihm.

Das Faust–Thema des Romans degeneriert, der traditionellen himmlischen Rache beraubt, zu einer haarsträubenden Geschichte von Haß, Pistolenschüssen aus offenen Fenstern und anstrengenden Reisen in unerforschte Gegenden des Erdballs. Nachdem die Teufel und der Zorn des Himmels gebannt sind, bleiben auf der Erde nur noch die schwelenden Ängste vor Nemesis und dem unaufhaltsamen Vormarsch des Todes zurück, ohne daß es noch das Versprechen eines Jenseits gibt.

Vergleichen wir Frankenstein mit seinem Vorläufer *Vathek*, gut dreißig Jahre vorher veröffentlicht, so finden wir auch dort eine Faustische Moral: ›So soll die Strafe für die blinde Neugierde sein, die über die Grenzen will, die der menschlichen Erkenntnis vom Schöpfer gesetzt sind‹.* Für uns ist Frankensteins Vergehen unendlich viel lohnender als das des Kalifen, genau wie das Geheimnis des Lebens ein so viel höherer Preis ist als die Schätze der präadamitischen Sultane. Frankensteins großer Fehler erscheint weniger blinde Neugier als Blindheit gegenüber dem Leid, das sein Wissensdurst hervorbringt.

Aber trotzdem paßt das Faust–Thema ausgezeichnet in diesen ersten echten Science Fiction–Roman, wenn auch eben in seiner modernisierten Form: Frankensteins Thema ist *das* Thema der Neuzeit. Es berührt nicht nur die Wissenschaft,

* Später wird dieses Urteil in der Schlußszene von vielen SF–Horror–Filmen sein Echo finden, allerdings in der Sprache des 20. Jahrhunderts: ›Es gibt Geheimnisse der Natur, an die der Mensch nicht rühren sollte‹.

sondern die Dualität der menschlichen Natur, deren Affenneugier ihm beides gebracht hat, Erfolg und Elend. Sieht man von seiner großen Entdeckung ab, stolpert Frankenstein als Versager und Opfer durch eine Welt, in der die göttlichen Tugenden rar geworden sind (auch wenn der Unhold noch von ihnen *liest*). Anstelle von Hoffnung und Vergebung bleibt nur noch das Mißverstehen der Menschen und das verderbliche Halbleben des Monsters. Wissen bringt kein Glück.

Für den Geschmack des Autors dieser SF–Historie ist das Frankenstein–Thema zeitgemäßer und interessanter als alle Geschichten über interstellare Reisen, denn es führt uns näher an das Rätsel des Menschen heran und damit auch des Lebens überhaupt; genau wie interstellare Reisen Interessanteres versprechen als solche Machtphantasien wie Telepathie.

Victor Frankensteins letzte Worte sind ein recht widersprüchlicher Befehl an den armen Walton: ›Lebt wohl, Walton! Sucht Euer Glück in der Beschaulichkeit, geht allem Ehrgeiz aus dem Wege, und wär's auch nur der so augenfällig unschuldige, Euch in den Wissenschaften oder Entdeckungen hervorzutun!

Allein, wie kommt's mir zu, solches zu sagen! Bin ich gleich selbst in meinen Hoffnungen gescheitert, so mag doch einem anderen mehr Glück beschieden sein!‹ (Kapitel 24) Einige lernen es eben nie.

Frankenstein stirbt auf Waltons Schiff, das, umgeben von Nebel und Eis, irgendwo am Nordpol gestrandet ist – eine unübersehbare Reminiszenz auf den *Ancient Mariner*. Walton sieht Frankensteins Monster zum ersten Mal in einem von Hunden gezogenen Schlitten – ›von riesenhafter Statur, war sie auch ungefüg und verzerrt in den Proportionen . . . !‹ Hier gibt es mehr als einen Bezug zu Darwins oben erwähnten Gedichten. Die Legende will wissen, daß Mary als Kind hinter einem Sofa versteckt Coleridge beim Vortrag seines großen Gedichtes zuhörte.

Der wissenschaftliche Forschergeist ist hier noch morbider Besessenheit untergeordnet. Selbst wenn der neue Prometheus erklärt, daß ›das Leben wie der Tod mir nur noch eingebildete Schranken zu sein schienen, welche ich als erster durchbrechen würde, um danach wahre Kaskaden des Lichtes über unsere Welt der Finsternis auszugießen‹ (Kapitel 4), verliert er sich doch bald in einem düsteren Schattenreich jenseits der gewöhnlichen Welt. ›Da ich mich nunmehr gezwungen sah, die Ursache und das Voranschreiten solchen Fäulnisprozesses zu ergründen, mußte ich meine Tage und Nächte in den Grabgewölben und Beinhäusern verbringen. Von Stund' an galt meine Aufmerksamkeit allem und jedem, das dem menschlichen Feingefühl entsetzlich und ekelhaft ist. Ich war Zeuge, auf welche Weise die Menschengestalt in all ihrer Schönheit herabgewürdigt, verwüstet und zu einem Haufen Unrat gemacht wird. Ich sah zu, wie die Verwesung des Todes mehr und mehr nach des Lebens blühendem Antlitz griff, und gewahrte, wie sich das Gewürm in Aug' und Hirn einnistete, um nach Gebühr dies fleischerne Erbe anzutreten'. (Kapital 4)

Darwin gibt eine prägnante Beschreibung dieser Geistesverfassung in seinem *Temple of Nature*, Canto IV:

> There writhing Mania sits on Reason's throne,
> Or Melancholy makes it for her own,
> Sheds o'er the scene a voluntary gloom,
> Requests oblivion, and demands the tomb . . .
>
> Schäumender Wahn sitzt auf dem Thron der Vernunft,
> Oder Melancholie bemächtigt sich dieses Platz,
> Freiwillig versenkt sie sich in Düsternis,
> Verlangt Vergessen, sucht nach dem Grab . . .

Frankenstein löst das Rätsel der Sphinx. Es bringt ihm Qual und Tod, wie es auch Ödipus geschah.

Frankenstein ist ein Triumph der Imagination: mehr als eine neue Geschichte, ein neuer Mythos. Mögen auch einige Teile etwas gezwungen wirken, seine Wirkung als Verkünder einer SF–Ethik ist heute so machtvoll wie zur Zeit seines ersten Erscheinens, sind wir doch heute von so vielen ›Unholden‹ umgeben, die wir selbst erschaffen haben. Doch es ist nur angemessen, daß der Roman mit den Worten schließt › . . . verschluckt von Dunkel und Ferne‹. Science Fiction wird so oft von der Korruption guter Absichten heimgesucht. Wir können den Gerüchen aus Frankensteins ›Werkstatt der unreinen Schöpfung‹ nie ganz entkommen.

Wenn wir uns der nächsten großen Gestalt der SF–Historie zuwenden, finden wir wieder den Gefallen an Inzest, Dunkelheit, Furcht und den ›erschütternden Geheimnissen des menschlichen Wesens‹

*

Charles Darwins *Origin of Species* wurde 1859 veröffentlicht, als seine Theorien bereits in weiten Kreisen akzeptiert wurden und seine Beweise am nachdrücklichsten wirkten. Aber diese Beweise und Theorien breiteten sich schon zur Zeit von Charles Darwins Großvater in der Welt aus. Sie gewannen nach und nach Einfluß auf viele Bereiche des menschlichen Lebens. In *Frankenstein* beginnen sie sich bereits nachdrücklich bemerkbar zu machen.

Nach *Frankenstein* folgt eine Pause: nicht in der großen Welt der Literatur, aber in der jungen der Science Fiction. Die Idee, einen anderen als einen religiösen Blick in die Zukunft zu werfen, stand noch aus. Was über die Zukunft geschrieben wurde, diente ausschließlich politischen oder satirischen Zwekken, wie etwa das anonym 1819 veröffentlichte Pamphlet *One Thousand Eight Hundred and Twenty–Nine*, das die Bestrebungen für eine katholische Restauration angriff und die Wiedereinsetzung der Stuarts im Jahre 1829 vorhersagte.

Mary Shelley schrieb andere Romane, von denen keiner so erfolgreich wie *Frankenstein* war. Einige, z.B. *Valperga* (1823), sind reine ›gothic‹. Aber *The Last Man* (Der letzte Mensch) (1826) sollte nicht unerwähnt bleiben. Er wurde anonym veröffentlicht wie schon *Frankenstein*.

The Last Man trägt auf der Titelseite ein passendes Motto, das Mary bei Milton gefunden hatte:

> Let no man seek
> Henceforth to be foretold what shall befall
> Him or his children.

Laß keinen Mensch
Fortan verlangen, vorauszuwissen, was erwartet
Ihn oder seine Kinder.

Es ist die Geschichte von Lionel Verney, und sie beginnt am Ende des 21. Jahrhunderts. Der König von England hat abgedankt und ist damit dem Wunsch der Öffentlichkeit gefolgt. Sein Sohn Adrian, jetzt als der Herzog von Windsor bekannt, freundet sich mit Verney an. Verneys Vater stand vor Zeiten hoch in der Gunst des Hofes, verlor sie dann aber, und seitdem wandert Verney ›zwischen den Hügeln des zivilisierten England umher, so ungebildet wie ein Wilder‹. Die Freundschaft zu Adrian bekehrt ihn bald zu höherem Tun.

Lord Raymond taucht auf, ein junger Peer mit Genie und Schönheit. Man schreibt das Jahr A.D. 2073, aber die Türken herrschen noch immer in Griechenland; Raymond wird schließlich Befehlshaber einer griechischen Befreiungsarmee und belagert Konstantinopel.

Damit und mit den vielen Komplikationen bezüglich der verschiedenen Schwestern und Mütter der verschiedenen Protagonisten befaßt sich das erste Drittel der Erzählung. Ein moderner Leser findet sich hier nur durch, wenn er sich immer wieder vor Augen führt, daß Mary Portraits von Menschen, die sie kannte, zeichnete: Shelley war Adrian, Byron Raymond, und Claire Claremont war Perdita, Verneys Schwester. Einige der Kinder lassen sich ebenfalls identifizieren. Aber keiner von allen hat soviel Leben und Glaubwürdigkeit wie Frankensteins Geschöpf.

Die *roman à clef*-Verwicklungen werden teilweise aufgegeben, als Konstantinopel den Belagerern in die Hände fällt. Sie marschieren ein, ohne auf Widerstand zu stoßen, Raymond an ihrer Spitze. Die Verteidiger sind von der Pest dahingerafft. Die Stadt ist tot und leer.

Mit dem Auftreten der Pest gewinnt die Erzählung an Schwung. Furchtbare Geschehnisse und Ankündigungen von noch Schlimmerem folgen Schlag auf Schlag.

> Was sind wir, die Bewohner dieses Erdenballs, letztlich im Angesicht des unendlichen Weltraums? Unser Geist greift nach der Unendlichkeit, aber die körperliche Seite unseres Seins ist den banalsten Unfällen unterworfen.

Raymond wird von einstürzenden Mauen erschlagen, Perdita ertränkt sich. Die Pest breitet sich über die ganze Welt aus, so daß die ›riesigen Städte Amerikas, die fruchtbaren Ebenen Hindustans, die überbevölkerten Gassen Chinas der völligen Vernichtung anheimfallen‹. (Teil 2, Kapitel 5)

Zurück in Windsor fürchtet Verney um seine Frau und seine Kinder. Trotzdem gewährt man Flüchtlingen aus pestbefallenen Gegenden Zuflucht hinter den Schloßmauern. Die Parks werden gepflügt, damit Nahrung für alle angebaut werden kann. Adrian arbeitet derweil in London, wo die Pest schon Fuß gefaßt hat, für das Gemeinwohl. Nachdem Verney seinem Freund zu Hilfe gekommen ist, kehrt er nach Windsor zurück, nur um die Pest bereits im Schloß zu finden.

> Der Tod, grausam und rastlos, hatte den Weg in die geliebten Räume gefunden . . . [Später] Stille herrschte im Schloß, dessen Bewohner erschöpfter Schlaf zum Schweigen gebracht hatte. Ich war wach und während der langen, toten Nachtstunden überschlugen sich die Gedanken in meinem Kopf, wirbelten wie zehntausend Windmühlenflügel, rasend schnell, drängend, unbezwingbar. Alles schlief – ganz England schlief; und aus meinem Fenster, das ein weites Gebiet des sternenerleuchteten Landes überblickte, sah ich die Erde sich in ruhiger Rast ausbreiten. Ich war wach, lebte, während des Todes Bruder über meine Rasse herrschte. (Kapitel 7)

Der Winter bringt die Seuche vorübergehend zum Erliegen. Im nächsten Sommer flammt sie wieder auf, und England erlebt eine Invasion von Amerikanern und Iren – eine Invasion, die Adrian mit friedlichen Reden bewältigt.

Adrian und Verney führen schließlich die wenigen überlebenden Engländer nach Frankreich hinüber. Zu diesem Zeitpunkt ist einer von Verneys Söhnen bereits tot, und seine Frau stirbt in einem Schneesturm.

Nach verschiedenen himmlischen Erscheinungen und größeren Schwierigkeiten bei Versailles ziehen fünfzig Überlebende, deren Zahl ständig weiter schrumpft, von Dijon aus nach Süden. Mary Shelley zieht alle Register. ›Bilder der Vernichtung, ein Panorama der Verzweiflung, der endgültige Triumphzug des Todes werden vor Euch gezeichnet werden‹, warnt sie den zartbesaiteten Leser.

Adrian und Verney zusammen mit zwei Kindern, Clara und der kleinen Evelyn, erreichen Italien. Dort holt sich der Typhus Evelyn. Die drei Überlebenden entdecken keine anderen Menschen mehr. Das Land ist völlig ausgestorben. Sie erreichen Venedig, nur um es in Ruinen zu finden, die langsam in der Lagune versinken.

Adrians Laune, noch einmal Griechenland zu sehen, läßt die drei ein Boot besteigen. Sie segeln die Adria hinab. Ein Sturm kommt auf, das Boot sinkt, sie stürzen ins Wasser – und am Ende wird Verney an den Strand gespült, allein. Er ist der letzte lebende Mensch.

Nachdem er sich eine Weile mit dem bitteren Vergleich zwischen seiner Lage und der Robinson Crusoes beschäftigt hat, macht er sich auf den Weg zur Ewigen Stadt (wo Shelleys Asche begraben ist). Auch dort trifft er niemanden. In Rom erfreut er sich an den Schätzen der Stadt, wandert durch die Kunstgalerien und Bibliotheken, bis er sich dann schließlich hinsetzt und seine Geschichte niederschreibt.

Einen letzten Blick auf Verney erhaschen wir, als er von einem Hund begleitet aufbricht, durch das Mittelmeer zu segeln, die afrikanische Küste hinab zu den märchenhaften Inseln des fernen Indischen Ozeans.

*

Obwohl dieses düstere Thema zu Mary Shelleys Temperament paßte, ist *The Last Man* nicht mehr als reine Schauerromantik. Die Vortäuschung, er spiele in der Zukunft, wird bald fallengelassen. Es gibt wenige neue Entdeckungen in Marys zukünftiger Welt, wenn man von lenkbaren Ballons absieht. Die Abdankung des Königs zu Gunsten eines sozialistischen Regimes ist sicher eine Neuheit (wenn auch nur eine blasse Reflektion der französischen Revolution und der Ideen von Marys Vater), aber selbst hier führt uns die Bestellung eines Lord Protectors nicht vorwärts, sondern zurück in Cromwells Zeiten. Diese Rückwärtsgewandheit wird noch verstärkt, nicht nur durch die bösen Türken, sondern besonders durch Bilder von London, die direkt von Defoe stammen, der auch im Text erwähnt wird. Noch deutlicher spricht die Art, in der die Charaktere des Romans auf die Pest reagieren. Obwohl Mary zweifellos wissenschaftlich interessiert war[28], steht ihre Welt der Pest so hilflos gegenüber wie das 15. Jahrhundert dem Schwarzen Tod. Impfungen waren in den Zwanziger Jahren des 19. Jahrhunderts bekannt, doch Mary extrapoliert hier nicht das geringste.

Abgesehen von diesem Versagen, eine glaubwürdige Zukunft zu beschreiben, was natürlich heute deutlicher ins Auge springend ist, als es für Marys Leser im Jahre 1826 war, bleibt die Tatsache, daß Mary ihre Geschichte in eine ferne Zukunft verlegt, als habe sie gefühlt, daß ein Abstand von zweieinhalb Jahrhunderten ihrem grandiosen Thema noch zusätzliche Größe verleiht. Dieser Glaube hat seitdem die Schriftsteller beeinflußt, obwohl sie sich nicht an die Zeilen Shelleys erinnern, wie es Mary zweifellos tat. Er schrieb über die Dichter als die verkannten Gesetzgeber der Welt, und er nannte sie ›die unmündigen Erben einer unverstandenen Inspiration; die Spiegel der gigantischen Schatten, die die Zukunft über die Gegenwart wirft; die Worte, die ausdrücken, was sie nicht begreifen; die Trompeten, die zur Schlacht blasen und nicht fühlen, wozu sie aufrufen . . . ‹[29] In diesem Roman wird Mary immer wieder zu einem Dichter in Shelleys Sinn.

Prosaischer gesagt, wenn man sich bis Konstantinopel durchgearbeitet hat, präsentiert der Roman Spannungselemente von erschütternder Eindringlichkeit. Er ist darin erfolgreicher als viele andere ›Gotische‹ Romane, die inzwischen Neuauflagen erlebt haben; denn zwischen den vielen weitschweifigen Passagen des Moralisierens und der Schwärmerei finden sich großartige purpurne Flecken, nicht zuletzt die Szene, in der der

Sturm aufkommt und Adrian ertrinkt, und der Traum, in dem Raymonds Leiche zur Verkörperung der Pest wird.[30] Hier ist die Perfektion von Burkes ›entzücktem Schaudern‹.

Die Düsternis von *The Last Man* ist ebenfalls beeindruckend – und wird oft auch in beeindruckenden Worten ausgedrückt. Hier spricht Raymond zu Lionel:

> Du bist von dieser Welt; ich nicht. Du streckst deine Hand aus, und sie ist einfach ein Stück von dir selbst; und du trennst dein Identitätsgefühl noch nicht von der sterblichen Hülle, die Lionel heute seine Gestalt verleiht. Wie kannst du mich verstehen? Die Erde ist mir ein Grab, das Firmament Gewölbe einer Gruft, ein Leichentuch über die Verwesung gebreitet. Zeit gibt es nicht mehr für mich, denn ich habe die Schwelle zur Ewigkeit überschritten; jeder Mensch, dem ich begegne, erscheint mir wie ein Leichnam am Vorabend der Verwesung, den schon bald der letzte Lebensfunke verlassen wird. (Teil 2, Kapitel 2)

Hier sind die Gedanken, die hinter Frankenstein standen, wie ein Krebsgeschwür in Marys Denken weitergewuchert, bis der Abscheu, der einmal nur einem mißgestalteten, künstlichen Geschöpf galt, sich gegen die ganze menschliche Rasse kehrt; es ist eher die Rasse als der einzelne Mensch, die in die Verbannung und die Auslöschung getrieben wird. Wenn Mary nur eine große Schriftstellerin gewesen wäre statt bloß eine gute! Was für ein düsteres Meisterwerk hätte sie uns geben können!

Im Schatten des Ruhms ihres Gatten wurde ihr Werk bisher zu wenig beachtet. Ihre Novelle *Matilda* wurde erst 1959 zum ersten Mal veröffentlicht.[31] Sie wurde nach dem Tod des kleinen ›Willmouse‹ geschrieben. Matilda fühlt eine inzestuöse Liebe zu ihrem Vater, die erwidert wird. Von Schuldgefühlen heimgesucht, verschwindet der Vater. Matilda hat einen prophetischen Traum, daß er ertrunken sein könnte. Verzweifelt sucht sie ihn an der Küste. ›Laß ihn am Leben sein! Überall ist Dunkelheit: in meinem äußersten Elend verlange ich nach nichts anderem mehr: keine Hoffnung, nichts Gutes: nur Leidenschaft und Schuld und Entsetzen; aber er soll leben!‹

Das sind alle drei Brontë–Schwestern auf einmal! Mehr noch, hier wird vorweggenommen, was drei Jahre später geschah, als Mary verzweifelt an das Meer fuhr, um zu erfahren, ob der geliebte Shelley den Sturm überlebt hatte.

Sein Ertrinken echot in beiden Richtungen durch Marys Leben. Sie scheint wirklich prophetische Gaben besessen zu haben.

Das Meer taucht auch in einer anderen Erzählung auf, *The Transformation* [Die Verwandlung], mit der man sich bisher kaum befaßt hat. Sie wirft ein besonderes Licht auf die Ereignisse in Frankensteins Hochzeitsnacht.

The Transformation erschien zuerst in einer der Sammlungen oder Jahrbücher, an denen die frühen Victorianer solchen Gefallen fanden. Sie kam zu der Sammlung von Marys Geschichten und wurde 1891 mit einer Einleitung von Richard Garnett neu aufgelegt.

Die Geschichte spielt in Italien. Guido ist ein launischer, reicher junger Mann, der mit Juliet verlobt ist, bis sein übles Benehmen ihr zu viel wird.

Er hat sich wie ein Besessener aufgeführt. Aber nun ist er verarmt, weil er alles verschleudert hat, und wandert am Meer entlang. Als er an eine verlassene Felsenküste gelangt, bricht ein Sturm los. Guido wird Zeuge eines Schiffbruchs; das Schiff wird gegen die Klippen geschleudert und sinkt. Alle bis auf einen ertrinken.

Der Überlebende kommt an Land. Er ist kein Mensch, sondern ein mißgestalteter Zwerg, ein Monster – und ein Magier. Guido und der Magier schließen einen Handel. Für drei Tage wollen sie ihre Körper tauschen. Guidos Armut, Verbannung und Entehrung soll solange dem Zwerg gehören. Dafür soll Guido eine Kiste voll Geld erhalten.

Der Zwerg–als–Guido macht sich auf den Weg. Eine Woche verstreicht, und er kehrt nicht zurück. Guido–als–Zwerg wandert nach Genua und findet die Stadt in den Vorbereitungen eines großen Festes. Morgen wird der Zwerg–als–Guido Juliet heiraten! Es ist die Nacht vor der Hochzeit. Juliet steht an ihrem

Fenster und flüstert Guidos Namen zu dem Ungeheuer in Guidos Gestalt, das draußen wartet.

Die Zwergengestalt springt aus den Schatten und legt den Dolch an Guidos Kehle. Sie kämpfen. Der gegenwärtige Guido sagt: ›Los! Schlag zu! Zerstöre diesen Körper – du wirst trotzdem am Leben bleiben.‹

Bei diesen Worten zögert Guido–als–Zwerg, und sein Gegner kann sein Schwert ziehen. Als der Andere zuschlägt, wirft Guido–als–Zwerg sich in die Klinge und stößt dem Gegner gleichzeitig den Dolch in die Seite.

Später kommt Guido zu sich und ist wieder in seinem eigenen Körper. Der Zwerg ist tot. Juliet pflegt Guido liebevoll gesund. Aber er muß mit der Erinnerung leben, daß der schreckliche Zwerg es war, der Juliets Liebe zurückgewann, und daß Juliet die häßliche Kreatur als Mörder verachtet, die er selbst war.

Diese bemerkenswerte Bearbeitung des Doppelgänger–Motivs erinnert deutlich an *Frankenstein*. Vielleicht drückt sich in beiden Erzählungen der Kampf zwischen der hellen und der dunklen Seite von Marys eigener Persönlichkeit aus. Auch kann man hier sehen, daß Shelleys Tod ihr wie ihr eigener vorgekommen sein muß.

*

Es darf nicht verwundern, daß Mary Shelleys Werk so wenig beachtet wird. Die Science Fiction wurde bis vor kurzem in gleicher Weise nicht beachtet. Wie Marys Reputation noch immer fragwürdig erscheint, so auch die der Science Fiction.

Es ist daher gegenwärtig besonders notwendig, auf ihre unbestreitbaren Verdienste hinzuweisen und aufzuzeigen, wie einige ihrer glänzenden schwarzen Passagen uns zurückführen zu Webster und Tourneur und vorwärts zum Edgar Allan Poe der *Maske des Roten Todes*. Mit Poe tritt uns in der Tat der nächste beachtenswerte SF–Schriftsteller entgegen: ein anderer Verbannter des Geistes, der mit Marys Byronischem Raymond sagen könnte: ›Die Erde ist mir ein Grab!‹

ANMERKUNGEN ZU KAPITEL EINS

1. H.G.Wells, Vorwort zu *The Scientific Romance*, 1933.
2. Darko Suvin, *Od Lukijana Do Lunika*, Zagreb, 1965.
3. Zum Beispiel Roger Lancelyn Green, *Into Other Worlds*, 1957.
4. Marjorie Hope Nicolson, *Voyages to the Moon*, New York, 1949.
5. *The Essential Writings of Erasmus Darwin*, ausgewählt und mit einem begleitenden Kommentar herausgegeben von Desmond King–Hele, 1968. Hinweise auf Darwin bezüglich der Erforschung der Südsee finden sich in Bernard Smiths *European Vision and the South Pacific 1768–1850*, 1960.
6. Siehe Desmond King–Heles Studie, *Erasmus Darwin*, 1963.
7. Alethea Hayter, *Opium and the Romantic Imagination*, 1968.
8. Horace Walpole: Brief an den Reverend William Cole, Strawberry Hill, den 9. März 1765. Er erklärt Cole darin, wie er dazu kam, *The Castle of Otranto* zu schreiben, und sagt: ›So sollte ich Euch eingestehen, was der Ursprung dieses Romans war! Ich erwachte eines Morgens, es muß Anfang letzten Junis gewesen sein, aus einem Traum, von dem mir nur noch im Gedächtnis geblieben war, daß ich mich in einem uralten Schloß geglaubt hatte (ein recht gewöhnlicher Traum für einen Kopf wie meinen, der mit Schauergeschichten angefüllt ist), und daß ich auf dem obersten Geländer einer großen Treppe eine riesige Hand in einer Rüstung sah. Am Abend setzte ich mich nieder und begann zu schreiben, ohne eigentlich zu wissen, was ich vorhatte zu erzählen oder worauf bezugzunehmen . . . ‹
9. Piranesi gravierte seine *Carceri* 1745 in Rom und kündigte damit die Romantik an oder, besser gesagt, ihre schwarze Seite. Für die hellere Seite muß man sich den Stichen eines anderen Italieners zuwenden, des Venezianers G.B. Tiepolo, dessen *Capricci* fast zur gleichen Zeit wie Piranesis *Carceri* erschienen. In seinen Bildern unterhalten sich geheimnisvolle Gestalten oder warten zwischen geheimnisvollen Ruinen; in einer späteren Serie, den *Scherzi di fantasia,* sind die schönen Gestalten von Magie und Tod umgeben, obwohl sie noch immer in Tiepolos strahlendes Licht getaucht werden.
10. Weitere Einzelheiten dazu z.B. in Margaret Dalziels *Popular Fiction 100 Years Ago*, 1957.
11. Das Interessanteste an Peacock ist, wie lesbar seine besten Romane geblieben sind. *Gryll Grange,* veröffentlicht, als der Autor bereits fünfundsiebzig Jahre alt war, ist eine besonders köstliche Satire über den Fortschritt in der Victorianischen Zeit. Ein Reverend Dr.

Opimian repräsentiert darin eine ungehobelte anti–wissenschaftliche Ansicht, die heute weniger eigenwillig anmutet, als das 1860 getan haben muß: ›Der Tag würde nicht ausreichen, wollte ich versuchen all die Übel aufzuzählen, die die Wissenschaft schon über die Menschheit gebracht hat. Ich möchte beinahe annehmen, daß es die wahre Bestimmung der Wissenschaft ist, die menschliche Rasse auszurotten.‹ (Kapitel 19)

12. Ein gutes Beispiel ist Ursula Le Guins *The Left Hand of Darkness*, 1969 [Winterplanet].
13. H. Beam Piper, *Temple Trouble*, 1951.
14. H. B. Fyfe, *Protected Species*, 1951.
15. A. E. van Vogt, *Asylum*, 1942.
16. F. L. Wallace, *Big Ancestor*, 1954.
17. Einige Zeit vor dem Erscheinen von Ward Moores Roman wurde ein Band veröffentlicht unter dem Titel *If, or History Rewritten*, hrsg. von J.C. Squire, New York, 1931, der eine Sammlung alternativer Universen enthält, die sich Gelehrte und Historiker zusammengeträumt haben. Eines der interessantesten ist Winston Churchills ›If Lee Had Not Won the Battle of Gettysburg‹. In England erschien der Band unter dem Titel *If It Had Happened Otherwise* und wurde 1972 neuaufgelegt.
18. Shelley, *Hymn to Intellectual Beauty*, Stanza 5.
19. Edward John Trelawny, *Recollections of the Last Days of Shelley and Byron*, 1858.
20. Die Standard–Biographie von Mary Shelley bleibt R. Glynn Grylls' *Mary Shelley: A Biography*, 1938. Sie ist sehr gut dokumentiert. Ein lebendigeres Porträt gibt Eileen Biglands *Mary Shelley*, 1959.
21. Besonders deutlich wird das in J.M.S. Tompkins' Buch *The Popular Novel in England, 1770–1800*, 1961. ›Was ihre Autoren beabsichtigten – jedenfalls die besten von ihnen – war die Wiedergabe von Empfindsamkeit und einer großen Bandbreite von Gefühlsfarben. Der Roman war eine Art künstlicher Regenbogen, aus Tränen und glitzernden Sonnenstrahlen gesponnen, der aber zuweilen auch schrillere Kontraste erlaubte‹. (Kapitel 9)
22. ›Durch die Errichtung eines phantastischen Überbaus auf dem Fundament passender 'wissenschaftlicher' Tatsachen . . . ist es die erste der *Scientific Romances*, die in unseren Tagen ihren Höhepunkt im Werk von H.G. Wells finden; darin wie in den Andeutungen psychologischer und soziologischer Hintergründe ist in *Frankenstein* der Fortschritt gegenüber dem grobgestrickten Horror der Radcliffe–'Mönch' Lewis-Schule zu erkennen‹. R. Glynn Grylls, s.o.

23. Es wäre interessant zu wissen, ob Polidori auch eine Ausgabe von de Sades gothischer Schauerphantasie *Justine* mitbrachte, die 1791 erschienen war. In *Frankenstein* gibt es eine Justine, die zu Unrecht in den Kerker geworfen wird und 'von aller Welt angestarrt und verabscheut' – eine sehr de Sade'sche Situation; trotz ihrer Unschuld stirbt Justine auf dem Schafott. Mario Praz zeigt diese Parallele in *La carne, la morte e il diavolo nella letteratura romantica,* München, 1970, Liebe, Tod und Teufel – Die schwarze Romantik, Deutsch von Lisa Rüdiger, 1930. Merkwürdigerweise stirbt De Sades' Justine durch einen Blitzschlag, die gleiche Kraft, die Frankensteins Geschöpf in James Whales Film zum Leben erweckt.
24. Diskussionen dieses Punktes finden sich in M.K. Josephs exzellenter Ausgabe von *Frankenstein,* erschienen in der Reihe Oxford English Novels, 1969.
25. Diese Beobachtung verdanken wir Desmond King–Hele, dessen großartige Werke zur Wiederbelebung der Erinnerung an Erasmus Darwin bereits aufgeführt wurden. Er gibt viele Nachweise von Darwins Einfluß auf die Dichter seiner Zeit, besonders auf Shelley.
26. So wie in *Juliette,* wo Saint–Fon ruft: ›Quelle jouissance! J'étais couvert de malédictions, d'imprécations, je parricidais, j'incestais, j'assassinais, je prostituais, je sodomisais!‹
27. Christopher Small, *Ariel Like a Harpy: Shelley, Mary and 'Frankenstein'*, 1972.
28. Mary trug Lebensbeschreibungen von ›Eminent Literary and Scientific Men of Italy, Spain, and Portugal‹ und von ›Eminent Literary and Scientific Men in France‹ zur *Cabinet*-Enzyklopädie von 1835 und 1838 bei.
29. Shelley, *The Defence of Poetry*, 1821.
30. Dieser sich steigernde Alptraum wird in einem etwas schwülstigen Stil beschrieben, aber in seiner Intention – zu beunruhigen, indem vertraute Dinge außerhalb des gewohnten Kontextes gezeigt werden – ist er surrealistisch. Verney hat den geliebten Lord Raymond tot in den Ruinen des pestbefallenen Konstantinopel aufgefunden. Danach schläft er ein:
›Ich erwachte aus beunruhigenden Träumen. Mir dünkte, ich sei zu Timons letztem Festmahl geladen: Ich kam mit großem Appetit, die Platten wurden aufgetragen und die Deckel von den Töpfen genommen, als ich vor dem Zorn meines Gastgebers fliehen mußte, der Raymonds Gestalt anzunehmen schien; zu meinem entsetzten Erstaunen quoll aus den Schüsseln, die er mir nachwarf, ein übel riechender Dunst und die Gestalt meines Freundes, von tausend Entstellungen verändert, reckte sich zu einem riesenhaften

Phantom auf, das das Zeichen der Pest über den Brauen trug. Das wachsende Schattenphantom streckte sich und streckte sich, füllte und schien dann sogar das adamantene Gewölbe zu durchbrechen, das die Welt hält und umschließt. Der Alptraum wurde zur Tortur; mit Gewalt riß ich mich aus dem Schlaf und rief den Verstand zu seiner gewohnten Funktion zurück‹. (*The Last Man*, Teil 2, Kapitel 3)

Mary Shelley benutzt die gleiche Technik, kurz bevor Victor Frankenstein erwacht, um zu entdecken, das sein ›elendes Monster‹ zum Leben erwacht ist. Auch dort handelt der Traum von jemand Geliebtem (in diesem Fall Victors Verlobte), der in ein Symbol des Entsetzens und des Abscheus verwandelt wird:

›Zwar schlief ich tatsächlich ein, aber nur, um von den ärgsten Träumen heimgesucht zu werden. Ich bildete mir ein, Elisabeth zu sehen, wie sie in blühender Gesundheit durch die Gassen von Ingolstadt wandelte. Voll entzückter Überraschung schloß ich sie in die Arme. Da ich aber den ersten Kuß auf ihre Lippen drückte, ward sie totenbleich, mit ihren Zügen ging ein Wandel vor sich, und mir schien's, als hielte ich jetzt den toten Körper meiner Mutter in den Armen! Ein Leichentuch verhüllte die Gestalt, und in den Falten des Flannells wimmelte es von dem Gewürm der Verwesung! Zutiefst entsetzt erschrak ich aus dem Schlummer – der kalte Angstschweiß brach mir von der Stirn – der ganze Körper zog sich mir zusammen und die Zähne klapperten . . . ‹ (*Frankenstein*, Kapitel 5)

Für jeden, der eine Anthologie böser Träume zusammenstellen will, gehört Mary Shelley zur Standard–Lektüre.

31. Hrsg. von Elisabeth Mitchie in *Studies in Philology*, Sonderreihe, Nr. 3.

2.
›Eine scharfsinnige, widerwärtige Literatur‹

EDGAR ALLAN POE

Sie, die bei Tage träumen, haben Kenntnis von manchen Dingen, welche Denen entgehen, die nur bei Nacht zu träumen pflegen. Edgar Allan Poe: Eleonora

Mary Shelley hatte das Glück, von literarischen Eltern, Freunden und Bekannten umgeben zu leben. Edgar Allan Poe hatte das Pech, fast keinen literarischen Freund zu besitzen; teilweise vielleicht um das auszugleichen, schuf er sich seine eigene Literaturwelt: Gedichte, Literaturbetrachtungen, Rezensionen, Geschichten und schließlich der Versuch eines Romans.

Poe ist ein Hamlet der Schriftstellerei; nicht nur ein Einzelgänger, sondern dandyhaft, schwarzgewandet und schwermütig, wenn nicht sogar wahnsinnig. Er ruft noch immer fast die gleiche heftige Debatte hervor wie Hamlet; über eineinhalb Jahrhunderte nach seinem Tod haben sich die Kritiker noch nicht über seine Verdienste einigen können. Das spricht allerdings dafür, wie lebendig sein Werk bis heute geblieben ist. Es gibt gegensätzliche Ansichten über den Wert seines individuellen Stils, die Qualität seiner Themen und seine Stellung in der Literatur.

Diese Fragen sind natürlich auch für seine Bedeutung als Science Fiction–Autor relevant. Ein bemerkenswertes frühes Urteil über sein Werk geben die Brüder Goncourt in ihrem Journal von 1856:

> 16. Juli – Nach der Lektüre von Edgar Allan Poe. Etwas, das die Kritiker nicht bemerkt haben; eine neue literarische Welt, die auf die Literatur des 20. Jahrhunderts weist. Wis-

senschaftliche Wunder, Fabeln nach dem Muster A+B; eine scharfsinnige, widerwärtige Literatur. Keine Poesie mehr, sondern analytische Phantasie. Etwas Monomanisches. Dinge spielen eine wichtigere Rolle als Menschen; Liebe weicht logischen Schlußfolgerungen und anderen Quellen für Idee, Stil, Subjekt und Interesse; die Grundlage einer Geschichte wird vom Herz in den Kopf verlegt, von der Leidenschaft zur Idee, vom Drama zur Schlußszene.[1]

In mancher Hinsicht ist dies eine etwas verworrene Bemerkung. Aber sie weist auf ein Merkmal, das Poes Werk mit dem Mary Shelleys gemeinsam hat – den Versuch einer Balance zwischen der Innerlichkeit und der Nachaußengekehrtheit. Poe ist der große Dichter der Innerlichkeit; doch er konnte den Wundern der Wissenschaft nicht widerstehen, dem A+B, von dem die Goncourts sprechen. Poes dunkle Gemächer sind angefüllt mit den *gadgets* seiner Zeit.

Diejenigen, die die SF allen anderen Arten des Schreibens vorziehen, müssen Gefallen an ihrer belebenden Bastardschaft finden, ihrem unmoralisch interdisziplinären Habitus, mit dem sie sich ihr Nest mit den Federn aus dem Wissen an den Grenzen der immer größer werdenden Welt baut. Wir können nur dem Aldous Huxley zustimmen, der sagt: ›Ich habe eine Vorliebe für das Lebendige, das Vermischte und das Unvollendete in der Kunst und ziehe es dem Universalen und chemisch Reinen vor.‹ Poes chemische Unreinheiten waren seiner Persönlichkeit von Geburt an mitgegeben.

Der Kritiker Sam Moskowitz sagt: ›Die Details von Poes leidvollem Leben wären zu unglaubwürdig für einen Roman.‹[2] Mag *das* sein, wie es mag; manchmal fällt es schwer, die Tatsachen von der Dichtung zu unterscheiden. Poe wurde 1809 in Boston geboren und nicht 1811, wie er später behauptete. Sein Vater war ein Wanderschauspieler. Seine Mutter war Elisabeth Hopkins, eine Engländerin und der Publikumsliebling ihrer Schauspielertruppe. Sie starb in äußerster Armut – an der Lungenschwindsucht, die sich durch die Theatergeschichte des 19. Jahrhunderts zieht – als Poe erst zwei Jahre alt war; zu diesem Zeitpunkt hatte sein Vater sich spurlos aus dem Staub gemacht. Moderne Kinderpsychologie würde aus den Auswirkungen, die diese Katastrophen auf das Kleinkind gehabt haben müssen, wesentlich mehr machen, als es die Literaturkritiker getan haben.

Poe wurde von dem schottischen Tabakhändler John Allan adoptiert. Ihre Beziehung scheint während Poes Jugend herzlich gewesen zu sein, aber auch darüber sind sich die Literaturkritiker nicht einig. Er wurde Student der Universität von Viginia, mußte sie aber wegen Spielschulden verlassen. Jetzt begannen seine Schwierigkeiten mit Allan.

Seine ersten Gedichte wurden 1827 veröffentlicht (*Tamerlane and Other Poems* – 40 Exemplare Auflage); gleichzeitig trat er in die Armee ein, vielleicht dem Vorbild seines Großvaters folgend, der im Unabhängigkeitskrieg gekämpft hatte.

Immer zu großen Übertreibungen neigend, machte Poe aus dieser Periode seines Lebens eine Zeit voll von Abenteuern und Reisen; tatsächlich verließ er nie die Vereinigten Staaten. Nach seiner Entlassung aus der Armee wurde er in West Point aufgenommen, aber wenige Monate später wegen Ungehorsam und Unpünktlichkeit relegiert. Sein Verhalten ist oft schwer zu deuten. Obwohl er immer unter den Schwierigkeiten, persönliche Beziehungen aufzubauen, gelitten zu haben scheint, wie es für Kinder, die früh ihre Mutter verloren haben, charakteristisch ist, begann er, sich mit seinen Erzählungen einen Namen zu machen und gewann mit seiner Arbeit als Herausgeber des *Southern Literary Messenger* Ansehen. Viele von seinen exzellenten Literaturkritiken stammen aus dieser Zeit, Ende der dreißiger bis Anfang der vierziger Jahre des vorigen Jahrhunderts.

1836 heiratete Poe seine Cousine Virginia, ein Kind von kaum vierzehn Jahren. Die Literaturforscher haben sich, wie nicht anders zu erwarten, über diese Verbindung mokiert. Aber wie schrecklich Poes Lüste auch gewesen sein mögen, seine Leiden scheinen schrecklicher gewesen zu sein. Wenn es erlaubt ist, zum Verständnis dieser Verbindung Poes Geschichte *Eleonora*[3] heranzuziehen, dann müssen Poe und seine Cousine tiefe Liebe füreinander empfunden haben, und keine platonische (›Kein Arg verhehlte künstlich die Liebesglut, die ihr Herz belebte; vielmehr ergründete sie im Verein mit mir seine innersten Winkel . . . ‹); aber selbstverständlich mag der arme Poe es auch hier unerläßlich gefunden haben, die banaleren Seiten des Lebens ein wenig auszuschmücken.

Wie dem auch sein mag, an seinen Seelenqualen kann es keine Zweifel geben. Virginia siechte vor seinen Augen dahin; sie erlitt, während sie sang, einen Blutsturz und fiel danach immer wieder in eine totenähnliche Trance. Sie starb 1848 an Tuberkulose.

Während dieses Versteckspiels mit dem Tod griff Poe zum Alkohol und wahrscheinlich auch zum Opium. Er erlitt einen Schlaganfall, dessen Folgen es ihm unmöglich machten, Alkohol zu sich zu nehmen, ohne sofort betrunken zu werden.

Es läßt sich nicht bestreiten, daß Poe einer der an materiellem Erfolg am wenigsten interessierten Dichter war, denn er blieb arm, selbst als seine Reputation als Poet, Kritiker und Kurzgeschichtenschreiber auf dem Höhepunkt stand. Während seines letzten Lebensjahres, 1849, bahnte er Beziehungen zu drei Frauen an und war mit Vortragsreisen und Arbeiten als Herausgeber beschäftigt. Er starb unter mysteriösen Umständen in Baltimore. Als Todesursachen werden Gehirnentzündung, Epilepsie oder ein tödlicher Alkohol–Exzess genannt. Eine Version seiner letzten Tage legt nahe, daß er das Opfer lokaler Wahlkampf-Haie wurde – daß er auf seinem Weg zu einem neuen Leben in New York, wo ihn eine neue Stellung erwartete, für eine Wahlkampagne schanghait, betrunken gemacht und gezwungen wurde, seine Stimme für eine lokale Wahl abzugeben; eine in dieser Zeit übliche Methode des Stimmenfangs. War er ein unschuldiges Opfer oder ein unheilbarer Säufer? Oder vielleicht von beidem etwas?[4]

Noch mehr Unglück hatte Poe bei der Wahl des Verwalters seines literarischen Nachlasses, einem Literaturschänder mit Namen Reverend Rufus W. Griswold – ein Name, wie er tatsächlich zu unglaubwürdig für einen Roman ist. Griswold verbreitete jede Menge übler Gerüchte über Poe, die auf den fruchtbaren Grund von Poes eigenen Unehrlichkeiten fielen.

Poes Ruhm entwickelte sich auf so verschlungenen Wegen wie seine Karriere. Sein Werk fand in Frankreich Beifall, wie der Auszug aus den Goncourt–Journalen beweist, während die englischsprachige Welt von seinen Verdiensten so gut wie keine Notiz nahm. Das französische Interesse verdankt er zum Teil der Besessenheit, mit der sich Charles Baudelaire Poes Werk widmete. Der große Dichter verschrieb sechzehn Jahre seines Lebens der Aufgabe, Poe ins Französische zu übersetzen. Es fällt schwer, eine Parallele für solche Hingabe zu finden!

Baudelaires Heldenverehrung hatte viel mit dem Fehlen jeglichen Moralisierens bei Poe zu tun, in einer Zeit, wo Literatur und Moral sich in zunehmender Weise verklammerten. Er bewunderte Poes Erforschung des geistigen und moralischen

Verfalls und den Schrecken, der aus der Seele kommt und nicht aus Deutschland.[5] * Es ist diese Betrachtungsweise, durch die Poe den meisten Wert gewinnt; aber die englischsprachige Kritik hat gezögert, sie anzuerkennen. Sie sieht in ihm entweder einen hoffnungslosen Unreifen[6] oder einen Bühnenzauberer, der nur an den vordergründigsten Showeffekten interessiert ist – und unglücklicherweise gibt es einen guten Anteil an Geschichten und Gedichten, die diese Ansicht unterstützen. D.H. Lawrence nannte es ›den üblen Geschmack des Sensationalismus‹[7], und Aldous Huxley sprach von ›jenen subtileren Spuren der Vulgarität, die Poe ruinieren‹.[8]

Die erfolgreichsten Geschichten sind die, in denen irgendein stickiger Raum von der Erinnerung an eine bleiche Frau heimgesucht wird, geliebt und doch gefürchtet. Dann erreicht Poes Kunst eine wilde Größe, in der sich dumpfes Schweigen und überreizte Nerven auf einzigartige Weise verbinden. Die weniger erfolgreichen Geschichten – von ihrem literarischen Wert her – sind die, in denen Poes Vorliebe für böse Scherze die Oberhand gewinnt: der ermordete und verwesende Mr. Shuttleworthy, der in *Du bist der Mann!* aus der Kiste springt; der mörderische Orang-Utan als Erklärung für *Die Morde in der Rue Morgue*; das groteske Massenertrinken in Bier in *König Pest*; das in Brand setzen einer als Orang-Utans verkleideten Gruppe Menschen in *Hopp-Frosch*. Diese boshaften Scherze erinnern an die Hand eines bösen Schulbuben.

Aber seine wertvollsten Erzählungen – in diese Kategorie gehören neben anderen *Der Fall des Hauses Ascher, Ligeia, Eleonora, Die Maske des roten Todes* und *Die Tatsachen im Falle Waldemar* – zeigen eine bemerkenswerte Überlebensfähigkeit, trotz ihrer oft überzogenen Sprache. Ihre fensterlosen oder verhangenen Räume geben eine Metapher für einen versunkenen Bereich des menschlichen Geistes ab, der zuvor kaum irgendwo so intensiven Ausdruck fand. Edgar Allan Poe

* [›german horror‹, der Schrecken aus Deutschland, waren zu Poes Zeit besonders verbreitete Gruselgeschichten aus Deutschland mit vordergründigen, aufgesetzten Schreckensszenen. Anm.d.Ü.]

ist der erste Dichter der inneren Wildnis; aber seine Gestalt taucht in einer unpassenden Zeit auf, als Fenimore Cooper und andere gerade so begeistert die äußere Wildnis feierten. Diesem Verdienst verdankt sein Portrait den Platz in der Ahnengalerie der Moderne und der Science Fiction, wo es neben andere verstorbene Wegweiser gehört, wie Verne und Wells und Mary Shelley.

Allerdings hatte Poe auch Vorläufer in den Vereinigten Staaten. Charles Brockden Brown (1771 – 1810), der erste professionelle amerikanische Schriftsteller, beschäftigte sich ausführlich mit morbiden Themen und starb im Alter von neununddreißig Jahren an Tuberkulose. Sein *Wieland* (1798) ist reine *›gothic‹*, während *Arthur Mervyn* (1799 – 1801) eine Pestchronik ist. Brown überlebte selbst zwei Gelbfieber–Epidemien. Der letztgenannte Roman findet in Mary Shelleys *The Last Man* Erwähnung.

Nathaniel Hawthorne (1804 – 64) ist ein vornehmerer literarischer Vorfahr, dessen bekannteste Romane allerdings erst nach Poes Tod erschienen, etwa *Der scharlachrote Buchstabe* (1850), *Das Haus der sieben Giebel* (1851) und *Der Marmorfaun* (1860). Hawthorne war ein Neu–Engländer, der sich besonders mit dem Thema Sünde beschäftigte. Sein Werk enthält viel Alegorisches und tendiert in solchen Kurzgeschichten wie *The Artist of the Beautiful** (1844) bereits zur Science Fiction.

Als Erforscher morbider Psychen gelingt es Poe in beeindrukkender Weise, seine Charaktere durch die bildhafte Beschreibung ihrer Umgebung darzustellen. Die meisten populären Versionen von Poes Geschichten – besonders die Verfilmungen – behandeln ihn wie einen Horror–Autor. Aber Poes Horror ist von einer besonderen Art. Er benutzt nichts von der übernatür-

* Mit großem Aufwand und innerer Anteilnahme erschafft Warland ein wunderbares Insekt; es könnte ein dampfgetriebener Schmetterling sein. Als das von ihm bewunderte Mädchen das Werk sieht und fragt, wer es erschaffen hat, antwortet er: 'Warum fragen, wer es geschaffen hat, wenn es doch so schön ist?' Während des Gesprächs wird das Insekt von einem gefühllosen Kind zertreten; aber Warland kümmert sich nicht darum. Er hat seine *Kunst*.

lichen Maschinerie, dem Beiwerk böser Götter, das von solchen Nachfolgern wie Machen und Lovecraft so eindringlich verwendet wird. Poe gehört der Horror in den eigenen vier Wänden, das Erhaschen eines flüchtigen Blicks auf unbedeutende Leben, denen Lebensangst und Sex zu furchtbaren Rätseln werden. Nur selten läßt sich eine okkulte Manifestation blikken, und alle Wiedergänger sind dementsprechend weiblichen Geschlechts.

Selbst das Höllenfeuer ist erloschen; der schreckliche Wahnsinn der menschlichen Begierden ist unter nervöser Abgespanntheit und der Leukämie der Isolation begraben; Poes Welt ist so furchterregend, weil es eine Welt der Deprivation ist und der Liebe, die sich nicht scheut, ihren zweiten Namen zu hauchen. So pervertiert ist die Liebe, daß die Handlungslosigkeit (in einer typischen Poe-Erzählung kann man kaum von Handlung sprechen) in der Regel bereits unter der Erde stattfindet, um damit die Abgründe zu symbolisieren, in die die Seele sich hinabbegeben hat.

Mehr als ein Kritiker hat Poe zum ›Vater der Science Fiction‹ erklärt. Nach Professor Bruce Franklin[9] war die erste Person, die sich so äußerte, ein anonymer Autor der *Saturday Review* im Jahre 1905, und seitdem steht diese Bemerkung ständig im Raum. Obwohl sich diese Ansicht eher auf einer umfassenden Ignoranz der Literatur gründet als auf einer umfassenden Kenntnis von Poes Werk, ist sie doch nicht völlig grundlos; denn Poe hält eines der Patente für die Kurzgeschichte – und die Kurzgeschichte war, wenigstens bis gestern, die ideale Form der Science Fiction.

Unter seinen Geschichten sind am ehesten als Science Fiction zu erkennen *Die Unterredung zwischen Eiros und Charmion* (›Das Nahen eines riesigen Kometen lastet mit gräßlich *neuen* Gefühlen auf den Gemütern‹), *Eine Geschichte aus den Rauhen Bergen, Ein Sturz in den Malstrom, Die Tatsachen im Falle Valdemar, Das unvergleichliche Abenteuer eines gewissen Hans Pfaall, Umständlicher Bericht des Arthur Gordon Pym von Nantucket, Der Ballon–Jux, Mellonta Tauta, Mesmerische Offenbarung, Das Gespräch zwischen Monos und Una* und *Die tausendundzweite Erzählung der Scheherezad*. Eine Handvoll

Geschichten, und der Vergleich mit dem Gesamtwerk zeigt: Poes beste Geschichten sind keine Science Fiction, und seine Science Fiction-Geschichten gehören nicht zu seinen besten.

Mit Sicherheit war Poe an der Wissenschaft interessiert, an der Zukunft der Wissenschaft und den Auswirkungen der Wissenschaft auf die menschliche Gesellschaft. Oft erwuchsen daraus bemerkenswerte Einsichten: so nimmt er in seiner wenig bekannten Erzählung *Das Gespräch zwischen Monos und Una* Gesetze des Umweltschutzes vorweg, die erst in den sechziger Jahren unseres Jahrhunderts in das Bewußtsein einer breiten Öffentlichkeit gerückt wurden. In seiner selbst konstruierten Geschichte einer von der Technik gefesselten Zukunft sagt er: ›Derweil erhoben sich ungeheure qualmende Städte, schier ohne Zahl. Grünes Laub verdorrte im heißen Atem der Schlote. Das schöne Gesicht der Natur ward entstellt, wie von den Verheerungen einer ekelhaften Krankheit.‹ Er zieht dann auch den Vergleich zwischen der fortschreitenden Verseuchung und dem fortschreitenden Alter der Welt: ›Vorzeitig herbeigeführt durch Unmäßigkeit in der Erkenntnis aber brach das Greisenalter der Welt herein.‹

In einem Brief schrieb er: ›Ich lebe in ständigen Träumen der Zukunft.‹ Aber seine Erzählungen, die der Science Fiction am nächsten sind, sind am weitesten von der Kurzgeschichte im eigentlichen Sinne entfernt. Sie sind viel mehr Essays oder Dialoge und verlieren sich oft im Facettenhaften (eine von Poes hartnäckigsten Sünden, die sich mit der üblen Angewohnheit verband, seinen Personen Namen wie 'von Underduk' zu geben), als sei es ihm besonders schwergefallen, den gewählten Stoff zu bearbeiten.

Er würzte seine Kurzgeschichten mit ein wenig Wissenschaft, ganz so, wie es in unseren Tagen Lawrence Durrell mit seinen Romanen tut; aber das macht aus ihm genausowenig einen SF-Autoren wie aus Lawrence Durrell – tatsächlich sogar noch weniger, wenn man sich an *Nunquam* des letzteren erinnert, das immerhin einer Travestie des Frankenstein-Motivs ist.

Es gibt exzellente Geschichten von Poe, die der Science Fiction *verwandt* sind, aber eben nur *verwandt*: *Manuskript-*

fund in einer Flasche mit einem glänzenden ›Fliegenden Holländer‹, der später oft in ein verlassenes Raumschiff verwandelt wurde; *William Wilson* mit einem Doppelgänger, der sich seit Poes Zeiten oft in einen Androiden verwandelt hat. Aber Fliegende Holländer und Doppelgänger sind nicht für sich selbst genommen schon Science Fiction. Sie wurden erst später in das Repertoire des Subgenres geschmuggelt. Poe schrieb Geschichten, in denen wissenschaftliche und pseudo-wissenschaftliche Theorien auftauchen, wie der Mesmerismus in den entsetzlichen *Tatsachen im Falle Valdemar*; diese Geschichte dürfte sogar seine erfolgreichste Annäherung an die Science Fiction sein.

Der Fall Valdemar ist eine Geschichte über einen Kranken, der hypnotisiert wird. Dann stirbt er, aber seine Seele kann den verwesenden Körper nicht verlassen, bevor der hypnotische Bann nicht von ihm genommen wird. Poes biologische Details sind gut, sein Stil ist kühl und klinisch. Er betrachtete den Mesmerismus als eine eigenartige, aber legitime neue Wissenschaft. Aber die Geschichte packt den Leser durch Poes gekonnte Bearbeitung seines Lieblingsthemas. Sie bewegt sich auf dem unheiligen Territorium zwischen Leben und Tod.

Ähnliches ließe sich über die seltsame Zeitreise in seiner *Geschichte aus den Rauhen Bergen* oder die Spottpsychiatrie in *Die Methode von Dr. Thaer und Prof. Fedders* sagen; dann ist da noch Hans Pfaalls detailliert beschriebene Ballon–Reise zum Mond und *Arthur Gordon Pym*, mit dem wir uns weiter unten noch eingehend beschäftigen werden.

Aber keine von diesen Geschichten kommt an die Triumphe in Poes eigentlichen Horror–Erzählungen heran, etwa *Grube und Pendel, Das verräterische Herz, Die Maske des roten Todes,* oder *Der Fall des Hauses Ascher*. Was die *Science* angeht, verdient Poe in einer Geschichte der Science Fiction keine ausführlichere Erwähnung als seine Zeitgenossen wie Brockden Brown, Hawthorne oder Oliver Wendell Holmes[10], der im selben Jahr wie Poe geboren wurde. Doch Poe bietet mehr und anderes als vordergründige SF-Elemente.

Hinter Poes Theaterdonner, hinter seiner aufgesetzten Gotik und seinen transplantierten Stücken eines Traum-Europas, hinter seinen Melodramen steht ein Rückzug aus der rationalen Welt, in der Poe sich nur unter so großen Schwierigkeiten zurechtfand, ja ihre Sabotage. In seiner Dichtung weicht er den Fallen dieser Welt aus, ihrer Politik, ihrem Geld, ihrem Alltagsärger und den meisten ihrer Menschen. Denn Poe weiß von einer anderen Welt. Er kann uns nicht sagen, wo sie liegt. Vielleicht jenseits des Grabes, vielleicht hinter einem Spiegel, vielleicht in einem anderen Geisteszustand, einer anderen Zeit, einer anderen Dimension. Aber er weiß, sie ist da.

Dieses Wissen und die gleichzeitige Unfähigkeit, es jemandem mitteilen zu können – das ist die Essenz von Poes Werk. Es verleiht Dingen, die sonst zu offensichtlich wären, einen notwendigen Hintersinn. Zum Beispiel das bemerkenswerte Prosagedicht *Die Maske des roten Todes* – wovon handelt es wirklich? Ist der rote Tod eine Seuche wie der Schwarze Tod? Aber die ersten Worte der Geschichte scheinen diesem Gedanken zu widersprechen (›Der »Rote Tod« hatt' lang das Land verheert. Nicht eine Pestilenz je war so voll Verderben, so scheußlich graus gewesen.‹). Könnte der ›Rote Tod‹ Poes sardonische Art gewesen sein, nicht den Tod, sondern das Leben selbst zu beschreiben?[11] Erinnern wir uns an Poes ökologische Einsichten, dann mag diese Lesart nicht zu weit hergeholt sein.

Wissen und die Unfähigkeit, sich mitzuteilen: hier liegt der Grund, warum Poes Werk mit Rätseln, Kryptogrammen und Geheimschriften übersät ist,[12] warum immer wieder und wieder die verwirrenden Uhren-Symbole auftauchen,[13] warum seltsame Fragmente fremder Sprachen Tieren und Vögeln in den Mund gelegt werden,[14] warum er solchen Gefallen an Überraschungen fand,[15] warum er Kurzgeschichten wie Artikel schrieb, mit einem Ich-Erzähler,[16] warum er so gerne auf Tricks und merkwürdige Handlungswendungen verfiel,[17] warum seine Hauptpersonen Sprachfehler haben,[18] und warum er nie etwas so Weitverzweigtes wie einen Roman meistern konnte. All seine beachtliche Beredtheit deutet auf eine zentrale Unfähigkeit, etwas zu artikulieren. Er wußte von einer anderen Welt, aber er konnte davon nur in Symbolen berichten.

Es ist die Technik Poes, dieses zentrale Unaussprechliche in einen Mantel von Worten zu hüllen, die den meisten Einfluß auf andere Dichter hatte. Die Symbole, die Poe verwendet, das wurmzerfressene Mobiliar seiner Sätze, sprachen Mallarmé, Valéry[19] und die Symbolisten[20] an, während sein durchdringendes Gefühl von einem Etwas, das gerade außerhalb unseres Gesichtsfeldes lauert – sei es am Himmel, unter der Erde oder im Kopf –, seinen Widerhall im Werk von Science Fantasy-Autoren wie Donald Wandrei, Ray Bradbury, Richard Matheson, Robert Bloch, Ramsey Campbell und anderen fand. Und natürlich in Bram Stokers *Dracula*.

Eine Betrachtung von Poes Werk führt uns letzten Endes zu einer Betrachtung des Wesens der Dichtung überhaupt. Wir könnten in der Dichtung ein Spiel sehen, wenn dieses Spiel auch oft einen sehr ernsten Charakter hat. Wenn Kinder spielen, imitieren sie immer wieder die Erwachsenenwelt (Mütter und Väter, den Doktor), um sich selbst die Angst vor potentiell unangenehmen oder bedrohlichen Konfrontationen zu nehmen. Die Erwachsenenliteratur bedient sich des gleichen Prinzips: sie schafft eine Spielsituation, die unangenehme oder bedrohliche Konfrontationen in einem vergrößerten Maßstab präsentiert. Über die besondere Beziehung zwischen Autor und Leser, wie es sie bei der Literatur und keinem anderen Medium gibt, hilft sie uns so, mit diesen Konfrontationen fertigzuwerden.

Science Fiction ist ein Beispiel für einen besonders vergrößerten Maßstab, bei dem der eine Arm des Storchenschnabels ins Riesenhafte verlängert wurde, so daß die Bedrohungen auch bis ins Gigantische wachsen. Wie zum Ausgleich folgt das Zeichengerät dabei nicht mehr sehr genau dem zugrundeliegenden Realitätsmuster. Es ist Poes besonderes Verdienst – das er nur mit wenigen anderen Schriftstellern teilt –, uns in seinen besten Geschichten mit einer Bedrohung zu konfrontieren, an die wir, auch wenn wir sie letztlich nicht definieren können, instinktiv glauben müssen. Auch die Auflösung seiner Geschichten läßt diesen Glauben intakt.

Poe ist in gewissem Maße ein Epigone der ›gothic romance‹[21], aber seine nächste literarische Verwandtschaft sind *Wuthering Heights* und Kafkas *Prozeß* – der Kafka der ›analytischen Phantasie‹, von der die Goncourts sprachen. Man macht es sich zu einfach, wenn man sagt, daß Poe vom Tod besessen war; er war ein besessener Dichter, aber sein Ziel lag jenseits der Pforte des Todes. Der Erzähler aus *Manuskriptfund in einer Flasche* berichtet, daß ›wir vorwärts stürmen, irgendeiner Erkenntnis zu – einem niemals bekanntzumachenden Geheimnis . . . ‹, und viele von Poes Charakteren finden sich in einer ähnlichen Situation gefangen. Das ist es, was sie von der menschlichen Gesellschaft trennt. Ihr Bewußtsein beginnt sich aufzulösen; wie Roderick Ascher werden sie von außersinnlichen Wahrnehmungen heimgesucht. Es ist das Schicksal der außerhalb der Gesellschaft Stehenden, daß ihre Suche nach dem Unaussprechlichen sie ins Verderben führt – für das Wissen müssen sie, wie Faust, teuer bezahlen; sein Preis ist die Vernichtung.

So befinden sich Poes absonderliche Helden oft in erstaunlich ähnlichen Situationen, wenn sie ihr Schicksal ereilt. Sie werden in leuchtende meteorologische Phänomene gehüllt (meist begleitet von Poes allgegenwärtigen Wassersymbolen). Der Titelheld von *Metzengerstein* reitet in ›einem Schein von Geisterlicht‹ dem Tod in die Arme; der alte Norweger, der den Sturz in den Malstrom beschreibt, sieht auf dem Höhepunkt der Katastrophe ›den schimmernd geisterhaften Schein . . . des Vollmonds . . . in einer Flut von goldenem Glanz an den schwarzen Wänden hinabströmen, hinab bis in den innerstuntersten Schlund des Abgrunds‹; der Reisende im *›Park von Arnheim‹* begegnet einem ›Überschimmer, der all die umliegenden Forste mit Flammen zu kränzen scheint‹; gerade bevor Madeline von Ascher auftaucht und sich in ihren Leichentüchern auf ihren Bruder stürzt, sieht er ›das unnatürliche Eigenlicht einer schwächlich phosphoreszierenden aber deutlich sichtbaren gasigen Ausdünstung, die das Haus umlungerte, und wie ein Mantel einhüllte‹; während der gepeinigte Arthur Gordon Pym auf jene ›verhüllte menschliche Gestalt, sehr viel größer an Glied–Maßen, als sonst ein unter Menschen je Hausendes‹ zugetrieben wird, steigt es aus den ›milchigen Tiefen des Ozeans, wie Glimmlicht auf‹, und Pym verschwindet am Rand eines endlosen Kataraktes aus unseren Augen, der sich über die ›gesamte Ausdehnung des südlichen Horizonts‹ erstreckt. In der *Unterredung zwischen Eiros und Charmion* vergeht gar die ganze Erde in dem gleichen gespenstischen

Lichteffekt: ›Die ganze hangende Masse des Äthers barst in einer riesigen Stichflamme ... zu einem Feuergebild ... unendliches Glanzes‹. Daß das Unerklärliche ein Glanz weißen Lichtes ist, könnte gleichzeitig ein wissenschaftliches und ein religiöses Konzept sein. Es gibt Augenblicke, in denen Poe an einen anderen unglücklichen Visionär erinnert – an William Blake.

Wissend, aber unfähig sich mitzuteilen, ist Poe gezwungen, es in seinen Geschichten an weißen Vorhängen enden zu lassen. Nur einmal wagt er sich weiter, im *Gespräch von Monos und Una*, und auch dann nur, um zu seinem vertrauten Thema, der Liebe bis in und über das Grab hinaus, zurückzukehren. Doch hier kommt eine neue Universalität dazu. Diesmal ist das Licht ›jenes Licht, welches allein die Macht hätte haben mögen, mich auffahren zu lassen – das Licht der dauernen Liebe‹. Und die Klimax der Erzählung führt uns weit über die Grenzen von Zeit und Raum, fort von allem Materiellen!

> Das Seinsgefühl schwand schließlich ganz und gar, und an seiner Statt – an Statt aller Dinge – herrschten, mächtig und ewig, die Autokraten *Ort* und *Zeit*. Dem aber, was *nicht war* – was nicht Gestalt mehr hatte – noch Gedanken – was ohn' Empfinden war – und seelenlos, – daran Materie keinen Anteil mehr hatte – all dieser Nichtigkeit, doch auch Unsterblichkeit, war immer noch das Grab Heimat und Haus – und warn die nagenden Stunden Gefährten.

Solche Fahrten ins Unbekannte und Grenzenlose stehen der Science Fiction sehr nahe. Aber je näher Poe der Science Fiction kommt, desto mehr verliert er von seiner erzählerischen Kraft. Solche Geschichten wie *Mellonta Tauta*, die im Jahr 2848 spielt und kosmologische Spekulationen bietet, sowie *Die tausendundzweite Erzählung der Scheherezad*, die berichtet, wie der Sultan seine Frau hinrichten ließ, weil sie eine zusätzliche und diesmal tatsächlich unglaubwürdige Geschichte erzählte (die nichts weiter enthält als gewöhnliche technische Errungenschaften des 19. Jahrhunderts), Geschichten dieser Art sind kraftlos, heitere Späßchen ohne tiefere Bedeutung, wie die

Beschreibung der Mondlandschaften in *Hans Pfaall*. Es ist, als habe Poe das Bedürfnis gespürt, sich mit SF–Themen auseinanderzusetzen, aber sei daran gescheitert, weil er spürte, daß es für seine persönlichen Probleme keine Lösung in der Wissenschaft zu finden gab. Doch Poe gehört unbestreitbar zu der kleinen Schar wirklicher Meister der Kurzgeschichte, und bevor er zu schreiben begann, gab es die Kurzgeschichte als Genre praktisch nicht, jedenfalls nicht in Amerika und England. Von seinen Landsleuten des letzten Jahrhunderts erreichte niemand die internationale Verbreitung und das Ansehen von Poe. Ein Beweis dafür, daß sein Schrecken – um sich an seine eigenen Worte anzulehnen – aus der Seele kam und nicht aus Amerika. Er war ein Innovator für beides, Form und Inhalt, und auf mehr als einem Gebiet, denn Geschichten wie *Du bist der Mann!* und die Erzählungen um Auguste Dupin machen ihn zu einem Vater aller Erzählungen der reinen Deduktion und der Detektive. Seine besten Geschichten – *Der Fall des Hauses Ascher* scheint mir sein Meisterwerk – sind heute lebendig wie zu der Zeit, als sie geschrieben wurden.

Bei Poes extravaganten Methoden liegen Erfolg und Scheitern nahe beieinander. Sein längstes Werk, *›Umständlicher Bericht des Arthur Gordon Pym‹*, vereinigt beides, Scheitern und Vollendung, und verdient im Hinblick auf seine Beziehung zur Science Fiction nähere Betrachtung.

Pym, erschienen 1838, ist einer von Poes seltenen Ausflügen in die äußere Wildnis. Der Roman beginnt in der schlimmsten Tradition der See mit Seereise und Schiffbruch, blinden Passagieren und Meuterern, schurkischen Köchen und ausgesetzten Kapitänen. Poe gibt dazu noch ein lebendiges Begräbnis, einen menschenfressenden Hund, Kannibalismus, die Verkleidung des Helden als Leiche (bei deren Anblick einer der Erzbösewichter ›tot wie ein Stein‹ umfällt) sowie ein Geisterschiff mit einer Crew grotesker Toter.

Um diese wilden Aktivitäten des Autor auszugleichen, ist der Held so passiv wie ein Kind im Mutterleib. Erst als Pym an Bord eines zweiten Schiffes geht, des Schoners *Jane Guy*, beginnt die Geschichte die Beschreibung lächerlicher Untaten hinter sich zu lassen. Die Reise des Schiffes in südliche Gewässer wird mehr und mehr zu Science Fiction. Wenn sich die *Jane Guy* ihren Weg zwischen den Eisschollen der Antarktis sucht, taucht auch die Erinnerung an Coleridges großes Gedicht wieder auf. Der Kapitän hofft im Süden neues Land zu finden; Poe paßt sich der Entdeckungsfahrt im Stil an, seine Prosa beruhigt sich und findet Raum zur Beobachtung von Polarbären und einem ständig wärmer werdenden Klima. Wir sind mitten in einem wundersamen Reisebericht.

Der Schoner entdeckt eine Insel mit Namen Tsalal, auf der alles schwarz ist – die Erde, die Vegetation, Vögel und selbst die menschlichen Bewohner, die sich als die ›barbarischsten, raffiniertesten und blutdürstigsten Schurken‹ erweisen, ›die je das Antlitz des Globen befleckt haben‹. Die Menschen haben schwarze Zähne; sie fürchten alles Weiße, sogar Mehl und die Seiten eines Buches; unter diesen Umständen nicht ganz überraschenderweise töten sie die gesamte Crew des Schoners – außer Pym und einem zwielichtigen Halbblut, die dem Massaker durch einen Zufall entgehen.

Pym und das Halbblut finden sich schließlich auf dem Grund der Wörter Gottes (wieder ein Kryptogramm), die wie Schluchten in den Felsen gegraben sind. Es gelingt ihnen, aus diesem handfesten Beweis der Verdammnis der Welt herauszuklettern und die Insel in einem Kanu zu verlassen. Und dann werden sie mit einer ›grausen Behendigkeit‹ über den Ozean auf ein niemals bekanntzumachendes Geheimnis zugetrieben, wo sie ein ›Chaos unscharfer Imagines‹ erwartet. Die verhüllte Gestalt, größer als jeder Mensch, reckt sich ihnen entgegen. Sie werden auf sie zugeschwemmt. Der Bildschirm wird weiß. Ende.

Nach seinem schauderhaften Anfang ist *Pym* ein wunderbarer Poe, voller Atmosphäre und Wunder. Es ist nutzlos zu bedauern, daß das Ende unbefriedigend bleibt, oder daß Poe keine Auflösung seiner Rätsel bietet (wie Henry James bedauerte); wenn Gott nur in Kryptogrammen spricht, warum sollte Edgar Allan Poe dann deutlicher werden? Pym hat das Ende seines Weges erreicht, und damit muß es sein Bewenden haben. Verderben und Untergang ist alles, was wir erwarten können – das übliche Los eines Poe'schen Helden.

Pym ist ein frühes Modell des Poe'schen Helden – des entfremdeten Menschen. Leslie Fiedler[22] nennt *Pym* ›die archetypische amerikanische Geschichte, die sich in *Moby Dick* und *Huckleberry Finn* wiederholt‹. Selbst wenn man einräumt, daß die tiefere Bedeutung von *Pym* – wie Fiedler sie sieht – auf einer Angst vor Farbigen, einem Haß auf Frauen oder der Sehnsucht nach dem Mutterleib beruht, oder auf allem zusammen, und das Ganze eine Parodie bis auf die Knochen ist, bleibt bestehen, daß wir eine bemerkenswert schlecht ausgeführte, entstellte und melodramatische Erzählung vor uns haben. Wenn Poe wirklich einen SF–Gedanken dabei gehabt haben sollte, hätte er ihn deutlicher herausarbeiten und damit der ganzen Geschichte einen effektiveren Aufbau geben sollen. Und das gilt auch für alle anderen Versuche Poes in dieser Richtung.

Poe besaß eine Option auf den Inhalt der Science Fiction, besonders ihren transzendenten. Und diese Option nahm er auch wahr, aber er scheiterte an der Form, die seinem widersprüchlichen Temperament nicht entsprach. Weit davon entfernt der Vater der Science Fiction zu sein, konnte er sie nicht bewältigen, wenn er ihren Themen direkt gegenüberstand. Aber er schuf einige ihrer besten Effekte, wenn er sich mit anderen Themen beschäftigte.

Denn Poe besaß die Macht, eine furchtbare Szene in grellstes Licht zu tauchen und uns einen auf sich selbst gestellten Menschen in der Konfrontation mit einer bösen Macht zu zeigen, die der Protagonist nicht verstehen kann, geschweige denn meistern. Zelazny gelingen ähnliche Effekte. Das Böse, dem sich der Poe'sche Protagonist gegenübersieht, ist nicht einfach eine von außen kommende Bedrohung; es ist Teil seines Schicksals, ja seiner selbst. Dies ist keine unglaubwürdige Sicht der Realität. Später veränderten SF–Autoren Poes Gleichnis, indem sie den Protagonisten zu einem gigantischen Heroen, zu einem Eroberer des Universums machten, oder indem sie das Böse als etwas völlig Äußerliches zeichneten, das eine unschuldige Menschheit bedroht. Aber diese Epigonen verfälschen Poe und scheitern kläglich. Poe mag übertrieben haben, doch hier wenigstens übertrieb er die Wahrheit.

*

Die ›gothic romance‹, selbst ein Ableger der europäischen Romantik, schlug in den Vereinigten Staaten tiefere Wurzeln und blühte dort länger als irgendwo sonst. Ihre charakteristischen Zutaten – düstere Landschaften, Heimsuchung und Flucht aus der Gesellschaft – wandelten sich unter der Feder der Autoren, die die Motive der schwarzen Romantik fortführten; von Charles Brockden Brown, Fenimore Cooper und Nathaniel Hawthorne über Melville zu William Faulkner, John Steinbeck und Tennessee Williams. Erst in jüngster Zeit ist eine Abkehr von diesen Motiven zu beobachten.

All diese Charakteristika finden ihren stärksten Ausdruck in einem Subgenre, dem Western. Er ist die erste literarische Gattung, die in einem anderen Medium ihre wahre Stärke entfaltet: als Film. Mit seinen staubigen Cowboy–Städten anstelle der Renaissance–Gemäuer und der zeitgemäßen Umkostümierung von Mönchen, Aristokraten und Folterknechten in Sheriffs, Pistolenhelden und Outlaws wurde der Western im Kino zum Vehikel der endlosen Diskussion über die Rolle des Individuums im Konflikt mit ›Law and Order‹ der Gesellschaft. Diese Aufmachung findet solchen Anklang, daß Ranch–Haus–Gotik eines von Amerikas Geschenken an den Rest der Welt wurde.

Das andere bemerkenswerte Subgenre ist die Science Fiction. Im Kino kann sie dem Western die Popularität nicht ablaufen (in erster Linie aus einem Grund – dem ökonomischen Faktor: die Spezialeffekte für einen SF–Film kosten extrem viel Geld, während man Planwagen tageweise mieten kann).* Aber auf dem bedruckten Papier hat die Science Fiction eine enorme Blüte erreicht. Ihr besonderer Erfolg ist die Variation der ›gotischen‹ Schauergeschichten auf eine Weise, die erlaubt, jene Ängste auszudrücken, die aus dem Fortschritt und der technologischen Fortentwicklung hervorgehen und die gleichzeitig zu den Hauptmerkmalen eben dieses Fortschritts gehören. Die Renaissance–Gemäuer verwandelten sich in unterirdische Kampfzentralen[23], Mondfestungen[24], Städte unter den Meeren der Venus[25] oder ein ins Gigantische gewachsenes Chicago des 28. Jahrhunderts[26]; doch dahinter wirkt noch immer die ›gothic‹

* [Diese Bemerkung stammt aus der Zeit vor *Star Wars*. Heute scheint der SF–Film die Nachfolge des Western anzutreten. Anm. d. Ü.]

und damit Burkes Diktum über das Schöne und das Erhabene, das zum Quell von Ehrfurcht und Schrecken werden soll!

Es ist diese weite Verbreitung des ›gotischen‹ Gedankengutes, die Kritiker dazu verführt, im Werk fast aller englischsprachigen Autoren des 19. Jahrhunderts einen mehr oder weniger großen Anteil Science Fiction zu sehen. Washington Irving, Oliver Wendell Holmes, Silas Weir Mitchell, Ambrose Bierce, Mark Twain, Henry James und all die anderen werden immer wieder genannt. Vielleicht sind hier die kolonialistischen Ambitionen am Werk, die auch Dante, Shakespeare und den Autor der Schöpfungsgeschichte in den Rang von SF-Schriftstellern erheben wollen. Doch wir müssen erkennen, daß die Science Fiction eben nur ein Subgenre ist, ein blühendes zwar, aber ohne jeden Exklusivanspruch auf Motive, die sich auch anderswo ausmachen lassen. Auch wenn diese Motive die SF so interessant machen, hat sie sie selbst anderen Gattungen entliehen – und nicht umgekehrt.

Wenn wir das begriffen haben, haben wir auch keine Schwierigkeiten mehr festzustellen, wo die SF anfängt und wo sie aufhört. In der Vergangenheit wurden ungeheuere Ansprüche für das Genre aufgestellt – man erinnere sich an Robert A. Heinleins lächerlichen Ausspruch: ›Für das Überleben und die Gesundheit der menschlichen Rasse ist eine schlecht geschriebene Science Fiction-Geschichte mit einer einzigen wertvollen Idee von größerer Bedeutung als ein Bücherschrank von wunderschön geschriebener Nicht-Science Fiction.‹[27] Das hieße Dick über Dickens zu stellen und Priest über Priestley.

Aber mit der gebotenen Bescheidenheit und notwendigem Realismus, und wenn wir akzeptieren, daß die Science Fiction ein lebendiges Subgenre der Schauerromantik ist, sind wir jetzt in der Lage, uns jenen alten Dichtern zuzuwenden, den Pilgervätern, deren Spekulationen über eine neue Welt bis heute nichts von ihrer Attraktivität verloren haben. Wir können ihre Werke wie die Kathedralen eines vergangenen Zeitalters genießen, deren Steine man oft für die hastigeren Bauten späterer Zeiten zweckentfremdete. Auch wenn sie außerhalb des SF-Feldes stehen, gibt keine Geschichte der Science Fiction Sinn, die nicht auf sie Bezug nimmt.

ANMERKUNGEN ZU KAPITEL ZWEI

1. *Pages from the Goncourt Journal*, herausgegeben und übersetzt von Robert Baldick, 1962. Der Eintrag findet sich am 16. Juli 1856.
2. Sam Moskowitz, *Explorers of the Infinitive*, Cleveland und New York, N.D.
3. Wie es auch ein Kritiker tut, nämlich David Galloway, Herausgeber von *Selected Writings of Edgar Allan Poe*, 1967.
4. Ein neueres Lebensbild ist Edward Wagenknechts *Edgar Allan Poe: The Man Behind the Legend*, New York, 1963. Eine psychoanalytische Sicht bietet Marie Bonapartes *Edgar Poe, Étude Psychoanalytique*, Paris, 1933, das ein Vorwort von Sigmund Freud enthält.
5. Vorwort zu Poes *Tales of the Grotesque and Arabesque*, 1840.
6. Vergleiche T.S. Eliots Bemerkung, daß Poe den ›Intellekt eines hoch begabten Jungen vor der Pubertät‹ besaß *(From Poe to Valéry)*.
7. D.H. Lawrence, *›Edgar Allan Poe‹, Studies in Classic American Literature*, 1924.
8. Aldous Huxley, *'Vulgarity in Literature', Music at Night*, 1930.
9. H. Bruce Franklin, *Future Perfect: American Science Fiction of the Nineteenth Century*, 1966.
10. Oliver Wendell Holmes (1809 – 94), am bekanntesten durch *The Autocrat of the Breakfast–Table*, 1857. Er war Professor für Anatomie in Dartmouth und später in Harvard; zu seinem Werk gehören drei Romane mit psychiatrischen Themen, von denen *Elsie Venner*, 1861, der bekannteste wurde. Er ist auch der Schöpfer des Begriffs ›Anästhesie‹.
11. Für eine weitere Betrachtung dieses Punktes siehe Joseph Patrick Roppolos *Meaning and ›The Masque of the Red Death‹, Tulane Studies in English XIII*, 1963.
12. *Der Goldkäfer* liefert das wichtigste Beispiel. Siehe dazu auch *Der stibitzte Brief, Der je–x–te Arddikel* und *Arthur Gordon Pym*.
13. In dieser Beziehung ist Jean–Paul Webers Artikel *Edgar Poe or the Theme of the Clock, La Nouvelle Revue Francaise*, No. 68 u. 69, 1958, von besonderem Interesse. Weber führt die sich wiederholenden Uhren–Symbole in Poes Erzählungen auf sexuelle Hintergründe zurück und die Möglichkeit, daß Poe als Kind seine Eltern beim Geschlechtsakt beobachtete.
14. Zum Beispiel der Orang–Utan in den *Morden in der Rue Morgue*, die Vögel in *Arthur Gordon Pym*, der Rabe, der 'nevermore' krächzt, und die schwarze Katze, die Mörder schreit.
15. Er war am Großen Mond–Jux von 1836 beteiligt, als eine Serie von Artikeln in der New Yorker *Sun* erschien, in der behauptet wurde,

sie gäben Beschreibungen der Mondoberfläche wieder, wie sie durch Herschels neues Teleskop beobachtet worden wäre. Er schrieb auch den *Ballon–Jux*, während er in *Maelzels Schachspieler* einen tatsächlichen Jux entlarvt.

16. Beispiele sind *Van Kempelens Erfindung, Die Tatsachen im Falle Valdemar* und *Das vorzeitige Begräbnis*.
17. In *Die Brille* wird ein Mann so hereingelegt, daß er ahnungslos seine Ur–Urgroßmutter heiratet. Im *Alp der Perversheit* zwingt sein Gewissen einen Mann mit einem Trick dazu, einen Mord zu gestehen.
18. In *Der Atemverlust* wird ein Mann gehängt, weil er die Sprache verloren hat; in *Bonbon* gibt es einen fatalen Schluckauf.
19. Paul Valéry: ›Poe ist der eine unfehlbare Schriftsteller. Er wurde nie mißverstanden.‹ In einem Brief an André Gide, 1891.
20. ›Daß der Enthusiasmus für Poe von den drei einflußreichsten Dichtern der modernen französischen Literatur geteilt werden sollte, daß dieser amerikanische Schriftsteller der Angelpunkt wurde, um den sich die französische Literatur des vergangenen Jahrhunderts drehte, dies alles ist schon für sich selbst genommen außergewöhnlich. Aber selbst diese Feststellungen geben nicht mehr als eine Ahnung von der Kraft des Poe'schen Einflusses. Es gibt kaum einen französischen Schriftsteller von Baudelaire an bis zur Gegenwart, der nicht auf die eine oder andere Weise Poe die Ehre erwiesen hat. Villiers de l'Isle Adam, Verlaine und Rimbaud, Huysmans, Claudel, Gide, Edmund Jaloux – dies sind nur einige Namen, aber sie reichen aus, aufzuzeigen, welches Ausmaß Poes Wirkung auf die französische Literatur hat.‹ Patrick F. Quinn, *›The French Response to Poe‹*. Mr. Quinn vergaß Verne auf seiner Liste. Dieses Essay und die in Anmerkung 11 und 13 erwähnten wurden neu herausgegeben in *Poe: A Collection of Critical Essays*, Hrsg. Robert Regan *(Twentieth Century Views)*, Englewood Cliffs, New Jersey, 1967.
21. Poe erwähnt ›the fancy of Mrs. Radcliffe‹ ausdrücklich in *Das ovale Portrait*.
22. Leslie A. Fiedler, *Love and Death in the American Novel*, 1967.
23. Wie in Eugene Burdick und Harvey Wheelers *Fail–Safe*, 1962.
24. Wie in E.C. Tubbs *Window on the Moon*, 1964, und zahllosen anderen Geschichten.
25. Wie in Henry Kuttners *Fury*. [Alle Zeit der Welt], New York, 1947. Erschien in *›Astounding Science Fiction‹* unter dem Autorenpseudonym Lawrence O'Donnell.
26. Wie James Blish und Norman L. Knights *A Torrent of Faces*, ›Tausend Milliarden glückliche Menschen‹. New York, 1967.

27. Robert A. Heinlein, 'Science Fiction: Its Nature, Faults and Virtues', *The Science Fiction Novel: Imagination and Social Criticism*, Chicago, 1964.

3.
Pilgerväter

LUKIAN UND ÄHNLICHES

›Wenn dies die beste aller Welten ist, wie könnte dann der Rest aussehen?‹ Voltaire, Candide

In diesem Kapitel werden wir in die rätselhaften Abgründe früher spekulativer Dichtung hinabtauchen und hier und dort einen Eimervoll heraufziehen. Die besten Funde werden wir im 18. Jahrhundert machen und uns danach kurzin den früheren Epochen umsehen. Da es sich um Perioden vor der Romantik handelt,werden wir nur wenig oder gar nichts finden, was vom Gefühl her oder von dem, was wir Innerlichkeit genannt haben, dem Werk Poes oder *Frankenstein* ähnelt, doch weist vieles bereits auf die Science Fiction hin.

Wie wir gesehen haben, kämpfte Poe mit Schwierigkeiten bei der *Form* seiner Science Fiction. Bei den meisten seiner Vorstöße in dieses Genre beobachteten wir, wie er von der gewohnten Erzählweise der Schauergeschichte abweicht und stattdessen recht notdürftig seine belehrenden Absichten als Fiktion verkleidet oder in Dialogform faßt. Beispiele hierfür sind *Mellonta Tauta, Das Gespräch zwischen Monos und Una* und *Die Unterredung zwischen Eiros und Charmion*. Hier verrät er seine Verwandtschaft mit den literarischen Ahnen, den Utopianern, denen, die auf märchenhafte Reisen gingen, und den Moralisten, die uns ihre Anschauungen in phantastischer Verkleidung nahebrachten. Diese älteren Schriftsteller versuchen nicht, uns durch die Tricks der Spannung und der Charaktermalerei an den Leiden der Helden zu beteiligen, wie es Ann Radcliffe und ihre Erben getan haben. Ihre Intentionen sind anderer Art. Dies trifft sogar zu, wenn wir auf die Anfänge der Christlichen Ära zurückblicken, auf Lukian von Samosata.

Die Dialoge des *caro-Menippus* erinnern an sokratischen Geist. In der *Wahren Geschichte* lassen uns einige Episoden – besonders diejenigen, in denen die Abenteurer mit Mann und Maus von einem Wal verschlungen werden – schon an Baron Münchhausen denken wie auch an die unglaublichen Geschichten bei Homer, während über dem Ganzen passenderweise der Geist der Komödien des Aristophanes liegt.

Wenn wir Sokrates und Aristophanes erwähnen, müssen wir uns die Tatsache vor Augen führen, daß wir den Griechen vieles verdanken, sowohl in der Science Fiction als auch bei den Wissenschaften und Kultur überhaupt. Viele der Standardthemen der Science Fiction waren den Griechen vertraut.

Platos *De Res Publica*, in Form eines sokratischen Dialogs verfaßt, ist die erste Utopie. Aristophanes Komödien sprießen vor utopischen Ideen und phantastischen Gedanken. In dem Stück *Die Vögel* vereinen sich die kriegsmüden Bürger mit den Vögeln des Himmels in einem Wolkenkuckucksheim zwischen Erde und Himmel. Vögel werden die Herrscher des Universums. In *Lysistrata* finden wir einen Topos, der sich bis in unser Jahrhundert als gültig erwiesen hat: Die Frauen verweigern ihren Männern den ehelichen Beischlaf, bis diese den Krieg beendet haben. In *Die Frösche* führt Aristophanes sein Publikum in eine andere Welt – die Hölle. In *Frieden*, welches seine Uraufführung in einem Athen erlebte, das seit zehn Jahren im Kriegszustand lag, reitet Trygaeus auf dem Rücken eines riesigen Käfers in den Himmel zu Zeus. (Vielleicht denkt Lukian auch an diesen Flug, als er seinen Menipp aufsteigen läßt.) Aber derartige Phantasieflüge, die man einer Komödie gestattete, waren der Tragödie verboten – und sind es noch heute.

In der *Wahren Geschichte* tragen ein Wasserstrahl und Wind ein griechisches Schiff auf den Mond, der sich als unbewohnt erweist. Die Reisenden erfahren, daß sich der König des Mondes und der König der Sonne über die Besiedlung des Jupiter im Kriegszustand befinden. In der Schlacht werden phantastische Monster eingesetzt. Die Untertanen der Sonne bauen zwischen Sonne und Mond eine doppelte Mauer, so daß die

Seleniten in permanenter Sonnenfinsternis leben. Sie ergeben sich.

Eine der Klauseln des Friedensvertrages lautet, daß beide Seiten Kolonisten zum Morgenstern (Venus) entsenden sollen. Die Reisenden segeln mit ihrem Schiff zu dieser neuen Kolonie und steuern dann die Sternkreiszeichen an, wobei sie die Sonne backbord liegen lassen. Schließlich erreichen sie Lykropolis, eine Stadt, in der sprechende Lampen wohnen. Sie sehen auch Wolkenkuckucksheim, werden Augenzeugen einer Schlacht zwischen Giganten und besuchen eine Stadt aus Gold und Edelsteinen. Später gelangen sie zur Insel der Träume, wo Antiphon die verschiedenen Träume erfindet.

> Einige sind wunderschön, lang und angenehm, andere kurz und unangenehm; wiederum andere sind golden, andere ärmlich und elend, einige haben Flügel und sind ungeheuer weit, andere verwickelt und kompliziert, wie großer Pomp und Zeremonien für Herren und Könige; auf einige trafen wir, die wir von zu Hause kannten, diese kamen auf uns zu und begrüßten uns wie alte Bekannte, während andere uns zuerst zum Schlafen brachten und uns dann überaus großzügig behandelten und versprachen uns zu Königen und Edelleuten zu machen; einige trugen uns in unsere Heimat, zeigten uns die Freunde und Verwandten und brachten uns noch am gleichen Tag zurück. Wir blieben dreißig Tage und Nächte an diesem Ort, wurden aufs feinste bewirtet und haben die ganze Zeit über fest geschlafen . . .[1]

Hier taucht zum ersten Mal der Traumpalast auf, der auch in die Prosa unserer Zeit häufig Eingang gefunden hat.

Einige Übersetzer Lukians, äußerst ängstlich darauf bedacht, die reine angelsächsische Welt vor den schmutzigen mediterranen Gebräuchen zu bewahren, haben die etwas kitzligen Passagen ausgelassen, zum Beispiel die Beschreibung des Brauchs der Mondwesen, künstliche Anfertigungen bestimmter diskreter Gliedmaßen zu tragen, was sich offensichtlich als recht nützlich erwies. Die Reichen trugen sie aus Elfenbein, die

Ärmeren aus Holz. Diese empörende Information stützt Lukians Ruf, nicht nur der erste Autor interplanetarischer Fiktion zu sein, sondern auch der erste, der Prothesen und Cyborgs beschreibt.

Lukians Geschichten lesen sich heute wie Fantasy, doch Jahrhunderte lang genossen sie hohes Ansehen als spekulative Prosa. Ein reizendes Beispiel für die veränderte Haltung finden wir in einer kleinen viktorianischen Ausgabe von Lukians beiden Reisen zum Mond in Cassells National Library. Diese Ausgabe enthält die folgende Fußnote mit der Ergänzung eines Herausgebers an der Stelle, wo man die Erde wie einen Mond am Mondhimmel sehen kann: »Moderne Astronomen sind sich meines Wissens darüber einig, daß wir für den Mond genau das Gleiche darstellen, wie der Mond für uns. Obwohl Lukians Geschichte falsch sein mag, war doch seine Philosophie, wie wir sehen, wahr (1780). (Der Mond ist unbewohnbar, 1887).« Die Enttäuschungen des Fortschritts.

Heute erwarten wir von Lukian nichts weiter als Unterhaltung, und dafür garantiert er auch, obwohl er den Spaß manchmal mit der Bemerkung vergällt, daß er vom Leser erwartet, er würde »nicht nur an der Neuartigkeit des Plans und der Vielzahl von Lügen sein Vergnügen finden, die ich zwar selbstverständlich wie die Wahrheit berichtet habe, sondern auch an den häufigen versteckten und humorvollen Andeutungen auf unsere alten Dichter, Historiker und Philosophen, die uns einige höchst wunderbare und unglaubliche Geschichten berichtet haben . . . «

Im Lauf der Jahrhunderte vergaß man interplanetarische Reisen. Nicht so die Reise des Geistes. Der Fortschritt der Menschheit im zerbrechlichen Boot der Kultur ist selber eine Reise der Gedanken, die natürlicherweise ihre Verkörperung in den Berichten über die verschiedenen Unternehmungen findet. Die hervorragendsten Köpfe des Mittelalters waren auf der Suche nach der Einheit zwischen dem Leben auf Erden und dem Himmlischen Vater. In den Worten Sir Kenneth Clarkes: »Behind all the fantasy of the Gothic imagination, mediaeval man could see things very clearly, but he believed that . . . appearances should be considered as nothing more than symbols or tokens of an ideal order, which was the only true reality.« [Hinter all dem Einfallsreichtum der mittelalterlichen Vorstellungskraft konnte der Mensch die Dinge sehr klar erkennen, doch er glaubte, daß . . . die Erscheinung nichts anderes als ein Symbol oder Zeichen einer idealen Ordnung war, die als die einzig wahre Realität galt.][2]

Die literarische Form jener Zeit, die vielleicht der Science Fiction am nächsten kommt, ist das Bestiarium. Griechischen Quellen entstammend sind dort Tiere, mit menschlichen Qualitäten ausgestattet, Hauptpersonen moralischer oder satirischer Erzählungen, so wie in der heutigen Science Fiction die Exoterrestrier. Die Geschichte von Reineke Fuchs ist heute die bekannteste dieser Geschichten. Sie wurde zuerst 1498 in Lübeck gedruckt. Reineke (Reynard) und Gockel (Chanticleer) der Hahn treten auch in den Canterbury Tales von Chaucer auf.

Ein weiteres populäres Tier war der *Goldene Esel* in den *Metamorphosen* des Apuleius, einem Zeitgenossen Lukians. Es handelt sich um eine Satire, in der ein Mann in einen Esel verwandelt wird und über die Dummheiten und Fehler seiner verschiedenen Besitzer berichtet. Die Umwandlung geschieht zufällig durch die Achtlosigkeit der Dienerin einer Zauberin. Derartige Geschichten gibt es die Menge, und es führt uns zu nah an Zauberei und zu weit von der Science Fiction fort.

*

Mit Heraufziehen der Renaissance entwickelte der Mensch neue Wege des Denkens und Fühlens. Man entdeckte die klassische Vergangenheit wieder und unter ihren riesigen Schätzen die Schriften der Dichter, Historiker und Philosophen, darunter auch Lukian.

Im späten fünfzehnten und sechzehnten Jahrhundert erschienen Lukians Schriften in mehreren Übersetzungen aus dem Griechischen und Lateinischen. 1684 wurden sie ins Englische, 1788 von Chr. M. Wieland ins Deutsche übersetzt. Die Übersetzungen wurden viel gelesen. Lukians Einfluß, sowohl durch die *Wahre Geschichte* als auch den *Icaro-Mennipus* auf spätere Schriftsteller war beträchtlich. Man sagt, daß Lukian Rabelais, Pantagruel, Cyrano de Bergeracs *Voyage dans la Lune* sowie Swifts *Gullivers Reisen* angeregt haben soll. Ohne Zweifel haben diese berühmten Autoren ihren großen Vorgänger ausnahmslos intensiv gelesen, denn Schriftsteller suchen sich instinktiv Autoren, die ihre Überzeugung teilen. Es besteht jedoch ein großer Unterschied zwischen Imitation und Nacheiferung, und die originellsten Schriftsteller beginnen oftmals auf den Grundlagen anderer.* Große Autoren borgen, kleine stehlen.

Das frühe siebzehnte Jahrhundert war phantastisch, ein Zeitalter großer Reisen und Entdeckungen, der Utopien und mordlustiger Stücke, eines erweiterten Universums, des erstmaligen Gebrauchs des Dezimalsystems, der Reise der Pilgerväter, der Entdeckung des Blutkreislaufs und der Erfindung des Kribbage**; der Gründung von Universitäten und Kollegs, der Entstehung von Kolonien, der Vervollkommnung des Steinschloßgewehrs und der Entdeckungen von Galileo, Kepler und Van Leeuwenhoek. Diese Erforschungen waren sicherlich reizvoll, und die Zeiten, mehr noch als der Einfluß von Literatur, mögen für die Häufung fiktiver Mondreisen verantwortlich sein.

Zufälligerweise wurde Keplers *Somnium* (Traum) vier Jahre nach seinem Tod im gleichen Jahr in Frankfurt veröffentlicht wie die englische Übersetzung von Lukian. Johannes Kepler (1571 – 1630) war Mathematiker, Astrologe und Mitbegründer der modernen Astronomie. Keplers Geschichte ist wie ein Traum erzählt. Der Beobachter, Duracotus, steigt durch übernatürliche Kräfte zum Mond auf. Sobald er dort angelangt ist, herrscht jedoch die Wissenschaft vor, und Duracotus verbreitet sich in Tatsachen über den Mond, die kurze Zeit zuvor durch das Teleskop enthüllt worden waren. Kälte und Hitze sind extremer als auf der Erde. Es gibt schreckliche Nächte, die zwei

* Auf diese Weise empfand Lukian selber die *Wahre Geschichte* als Parodie auf jene griechischen Historiker, die jedes Detail zu etwas größerem als ursprünglich aufblähten. *Gullivers Reisen* dagegen begann als Schmähschrift en miniature gegen die Politik der Queen Anne-Regierung.

** [engl. Kartenspiel. Anm. d. Ü.]

Wochen lang dauern und nicht durch Mondlicht gemildert sind. So wie das Klima ist auch die Landschaft vollständig anders als auf der Erde: Die Berge sind höher, die Täler tiefer. Der Boden wird von Höhlen und Grotten durchzogen. Wolken und Wind beherrschen die uns zugewandte Seite des Mondes.

Kepler sieht den Mond bewohnt, doch sind die Lebewesen der lunaren Umwelt angepaßt. Sie werden zwar nicht im Detail beschrieben, doch man erhält einen Eindruck von ihrer grotesken Andersartigkeit. Ein Satz gibt uns einen Vorgeschmack auf Wells *First Men on the Moon:* »Dinge, die auf dem Boden geboren werden – sie sind selten auf jenen Felsenklippen – beginnen und endigen ihr Leben gewöhnlich am gleichen Tag, wodurch jeden Tag neue Generationen entstehen.«[3]

Heute klingt das phantastisch. Aber Kepler folgt nur den von ihm mitgestalteten wissenschaftlichen Vorstellungen seiner Zeit. Dieser Anspruch wissenschaftlicher Exaktheit wurde zwei Jahrhunderte später von Jules Verne aufgestellt, als sei er etwas Neues.

Kepler hatte eine wissenschaftliche Vorstellung vom Mond. Sein *Somnium* ist ein korrektes astronomisches Programm. Er entwickelt keine Utopie. Aber Utopien wurden immer noch aufgestellt. Die Vermengung von wunderbaren Reisen mit Utopien hat eine lange Tradition. Wenn ein Schriftsteller seine Reisenden einmal in eine obskure Region der Erde oder in eine andere Welt oder in die Zukunft gebracht hatte, mußte er für sie etwas zu tun finden. Generell unterscheiden die Autoren recht deutlich, ob sie ihre Protagonisten Vorträgen lauschen oder selber welche halten lassen wollen, oder ob sie durch die örtlichen Gegenspieler in Fauna, Flora oder Homo Sapiens bedroht werden.

Wenn wir auch heute noch diese Aufspaltung von Interessen kennen, so haben wir doch das ärgerliche Problem gelöst, wie man zum Mond gelangt. Es hat in Wirklichkeit weitaus mehr gekostet, als jeder Märchenerzähler jemals zu schätzen wagte. Bis zu den Tagen von Wells und Verne sind Mondreisen recht preiswert, und selbst bei Verne finanziert der Baltimore Schießclub das Fahrzeug, während Well's Held Cavor über ausreichende private Mittel verfügt. Vor jener Zeit konnte man sich auf die Natur oder einen Ballon verlassen, der zu einem Bruchteil der Kosten die Sache regelt.

Übernatürliche Reisevehikel waren die billigsten. Athanasius Kirchner erfindet in seinem *Itinerarium Exstaticum* (1656) einen Engel, der den Protagonisten zur Vervollständigung seiner Erziehung auf eine große Tour durch den Himmel trägt – eine hübsche Idee, die man auch heute noch in Romanen verwenden kann.

Die nächste Methode, die ohne größere menschliche Veränderungen vonstatten ging, war der Aufstieg mit Hilfe von Vögeln. Bischof Francis Godwins *Man in the Moone: or A Discourse of a Voyage Thither by Domingo Gonsales* erschien 1638 und blieb über fast zwei Jahrhunderte lang populär. Godwins Gonsales trainiert ein paar Schwäne, bis sie allmählich lernen, ihn durch die Lüfte zu tragen. Fünfundzwanzig zusammengebundene Schwäne oder 'Gansas' retten ihn nach einem Schiffbruch von einem menschenleeren Eiland. Unglücklicherweise hat Gonsales die Wandergewohnheiten von Gansas nicht in Betracht gezogen, und sein Gespann fliegt auf den Mond zu, um zu überwintern. Sie ziehen ihn mit sich.

Gonsales findet ein lunares Utopia vor, das von Riesen bevölkert wird. Diese Riesen leben unendlich lange, und alle Wunden verheilen bei ihnen schnell wieder. Selbst wenn man ihnen den Kopf abschlägt, nehmen sie ein gewisses Kraut und fügen die Teile wieder zusammen. Mord ist unbekannt, ebenso alle übrigen Verbrechen. Und die Frauen sind so wunderschön (sagt Gonsales), daß kein Mann jemals seine Frau verlassen würde. Dieser friedvolle Zustand rührt daher, daß die Mondwesen die potentiellen Sünder bei der Geburt aufspüren und zur Erde schiffen, wo man die meisten von ihnen in Nordamerika absetzt (das erste Auftauchen eines Gedankens, der sich in der Literatur des Zwanzigsten Jahrhunderts erneuter Beliebtheit erfreute).

Trotz dieser Annehmlichkeiten und der wunderschönen Farben auf dem Mond möchte Gonsales zurück zu seiner Familie. Der Prinz Pylonas beschenkt ihn noch mit Edelsteinen; dann macht er sich mit seinen Gansas auf den Weg zurück zur Erde – und landet in China, wo man ihn als Zauberer einsperrt.

Im gleichen Jahr, als diese nette Erzählung veröffentlicht wurde, erschien auch John Wilkins' *Discovery of a New World*, ein spekulativer Roman über die Möglichkeiten, zum Mond zu reisen, verbunden mit Diskussionen, wie das Leben dort aussehen möge – was wir heute populärwissenschaftlich nennen würden. Und es war auch, wie Godwins Buch, sehr populär. Die Zeiten waren reif. Mit häufigen Verweisen auf Daedalus begannen die *au fait*-Bürger des siebzehnten und achtzehnten Jahrhunderts die Möglichkeiten des Fliegens zu diskutieren. Obwohl man sich oftmals über diesen Anspruch des Menschen, seinen Erfahrungsraum auszuweiten, lustig gemacht hat, lag er doch in vielen Herzen versteckt. Keats faßt ihn in den Worten zusammen: »Ever let the fancy roam, pleasure never is at home.« Etwa: ›Phantasie braucht freien Raum, das Angenehme verweilt niemals lang.‹ In diesem Kontext faßt es Milton vielleicht noch besser: »Headlong joy is ever on the wing.« Etwa: ›Stürmische Freude hat immer Flügel.‹

Von der Vorstellung, daß Flügel dem Menschenflug behilflich sind, zu Menschen mit Flügeln ist es nur ein kleiner Schritt. Robert Paltocks *The Life and Adventures of Peter Wilkins* erschien 1751 und blieb für viele Jahre hindurch sehr beliebt. Nach einem Schiffsunglück entdeckt Peter Wilkins das Land der fliegenden Männer und Frauen. Eine von ihnen, Youwarkee, heiratet er. Das Liebespaar bekommt sieben Kinder. Einige haben Flügel, einige nicht.

Ebenfalls 1751 erschien *The Life and Astonishing Transactions of John Daniel* von Ralph Morris, wo den Menschen das Fliegen durch eine ungeheuere Maschine ermöglicht wird: eine Plattform, auf der zwei Mann stehen und die Flügel mit Hilfe von Hebeln bewegen können. John Daniel und sein Sohn Jakob rudern sich selber mit dieser Maschine zum Mond.

Die wohl merkwürdigste Art, zum Mond zu gelangen, war diejenige Cyrano de Bergeracs in *Voyage dans la Lune*, einer komischen Geschichte, die zuerst 1657 erschien. Darauf folgte *L'Histoire des États et Empires du Soleil*. Beide zusammen sind als *L'Autre Monde* – 'Die andere Welt' bekannt.

Bergerac selber ist der Held, der sich eine Anzahl kleiner Fläschchen voller Tau am Körper befestigt. Die Sonne saugt ihn mitsamt dem Tau an, und wenige Absätze weiter landet er auf dem Mond.

So beginnt das drolligste aller Mondbücher. Cyrano sprudelt über mit unwahrscheinlichen Erklärungen für erstaunliche Phänomene, wie ein moderner SF–Schriftsteller. Das gleiche passiert im zweiten Buch, wo er auf der Sonne landet und im Plauderton erklärt, warum er im freien Raum keinen Appetit hat, warum ihn die Sonnenhitze nicht verbrennt, was Schlaf hervorruft, wie er unsichtbar wurde, wie die Sonnenbewohner in einer Art spontaner Zeugung aus dem Boden wachsen und so fort.

Cyrano trifft Campanella, den Autor des *Sonnenstaat*. Zusammen erobern sie eine Frau, deren Gatte ein merkwürdiges Verbrechen begangen hat.

> ›Da Ihr Philosoph seid‹, gab die Frau zurück, indem sie Campanella anredete, ›muß ich vor Euch mein Herz ausschütten bevor ich fortfahre. Um in kurzen Worten die Angelegenheit zu schildern, die mich herbringt, müßt Ihr wissen, daß ich den Mord an meinem jüngsten Kinde beklage. Dieser Barbar hier hat es zweimal getötet, obzwar er sein Vater ist.‹ Diese Rede verwirrte uns sehr und wir fragten, was sie damit meine, daß es zweimal getötet sei. ›Ihr müßt wissen,‹ antwortete die Frau, ›daß es in unserem Land unter den anderen Vorschriften bezüglich der Liebe ein Gesetz gibt, das die Anzahl der Umarmungen regelt, die ein Mann seiner Frau zukommen läßt. Daher geht jeden Abend ein Doktor durch alle Häuser seines Gebietes und verschreibt nach eingehender Prüfung Männern und Frauen entsprechend ihrem guten oder schlechten Gesundheitszustand so und so viele Vereinigungen für die Nacht. Nun, mein Mann bekam sieben verordnet. Er war jedoch durch einige hochmütige Bemerkungen meinerseits, als wir uns zur Ruhe begaben, in Wut geraten, daß er die ganze Zeit, während wir zu Bette lagen, mir nicht näher kam. Doch Gott, der die Missetäter bestraft, erlaubte diesem Unhold, daß er im Traum durch die Umarmungen, die er mir ungerechterweise verweigerte, gekitzelt wurde,

so daß er einen Menschen verschleudern ließ. Ich habe gesagt, dieser Vater hat es zwei mal getötet, denn indem er ihm verweigerte, zur Existenz zu kommen, verursachte er sein Nichtsein, welches der erste Mord war, doch dann tat er noch etwas, daß er niemals würde sein können, welches der zweite war. Ein normaler Mörder weiß, daß der Mann, dessen Leben er verkürzt, *nicht mehr sein wird*, doch keiner konnte es fertigbringen, daß jemand *niemals sein wird*. Unser Magistrat hätte wohl mit ihm abgerechnet, wie es ihm gebührt, hätte der listige Unhold sich nicht damit entschuldigt, daß er seine ehelichen Pflichten wohl erfüllt hätte, allein, er habe Angst gehabt (als ein Ergebnis, wenn er mich in seiner Wut begehrt hätte), einen cholerischen Menschen zu zeugen.‹

Alle Schriftsteller phantastischer Literatur zehren von ihren Vorgängern. Swift nahm eine Prise Humor von Cyrano, über dessen Buch Geoffrey Strachan, der englische Übersetzer, richtigerweise sagt, daß es ›ein Gedicht aus einer Zeit ist, als Lyrik, Physik, Metaphysik und Astronomie alle zusammen in einem Buch vorkommen‹.

Wir brauchen hier keine weiteren Details von Reisen zum Mond aufzuführen. Marjorie Hope Nicolson hat bereits ein erstklassiges, lesbares und wissenschaftlich exaktes Buch über dieses Thema verfaßt, das kaum besser sein könnte.[4] Philip Grove hat das Genre definiert und eine Liste von zweihundertfünfzehn solcher Reisen zusammengestellt, die allein im achtzehnten Jahrhundert veröffentlicht wurden.[5] Diese Ausführungen ersparen uns viel, was jetzt zu weit führen würde oder so alt ist, daß die Langweiligkeit zur Reife gediehen ist.

*

Größere Aufmerksamkeit verdienen die Großen Utopisten, denn eine Utopie oder ihr Gegenteil, die Dystopie, ist in jeder Vision der Zukunft enthalten; es wäre wenig sinnvoll, eine zukünftige Gesellschaft zu erfinden, wenn sie sich nicht von der gegenwärtigen unterscheidet. Wir wollen hier nicht postulieren, die großen Utopien seien Science Fiction. Ihre Intentionen sind entweder moralisch oder politisch. Oft sind sie in Dialogform verfaßt wie das bekannteste Beispiel, Thomas Morus' *Utopia*, das zuerst 1516 in lateinischer Sprache veröffentlicht und 1551 ins Englische übersetzt wurde. *Utopia* wiederum verdankt Platos *Res Publica* sehr viel:

›Now am I like to Plato's city
Whose fame flieth the world through‹

Die Idee der Utopisten war – wie bei unseren Stadtplanern –, etwas zu produzieren, was ordentlich ist und gut funktioniert. Die Bürger müssen hineinpassen wie in einen Stadtentwurf. Morus' *Utopia* ist ein recht freundlicher, vernünftig gestalteter Ort, doch jagen einige der dort herrschenden Restriktionen den Lesern in einer Welt der Polizeistaaten Schauder über den Rücken.

Wenn Morus' Utopier spazieren gehen, tragen sie alle die gleiche Art von Umhang, alle in einer Farbe. Es gibt einige Städte in Utopia, doch sind sich alle gleich, »wer die eine kennt, kennt alle.« Die Bürger brauchen eine Erlaubnis, um von einer in die andere Stadt reisen zu dürfen. Darüberhinaus »Würfel aber und dergleichen unschickliche und verderbliche Spiele kennen sie nicht einmal.« Ade, Segen der Erde, ade Las Vegas! Es ist nur ein schwacher Trost, wenn man erfährt, daß sie »zwei Spiele« kennen, »die Schach nicht unähnlich sind.«[6]

Morus bietet Höheres. Seine kleine Welt hat vernünftige Gesetze und wird klug regiert. Die Bürger haben prächtige Gärten und Krankenhäuser. Sklaven erledigen die niedere Arbeit, Söldner kämpfen für sie. Konversation, Musik und Bankette sind gern gesehen, doch gibt es keine Wirtshäuser. Bordelle sind verboten ebenso wie Astrologie. Viele Passagen verraten Morus' menschliche Seite, nicht zuletzt in der Frage der Gattenwahl.

Eine würdige und ehrbare Hausfrau nämlich läßt den Bewerber die Frau, ob es nun eine Jungfrau oder eine Witwe ist, nackt sehen, und ebenso stellt auf der anderen

Seite ein rechtschaffener Mann dem Mädchen den Freier nackt vor.[7]

Eine nützliche Vorkehrung – denn Ehebrecher werden in Utopia schwer bestraft. Es handelt sich nämlich um ein religiöses Land. Obwohl man dem Glauben seiner Wahl frei nachgehen kann, dürfen doch nur die Frommen Kinder und Jugendliche unterrichten.

Derart nüchterne und wertgetragene Konzepte für ein besseres Leben auf Erden wie das von Morus sind uns heute fremd. Unser Glaube an den perfekten Menschen und den Triumpf von Altruismus über Eigeninteresse ist nicht mehr so stark wie in früheren Jahrhunderten. Der neue Utopismus ist ein verzweifelter, umweltbestimmter Rationalismus.

Wir sehen die noble Reihe der Utopien vor uns – Johann Valentin Andreaes *Christianopolis* (1619), Francis Bacons *Neu-Atlantis* (1627), Tommaso Campanellas *Sonnenstaat* (1623) (für das der Autor sich vor der spanischen Inquisition verantworten mußte), James Harringtons *Commonwealth of Oceana* (1656) und jene aus dem 19. Jahrhundert, wie Samuel Butlers *Erewhon* (1872), W.H. Hudsons *A Chrystal Age* (1887), Edward Bellamys *Looking Backward* (1888) – und dann sehen wir, wie diese noble Reihe von Utopien wie sinkende Ozeanriesen langsam in die Tiefen der Dystopien hinabgleiten, zu Jewgenij Samjatin, Wir (1920) und Orwells *1984* (1949). Die Moral, durch die sich der Mensch selbst kontrolliert, wurde zu einer weiteren Waffe im Arsenal des Staates, mit dem er seine Bürger kontrolliert.

Ein Verfall des allgemeinen Glaubens an politische Systeme, die grundsätzliche Infragestellung der Wirkungen von Technologie, sogar das Unterlassen des bloßen Lippenbekenntnisses zu den etablierten Religionen – dies sind einige Faktoren, die das Entstehen von Utopien in der unmittelbaren Zukunft unwahrscheinlich machen. Aldous Huxleys *Island* (1962), welches mit seinen berühmten Vorgängern gemeinsam hat, daß es sich eher um eine polemische Streitschrift als einen Roman handelt, wird wahrscheinlich die letzte bemerkenswerte Utopie bleiben, bis sich das Klima der Welt ändert, und selbst auf

Huxleys begünstigter Insel halten sich die Menschen durch Drogen aufrecht und erkennen, wie unsicher der Status Quo ist, der gegen Ende des Buches vom unmittelbaren Zusammenbruch bedroht wird. Wäre dieser Zusammenbruch durch verschmutzte Meere und gestörte Kreisläufe des Lebens hervorgerufen worden anstatt durch die Invasion feindlicher Truppen, hätte die Botschaft prophetischeren Charakter gehabt.

Ein Problem bei Utopien ist, daß sie zu ordentlich sind. Sie verbannen das Irrationale im Menschen, und das Irrationale ist die große Entdeckung der letzten hundert Jahre. Sie sind Phantasieprodukte, doch leugnen sie Phantasie als Teil des Menschen – und dieser Kritikpunkt trifft auf den größten Teil der Literatur des achtzehnten Jahrhunderts zu, mit der wir uns in diesem Kapitel befassen. Wie attraktiv sie auch sein mögen – in ihnen herrscht kein Platz für einen Shakespeare, nicht einmal für einen Lovecraft.

Und dennoch gibt es unter den bekannten Utopien des siebzehnten Jahrhunderts eine, in der Shakespeare und Lovecraft und sogar E.E. Smith vorkommen könnten. Sicher, wir müssen unseren Begriff von Utopie ausdehnen, wenn wir John Miltons *Paradise Lost* (1667) darunter fassen wollen, doch herrscht kein Zweifel über den Einfluß dieser großartigen Dichtung. Von besonderem Reiz sind jene Visionen einer unverdorbenen Erde, und auch die Passagen über die Hölle und Satans einsame Flucht über die Abgründe des Raums in Gottes neue Welt haben nichts von ihrer Großartigkeit verloren. Satan insbesondere braucht den Vergleich mit einem Apollo von heute nicht zu scheuen, wenn er:

> Springs upward like a pyramid of fire,
> Into the wild expanse, and through the shock
> Of fighting elements, on all sides round
> Environ'd, wins his way.
> (2. Buch)

Milton verwebt wie sein Zeitgenosse John Donne seine Dichtung mit der 'Neuen Philosophie'.

Aus Miltons Phantasiewelten und gehobener Lyrik bringen

wir uns mit Hilfe Peter Wilkins', des Abenteurers, auf die Erde zurück, der eine geflügelte Dame heiratete und mit ihr sieben Kinder bekam.

Wilkins' Abenteuer enthalten nämlich einen weiteren typischen Zug von Science Fiction, den wir uns ansehen sollten: die unterirdische Reise, auf der er verborgen lebende menschliche Wesen entdeckt. Später – und nicht sehr viel später – wird sich dies zu Reisen zum Inneren der Erde ausweiten.

Wilkins' Schiff bekommt nahe der afrikanischen Küste Schwierigkeiten. Eine starke, unwiderstehliche Strömung treibt es zum Südpol und schließlich durch einen Tunnel unter einer Insel her in eine fremde unterirdische Welt. »Ich spürte, wie das Schiff mit unvorstellbarer Heftigkeit fiel, wie ich meinte, einen Abhang hinab, wie es plötzlich wild mit mir herumwirbelte und dann mit dem furchtbarsten Getöse gegen einen Felsen stieß.« Das Schiff treibt in vollständiger Dunkelheit einen unterirdischen Strom hinab und bringt Wilkins in eine riesige Höhle, wo die fliegenden Menschen leben.

Mehr als nur ein Aspekt weist hier auf den späteren Poe hin. Der Abstieg ins Erdinnere erinnert auch an ein Buch, das zehn Jahre zuvor erschienen war, Holbergs *Nicolai Klims Unterirdische Reise*.Dieses Buch führt Poe zusammen mit Campanellas *Sonnenstaat* bei der Erwähnung von Roderick Aschers Bibliothek auf – 'Bücher, die seit Jahren keine geringe Rolle im geistigen Haushalt des Kränkelnden gespielt hatten'.

Holbergs Buch verdankt wiederum vieles *Gullivers Reisen*, ebenso früher erschienenen subterranen Reisen wie Athanasius Kirchners *Mundus Subterreanus* von 1665. Doch hat Holberg einige merkwürdige eigene Gedanken.

Baron Ludvig Holberg wurde 1684 in Bergen in Norwegen geboren. Er reiste viel und wurde durch seine Schriften, besonders seine Stücke, berühmt. *Nicolai Klimii Iter Subterraneum* (er schrieb in Latein) wurde zuerst 1741 in Deutschland veröffentlicht. Es wurde sofort bekannt, in viele Sprachen übersetzt und immer wieder veröffentlicht – bis auf den heutigen Tag.

Der Held Klim erforscht in den Bergen bei Bergen Höhlen und fällt einen tiefen Schacht hinab. Er fällt eine ganze Zeit lang wie Alice und taucht in einem Wunderland auf, das kaum weniger bemerkenswert als das von Alice ist, fällt in den Raum im Mittelpunkt der Erde und wird zu einem weiteren Himmelskörper, der sich um eine zentrale Sonne dreht.

Schließlich landet Klim unverletzt auf dem Planeten Nazar, der erstaunliche Ähnlichkeiten mit der Erde aufweist, außer daß die Nächte fast taghell sind. »Nein, die Nacht ist sogar noch angenehmer als der Tag, denn nichts kann man als leuchtender und strahlender empfinden als ein Licht, welches das feste Firmament von der Sonne empfängt und auf den Planeten zurückwirft, weil es nämlich aussieht (wenn man mir den Ausdruck gestattet) wie ein einziger universaler Mond.« Der andere Unterschied zur Erde ist, daß die intelligente Spezies auf Nazar wandernde Bäume sind.

Diese Neuartigkeit ist eher eine Ablenkung, denn abgesehen von ihrer Existenz als Bäume haben diese Wesen die gleiche Funktion wie Swifts Lilliputaner oder Brobdingnagianer: Sie sollen den vernunftbegabten Menschen zum Nachdenken über seine Unvernunft bringen, um das, was natürlich ist, verkehrt erscheinen zu lassen. Bäume widersetzen sch nicht, didaktischen Zwecken zu dienen.

Die Bäume weisen von Land zu Land Unterschiede auf, und ihre Paradoxa stellen sich Klim in einer Serie Mini-Utopien dar: In einem Land genießt der Bauer den besten Ruf; in einem anderen benimmt sich derjenige Bürger umso demütiger, je mehr Ehren der Staat ihm anträgt, weil er 'der größte Schuldner der Gemeinschaft ist'; in einem anderen dürfen nur die Jungen regieren, denn die älteren Leute wachsen und werden eitler und gieriger und so fort. In einem der merkwürdigsten Länder schlafen die Leute niemals. Deshalb sind sie immer in Eile und verwirrt und von Kleinigkeiten getrieben. Zum Beispiel blickt Klim in eine Buchhandlung und bemerkt eine *Beschreibung der Kathedrale* in vierundzwanzig Bänden und dreizehn Bände über *Den Gebrauch des Krautes Slac*. Doch keine dieser eigenartigen Episoden wird weiter entwickelt. Holberg blendet sie auf wie Farbdias – wobei Klim darin größtenteils als Beobachter fungiert.

Klim besteht auch einige Abenteuer. Er wird per Vogel ans Firmament verbannt, das er voller Affen findet, wird von einer attraktiven Äffin umworben (»Ich dachte, es sei besser, mich der Rache wegen unerwiderter Liebe zu stellen, als die Gesetze der menschlichen Natur zu verletzen, indem ich mein Blut mit einem nichthumanen Wesen mischte.«), wird als Galeerensklave verschickt, erleidet Schiffbruch, gewinnt einen Krieg, wird Kaiser der Quamiten, Niels der Große, wird zum Unterdrücker, erleidet eine Revolution, flüchtet und fällt das gleiche Loch wieder hinauf, durch das er zwölf Jahre zuvor hinabgefallen war.

*

Klims Reise ist heute nur mehr eine Kuriosität. Sie wird überschattet von zwei fiktiven Reisebüchern, die früher erschienen waren: Defoes *Robinson Crusoe* und Swifts *Gullivers Reisen*. In beiden geschieht ein Schiffbruch in entlegenen Teilen der Erde, beide sind anerkannte Vorläufer von Science Fiction–Literatur, beide sind im klaren Stil ihrer Zeit abgefaßt, der ihnen auch heute noch eine breite Leserschaft garantiert.

Oftmals, wenn man von Science Fiction redet und der Ur–Science Fiction, die ihr vorausging, geschieht es einem wie einem Reisenden auf holpriger Straße an einer Hecke entlang, hinter der die gepflegten Gärten der Literatur liegen. Gelegentlich fließen jedoch Garten und Straße ineinander, und dann weitet sich die Perspektive zugunsten sowohl dem Wildgewachsenen als auch dem gehegten Garten. So war es im Zeitalter von Defoe und Swift, als die enormen Fortschritte in der Wissenschaft, die Entdeckungen Galileos und Newtons Brennstoff für die Spekulation lieferten.

Swift und Defoe sind zwei sehr unterschiedliche Schriftsteller. Swift gehört zur Mandarin–Tradition seines Freundes Pope, dem großen klassischen englischen Dichter; Defoe gehört mehr dem Volke. Wir müssen der Versuchung widerstehen, hier nun die erheblichen Unterschiede zwischen ihnen und ihren Werken zu diskutieren, insbesondere Defoe, und wollen uns lieber auf das konzentrieren, was wir in ihren Büchern an SF–Elementen erkennen.

Daniel Defoe (1659 – 1731) war der Sohn eines Metzgers in

Cripplegate. Sein Leben war voller entgegengesetzter Strömungen von Religion, Politik und Wirtschaft. Er war Puritaner, geboren am Vorabend der Restauration und erlebte den Knall des Südseeschwindels.*

Alle diese Einflüsse sind in seinem besten Roman erkennbar. Was den literarischen Einfluß angeht, so müssen wir an dieser Stelle verspätet jene wunderbare Reise erwähnen, die von ihrem ersten Erscheinen in den siebziger Jahren des siebzehnten Jahrhunderts an bis zum Ende der viktorianischen Ära in fast jedem englischen Haus gefunden werden konnte: Bunyans *Pilgrim's Progress*.

Nach einem erfüllten Leben und außerordentlicher Produktivität auf journalistischem Gebiet machte sich Defoe in seinen Sechzigern an das Schreiben von Romanen, oder besser fiktiven Memoiren, wie *Moll Flanders* und – ein Buch, das Poe sicherlich kannte und schätzte – das *Journal of the Plague Year.*

The Life and Strange Surprising Adventures of Robinson Crusoe, of York, Mariner wurde 1719 veröffentlicht. Es wurde sofort ein Erfolg. Popularität scheint doch auch eine Art Test für Qualität gewesen zu sein, denn das Buch wird seit zweihundertfünfzig Jahren, trotz aller Veränderungen im Lesegeschmack, immer wieder aufgelegt. Crusoe auf seiner Insel vor der Mündung des Orinoco (und er hatte dort fünfundzwanzig Jahre gelebt, ehe er seinen Mann Freitag erblickte) übt die gleiche unvergängliche Faszination aus wie Prospero auf *seiner* Insel, der im gleichen Teil der Erde sein einsames Dasein fristet. Wenn man in der ganzen Welt eine Umfrage macht, welche Begebenheit in der englischsprachigen Literatur wohl die Bekannteste wäre, würde es nicht verwundern, wenn man zur Antwort erhielte: Crusoes Entdeckung des fremden Fußabdrucks im Sand. Zumindest würde dies auf den vorderen Plätzen landen, zusammen mit der Erscheinung des Geistes von Hamlets Vater, hinter Oliver Twist, der um mehr bittet, und dem Tod der kleinen Nell. Dieser einzelne Fußabdruck hat sich als unauslöschlich erwiesen.

* [In Verbindung mit der Südseegesellschaft entstandene finanzielle Krise in England, 1720. Anm. d. Ü.]

Die Anziehungskraft des *Robinson Crusoe* als Science Fiction ist offensichtlich: Der Topos der einsamen Insel ist universal, ob als William Goldings Insel im *Lord of the Flies* oder als anderer Planet (wie es Rex Gordon exzellent gelang, als er ihr in *No Man Friday* den gattungsgemäßen Tribut zollte). Doch dahinter liegt noch eine stärkere Anziehungskraft.

In den schwerfälligen Gedankengängen Crusoes bei der Übertragung des Modells der Gesellschaft, die er verlassen hat, auf seine einsame Insel, wo er gezwungen wird, mit sich selbst zu Rande zu kommen, entwirft Defoe ein Bild von Einsamkeit, das immer noch durch unsere überbevölkerten Zeiten geistert. Kein fiktiver Planet war jemals eine passendere Umgebung für einen Einsamen als die Insel bei *Robinson Crusoe*. Wenn auch die Betonung der Religion den modernen Menschen wenig beeindruckt, enthüllt doch die langsame Lektüre ein Buch, das von wirklicher Größe ist. Ein Kritiker charakterisierte einst Defoe mit den Worten: »Er war niemals brillant, doch die Langweiligkeit wurde bei ihm zur Zauberei.«[8]

Defoe entsagte der Religion, Swift verschrieb sich ihr.

Jonathan Swift (1667 – 1745) wurde als Sohn englischer Eltern in Irland geboren. Der Vater starb vor seiner Geburt. Bald nach der Geburt wurde er von der Mutter getrennt. Wir können nicht sagen, inwieweit diese Tatsachen, die später im Leben Poes ihre Wiederholung finden, Swifts Gefühl des Getrenntseins von der Menschheit beeinflußt haben. Als Baby wurde er nach England gebracht, kehrte später nach Irland zurück, um seine Erziehung am Trinity College in Dublin zu vervollständigen. Danach schwankten seine Hoffnungen wie sein Leben zwischen diesen beiden Ländern. Er wurde 1694 ordiniert.

Swift wurde ein großartiger Pamphletist und beschäftigte sich intensiv mit der Politik seiner Zeit. Sein politischer Ehrgeiz wurde in England enttäuscht, und er kehrte nach Irland zurück, wo er schließlich als Dean der Kathedrale von St. Patrick großes Ansehen gewann. In seinen letzten Lebensjahren wurde er von zunehmendem Wahnsinn gequält, ein Schicksal, das häufig diejenigen überfällt, deren vorangegangenes Leben besonders nüchtern und gesund gewesen ist.

Swifts Leben war merkwürdig und voller Ironie. Romantiker und Psychologen wurden durch das Rätsel von Swifts Beziehung zu den beiden Frauen seines Lebens angezogen, seiner 'Stella' und seiner 'Vanessa'. Die sterblichen Überreste liegen in der Kathedrale in Dublin unter einem Epitaph, das er für sich selbst geschrieben hat: »Ubi saeva indignatio ulterius cor lacerare nequit« – »Wo heftige Beleidigungen das Herz nicht mehr treffen können«.

Ein Großteil seines umfangreichen Werks erschien, wie seine Frauen, unter Pseudonymen oder anonym. Wie aus Rache hat seine Leserschaft den Titel seines berühmtesten und lebendigsten Buches, *Reisen zu mehreren entlegenen Völkern der Erde in vier Teilen von Lemuel Gulliver erst Wundarzt später Kapitän mehrerer Schiffe* (1726), immer ignoriert und besteht darauf, es *Gullivers Reisen* zu nennen.

Glücklicherweise zählt dieses Meisterwerk nicht zur SF, denn es ist von der Intention her eher satirisch und/oder moralisch. Wäre es nämlich dazu gerechnet worden, hätte das Genre allzu bald den Gipfel der Perfektion erreicht und wäre so rasch wieder verschwunden, wie es aufgetaucht ist. Doch dieses Buch wühlt sich seinen Weg aus jeder Kategorienschublade heraus, in die Kritiker es versucht haben hineinzustopfen.

Swift bedient sich eines jeden Tricks, der auch Defoe bekannt war, und darüberhinaus noch mehr – Landkarten zum Beispiel – um den Leser zu der Überzeugung zu bringen, er hielte eine weitere schwerfällige Reisebeschreibung in Händen. Zunächst scheint Gulliver Crusoe zu ähneln, dem Mann aus York, Matrose: Ein ehrenwerter Mann, in diesem Fall ein Arzt, der sich guter, klarer Prosa bedient, und wie sein Vorgänger Schiffbruch erleidet. Doch Gulliver erweist sich als einer der cleversten Helden, die jemals einen Roman belebt haben, zugleich schlicht und listig, zupackend und feige, ein Mann, der sich für unerschütterlich ehrenwert hält und dennoch bereit ist, seine Fahne nach jedwedem Wind zu hängen. Es ist ein Fehler, Gulliver mit Swift zu identifizieren.

Doch Swift macht es dem Leser schwer, ihn nicht mit Gulliver zu identifizieren. Er spinnt derart viele Schichten von Ironie, daß wir uns irgendwo verheddern müssen.

Die vierte Reise führt uns vollends in Swifts Netz. Wir teilen Gullivers Belustigung über die Lilliputaner und ihre kleinkrämerischen Angelegenheiten, daher müssen wir auch Gullivers Demütigung am Hof von Brobdingnag teilen. In diesen ersten beiden Reisen bilden menschliche Dinge den Gradmesser. In der dritten Reise zur fliegenden Insel Laputa lernen wir, welchen Wert Intelligenz hat, und in der vierten in das Land, in dem Houyhnhnms und Yahoos einander gegenübergestellt werden, was unsere animalische Natur wert ist.

Der großartige vierte Teil hat seitdem auf Satiriker, auf Holberg, wie wir gesehen haben, auf Wells, Huxley und Orwell wie ein Magnet gewirkt. Für die edle Rasse der Pferde, der Houyhnhnms, sind die schmutzigen Yahoos Tiere oder bestenfalls Sklaven und Bauern. Angeekelt überwältigen die Yahoos Gulliver. Doch als sie seine Kleider abgenommen haben, unterscheidet er sich kaum von ihnen, mehr noch, einmal beim Schwimmen wirbt sogar eine lusttolle Yahoo um ihn. Die Yahoos sind die Menschen.

Es ist, als habe Swift bei seinem Portrait der Yahoos eine schrecklich-komische Vision von Horden der Steinzeit vor Augen gehabt, noch lange bevor der Gedanke menschlicher Evolution eine solche Idee hätte rechtfertigen können. Oder er konstruiert ein Es im Gegensatz zum Überich der Houyhnhnms. Eine der Stärken des Buches ist seine Offenheit für verschiedene Interpretationen.

Sicherlich hat Swifts Satire im letzten Jahrhundert an Kraft und Bedeutung hinzugewonnen. Sein Buch ist unzerstörbar und verschließt sich der Zeit und ausschließlicher Interpretation.

Viele haben sich an *Gullivers Reisen* versucht. Thackeray sprach zu viktorianischen Zeiten für die Opposition, als er es (im Hinblick besonders auf den vierten Teil) so bezeichnete: »Ein Monstrum, geschwätzig kreischend und knirschende Verwünschungen gegen die Menschheit ausstoßend. – Es reißt sämtliche Mauern der Bescheidenheit nieder, ist jenseits jeglichen Gefühls von Menschlichkeit und Scham; schmutzig in der Wortwahl, schmutzig im Gedanken, wütend, rasend, obszön.«

In vollständig anderen Kategorien befindet sich der irische Bischof – jedenfalls zitiert das Swift in einem Brief an Pope –, der das Buch las und erklärte, er glaube kein Wort davon.

Welches Buch könnte man mit Swifts vergleichen? Unwiderruflich stimmten die Menschen dafür, indem sie in den ersten Wochen seines langen Lebens zehntausende Exemplare kauften. Es wurde in ganz Europa übersetzt und vertrieben. Seitdem ist es immer so weitergegangen: bereinigt, verstümmelt, in Fortsetzungen veröffentlicht, mit Bildern versehen, wiederbelebt, plagiiert und immer und immer wieder gelesen, als ein dunkles Gegenstück zu *Pilgrim's Progress*.

Der Impuls, der dieses wundervolle und rätselhafte Buch erschuf, war komplexer Art. Swift wollte ein kultiviertes Publikum amüsieren. Die Leser erkannten ein ziemliches Körnchen Wahrheit in seiner Ansicht über die Menschheit, und die Phantasie der großen und kleinen Leute, der zivilisierten Pferde, des Rennens der Unsterblichen und der Befragung der Toten haben allesamt zeitlosen Reiz. Und dann, muß man noch hinzufügen, handelt es sich um exzellenten Geist in hervorragender Sprache.

Swift erzielt seine besten Wirkungen durch Gullivers blinden Stolz, mit dem er beharrlich an etwas Niederes, Gemeines appelliert, wenn er belegen will, was er für einen gerechtfertigten Anspruch hält.

Als sie über den Handel in England reden (»der lieben Stätte meiner Geburt«), erzählt Gulliver seinem Herrn, dem Houyhnhnm, wie europäische Schiffe auf allen Meeren segeln und alle Arten von Waren zurückbringen. »Ich versicherte ihm, daß diese ganze Erdkugel mindestens dreimal umrundet werden muß, ehe eine unserer besseren Yahoofrauen ihr Frühstück bekommt oder eine Schale, es hineinzufüllen.« Das ist die Methode von Popes *Rape of the Lock*. Belinda öffnet ihr Toilettenschränkchen:

> Unnumbered Treasures ope at once, and here
> The various offerings of the World appear

Es geht also um eine durchaus vernünftige Sache.

Wiederum, wenn »mein Herr« sich über die Einstellung der Yahoos gegenüber Schmutz und Widerlichkeit wundert, verglichen mit der natürlichen Liebe zur Sauberkeit bei anderen Tieren, hätte ich »mit Leichtigkeit . . . jedoch das Menschengeschlecht vor der Bezichtigung der Einzigartigkeit im letzten Punkt in Schutz nehmen können, wenn es nur Schweine im Land gegeben hätte (was zu meinem Unglück nicht der Fall war); denn wenn es auch ein angenehmerer Vierfüßler als ein Yahoo sein mag, so kann es doch, wie ich in aller Bescheidenheit zu Recht glaube, keinen Anspruch auf größere Reinlichkeit erheben.«[9] Dann, in Laputa, bemerkt Gullivers Übersetzer, daß er »beobachtet hat, daß langes Leben die allgemeine Sehnsucht und der Wunsch des Menschengeschlechts sei. Jeder, der schon mit einem Fuß im Grabe stehe, halte ganz gewiß den anderen so fest wie möglich zurück.«[10]

Diese kurzen Beispiele könnte man beliebig fortsetzen. Sie zeigen eine Art *falsch verstandener Vernünftigkeit*. Wenn wir *Gulliver* als große Abhandlung über die Vernunft akzeptieren (was es unter anderem auch ist), werden viele der Probleme, die den Kommentatoren im vierten Teil begegnen, verschwinden. Am Ende seines vierteiligen Verwirrspiels stoßen wir auf Swifts absolute Vernunftwesen, die Houyhnhnms. Das ist der Höhepunkt von Gullivers Suche, und er wird zu ihren Ansichten über das Leben und das ganze Drum und Dran bekehrt – derart, daß er nach seiner Rückkehr nach England die Nähe von Frau und Kindern nicht ertragen kann, weil er sie als Yahoos ansieht.

Wir müssen uns immerfort vor Gulliver hüten, wenn er irgendetwas bewundert. Sein Name beginnt nicht umsonst mit 'gull' [dt.: Betrug, Prellerei]. Dies ist ein Teil von Swifts »grobem und unverschämten Spiel«, wie F.R.Leavis es nennt. Diese pferdegestaltigen Kinder der Vernunft sind kalt, uninteressiert und herablassend – und allesamt gleichgültig (wie auch Gulliver später) dem Leben ihrer Kinder oder dem Tod ihrer Lebenspartner gegenüber. Sie verfügen über ein begrenztes Vokabular und begrenzte Vorstellungskraft, was ein recht deutlicher Schlüssel zu Swifts wahrer Haltung ihnen gegenüber ist. George Orwell weist darauf hin, daß sie auch rassistisch sind[11], doch Orwell, der Gulliver zu den sechs unabdingbaren Büchern zählt, begeht den Fehler, Gulliver mit Swift gleichzusetzen und glaubt, daß Swift und nicht Gulliver die Houyhnhnms bewundert.

Swift will uns mit der Kultur der Houyhnhnms warnen: So wird Utopia aussehen, wenn nur die Vernunft regiert: Ein fast totenähnlicher Zustand. So schrecklich auch die Yahoos sind, sie sind die Unterdrückten, sie verfügen über mehr Vitalität und Energie als ihre Unterdrücker – und sie genießen wahrscheinlich in größerem Maße Swifts Sympathie als allgemein angenommen.*

In *Gullivers Reisen* wird schwarz niemals einfach mit weiß kontrastiert. Selbst im verachtenswerten Lilliput herrschen kluge Gesetze, die die Tugend belohnen. Swift hält uns für zivilisiert genug, um schlechte Lebensweisen beurteilen zu können und zu verstehen (was wir auch tun, wenn wir Aldous Huxley lesen), daß die Tugenden der Zivilisation im Text nur andeutungsweise dargestellt sind, zum Beispiel in Form eines klaren, weltgewandten Prosastils. Da sein Thema die Vernunft ist, so braucht es auch Vernunft, um den unterhaltenden Wert voll genießen zu können.

Das ist der Grund, warum *Gullivers Reisen* auch noch nach Jahrhunderten seine Wirkung nicht verfehlt, warum es uns immer noch entzückt. Neben dem Erzählstrang reiner Phantasie in Gestalt eines naiven Realismus läuft parallel das intellektuelle Paradox, denn wir müssen besser als die Yahoo sein, um uns in ihnen selber zu erkennen. Derart gelangen wir auf die Stufe von Swifts eigenem ironischen Blickwinkel. Trotz des Themas, das Thackeray so sehr verachtete, soll die Wirkung dieses großartigen Buches uns erheben.

*

* Orwell hätte es verstehen müssen, denn er scheint ebenfalls für seine Proles in *1984*, den literarischen Abkömmlingen der Yahoos, sowohl Verachtung als auch Sympathie zu verspüren.

Von den beiden Meisterwerken der klassischen englischen Literatur, *Robinson Crusoe* und *Gullivers Reisen*, gehen wir nun dreißig Jahre weiter, um uns zwei weitere Meisterwerke anzusehen, die zur gleichen Zeit erschienen. Ein kurzer Blick wird ausreichen, denn beide stehen nicht in direkter literarischer Tradition der Science Fiction, obschon sie mit ihrer Sorge um den modernen Menschen eine Menge Interessantes für die Science Fiction–Leser enthalten.

Voltaires *Candide* wurde im Februar 1759 veröffentlicht. Zwei Monate später folgte Samuel Johnsons *Rasselas, Prinz von Abessinien*. Johnson soll später gesagt haben, wenn sie nicht so kurz hintereinander publiziert worden wären, daß die Zeit für ein Plagiat nicht gereicht hätte, wäre es müßig gewesen, abzuleugnen, daß das Konzept des einen vom anderen übernommen worden war.

Im folgenden Jahrhundert kam zufälligerweise Bulwer–Lyttons *The Coming Race* kurz vor Butlers *Erewhon* heraus, und Butler hatte Mühe, nachzuweisen, sein Buch beruhe nicht auf dem anderen.[12]

Wie *Robinson Crusoe* und *Gullivers Reisen* waren auch *Rasselas* und *Candide* unmittelbare Erfolge. Beide wurden bis heute immer wieder neu aufgelegt. Johnsons Buch wurde innerhalb einer Woche geschrieben, Voltaires in drei Tagen: Tatsachen, die den literarischen Tagelöhnern von heute neuen Mut machen können.

Beide sind Erzählungen, die vor dem Optimismus warnen. Voltaires ist viel lebhafter, doch jeder Leser, der empfänglich ist für den Rhythmus von Prosa, wird sich sogleich durch die noble Melancholie angezogen fühlen, mit der Johnson seine Erzählung beginnt:

> Ihr, die ihr gläubig dem Geflüster des Vergnügens lauscht und den Phantomen der Hoffnung begierig nachlauft; die ihr erwartet, daß das Alter die Versprechungen der Jugend einlöst und daß die Enttäuschungen des heutigen Tages morgen wiedergutgemacht werden; hört die Geschichte Rasselas, des Prinzen von Abessinien.

Bei seinen Versuchen, dem glücklichen Tal, in dem er lebt, zu entkommen, trifft Rasselas einen Mann, der 'wohlbekannt ist wegen seiner Kenntnisse mechanischer Kräfte' und ihm eine Flugmaschine baut. Die Maschine kostet eine Menge an Zeit und Energie und stürzt schließlich ab – nicht ohne daß der Konstrukteur vorher die Überlegung angestellt hat: »Wie wäre es um die Sicherheit der Guten bestellt, wenn die Bösen sie ganz nach Belieben aus dem Himmel angreifen könnten?«

Was gut beginnt, endet böse. Der einzige Trost ist die traurige Moral, die man daraus ziehen kann. In *Candide* beginnt alles schlecht und wird noch schlechter. Die Komödie besteht darin, daß Candide und seine Gefährten Pangloss und Kunigunde aus jeder neuen Katastrophe idiotischerweise neuen Optimismus schöpfen. Die Entfremdung zwischen Hoffnung und Welt ist komplett. Tatsachen existieren in unübersehbarer Vielfalt – doch gedeutet werden sie je nach individuellem Temperament.

Der utopische Candide findet sich Utopia am nächsten, als er nach El Dorado gelangt, wo die Straßen mit Gold gepflastert sind. Hier sind die Vergnügungen rein materieller Art, das Essen ausnahmslos exzellent. Es gibt keine Gerichtshöfe oder Parlamente, keine Gefängnisse. Doch der Palast der Wissenschaften hat eine zweitausend Fuß breite Galerie, voll mit mathematischen und wissenschaftlichen Instrumenten. Und die Scherze des Königs sind sogar übersetzt noch komisch.

Voltaire, der französische Philosoph, dessen Werk neben einer umfangreichen Korrespondenz zehn Millionen Worte umfaßte, hatte schon vor *Candide* in *Conte Zadig, ou La Destinée* und *Micromégas* (1747 und 1752) seinem Hang zum Surrealen nachgegeben. Im ersteren qualifizieren Zadigs Beobachtungen ihn zu einem Vorläufer von Poes Auguste Dupin, denn er zieht aus bestimmten Hinweisen die Schlußfolgerungen, daß der Hund der Königin und das Pferd des Königs vorbeigegangen sein müssen.

In *Micromégas* kommen ein gigantischer Besuch von einem der Planeten des Sirius und sein kaum kleinerer Freund von Saturn auf die Erde und fischen ein Schiff aus der Ostsee. Die beiden Riesen halten es auf der Hand und betrachten es durch ein Mikroskop. Mit den Menschen an Bord beginnen sie eine Unterhaltung. Rabelais' Einfluß ist erkennbar. Swift wird erwähnt, doch die Umkehrung, daß die Reise durch das All zur Erde und nicht in anderer Richtung vollzogen wurde, ist typisch Voltaire. Das Gleiche trifft auf die Unterhaltung zu. Am Schluß schenken die beiden gigantischen Besucher den Erdenwesen ein Buch, in dem, so ihr Versprechen, das Geheimnis des Universums gefunden werden kann.

Als der Sekretär der Akademie der Wissenschaften in Paris das Buch öffnet, findet er nur leere Seiten.

Einen Hinweis darauf finden wir in *Candide*, innerhalb einer philosophischen Unterhaltung zwischen Candide und Martin, die sich wie ein Dialog der Marx–Brothers liest:

> »Bei dieser Gelegenheit möchte ich wissen, ob Sie glauben, daß die Erde ursprünglich ein Meer gewesen sei, wie es in dem großen Buch behauptet wird, das dem Kapitän gehört«, fragte Candide. »Ich glaube nichts von alledem, sowenig wie von allen Faseleien, die man uns seit Jahrhunderten vorerzählt.« »Aber zu welchem Zweck ist die Welt geschaffen worden?« »Um uns verrückt zu machen.« »Sind Sie nicht sehr erstaunt über die Liebe der beiden Indianermädchen zu den zwei Affen, von denen ich Ihnen erzählt habe?« »Keineswegs. Ich sehe nichts Sonderbares in dieser Leidenschaft: ich habe so viele außergewöhnliche Dinge gesehen, daß es für mich nichts Außergewöhnliches mehr gibt.« »Glauben Sie, daß die Menschen sich schon immer gegenseitig abgeschlachtet haben ...?« »Glauben Sie, daß Sperber immer Tauben gefressen haben, wenn sie welche fanden?«

Candide wurde kurz nach dem Erdbeben in Lissabon geschrieben, ein Ereignis, das die europäische Welt ähnlich erschütterte wie der Untergang der *Titanic* die Vorkriegsgesellschaft. Durch *Candide* und *Gulliver* erhalten wir einen guten Einblick in die damalige Zeit und jene fleischlichen Schwächen, die zeitlos sind – doch damals durch die ständige Bedrohung durch die Syphilis viel mehr Komplikationen nach sich zogen, worauf beide Autoren auch gehörig hinweisen.

Diese beiden bemerkenswerten Bücher, zusammen mit *Robinson* und *Rasselas,* kann man nicht mit absoluter Eindeutigkeit als Romane klassifizieren in der Weise, in der heutige Science Fiction–›Romane‹ ihnen ähneln. Sie sind jedoch alle vier Beispiele für männlichen Intellekt: Die Charaktere sind sparsam gezeichnet, unbekümmert um die Ambivalenz menschlicher Beziehungen; interessiert, eine Geschichte zu erzählen und vor allem mit dem Blick nach außen gerichtet und mit Schlußfolgerungen über die Welt, in der die Autoren sich befinden. In dieser Hinsicht ähnelt dieses brillante Quartett aus dem achtzehnten Jahrhundert in etwa heutiger Science Fiction – etwa Thomas Dischs *Camp Concentration* oder Robert Sheckleys *Dimension of Miracles* – mehr jedenfalls als die unmittelbar darauf folgenden Wischiwaschi–Mondreisebücher.

Eine mehr weibliche Sensibilität entstand und herrschte im nächsten Jahrhundert, besonders ausgeprägt in den Romanen der frühen Jane Austen und dem späten Henry James, E.M. Forster und Ivy Compton–Burnett und vielen anderen in unserem Jahrhundert. Hier finden wir die Leitbilder, die Literaturwissenschaftler allgemein bevorzugt haben. Und sie haben damit den ernsthaften Roman zu einer Sache von Beziehungen reduziert. In der Science Fiction jedoch blieben die Traditionen des Blicks nach draußen, um den Menschen an seiner Welt zu messen, die er entweder vorgefunden oder gemacht hatte, und die damit verbundene Tradition einer ungewöhnlichen Geschichte (selbst wenn sie nicht verschwenderisch in alle Einzelheiten geht, wie Robinsons lange Jahre auf seiner Insel) im großen Ganzen gesehen ungebrochen. Selbst das philosophische Aroma blieb erhalten, wie in George Stewarts *Earth Abides,* (Leben ohne Ende), Pohl und Kornbluths *Wolfbane* (Welt auf neuen Bahnen) und vielen anderen Romanen.

Wenn man leicht feststellen kann, daß die meisten der Geschichten und Erzählungen in diesem Kapitel auf Science Fiction hinweisen, kann man ebenso leicht feststellen, inwieweit sie *nicht* science fictional sind oder höchstens Ur–Science Fiction. Sie bleiben jedoch unglaubliche Geschichten vermischt mit utopischen Ideen (wie Lukians Schriften) oder Ausweitungen von unwahrscheinlichen Reiseberichten (wie Godwins *Man in the Moone)* oder Parodien älterer Geschichten (wie Bergeracs *L'Autre Monde*) oder politische Satiren (wie *Gullivers Reisen*) oder philosophisches Feuerwerk (wie *Candide*) oder eine Mischung aus allem (wie *Niels Klim*). Sie sind zeitgebunden, die Autoren unfähig, sich in ihrer jeweiligen Gesellschaft einen Wechsel vorzustellen. Ihre Ansicht vom Menschen gegenüber der Natur ist bescheiden – sie wirkt auf ihn, oder er auf sie, und das nur gelegentlich. Obschon sie Phantasie akzeptieren, wird diese doch niemals als eine innere Kraft anerkannt, die man um ihrer selbst willen ernst nehmen kann – mit anderen Worten: keine der Qualitäten der Innerlichkeit. Sie spielen in der Gegenwart, ohne auf die weiten Ebenen der Vergangenheit zurückzuschweifen oder etwa in die Zukunft.

Das beste dieser Bücher wäre wohl auch das beste Science Fiction–Buch – wenn es sich nur um Science Fiction handelte. Das tut es aber nun nicht. Erst die Entwicklung des Genres, seitdem angeregt durch ihr kräftiges Beispiel, läßt die Ähnlichkeiten hervortreten.

Fünf Jahre später wurde das bereits erwähnte *Castle of Otranto* von Walpole veröffentlicht. Es schafft ein neues Genre, abgeschlossen und introspektiv, in dem die 'Atmosphäre' den Platz der Handlung erobert. Es hat mehr Ähnlichkeit mit Träumen als mit den Aktionen der täglichen Welt. Ein gotischer Nebelvorhang scheint sich über das Zeitalter der Vernunft zu senken.

Im 19. und 20. Jahrhundert werden wir feststellen, wie sich diese beiden Strömungen vermischen. Manchmal scheint die äußere Welt zu dominieren, manchmal die innere.

Beide haben ihren Platz in in der Science Fiction wie im Leben.

1. Übersetzung nach der Übertragung von Dr. Thomas Franklin.
2. Kenneth Clarke, *Civilisation: A Personal View*, 1969
3. Nach der englischen Ausgabe hrsg. v. E. Rosen, Madison, 1967. Der Text des *Somnium* ist sehr kurz. Nach Vollendung fügte Kepler Fußnoten hinzu, etwa eine pro Satz, so daß sich die Anmerkungen auf weit mehr Seiten erstrecken als der Text selber.
4. Marjorie Hope Nicolson, *Voyages to the Moon*, New York 1949
5. Philip B. Grove, *The Imaginary Voyage in Prose Fiction*, 1941.
6. *Der utopische Staat*, hrsg. v. Klaus J. Heinisch, Reinbek 1960, S. 55
7. ebda., S. 82
8. George Sampson, *The Concise Cambridge History of English Literature*, 1941.
9. Swift, *Gullivers Reisen*, übers. v. Franz Kottenkamp, Frankfurt 1978, S. 380
10. ebda., S. 304
11. George Orwell, 'Politics vs. Literature', in: *Collected Essays*, 1961.
12. Siehe Vorwort von *Erewhon*, erweiterte Ausgabe 1901.

4.
Die gaserleuchtete Rasse

VIKTORIANISCHE VISIONEN

Here about the beach I wandered, nourishing a youth sublime
With the fairy tales of science, and the long result of Time.
Alfred Tennyson: *Locksley Hall*

Die weiten Ebenen und die verborgenen Täler des 19. Jahrhunderts liegen wie ein großer, neuentdeckter Kontinent vor jedem heutigen Literaturforscher.

Wer sich in dieser Literaturlandschaft umsieht, entdeckt bald, daß die weitverbreitete Ansicht, die Science Fiction habe mit H.G. Wells begonnen, falsch ist. Wells tritt zum Ende des Jahrhunderts auf und zum Ende der Viktorianischen Epoche; vor ihm gab es bereits sechzig ruhm- und ertragreiche Jahre.

Man hätte ein langes Papier vor sich, wollte man die Autoren auflisten, deren Werk eindeutig Science Fiction ist, die Science Fiction berührt oder, selbst wenn es ganz offensichtlich keine Science Fiction ist, doch von zentraler Bedeutung für sie (wie das Werk von Lewis Carroll). Den Beginn bei Wells zu sehen, ist allerdings insofern richtig, daß viele von den Namen auf der Liste heute außer bei Literaturhistorikern vergessen sind – zu recht, genauso wie man sich Wells' zu recht erinnert.

Wenn wir uns im weiteren näher mit dieser Zeit beschäftigen, werden wir sehen, wie die verschiedenen SF–Themen immer wieder und wieder von Schriftstellern für die Debatte von Zeitfragen aufgenommen werden, bis sie dann schließlich im Werk von Wells zusammenfließen.

Frömmigkeit und ein optimistischer Materialismus prägten früher zu einem großen Teil das Bild von der viktorianischen

Zeit; wenn wir uns heute diese Epoche vor Augen führen, fallen uns mehr Skeptizismus, qualvoller Atheismus und jene Zweifel an einer wachsenden Massengesellschaft auf, die sich in de Tocquevilles *Über die Demokratie in Amerika* ausdrükken. Die meisten dieser dunkleren Töne finden ihr Echo in der Science Fiction der Epoche. Von *Frankenstein* an bleibt sie eine Literatur, für die das Bedrohliche typisch ist.

Typisch erweist sich auch jenes andere *Frankenstein*–Thema, die Zwiespältigkeit des Menschen, die in der viktorianischen Zeit in der Zweiteilung der Gesellschaft ihren Ausdruck findet. Die Armen und die Reichen stehen sich gegenüber, von Disraeli dramatisch die ›zwei Nationen‹ genannt.

*

Die dreißiger Jahre des 19. Jahrhunderts sind nach dem Urteil der Literaturhistoriker eine Zeit des Niedergangs für den Roman wie für die ganze romantische Literatur.[1] Nach dem Tod von Sir Walter Scott im Jahre 1832 befand sich die erzählende Dichtung auf dem Rückzug, um dann aber in den Vierzigern ein so erfolgreiches Comeback zu erleben, daß der Roman für den Rest des Jahrhunderts die dominierende Form der imaginativen Literatur wurde. Zu den bemerkenswerten neuen Romanen dieses Comeback gehören Thackerays *Jahrmarkt der Eitelkeiten,* mehrere von Dickens' Romanen, Disraelis *Coningsby* und *Sybil,* Romane von allen drei Brontë–Schwestern *(Die Sturmhöhe, Jane Eyre* und *Tenant of Wildfell Hall)* wie auch von Mrs. Gaskell, Harrison Ainsworth, Melville, Borrow, Charles Kingsley und Trollope.

Viele dieser Namen waren damals neu für das Literaturpublikum. Nur wenigen Erzählern war es gelungen, die Dürre der Dreißiger zu überstehen, unter ihnen Shelleys Freund Thomas Love Peacock und Bulwer–Lytton. Der Lebensweg Bulwer–Lyttons ist fast so vielgestaltig wie die Metamorphose eines Insekts. Auch sein Name änderte sich des öfteren. Er starb als Edward George Earle Lytton Bulwer, Erster Baron von Lytton, nachdem er sein Leben als ganz gewöhnlicher Bulwer begann und irgendwann auf seinem verschlungenen Lebenspfad dicht davor gestanden hatte, Lord South Erpingham zu werden. Am Ende seines Lebens war er eine der Säulen der viktorianischen Gesellschaft.

Zwei Jahre nachdem der angesehene Verlag Henry Colburn Mary Shelleys *The Last Man* in drei Bänden veröffentlicht hatte, erschien aus demselben Haus Lyttons Dandy–Roman *Pelham*. Später wandte Lytton sich nacheinander Romanen über das Verbrechen und die Verbrecher zu (wie *Eugene Aram*), historischen Romanen (wie *Die letzten Tage von Pompeji*), dem Okkulten (wie in *Zanoni*) und Romanen über das friedliche Bürgerleben in der Art Trollopes (wie *My Novel*). Außerdem schrieb er Theaterstücke.

›Was wird aus Bulwer werden? Der hervorragendste Schriftsteller unserer Tage? Ich zweifele nicht daran. Er ist ein großartiger Autor‹[2], schrieb Mary Shelley. Wir müssen uns nun allerdings bei unserem Interesse an ihm auf *The Coming Race* beschränken, einen Supermenschen–Roman.

The Coming Race [Vril oder Eine Menschheit der Zukunft] ist die Geschichte eines Mannes, der sich in einer Kohlenmine verläuft, einen Schacht hinabstürzt und eine menschenähnliche Rasse entdeckt, die tief unter der Erdoberfläche in friedlichen, gut beleuchteten Höhlen lebt. Die Rasse verfügt über Luftschiffe, Automaten, mechanische Flügel, furchtbare Waffen und grandiose Bauwerke. Die Szenerie scheint John Martin[3] einiges zu verdanken:

> Mein Gastgeber trat auf den Balkon hinaus; ich folgte ihm. Wir befanden uns im obersten Stockwerk der Pyramide; der sich bietende Ausblick war von einer wilden und einzigartigen Schönheit, die unmöglich zu beschreiben ist – die weiten, steilen Felshänge, die den fernen Horizont formten, die Täler mit ihren geheimnisvollen, vielfarbigen Pflanzen, die schimmernden Gewässer, viele von ihnen rosigen Flammenströmen gleichend, der helle Schein, den Myriaden von Lampen verbreiten, das alles ergab ein Bild, dem ich mit keinem meiner Worte gerecht werden kann: so strahlend war es und doch so düster; so lieblich, und doch so furchtbar. (Kapitel 5)

Da haben wir Burkes Erhabenheit, und wie!

Die Rasse, die in diesen Höhlen wohnt, wird Vril–ya genannt. Der Name leitet sich von der überall anwendbaren Kraft *vril* ab, mit der die Welt der Vril–ya kontrolliert wird. Vril ist eine ›Einheit des natürlichen Energiegefüges‹.* Die Vril–ya sind keineswegs kriegerisch. Die Jagd auf gefährliche Tiere (ein paar vorsintflutliche Monster haben sich noch unter der Erde halten können) überläßt man den Kindern, weil Jagen Rücksichtslosigkeit verlangt, und ›je jünger ein Kind ist, desto rücksichtsloser wird es zerstören‹. Lytton sprach hier wohl als Familienvater.

Der größte Teil des Romans führt uns zu Fuß durch die unterirdische Welt, um uns genau zu beschreiben, worin sie sich von unserer eigenen unterscheidet. Hier folgt er dem Muster anderer Utopien. Es gibt ein leicht humoristisches Element, denn eine der fremden Frauen verliebt sich in den Helden – und die Frauen dort sind größer und wesentlich stattlicher als ihre menschlichen Geschlechtsgenossinnen. Sie übernehmen die Initiative bei Geschlechtsbeziehungen. Unser anonymer Held gibt zu, daß Zee ›ihn eher mit der einem Engel gebührenden Ehrfurcht erfüllte, als daß sie ihn als Frau bewegte.‹

Er bewunderte das unterirdische Reich, aber findet es langweilig und flieht schließlich zurück in seine eigene Welt – von den Armen der Frau getragen, die ihn liebt. Die etwas philosophische Erzählung endet mit einem drohenden Unterton:

> Je länger ich über ein Volk nachdenke, das sich so ungestört in Regionen entwickelt, die unseren Blicken entzogen sind, und für unbewohnbar gehalten werden, das über Kräfte verfügt, die all unseren Energieformen überlegen sind, und über Tugenden, von denen sich unser Leben in sozialer wie politischer Hinsicht immer weiter entfernt proportional zum 'Fortschritt' unserer Zivilisation – desto fester bete ich dafür, daß unsere Tage verstreichen, bevor unsere unausweichlichen Vernichter ans Tageslicht kommen.

* Den Namen lieh sich später ›Bovril‹ aus, eine stärkende Fleischbrühe.

Hier droht eine Nation aus dem Untergrund, – vielleicht ein Echo auf Disraelis ›unterdrückte Nation‹?[4]

Die *kommende Rasse* stammt von Völkern ab, die einst auf der Erdoberfläche lebten. Berichte lassen vermuten, daß ihr Rückzug unter die Erde ›tausende von Jahren vor Noahs Zeit‹ stattfand. Aber das paßte nicht zu den in Geologen–Kreisen umlaufenden Theorien, ›insofern als es die Existenz einer menschlichen Rasse auf der Erde lange vor der Zeit der Bildung der geologischen Formationen, die gleichzeitig mit den ersten Säugetieren entstanden sein sollen, bewiese.‹ Hier und bei anderen Gelegenheiten zeigt Lytton ein etwas konfuses Interesse an Evolutionstheorien.

Zehn Jahre nach dem Erscheinen seines Romans wurde mit einem wesentlich größeren Geschütz auf dasselbe Ziel geschossen.

Samuel Butler (1853 – 1902) ist einer von den brillanten Schriftstellern, die sich nie richtig entfalten konnten. Die beiden Bücher, mit denen er am besten in Erinnerung geblieben ist, sind der posthum veröffentlichte Roman *The Way of All Flesh* (Der Weg allen Fleisches) und seine satirische Utopie *Erewhon* (1872), in der sich Butlers Witz mit seinem Interesse an der Wissenschaft (besonders am Darwinismus, mit dessen Anhängern sich Butler über viele Jahre und in vielen Büchern herumschlug) zu einem an Swift erinnernden Bild verbindet. Das Ergebnis ist ein wesentlich lebendigeres Buch als *The Coming Race*, doch Butler erkannte die Ähnlichkeit an. Für einen Verdacht des Plagiats bestand kein Grund; wenn die Zeit für ein Thema reif ist, beginnen gewöhnlich eine ganze Reihe von Leuten darüber nachzudenken.

Wo nun aber der Gebrauch des *vril* und aller in ihm steckenden Kräfte Lyttons Rasse stark und beeindruckend gemacht hatte, sind die Erewhonianer gerade wegen ihrer Ablehnung aller Technik stark und beeindruckend.

Butler bringt seine Argumente mit beinahe Swiftschem Geschick vor, allerdings ohne dessen Lebensnähe.

> Es liegt in der Tatsache, daß die Maschinen gegenwärtig nur wenig Bewußtsein besitzen, keine Gewähr gegen die

> schließliche Entwicklung mechanischen Bewußtseins. Ein Weichtier hatte auch nicht viel Bewußtsein. Man überdenke den außerordentlichen Fortschritt, den Maschinen in den letzten paar hundert Jahren gemacht haben, und beachte, wie langsam sich das Tierreich und das Pflanzenreich entwickelte. Die höher organisierten Maschinen sind nicht so sehr Geschöpfe von gestern, als vielmehr Geschöpfe der letzten fünf Minuten sozusagen, im Vergleich mit aller Vergangenheit. Nehmen wir einmal an, daß bewußtseinsbegabte Wesen seit einigen zwanzig Millionen Jahren existiert haben, und nun sehe man, welche Riesenschritte die Maschinen im letzten Jahrhundert machten! Kann die Welt nicht noch einmal zwanzig Millionen Jahre dauern? Wenn ja, was mag nicht am Ende alles noch aus den Maschinen werden? Ist es nicht sicherer, das Unheil noch im Keim zu ersticken und weiteren Fortschritt zu verbieten?

Solche Überlegungen wären noch eine Generation vor Butler undenkbar gewesen. Außerdem gibt es in Erewhon einige hübsche Umkehrungen dessen, war wir für normal halten. Die bekannteste ist die Sitte, daß Erewhonianer als Kriminelle behandelt werden, wenn sie krank sind, und als Kranke, wenn sie ein Verbrechen begehen. Butlers Protagonist Higgs kann diese Methode aus erster Hand beschreiben, denn er erlebt in seinem Gastgeber Mr. Nosnibor einen respektabelen Betrüger.

> Ich glaube nicht, daß man sogar meinen Gastfreund dafür, daß er eine vertrauensselige Witwe um ihr ganzes Vermögen beschwindelt hatte, mehr tatsächliche Leiden auferlegte, als wir bereitwillig von unseren Ärzten erdulden.

Erewhon hat auch seine Liebesgeschichte – die Standardversion. Higgs verliebt sich in ein Mädchen mit Namen Arowhena. Gegen alle Widerstände gelingt ihm schließlich die Flucht mit ihr in einem Ballon.

Trotz seines intelligenten Witzes ist *Erewhon* wie sein Nachfolger nicht mehr als eine Diskussion der gerade landläufigen Themen, Natur der Gesellschaft etc. Wir bemerken einen riesigen Unterschied, wenn wir es mit den Büchern vergleichen, die H.G.Wells fünfundzwanzig Jahre später schrieb. Auch dort finden wir ähnliche Befürchtungen, was die Herrschaft der Maschinen anbelangt.

Doch Butler spricht nur von Maschinen, die sich selbst reproduzieren könnten[5] und den Menschen zu ihrem Sklaven machen. ›Man bedenke auch die Bergleute und Kohlenhändler und die Kohlenzüge und Kohlenschiffe und die Leute auf ihnen – welch eine Armee von Dienern die Maschinen auf diese Weise beschäftigen! Sind nicht wahrscheinlich mehr Menschen mit dem Bedienen von Maschinen beschäftigt als mit dem Bedienen von Menschen?‹ (Kapitel 24)

H. G. Wells dagegen *zeigt* uns, z.B. in *When the Sleeper Wakes,* was wirklich passiert, wenn der Mensch Sklave seiner Technologie wird. Wells ist an der Sache beteiligt, Butler nur ein Kommentator am Rande.

Aber beide würden Tennysons berühmter Zeile zugestimmt haben: ›Besser fünfzig Jahre Europa als ein Jahrtausend unter Wilden.‹

Als einer, der mehr als fünfzig Jahre Euorpa erlebt hat, beweist der alte Peacock in seinem letzten Werk *Gryll Grange* (1861) einen durchdringenden Skeptizismus gegenüber allen modernen Errungenschaften. Dort beschwört er einen Geist eines lange vor seinem Zeitalter Verstorbenen, auf daß der Geist sich in der neuen Zeit einrichte,

> . . . with profoundest admiration thrilled,
> He may with willing mind assume his place
> In your steam–nursed, steam–borne, steam–killed,
> And gas–enlightened race. (Kapitel 28)

> . . . und von Bewunderung tief erfüllet,
> Ihn man willig seinen Platz einnehmen lasse,
> In der dampf–gepflegten, dampf–geborenen, dampf–getötet
> und gas–erleuchtet Rasse.

Butler und Lytton griffen früh und fasziniert nach der neuen Evolutionstheorie. Beide verwenden sie in ihrer Dichtung als ein ästhetisches Objekt (der Ausdruck stammt von Butler), das von essentieller Bedeutung ist. Das ist die Art, in der die meisten wissenschaftlichen Theorien von der Science Fiction verwendet werden, seien es von außen kommende oder eigens vom Autor erfundene.

The Coming Race und *Erewhon* gehören zu den Utopien des 19. Jahrhunderts. Wie das 17. Jahrhundert brachte auch das 19. viele Utopien hervor, die sich in erster Linie auf die neuen Aspekte des Lebens gründeten, wie sie die fortschreitende Industrialisierung mit sich gebracht hatte. Wir können an dieser Stelle utopische Philosophen wie John Ruskin – dessen Ruf noch wächst – Carlyle, Thoreau, Emerson und in gewisser Hinsicht auch William Morris nur nickend zur Kenntnis nehmen. Aber wir sollten uns kurz mit *Looking Backward* [Ein Rückblick aus dem Jahr 2000] befassen, weil bei ihm die Theorien etwas mehr als ästhetische Objekte sind; sie sind seine einzige Existenzgrundlage.

Heute handelt es sich dabei allerdings um eine recht blasse Existenz. Was niemals Literatur gewesen ist, kann auch nie Literatur werden. Aber als das Buch 1888 erschien, hatte es eine aufrührende Wirkung.

Sein Autor war Edward Bellamy (1850 – 1898). Bellamy verbrachte sein Leben größtenteils in Chicopee Falls, Massachusetts, doch sein Roman spielt in einem Boston der Zukunft. Der Protagonist, ein gewisser Julian West, leidet an Schlaflosigkeit und verbringt seine Nächte in einem unterirdischen Raum, wo ein Mesmerist ihn gelegentlich in Schlaf versetzen kann. Möglicherweise haben wir hier ein spätes Echo auf die Welt von Poe und seinem M. Valdemar. Aber West ist beim Erwachen keine Leiche; er hat nur sehr lange geschlafen. Man schreibt inzwischen das Jahr 2000, und als er einschlief, war es noch 1887.

Dann folgt eine sozialistische Utopie, in der ein Boston des 19. Jahrhunderts mit einem Boston der Zukunft verglichen wird und entsprechend schlecht abschneidet. ›Das stolze neue Boston mit seinen Säulen und Kuppeln, seinen Gärten und Springbrunnen und seinem allgegenwärtigen Komfort . . .‹

Die Industriegesellschaft hat sich soweit entwickelt, daß eine Art Staatssozialismus erreicht ist, in dem jeder seinen gerechten Arbeitslohn erhält. Aber nicht mehr in Form von Geld, denn es ist ja für jeden ausreichend gesorgt. Und was macht man bei Reisen ins Ausland? ›Eine amerikanische Kreditkarte ist in Europa so viel wert wie früher amerikanisches Gold.‹

Es gibt noch einige andere treffende Vorahnungen, die Bellamy als scharfsinnigen Denker ausweisen. Aber er stolperte über seinen Optimismus. Man heiratet genausowenig aus reiner Liebe, wie Maschinen nur der Verbesserung des menschlichen Lebens dienen. Wir verbringen unsere Freizeit auch nicht damit, uns friedlich nützliche Erbauungsreden und ähnliches anzuhören. Das Tier im Menschen folgt unmenschlichen Regungen und verrät immer wieder die Vernunft. Möglicherweise ist es diese Erkenntnis, die uns in unserem eigenen Jahrhundert so viele negative Utopien beschert hat. Doch wenn Bellamys Buch auch inzwischen Staub angesetzt hat, strahlt uns daraus ein Hoffnungsschimmer entgegen, dem man sich nicht ganz verschließen kann.

Looking Backward wurde von den Anhängern des revolutionären Ökonomen Henry George aufgegriffen und von sozialistischen Gruppen überall in den Vereinigten Staaten. Der Einfluß des Buches reichte bis nach Europa, und es rief Angriffe und Gegenangriffe auf den Plan. Seine Wirkung war jedoch kaum literarischer Art.

Dasselbe läßt sich auch von zwei anderen sozialistischen Utopien dieser Periode sagen, beide 1890 veröffentlicht, zwei Jahre nach Bellamys Zukunftsfabel. William Morris schuf in *News from Nowhere* [Kunde von Nirgendwo] ein von Ruskin beeinflußtes utopisches Modell mit mittelalterlichen Zügen. Die Menschen haben die Maschinen zerstört und sich auf das Handwerk rückbesonnen. Sie führen ein langes Leben, ohne sich irgendwelchen Medizinern auszuliefern. Morris war ein vielseitiger Mann, der versuchte, seine Utopie auch in der Praxis zu verwirklichen, indem er die mittelalterliche Handwerkskunst gegen den Schund der industriellen Massenproduktion stellte. Er arbeitete als Künstler und Designer. Auf Tapeten und Vorhängen finden sich noch heute von ihm entworfene und inspirierte Muster. In späteren Jahren schrieb er Romane über mittelalterliche Welten, die vielen entrückt und unheimlich erschienen (›Keine Berge sind in der Dichtung so weit entfernt wie die fernen Berge von Morris‹, schrieb C.S. Lewis von ihm[6]). Wir werden auf diese Werke später noch zurückkommen.

Der Deutsche Theodor Hertzka schrieb mit *Freiland, ein soziales Zukunftsbild* eine Utopie für die Praxis (eine englische Übersetzung erschien 1891). Das Freiland–Utopia, in Afrika angesiedelt, ist ein etwas modifizierter kapitalistischer Staat, der alle Mittel moderner Technik nutzt und noch einige eigene Erfindungen dazu. Es entstanden sofort eine Reihe von Gesellschaften, die Hertzkas Vorschläge in die Praxis umsetzen wollten – eine setzte sogar Segel gen Afrika, aber das Experiment wurde kein Erfolg.

Solche Bücher fanden ihren Platz in der politischen Diskussion der Zeit. Vielleicht halfen sie die Brutalität des Manchester–Kapitalismus etwas zu dämpfen, und sei es nur durch eine Spritze Hoffnung.

*

Der Evolutionsgedanke wurde von Lytton in *The Coming Race* opportunistisch genutzt. Für Samuel Butlers Werk war er von zentralerer Bedeutung. Er widmete seiner Diskussion vier seiner Bücher.[7] Wir werden noch sehen, welch große Rolle er in Wells' Erzählungen spielt. Aber es gibt einen Schriftsteller, der die genannten bei weitem überragt und bei dem der Gedanke an die Evolution des Lebens sich durch das ganze literarische Werk zieht.

1873 erschien ein Roman, in dem eine Szene auftaucht, die den Lesern von Thrillern recht vertraut sein dürfte. Aber dieser Roman war kein Thriller. Ein Mann ist eine Klippe hinabgestürzt, hat sich hoch über dem Meer festklammern können und hängt nun dort mit geringer Aussicht auf Rettung.

> Durch einen jener seltsamen, aber vertrauten Zufälle, mit denen die unbelebte Natur den Menschen überrascht, wenn er in Augenblicken höchster Gefahr innehält, befand

sich gegenüber von Knights Augen ein Fossil, das sich als niedriges Relief vom Fels abhob. Es war ein Wesen mit Augen. Die Augen, tot und zu Stein geworden, beobachteten Knight gerade jetzt. Es war eines der frühen Krustentiere – ein Trilobit. Obwohl ihre Leben durch Jahrmillionen voneinander getrennt waren, schienen Knight und dieses Vorwesen sich nun am Ort ihres Todes zu treffen. Es war das einzige Anzeichen für Leben, für alles, was jemals gelebt und einen Körper zu retten gehabt hatte, so wie er selbst jetzt.

Die Kreatur präsentierte nur einen niedrigen Typ tierischer Existenz, denn durch die Einöden, die von den zahlreichen Gesteinslagen angedeutet wurden, hatte sich zu ihrer Entstehungszeit nichts bewegt, das den Namen Intelligenz verdient hätte. Zoophyten, Mollusken, Schellfische waren die höchste Entwicklung dieser Vorzeit. Die ungeheueren Zeiträume, für die die einzelnen Gesteinsformationen Zeugnis ablegten, hatten nichts von der Würde des Menschen gewußt. Sie waren große Zeiten gewesen, aber sie waren auch erbärmliche Zeiten, und erbärmlich waren ihre Überreste. Ihm war bestimmt im Tod mit dem Niedrigen zu sein. (Kapitel 22)

Die Passage setzt sich in einer Abhandlung über das Leben vor der Entstehung des Menschen fort – poetisch und beeindruckend wie gelehrt, aber ohne jeden Zusammenhang mit der ironischen Liebesgeschichte, in die sie eingebettet ist.

Der Autor ist Thomas Hardy, der Roman *A Pair of Blue Eyes*. Er gehört zu den schwächsten der Wessex-Romane*, obwohl Tennyson ihn sehr bewunderte und Proust erklärte, ›von allen Büchern sei dies dasjenige, das er selbst am meisten glücklich gewesen wäre zu schreiben‹.[8] Doch der Roman gibt frühes Zeugnis von Hardys furchtsamem Erkennen der Bedeutungslosigkeit eines einzelnen Menschenlebens, wenn man es gegen die

* Wessex ist bei Hardy das Beispiel einer Traumwelt, obwohl seine Grenzen sehr nahe an den Grenzen der Realität verlaufen. Hardy selbst sprach von Wessex's ›Horizonten und Landschaften als zum Teil real, zum Teil zu einer Traumlandschaft gehörend‹ (Vorwort zu *Far from the Madding Crowd)*.

alles umfassenden Geheimnisse von Zeit und Raum hält; eine Einsicht, die er in anderen Romanen und Gedichten weiterentwickelte bis hin zu seinem gewaltigen Versdrama *The Dynasts.*

Eine neue, tiefschürfende Betrachtung von Hardys Gedankenwelt betont den Einfluß, den Darwins Schriften auf ihn hatten.[9] Hardys Einsamkeit ist die der Vogelperspektive; er benutzte vielleicht als erster eine Zoomlinse in der Literatur. Vom Bild des uralten Egdon Heath, wo ›die fernen Ränder der Welt und des Firmaments nicht weniger eine Scheide der Zeit wie eine Scheide der Materie scheinen‹ in *The Return of the Native* (1878) über Romane wie *The Woodlanders* (1887) und *Tess* (1891) zu der exaltierten Dichtkunst von *The Dynasts*[10] – weniger ein historisches Drama als eine lange Meditation über die Entwicklung des Bewußtseins – zeigt Hardy ein einzigartiges Panorama des Menschen in der Beziehung zu seiner Umwelt, in dem die Zeit und der Wandel so immerwährend sind wie die Jahreszeiten.

Man lese nur diesen Auszug aus *Two on a Tower* (1882). Es ist ein Monolog Swithin St. Cleeves, des Astronomen und Helden der Geschichte, von Bemerkungen der Lady Constantine unterbrochen, geführt, während die beiden auf St. Cleeves Turm stehen und zum Sternenhimmel hinaufsehen:

> »Man würde zunächst kaum denken, daß dort oben furchtbare Ungeheuer lauern, die darauf warten, von jedem zaghaft forschenden Geist entdeckt zu werden – Ungeheuer, die mit denen der Ozeane nicht im entferntesten zu vergleichen sind.«
> »Welche Ungeheuer sollten das sein?«
> »Unpersönliche Ungeheuer, Ungeheuerlichkeiten, genauer gesagt. Bevor jemand sich nicht die Sterne und die Räume zwischen ihnen vorgestellt hat, sie durchdacht hat, kann er kaum lernen, daß es viel schrecklichere Dinge gibt als Ungeheuer von Gestalt, Ungeheuer der Größe nämlich, ohne bekannte Gestalt. Solche Ungeheuer sind die Leere und die Einöden des Himmels . . . Sie sind tiefe Wasser, in denen der menschliche Geist versinken kann, vom menschlichen Körper ganz zu schweigen! . . . Habe ich

also recht, wenn ich behaupte, daß solche Geister, die ihre Vorstellungskraft ausdehnen, um sich in den Weiten des Universums zu verlieren, nur neue Schrecken gewinnen?«
So wie sie dort stand, in der Gegenwart des sternenerfüllten Universums über sich, im Angesicht der Sternbilder begriff Lady Constantine etwas von den Argumenten des ernsten jungen Mannes.
»Und um dem, was der Himmel in seiner Größe und Gestaltlosigkeit besitzt, noch ein neues Grauen hinzuzufügen, ist hier auch der Verfall zu finden. Denn trotz all der Wunder der immerwährenden Sternenfeuer, der ewigen Sphären, was man auch nennen mag, sie sind nicht immerwährend, sie sind nicht ewig; sie brennen aus wie Kerzen . . .« (Kapitel 4)

In *The Dynasts* (1904) legt Hardy dann seine endgültige große Entwicklung der evolutionären Spekulationen vor, die schon in der Passage aus *A Pair of Blue Eyes* gegenwärtig waren und sich mit dem Wachstum des Bewußtseins und der Intelligenz befassen.

Die Szene wechselt in *The Dynasts* von der Erde zur Überwelt – wo die letzte Stufe der Evolution erreicht wird, als der ›immanente Wille‹, der uns alle regiert (und zwar mit ›eternal artistries in Circumstance‹), schließlich ein Bewußtsein seiner selbst erlangt und ein besseres Universum gestaltet, das sich mehr im Einklang mit den Wünschen und Gedanken des Menschen befindet. Bis zu den Arbeiten Olaf Stapledons in den dreißiger Jahren des nächsten Jahrhunderts finden wir nirgendwo kühnere Spekulationen.

Durch Hardys Werk* ziehen sich Erkenntnisse, die er als erster für seine Generation formulierte, und Beobachtungen, die sein besonderes Temperament den Entdeckungen und Entwicklungen der Wissenschaft seiner Zeit abgewann. Doch es wäre absurd, in Hardy einen Science-Fiction-Autoren zu sehen.

Zunächst einmal führt Hardy die Veränderung der natürlichen oder überlieferten Ordnung nicht um des Neuen oder des Sensationellen selbst willen ein, obwohl er in anderer Hinsicht dem Sensationalismus nicht ganz abgeneigt ist, sondern um

* In *The Dynasts* wird der Einfluß von Hardys Lieblingsdichter Shelley und besonders dessen *Prometheus Unbound* deutlich. Und dieses Gedicht verweist wieder zurück auf Erasmus Darwin.

in den Romanen tiefe Gefühle und Gemütsbewegungen zu begründen und zu untermauern, und sie bleiben der Entwicklung seiner Charaktere nachgeordnet (die in jedem Fall in Umgebungen leben, in denen die meisten Veränderungen als etwas Vorübergehendes erscheinen). Zweitens, und dieser Unterschied ist subtiler, ist da die Frage des *Tons*. Der Ton der Science Fiction ist in charakteristischer Weise leicht und hell, und das ist weit entfernt von Hardys Klang – Swift, zum Beispiel, ist diesem Ton um einige Oktaven näher. Zum Dritten haben wir es hier mit einem Genie zu tun. Ein Genie erschafft, was es muß; ein Talent, was es kann. Hardy ist trotz all seiner Fehler ein Genie; während die Science Fiction bis jetzt auf allen Stufen nur Schriftsteller mit Talent angezogen hat, von ein oder zwei möglichen Ausnahmen abgesehen. Wer größere oder geringere Fähigkeiten hat, arbeitet anderswo.

Das Beispiel Thomas Hardy – und mehr noch das von John Cowper Powys, ein Schriftsteller, der Hardy sehr bewunderte,[11] – bestärkt uns in unserer Auffassung, daß es nicht genug ist, wenn das *oeuvre* eines Schriftstellers etwas enthält, was man Speulationen im Sinne der Science Fiction nennen kann, um diesen Schriftstelle unter die SF-Autoren einzureihen. SF ist ebenso eine Sache der Form wie des Inhalts.

Wir entdecken hier eine deutliche Trennung zwischen der Science Fiction oder den Romanen, die den größten Einfluß auf die Enttehung des Genres hatten, und anderen Romanen, die sich ebenfalls mit der Wechselwirkung zwischen den handelnden Personen und ihrer Umgebung oder den handelnden Personen und sie umgebendem Wandel beschäftigen. Mit anderen Worten: Die Straße zur modernen Science Fiction (sagen wir, wie sie Philip K. Dick repräsentiert) führt durch das Gebiet von Udolpho und Mary Shelley über Sheridan Le Fanus *Onkel Silas* und Wilkie Collins' *Der Mondstein*, eher jedenfalls als über (sagen wir einmal) die Brontës, *Große Erwartungen* und Hardy. Der Ton ist ein verläßlicherer Führer als der Themenvergleich.

*

Aus Gründen des Platzes und der Eile des Kritikers konzentriert sich dieses Buch auf die angelsächsischen Beiträge zu unserem Feld. In vieler Hinsicht feiert es den außerordentlichen Kulturaustausch zwischen Britannien und Nordamerika. Aber jetzt, wo Jules Verne vor uns aufragt wie Poes monströse Gestalt aus dem Eisfeld, sollten wir daran denken, daß Science Fiction niemals eine nationale Domäne gewesen ist.

Mit dem Schriftsteller Restif de la Bretonne (1734–1806) können die Franzosen eine Gestalt vorweisen, die so beachtlich ist wie Erasmus Darwin. Einer von De la Bretonnes Biographen rühmt ihn als ›einen Propheten, der das Atom voraussagte, den Sputnik, fliegende Menschen und Luftflotten, interplanetare Geschosse, die Bakteriologie, Atomenergie, den Kommunismus etc.‹[12] Der Anspruch darauf leitet sich in erster Linie aus De la Bretonnes Werk *La Decouverte Australe, par un Homme-Volant* (vier Bände, Paris, 1781) ab.

Von diesem Werk schreibt ein angesehener französischer Gelehrter, daß es ›nicht nur eine Flugmaschine beschreibt, die schwerer als die Luft war und eine Art Kreuzung zwischen einem Helikopter und einem Fallschirm darstellte, sondern auch den Bau von Luftflotten voraussagte, deren Bomben »in den ungeheuren Räumen der Zukunft eine Spur des Verbrechens, der Furcht und des Schreckens hinterließen«; ja es blickt sogar über die Periode des Krieges hinaus in eine Epoche des Aufbaus einer kommunistischen Gesellschaft, in der das Privateigentum abgeschafft ist.‹ Diese letztgenannte Vision war kein vager utopischer Tagtraum: in *La Decouverte Australe* und anderen Werken erarbeitete Restif detaillierte praktische Pläne für die Einrichtung kollektiver Bauernhöfe, einen Fünfstundentag, eine Fünfeinhalbtagewoche, kommunale Essensausgabe, sorgfältig geplante Fortbildungskurse und Veränderungen des Strafrechts, was alles dazu bestimmt war, ›eine allgemeine Veränderung der menschlichen Verhaltensweisen und durch diese Veränderung das Glück der Menschheit‹ zu erreichen. Schließlich gab er sich nicht damit zufrieden, die Gegenwart zu beschreiben und die Zukunft vorherzusagen, sondern wandte seinen Blick auch zurück zu den Anfängen des Lebens, skizzierte ein Jahrhundert vor Pasteur eine Theorie der

Mikroben, entwarf ein System der schöpferischen Evolution, das Bergson vorwegnahm, und versicherte, daß er an ein ›heiliges elektro-magnetisches geistiges Fluidum‹ glaubte, wie es in unserer Zeit Teilhard de Chardin mit der »Noosphäre« beschrieb.[13]

Ein fleißiger Literaturforscher kann eine Verbindung von Restif de la Bretonne zum Surrealismus und Dadaismus, auf die sich wiederum die *pop art*-Bewegung stützt, aufspüren. Denn De la Bretonnes Werk beflügelte den eigenartigen Dichter Gérard de Nerval, einen Exzentriker, Bohemien und Selbstmörder, der an sich selbst litt und später von Proust so gepriesen wurde.

Nervals bekanntestes Werk ist *Aurelia* (1854), dessen Anfang oft zitiert worden ist. ›Der Traum ist ein zweites Leben. Ich habe nie ohne zu schaudern durch die Elfenbein- oder Horntore dringen können, die uns von der unsichtbaren Welt scheiden.‹[14] In seiner verwickelten Erzählweise präsentiert *Aurelia* viele beeindruckende Bilder, nicht zuletzt, wenn es sich zu einer Evolutionsphantasie aufbäumt:

> .... glaubte ich mich auf einen dunklen Planeten versetzt, wo die ersten Keime der Schöpfung umherschwirrten. Aus dem Schoß des noch weichen Tons erhoben sich riesenhafte Palmbäume, giftige Euphorbien und um Kakteen gewundene Akanthusstauden; die ausgetrockneten Formen der Felsen stürzten hervor wie Skelette dieses Schöpfungsentwurfs, und scheußliche Reptilien schlängelten sich, machten sich breit oder rundeten sich mitten in diesem unentwirrbaren Netz einer wilden Vegetation. Das bleiche Sternenlicht erhellte allein die bläulichen Perspektiven dieses seltsamen Horizonts; in dem Maß jedoch, wie diese Schöpfungen Form gewannen, zog ein hellerer Stern aus ihnen die Keime des Lichts.

Nerval ist eine romantische Gestalt. Er machte keinen Versuch, seine Visionen in die äußere Welt umzusetzen; seine inneren Landschaften werden auch als solche ausgegeben und als nichts anderes; was sich an »Handlung« vollzieht, ist »innen«.

Wenig später folgt ein anderer Romantiker, dessen Werk wie

das von Nerval Vorzeichen einer anderen Epoche ist: Villiers de l'Isle-Adam. Man betrachtet ihn im Allgemeinen als den ersten Symbolisten. Er lebte und atmete in einer exotischen Welt, die von den Geistern Byrons, Hoffmanns, Baudelaires, Hugos und Poes bevölkert wurde.

Trotz dieser illustren Schatten, die ihn umgaben, hatte De l'Isle-Adam eine originelle eigene Betrachtungsweise, wie sie sich in seinem berühmten Stück *Axel* (1890) verkörpert (aus dem die bekannte Zeile *»Vivre? Les serviteurs feront cela pour nous«* stammt) und in Erzählungen, die der Science Fiction näher kommen als dem Surrealismus.

Erwähnenswert darunter sind die *Grausamen Geschichten* und *Die Eva der Zukunft.* In der letzteren, veröffentlicht 1887, erzählt De l'Isle-Adam von einem Erfinder, der einen wunderschönen Automaten erbaut und ihn Hadaly tauft. Hadaly gleicht täuschend einer wirklichen Frau; sie kann singen und Konversation führen, wird elektrisch angetrieben und trägt einen Stapel Grammophon-Platten in ihrer metallenen Brust.

Hinter diesem blendenden Geschöpf steht die schöne, aber mechanische Olympia aus E. T. A. Hoffmanns *Der Sandmann*, die von einem Uhrwerk getrieben tanzt und singt. Olympia wurde in Offenbachs Oper *Hoffmanns Erzählungen* neues Leben gegeben.[15]

De l'Isle-Adams *Grausame Geschichten* (in Buchform zum ersten Mal 1883 erschienen) haben eine an Poe erinnernde Fremdartigkeit und Poes Ablehnung des Materialistischen, dazu aber ein größeres Spektrum an Ideen, als es Poe zur Verfügung stand.

Die *Grausamen Geschichten* sind weniger grausam als ungewöhnlich. Sie handeln von einem Grafen mit einer sehr seltenen Art von Lepra-Erkrankung, einem Duell, das einer der Sekundanten hartnäckig für eine Bühnenaufführung hält, einer schönen Frau, die durch Taubheit von ihren Liebhabern isoliert wird, einer neuen Maschine für ein erfolgreiches Theaterspiel, der Benutzung des Nachthimmels für die Werbung und ähnlichem. In dieser letzten Geschichte wendet sich De l'Isle-Adam mit seinem Humor gegen die Geschäftstüchtigkeit der *bourgeoisie*.[16]

Aldous Huxley schließt sein Sonnet an De l'Isle-Adam mit den Worten:

you bade the soul drink deep
Of infinite things, saying, »The rest ist naught«.

*

Jules Verne (1828–1905) wurde zehn Jahre vor De l'Isle-Adam geboren. Auch er wurde von der Lektüre Poes in der Übersetzung Baudelaires angeregt; eine von Vernes frühesten Geschichten, *Fünf Wochen im Ballon*, erschienen 1863, zeigt eine deutliche Verwandtschaft zu Poes *Der Ballon-Jux* von 1844.

Von Poes Verwendung wissenschaftlicher Details muß sich Verne besonders angezogen gefühlt haben; er wird ebenfalls Gefallen an der Art, wie die Poe'schen Helden außerhalb der Gesellschaft standen, gefunden haben, denn das tun auch die großen Helden Vernes. Aber während Poe der verfluchte Dichter der Innenwelt ist, ist Verne der überragende Herold der Abenteuer der Außenwelt; die unterirdische Kammer weicht dem Meer und den Elementen. Doch selbst am Ende seiner Laufbahn kehrte Verne noch zu einem Fischzug in Poe'sche Gewässer zurück. 1897 veröffentlichte er *Die Eis-Sphinx*, eine Fortsetzung von *Arthur Gordon Pym*, den Verne für unvollständig hielt.

Vernes Karriere begann am Theater. Er schrieb Theaterstücke, komische Opern und Sketche. Bei verschiedenen Gelegenheiten arbeitete er mit Dumas *fils* zusammen.

Die Reise zum Mittelpunkt der Erde (1864) wurde zu einem ersten Erfolg, und von da an genoß Verne immensen Ruhm in einer Sparte, »die ich selbst erfunden habe«, wie er erklärte, und zeigte sich als ungewöhnlich produktiver Schriftsteller. Diese Sparte war die Science Fiction. Auch wenn Verne sie nicht erfunden hat, war er der erste, der mit ihr kommerziellen Erfolg hatte, was vielleicht genauso bedeutend ist. Und er war der erste und letzte, der vom Papst dafür gesegnet wurde.

Verne wurde in Nantes geboren. So war er von Geburt an mit dem Hafen und nach Übersee auslaufenden Schiffen vertraut. Als Junge versuchte er auszureißen, um zur See zu gehen, wurde wieder eingefangen und zu Hause verprügelt. Aber sein Vater scheint ein verständnisvoller Mensch gewesen zu sein, denn später unterstützte er Vernes erste Versuche als Schriftsteller. Obwohl er ein Misogyn war, heiratete Verne glücklich und zog eine große Familie auf. Er engagierte sich in der Lokalpolitik, wurde eine »Säule der Gesellschaft« und konnte genießen, mit seiner eigenen Yacht zu segeln, auf der See, die durch so viele seiner Bücher als das Symbol der Freiheit strömt.

Oberflächlich betrachtet blieb Verne immer ein guter Katholik, so wie De l'Isle-Adam ein schlechter war. Auf einer seiner Kreuzfahrten im Mittelmeer empfing ihn der Papst und lobte ihn als einen moralischen und der Erziehung verpflichteten Schriftsteller.[17] Er starb im reifen Alter und von Ehren überhäuft in Amiens, wo seine Überreste in einer grandiosen Gruft ruhen, auf der seine Auferstehung in Marmor dargestellt ist.

Einer von Vernes Kritikern, Marcel Moré[18], meint, daß sich hinter Vernes Fassade bürgerlichen Fleißes eine von Seelenqualen heimgesuchte Persönlichkeit verbirgt. Der Schlüssel zu dieser Persönlichkeit soll in der Eigenart seiner Romane liegen, sich nur mit Beziehungen unter Männern zu beschäftigen, bei denen die wenigen vorkommenden Frauen nur wie lästiges Beiwerk wirken. Mit den Worten eines britischen Biographen gesprochen: Verne ›beschmutzte seine Blätter niemals damit, sich zu Beschreibungen der Lust zu erniedrigen‹.[19]

Michel Butor, ein Romanautor und Kritiker, den man respektieren muß, sieht Verne dagegen als einen ›Kryptologen des Universums‹, der endlose Variationen des Themas der vier Elemente Erde, Luft, Feuer und Wasser, mit der Elektrizität als purster Form des Feuers, komponierte.[20] Seine Charaktere stellen der Unbeherrschbarkeit der Welt in einem ewigen Kampf die Logik entgegen; die Pole sind heilige Stätten, denn sie bilden die einzigen ruhenden Punkte in einer sich drehenden Welt.

Mit diesen Theorien lassen sich einige Aspekte seines Werkes erhellen. Wichtiger aber ist, daß die *Voyages Extraordinaires [Die außergewöhnlichen Reisen,* der Gesamttitel von Vernes Romanen] die letzten vier Dekaden des letzten Jahrhunderts umspannen und sich von einem Freiheitskampf zum anderen um den Globus ziehen. Er schrieb im Zeitalter des Imperialismus; aber wie Wells stand er nicht auf der Seite der Imperialisten. Anders als spätere SF-Schreiber, etwa Robert Heinlein oder Poul Anderson, spricht sich Verne deutlich gegen jede Eroberung aus. Sein typischer Held ist ein Rebell oder ein Ausgestoßener der Gesellschaft. Das beste Beispiel gibt Kapitän Nemo, der staatenlose Held im Mittelpunkt von *Zwanzigtausend Meilen unter dem Meer* (1870).

Erstaunlicher als das Fehlen von Frauen ist das Fehlen religiöser Gefühle; in der großen, turbulenten Landschaft der Romane findet sich kaum ein Priester oder eine Kirche. Im äußersten Falle kommt der konventionelle Hilferuf an die Vorsehung über die Lippen seiner Protagonisten.

In seinen frühen Romanen mit detaillierten Schilderungen gewaltiger Reisen zum Mittelpunkt der Erde, auf den Grund des Meeres, zum Mond oder durch das Sonnensystem feiert Verne den menschlichen Fortschritt. Alle Räder surren wie verrückt. Beides, Maschinen und ihre Erbauer, existiert außerhalb der Gesellschaft als Ganzes. Aber die Gesellschaft drängt sich immer näher heran. Der Ton der Romane verändert sich, die Atmosphäre wird immer dunkler. Die späteren Romane füllen sich anstatt der Super-U-Boote mit satanischen Städten, mit Stahlstadt, Blackland, Milliard City. Selbst die tapferen Wissenschaftler lassen Anzeichen von Entartung, Exzentrizität und Blindheit erkennen. Das heroische Zeitalter der Maschinen ist vorbei. Alles bricht auseinander, die Achse für die surrenden Räder ist zerbrochen.

Vernes großes Land der Zukunft, Amerika, Schauplatz von dreiundzwanzig seiner vierundsechzig Romane, erhält zunehmend negative Aspekte. Die Dollar-Diplomatie hält Einzug, der Expansionismus setzt sich durch und die Maschinen-Mentalität triumphiert. Robur, der gute Held aus *Robur, der Eroberer* von 1886, kehrt in der Fortsetzung von 1904 als Zerstörer zurück *(Herr der Welt)*. Getrieben von ihren dunkeln Engeln, den Maschinen, erleben Mensch und Gesellschaft den Niedergang.[21] Der lächelnde Onkel Sam muß Nietzsche weichen.

Die erbärmlichen enlischen Übersetzungen [die meisten deutschen sind genauso schlimm] haben Vernes Popularität keinen Abbruch getan, seine Chancen auf bessere Aufnahme bei den Kritikern aber kaum gefördert. Sein Stil ist flach, seine Charaktere sind dünn, und er unterbricht die Handlung allzu oft für gelehrte Abhandlungen; seine Welt kennt keine Gefühle. Das sind seine negativen Seiten, und die Schwächen seines Werkes sind nicht zu übersehen, selbst wenn man es nur als Jugendlektüre betrachtet.

Das Positive sind seine Faszination von den wissenschaftlichen Möglichkeiten, seine Leidenschaft für die Geographie, seine unsterbliche Begeisterung für die Freiheit, das Bewußtsein der politischen Realitäten der Zeit, in der er schrieb, worin er H. G. Wells gleicht, und sein Vergnügen an einer »guten Geschichte«. Diesen Qualitäten verdanken seine Bücher zu Recht ihren Platz auf fast allen Bücherregalen der Welt. Was seine Imitatoren von ihm abschrieben, waren natürlich gerade die negativen Züge seiner Romane.

Es hat wenig Zweck, an dieser Stelle die *Außerordentlichen Reisen* im Einzelnen zu diskutieren.[22] Eine charakteristische Passage aus einem seiner frühen Romane muß hier genügen.

Sie ist der *Reise durch das Sonnensystem* entnommen. Ein Komet hat die Erde gestreift und dabei einen Teil Nordafrikas, des Mittelmeers und den Felsen von Gibraltar mit sich in den Weltraum hinausgerissen. Mit diesem Erdenbruchstück geht Captain Hector Servadac begleitet von seinem Ordonnanzoffizier Ben Zoof auf die Reise durch das Sonnensystem. Zuerst sind sie gar nicht in der Lage zu begreifen, was um sie herum vorgeht, aber dann wird ihnen nach und nach die außergewöhnliche Situation bewußt. Auf ihren Reisen über das Erdbruchstück treffen sie andere Überlebende aus verschiedenen irdischen Nationen, während sich der Komet immer weiter von der Sonne entfernt und die Temperaturen ständig eisiger werden.

> Der Hauptmann und der Graf kletterten die steilen, schlüpfrigen Hänge des Vulkans hinauf und betrachteten die Umgebung aus der Vogelschau. Im Norden dehnte sich das spiegelglatte Gallia-Meer, und nach Süden hin verbreiterte sich das unwirtliche, gänzlich von prismatischen

Blöcken übersäte Geheizte Land wie ein Dreieck, dessen Spitze der Vulkan einnahm, dessen Basis allerdings hinter dem Horizont verschwand. Von dem fast 1000 m über der Oberfläche gelegenen Punkt aus sahen die Männer sehr deutlich, wie stark die Gallia im Vergleich zur Erde gekrümmt war.

Einen so seltsamen Vulkanausbruch hatten Graf Timascheff und Hauptmann Servadac auch noch nicht gesehen. Während die Lava gleichmäßig über den Kraterrand floß wie aus einem überlaufenden See, rührte sich kein Laut, keine Lavabrocken wurden aus der Krateröffnung geschleudert, und aus der Rauchwolke rieselte keine Asche. Nirgendwo auf den Hängen des Vulkans waren Bimssteine oder Obsidiane zu entdecken. Diese lautlose, vollkommen gleichmäßige Eruption erweckte den Eindruck, als würde sie sich nie erschöpfen.

Da sich der Wind schon seit Tagen vollkommen gelegt hatte, blieb auch die Oberfläche des Gallia-Meeres völlig glatt, ohne daß es in der Kälte gefror. Den Bewohnern des Ninahauses wäre es allerdings sehr lieb gewesen, wenn sie zu Fuß über das Eis hätten gehen und auf der Insel Gourbi hätten jagen können. Eine kleine Erschütterung hätte jedoch genügt, um die Oberfläche augenblicklich erstarren zu lassen.

Hauptmann Servadac rief alle Bewohner zum Appell an einem Uferfelsen zusammen.

»Kannst du ein Stückchen Eis bis ins Meer werfen?« fragte er Nina.

»Ich glaube schon«, antwortete Nina, »aber mein Freund Pablo ist noch viel stärker.«

Das Mädchen nahm einen Eisbrocken in die Hand, holte weit aus und schleuderte ihn ins Wasser. Da begann es zu knistern und zu knacken, und das Geräusch setzte sich weit in die Ferne fort: das Gallia-Meer war vereist.[23]

Das alles klingt vielleicht absurd, aber es ist voller Farbe und Dramatik. Burkes Erhabenheit bekommt ihre erste Chrom-Verkleidung. Durch Vernes Werke zieht sich ein mythenbildendes Element, das ihnen erlaubte zu überleben, während wesentlich seriösere Erzählungen starben. Auch die oft sehr zeitbezogenen Darstellungen wissenschaftlicher Einzelheiten tun Verne keinen Abbruch. Das Kino beschäftigte sich ausführlich mit ihm. Die Walt Disney Production gab dazu mit ihrer Verfilmung von *Zwanzigtausend Meilen unter dem Meer* den Auftakt (1954). Aber die erste Verfilmung dieses Romanes hatte es schon 1905 gegeben. Vernes Bücher haben ohne jeden Zweifel noch ein langes Leben vor sich.

Vernes gigantischer Erfolg schreitet einher mit der Einrichtung von Bahnhofsbuchhandlungen an den neuen Eisenbahnlinien, mit billigen Buchausgaben, mit dem Aufbau öffentlicher Leihbüchereien und einer ganzen Reihe von Erziehungsgesetzen.[24] Sensationalismus, oft mit einem vagen Hauch von Erbauung gekoppelt, war sehr gefragt, und Predigten über die Wissenschaft wurden genauso respektabel wie Moralpredigten.

Mit seinen Predigten der Arbeit und des militanten Freiheitskampfes wirkt Verne heute ein wenig verstaubt; aber eine gute Übersetzung seiner besten Romane würde sicher zu einer Neueinschätzung seines riesigen *oeuvre* führen.

*

Bevor wir uns von Frankreich abwenden, müssen wir noch den Zeichner und Autor Albert Robida erwähnen, einer der ersten, die ahnten, wie sich die Technologien des 19. Jahrhunderts in die des totalen Krieges verwandelten. Robidas Visionen erschienen ab 1883 in dem Magazin *La Caricature*; sie wurden 1887 in Paris als Buch unter dem Titel *La Guerre au Vingtième Siècle (Der Krieg im 20. Jahrhundert)* veröffentlicht. Die Zeichnungen geben ein außergewöhnliches Panorama der Waffen der Zukunft, ausgeführt in Robidas ironischem und spektakulärem Stil. In den achtziger Jahren erschien auch ein zweites Buch Robidas: *La Vie Electrique*. Beide Romane sind in den Fünfzigern unseres Jahrhunderts angesiedelt. I. F. Clarke hat von Robida gesagt, daß von ihm ›die erste bedeutende Vision technologischer Kriegsführung stammt‹. Dabei ist

Robidas Ausblick dem Wesen nach eher fröhlich, seine Illustrationen sind fast immer lustig und viele der beschriebenen Vorfälle komisch. Es gibt z. B. riesige Mammutküchen, die die Städte der Zukunft mit Nahrung versorgen und durch enorme Eisenrohre in jede Wohnung pumpen; aber ein Rohr bricht und überflutet das Heim von Robidas Helden mit Suppe.

Auch wenn es ihm oft an Ernst fehlte, machte Robida viele bemerkenswerte Vorhersagen. Es war ein Spiel, das alle mitmachen konnten. Besonders zur Jahrhundertwende wurde der Blick in die Zukunft zu einem regelrechten Hobby. Aber wenn die Möchtegern-Erfinder und Cartoonisten sich auch leicht eine Einmann-Flugmaschine für jeden Bürger vorstellen konnten, die man auf den Rücken schnallte, so konnten sie doch kaum ermessen, welche tiefgreifenden Auswirkungen auf die Gesellschaft eine solche Erfindung mit sich bringen würde. Stattdessen begnügten sie sich damit, Bilder zu zeigen, wie eine Flugmaschine das Liebeswerben oder das Tennisspiel verändern könnte.[25]

Seit dem Aufstieg des ersten Heißluftballons, den die Brüder Montgolfier 1783 auf die Reise schickten, war es eine hübsche Übung für die menschliche Vorstellungskraft, sich einen Krieg in den Lüften auszumalen. Aber bald erkannte man in diesen Papierträumen Omen von etwas gar nicht so hübschem – auch wenn der Ton solcher Spekulationen im Allgemeinen halb scherzhaft war, denn die Menschen waren noch nicht gewohnt, die Zukunft sehr ernst zu nehmen*. Es dauerte nicht lange, und Ballons wurden tatsächlich für militärische Zwecke benutzt.

* In dieser Beziehung ist eines der frühesten Ballon-Bilder das beeindruckendste. Gegen Ende seines Lebens, 1784, malte Francesco Guardi, der Zeitgenosse solcher venetianischen Meister wie G. B. Tiepolo und Canaletto, den *Aufstieg des Montgolfier-Ballons.* Der Ballon segelt über den Giudecca, während die Venetianer ihn unter ihren Kolonaden hervor beobachten. In ihren Festtagsgewändern drängen sie sich zusammen und starren so hilflos zu dem neuen Ding hinauf wie aufgescheuchtes Landvolk. Durch Guardis Pinselstrich sehen wir die alte Ordnung konfrontiert mit dem Aufstieg der neuen.

Der erste Luftangriff der Geschichte ereignete sich 1849, als die Österreicher mit unbemannten Montgolfieren Venedig bombardierten. Bei der Belagerung von Paris 1870–71 fanden bereits gasgefüllte Ballons allgemeine Verwendung.

Von dieser Zeit an findet sich ein ernsterer Ton in den Spekulationen über zukünftige Kriege, der mit dem wachsenden Imperialismus der europäischen Mächte einhergeht. Die Literaturforschung verdankt hier besonders viel I. F. Clarke, der Literatur dieses Themas aus der damaligen Zeit ausgrub[26] und dabei das sonst sicher vergessene Pamphlet *The Battle of Dorking*, Die Schlacht von Dorking, wiederentdeckte, das 1871 erschienen war, als das Kräftegleichgewicht in Europa durch die deutsche Invasion Frankreichs so nachhaltig verändert wurde.

*

The Battle of Dorking, anonym veröffentlicht, stammt von Colonel George Tomkyns Chesney, und der Inhalt hatte rein propagandistische Zwecke: England vor der deutschen Aufrüstung und seiner eigenen Unvorbereitetheit zu warnen.

Der Erzähler ist ein Freiwilliger, der selbst an den Kämpfen teilgenommen hat, die er seinen Enkeln beschreibt. Er berichtet von einer Invasion Englands in naher Zukunft, bei der ein modernes preußisches Heer eine einheimische Armee überrollt, die noch immer wie bei Waterloo kämpfen will. Die Engländer werden besiegt und zerbrochen. Tapferkeit alleine ist nicht genug. London fällt, die Krone muß sich unterwerfen und verliert all ihre Kolonien.

Der Darwinismus wies gerade nachdrücklich darauf hin, daß auch bei den Armeen nur die tüchtigsten überleben würden. Er lieferte auch die Perspektive, aus der eine Geschichte der Zukunft zu zeichnen war. Aber eine noch naheliegendere Inspiration für *Dorking* waren die neuen Hinterlader aus den Kruppschen Waffenschmieden.

Chesney erzählt seine Geschichte eindringlich und mit sicheren militärischen Kenntnissen. Selbst seine Polemik ist geradeheraus ohne jedes überflüssige Wort.

Sicher war die Nation reif für den Fall. Aber wenn ich nur daran denke, wie ein wenig Entschlossenheit und Selbstbescheidung oder politische Courage und Voraussicht das Desaster hätten verhindern können, fühle ich, daß dieses Strafgericht wirklich verdient war. Eine Nation, die zu selbstversessen ist, um ihre eigene Freiheit zu verteidigen, konnte nicht stark genug sein, sie sich zu erhalten. Ihr, meine Enkelkinder, die ihr jetzt eine neue Heimat in einem reicheren Land sucht, mögt die Erinnerung an diese bittere Wahrheit in euerer selbstgewählten neuen Heimat nicht verlorengehen lassen.

Chesneys Geschichte trug sofort Früchte. Auf allen Seiten weckte sie Furcht und Interesse. Gladstone wetterte gegen das schädliche Pamphlet: »Unglücklicherweise finden solche Dinge den Weg ins Ausland und machen uns vor der ganzen Welt lächerlich.«

Ins Ausland gelangten sie, denn Chesney hatte an einen Nerv gerührt. Der zukünftige Krieg, eine plötzliche Invasion, erbärmliche Unvorbereitetheit, die unausweichliche Niederlage und die Entehrung der Nation, das alles stand jetzt zur öffentlichen Diskussion. Parodien, Gegenpamphlete, Übersetzungen, Nachahmungen erschienen in England und überall in Europa, während in den Vereinigten Staaten, Kanada, Australien und Neuseeland weitere Ausgaben von Chesneys Buch gedruckt wurden. Eine neue Mode von düsteren Prophezeiungen war geboren.

Wie I. F. Clarke sagt: »Zwischen 1871 und 1914 war es ungewöhnlich, daß ein Jahr verstrich, ohne daß in irgendeinem europäischen Land eine Geschichte über einen zukünftigen Krieg veröffentlicht wurde.« Frankreich mit seinen revanchistischen Gelüsten war das erste Land, in dem eine umgekehrte Fassung von Chesneys Geschichte erschien: *La Bataille de Berlin en 1875* – wohl eher zur Beruhigung als zur Warnung gedacht.

Chesneys Geschichte erlangte ein solches Prestige, daß fast dreißig Jahre später ein anderer Colonel ebenfalls anonym *The New Battle of Dorking* veröffentlichte – sicher in der Überzeugung, daß diese Referenz allgemein verstanden wurde. Die letzte Ausgabe von Chesneys Geschichte war eine deutsche Übersetzung – von den Nazis 1940 herausgegeben, als England tatsächlich mit einer Invasion zu rechnen hatte.

Die Geschichten des letzten Jahrhunderts über Kriege, die nie stattgefunden haben, sind heute eine verstaubte Lektüre. Aber man muß darauf hinweisen, daß sie einer einst blühenden Tradition entstammen und daß auch H. G. Wells' *Krieg der Welten* zu dieser Tradition gehört. Wells schrieb viele Bücher über den Krieg und stand damit nicht alleine. Es gab einen gewissen William le Queux, der sich ganz auf Kriegsbücher spezialisiert hatte. Ein neuer Le Queux war das Nebenprodukt jeder europäischen Krise. Wir finden ihn noch kurz vor Kriegsausbruch 1914 fleißig bei der Arbeit.[27]

*

Wissenschaftsgläubiger Rationalismus und eine allgemeine Autoritätsgläubigkeit in der Gesellschaft führten dazu, daß ein verwässerter Realismus die erfolgreichste Attitüde des Romans in den sechziger Jahren wurde. Aber so sehr die Respektabilität sich auch in den Vordergrund drängte, floß doch ständig ein Strom der Phantastik unter der Sorte von realistischem Gesellschaftsroman, mit der Trollope so erfolgreich war.[28]

> *Die ganze große künstlich zivilisierte Struktur,*
> *All ihre unfertigen Häuser, Baugrundstücke und Eisenbahndämme*

wie Clough es nannte, wird in den Romanen von Dickens, Charles Reade und Mrs. Gaskell ausgebreitet, aber auch die beste Phantastik brachte keinen völligen Verzicht auf Vernunft und Verantwortung mit sich. Der Autor reformerischer Romane, Charles Kingsley, wandte sich ihr mit *The Water Babies* (1863) zu; Merediths *The Shaving of Shagpat* (1855) ist eine Mischung aus Schauerromantik und Tausendundeinenacht. George MacDonalds symbolisches Märchen *At the Back of the North Wind* (1871) gehört ebenfalls dazu, während das unheimliche Element seinen Dichter in Sheridan Le Fanu fand, einem Iren, zu dessen Werken *The House by the Churchyard* (1863) und *Through a Glass Darkly* (1872) gehören, worin Stories wie »Grüner Tee« und »Carmilla« enthalten sind, die man heute in so vielen Anthologien wiederfindet.

Le Fanus sinisteres Meisterwerk *Onkel Silas* wurde 1864 veröffentlicht und findet noch heute seine Leser. Zusammen mit Le Fanu am Hochtisch sitzt Wilkie Collins, der Freund von Dickens. Sein *Mondstein* erschien 1868 und war unter dem Einfluß von Drogen geschrieben worden – eine packende frühe Detektiv-Geschichte mit phantastischen Elementen, finsteren Orientalen, Doppelleben, Verbrechen unter Drogeneinfluß und einem abergläubischen Unterton, die nicht ohne Einfluß auf Dickens' letzten, unvollendeten Roman blieb, *Das Geheimnis des Edwin Drood* (1870).

In der nächsten Dekade, 1880–90, tritt ein Erzähler anderer Art hervor, dessen dunkle und machtvolle phantastische Stücke vielschichtige Bedeutungen tragen. Es handelt sich um Robert Louis Stevenson, dessen *Dr. Jekyll und Mr. Hyde* 1886 erschien.

Aus der Sicht von drei fiktiven Erzählern erfährt der Leser, wie ein Edinburgher Doktor eine Droge entdeckt, die sein inneres Selbst befreit. Unglücklicherweise verändert die Droge auch die Gestalt. Die innere Natur, Mr. Hyde, übernimmt die Kontrolle, begeht Morde und wird schließlich zur Strecke gebracht. Wie verschiedene andere Werke, mit denen wir uns befaßt haben, begann *Dr. Jekyll* mit einem Traum, den RLS sich notierte, nachdem er aufgewacht war.

> Spät in einer verfluchten Nacht mischte ich die Ingredienzien, beobachtete, wie sie im Glas miteinander kochten und rauchten, und als das Aufwallen nachgelassen hatte, trank ich mit einer großen Willensanstrengung die Flüssigkeit aus.
>
> Ein quälender Schmerz war die Folge. Ein Reißen in den Knochen, tödliche Übelkeit und ein Gefühl der Angst, das im Augenblick der Geburt oder des Todes nicht schlimmer sein kann. Dann schwand die Qual, und wie aus einer

schweren Krankheit kam ich wieder zu mir. Es war etwas Fremdartiges in meinem Empfinden, etwas unbeschreiblich Neues . . . Mit dem ersten Atemzug dieses neuen Lebens erkannte ich, daß ich lasterhaft geworden war, zehnfach lasterhaft, ein Sklave meiner schlechten Veranlagung . . .

Selbst in einem Buch wie diesem, das seltsamen Geschichten gewidmet ist, bleibt *Dr. Jekyll* eine sehr eigenartige Geschichte. Stevenson war sich der darin enthaltenen Allegorie durchaus bewußt. Aber was genau ist diese Allegorie? Bezieht sie sich auf die Dualität der menschlichen Natur, bei der sich ›Engel und Teufel‹ (so Stevensons eigene Worte) in einem Fleisch vereint finden? Handelt sie vom Ringen zwischen Vernunft und Instinkt? Oder ist das, was Jekyll ›den Wüstling, der in mir schlief‹ nennt, der sich wie ein wilder Affe aufführt, nur eine mythische Reinterpretation vom Aufstieg des Menschen? Welche Lesart Stevenson auch immer vorgezogen haben mag (und es gibt keinen Grund, warum er nicht von allem etwas im Kopf gehabt haben könnte), so gibt es doch keinen Zweifel, daß die Doppelgänger-Beziehung zwischen Jekyll und Hyde eine Parallele zu der zwischen Frankenstein und *seinem* rächenden Schatten darstellt, dem Monster.[29]

Wir sehen Stevenson heute durch den Zeitabstand in einem verblassenden Licht, aber in seinen Tagen war er eine Berühmtheit, nicht zuletzt seiner tragischen Krankengeschichte und seiner Flucht in die Südsee wegen. H. G. Wells gab später zu, von ihm beeinflußt worden zu sein. Denn Jekyll liegt auf der Linie, die von Frankenstein über Wells' Moreau und Griffin zu den »verrückten Wissenschaftlern« der SF von gestern führt.

Vor *Dr. Jekyll* hatte Stevenson schon andere phantastische Geschichten geschrieben, *The New Arabian Nights*, darunter den echten »Schocker« ›*Die krumme Janet*‹. Er handelt von einem Schwarzen, der bei Gelegenheit den Körper einer toten Frau übernimmt und auch wieder verläßt; man kann darin eine Art Ur-Jekyll sehen. Aber am bekanntesten ist Stevenson als Erzähler romantischer Abenteuergeschichten wie *Die Schatzinsel*. In einem späteren Kapitel werden wir noch einer Reihe von

Autoren der nächsten Dekade begegnen, die seinem Säbelgerassel nacheiferten und auch ein wenig seiner düsteren Phantasie.

*

Lewis Carrolls Art von Fantasy unterscheidet sich nicht nur von der Stevensons, die später erschien, sondern auch von jeder anderen.

Für den SF-Freund ist 1871 ein Jahr mit reicher Ernte. Es brachte nicht nur die Veröffentlichung von *The Battle of Dorking* und Lyttons *The Coming Race*, sondern auch ein phantastisches Buch für Erwachsene, das sich als Kinderbuch tarnte: *Through the Looking Glass* [Alice hinter den Spiegeln].

> . . . und wirklich schmolz das Glas dahin, ganz wie ein heller, silbriger Nebel.
> Sogleich war Alice durch das Glas geschlüpft und flink in das Spiegelzimmer hinabgesprungen. Als erstes drehte sie sich um, um zu sehen, ob da auch ein Feuer im Kamin brannte, und zu ihrer großen Zufriedenheit knisterte da wirklich eins und flackerte genauso hell wie das auf der anderen Seite . . . Dann sah sie sich allmählich um und stellte fest, daß alles, was man drüben von dem Zimmer aus hatte sehen können, ganz gewöhnlich und alltäglich war; das übrige aber war so verschieden wir nur möglich.

Alice hinter den Spiegeln ist nicht von seinem Vorläufer *Alice im Wunderland* (1865) zu trennen. Diese beiden einzigartigen viktorianischen Träume enthalten, auch wenn sie sich formal an Kinder wenden, deutliche Züge von Symbolismus, Imagination, Satire und metaphysischem Schrecken sowie eine Neuinterpretation vom viktorianischen Thema der unterdrückten Nation, wie es sich bei Disraeli, Kingsley und Lytton findet. (Das erste Alice-Buch hieß eigentlich *Alice's Adventures Underground.*) Erwachsene erkennen diese Züge leicht hinter der Oberfläche herrlich verdrehter Logik.

»Möchtest du noch etwas Tee haben?« fragte der Schnapphase Alice mit ernster Miene.

»Ich habe ja überhaupt noch nichts bekommen«, versetzte Alice gekränkt, »und darum wirst du mir auch kaum *noch* etwas geben können.«

»Du willst sagen, du kannst nicht *weniger* bekommen«, sagte der Hutmacher; »es ist sehr leicht, *mehr* als nichts zu bekommen.« (*Alice im Wunderland*, Siebtes Kapitel)

Die unsterbliche Alice und ihre Abenteuer stehen der Science Fiction nicht allzu fern, auch wenn sie nicht direkt dazu gehören. Ihre Reisen in andere Dimensionen und ihr Erleben von Situationen, in denen das Alltägliche auf furchtbare Weise verdreht ist (»Hierzulande mußt du so schnell rennen, wie du kannst, wenn du am gleichen Fleck bleiben willst«, sagte die rote Königin. »Und um woandershin zu kommen, muß man noch mindestens doppelt so schnell laufen.«), sind dem surrealen Aspekt der Science Fiction verwandt. Carrolls erstaunliche Tiergestalten, oft mythologischen Ursprungs, oft grotesk gekleidet, stehen zwischen der Welt einer Beatrix Potter und dem Universum der Grauen Lensträger.

Carrolls logische Inversionen hatten einen nachhaltigen Effekt, doch seine eigenwillige Mischung aus Phantastischem, Ernst und Witz ist nicht leicht zu imitieren; gelegentlich taucht sie in den Werken von Eric Frank Russell, Ray Bradbury und Robert Sheckley auf.

Auch Carrolls Methode fand allgemeinen Anklang. »Gulliver ist ein ganz gewöhnlicher kleiner Mann und Alice ein ganz gewöhnliches kleines Mädchen«, sagt C. S. Lewis in seinem Essay zur Science Fiction.[30] »Zu erzählen, wie merkwürdige Dinge merkwürdigen Leuten passieren, wäre zuviel des Merkwürdigen.« Diese Regel wurde im Allgemeinen beachtet, auch wenn Carrolls Geschichten bis heute nicht übertroffen wurden.

Neben die große Gestalt Carrolls können wir noch eine etwas kleinere setzen, einen anderen Gelehrten mit besonderem Interesse an der Mathematik, Edwin A. Abbott. Abbott war Shakespeare-Experte und Theologe und ist in erster Linie wegen des kleinen Denksports *Flatland* in Erinnerung geblieben, der zuerst 1884 veröffentlicht wurde und wegen seines Witzes und seiner Originalität überlebt.

Flatland, Flachland, – mit dem Untertitel *A Romance of Many Dimensions* und mit einem A. Square als Verfasser [übersetzt: Ein Quadrat] – beschreibt eine Welt, deren Einwohner in zwei Dimensionen leben; sie haben verschiedene Gestalt, Dreiecke, Vierecke, Kreise, Fünfecke usw., können sich selbst aber nur als gerade Linien erkennen, weil sie nur Länge und Breite begreifen.

Dieses dünne Werk ist kaum als Science Fiction einzuordnen, da es unserer ursprünglichen Definition nur mit dem Inhalt, nicht aber mit der Form entspricht, die recht gelehrt daherkommt, sogar mit Diagramm-Tafeln. Aber *Flatland* übte immer eine starke Anziehungskraft auf SF-Leser aus, nicht zuletzt sicher deshalb, weil seine Zweidimensionalität daran erinnert, daß auch wir relativ unfähig sind, die Realität des uns umgebenden Universums wirklich zu erfassen, genau wie die Bewohner Flatlands. Vielleicht war es auch aus diesem Grund eines der Lieblingsbücher C. S. Lewis.

*

Dieser Überblick demonstriert, daß die Science Fiction und viele ihrer Themen zum Ende des vorigen Jahrhunderts eine Blüte hatten, auch wenn dabei nicht immer auf das Gleiche wie bei der SF abgezielt wurde, der Zweck dahinter der SF also fernstand. Die Vielschichtigkeit dieser Epoche – ihre Errungenschaften und ihre Enttäuschungen, die wir noch immer nicht überwunden haben – sorgte dafür.

Eines der benutzten Themen ist auch heute wieder sehr populär: die Rückeroberung der Stadt durch die Natur. Seine Verwandtschaft zu evolutionären Überlegungen ist deutlich. Wenn der Mensch nicht tüchtig genug ist, die Welt zu beherrschen, die er so arrogant zu seinem Eigentum erklärt hat, dann wird die Natur zurückkehren und ihn besiegen. Es zeigen sich hier auch Verbindungen zu Disraelis Thema von den zwei Nationen, daß die Ausgebeuteten und Unterdrückten sich erheben werden.

Dieses Themas nahm sich 1884 ein an Auszehrung dahinsiechender Journalist und Naturverehrer an. Richard Jefferies'

After London beginnt mit einer Beschreibung, was mit dem Land nach dem Untergang von London geschehen ist, die im Ton an Hardy erinnert. Jefferies haßte London und die Zeit, in der er lebte; er zeigt wenig von den zweideutigen Gefühlen größerer Viktorianer, teilt nichts von Hardys oder Tennysons vorsichtiger Begrüßung der Veränderung und »der Gedanken, die die Menschheit erschüttern«. Jefferies saß geschlagen in Brighton und versuchte, die Veränderungen, die Gedanken und die Städte einfach aus der Welt zu schreiben.

Er konnte sich keine Katastrophe ausmalen, die groß genug war, eine ganze Hauptstadt zu zerstören (unsere Generation ist in dieser Beziehung ja phantasievoller), deshalb verzichtete er lieber auf jede Erklärung. Das verleiht seinem Text einen akzeptablen sinisteren und kafkaesken Hauch der Gegebenheit des Unerklärlichen.

Der Triumph der Natur wird in großartigem Stil beschrieben. Bedauerlicherweise stirbt jedes Interesse, sobald Jefferies in seine wilde Landschaft Charaktere einführt; seine Menschen haben wesentlich weniger Leben als seine Pflanzen. Seine schriftstellerischen Begabungen waren spärlich, und – wie viele spätere Autoren unseres Feldes bezeugen können – die Vorstellungskraft allein ist von wenig Nutzen, solange sie nicht durch die anderen notwendigen Talente eines Schriftstellers gezähmt wird.

Während Jefferies sein seltsames Buch schrieb und an Tuberkulose starb, lebte in dem verrußten, lärmerfüllten London, das Jefferies vernichten wollte, ein anderer tuberkulöser junger Mann. Dieser junge Mann, Herbert George Wells, besuchte gerade Professor Thomas Huxleys Vorlesungen über Biologie und Zoologie. Die Zeit rückte näher, daß er sich als ein Schriftsteller erweisen sollte, der im Übermaß über die notwendigen Talente verfügte – und eine hochfliegende und wilde Vorstellungskraft dazu.

ANMERKUNGEN ZU KAPITEL VIER

1. George Saintsbury spricht in *The English Novel* von einer ›Halbebbe‹ beim Roman.
2. Mary Shelley, Journal, Jan. 11, 1831.
3. John Martin (1789–1854), ein Maler furchtbarer Spektakel, war der Cecil B. De Mille der Romantik. Seine großartig düsteren Gemälde und Stiche hatten tiefgreifenden Einfluß auf andere Maler (Turner imitierte ihn in Gemälden wie *The Destruction of Sodom*) und Schriftsteller. Die kleinen Brontë-Schwestern schliefen mit Martins Stichen über ihrem Bett. In Frankreich war er so in Mode, daß man das Adjektiv »Martinien« (ein frühes Beispiel für Anglo-Französisch) für besondere Extravaganzen prägte. Martins Gemälde *The Last Man*, von dem es mehr als eine Version gibt, basiert auf dem Gedicht gleichen Namens von dem Dichter Thomas Campbell: »I saw a vision in my sleep . . . « Ein anderer Nachahmer von Martin war Francis Danby, dessen *Opening of the Sixth Seal* 1828 von Beckford gekauft wurde; doch Beckford stand sich mit vielen Künstlern nahe und hatte sich Fonthill von Martin zeichnen lassen.
   Martin war wie Erasmus Darwin ein vorausschauender Mann; er schlug grandiose Pläne für eine Modernisierung Londons vor, die weitsichtige Vorstellungen zur Abwasserbeseitigung enthielten. Es mag verwundern, wie solche Männer wie Martin und Erasmus Darwin so schnell von ihren Landsleuten vergessen werden konnten. Die Antwort liegt im konservativen Zug des Engländers, der sich instinktiv gegen neue Erfindungen wehrt.
4. Oder vielleicht auch nicht. Disraelis *Sybil: or The Two Nations* erschien 1845. Spätere Romane haben das Thema der zwei Nationen aufgenommen. Charles Kingsley beschäftigt sich in *Yeast* (1848 – ein gutes Jahr für dieses Thema) mit den Armen auf dem Lande. In *Yeast* werden die Arbeiter als hoffnungslos Degenerierte dargestellt; der junge Lancelot wundert sich, ob sie ›noch Tiere des selben Art sind‹. Neuere Werke wie Steven Marcus' *The Other Victorians* haben aufgezeigt, daß die Ausbeutung der ›Nation‹ im Schatten nicht nur eine ökonomische, sondern auch eine sexuelle war. Diese war die Basis für die viktorianische Doppelmoral. Lytton war sich der viktorianischen Unterwelt wohl bewußt, und die Schlußpassagen von *The Coming Race* tragen ein Echo davon.
   Später fand dieses große viktorianische Thema der unterdrückten Nation, des versteckten Lebens, das auf die Stunde der Rache wartete, wie es sich so oft in Romanen (darunter bei Dickens) und Bildern der Epoche ausgedrückt hatte, seine Verkörperung in

der Science Fiction durch H. G. Well's *Zeitmaschine* mit den unterirdisch lebenden Morlocks.

5. Was Frankensteins Monster erhoffte, gelang später den SF-Autoren. Die komischste Ausarbeitung der Idee von sich selbst reproduzierenden Maschinen findet sich in John Sladeks *The Reproductive System*, 1968 (U.S.-Titel: *Mechasm*), diesem Butler am nächsten stehenden SF-Roman. Die Erfinder erklären einem General, den man dazugerufen hat, die Funktionsweise des reproduktiven Systems:

    During the week they explained, the boxes had devoured over a ton of scrap metal, as well as a dozen oscilloscopes with attached signal generators, thirty-odd test sets, desk calculators both mechanical and electronic, a pair of scissors, an uncountable number of bottle caps, paper clips, coffee spoons and staples (for the lab and office staff liked feeding their new pet), dozens of surplus walky-talky storage batteries and a small gasoline-driven generator.
    The cells had multiplied – better than doubled their original number – and had grown to various sizes, ranging from shoeboxes and attaché cases to steamer trunk proportions. They now reproduce constantly but slowly, in various fashions. One steamer trunk emitted, every five or ten minutes, a pair of tiny boxes the size of 3 x 5 card files. Another box, of extraordinary length, seemed to be slowly sawing itself in half.
    General Grawk rameined unimpressed. »What does it do for an encore?« he growled.

6. C. S. Lewis, ›William Morris‹, *Selected Literary Essays,* ausgewählt von Walter Hooper, Cambridge, 1969.
7. *Life and Habit,* 1877; *Evolution, Old and New,* 1879, *Unconscious Memory,* 1880; *Luck or Cunning?*, 1886.
8. Die Bemerkung von Proust ist in Harold Nicolsons Tagebuch unter dem 21. Juni 1933 festgehalten und wird von J. I. M. Stewart in seinem *Thomas Hardy: A Critical Biography*, 1971, erwähnt. Man kann sich der vergnüglichen Spekulation hingeben, daß der ganze Ursprung für *Die Suche nach der verlorenen Zeit* in einem Satz Hardys liegen könnte, der kurz nach der zitierten Passage folgt: »Time closed up like a fan before him . . .« (»Die Zeit schloß sich wie ein Fächer vor ihm . . .«).
9. F. R. Southerington, *Hardy's Vision of Man*. »Vielleicht der stärkste Einfluß war jedoch der von Darwin . . .« (Kapitel 14). Darwins etwas kränkliche Gesundheit und seine enorme Geduld bei der Lösung gigantischer Rätsel wie bei der Erforschung der Lebensge-

wohnheiten des Regenwurms stimmten sehr mit Hardys eigenem Lebensgefühl überein. Darwin war, mit Hardys Worten gesagt, »ein Mann, der solche Dinge zu sehen pflegte«. In Florence Emily Hardys *Life of Thomas Hardy* ist festgehalten, daß Hardy auf Darwins Begräbnis anwesend war. In diesem Zusammenhang steht dort: »Als junger Mann hatte er zu den ersten gehört, die den *Ursprung der Arten* anerkannten.« (Kapitel 12).

10. Vielleicht die bekannteste Stelle aus diesem langen und schwierigen Werk findet sich gleich zu Anfang. Es ist eine Bühnenanweisung.

> The nether sky opens, and Europe is disclosed as a prone and emaciated figure, the Alps shaping like a backbone, and the branching mountain-chains like ribs, the peninsular plateau of Spain forming a head. Broad and lengthy lowlands stretch from the north of France across Russia like a grey-green garment hemmed by the Ural mountains and the glistening Arctic Ocean. The point of view then sinks downwards through space, and draws near to the surface of the perturbed countries, where the peoples, distressed by events which they did not cause, are seen writhing, crawling, heaving, and vibrating in their various cities and nationalities.

Hier sind schon die Methoden von D. W. Griffith, Eisenstein und De Mille zu erkennen.

11. John Cowper Powy's bekanntester Roman ist *A Glastonbury Romance*, 1932. Unter seinen anderen Romanen findet sich *Up and Out* (1957), in dem eine Wasserstoffbombe ein Stück Erdkruste in den Weltraum schleudert; vier Personen überleben auf dem Brokken, ein Ehepaar mit Namen Org und Asm, das mit Hilfe der Vivisektion erschaffen wurde, und ein normales Paar. Der Erdbrokken trifft die Zeit, eine Schnecke, und tötet sie; außerdem gibt es Begegnungen mit der Ewigkeit (»erbärmlich unbeeindruckend«), Aldebaran, dem Teufel und Gott.
12. Marc Chadourne, *Restif de la Bretonne ou le Siècle Prophétique,* Paris, 1958.
13. Robert Baldick in der Einführung zu seiner Übersetzung von *Monsieur Nicolas: or The Human Heart Laid Bare,* 1966.
14. Gérard de Nerval, *Selected Writings*. In der deutschen Ausgabe zitiert nach der Übersetzung von Hedwig Kubin.
15. Hinweise auf die Darstellung von Automaten vor De l'Isle-Adam und Hoffmann findet man in dem kuriosen, interdisziplinären Werk von John Cohen, *Human Robots in Myth and Science,* 1966.

16. Villiers de l'Isle-Adam, *Cruel Tales*, ins Englische übersetzt von Robert Baldick, 1963.
17. Selbst die *Times* nannte seine »wundervollen Bücher . . . furchtbar aufregend und absolut harmlos«.
18. Marcel Moré, *Le Très Curieux Jules Verne*, Paris 1960.
19. I. O. Evans, *Jules Verne, Master of Science Fiction*, 1956.
20. Michel Butor, *Répertoire*, Paris, 1953.
21. Die beste und tiefschürfendste Untersuchung dieses großen Themas enthält Jean Chesneaux, *The Political and Social Ideas of Jules Verne*.
22. Eine Ausnahme bildet *Die 500 Millionen der Begum*, 1897, das Vernes einzige Utopie darstellt oder zumindest das Werk, das einer Utopie am nächsten kommt.
    Die Millionen des Titels werden zwischen Sarrasin, einem französischen Fachmann für Hygiene, und Schultz, einem deutschen Professor für Chemie, aufgeteilt. Die beiden Männer benutzen das Geld, um in Oregon zwei rivalisierende Städte aufzubauen. Frankville wird zu einer Modellstadt, Stahlstadt zu einem kleinen Polizeistaat. Verne konnte sich beim Schreiben offenbar eines gewissen Revanchismus nicht erwehren, auch wenn der deutsch-französische Krieg schon einige Jahre vorbei war. Stahlstadt versucht Frankville zu vernichten, aber glücklicherweise jagt sich Schultz vorher selbst in die Luft.
    Einige Kommentatoren sehen in der Geschichte eine Prophezeiung des heraufziehenden deutschen Militarismus. Die utopischen Aspekte betreffen den Gebrauch oder den Mißbrauch moderner Technik. Aber die Unwahrscheinlichkeit des ganzen Geschehens und der lächerlich schematisch aufgebaute Plot machen es unwahrscheinlich, daß Leser den Sozialreformer so ernst nehmen wie den Patrioten.
23. In der deutschen Ausgabe nach *Reise durch das Sonnensystem*, Bärmeier & Nikel, Frankfurt 1967, Übersetzung von Lothar Baier, zitiert.
24. Die Entwicklung in England sah so aus: W. H. Smith sicherte sich 1848 die Rechte, Bücher und Zeitungen an den Eisenbahnstationen zu verkaufen. »Railway Libraries«, »Yellow Backs« und zahlreiche andere Buchreihen wurden herausgebracht, um die Regale der Eisenbahnläden zu füllen. Autoren wie Lytton lieferten die Stoffe dazu. Das Erziehungsgesetz, *»Education Act«*, wurde 1870 verabschiedet. Leihbüchereien gab es schon in den unterschiedlichsten Formen seit dem 18. Jahrhundert; Mudie, die bekannteste, wurde 1842 in London eröffnet.

25. Illustrationen dieser Art finden sich im letzten Kapitel von *The Nineteenth Century: The Contradictions of Progress,* hrsg. von Asa Briggs, 1970.
26. I. F. Clarkes Vorhutgefecht zu diesem Thema ist *The Tale of the Future: From the Beginning to the Present Day,* 1961, das eine Art Check-Liste darstellt. Sein brillantes Hauptgefecht ist *Voices Prophesying War 1763–1984,* 1966.
27. Die Bodleian Library führt 142 Titel von Le Queux (1864–1927) auf. Er scheint von einer regelrechten Kriegslüsternheit besessen gewesen zu sein und war nach seiner eigenen Meinung politisch rechtsstehend wie die meisten Autoren von Zukunftskriegen – mit der rühmlichen Ausnahme von Wells. Unter Le Queuxs Büchern findet sich *German Atrocities,* Deutsche Untaten, das 1914 erschien, wahrscheinlich mit der Absicht, die Kriegsbegeisterung noch hochzupeitschen. 1915 veröffentlichte er einen SF-Titel: *The Mystery of the Green Ray.*
28. Wie ein Literaturkritiker es in Worte faßt, wenn er über die sechziger Jahre des 19. Jahrhunderts spricht: »*Lorna Doone* und *Harry Richmond* sind isolierte romantische Auswüchse einer Dekade, als der Realismus sich in der englischen Literatur einbunkerte. Es muß aber trotzdem beachtet werden, daß dieselbe Dekade Zeuge eines bemerkenswerten Erscheinens von phantastischen Werken wurde. Tatsächlich ist es erst ab dann möglich, die Phantastik (soweit sie nicht als Werkzeug für eine Satire benutzt wurde) überhaupt als ausgeprägte Richtung der englischen Literatur zu erkennen.« Lionel Stevenson, *The English Novel: A Panorama,* 1960.
29. Eine interessante Diskussion der Bedeutung von *Dr. Jekyll and Mr. Hyde* findet sich in Kapitel 4 von *Into the Unknown* von Robert M. Philmus (Berkley und Los Angeles, 1970). Dort werden verschiedene Interpretationen untersucht.
30. »On Science Fiction« ist enthalten in C. S. Lewis, *Of Other Worlds: Essays and Stories,* hrsg. von Walter Hooper, 1966.

5.
Der Mann, der Wunder vollbringen konnte

H. G. WELLS

The battle hurtles on the plains,
Earth feels new scythes upon her.
Elizabeth Barrett Browning: The Cry of the Human

Über Herbert George Wells sind viele Bücher geschrieben worden, aber nur ein wirklich gutes, und das schrieb er selbst: *Experiment in Autobiography*[1].

Hier ist eine Passage aus dem sechsten Kapitel, in der Wells das London, wie er es kannte, und die zu Beginn des 19. Jahrhunderts gebauten Häuser beschreibt:

> Das freie Unternehmertum spie eine Vielzahl äußerst ungesunder Häuser über das ganze Gebiet von London, und für vier oder fünf Generationen verwandelte es das tägliche Leben von Hunderttausenden in eine ungemütliche, unentrinnbare Hetzerei.
> Erst jetzt, nach einem Jahrhundert, wird die verwitterte und verrottete Lava dieses Vulkanausbruchs der Profitgier langsam beseitigt – dank neuer Triumphe des freien Unternehmertums, die fast genauso von Gier und mangelnder Voraussicht bestimmt sind. Für die meisten Londoner meiner Generation gehören diese Reihen unsolide gebauter, unveränderbarer Häuser so zur Natur der Dinge wie der Regen im September, und nur im Rückblick kann ich die völlig irrationale, wild wuchernde Planlosigkeit erkennen, deren Opfer alle von uns sind, die in London leben müssen. Die sich rasch vermehrenden Massen ergossen sich in

> diesen Moder, ohne jede Chance, daraus zu entkommen. Nur weil die Sache sich über ein ganzes Jahrhundert hinzog und sich nicht auf ein paar Wochen konzentrierte, bleibt vor den Augen der Geschichte verschlossen, was für eine anhaltende Katastrophe, wieviele Massaker, Verstümmelungen und Behinderungen am Leben durch den Häuserbau des 19. Jahrhunderts in London entstanden sind.

Wieviel von Wells, seinen negativen und seinen positiven Seiten, enthüllt sich doch in dieser Passage! Sein Haß auf Schmutz, seine Hoffnung auf etwas, das über das Profitstreben hinausgeht, sein Gefühl für das Melodramatische, sein schnell zu entfachender Zorn, sein Empfinden für den organischen Fluß der Geschichte – all das ist hier, genau wie das Flüstern jenes Hang zum Belehrenden, der seine kreativen Fähigkeiten überwucherte und erstickte.

Der Auszug sagt uns auch viel über Wells' Hintergrund. Das Leben war für ihn ein Kampf um Erfolg und Gesundheit. Während die meisten Schriftsteller seiner Zeit in großen, komfortablen Häusern auf dem Land lebten, war Wells der Sohn armer Leute und machte seinen Weg mit nichts anderem als seinem Genius.

Er wurde im kleinen China-Laden seiner Eltern in der High Street von Bromley, Kent, 1866 geboren.

Wells' Mutter hatte als Hausgehilfin garbeitet, als sie H. G.'s Vater kennenlernte und heiratete, der Gärtner gewesen war. Der Laden sollte die Grundlage ihrer Ehe werden, aber er warf von Jahr zu Jahr weniger ab. Wells schrieb mit Liebe und auch ein wenig Ärger von seiner Mutter: »Fast genauso unerschütterlich wie ihr Glaube an den ›Vater Unser‹ war ihr Glaube an den Textilhandel.« Nach einer elementaren Schulausbildung bekam Wells seinen ersten Job bei einer Textilhandlung in Windsor. Er hatte dort keinen großen Erfolg, denn man sagte ihm, für den Textilhandel wäre er nicht kultiviert genug und warf ihn raus.

Dies war der Mann, dem der anspruchsvolle Henry James später zurief – in dem Brief, der von allen Briefen, die der Meister jemals bekam, am meisten einem Fan-Brief ähnelte:

»Bravo, bravo, mein lieber Wells!« Das Lob bezog sich auf zwei von Wells' Büchern, von denen James zugab: »Sie ließen mich von Bewunderung ergriffen zurück!«[2]

Wells wurde Lehrer, bildete sich selbst fort und fand auf diesem Weg schließlich zum Journalismus und zur Schriftstellerei. Seine ersten Bücher erschienen 1895, als er fast dreißig Jahre alt war. Um ihn herum entwickelte sich ein rauhes, neues London, das sich seiner Rolle als Herz des »Empires« zunehmend bewußt wurde – eine sich rasch ausdehnende Hauptstadt, die in den Spekulanten-Häusern gefangen war, die Wells mit solchem Haß beschreibt. Die Hauptfiguren vieler seiner frühen Romane sind vergnügte Cockneys, kleine Leute aus London, mit denen Wells aus dem täglichen Leben vertraut war. Wells stellt sie eher der genaueren Betrachtung wegen als aus Bewunderung zur Schau.[3]

In dieser Welt städtischer Unterdrückung hörte Wells die Vorlesungen von Huxley, kamen ihm seine großen Gedanken und kämpfte er mit seinen schweren Krankheiten, lebte und überlebte er. 1895 erhielt er von W. E. Henley hundert Pfund für seinen Kurzroman *Die Zeitmaschine*. Sein skeptischer Blick auf die Gegenwart und sein pessimistischer in die Zukunft der Menschheit – und allen Lebens auf der Erde – war eine Herausforderung der strahlenden Fortschrittsideen und des neuen Imperialismus, die die öffentliche Meinung bestimmten.

Sieht man von einer Essay-Sammlung ab, war *Die Zeitmaschine* das erste von Wells' hundertundzwanzig seltsamen Büchern, und es ist beinahe sein perfektestes. Es hatte sofort Erfolg.[4]

Hier ist ein Auszug aus der berühmten Stelle, als der Zeitreisende allein am Ende der Welt steht und sich umsieht:

> »Die Dunkelheit nahm rasch zu; ein kalter Wind begann in auffrischenden Stößen aus dem Osten zu blasen, und die vereinzelten weißen Flocken in der Luft nahmen an Zahl zu. Vom Meeresufer her kam ein Plätschern und Murmeln. Abgesehen von diesen leblosen Lauten war die Welt stumm. Stumm? Es ist nicht leicht, diese Stille zu beschreiben. Alle Laute des Menschen, das Blöken von Schafen,

die Schreie der Vögel, das Summen der Insekten, die ganze Betriebsamkeit, die den Hintergrund unseres Lebens ausmacht – all das war vergangen. Während die Dunkelheit sich vertiefte, fielen die wirbelnden Flocken dichter und tanzten vor meinen Augen; die Kälte der Luft wurde schneidender. Schließlich tauchten die weißen Spitzen der fernen Hügel eine nach der anderen im Schwarz unter. Die Brise verstärkte sich zu einem klagenden Wind. Ich sah den schwarzen Zentralschatten der Verfinsterung auf mich zufegen. Im nächsten Augenblick waren nur noch die fahlen Sterne zu sehen. Alles andere war strahlenlose Finsternis. Vollkommenes Schwarz überzog den Himmel. Das Grauen vor dieser gewaltigen Dunkelheit überkam mich . . . Ich fühlte mich schwindlig und nicht in der Lage, die Rückreise anzutreten . . .«

Wie Bernard Bergonzi in seiner exzellenten Studie der Science Fiction von Wells darlegt[5], ist *Die Zeitmaschine* in vieler Beziehung ein Buch des *fin de siècle*. Man sieht darin die Verzweiflung der Visionen Hardys aufblitzen; die Eloi, diese blassen, dekadenten, künstlerisch begabten Wesen, die der Zeitreisende entdeckt, entspringen dem Geschmack des Ästheten der siebziger Jahre des 19. Jahrhunderts und finden ihr Echo in den blassen Liliengestalten der Menschen, die die Zeichnungen von Beardsley und Walter Crane heimsuchen und Ernest Dowsons Gedichte.

Die Eloi leben überirdisch in idyllischer Umgebung. Aber unter der Erde, im Untergrund, leben die finsteren, überlegenen Morlocks, die während der Nacht emporsteigen, um die hilflosen Eloi zu verschleppen. Die Unschuld und das Lachen der Eloi sind nur Fassade; unter der Oberfläche lauert schon das Böse. Das Thema ist für jemanden aus der viktorianischen Zeit vertraut. Für Generationen von Stadtbewohnern, die sich um die Installation einer funktionsfähigen, modernen Kanalisation unter ihren Häusern bemühten, hatte es eine sehr lebendige Bedeutung. Man findet es zum Beispiel in Oscar Wildes *Das Bildnis des Dorian Gray*, erschienen 1891, in dem der Sünder schön und jung bleibt; nur sein vor neugierigen Augen verborgenes Portrait altert und wird immer häßlicher und obszöner.

Aber die Eloi und die Morlocks haben historisch tiefer reichende Wurzeln. Sie sind lebendige Science Fiction-Versionen von Disraelis zwei Nationen. Wells sagt selbst in einem seiner späteren Bücher, *The Soul of a Bishop*:

> »Es gibt ein unausrottbares Mißverständnis zwischen dem modernen Arbeitgeber und dem modernen Arbeitnehmer«, sagte der Arbeiterführer, und er sprach mit einem breiten Akzent, der vor ihm und dem Bischof und jedem anderen völlig verbarg, daß er bei weitem der belesenste Mann der ganzen Gesellschaft war.
>
> »Disraeli nannte sie die zwei Nationen, aber das ist lange her. Heute sind es zwei verschiedene Rassen. Die Maschinen haben sie dazu gemacht . . . Wir werden uns ein wenig mehr Bildung besorgen, und dann kommen wir ohne euch aus. Wir fordern alles, was wir bekommen können, und wenn wir das haben, werden wir kurz Atem holen und mehr fordern. Wir sind die Morlocks, die aus der Tiefe emporsteigen.«

Dieses Thema der unterdrückten Nation, das sich immer mit der Idee der Strafe für die Unterdrücker verbindet, ist seinem Wesen nach eine ausgesprochen britische Obsession, die sich bei so unterschiedlichen Schriftstellern wie Lewis Carroll, S. Fowler Wright und John Wyndham findet. Die grundlegende amerikanische Obsession ist der »Alien«, das fremde Wesen – auch hier immer mit dem Gedanken an Strafe verbunden.

Wells entfaltete in seinen Dreißigern gewaltige Kräfte. Die meisten seiner besten Bücher erschienen vor seinem vierzigsten Geburtstag: *Die Insel des Dr. Moreau, Der Unsichtbare, Der Krieg der Welten, Wenn der Schläfer erwacht, Geschichten aus Raum und Zeit, Die Riesen kommen* und die beiden Romane, mit denen der Meister sich demütigte, *A Modern Utopia* und *Kipps,* sowie solche nicht der SF zuzurechnende Werke wie *Love and Mr. Lewisham* und *Anticipations*.

Auch nach dieser ersten Dekade der Schriftstellerei kamen

noch viele gute Sachen, unter ihnen *Mr. Polly, The New Machiavelli, Der Krieg in den Lüften, Ann Veronica* und eine Anzahl weniger bedeutender und späterer Bücher, die in der Liste eines weniger bedeutenden Autors noch immer gut ausgesehen hätten: *Der Traum, The World Set Free, The Shape of Things to Come, All Aboard for Ararat* und *Menschen wie Götter* (auf das in Kapitel 7 noch ausführlich eingegangen wird). Außerdem unternahm er Exkursionen in das Gebiet der Volkserziehung mit Büchern wie *The Outline of History, The Health, Wealth and Happiness of Mankind* und *The Rights of Man*. Auch mit einer Reihe seiner Kurzgeschichten ist er in Erinnerung geblieben; tatsächlich gehört er zu denen, die dieses Genre im Gefolge De l'Isle-Adams, Maupassants und anderen Franzosen in England eingeführt haben. Unter seinen Stories gibt es einige, die zu seiner Zeit ungeheuer populär wurden, darunter »Das Land der Blinden«, »Die Tür in der Wand«, »Der neue Beschleuniger«, »Das Kristall-Ei« und »Der Mann, der Wunder vollbringen konnte«. Die meisten davon gehören ebenfalls in Wells' früheste Phase der Kreativität.

In vielen dieser Stories erweist Wells sich als der große Erfinder von SF-Ideen. Bei ihm waren sie neu, und seitdem sind sie endlos neu bearbeitet worden. Er scheint der erste Romanautor gewesen zu sein, der die Perspektive der Evolution sowohl zum Blick in die Vergangenheit als auch zum Blick in die Zukunft benutzte. Sein *The Grisly Folk* (1896) ist eine Geschichte vom Kampf des Menschen gegen den Neandertha-ler aus der Zeit, als die Gletscher zurückgingen. ›Große Paladine wachten über diese vergessene Welt, Männer, die sich dem grauen Tiermenschen von Angesicht zu Angesicht gegenüberstellten und ihn erschlugen.‹

Prähistorische Geschichten sind immer eine Art Subgenre der Science Fantasy gewesen. Wells schrieb auch *A Story of the Stone Age* (1897: »Eine Geschichte aus der Steinzeit«). Jack London beschäftigte sich ebenfalls mit der Konfrontation zwischen Mensch und Vormensch, aber erst mit William Goldings *The Inheritors* findet dieses Thema eine meisterhafte Bearbeitung. Wells Geist bleibt aber der erste, der sich ebensoweit in die Vergangenheit wie in die Zukunft wagte.

Unter den SF-Autoren der Gegenwart und der Vergangenheit ist Wells zusammen mit Stapledon ein unzweifelhafter Gigant. Dabei sind seine Anleihen bei Hawthorne, Poe und Swift, die er selbst zugab, offenkundig; er selbst erwähnt auch die Romane von Holmes und Stevenson[6] in diesem Zusammenhang. Es ist wahr, daß Wells die Innerlichkeit fehlt, die wir bei Mary Shelley erlebt haben; aber er besitzt eine Fülle der Vorstellungskraft und der Erfindungsgabe – Fähigkeiten, die keinesfalls identisch sind. Wells hat seine Schwächen, unter denen besonders seine Unfähigkeit, irgendwelche psychologischen Tiefen bei seinen Charakteren zu schaffen, genannt werden muß. Aber dem Verfasser scheint, daß es drei besondere Tugenden sind, die Wells über seine Nachfolger (und auch über Verne) hinausheben. Zum einen besaß er etwas vom fragenden Geist eines Swift – und die Wissenschaft ist neben allem anderen auch eine Sache der richtigen Fragen; und daraus entspringen auch seine anderen beiden Tugenden: Wells' Fähigkeit, die eigene Welt, in der er lebte, klar und deutlich zu erkennen (denn ohne diese Fähigkeit ist es unmöglich, sich irgendeine andere Welt klar und deutlich vorzustellen), und seine lebenslange Vermeidung von Leitfiguren, mit denen der Leser sich unkritisch identifiziert und so dazu verführt wird, alles zu akzeptieren, was ihm der Autor vorsetzt.

Wie diese Tugenden sich in der Praxis ausgewirkt haben, erkennen wir am besten, wenn wir uns zwei seiner frühen Romane ansehen, *Der Krieg der Welten* und *Die Insel des Dr. Moreau.*

Der Krieg der Welten erschien 1897 als Fortsetzungsserie und ein Jahr später in Buchform. Er beschreibt, was passiert, wenn Invasoren vom Mars auf der Erde landen. Die Geschichte wird von einem englischen Beobachter erzählt, der mit ansieht, wie die Invasoren trotz aller Bemühungen der Armee nach London einmarschieren. London muß evakuiert werden, bevor die Invasoren dann schließlich von gewöhnlichen irdischen Bakterien getötet werden.

Selbst diese kurze Inhaltsangabe zeigt schon, daß *Der Krieg der Welten* aus derselben literarischen Richtung stammt wie Chesneys *The Battle of Dorking*. Aber Wells' Roman ist in zwei

Beziehungen ein Fortschritt. Diesmal kommen die Invasoren von einem anderen Planeten. Diesmal sind die Invasoren den Angegriffenen hoffnungslos überlegen.

Diese zwei Schritte nach vorne sind keineswegs nur launische Erfindungen; sie kennzeichnen eine Weiterentwicklung der moralischen Vorstellungskraft. Denn das, was Wells seinen Engländern eigentlich zu sagen hat, ist: »Seht her, so fühlt man sich, wenn man ein primitiver Stamm ist, der erleben muß, wie die westliche Zivilisation bei ihm landet und ihn mit Maxim-Gewehren zu zivilisieren beginnt!«

Diese *Fabel,* diese versteckte soziale Kritik, zieht sich durch Wells' frühes Wrk von den Romanen bis zu Kurzgeschichten wie »Das Land der Blinden« und »Die Tür in der Wand«. Aber es ordnet sich immer dem Strom seiner Erfindungskraft unter; nur wenn diese Erfindungskraft nachläßt, drängt sich das moralisierende Element nach vorn, und der Ton wird schrill.

In *Der Unsichtbare* wird vom Leser nicht erwartet, daß er sich mit Griffin in seiner seltsamen Misere identifiziert. Die Moral hinter der Fabel sagt, daß wissenschaftliche Entdeckungen geteilt und nicht zu egoistischen Zwecken ausgenutzt werden müssen (wie auch Moreau sein Wissen nur zu seiner persönlichen Befriedigung anwendet und so verdammt ist wie Dr. Jekyll); aber diese Moral ist so völlig mit der Story verwoben, daß viele Rezensenten und Leser sie einfach übersahen und beklagten, der Held Griffin wäre »unsympathisch«. Ein SF-Autor von heute hat mit ähnlicher Ignoranz zu kämpfen. Seine Leserschaft ist an kraftvolle Helden gewöhnt, mit denen sie sich gedankenlos identifizieren kann. Eine Massenleserschaft erwartet, verführt zu werden. Wells verführte nie.

Selbstverständlich wartet Wells im *Krieg der Welten* trotzdem mit einem gerüttelten Maß Sensationalismus auf. Da ist die sorgfältig bis ins Detail beschriebene Zerstörung des Londons der damaligen Tage, gefolgt von dem schrecklichen Erscheinen der Marsianer. Geschickt hält sich Wells mit der Beschreibung seiner Invasoren – wir sehen sie zunächst nur in ihren Maschinen – bis zur Mitte des Buches zurück. Dann sind sie aber auch wirklich so schauderhaft, daß sie alle Erwartungen erfüllen.

Nach einer Beschreibung ihrer äußeren Erscheinung folgt ein Bericht über ihre innere Anatomie, der sich aus einer Sektion ergibt. Wells' Stil dabei ist kühl und objektiv. Von der Beschreibung wendet er sich über die Diskussion der Funktion der marsianischen Physiologie (»Ihre Organismen schliefen ebensowenig, wie das Herz des Menschen schläft«) an Hand vorliegender Tatsachen der Spekulation über die gesamte marsianischen Evolution zu. Dieser erzählerische Kunstgriff hebt die ganze bemerkenswerte Passage mit einem Schlag auf ein wesentlich höheres Niveau. »Es scheint mir ganz glaubwürdig, daß die Marsianer von Wesen abstammen mögen, die uns nicht unähnlich waren, und zwar durch die allmähliche Weiterentwicklung ihrer Gehirnteile und Hände . . . auf Kosten des übrigen Körpers.« Es ist dieser Gedanke, die Marsianer mit dem Menschen zu verbinden, anstatt sie völlig andersartig darzustellen, der Wells' überlegene Einfallskraft zeigt. Gleichzeitig bereitet er uns an dieser Stelle auf die Logik der Enthüllung im Finale vor.

C. S. Lewis griff Wells später an, er habe unsere Gedanken mit modernen Schreckgespenstern bevölkert. Aber das taten erst Wells' Nachfolger in den Pulp-Magazinen, die Horror-Verkäufer, die nichts anderes im Sinn hatten, als die menschliche Körpertemperatur so schnell wie möglich zu senken. Wells' unmenschliche Wesen, seine Marsianer, Morlocks, Seleniten und Tiermenschen sind Kreaturen, die aus den täglichen Schrecken entspringen, keine Horror-Monster. Erst die späteren Horror-Schreiber machten ihre Kreaturen zu etwas uns völlig Fremden und lösten so das Böse aus uns heraus. Wells' Position (*malgré lui*) ist dagegen noch die orthodoxe christliche, daß das Böse in uns selbst ist. Seine Nichtmenschen sind nicht jenseits der Göttlichen Gnade, sondern von ihr abgefallen.

Im *Krieg der Welten* können wir beobachten, daß Wells zur Erschaffung dieses meisterhaften Stückes der Science Fiction drei Prinzipien anwandte. Zum ersten beginnt er mit der Beschreibung seiner eigenen Zeit, die für den damaligen Leser gut wiederzuerkennen ist. Weil wir die Wirklichkeit dieses Bildes anerkennen, sind wir schon dafür vorbereitet, auch die Wahrscheinlichkeit von dem anzuerkennen, was dann folgt.

Zum zweiten hängt er seine Geschichte an den neuesten wissenschaftlichen Erkenntnissen seiner Zeit auf, etwa der Evolutionstheorie und den Forschungsergebnissen über Mirkoorganismen.[7] Zum dritten erlaubt er, daß sich aus seiner Geschichte eine Kritik an der Gesellschaft, ja möglicherweise sogar an der Menschheit im Allgemeinen ergibt.

Zu diesen drei Prinzipien kommt noch Wells' effektive Erzählkunst. Es gibt wenige Anfänge von SF-Geschichten, die vielversprechender und packender sind als die erste Seite aus dem *Krieg der Welten,* auf der sich unter anderem diese Passage findet: ›Aber jenseits des gähnenden Weltraums blickten Geister, uns überlegen wie wir den Tieren, ungeheuere, kalte und unfreundliche Geister, mit neidischen Augen auf unsere Erde. Bedächtig und sicher schmiedeten sie ihre Pläne gegen uns.‹ Welches wundervolle Understatement steckt doch in dem Adjektiv ›unfreundlich‹ (›unsympathetic‹ im Original)!

Doch Wells' frühe Leser beschäftigte auch die Frage seiner Originalität. In Bezug auf heutige Autoren eine Frage ohne besondere Bedeutung, stehen sie doch alle in Wells' breitem Schatten. Wells selbst hat zu diesem Thema in seiner Autobiographie eine amüsierte Anmerkung gemacht:

> Im Laufe von zwei oder drei Jahren begrüßte man mich als zweiten Dickens, zweiten Bulwer-Lytton und als zweiten Jules Verne. Aber ich war auch ein zweiter Barrie, auch wenn J. M. B. kaum mehr als mein Zeitgenosse war, und als ich mich der Kurzgeschichte zuwandte, wurde ich ein zweiter Rudyard Kipling. Sicher habe ich diese exzellenten Meister beide gelegentlich imitiert. Später erschien ich als zweiter Diderot, als zweiter Carlyle und als zweiter Rousseau[8] . . . Diese Second-Hand-Tickets waren gut als Eintrittskarten. Doch es war unklug, sich auf den leeren Stühlen niederzulassen, denn wenn man dort erst einmal saß, kam man kaum wieder hoch.‹[9]

Der Krieg der Welten fand eine sofortige begeisterte Aufnahme bei Kritikern und Lesern. Doch viele Aspekte des Romans wurden übersehen oder mißverstanden. Einige empfanden, daß der Roman nicht sehr *schön* war. Der Rezensent in der *Daily News* erklärte, daß einige Episoden so brutal seien, daß sie ›einen unerträglichen Widerwillen der Gefühle hervorriefen‹. *Die Insel des Dr. Moreau* hatte zwei Jahre zuvor einen ähnlichen Effekt gehabt.

Abgesehen von seinen Verdiensten zeigt *Der Krieg der Welten* aber auch zwei Aspekte von Wells' Stil, die für seine Genießbarkeit im Laufe der Jahre immer abträglicher werden. Sie stellen sich als zwei Aspekte derselben Sache heraus: Wells' Rolle als Schilderer des ›kleinen Mannes‹. Ich meine seine Vorliebe für eigenwilligen Humor, besonders Cockney–Humor, und die generelle Kümmerlichkeit seiner Charaktere.

Ein alter Mann rettet seine Orchideen vor den näherrückenden marsianischen Invasoren. ›»Ich sage, die sind wertvoll«‹ erklärt er dazu. Wells' London ist von Ladengehilfen, Kutschern, Artilleristen und Gärtner bevölkert. Es gibt auch einen Kuraten, aber der ist wie die meisten Kirchenmänner in Wells' (und in dem seines Schülers Orwell) eine komische Figur, die Unsinn schwatzt. ›»Wie können die Gesandten des Herrn getötet werden?«‹ fragt er. Es gibt keine Charaktere im *Krieg der Welten*, nur Münder.

In Wells' bestem Buch drängen sich diese Schwächen nicht in den Vordergrund.

Die Insel des Dr. Moreau, veröffentlicht 1896, kommt mit nur drei Menschen aus: Moreau, der Wissenschaftler, der seiner Zeit voraus ist; Montgomery, sein Assistent, ein dem Alkohol verfallener, schuldbeladener Arzt; und der Erzähler Prendick, der ›einfache Mann‹. Prendick hat nichts von der ausgelassenen Heiterkeit eines Bert Smallways, Mr. Polly oder Kipps, während die Tiermenschen sich kaum gegenseitig Witze zukrächzen. Wenn die Charaktere zum Teil Klischees sind, dann ist das zum Teil so, weil sie symbolische Rollen zu spielen haben. Und in dem Ganzen liegt denn auch eine symbolische Bedeutung, die Poe und die französischen Dichter ahnen läßt.

Moreau beginnt ganz konventionell mit einem Schiffbruch à la *Gullivers Reisen*. Prendick überlebt das Unglück und gelangt zu einer namenlosen Insel, deren Besitzer der Dr. Moreau ist. Ein Geheimnis umgibt diesen Ort, da sind seltsam verstümmelte Gestalten und Schreie in der Nacht. Wenn dies Prosperos Insel ist, dann wird sie von Calibans bevölkert. Während Prendick zu immer furchtbareren Vermutungen über den namenlosen Schrecken kommt, der hinter all dem steht, entsteht dieses nervenanspannende Spiel mit unausgesprochenen Möglichkeiten, das eine Essenz der SF darstellt.

Sacht folgt ein Zwischenfall auf den anderen. Jeder bereitet den Leser auf den nächsten vor: Prendicks unwillkommene Ankunft; das Geheimnis der ›Eingeborenen‹; Prendicks Verdacht, daß Moreau daran experimentiert, Menschen zu Tieren zu machen; und dann die Enthüllung, daß Moreau in Wirklichkeit versucht, durch die extreme Anwendung von Vivisektionstechniken aus Tieren etwas Menschenähnliches zu erschaffen; dann treffen wir die grotesken Bewohner der Insel, die Früchte von Moreaus chirurgischen Künsten: das Hyänenschwein, den Leopardenmenschen, den Satyr, den Wolfbär, die Schweinefrau, den treuen Hundemann. Es folgt der Tod des Leopardenmenschen; die Flucht des weiblichen Pumas, an dem Moreau gerade operierte; der Tod Moreaus in der sich anschließenden Jagd durch den Dschungel; Prendicks zaghafter Versuch, die Kontrolle zu übernehmen; Montgomerys Zusammenstoß mit den Tiermenschen, bei dem er getötet wird; die Zerstörung des befestigten Lagers; und der ganze furchtbare Niedergang, während Prendick allein mit den Tiermenschen zurückbleibt, die langsam die erlernte Sprache wieder vergessen und in bestialische Wildheit zurückfallen.

Niemand hat bisher genau entschieden, was *Moreau* ist, außer einer faszinierenden und erschreckenden Geschichte. Aber es ist offensichtlich, daß Wells damit mehr im Auge hatte, als ein spannendes Abenteuer zu erzählen.*

Wells' erste Kritiker und Rezensenten waren in der Mehrheit über die ganze Sache entsetzt, brachten dieses Entsetzen zum Ausdruck, wollten sich aber darüber hinaus nicht weiter damit beschäftigen. Kurz gesagt, er wurde für seine Kunst mehr verdammt als gelobt – eine Rezeption, die nachhaltige Auswir-

* Genau wie ein Nachkomme dieses Romans, Goldings *Herr der Fliegen,* mehr als nur ein spannendes Abenteuer ist.

kungen auf Wells weitere Arbeiten haben sollte. Doch es ist nicht schwer zu erkennen, worum es in *Moreau* geht.

Eine Zeitlang rätseln wir gemeinsam mit Prendick, was auf der Insel vorgehen mag. Sind ihre Bewohner Tiere oder Menschen? Dies ist nicht nur ein Mittel um Spannung zu erzeugen; wie bei dem wissenschaftlichen Aufhänger vom *Krieg der Welten* verbinden sich durch Moreaus Experimente die Handlungsmotive mit dem philosophischen Grundgedanken des Romans. Und selbst nachdem wir den wahren Hintergrund der Tiermenschen kennen, erhält Wells eine sorgfältige Balance zwischen dem Tier und dem Mensch in ihnen aufrecht. In ihren menschlichsten Zügen lassen sie das Tier erkennen, in ihren tierischsten den Menschen.

Dies läßt sich besonders gut mit der Passage belegen, als Prendick, jetzt in der Rolle des Jägers, den Leopradenmenschen im Wald einholt:

> ». . . rechts von mir brachen unter dem schweren Tritt des Pferderhinozeros die Äste und die Zweige schnellten zurück. Dann sah ich plötzlich durch das gezackte Laub hindurch im Halbdunkel unter den üppigen Grün das Geschöpf, das wir jagten. Ich blieb stehen. Es hatte sich so klein wie möglich gemacht und blickte mich mit seinen leuchtenden grünen Augen an.
>
> Es mag als ein seltsamer Widerspruch erscheinen – ich kann die Tatsache nicht erklären –, aber jetzt, da ich das Wesen dort in einer ganz und gar tierischen Haltung sah, mit seinen funkelnden Augen, und das unvollkommene menschliche Gesicht vor Angst verzerrt, da empfand ich wieder wie sehr menschlich es doch war. Noch einen Moment, und die anderen Verfolger mußten es sehen, und es würde überwältigt und gefangen, um noch einmal die furchtbaren Qualen innerhalb der Ummauerung zu erfahren. Rasch zog ich den Revolver heraus, zielte zwischen die angsterfüllten Augen und feuerte.

Es ist klar, daß der Roman sich zumindest in dieser Beziehung gegen die Transplantationschirurgie des Dr. Moreau ausspricht, deren Konsequenzen sich in dem grausigen Gesetz zeigen, das die Tiermenschen immer wieder singen (einem Gesetz, in dem manche Kritiker eine Parodie auf das Gesetz des Dschungels aus Kiplings *Dschungelbuch* sehen wollen, obwohl hier auch der trockene, versteckte Humor eines Swift anwesend ist):

> »Nicht das Wasser schlürfen; das ist das Gesetz. Sind wir nicht Menschen?«
> »Nicht Fleisch noch Fisch essen; das ist das Gesetz. Sind wir nicht Menschen?«
> etc.
> »Sein ist die Hand, die verwundet. Sein ist die Hand, die heilt.«

Nicht zufällig wird uns hier ein liturgischer Gesang ins Gedächtnis gerufen. Wells selbst nannte den Roman ›eine Übung in jugendlicher Blasphemie‹. Moreau soll für Gott stehen. Er ist ein Gott des 19. Jahrhunderts – Mary Shelleys Protagonist auf dem Höhepunkt seiner Schaffenskraft – der entfesselte Frankenstein.

Das zeigt sich auch darin, daß Moreaus Wissenschaft nur vage erläuert wird; die ganze Gehirnchirurgie, auf die der Roman aufgebaut ist, hat nichts von der sonst bei Wells üblichen klaren Verständlichkeit. Man kann vermuten, daß er dieses Gebiet nur undeutlich skizziert hat, da wir über das, was im Laboratorium des Dr. Moreau vorgeht, nicht mehr wissen sollen als über die Vorgänge in dem Gottes. Dieser vage Hintergrund wird in diesem Fall zu einer Stärke des Romans, denn er steigert unseren Horror und unsere Unsicherheit noch.

Als Gott tot ist, verwildern die Bewohner der Insel wieder, auch wenn er unsichtbar über ihrem Reich schwebt. Prendick erzählt den Tiermenschen: ›»Er ist da«, er wies nach oben, »wo er euch beobachtet. Ihr könnt ihn nicht sehen. Aber er sieht euch immer.«‹

Die Verantwortung für das Elend der Tiermenschen wird eindeutig Moreau gegeben. ›Vorher waren sie Tiere gewesen; ihre Instinkte waren ihrer Umgebung angepaßt, und sie selbst so glücklich, wie lebendige Wesen nur sein können. Jetzt stolperten sie in den Fesseln der Menschlichkeit dahin, lebten in einer Angst, die niemals starb, von einem Gesetz gequält, das sie nicht verstanden. . .‹

Hier versucht Wells eine Synthese zwischen der evolutionären und der religiösen Theorie zu schaffen. Um es vorsichtig auszudrücken, er hält nicht viel vom Schöpfer und auch nicht von der Schöpfung. Moreau spricht in dieser Sache für Wells, wenn er erklärt: ›Aber ich durchschaue das alles, sehe ihnen bis in die Seelen, und ich sehe nichts als die Seelen von Tieren, Tieren, die untergehen – und die Lust zu leben und zufrieden zu sein. . .‹ Da ist wieder die biblische Phrase, die schon durch die Eröffnung vom *Krieg der Welten* echote: *Tiere, die untergehen* (›beasts that perish‹). Auch die beiden einzigen echten Menschen, Prendick und Montgomery, sind armselige Geschöpfe. Prendick ist zur Identifikationsfigur sicher genausowenig geeignet wie der Unsichtbare. Seine hohle Persönlichkeit, sein fehlendes Verständnis für Montgomery, sein fehlendes Mitgefühl für die Tiermenschen sind vielleicht eine Schwäche des Buches – die Dunkelheit eines Bildes kann durch einen Lichttupfer hier und da nur verstärkt werden. Oder vielleicht ist Prendick auch einfach nur wieder der gewöhnliche kleine Mann, wie Gulliver ein gewöhnlicher kleiner Mann war und Alice ein gewöhnliches kleines Mädchen.

Moreau steht in der ehrwürdigen Tradition der Bücher, die den Menschen als Tier darstellen. *Gullivers Reisen* ist einer der bekanntesten Vertreter dieses Genres und das Buch, dem Wells hier die Ehre erwies, aber solche Geschichten lassen sich bis ins Mittelalter und noch weiter zurückverfolgen. Wells nahm diese alte Tradition wieder auf und verlieh ihr zusätzliche Kraft, denn er und seine Zeitgenossen kannten die Evolutionstheorie. Sie waren die erste Generation, die begriff, daß es nicht mehr nur ein launisches Gedankenspiel war, den Menschen als Tier zu sehen. Es war einfach die schonungslose Wahrheit, und von da an begann der Niedergang der institutionalisierten, formalistischen Religion immer schneller zu werden.

Prendick kehrt schließlich in die ›Zivilisation‹ zurück, nachdem die Rettung in Gestalt eines mit Leichen bemannten Bootes auftaucht. Seine Ängste verfolgen ihn bis nach England. ›Ich konnte nicht wirklich glauben, daß die Männer und Frauen, denen ich begegnete, nicht auch nur Angehörige eines anderen, noch erträglich menschlichen Tiervolkes waren, Tiere, die ebenfalls alsbald mit der Rückverwandlung beginnen würden, Tiere, die sich halb hinter den Bildern menschlicher Seelen verbargen, die erst dieses tierische Zeichen tragen würden und dann jenes.‹ Der Leopardenmensch, *c'est moi.*

Dies ist der letzte Triumph von *Moreau*; wir werden von der kleinen Insel mit nicht mehr als acht Quadratmeilen Landmasse in die große Welt draußen verpflanzt, nur um entdecken zu müssen, daß wir uns dort in einer größeren Version von Moreaus Insel befinden. Das dumpfe Tier Fleisch, das Tier Mentalität, es tritt uns überall entgegen.

Dieses Ende hat eine düstere Kraft.* Wie die Klimax von *Krieg der Welten* kommt es nicht völlig überraschend, sondern ergibt sich logisch aus der Handlung. Wells bereitet uns subtil darauf vor, zum Beispiel in seiner an Hardy erinnernden Bemerkung, daß ›ein blindes Schicksal, ein ungeheuerer erbarmungsloser Mechanismus dieses Dasein zu formen schien‹.

*

In diesem frühen Roman gelingt Wells völlig das zu erfüllen, was er sich vorgenommen hatte. Die Übung in jugendlicher Blasphemie erfüllt ihren Zweck. Es kommt einem außerdem so vor, als habe er mit diesem Buch etwas exorziert, was ihn damals quälte. Obwohl *Moreau* der düsterste seiner Romane ist, unterscheidet sich seine Attitüde nicht wesentlich von der anderer Werke dieser Periode. Wir finden eine Angst vor dem Tierischen, eine beinahe lüsterne Neugier am Fleisch und den Kulturschock der Evolutionstheorie fast überall in Wells' frühen SF-Dichtungen. Wie die Tiermenschen unsere Brüder sind, so stellen die Marsianer eine andere Stufe unserer Entwicklung

* Man kann sich vorstellen, daß besonders George Orwell davon beeindruckt war, der darin vielleicht die Inspiration zu dem fand, was später *Die Farm der Tiere* wurde.

dar; während die Morlocks, jene unterdrückte Nation in *Die Zeitmaschine*, deren *vril* das Fleisch der Eloi ist, direkt von uns abstammen. Unser Fleisch kann sich zu solchen Nachtgeschöpfen entwickeln. »Mit Trauer dachte ich daran, wie kurz der Traum des menschlichen Intellektes doch gewesen war«, sagt der Zeitreisende.

Der von den Morlocks praktizierte Kannibalismus findet seine Parallele in den Fleisch fressenden Tiermenschen. Die Seleniten in *Die ersten Menschen auf dem Mond* sind ein einziger langer Nachtmahr verstümmelten Fleisches; wie die Morlocks leben sie unter der Erde. Die Gesellschaft zwingt ihnen die nützlichste Gestalt so grausam auf wie mit dem Skalpell des Dr. Moreau. In *The Food of the Gods* läuft das Fleisch Amok – wie *Moreau* ist auch dieser Roman zum Teil eine Allegorie auf den Aufstiegskampf der Menschheit.

Mit einer für seine Zeit bemerkenswerten Offenheit hat Wells uns in diesen frühen Werken viel über seine frühen sexuellen Frustrationen gesagt. Er war ein sinnenfreudiger Mann, und mit seinem Erfolg und seinem Geld stand ihm die Welt der Frauen offen. Es mag sein, daß ihn dies im Laufe der Zeit von seinen alten Obsessionen erlöste. Auch wenn sein Geist nie Ruhe fand, fehlt seinen späteren Büchern die dunkle Schönheit der Imagination oder jene instinktiv erscheinende Geschlossenheit des Aufbaus, die seine frühen Romane auszeichnet, besonders seine Science Fiction-Werke.

*

Auf den Rest von Wells' Karriere können wir uns nur noch einen kurzen Blick erlauben, wobei wir die Frage im Auge behalten wollen, warum die hundert folgenden Bücher nicht die Brillanz des ersten Dutzend teilen.

Sobald Wells' Publikum sich an einen bestimmten Wells gewöhnt hatte, tauchte schon der nächste auf. Da war *A Modern Utopia*, die letzte der großen Utopien und die erste, die erkannte, daß von nun an, nachdem die weltweite Kommunikation so weit fortgeschritten war, keine Insel und kein Kontinent mehr groß genug waren, um einen perfekten Staat aufzubauen – es mußte die ganze Welt sein oder nichts. Später entwickelte Wells die Idee des Weltstaates. Das war der H. G., der den Fabier erkennen ließ und mit seinen politischen Muskeln spielte. *Der Traum*, ein Gesellschaftsroman mit autobiographischem Hintergrund, und *Ann Veronica*, die einen Sturm entfesselte, weil die Heldin freie Liebe praktizierte, erlebten 1909 ihr Erscheinen. Daneben gab er zwei einfühlsame Bücher für Kinder, bevor der große Krieg ausbrach: *Floor Games* und *Little Wars*.

1914, kurz vor Kriegsbeginn, erschien *The World Set Free*. Es enthält einige der erstaunlichsten von Wells' Voraussagen, dazu gehört der Atomkrieg und – genauer und schrecklicher – der Krieg in den Schützengräben. Seine Spekulationen über einen Panzerkrieg waren schon vorher in einer Kurzgeschichte erschienen. Wir haben schon gesehen, daß Wells' Kriegsbücher sehr in der *Battle of Dorking*-Tradition standen – aber Wells war bemerkenswert erfolgreicher in seinen Voraussagen, vergleicht man sie mit dem, was wirklich geschah, als seine Rivalen. Vielleicht, weil er kein Reaktionär war (wie die meisten der anderen Genre-Autoren) und deshalb weniger dazu neigte, die Zukunft in den Vorstellungen der Vergangenheit zu sehen. Und auch, weil er den Krieg wirklich haßte (wenn auch mit den ambivalenten Gefühlen, die er in vielen Menschen hervorruft), anders als Männer wie Le Queux, die ganz offensichtlich geradezu danach riefen.

Hören wir, was Karenin aus der Zukunft berichtet, als London nach einem schweren Bombardement wieder aufgeräumt wird. Er blickt zurück und spricht über ein 1914, das uns an die Zeit um 1970 erinnert.

> »Es war eine unfertige Welt«, überlegte Karenin. »Wenn ich an meine Kindheit zurückdenke, scheint mir, alle Menschen, an die ich mich erinnere, wären krank gewesen. Sie waren krank. Ihnen war elend vor Verwirrung. Jeder war auf Geld versessen, und jeder beschäftigte sich mit unangemessenen Dingen. Sie aßen eine verrückte Zusammenstellung von Nahrung, entweder zu viel oder zu wenig, und zur unpassenden Zeit. Man sieht, wie krank sie ihre Werbung machte ... Jeder muß Pillen genommen haben ... Das Zeitalter der Pillen folgte dem Zeitalter der Waffen ...« (Kapitel 5,4).

The World Set Free ist in jeder Beziehung ein Erfolg, außer in der, worin die frühen Bücher Wells' erfolgreich waren. Es steckt voll von lebendigen Einzelheiten; aber es hat kein organisches Leben. Wells, die Ein-Mann-Denkmaschine, tritt an die Öffentlichkeit. Seine Bücher sind nicht mehr länger Romane, sondern Evangelien.

Nach dem 1. Weltkrieg entwickelte sich dieser eher weihevolle Wells weiter zu dem Wells, der solide und erfolgreiche Werke der Populärwissenschaft schrieb und eine Welle von einbändigen Enzyklopädien anregte. Wells war auf dem Weg, der populärste Publizist seiner Zeit zu werden.* Und noch immer schrieb er Jahr für Jahr Romane.

Während der dreißiger Jahre verblaßte Wells der Autor hinter Wells der Weltprominenz. Er war ein berühmter Mann, der fleißig für eine bessere Welt plante, sich mit Gorki unterhielt, mit George Bernard Shaw diskutierte, zu Gesprächen mit Roosevelt in das Weiße Haus flog oder in den Kreml zu Stalin. In Erinnerung an den Schmutz des Londons seiner Jugend haßte er den Schmutz und sah in einem Weltstaat den saubersten Weg, die Menschheit zu ihrem Wohl zu regieren.

Anders als Verne befand er sich aber niemals in der Gefahr, vom Papst gesegnet zu werden.

Wells erwies sich als einer der wenigen Männer, die in der Lage waren, den Abgrund zwischen der mittleren viktorianischen Zeit, in der Wells geboren war, und unserer modernen zu überbrücken. Er hatte das Wesen des ständigen Wandels begriffen. Er war ein Visionär und kein Gesetzgeber, doch während des ersten Weltkrieges arbeitete er für den Völkerbund und während des zweiten half er, die Deklaration der Rechte des Menschen auszuarbeiten, die den Weg für die Allgemeine Erklärung der Menschenrechte bahnte, wie sie nach Wells' Tod von der UNO übernommen wurde. Er starb 1946, nachdem er noch Zeuge des Abwurfs der Atombomben geworden war, die er viele Jahre vorher vorausgesagt hatte.

*

* Auf dem Cover einer Ausgabe von *The World Set Free,* die Collins in den Zwanzigern herausbrachte, wird Wells als »Der weitverbreitetste Autor der Welt« apostrophiert.

Dem Establishment ist die Idee der Veränderung immer verhaßt. Es drückte Wells niemals an seine ehrenwerte Brust, genau wie es nie viel von der Science Fiction hielt, wahrscheinlich aus demselben Grund. Es lehnte ihn wegen der Dinge ab, die er am besten konnte, und hielt ihn für einen ordinären Schwätzer. Bei den Literaten erging es ihm nicht viel besser. Hier aber vielleicht mit mehr Anlaß, denn Wells' schlecht plazierter Angriff gegen seinen Freund Henry James in *Boon* (1915) war eine erbärmliche Angelegenheit, und die meisten orthodoxen Schriftsteller stellten sich auf James' Seite.

Die Literaten haben Wells auch heute noch nicht in den heiligen Kanon aufgenommen. In einem Werk wie Cyril Connollys *The Modern Movement* (1965), das von sich behauptet, alle Bücher mit ›dem Funken der Rebellion‹ aufzulisten, gibt es Platz für Norman Douglas und Ivy Compton-Burnett, aber keinen für Wells – außer in einer Randbemerkung. Trotzdem schätzen einige wahre Schriftsteller wie Vladimir Nabokov ihn und erkennen seinen Wert als Erfinder und kreativer Geist.

Eine verbreitete Ansicht zu Wells besteht darin, daß er vielversprechend als Künstler begann (*Die Zeitmaschine* u. a.) und dann alles für Journalismus und Propaganda verschenkte.[10] An diesem Urteil ist ein Körnchen Wahrheit. Viele seiner Bücher waren hastig heruntergeschrieben oder schlampig ausgeführt. Er sagt dazu: ›Es braucht keine Kritiker, um mir klar zu machen, daß vieles von meinem Werk nachlässig, ungestüm und im Zorn geschrieben wurde, das meiste davon hastig und unzureichend überarbeitet ist, und einiges davon so farblos, teigig daherkommt wie eine mit Stärke gefütterte Nonne.‹[11] Welche Erniedrigung und welche Größe! Heutzutage würden geringere Schriftsteller nicht wagen, Ähnliches zuzugeben.

Trotz alledem vertragen sich die Tatsachen weder mit der genannten Ansicht noch mit Wells' eigenem Urteil (was Schriftsteller von sich selber sagen, sollte man immer mit Skepsis genießen). Wells begann als Lehrer und blieb es immer. Er hatte das überzeugende didaktische Beispiel seines eigenen Lehrers Thomas Huxley. Eine Zeit lang folgte Wells in seinen frühen Romanen dem Gedanken der Kunst um der Kunst willen; in dieser Zeit achtete er darauf, sein Anliegen in das imaginative Ganze sorgfältig einzufügen. Doch als ihm das gelang, als sein Anliegen so gut integriert war, daß es nicht störte, mißverstand ihn seine Leserschaft oder übersah sein Anliegen, wie es bei *Moreau, Der Unsichtbare* und *Der Krieg der Welten* der Fall war.

Wells haßte Unordnung und Mißverständnisse. Er machte sich daran, die Botschaft immer deutlicher werden zu lassen. Seine Charaktere wurden zu Sprechern, die Erzählung verlor sich in der Belehrung. Die Lautsprecher wurden aufgedreht. Wells gewann an Resonanz, aber er verlor an Qualität. Doch Wells war immer ein Mann mit einem Lautsprecher, der sich nicht damit begnügte, in einer stillen Ecke zu flüstern. Tatsächlich verlangt ja schon die kontroverse Natur der SF-Themen selbst eine vorsichtige Kontrolle, wie sie Wells fand und wieder verlor, um die Phantasie von der Predigt abzuhalten.

Darüberhinaus muß man auch sagen, daß Wells trotz seiner Fruchtbarkeit und seines Vergnügens, bei jeder neuen Vorstellung ein andersfarbiges Kaninchen aus dem Zylinder zu zaubern, in seiner Karierre beständig blieb. Schon 1912 lehnte er die Einladung ab, sich am ›Academic Commitee of the Royal Society of Literature‹ zu beteiligen [einer Art Literatur-Akademie]. So sehr wir das auch bedauern mögen, er wollte sich mit dem Leben befassen, nicht mit der Ästhetik. Vielleicht erkannte er nicht, daß er ein Erfinder war und kein Organisator. Er konnte empfehlen, aber nicht *ausführen*. Schließlich verdrängten die Empfehlungen die Erfindungen.

Viel von Wells' Werk ist verfilmt worden. *Die Zeitmaschine* allerdings erst 1960 von George Pal für MGM in einer Version, die dem Original nicht gerecht wird. *Die Insel des Dr. Moreau* wurde 1932 als *Island of Lost Souls* verfilmt. Paramount gab Charles Laughton die Rolle als Doktor und nahm sich mit der Story einige Freiheiten heraus.

Im darauffolgenden Jahr brachte Universal *Der Unsichtbare* unter der Regie von James Whale heraus, der den Original-Frankenstein gedreht hatte. Beide, Universal und Whale, waren Experten für Horror, und die Unsichtbarkeits-Tricks – zum Beispiel langes Gras, das von unsichtbaren Füßen niedergetreten wurde – waren für die damalige Zeit bemerkenswert.

Claude Rains, die meiste Zeit des Films nicht zu sehen, spielte den Griffin. 1940 startete Universal eine Fortsetzung mit Sir Cedric Hardwicke in der Titelrolle (*The Invisible Man Returns*). Im gleichen Jahr gab es auch noch eine komische Version des Themas, *The Invisible Woman,* mit der entzückenden Virginia Bruce, die ihre schönen Beine sehr offenherzig enthüllt, als sie überraschend sichtbar wird.

Paramount ließ George Pal 1953 den *Krieg der Welten* produzieren. Die Geschichte wurde modernisiert und von England nach Kalifornien verlegt. Die Kampfmaschinen wurden völlig verändert, und der Kurat wurde zu einem der (von den Marsianern verbrannten) Helden des Filmes. Das Werk wird allgemein für einen gelungenen SF-Film gehalten, da die Anforderungen in diesem Genre erstaunlich niedrig sind.

Die englische Version von *Die ersten Menschen auf dem Mond,* 1964 unter der Regie von Nathan Juran gedreht, war eine armselige Geschichte trotz der Spezialeffekte von Rex Harryhausen. Eine frühe Version hatte es schon 1919 gegeben – es war das erste Buch Wells', das überhaupt verfilmt wurde.

1936 gab es zwei Wells-Verfilmungen, *The Man Who Could Work Miracles* und *Things to Come,* die von ihm selbst überwacht wurden. Wie hinfällig sich auch einige der Idee von *Things to Come* erwiesen haben mögen, der Film bleibt großartig und beeindruckend, ein Kino-Klassiker, und sicher die beste Erinnerung an Wells auf der Leinwand.

Viele seiner nicht zur SF gehörenden Werke sind ebenfalls verfilmt worden, darunter *Love and Mr. Lewisham, Kipps, Ann Veronica* und *The History of Mr. Polly. Kipps* gab es sogar als Musical mit Tommy Steele unter dem Titel *Half a Sixpence*.

Im Oktober 1938 sendete CBS ein Hörspiel nach dem *Krieg der Welten*. Es handelte sich um ein frühes Meisterstück in der Karriere eines gewissen Mr. Orson Wells. Die Sendung hatte solchen Erfolg, daß eine Welle der Hysterie über die Vereinigten Staaten rollte. Obwohl sie gerne als Unsinn abgetan wird, hat die Science Fiction schon immer ihre Erfolge mit der Angst vor dem Unbekannten gehabt, wie bei dieser Gelegenheit demonstriert wurde.

Wells veränderte die Welt nicht so, wie er es sich gewünscht hatte. Aber er veränderte die Art, wie Millionen von Menschen diese Welt betrachteten. Er war der erste seiner Zeit, der zum Ausdruck brachte, daß die Weltkugel eins ist, daß die Menschen, die darauf leben, eins sind – und daß auch die Wesen jenseits dieser Weltkugel eins mit uns sind, falls es sie gibt. Er half uns zu verstehen, daß die gegenwärtige Geschichte nur ein vorüberziehender Augenblick ist zwischen einer fernen Vergangenheit und einer fernen Zukunft. Es war Wells, der sagte: »Die menschliche Geschichte wird mehr und mehr zu einem Wettlauf zwischen der Erziehung des Menschen und der Katastrophe.« Während die menschliche Rasse heute gegen ihre ungeheure Vermehrung kämpft, erkennen wir, wie aktuell diese Worte noch immer sind.

Vielleicht war ein Schriftsteller, der die menschliche Geschichte als Wettlauf zwischen Erziehung und Katastrophe sah, einfach dazu verurteilt, so schnell und unter Verzicht auf Sorgfalt zu schreiben, wie Wells es oft getan hat. Doch Wells wurde von Männern und Frauen weit über seinen persönlichen Bekanntenkreis hinaus geliebt in einem Maße, das weit über das hinausgeht, was ein erfolgreicher Autor normal von seiner Leserschaft entgegengebracht bekommt. Er war geistreich, witzig und ehrlich, er sprach für seine Generation – und für mehr als eine Generation. George Orwell läßt etwas davon ahnen, zu was für einem Symbol H. G. Wells geworden ist:

> Damals um die Jahrhundertwende war es eine wunderbare Sache, H. G. Wells zu entdecken. Da steckte man in einer engen Welt von Pedanten, Kirchenmännern und Golfspielern . . . , Eltern, die systematisch jedes Sexualleben unterbanden und stumpfsinnigen Schulmeistern mit ihren lateinischen Zitaten; und dann kam der Mann, der dir alles über die Bewohner der Planeten und den Grund des Meeres erzählen konnte, und der *wußte,* daß die Zukunft nicht das werden würde, was sich respektable Leute gerne darunter vorstellten.[12]

Orwell bezog sich auf den Beginn unseres Jahrhunderts. Dreißig Jahre später traf das alles noch genauso zu, wie der

Schreiber dieses Buches bezeugen kann. Wells regte noch immer auf. Er sah, daß die einzige Sache von Bestand der Wandel war, und die Dynamik des Wandels, die er in der Welt um sich herum am Werk fand, echote durch sein ganzes Werk. Das erklärt, warum er von einer Rolle in die andere schlüpfte und sich einer Frau nach der anderen zuwandte.

Er verteilte seine Energie über ein weites Feld. Sich darüber zu mokieren, lohnt sich nicht, denn es lag in seiner Natur.

Vieles von seinen weitgespannten Aktivitäten war nicht von Dauer. Seine Romane haben Bestand. Seine Science Fiction wird mehr denn je gelesen. Wells wurde in dem Jahr geboren, als man das Dynamit erfand; er erlebte noch die Geburt des Atomzeitalters. Nicht ganz zutreffend charakterisiert Orwell Dickens' Romane als ›ein baufälliges Gebäude mit wunderbaren Wasserspeiern‹; es sind Wells' Wasserspeier, seine Marsianer, die Seleniten, die Morlocks, die Tiermenschen, was wir heute am meisten an ihm genießen, während Kipps und Polly verblassen. Wir mögen Wells' Vertrauen in die sich verbessernden Möglichkeiten der Erziehung nicht mehr teilen, aber wir haben ihm schon lange darin rechtgegeben, daß wir ›erst dieses tierische Zeichen tragen würden und dann jenes‹.

Unbestreitbar stellt sich bei einem Vergleich zwischen Wells' Romanen und Dickens' Wells am nächsten stehenden Roman *Große Erwartungen* heraus (davon ausgehend, *Große Erwartungen* handelt von Pips Flucht vor dem geknechteten Leben in der Schmiede in die größere Welt Londons!), daß Wells als Schriftsteller schlecht abschneidet. Aber so ein Vergleich wäre bei fast jedem Schriftsteller unfair. In seiner eigenen Domäne war Wells *sui generis*. In der Domäne des wissenschaftlichen Abenteuers gelangen ihm drei einzigartige Leistungen. Er entwickelte das verrückte Ereignis – ein Besuch auf dem Mond, eine Invasion vom Mars – zu einer künstlerischen Form. In der Konsequenz vervielfachte er die Reichweite und die Wirkung solcher Vorstellungen. Und er brachte dem Genre eine Popularität und Eigenständigkeit gegenüber anderen Genres, die es seitdem nie verloren hat, trotz der vielen Versager in Wells' Kielwasser. Wells ist der Prospero der Schönen Neuen Welten des Geistes, der Shakespeare der Science Fiction.

ANMERKUNGEN ZU KAPITEL FÜNF

1. H. G. Wells, *Experiment in Autobiography,* 2 Bände, 1934.
2. James an Wells in einem Brief aus Rye vom 19. 11. 1905. Die beiden Bücher, auf die James sich bezieht, waren *A Modern Utopia* und *Kipps*. Der Brief, der sich in einem seltenen Enthusiasmus ergeht, ist in einer Biographie von Vincent Broome enthalten, *H. G. Wells,* 1952.
3. Ein gutes Beispiel ist Bert Smallways, Held von *The War in the Air*.
4. Für eine umfassende Übersicht über die Rezeption von Wells' Büchern bei ihrem Erscheinen siehe Ingvald Raknem, *H. G. Wells and His Critics*, Oslo, 1962.
6. *Experiment in Autobiography*, Kapitel 6.
5. Bernard Bergonzi, *The Early H. G. Wells: A Study of the Scientific Romance*, Manchester, 1961.
7. Hier sollte das gute psychologische Timing von *War of the Worlds* erwähnt werden. Der neue Journalismus brachte Wells' Publikum Kunde über das Sonnensystem, wobei besonders der Mars ins öffentliche Bewußtsein rückte. Er hatte 1877, 1879 und 1881 in naher Opposition gestanden, und Percival Lowells erstes Buch über den Mars, das Spekulationen über die »Kanäle« und die Möglichkeit des Lebens dort enthielt, erschien 1895.
8. Wells vergißt sich auch als zweiten Camille Flammarion aufzuzählen. Die Parallelen zwischen dem Roman des großen französischen Astronomen, *La Fin du Monde* (erschienen 1893 und in elf europäische Sprachen übersetzt) und Wells' *The Star* sind auffällig. Eine Diskussion dieser und anderer geliehener Ideen findet sich in Raknem, *op. cit.*, Kapitel 22.
9. *Experiment in Autobiography*, Kapitel 8.
10. Diese Annahme liegt hinter der sonst wohlmeinenden Biographie von Lovat Dickson, *H. G. Wells: His Turbulent Life and Times*, 1969.
11. *Experiment in Autobiography*, Kapitel 1.
12. George Orwell, »Wells, Hitler und der Weltstaat«, *Critical Essays*, 1946.

6.
Die Flucht aus den Städten

WELLS' ZEITGENOSSEN

Of all things human which are strange and wild
This is perchance the wildest and most strange,
And showeth man most utterly beguiled,
To those who haunt that sunless City's range;
That he bemoans himself for aye, repeating
How time is deadly swift, how life is fleeting,
How naught is constant on the earth but change.
JamesThomson: The City of Dreadful Night

Als das 19. Jahrhundert sich dem Ende zuneigte, entstand bei der Bevölkerung der überfüllten Städte Europas und Amerikas ein wachsendes Bedürfnis nach ablenkender Unterhaltung. Nicht nur die Religion, auch die Literatur wurde Opium für das Volk. SF ist die harte Droge der Literatur.

In Wells' Glanzjahren fand eine Literaturrevolution statt, die von der gleichen Bedeutung wie später die Taschenbuchrevolution nach 1950 war. Wells und seine Zeitgenossen befanden sich in der glücklichen Lage, an einen sich ständig vergrößernden Markt zu verkaufen, wo neue Zeitschriften und Periodika wie Pilze aus dem Boden schossen. Disraelis unterdrückte Nation schnappte nach Luft.

Es war die Zeit, in der viele der großen Tageszeitungen gegründet wurden und die Verleger schnell ein Vermögen machten. In London gehörte diese Zeit Männern wie Newnes, Pearson und Northcliffe. George Newnes brachte neben anderen guten und profitablen Publikationen das erste moderne Unterhaltungsmagazin auf den Markt, den *Strand* (1890).

Das neue gebildete oder pseudo-gebildete Publikum verschlang alle Druckerzeugnisse. Die Zahl der in England veröffentlichten Romane betrug 1870, dem Todesjahr Dickens', dreihunderteinundachtzig. Bis zur Jahrhundertwende stieg sie auf über zweitausend. Diese enorme Steigerung wird traditionell dem neuen Erziehungsgesetz von 1870 zugeschrieben. Tatsächlich läßt sich am Ende des 18. Jahrhunderts ein ähnlicher, wenn auch proportional kleinerer Anstieg beobachten*.

Zwischen 1850 und 1860 eroberten sich die ›Railway Library‹ und ›Yellow Back Books‹ ebenso sprunghaft die arme und weniger kultivierte Leserschaft.

In den Vereinigten Staaten blühten die Dime Novels**. Unter ihnen befand sich eine Serie, die von hartgesottenen SF-Fans noch heute gepriesen wird: die futuristischen Abenteuer des »Frank Reade, Jr.«, geschrieben von einem gewissen Luis P. Senarens, einem Fließbandschreiber, der es in dreißig Jahren auf einen Ausstoß von vierzig Millionen Worten brachte. Senarens, der unter vielen Pseudonymen schrieb, begründete zumindest eine andauernde Tradition der Science Fiction – heruntergeschriebene Manuskripte unbearbeitet direkt in die Druckerei zu schicken. An den Erfolg von »Frank Reade, Jr.« hängte sich die »Tom Swift«-Reihe an, zu einem großen Teil unter Pseudonym von H. R. Garis geschrieben. Der Aufstieg der Pulps verdrängte später die Dime Novels, wie die Slicks später die Pulps verdrängten und die Taschenbücher die Slicks.

Die große Flut, der Sturzbach des modernen Verlagswesens, schlug über den Lesern zusammen. Neue Verlage, neue Magazine, neue Autoren! Es kann kaum überraschen, daß viele Autoren unter diesen Umständen ihre Leserschaft nur als auszubeutende Käuferschicht sahen. Damals und heute muß jedoch gesehen werden, daß solche Autoren, die besonders

* Der *Monthly Review* für 1796 verzeichnet doppelt soviel Romane wie 1795. Um 1800 waren die neu veröffentlichten Romane so zahlreich und so schlecht geworden, daß einige der Magazine sie überhaupt nicht mehr aufführten.

** [Mit den deutschen Heftroman-Reihen vergleichbare literarische Massenproduktionen. Anm. d. Ü.]

hinter dem schnellen Geld her waren, auch am leichtesten von den Verlegern ausgebeutet wurden.

Eine Ausweitung der literarischen Produktion bedeutete auch eine Ausweitung der Themen und eine Orientierung auf immer sensationeller aufgemachte Geschichten. Es tauchte eine Art von Machtphantasie auf, die mit dem tatsächlichen Leben weniger zu tun hat als das Märchen, dem traditionell eine warnende Funktion zukommt. Solche künstlichen Fantasy-Erzählungen bezeichnen wir als »Eskapismus«. Sie stehen der Tagträumerei nahe und werden in ihrer reinsten Form in Gebieten gefunden, die dicht an die Science Fiction grenzen. Ihr Auftauchen liegt seitdem über der Geschichte, den Kritikern und den Autoren der Science Fiction wie ein Fluch.

In diesem Kapitel wollen wir uns mit einigen der Fantasy- und Science Fiction-Schriftstellern befassen, die zwischen 1890 und 1930 aktiv waren. Das Hauptcharakteristikum ihrer Werke liegt in der Verkörperung des Wunsches, der Stadtkultur zu entkommen, die klaustrophobische Beklemmung hervorrief.

Gleichzeitig wird diese Flucht aber auch oft als der sprichwörtliche Sprung vom Regen in die Traufe gezeigt. Es ist hübsch, sich ein Wochenende im stillen Amazonasdschungel zu erholen – wo man dafür prompt im Kochtopf eines Steinzeit-Stammes landet! So scheint etwa die Moral von Conan Doyles *Lost World* [Die vergessene Welt] zu sein, einem für diese Zeit typischen Roman.

Die anderen charakteristischen Erzählungen dieser Zeit sind die, die sich mit dem Krieg beschäftigen – oft dem wirklichen Krieg, wie er dann 1914 ausbrach, aber manchmal auch einem Krieg gegen die Völker des Fernen Ostens. Auch der Krieg ist eine Flucht vor den Problemen und der Verantwortung des Einzelnen.

Solche Flucht aus der Wirklichkeit spiegelt die Sorgen wider, die die Menschen haben, mit ihren täglichen Problemen – dem Leben, das sie leben müssen – fertig zu werden. Einige der Autoren, von denen die Rede sein wird, von Rider Haggard angefangen, drücken das verbreitete Unbehagen angesichts des Todes aus. Fantasy läßt uns schmerzlos unsere tiefsten Ängste erkennen; seien sie vor unserer Unzulänglichkeit, unserem sicheren Tod oder vor was auch immer wir uns fürchten mögen. Science Fantasy läßt uns jüngere, kulturbedingte Ängste erkennen, so wie Androiden oft die Furcht vor der Entpersönlichung symbolisieren.

Selbst ein »Fabulierer« wie Robert Louis Stevenson schuf eine erschütternde Allegorie des modernen Bewußtseins, als er *Dr. Jekyll und Mr. Hyde* schrieb. Zwischen 1890 und 1920 finden wir eine Art neutrale Zone, eine Zeit, wo das Geschichtenerzählen noch keine auf einen bestimmten neuen Mythos fokussierte Infrastruktur aufweist. Die frühen Werke Wells' sind hier die Ausnahme. An den westlichen Ufern des Atlantik scheinen die Briten ihre Ängste vor unterdrückten Nationen zu vergessen – wieder mit der Ausnahme von Wells. An den östlichen Ufern werden die Amerikaner noch nicht von den ausgerotteten Indianern heimgesucht, die später durch die amerikanische Science Fiction geistern sollten.

Doch selbst in dieser ruhigen Zeit spürt man die Kraft von dem, was Susan Sontag über die das Leben erträglich machende Wirkung der Science Fiction gesagt hat. Zwar bezog sich ihre Aussage auf den SF-Film, doch es scheint mir – in ihrem verzweifelten Vermeiden, zu viel oder zu wenig hineinzulegen – die beste Erklärung zu sein, die je von der Funktion der Science Fiction gegeben wurde.

> Wir leben wahrhaftig in einer Zeit der Extreme. Denn wir leben unter der fortwährenden Bedrohung, zwei gleich gefürchteten, aber völlig gegensätzlichen Schicksalen anheim zu fallen: endloser Banalität oder unfaßbarem Schrecken. Es ist die Phantasie, wie sie uns von den populären Künsten reichlich serviert wird, die den meisten Menschen das Leben mit diesen Zwillingsgespenstern erträglich macht. Denn zum einen kann die Phantasie uns aus dem unerträglichen Alltagsbrei entführen und von wirklichen oder eingebildeten Schrecken ablenken, indem sie uns exotische und gefährliche Situationen vorgaukelt, die in der letzten Minute immer ihr Happyend bekommen. Aber was die Phantasie auch kann, ist, erträglich zu machen, was psychologisch nicht zu ertragen wäre, und

uns so abhärten. Im einen Fall verklärt die Phantasie die Welt, im anderen neutralisiert sie die Welt.

Die Phantasie im Science Fiction-Film tut beides. Die Filme reflektieren weltweite Ängste, und sie dienen dazu, sie abzulenken. Sie bauen auf eine seltsame Apathie angesichts des sich ausbreitenden Elends, der Verseuchung und der Zerstörung, die ich als unheimlich und deprimierend empfinde. Die Naivität der Filme verbindet das Gefühl der Andersartigkeit, des Fremdseins mit dem nur allzu Vertrauten. Besonders die Dialoge der meisten Science Fiction-Filme machen sie mit ihrer monumentalen, aber oft rührenden Banalität ungewollt komisch . . . Doch die Filme enthalten auch etwas, das schmerzt und von tödlichem Ernst ist.[1]

Tödliche Ernsthaftigkeit war zwischen 1890 und 1920 nicht mehr gefragt. Die Helden waren stark und gut und von sich selbst überzeugt.Im Großen und Ganzen betreffen die Krisen, mit denen sie es zu tun bekommen, nur ihren unmittelbaren Lebenskreis und nicht die große Welt; ihr Job ist die eigene Rettung, nicht die der Welt. Dazu müssen sie allerdings meist ordentlich zupacken. Verlangt wird Action.

Dr. Jekyll und Mr. Hyde, diese seltsame Geschichte, die ständig an Macht gewinnt, seit der dunkle Stern der Psychoanalyse über dem Horizont aufgegangen ist, stellt unter Stevensons Veröffentlichungen nur eine Fingerübung am Rande dar. Stevensons größte Wirkung beruht auf seinen Abenteuerromanen. Der Einfluß seiner *Schatzinsel* (in Buchform 1883 erschienen) und von *Die Entführung* (1886) ist es, der sich in den Romanen seiner Zeitgenossen deutlich zeigt: in Henry Rider Haggards *König Salomons Schatzkammer* und dessen Fortsetzungen; in Anthony Hopes *Prisoner of Zenda* und der Fortsetzung *Rupert of Hentzau;* und in den einst so populären Romanen von Stanley Weyman wie *Under the Red Robe.* Aus den neunziger Jahren stammen Conan Doyles frühen historischen Romane wie *The White Company* und Doyles größte Schöpfung, der unvergleichliche, mesmeristische Sherlock Holmes in seiner nebelverhüllten Wohnung an der Baker Street.

Auf einer anderen Ebene lagen William Morris' 1895 veröffentlichter *The Wood Beyond the World* und *The Well at the World's End* aus dem darauffolgenden Jahr. Sie sind Fantasy über ein imaginäres Mittelalter, einem Mittelalter ganz ohne die Derbheit der wirklichen Epoche und dafür mit der blutarmen Grazie der Bilder von Morris' Freund Burne-Jones. *The Wood Beyond the World* gehört zur Schule der Ach!-Erzählungen (›Sie sagte mit verdrießlicher Stimme: »*Ach,* Squire, wir haben schon zuviel des Tages mit freundlichen und höflichen Reden verbracht; was dort gut war, ist es hier mitnichten.«‹ Kapitel 14) und wurde in letzter Zeit oft als »der erste große Fantasy-Roman, der je geschrieben worden ist«, gepriesen.[2]

In der Mitte des Jahrzehnts erschienen Rudyard Kiplings *Dschungelbücher*. Zusammen mit Kiplings anderen indischen Visionen in seinen Kurzgeschichten und dem späteren *Kim* enthalten sie exotische Elemente, die die Science Fiction sich bald einverleibte. Exotische Länder, von exotischen Frauen regiert, abgelegene Gegenden, in denen Königreiche gewonnen werden können, hübsche Uniformen, verrückte Abenteurer, harte Ritte, sprechende Tiere – ganz zu Schweigen von einem Sack voll moderneren Ach's! – alles fand Eingang in die glücklichen Jagdgründe späterer Science Fantasy.

*

Aus dieser Gruppe romantischer Schriftsteller hat einer einen ebenso starken Einfluß wie Wells auf die Science Fantasy. Wie wir gesehen haben, schrieb Wells eine analytische Prosa, die nicht nach dem Geschmack der breiten Öffentlichkeit sein konnte. Um den zu befriedigen, mußten tapfere und edle Helden her, die sich gegen Ausbeutung und Heidentum stellten. Die Flucht aus den zunehmenden Schwierigkeiten des Alltags (Wells' bevorzugter Inspirationsquelle) war gefragt. Rider Haggard war es, der diese Zutaten in überreichem Maße lieferte und sie weit weg von den überfüllten Städten wie London und New York anrichtete.

Paradoxerweise schrieb Haggard nie Science Fiction, will man nicht sein posthum veröffentlichtes *Allan and the Ice-Gods* (1927) dazu rechnen, Haggards Version der Eiszeit. Als junger Mann kam Haggard als Sekretär von Sir Redvers Bulwer, dem Gouverneur von Natal, nach Südafrika. So lernte er das Land kennen, das ihm den Hintergrund für die besten seiner vielen Romane lieferte.

Der erste dieser Romane wurde als Folge einer Wette mit seinem Bruder geschrieben, daß Haggard ein besseres Buch als Stevensons *Schatzinsel* zustandebrächte. 1885 wurde es als *König Salomons Schatzkammer* veröffentlicht und sofort ein beeindruckender Erfolg. Wie Kipling und anders als seine späteren Imitatoren wußte Haggard, wovon er erzählte, und die besten seiner Romane, etwa *Sie* und *Allan Quatermain,* sind noch heute lebendig, auch wenn sich die Stimmung der Zeit gegen sie gewendet hat.

Haggard besaß eine lebendige und eigenartige Vorstellungskraft. Die grauenvolle Szene aus *Sie,* in der die unsterbliche Ayesha sich in der lebenspendenden Flamme badet und daran zugrundegeht – sie verwelkt zu einem furchtbaren Etwas –, echote viele Jahre lang durch die Science Fiction (siehe z. B. das letzte Kapitel von John Russell Fearns *The Golden Amazon,* 1944): ›Sie, vor zwei Minuten noch das schönste, edelste, herrlichste Weib, das je die Welt gesehen, lag regungslos vor uns, neben sich die Lockenpracht ihres eigenen dunklen Haares, nicht größer als ein Affe und häßlich – ach, so häßlich, daß es sich nicht schildern läßt!‹ Von der Leiche wird später als ›der gräßlichen kleinen Affengestalt‹ gesprochen.

In einem kritischen Essay äußert sich Richard Kyle über diese Passage: ›Ayesha . . . . starb nach einem zweitausendjährigen Leben und verwandelte sich im Tod in einen großen, vorzeitlichen Affen – genau wie Haggards Generation den heiligen, gottgeschaffenen Menschen mit der Geburt der Evolutionslehre sterben sah nach zweitausendjährigem Christentum. Zurück blieb auch dort nur ein großer, vorzeitlicher Affe.‹[3] Kyle präsentiert hier ein überzeugendes Argument dafür, die Herkunft der Substanz von Burroughs' frühen Mars-Romanen bei *Sie* und *Cleopatra* zu suchen.[4] Von Haggard an füllen zu Staub zerfallende Frauen, Priesterinnen oder Königinnen – als weibliches Symbol für das Unberührbare und das Unerreichbare – die Seiten vieler ›*Scientific Romances*‹.

Haggard blieb im Gedächtnis der Leser. Edwin Lester Arnold ist vergessen. Ganz stimmt das allerdings nicht; auf dem Gebiet der SF wird niemand je völlig vergessen, nicht einmal Otis Adelbert Kline.

Der Ruhm von Edwin Lester Arnold (1857–1935) wurde immer von dem seines Vaters Sir Edwin Arnold überschattet, dessen oft nachgedrucktes *Light of Asia* vielen anglikanischen Haushalten den Buddhismus nahebrachte. Der Sohn schrieb dann auch zwei Romane über Reinkarnationen, *Phra the Phoenician* (1891) und *Lepidus the Centurion* (1901), in denen die Seelen durch die Jahrhunderte reisen. Mystizismus gehört neben zu Staub zerfallenden Frauen zu den Dingen, die das Jungenherz der Science Fiction höher schlagen lassen. Wir werden ihm noch öfter begegnen. Roger Lancelyn Green nennt *Lepidus* ›ein viel feineres Buch‹[5], aber auch *Phra* hat seine Verdienste. Die Geschichte vom phönizischen Händler, der überlebt, damit die Gottkönigin Bess jemanden zum Plaudern hat, ist in der passenden Sprache erzählt:

> So wurde ich Gefangener der Römer, und sie banden mich und ließen mich zehn Stunden lang neben einem ihrer gestrandeten Schiffe liegen, drunten an der melancholischen Nachmittags-See, die noch immer mit ihren Toten spielte und mit ihren langen grünen Fingern den rabenhaarigen Etrurier und den blonden, weißgesichtigen Kelten rollte. (Kapitel 1)

Das hält einen Vergleich mit Tourneurs Stücken aus.

Phra wurde in *Famous Fantastic Mysteries* im September 1945 nachgedruckt, und niemand scheint es dort unpassend gefunden zu haben.

Auch Arnolds dritter Roman erlebte eine Reinkarnation (nach diesem Roman gab er auf): *Lieut. Gulliver Jones: His Vacation,* erschienen 1905 und dazu bestimmt, brachzuliegen, bis Richard Lupoff es 1963 wiederentdeckte und Donald A. Wollheim von Ace Books überredete, es herauszubringen. So erfolgte die erste amerikanische Ausgabe, die den Titel *Gulliver of Mars* erhielt.

Es ist ein herrliches Buch. Jones gelangt durch Wunsch und fliegenden Teppich zum Mars und findet dort eine freundliche Rasse vor, nicht ganz Mann oder Weib, die in den Ruinen einer längst vergangenen Zivilisation lebt, nicht unähnlich den Eloi in *The Time Machine*. Auch sie werden von einer unterdrückten Nation bedroht. Ihre Morlocks sind die bösen Thither-Leute, die sich immer wieder Waren und schöne Sklavenmädchen von dem dekadenten Volk holen. Die bezaubernde Prinzessin, die Jones gerade heiraten will, wird dann auch prompt von dem häßlichen, affenähnlichen Ar-hap geraubt. Jones zieht in der guten, alten Märchenheld-Tradition aus, sie zu befreien.

Lupoff legt überzeugend dar, daß dieser Roman das Bild von Burroughs' Mars entscheidend geprägt haben muß.[6] Hat er die Quelle gefunden oder Kyle mit *Sie*? Vielleicht muß die Antwort lauten, daß beide sich irren. Alle Fantasy-Ideen sind sich erstaunlich ähnlich; niemand ist eine Insel – und für Schriftsteller gilt das ganz besonders.

An diesem Punkt tun wir auch gut daran, uns zu erinnern, daß der wirkliche Mars am Ende des vorigen Jahrhunderts ein faszinierendes und geheimnisvolles Objekt für Spekulationen war, so wie es Quasare in unseren Tagen sind. Nur daß der Mars wesentlich näher war – astronomisch, wie im Bewußtsein der Öffentlichkeit. Als der rote Planet 1877, 1879 und 1881 in Opposition stand, fertigte der italienische Astronom G. V. Schiaparelli Karte der Marsoberfläche an. Schiaparelli bemerkte gerade Linien, die er als »*canali*« eintrug – ein Wort, das ganz allgemein Rinne bedeutet. Mit »*canals*«, Kanäle, ins Englische übersetzt, löste es eine Welle abenteuerlicher Vermutungen aus . . .

Ein französischer Astronom bestätigte 1885 die Existenz der Kanäle, und wenige Jahre später baute der Amerikaner Percival Lowell sein berühmtes Observatorium in Flagstaff, Arizona, um sich dem Studium des Mars und seiner geheimnisvollen Oberfläche zu widmen. Lowell sah ebenfalls die Kanäle und gelangte zu der festen Überzeugung, daß es auf dem Mars Leben gab. Seine beiden Bücher *Mars* (1895) und *Mars and Its Canals* (1906) fanden ein beachtliches Echo. Vielleicht löste Lowell das rote Glühen vor den Augen von Wells und Arnold aus; Percy Gregs *Across the Zodiac* ging Lowells Büchern jedenfalls um Jahre voraus.

Across the Zodiac erschien 1880. Es ist wahrscheinlich die erste Beschreibung einer interplanetaischen Reise mit einem Raumschiff. Wie Verne gibt Percy Greg eine detaillierte Beschreibung seines bemerkenswerten Fahrzeuges. Es hatte sogar bereits ein rudimentäres hydroponisches System an Bord, um die Luft zu erneuern, und rühmte sich einen Meter dicker Metallwände. Die Weltraumfahrer finden auf dem Mars eine hochentwickelte Zivilisation vor, die von Polygamie und Atheismus charakterisiert wird und der üblichen Prise dekadenter Apathie. Zum Plot gehört eine subversive Untergrundbewegung, in deren Aktivitäten der Erzähler durch die Heirat mit der schönen Marsianerin Eveena verwickelt wird. Eveena wird ermordet, und der Held kehrt mit gebrochenem Herzen zur Erde zurück.

Gregs Schiff wurde von einer mysteriösen Kraft angetrieben, die er *›apergy‹* nannte. Dieselbe Kraft wird für die interplanetarischen Reisen in *A Journey in Other Worlds* (1894) von John Jacob Astor benutzt. Um der Langeweile einer utopischen Erde des Jahres 2000 zu entfliehen, besucht eine reiselustige Gruppe Jupiter und Saturn. Der erstere ist mit den gigantischen Reptilien der Vorzeit ausgestattet, während letzterer die Geister der Verstorbenen beheimatet, was den Reisenden Gelegenheit zu einigen biblischen Erfahrungen gibt. Vielleicht konnte sich Astor nicht entscheiden, was ihn mehr faszinierte: *The Descent of Man* oder das Alte Testament.

Unter dem Namen George Griffith schrieb G. C. G. Jones eine Reihe von originellen und populären SF-Romanen mit kriegerischen Themen. *The Angel of the Revolution* erschien 1893 und im nächsten Jahr die Fortsetzung *Olga Romanoff*. Die Geschichte handelt von einem weltweiten Machtkampf, in dem eine englisch-deutsche Allianz in letzter Minute von den Amerikanern vor der Vernichtung durch ein französisch-russisches Bündnis gerettet wird. Ein Nachfahre des letzten Zaren schafft dann aber ein Comeback und hat schon fast die ganze Welt erobert, als ein vorbeiziehender Komet fast alles in Asche legt. Andere Romane von Griffith sind *The Great Pirate Syndi-*

cate (1899) und der wesentlich friedlichere *Honeymoon in Space* (1900), in dem die Frischvermählten den Engeln auf der Venus »Home Sweet Home« und »Old Folks at Home« vorsingen.

»Grant Allen und ich standen in der Tradition Shelleys und Godwins«, sagte Wells.[7] Grant Allen war ein Anhänger Darwins. Wie Wells benutzte er die Zukunft, um der Gegenwart damit einen Spiegel vorzuhalten. In *The British Barbarians* (1895) zeigt er einen Wissenschaftler aus ferner Zukunft, der als Anthropologe unter einem wilden Stamm in einer englischen Vorstadt lebt, um die dortigen Sprachgewohnheiten bezüglich Klasse, Sex, Besitz und Religion zu erforschen. Grant Allens bekanntester Roman ist *The Woman Who Did* (ebenfalls 1895), über eine Frau, die sich zu ihrem unehelichen Kind bekennt und es zur Welt bringt – ein brisanter Stoff in der damaligen Zeit. Wells mag davon zu seiner *Ann Veronica* angeregt worden sein.

Der Name Frank Stockton hat heute einen fernen, aber noch immer einen guten Klang, besonders wegen seiner raffinierten Kurzgeschichte »The Lady or the Tiger«. Sein Roman *The Great Stone of Sardis* kam 1897 heraus. Er geht von der eigenwilligen Grundannahme aus, daß es einmal einen riesigen Komet gab, der aus einem einzigen Diamant bestand. Er wurde von der Sonne eingefangen, wobei die Oberfläche des Diamanten zu Asche verbrannt wurde, aus der Erde entstand; der Diamant wurde so zu unserem Planeten Erde. Die Menschen des 20. Jahrhunderts bohren sich durch die Erdkruste und finden den großen Diamanten darunter. Stocktons Werk war, wie eine Literaturkunde meint, ›von sehr unterschiedlichem Interesse‹.

Ebenfalls 1897 erschien ein tausendseitiger SF-Roman in Deutschland: *Auf zwei Planeten* von Kurd Laßwitz. Er wurde sehr populär und erlebte Übersetzungen in mehrere europäische Sprachen, ins Englische allerdings erst 1971. Wie im *Krieg der Welten,* der im selben Jahr als Fortsetzungsreihe erschien, landen Marsianer auf der Erde – am Nordpol. Sie fangen zwei Erdlinge ein und nehmen sie mit auf den Mars. Laßwitz' Marsianer erweisen sich als wesentlich menschlicher als die Wells-

'sche Version. Schöner sind sie auch. La, die Tochter des Ingenieurs Fru, hat große, die Farbe wechselnde Augen und Haare, die in einem rötlichen Blond gleich dem der Teerose schimmern. Als sie zum ersten Mal auftritt, hat sie Schwierigkeiten mit der irdischen Schwerkraft.[8]

An Vernichtungsfeldzügen finden die Marsianer keinen Gefallen – obwohl sie nicht darum herumkommen, die britische Marine zu vernichten. Nach einigen Schwierigkeiten richten sie eine Weltregierung ein, in der Marsianer und Erdenmenschen zusammenarbeiten. Der österreichische Kritiker Franz Rottensteiner sagt von diesem Buch, seine Geschichte sei plausibel, weil die Rolle einzelner Menschen nicht so lächerlich übertrieben würde wie in vielen späteren Werken der Science Fiction.[9] Damit legt er den Daumen auf die schwache Stelle des größten Teils der gegenwärtigen SF.

Unter denen, die das allgemeine Interesse am Krieg ausbeuteten, war auch der Ire M. P. Sheil. Sein *The Yellow Danger,* Die gelbe Gefahr, wurde 1898 veröffentlicht, nachdem es bereits vorher in Fortsetzungen erschienen war. Es erzählt, wie der Titel schon so subtil andeutet, von einem asiatischen Schrecken, der die halbe Welt ausrottet, bevor er von den unbesiegbaren Briten ausgerottet wird, die dadurch zu den Herren der Erde werden. Sheil hat noch heute seine Anhänger. Er wird kaum der schlechteste Schreiber des Genres gewesen sein – um diese Ehre bewirbt sich eine zu starke Konkurrenz –, aber seine Prosa ist von einer preiswürdigen Groteskheit.

> Wie eine alte Jungfrau, von ihrer Jungfräulichkeit verdorrt, sich halb ohnmächtig der vertraut wehmütigen Qual ihres Verlangens hingibt – mit solcher in Ohnmacht versinkender, brennender Lust gibt sich die Seele, überdrüssig der Enthaltsamkeit des Lebens, dem Grabe hin und nimmt sich ehebrecherisch den Tod zum Geliebten.
> [Eine Übersetzung wird hier dem Original kaum gerecht.]

Dieser Satz stammt allerdings nicht aus *The Yellow Danger,* sondern aus einer von M. P. Sheils Kurzgeschichten, die den passenden Titel *»The S.S.«* trägt. Falls es jemals einen Faschisten gab, dann Sheil. Er war ein ebenso wilder Antisemit wie Asiaten-Hasser. Falls es jemals eine »gefährliche Vision« (Harlan Ellison trug in seinen berühmten Anthologien *Dangerous Visions* eher harmlose zusammen) gab, zu der dieser manchmal mißverstandene Begriff im eigentlichen Sinne paßte, dann ist sie in dieser Geschichte enthalten. Die S. S., die anonyme Gruppe *Society of Sparta*, ermordet überall auf der Welt Tausende von Menschen, um die Rasse genetisch rein zu erhalten. Sie bedient sich ›sehr gemäßigter Schmerzen‹, wie es der Autor nennt, jene Kranken oder Mißgestalteten auszurotten, die sonst Dank der Medizin überleben würden. ›Je weniger Tod, desto mehr Krankheiten‹ ist das Motto. Das Ganze ist in eine blutrote Prosa gekleidet und hinter Chiffren versteckt, die wohl Poe noch übertreffen sollten. Der Leser hat seine Not, überhaupt irgendeinen Sinn darin zu erkennen.

Es mag nicht sehr überraschen, daß Sheils lesbarster Roman, *The Purple Cloud* (1901), auf Mary Shelleys Thema des letzten Menschen zurückgreift. Sheils letzter Mensch trägt den atemberaubend bezeichnenden Namen Adam. Er bricht vom Nordpol aus in eine Welt voller Leichen auf, die das Gas, an dem sie starben, einbalsamiert hat. Der Held genießt die allgemeine Ruhe und setzt hier und da eine Stadt in Brand, Kalkutta, Peking, San Franzisco . . . Für einen so verrückten Schreiber wie Sheil gab es vielleicht keinen anderen Ausweg als die Science Fiction.

Die letzte Gestalt in unserer Galerie der neunziger Jahre ist ein Astronom: Garrett P. Serviss. Sein *Edison's Conquest of Mars*, Edisons Eroberung des Mars, wurde 1898 im *New York Evening Journal* als Fortsetzungsserie veröffentlicht. Die Buchausgabe schaffte es erst 1947. In ihm baut der Erfinder Thomas Alva Edison zusammen mit anderen Wissenschaftlern eine Flotte von Raumschiffen und bricht zu einer Strafexpedition gegen den Mars auf, um den Marsianern ihre Invasion der Erde in Wells' *Krieg der Welten* heimzuzahlen.

Drüben in Frankreich schrieb Wells' alter Rivale um die Phantasie der Jugend noch immer – obwohl Jules Verne, wie das Jahrhundert, seine beste Zeit hinter sich hatte.

Und als dann das neue Jahrhundert anbrach, brachte es

kaum mehr als neue Kalender. Das 20. Jahrhundert war in fast seiner ganzen ersten Hälfte nur eine Verlängerung des 19., in der alle Probleme und Triumphe des alten Jahrhunderts sich in wesentlich vergrößertem Maßstab wiederholten. Und auch dessen Science Fiction.

*

Eine direkte Auswirkung des 1. Weltkriegs war das Ende aller Geschichten um Zukunftskriege – die dann allerdings in den dreißiger Jahren ihre Auferstehung erlebten. Männer wie William le Queux wurden in die Wüste geschickt. Noch 1906 hatte Le Queux enormen Erfolg mit seiner *Invasion of 1910* gehabt.

Es war wieder eine deutsche Invasion gewesen. Mit Karten und Proklamationen dokumentiert Le Queux den Fortgang des Krieges, bis die unaufhaltbaren deutschen Armeen London einnehmen. Der Kaiser sendet ein Telegramm an seinen Oberbefehlshaber: »Ihr heroischer Vormarsch, Ihr Ringen um London, Ihr siegreicher Angriff und Ihre Einnahme der Hauptstadt des britischen Weltreichs ist eine der größten militärischen Leistungen der Geschichte.«

Le Queux ließ nicht einfach die Feder sinken, als der Krieg, den er so oft beschworen hatte, tatsächlich ausbrach (und sich als so viel weniger amüsant erwies als in der Vorstellung). Er schrieb weiter[10] und brachte so einschüchternde Titel hervor, wie *Tracked By Wireless,* Vom Funk gejagt, oder *The Voice from the Void,* Die Stimme aus dem Nichts.

Viele Geschichten wie die Le Queux' arbeiten mit den Ängsten und Vorurteilen der angesprochenen Leserschaft. Bessere und nachhaltigere Beispiele der Kriegsfurcht sind H. G. Wells' *The War in the Air* (1908), in dem Bert Smallways, ›ein gewöhnlicher Allerweltskerl‹, es mit einer mächtigen deutschen Luftschiff-Flotte zu tun bekommt, die New York zerstört; Wells' prophetisches *The World Set Free* (Anfang 1914); Conan Doyles Kurzgeschichte »Danger« (im *Strand* Magazin einen Monat vor Kriegsausbruch veröffentlicht), die den U-Boot-Krieg voraussagt, mit einer Unterwasserblockade von Großbritannien; und H. H. Munros *When William Came,* Als William kam, wenige Monate erschienen, bevor William (Kaiser Wilhelm) wirklich einmarschierte. Um einiges früher als diese Romane war 1903 ein bemerkenswerter Roman geschrieben worden, der auf andere Art in dieselbe Kerbe hieb: Erskine Childers' *The Riddle of the Sands*.

The Riddle of the Sands [Das Rätsel der Sandbank] ist, wie der Untertitel sagt, ›ein Bericht des Geheimdienstes‹. Es gibt darin superbe Passagen und viel Gefühl für das Meer und das Segeln sowie einen gut aufgebauten geheimen Invasionsplan der Deutschen, der gerade noch rechtzeitig aufgedeckt wird. Childers liest sich wie ein Vorläufer Buchans, der er auch ist. Sein Buch wurde ein kleiner Klassiker und erlebte bis in die dreißiger Jahre Neuauflagen. 1972 kam eine neue Hardcover-Ausgabe heraus.

When William Came ist eine bissige Beschreibung der Besetzung Britanniens durch die Deutschen. H. H. Munro wurde bekannter unter seinem Pseudonym »Saki«, unter dem er viele intelligente Kurzgeschichten schrieb – Geschichten, die sich größter Beliebtheit erfreuten. 1913 hatte allerdings seine Laufbahn als Schriftsteller bereits ihren Zenit weit überschritten, obwohl er erst dreiundvierzig Jahre alt war. Bei Kriegsausbruch meldete er sich zur Armee und fiel 1916 an der Westfront. Seine warnenden Visionen hatten ihm nichts genützt, und es bleibt zu überlegen, ob das Reden über und die Vorbereitung auf einen Krieg ihn zu vermeiden hilft oder gerade seinen Ausbruch beschleunigt.[11]

*

Von Zukunftskriegen abgesehen, gewinnt man den allgemeinen Eindruck, daß die Zeit verschiedenen farbigen Plagen, unsichtbaren Luftschiffen, geheimnisvollen Zivilisationen in abgelegenen Vulkankratern, Wolken giftigen Gases, neuen Sintfluten, Unsterblichkeitsproblemen und kosmischen Katastrophen gehörte. Der Realität etwas, wenn auch nicht viel näher standen Warnungen vor der Vernichtung New Yorks, der Herrschaft der Frauen, dem Sieg des Sozialismus oder Hoffnungen auf eine glücklichere Zukunft durch radioaktive Energie oder einen transatlantischen Tunnel.

Einige Autoren dieser Zeit haben eine treue, wenn auch

alternde Anhängerschaft. Konrad Lorenz hat an jungen Gänsen gezeigt, wie Küken in zartem Alter auf das Bild ihrer Mutter fixiert werden (zu diesem Zeitpunkt kann man ihnen auch ohne Schwierigkeiten eine falsche Mutter unterschieben). Danach akzeptieren sie keinen Ersatz mehr für diese Mutter. Der gleiche Effekt läßt sich auch bei vielen anderen Arten beobachten, unsere eigene nicht ausgenommen. Auch der Kunstgeschmack muß ähnlich geformt werden. Anders ist es jedenfalls kaum zu verstehen, welche anhaltende Begeisterung die frühen Werke von Merritt, Lovecraft und Otis Adelbert Kline bei ihren Lesern ausgelöst haben. Nichtsdestotrotz hatten diese Autoren eine in die Millionen gehende Leserschaft und lohnen die nähere Betrachtung.

Einige der besseren Autoren, deren Werk etwas Science Fiction aufweist, holten sich ihren Ruhm auf anderen Feldern.

Unter ihnen finden wir Rudyard Kipling, mit solchen Geschichten wie *With the Night Mail* (1905), einem flüchtigen Blick auf eine Welt des Jahres 2000, in der das Fliegen so wichtig geworden ist, daß die A. B. C., die Luftfahrtkontrollbehörde, die Erde beherrscht. *As Easy as A.B.C.* (1912) nimmt das Thema ausführlicher wieder auf und zeigt die weitere Entwicklung unter einem skrupellosen A.B.C. Ganz allgemein genommen, lag Kipling mit dieser Idee nicht falsch: der internationale Flugverkehr hat die Welt genauso verändert wie das neue Eisenbahnwesen zwischen 1830 und 1850.

G. K. Chesterton, der Meister des Paradoxen, schrieb eine Reihe phantastischer Geschichten, von denen die bekannteste und schönste *The Man Who Was Thursday* [Der Mann, der Donnerstag war] (1980) ist; eine Geschichte von einer Gruppe Anarchisten, die nach und nach von der Polizei unterwandert worden ist, bis sie nur noch aus Detektiven besteht. Die Erzählung sprudelt wild und unvergleichlich.

> Syme ward sich immer mehr bewußt, daß in seinem neuen Abenteuer stärker als in dem wilden Erlebnis der Vergangenheit etwas kühl Verstandesmäßiges liege. Letzte Nacht zum Beispiel waren ihm die großen Häuser wie traumhafte Türme vorgekommen. Als er jetzt die ermüdend, gar kein

> Ende nehmenden Treppen hinaufstieg, wurde er erschreckt und verwirrt durch ihre fast endlose Aufeinanderfolge. Aber es war nicht der heiße Schrecken eines Traumes oder eines übersteigerten Wahnes. Ihre Unendlichkeit war viel mehr die leere Unendlichkeit der Arithmetik, etwas Undenkbares, jedoch für das Denken Notwendiges. Sie war ähnlich den verblüffenden Feststellungen der Astronomen über die Entfernung der Fixsterne. Es war, als steige er das Haus der Vernunft hinauf, und das kam ihm abstoßender vor als die Unvernunft selber.

Keine Science Fiction, aber der Wissenschaft und der Rationalität näher stehend als die Science Fantasy, die diese Periode kennzeichnet. Chestertons *The Napoleon of Notting Hill* (1904), der Roman einer Revolution, seine spannenden Kurzgeschichten um den *Geheimnisvollen Klub* (1905) und die bekannteste seiner Gestalten, der unvergleichliche Pater Brown (ab 1911), weisen in ihrer Erfindungsgabe und ihrem Ideenreichtum eine Verwandtschaft zur Science Fiction auf, besonders zu der Science Fiction Carroll'scher Prägung.

Auch Conan Doyles Science Fiction gehört in diese Periode: *The Lost World* [Die vergessene Welt] erschien 1912 und *The Poison Belt* im Jahr danach. Es gibt auch spätere seiner Romane, die einen SF-Einschlag haben (*The Land of Mist, The Maracot Deep*), aber die beiden frühen sind die zu recht meisterinnerten. Außerdem schrieb er noch einige dazugehörende Kurzgeschichten, von denen »When the World Screamed« die am häufigsten nachgedruckte ist, in der der kühne Professor Challenger den Erdmantel durchstößt, um darunter in lebende Materie zu stechen.

The Poison Belt ist eine etwas laue Vorstellung, die sehr unter dem Einfluß von Wells steht. Challenger und Co. verbringen eine Nacht unter Sauerstoffgeräten, während die Erde durch eine giftige interstellare Gaswolke schwebt. Am nächsten Morgen ist die ganze Welt tot, und die Überlebenden machen eine Wanderung durch ein pittoresk verlassenes London, dem wir in *The Day of the Triffids* und anderswo noch wiederbegegnen werden. Aber es stellt sich heraus, daß durch das Gas nicht der Tod, sondern nur eine Art Katalepsie hervorgerufen wurde; die Menschen erwachen wieder zum Leben, und alles nimmt wieder seinen gewohnten Gang. Nach 1914–1918 waren solche glücklichen Wendungen zum Prosaischen nicht länger möglich.

Wie Doyles bekannteste Schöpfung Sherlock Holmes ist Professor Challenger eine unwahrscheinliche und übermenschliche Gestalt, aber er erlaubt sich in den Dialogen doch eine gewisse Schnodderigkeit.

Challenger hat als erster festgestellt, was da auf die Erde zukommt. Er versammelt in seinem Haus seine Freunde um sich und erklärt ihnen auf launige Art, welche Drohung dieses giftige Gas darstellt:

> »Ihr werdet euch einen Bund Weintrauben vorstellen können«, sagte er, »der von einigen unendlich kleinen, aber schädlichen Bazillen befallen ist. Der Gärtner zieht ihn durch ein Desinfektionsmittel. Kann sein, daß er seine Weintrauben sauberer haben möchte. Kann sein, daß er Platz für einen neuen Bazillus braucht, der weniger schädlich wird als der letzte. Er taucht sie in das Gift und sie sind weg. Unser Gärtner ist meiner Meinung nach gerade dabei, das Sonnensystem einzutauchen; und der menschliche Bazillus . . . wird in einem Augenblick von der Welt sterilisiert sein.«
>
> Wieder war es still. Dann brach das hohe Schrillen des Telefons die Stille.
>
> »Das ist eine unserer Bazillen, die um Hilfe quiekt«, sagte er mit einem grimmigen Lächeln (Kapitel 2).

Die vergessene Welt ist eine der großen Abenteuergeschichten, die sich mit dem Besten von Rider Haggard messen kann – dem sie wahrscheinlich auch sehr zu Dank verpflichtet ist. Professor Challenger und seine Truppe entdecken einen mächtigen Vulkan im Amazonasbecken, in dessen Krater von der Außenwelt isoliert ein Stück der Urzeit überlebt hat, Steinzeit-Stämme, Affenmenschen, Dinosaurier, das ganze Arsenal. Doyle hatte den perfekten Ort für Abenteuergeschichten gefunden.

Mehr als einmal verfilmt, erzählt *Die vergessene Welt* eine aufregende und phantasievolle Geschichte, der kein Schuljunge mit halbwegs normalem Verstand widerstehen kann. Die Atmosphäre der vergessenen Welt wird lebendig beschworen, ihre Kreaturen werden genüßlich beschrieben, bis wir schließlich das Finale erleben, in dem Challenger und Lord John Roxton einen Steinzeitstamm in eine wilde Schlacht mit den Affenmenschen führen. Am Ende gelingt es ihnen, aus dem zu entkommen, was Doyle ›ein Traumland des Ruhms und der Abenteuer‹ nannte, und sie kehren nach London zurück in Roxtons sichere Zimmer im Albany. Wir fühlen uns danach sehr, als hätten wir das literarische Äquivalent zu einer guten Partie Rugger vor dem Tee genossen.

*

Der letzte Autor, den wir hier erwähnen müssen und der seine Reputation wie die anderen außerhalb der Science Fiction erwarb, ist Jack London (1876–1916). Die Lebensgeschichte dieses self-made Literaten hat etwas Faszinierendes. ›Mit fünfzehn ein Mann unter Männern‹[12], um es mit seinen eigenen Worten zu sagen. Er lebte hart, verschlang Washington Irvings *Alhambra* und Ouidas Romane, während er auf Ranchen arbeitete, Zeitungen verkaufte, ein Austernpirat wurde, im Pazifik auf Seehundjagd fuhr, den Goldrausch am Klondike mitmachte und anderen charakteristischen amerikanischen Beschäftigungen seiner Zeit nachging.

London war erst vierzig, als er starb. Seine gut fünfzig Bücher erschienen alle in den letzten 13 Jahren seines Lebens. Solche Bücher wie *Der Ruf der Wildnis, Wolfsblut, In den Slums* (das aus Londons starken sozialistischen Sympathien entstand) und *Der Seewolf,* mehrfach verfilmt, wurden in kürzester Zeit ungeheuer populär und gewannen ihm weltweite Anerkennung. Sie enthalten etwas von Londons eigener rauhen Herzlichkeit, etwas von seiner phantasievollen und gefühlsstarken Antwort auf das Leben und eine Menge von seiner Vitalität.

Seinen Platz in der Geschichte der Science Fiction sichert er sich mit drei Büchern, von denen der Verbreitung nach das wichtigste eine Antiutopie über eine zukünftige Diktatur ist: *Die eiserne Ferse* (1907). Trotz seiner Reputation ist *Die eiserne Ferse* heute schwer zu verdauen. Seine ehrenwerten Sympathien für die Armen und Unterdrückten stehen außer Zweifel, aber sie werden in Klischees gekleidet, die in Sentimentalität oder Denunziation eingebettet sind. ›Dieser feine Gentleman mit der aristokratischen Erscheinung war ein williges Werkzeug von Gesellschaften, die im Geheimen Witwen und Waisen ausraubte‹ (aus Kapitel 5) ist ein Satz, der die beiden Methoden kombiniert. London hatte keine wirkliche Vision der Zukunft. Seine Zukunft bestand einfach aus der Gegenwart und der Vergangenheit, nur daß alles noch viel schlimmer darin war.

Auch wenn die Zeit *Die eiserne Ferse* nicht lesbarer hat werden lassen, kommt doch sporadisch Leben in das Buch, besonders dem Ende zu, wenn Londons Heldin Avis Zeugin der Revolte des Proletariats von Chikago wird. Auf eine Art, die an Dickens' Ekel vor dem Mob in *Barnaby Rudge* und *A Tale of Two Cities* erinnert, sieht Avis, eine loyale Anhängerin des revolutionären Kampfes, die Horde plötzlich mit neuen Augen:

> Die Türen waren verschlossen und fest verriegelt. Wir konnten nicht entkommen. Im nächsten Augenblick kam die Spitze der Kolonne vorbei. Es war keine Kolonne, sondern ein lärmender Pöbelhaufen, ein abscheulicher Strom, der die Straße füllte, das Volk des Abgrunds, toll vor Trunkenheit und nach dem Blut seiner Unterdrücker brüllend. Ich hatte früher das Volk des Abgrundes gesehen, als ich durch seine Quartiere gegangen war, und ich glaubte es zu kennen, jetzt aber schien mir, als sähe ich es zum erstenmal. Die dumpfe Apathie war verschwunden. Jetzt war es Urkraft – ein faszinierendes Schauspiel des Todes. Es erhob sich über jede Einbildungskraft hinaus zu körperlichen Wogen des Zornes, knurrend und murrend, fleischfressend, trunken von dem Schnaps aus geplünderten Läden, trunken von Haß und trunken von Blutgier – Männer, Frauen und Kinder, zerfetzt und zerlumpt, blöde, wilde Tieren, von deren Zügen alles Göttliche gewichen

> und Teuflischem Platz gemacht, Affen und Tiger, blutarme, schwindsüchtige langhaarige Lasttiere, bleiche Gesichter, denen der Vampir Gesellschaft alle Lebenskraft ausgesogen hatte. Aufgedunsene, von Rohheit und Verkommenheit strotzende Gestalten, verwirrte Hexen und Totenköpfe mit Patriarchenbärten, schwärmende Jugend und schwärmendes Alter, Teufelsfratzen, krumme, verzerrte, mißgestaltete Ungeheuer, von Krankheiten verzehrt und von dem Schrecken dauernder Unterernährung gebrochen – der Auswurf und Abschaum der Menschheit, eine zerlumpte, johlende, vom Teufel besessene Horde.

London wußte schon, wie man eine Sache auf die Spitze treiben konnte. In *Die Zwangsjacke* (1915) dreht der Held durch und erschlägt gut zweihundert Robben. »Ja, ich war so sehr aller Urteilskraft beraubt, daß ich weiter tötete und tötete.« (Kapitel 19).

Die Zwangsjacke ist ein ungewöhnliches Buch; sein Held ist Darell Standing, dessen Seele von einer Existenz zur anderen gewandert ist, so daß er sich an frühere Leben erinnern kann. Er arbeitet sich von einer Epoche zur nächsten vor, erinnert sich an solche Götter wie Ishtar und Mitra, bis er ein prähistorischer Mensch wird.

> Ich war Uschu, der Bogenschütze, und Igar war mein Weib und meine Genossin. Wir lachten unter der Sonne des Morgens, wenn unser Knabe und unser Mädchen sich, gelb wie Honigbienen, im Moose wälzten. Nachts lag sie, eng an mich geschmiegt, in meinen Armen, liebte mich und flehte mich an, im Lager zu bleiben und mir von den anderen Männern Fleisch bringen zu lassen. Ich war ja tüchtiger im Zubereiten des Holzes und im Verfertigen der Pfeilspitzen, und ich hörte auf sie und wurde dick und kurzatmig. In den langen Nächten ärgerte ich mich, daß die fremden Männer mir Fleisch für meine Weisheit brachten, mich aber wegen meines Fettes und meines Mangels an Jagdeifer und Kampfeslust verlachten.

Onida scheint einen dauernden Einfluß hinterlassen zu haben.

Diese Geschichten werden in einer Rahmenhandlung erzählt, in der Standing in der Todeszelle von San Quentin von einem sadistischen Wärter mit einer Zwangsjacke gequält wird. Er entkommt der Folter, indem er seinen Geist in der Zeit zurückversetzt.

London selbst hat sich schon vor diesem Buch in der Zeit zurückversetzt. Sein *Before Adam*, als Buch 1906 erschienen, ist eine Geschichte aus der Steinzeit. Auch hier meldet sich das Artgedächtnis. Ein Stadtkind träumt, es sei Big–Tooth, der mit den Höhlenmenschen aufwächst und den Gefahren der Steinzeit trotzt. Anthropologen werden in Londons Rekonstruktion des Steinzeitlebens viele Fehler finden, aber das Buch hat eine Art wilder, lyrischer Wahrheit, und einige seiner Vermutungen sind noch immer recht überzeugend – zum Beispiel der Gedanke, daß Erfindungen sich aus den Bedürfnissen des Lebenserhalts im Alter ergaben; der Gebrauch eines hohlen Kürbisses als Wasserbehälter wird vom alten Marrow-Bone erfunden, der sich so einen Wasservorrat in seiner Höhle anlegt, um nicht mehr so oft den beschwerlichen Weg zum Fluß machen zu müssen; vorher wurden die leeren Kürbisse nur als Spielzeug benutzt.

Auch Big-Tooth selbst hat Träume mit Erinnerungen aus dem Artgedächtnis.

> Denn auch Big-Tooth hatte ein anderes Selbst, und wenn er schlief, träumte sich das andere Selbst zurück in die Vergangenheit, zurück zu den geflügelten Reptilien und dem Getöse der kämpfenden Drachen, und weiter darüber hinaus zurück zu dem huschenden, rattenartigen Leben der winzigen ersten Säugetiere und noch weiter zurück zum Uferschlamm des ersten Meeres. Ich kann nicht, wage nicht, mehr zu sagen. Es ist alles zu vage und zu kompliziert und zu schrecklich. Ich kann nur einen schnellen Blick auf diese seltsamen, endlosen, furchtbaren Besuche werfen, die ich am Entwicklungsweg des Lebens gemacht habe, nicht aufwärts vom Affen zum Menschen, sondern aufwärts vom Wurm an. (Kapitel 9)

Vor London hatten sich schon andere Schriftsteller der neolithischen Welt angenommen. H. G. Wells' Vorstöße wurden bereits erwähnt. Dann gab es da noch Stanley Waterloos *The Story of Ab* (1897), ein Abenteuerroman über die Vereinigung paläolithischer und neolithischer Kulturen.

London wurde von Waterloo des Plagiats beschuldigt; aber von jener Zeit an spielte die Frage des Plagiarismus praktisch keine Rolle mehr, denn die ungeheure Menge der Neuerscheinungen und die Gleichzeitigkeit verschiedenster Autoren machte sie irrelevant (auch wenn sie natürlich in einem Genre, das so auf Überraschung und Sensationalismus beruht, eine interessante Frage bleibt). In jeder Zeit gibt es allgemeine Stimmungen, Gedankenströmungen, bestimmte Stichworte – »Atavismus« ist so ein Stichwort, das sich durch die Science Fiction dieser Periode zieht –, die eine geheimnisvolle Verbundenheit der Gesellschaft auslösen. Die Erwartung der nuklearen Vernichtung in den fünfziger Jahren dieses Jahrhunderts, die Faszination der Drogen in den späten sechzigern und den siebzigern: solche allgemeinen Gedankenmoden finden natürlich ihren Niederschlag in der Literatur der Zeit.

Ein allgemeines Gefühl, das Londons *Before Adam* vermittelt, ist die Sehnsucht nach der Flucht aus der Stadt. Heute sind Drogen ein Symbol des gleichen Wunsches. Zu Beginn dieses Jahrhunderts konnte diese Sehnsucht noch eine gesündere Zuflucht in den unerschlossenen Gebieten der Erde finden. Daher auch der Erfolg von Kiplings *Dschungelbuch* und seinem *Kim,* denen Edgar Wallaces Afrika-Erzählungen um *Sanders vom Strom* folgten und Edgar Rice Burroughs Tarzan-Romane, die ebenfalls in Afrika spielen. Und natürlich auch der Erfolg von Conan Doyles *Die vergessene Welt,* die es ja schafft, nicht nur eine Steinzeit-Zivilisation zu bieten, sondern diese auch noch in einem entlegenen Winkel der Erde der Gegenwart.

*

So kommen wir dann zu zwei schreibenden Naturwundern dieser Periode, eines britisch, eines amerikanisch – Edgar Wallace und Edgar Rice Burroughs. Burroughs ist für die Geschichte der Science Fiction von wesentlich zentralerer Bedeutung und wird zur Leitfigur des nächsten Kapitels werden. Aber auch Wallace verdient einen Ehrenplatz, denn sein Name ist zusammen mit dem von Merian C. Cooper mit dem größten Monster-SF-Film überhaupt verbunden: *King Kong*. Als er starb, arbeitete Wallace gerade in Hollywood an dem Script – einem passend bizarren Platz, um seine so erstaunliche Karriere zu beenden.

Wallace wurde im selben Jahr wie Burroughs (1875) als uneheliger Sohn einer Schauspielerin geboren. In seiner Jugend ging er zur See, nahm am Burenkrieg teil und arbeitete als Reporter, bevor er begann, Geschichten und Stücke zu schreiben. Mit *Sanders vom Strom* hatte er sofort Erfolg.

In seinen mittleren Jahren entwickelte er sich zu einem ungeheuer fleißigen Schreiber, der es auf hundertundsiebenundsechzig Romane in vierzehn Jahren brachte. Die Sanders-Geschichten wurden ausgesprochen populär. Sie basieren auf Wallaces eigenen Afrikaerfahrungen und spielen im Kongo. Von 1909 an bis spät in die zwanziger Jahre erschienen sie regelmäßig. Wallace schrieb auch einige SF, darunter *The Day of Uniting* (1926), eine Wellsianische Geschichte über die Vereinigung der Menschheit angesichts der Bedrohung der Erde durch einen großen Kometen. 1929 brachte er *Planetoid 127* heraus, das von der Entdeckung eines Planeten ›auf der gegenüberliegenden Seite der Sonne‹ handelt – dem traditionellen Ort für den hypothetischen Planeten Vulkan.

Die meisten seiner Bücher waren Kriminalromane, seine liebsten Handlungsorte die Londoner Unterwelt oder der Rennplatz, wo er sich wesentlich besser auskannte als auf Vulkan. Sein Biograph berichtet, wie er auf dem Höhepunkt seines Erfolges für das Parlament kandidierte und sich bei seinem Wahlkreis nicht gerade beliebt machte, indem er in einer öffentlichen Rede erklärte, der Grund, warum er ins House of Commons wolle, sei, daß ›ein Autor von Verbrechergeschichten niemals aufhören sollte, nach neuem Material zu suchen‹.[13]

Während seiner fruchtbarsten Zeit gab es einen Witz über das Erscheinen des »täglichen Wallace«. Ende der zwanziger Jahre wurde er in England *der* Bestseller hinter der Bibel. Er wurde Chairman der British Lion Films und führte manchmal

Regie bei der Verfilmung der eigenen Skripte nach den eigenen Büchern. Für den Fall, daß er irgendwohin wollte, wartete vor dem Carlton, Londons teuerstem Hotel, ständig ein Rolls. Er liebte es, gut zu leben, war von einer königlichen Großzügigkeit und genoß seinen Erfolg in vollen Zügen.

Man schätzt, daß Wallaces Bücher in einer Auflage von über 20 Millionen verkauft worden sind. Über hundertundneunzig Filme wurden nach ihnen gedreht, Stummfilme eingeschlossen. Besonders Deutschland erwies sich als sehr dankbarer Markt.[14] Seine Biographin macht sich keiner Übertreibung schuldig, wenn sie Wallace ein Phänomen nennt. Ein Phänomen ist etwas ganz anderes als ein Schriftsteller; aber Wallace hatte seine Verdienste.

Unter Edgar Wallaces Nachfolgern findet sich Ian Fleming mit seinem gefürchteten James Bond. Diese beiden Autoren lassen ihre Protagonisten in der Welt der Gegenwart agieren oder zumindestens in ihrer eigenen Version davon, wie phantastisch die Vorgänge dort auch sein mögen. Wallaces Zeitgenosse Burroughs entschied sich für das grundlegend Andere, die Welträume der Phantasie. Er bedient sich dabei skrupellos des Wunsches, dem städtischen Lebensgefüge zu entrinnen, der von Stevenson, Haggard und Doyle mehr zufällig vor den Karren gespannt worden war. Nachdem Burroughs sein Rezept gefunden hatte, war der heutige Stand in der Entwicklung der SF beinahe erreicht.

ANMERKUNGEN ZU KAPITEL SECHS

1. *Against Interpretation*, von Susan Sontag. Der Essay, aus dem die zitierte Passage stammt, »The Imagination of Disaster«, findet sich in *Science Fiction: The Future*, hrsg. von Dick Allen, New York, 1971.
2. Siehe das Titelbild von Ballantines »Adult Fantasy«-Ausgabe, New York,1969. C. S. Lewis' Essay über Morris lohnt die Lektüre.
3. Richard Kyle, »Out of Time's Abyss: The Martian Stories of Edgar Rice Burroughs, A Speculation«, *Riverside Quarterly*, Bd. 4, Ausg. 2.
4. *Ebenda*
5. Roger Lancelyn Green, *Tellers of Tales*, Kapitel 14, 1965.
6. Lupoffs Argumentation ist in der Einführung zu *Gulliver of Mars*, New York, Ace, und noch ausführlicher in seinem *Edgar Rice Burroughs: Master of Adventure*, New York, Kapitel 3, 1965 enthalten. In diesem späteren Werk versucht Lupoff zu beweisen, daß Burroughs Barsoom aus *Gulliver of Mars* entnommen hat und sich den Charakter des John Carter von *Phra* entliehen. Da weder Phra noch Carter etwas an Charakter haben, das über ihre Muskeln hinausgeht, dürfte sich diese Frage nicht endgültig klären lassen.
7. H. G. Wells, *Experiment in Autobiography*, Kapitel 8.
8. In der englischen Ausgabe folgt an dieser Stelle ein kurzes Zitat aus der Laßwitz-Übersetzung von Hans H. Rudnick, *On Two Planets*, Carbondale and Edwardsville, 1971. Es wurde ausgelassen, da es erheblich vom Text der Laßwitz-Originalausgabe abweicht und daher für den deutschen Leser unverständlich ist.
9. Franz Rottensteiner, »Kurd Laßwitz: A German Pioneer of Science Fiction«, nachgedruckt in *SF: The Other Side of Realism*, hrsg. von Thomas D. Clareson, Bowling Green, Ohio 1971.
10. Hugh Greene schreibt in *The Rivals of Sherlock Holmes,* 1970: »William Le Queux (geb. 1864, gest. 1927) muß einer der größten Vielschreiber aller Zeiten gewesen sein. Selbst Edgar Wallace ist ihm in dieser Hinsicht unterlegen. In meinem Bücherschrank stehen allein sechzig Bücher von ihm (mit dem Impressum von fünfzehn verschiedenen Verlagen), doch ich bezweifle sehr, daß ich damit auch nur ein Viertel seiner Gesamtproduktion besitze. Er behauptete, alle seine Manuskripte selbst mit der Hand geschrieben zu haben; er soll nie eine Schreibmaschine benutzt und keine einzige Zeile diktiert haben.« [Deutsche Ausgabe: Hugh Greene, *Die Rivalen des Sherlock Holmes*, Hamburg und Düsseldorf 1971.]
11. Solche Befürchtungen tauchen bei jeder Eskalation der Rüstung auf, wie etwa bei der Installation von Raketen- und Raketenabwehr-

systemen. Sie kamen auch Erskine Childers. Eine Bemerkung von M. A. Childers in einer posthumen Ausgabe von *Das Rätsel der Sandbank* erklärt: »Erskine Childers befürwortete das Vorbereitetsein auf den Krieg als beste Vorbeugung des Krieges. Doch während der folgenden Jahre kam er zu einer grundsätzlichen Änderung seiner Ansichten. Seine profunden Studien der Militärgeschichte, der Politik und später der Ursachen des Weltkrieges überzeugten ihn, daß die Vorbereitung auf den Krieg diesen fördert. Es war nicht nur die ungeheure Menge von Menschen, die in der Waffenindustrie und dem gesamten Militärwesen für den Krieg arbeiten und für die ein Krieg eine Förderung ihres Gewerbes oder ihrer Interessen bedeutete; die Vorbereitung führte außerdem zu einem internationalen Wettrüsten und erzeugte in den Gemütern der beteiligten Nationen Ängste, Ansprüche und Ambitionen, die zerstörerische Wirkung auf den Frieden haben.« Bewunderungswürdig gesagt!

12. »Jack London By Himself«, als autobiographische Einführung für eine 1963 erschienene Ausgabe von *The Star Rover*, New York, The Macmillan Company, verwendet.
13. *Edgar Wallace: The Biography of a Phenomenon*, von Margaret Lane, 1938. Wallace ist einer der wenigen Erfolgsschriftsteller oder Schriftsteller außerhalb der etablierten Literaturwelt, der die Bezeichnung Phänomen verdient.
14. Nach der freundlichen Auskunft von Edgar Wallaces Tochter, Mrs. Penny Halcrow.

7.
Nach Barsoom und weiter

ERB UND DIE UNHEIMLICHEN

Ich warf einen Blick nach oben und sah, daß sich die große Himmelskugel noch immer im Zentrum des Himmels befand. Und was für eine Sonne das war! Ich hatte sie vorher noch gar nicht richtig wahrgenommen. Gut dreimal so groß wie die Sonne, die ich bisher gekannt hatte, und scheinbar so nahe, daß man den Eindruck hatte, mit der Hand nach ihr greifen zu können.

»Mein Gott, Perry, wo sind wir?« rief ich aus. »Diese Sache fängt an, meine Nerven zu strapazieren.«
Edgar Rice Burroughs: At the Earth's Core

Vergleichen wir einmal zwei Romane, die beide 1923 in Buchform erschienen. Einer wurde von H. G. Wells geschrieben, der andere von Edgar Rice Burroughs.

In *Menschen wie Götter* fährt Mr. Barnstaple, einer von Wells' kleinen Leuten, mit seinem Wagen in die vierte Dimension, wo er ein Utopia eines schönen und mächtigen (und gelegentlich nackten) Volkes vorfindet. Er wird von einer gemischten Gruppe seiner Zeitgenossen begleitet, die ihr Bestes tun, das Utopia zu ruinieren. Barnstaple besiegt sie jedoch mit utopischer Hilfe und kehrt schließlich durch die Dimensionsbarriere in die reale Welt zurück.

Pellucidar ist nach einer kurzen Einleitung, die dazu dient, die »Realität« des Folgenden glaubhaft zu machen, die Geschichte einer Welt im hohlen Zentrum der Erde, der Inneren Welt, in der ein gewisser David Innes nach seiner Herzensdame sucht. Nach vielen seltsamen Abenteuern wird er wieder mit ihr vereint. Zuvor muß er durch wilde Länder reisen, die von Monstern und primitiven Wesen bevölkert werden.

So beschrieben scheinen sich die beiden Romane nicht unähnlich zu sein. Beide sind phantastisch, beide benutzen Menschen als Symbole, beide sind aufregend. Aber es gibt doch viele Unterschiede. Die vierte Dimension ist vielleicht so unwahrscheinlich wie eine hohle Erde, und Barnstaples Abenteuer sind nicht glaubwürdiger als die Innes'. Allerdings dient Wells' phantastischer Einfall, die vierte Dimension, nur dazu, uns in sein Utopia zu führen; das Utopia steht so sehr im Mittelpunkt, daß der Weg, wie man dorthin gelangt, nicht weiter interessiert, vorausgesetzt, er wird kurz und einfallsreich erklärt. Burroughs Innere Welt ist dagegen die ganze Geschichte, und die Erzählung befaßt sich mit den Steinen und Pfeilen, die dort durch die Luft fliegen, und den Fängen und Klauen, die dort lauern.

Burroughs' Charaktere sind exotisch und tragen fremdartige und wunderschöne Namen, von denen der von Pellucidar selbst vielleicht der beste ist. Barnstaple darf die ganze Zeit sein »Mr.« führen, während die Charaktere, mit denen er zu tun hat, auf denen von Politikern des damals aktuellen Zeitgeschehens basieren, wie etwa Balfour und Winston Churchill.

Die Handlung schreitet in *Menschen wie Götter* vorsichtig voran, so daß es genug Zeit für Diskussionen gibt, die in der Hauptsache dazu dienen, die Nachteile unserer Welt gegenüber dem Utopia und Wells' Ideen zu einer Weltregierung herauszustellen. In *Pellucidar* jagen sich die Ereignisse, eine Bedrohung folgt der anderen; die Unterhaltungen beschränken sich praktisch auf die gerade anstehenden Gefahren oder auf Erklärungen, was gerade passiert ist oder passieren wird.

Wenn Barnstaple mit seinem verbeulten Auto in unsere Welt zurückkehrt, ist es eine erkennbare, langweilige Welt mit Hotels, in denen vergrämte Bedienungen Tee servieren, dem *Daily Express, The Times,* Gesprächen über Polen, die Chinesen und Sport. In *Pellucidar* wird unsere Welt von einem Telegramm aus Algier repräsentiert, das von der Entdeckung eines mysteriösen telegrafischen Instruments unter dem Sand der Sahara berichtet, einem Ruf zu neuen Taten.

Kurz gesagt, Wells' Roman ist eine ernsthafte Geschichte, belebt von ein wenig Humor, deren Hauptziel darin besteht, auf vergnügliche Art die Wege zu diskutieren, auf denen die Menschheit ihren Zustand verbessern kann. Während Burroughs' Buch ein reines Fantasy-Abenteuer ist, das wir keine Minute ernst nehmen.

Die Veröffentlichungsgeschichte der beiden Romane ist ebenfalls interessant zu vergleichen. Wells' Roman erschien als gebundene Ausgabe 1923 und schaffte es erst siebenundvierzig Jahre später, als Taschenbuch aufgelegt zu werden.[1] Burroughs' Roman wurde zuerst 1915 als Fortsetzungsserie in *All-Story Cavalier Weekly* veröffentlicht, erschien 1923 gebunden und hat seitdem eine ganze Reihe von Taschenbuchausgaben erlebt.

Welches von den beiden ist das »bessere« Buch? Wenn diese Frage überhaupt irgendeine Bedeutung hat, dann würde ich sagen, es ist *Pellucidar.* Wenn man die Wahl der Gesellschaft eines ermüdenden Schulmeisters oder eines begeisterten Anekdotenerzählers hat, entscheidet man sich wohl besser für den Anekdotenerzähler.

Burroughs schreibt in diesem Buch so gut er kann, was nicht sehr gut ist, aber sehr seinem Zweck dienlich, während seine fruchtbare Phantasie die reichhaltigen Details seiner albernen Welt heraussprudelt. Wells wirkt trocken neben ihm. Wells' Roman ist anstrengend zu lesen, jetzt jedenfalls, wie immer er auch 1923 gewirkt haben mag, während Burroughs noch immer glatt herunterzulesen ist. Mit Burroughs hat man ein (mäßiges) Vergnügen; Wells liefert das, was Kingsley Amis als ›einen einschläfernden Hauch linker Verschrobenheit‹ bezeichnet.[2]

Warum also wird Wells so hartnäckig der größere Respekt entgegengebracht? Es kann nur sein, weil er, worin er auch sonst seine Fehler haben mag, versucht, sich mit dem auseinanderzusetzen, was er für die wirkliche Welt hält, während Burroughs – was für ein packender Erzähler er auch sein mag, und er kann regelrecht hypnotisieren – nur Tagträume verkauft.

Damit verbunden ist ein anderer wichtiger Unterschied zwischen der Art von Literatur, die die beiden Männer geschrieben haben. Wells erwartet von niemandem, sich mit seiner aufgeblasenen kleinen Hauptfigur zu identifizieren; Barnstaple ist ein einfacher Bursche, der nicht besonders auf Beifall oder Lächerlichkeit angelegt ist. Die Charaktere, die ihn umgeben, tragen leicht satirische Züge, aber keine grotesken. Und all das mag zu den Gründen zählen, warum Wells niemals ein wirklicher Volksautor wie andere Erfolgsschriftsteller war. Dagegen können Burroughs' Hauptgestalten für sich den alten Titel »Helden« beanspruchen – nicht nur in den Romanen um Pellucidar, sondern auch in all seinen anderen Büchern, in Tarzans Dschungel, auf Napiers Venus und auf Carters Mars. Burroughs will, daß wir uns identifizieren und in seinen Traumgefilden versinken, während wir die Außenwelt vergessen. Barsoom ist Millionen Meilen weit von Wessex.

Wells lehrt uns zu denken. Burroughs und seine weniger begabten Nachahmer lehren uns, nicht zu denken.

Natürlich lehrt Burroughs uns das Wundern. Aber der »Sense of Wonder«, das Gefühl des Wunderbaren, ist der Essenz nach etwas Religiöses, das jede Kritik ausschließt. Wells blieb dagegen immer ein kritischer Denker, selbst in seinen romantischsten und wunderbarsten Geschichten.

Und damit haben wir, glaube ich, die beiden Pole der modernen Fantasy definiert. An dem einen Ende stehen Wells und seine ehrwürdigen Vorläufer wie Swift, am anderen Burroughs und seine Nachahmer wie Otis Adelbert Kline, und daneben die Gruselschreiber, die Bewohner des Wolkenkuckuckheims wie H. P. Lovecraft und all die anderen bis zu Tolkien. Mary Shelley steht irgendwo am Äquator dieser Metapher.

Auf der denkenden Seite haben wir große Gestalten, obwohl es dort schmerzhaft einfach ist, schlecht zu schreiben; auf der träumenden Seite gibt es keine großen Gestalten – allerdings gibt es dort monströse –, und es ist furchtbar schwierig, gut zu schreiben.

Auch wenn man zum Vergnügen liest, sollte man nicht vergessen, sich immer danach umzusehen, was eigentlich das größte Vergnügen ist. Ein Swimmingpool ist eine armselige Sache, wenn das Meer gleich nebenan liegt.

Burroughs ist mit seinen Fließband-Serien einer der kommerziell erfolgreichsten Autoren dieses Jahrhunderts, sicher der kommerziell erfolgreichste Science Fantasy-Autor. Seine Bücher verkaufen sich noch immer. Sein Einfluß war ungeheuer und oft tödlich.

Edgar Wallace rief aus, er habe seine Geschichten immer »sauber« gehalten – womit er meinte, ohne Sex – , wieviel Blut auch spritzte. Edgar Rice Burroughs konnte das gleiche sagen.

Der Erfinder des Tarzan wurde im selben Jahr geboren wie der Erfinder des King Kong, nämlich 1875 in Chikago. Als junger Mann trat er der U. S. Kavallerie bei und sah ein wenig von einem Westen, der noch nicht ganz gezähmt war. Er traf Männer, die noch selbst gegen Sioux und Apachen gekämpft hatten. Später wurde er entlassen, versuchte sich als Goldgräber und wanderte durch eine Reihe von elenden Jobs, darunter Eisenbahnpolizist und Süßwarenverkäufer. Er war schon über dreißig und hatte eine Familie zu ernähren, als er sich an das Schreiben machte. Sein Erfolg kam sofort.

Burroughs veröffentlichte gut siebzig Bücher, neunundfünfzig davon zu seinen Lebzeiten. Sein Weltverkauf hat wahrscheinlich die hundert Millionen überschritten. Allein seine Tarzanfigur taucht in zahllosen Filmen, Comic Strips und Comic-Büchern auf und wurde von anderen in zahllosen Variationen imitiert.[3]

Acht Jahre nachdem er seine erste Geschichte geschrieben hatte, konnte er sich ein riesiges Landstück und den Palast eines Pressezaren in der Nähe von Los Angeles kaufen. Dieser Besitz ist heute die Gemeinde Tarzana – das Wort wurde Fleisch oder zumindest Stein und Mörtel. Im zweiten Weltkrieg ging Burroughs, inzwischen schon über sechzig, für einige Zeit als Kriegsberichterstatter nach Hawai. Als er starb, ließ er rund um die Welt eine Lesergemeinde zurück, aus der sich bereits ein regelrechtes Fandom* entwickelt hatte, das stolz und kollektiv den Namen ERBdom führt – nach den Initialen seines Helden.

* [»Fandom« ist ein amerikanisches Phänomen, für das es in Europa keine Entsprechung gibt. Es ist weniger mit SF-Clubs wie dem SFCD zu vergleichen als mit dem Starkult der Pop-Szene. Nach Zehntausenden zählende Fans korrespondieren untereinander, geben Zeitschriften heraus und treffen sich auf Großveranstaltungen, sogenannten Cons. Anm. d. Ü.]

Burroughs' erste Veröffentlichung war eine sechsteilige Serie in einem der großen alten Pulpmagazine, dem *All-Story*. Sie erschien 1912. Der Titel lautete *Under the Moons of Mars,* inzwischen bekannter unter dem Titel der Buchausgabe: *A Princess of Mars.* Mit diesem Anfangserfolg etablierte Burroughs den Roman mit einem interplanetaren Hintergrund fest in der Science Fiction.

Burroughs ließ eine ganze Serie von untereinander verbundenen Romanen über den roten Planeten, der von seinen Bewohnern Barsoom genannt wird, vom Stapel. *A Princess of Mars* erschien in Buchform 1917. Bald darauf folgten zwei Fortsetzungen, *The Gods of Mars* (1918) und *The Warlord of Mars* (1919). Wie einer seiner beleseneren Bewunderer bemerkt: »Für einen Schuljungen Anfang zehn kann Burroughs mit seinen besten Werken ein magisches Fenster öffnen . . . Wer ihn im richtigen Alter liest, wird Edgar Rice Burroughs viel verdanken« (Roger Lancelyn Green, *Into Other Worlds).*

Mit mystischen Mitteln in der Art der Madame Blavatsky überquert John Carter die Abgründe des Weltraums und findet sich auf dem Mars wieder. Fast sofort sieht er sich einem fünfzehn Fuß großen, grünen, vierarmigen und mit scharfen Hauern versehenen Marsianer gegenüber. Action und Blut fließen schnell und üppig wie in allen Büchern Burroughs'. Sein Erfindungsgeist überstürzt sich meist regelrecht.

Doch die Welt Barsooms, ihre Geschichte und ihre Geographie, ist mit großzügigen Pinselstrichen ausgemalt. Barsoom stirbt, seine Meere trocknen aus, von den alten Zivilisationen sind nur noch Ruinen und verlassene Städte übrig; seine Stämme, die sich nach der Hautfarbe unterscheiden, stehen sich in tödlichen Fehden gegenüber. Im ersten Buch verliebt sich Carter in die Prinzessin Deja Thoris, eine schöne, rothäutige Frau. Alle marsianischen Frauen legen Eier, was sie aber nicht daran hindert, sich mit Erdenmännern einzulassen.

Hier ist eine farbenfrohe Passage, in der ein Trupp grüner Marsianer mit Carter und Deja Thoris durch eines der ausgetrockneten Meere zieht:

Wir boten ein äußerst beeindruckendes und furchterregendes Schauspiel, als wir über die gelbe Landschaft dahinzogen; die zweihundertfünfzig geschmückten und mit hellen Farben bemalten Streitwagen; vor ihnen eine Vorhut von etwa zweihundert berittenen Kriegern und Häuptlingen, die sich fünfhundert Yards nach vorne und hundert in die Breite erstreckte; hinter den Streitwagen die gleiche Formation und ein zwanzigfach gestaffelter Flankenschutz auf beiden Seiten; die fünfzig Reservemastodonten, die schweren Zugtiere mit dem Namen Zitidar, und die fünf- bis sechshundert Zusatzreittiere der Krieger liefen frei in diesem vom Geleitschutz geformten Viereck mit. Das schimmernde Metall und die Juwelen der Männer und Frauen, gespiegelt im Zaumzeug der Zitidars und der Reittiere und durchsetzt von den leuchtenden Farben von Seiden, Pelzen und Federn, verlieh der Karawane einen barbarischen Glanz, die einen Ostindischen Potentaten hätte vor Neid grün werden lassen.
Die enorm breiten Räder der Streitwagen und die umhüllten Füße der Tiere riefen auf dem moosbewachsenen ehemaligen Meeresgrund keinen Laut hervor; so bewegten wir uns in völliger Stille vorwärts wie eine riesige Phantasmagorie. Nur hin und wieder unterbrach das gutturale Knurren eines Zitidar die Stille. Die grünen Marsianer unterhalten sich wenig, und dann gewöhnlich nur in einsilbigen Bemerkungen, dumpf und wie das Grollen eines fernen Donners (aus dem Kapitel »Sola Tells Me Her Story«).

Dieser Auszug zeigt auch Burroughs' Achtlosigkeit – davon zu sprechen, daß der Anblick östliche Potentaten grün werden ließe, vergibt die ganze Wirkung, denn damit wird klar, was Burroughs hier eigentlich macht: fernöstliche Pracht auf den Mars versetzen. Nichtsdestotrotz bieten die ersten drei Romane eine enorme Paella von Farben, Geheimnissen und Abenteuern für den hungrigen Magen eines Heranwachsenden.

Unglücklicherweise konnte Burroughs sich nie zurückhalten, eine gute Sache durch Fortsetzungen zu ruinieren. Der Erfolg seiner Mars-Trilogie verführte ihn dazu, immer weitere Fortsetzungen zu schreiben. Noch in den vierziger Jahren finden wir ihn mit *Synthetic Men of Mars* an der Arbeit. Aber Burroughs behauptete auch nie, aus einem anderen Grund zu schreiben, als um Geld zu verdienen.[4]

Tarzan of the Apes war Burroughs' zweite Geschichte. Sie erschien 1912, ebenfalls in *All-Story*. Es ist das perfekte Spiegelbild des Wunsches, aus der städtischen Zivilisation zu entfliehen, wo es so lausige Jobs gibt wie Eisenbahnpolizist.

Schon John Carters Geburt umgab ein Geheimnis. Tarzans Herkunft ist die perfekte Einladung für alle Tagträumer; mit Burroughs' eigenen unsterblichen Worten: »der Sohn eines englischen Lords und einer englischen Lady, aufgezogen an der Brust von Kala, dem großen Affen.« Rousseaus edler Wilder wird geadelt. Tarzan ist nicht nur der große Killer des Dschungels; er ist auch Lord Greystoke, Erbe eines Vermögens in England, und der Plot des ersten Tarzan-Romans entwickelt sich sehr effektiv aus diesem Widerspruch.

Ist Tarzan Science Fiction? Seine Fähigkeit, mit den Affen zu reden, macht ihn zu einem Grenzfall. Aber es gibt keinen Zweifel, daß er zu den erfolgreichsten Phantasiegestalten gehört; wenn in seinen literarischen Adern auch das Blut von Mowgli dem Wolfsjungen fließt, hat er dafür doch selbst eine umfangreiche literarische Nachkommenschaft gezeugt und muß im Grunde auch zu den Paten gezählt werden, die über Tolkiens Legionen in Mittelerde wachen.

ERBs Reinkarnation des edlen Wilden (schlechte Ideen sterben nie) schwingt sich schon sehr früh in ihrer Karriere auf die Bäume der Kinoleinwände. Der erste Tarzan-Film wurde 1917 produziert, und seitdem sind die Affenmenschen-Filme von der Leinwand und später der Mattscheibe nicht mehr wegzudenken. Unter anderem wurde Tarzan von Buster Crabbe gespielt, der dann die Titelrolle in der Flash Gordon-Serie der Universal übernahm, die von Alex Raymonds Science Fantasy-Comic inspiriert war. Einer der populärsten Tarzans war Johnny Weißmüller, der ihn in den dreißiger Jahren spielte. Es gab auch einen Zeitungscomic nach Burroughs' Romanen, der von Hal Foster recht frei gezeichnet wurde. Später übernahmen ihn Burne Hogarth und andere Zeichner.

Zu Anfang schien Burroughs noch in der Hauptsache daran interssiert zu sein, die komplexen, wenn auch nur papierenen Probleme auszuarbeiten, denen ein Mann mit so widersprüchlicher Herkunft wie Tarzan gegenübersteht. In *The Return of Tarzan* werden diese Probleme schon zu Gunsten der abgedroschenen Bloßstellung der dekadenten Zivilisation durch den Vergleich mit den ethischen Gesetzen des Dschungels beiseitegeschoben. Sich duellierende Franzosen, schöne russische Gräfinnen, widerliche Europäer, grausame Schwarze, Nachfahren der Atlanter und versunkene Städte, die von lieblichen Priesterköniginnen beherrscht werden, schleichen sich in die Handlung, bis Afrika soviel mit der Wirklichkeit gemein hat wie Barsoom.

Burroughs konnte dem Erfolgszwang nie widerstehen.

Tarzan of the Apes folgten im Laufe der Zeit zwei Dutzend weitere Tarzan-Romane, die sich durch Burroughs' ganze Karriere zogen – ja noch über seinen Tod hinaus erschienen! Tarzan hat auch einen Gastauftritt in einer dritten Serie, an der Burroughs gleichzeitig mit den beiden schon genannten arbeitete, den Pellucidar-Romanen, die mit *At the Earth's Core* eingeführt wurden (zuerst als Fortsetzungsserie 1914 veröffentlicht).

Wieder wußte Burroughs nicht, wann es genug war. Sechs Pellucidar-Romane erschienen zu seinen Lebzeiten. Ein siebter, *Savage Pellucidar* (1963), wurde posthum aus Stories zusammengestellt. Einer der sechs ist *Tarzan at the Earth's Core* (1930), der Tarzan-Gastauftritt.

1932 begannen in *Argosy* die ersten Folgen von Burroughs' vierter großen Serie zu erscheinen. Diesmal spielte die Handlung auf der Venus. Carson Napier ist ein typischer Burroughs-Held. Das gilt besonders für die eigenartigen Umstände seiner Geburt, denn er wird in Indien geboren und wächst in der Obhut eines alten Hindu-Weisen auf, der Carson viele seltsame Dinge beibringt, ›darunter auch Telepathie‹.

Wie in den vorausgegangenen Romanen gibt Burroughs der Geschichte eine Rahmenhandlung mit, die wirkliche Namen und Orte erwähnt, um dem Leser den Einstieg in die unglaublichen Geschehnisse zu erleichtern. Die Rahmenhandlung von *Pirates of Venus* [Piraten der Venus] erwähnt David Innes und Pellucidar. Der Autor scheint die vage Idee gehabt zu haben, sein gesamtes *oeuvre* untereinander zu verbinden.

Die neue Welt hat jedoch trotz ihrer ausführlich erläuterten eigenartigen Topographie, ihre Völker und Abenteuer nie ganz den speziellen Reiz der Mars-Serie. Allerdings war die Venus auch nie der beste Planet für die Imagination der Schreiber. Sie ist ständig verhüllt, was die kreative Phantasie eher dämpft. Auf der Grundlage nicht sehr gesicherter Fakten verkündete der schwedische Astronom Arrhenius 1917, daß auf der Venus alles vor Nässe triefen müsse – und dieser deprimierende Gedanke setzte sich fest.[5] Wolken hüllten die Vorstellungen der Autoren ein.

Borroughs' Venus besitzt eine der Umlaufbahn folgende Achsenrotation, so daß der Planet der Sonne immer dieselbe Seite zuwendet und die heißen Äquatorgegenden von Eisregionen umgeben sind. In den Tropen wachsen kilometerhohe Bäume.

Drei weitere Venus-Romane folgten in echter Burroughs-Manier. Ein vierter wurde angefangen, aber nicht mehr vollendet, weil der 2. Weltkrieg dazwischenkam. Burroughs starb eines Tages 1950 im Bett, während er ein Comic-Buch las – ein Mann von vierundsiebzig, der noch immer wilde Refugien für seine etwas blutige Fantasie entwarf.

Neben den erwähnten Romanen schrieb er noch viele andere, darunter auch weitere Serien. *The Moon Maiden* (1923 als Fortsetzung erschienen) führt eine Welt im Inneren des Mondes ein, über die ebenfalls eine Serie geschrieben wurde. Kein Wunder, daß Burroughs seinen eigenen Verlag gründete, der noch immer in Tarzana, Kalifornien, blüht, um seine massive Produktion zu verarbeiten.

Viele Leser halten für Burroughs besten Roman *The Land That Time Forgot* (in Buchform zuerst 1924 veröffentlicht). Er besteht aus drei miteinander verknüpften Erzählungen, jede mit einem anderen Ich-Erzähler; es sind *The Land That Time Forgot, The People That Time Forgot* und *Out of Time's Abyss*. Der Anfang der Geschichte weist Nachklänge von Poe und Conan Doyle auf. Ein Unterseeboot wird auf eine auf keiner

Karte verzeichnete magnetische Insel zugetrieben. Unterwegs sichtet man Eisberge. An einem der wenigen Strände der Insel entdeckt man einen Toten, der jemanden aus der Crew an einen prähistorischen Menschen erinnert. Man findet einen unterirdischen Kanal, durch den ein Fluß aus dem Inneren der Insel ins Meer strömt. Das Unterseeboot durchfährt den Kanal und erreicht so das Land Caprona oder Caspak, wie es von seinen Bewohnern genannt wird.

Und was für Bewohner das sind! Das Rätsel dieser vergessenen Welt wird schließlich gelöst, typisch genug, durch eine Geschichte, die dem Held Bradley erzählt wird, während er in einem Loch an der Blauen Stätte der Sieben Schädel gefangen ist. Die Evolution ist in Caspak kein gemeinsamer Prozeß, der alles Leben einschließt, sondern eine individuelle Entwicklung. Die Stämme, durch die sich Seeleute nach Norden gekämpft haben, repräsentieren jeweils ein bestimmtes Stadium der Evolution; alle Individuen durchlaufen den gesamten Evolutionsprozeß in ihrem eigenen Körper, vom Urtierchen über den Fisch und das Reptil bis zum Affen und von da – wenn sie Glück haben – zum Menschen. Die Frauen legen ihre zahlreichen Eier in warme Teiche. Diese Evolutions-Fantasy ist hübsch ausgearbeitet, und die einzelnen Entwicklungsstufen sind gut beschrieben, obwohl der Roman unter seiner Besetzung mit unglaubwürdigen Deutschen und Bühnen-Cockneys leidet.

Wo immer Burroughs' Romane auch spielen mögen, sie sind auf eine vage Art gleich. Die Helden und die Ereignisse sind übertragbar, so wie die Krokodilkämpfe von einem Tarzan-Film in den nächsten übernommen wurden. Da die Personen außer ihren exotischen Namen so gut wie keinen Charakter haben, erleben sie nichts von den Schwierigkeiten der Persönlichkeit, mit denen wir alle im wirklichen Leben zu kämpfen haben. ERB spezialisiert sich auf unrealistische Typen, und seine Romane weisen in bemerkenswerter Weise die Möglichkeiten auf, sich mit dem Helden zu identifizieren und seine Triumphe mitzuträumen. Vielleicht ist diese Eigenschaft harmlos; aber Selbsterforschung ist so wichtig wie Selbstbefriedigung, und es besteht immer die Möglichkeit, daß jemand von solch leuchtend bunten Opiumträumen auf Dauer betäubt wird.[6]

Was soll man nun von Burroughs halten, diesem augenfälligsten Beispiel unterschiedlichster literarischer Wertschätzung von Fans, die an ihm keinen Fehler finden, und Kritikern, die nichts Gutes entdecken können?

Ein sich wiederholendes Element in Burroughs' Produktion ist die geheimnisumwitterte Geburt des Helden. Die Hauptfiguren der wichtigsten Serien haben alle eine von Geheimnissen umgebene Kindheit, nur David Innes bildet da eine Ausnahme. Der außergewöhnlichste Held der besten Serie, John Carter, wirkt fast wie eine männliche Ausgabe der Ayesha. Carter erinnert sich an keine Kindheit, war immer ein Erwachsener und ist ständig etwa dreißig Jahre alt. Daneben gibt es viele Kinder, die wie Tarzan ihre Eltern verloren haben – ein komisches Beispiel ist die Titelheldin aus der weniger bekannten Reihe, die mit *The Cave Girl* (1925), Das Höhlenmädchen, beginnt. Die Frauen auf dem Mars legen Eier wie die Frauen von Caspak; mit anderen Worten, Kinder werden von ihren Müttern verstoßen oder schon getrennt von ihnen geboren, wie ja auch Tarzan von unmenschlichen Wesen aufgezogen wird. Sieht man das Ganze unter einem psychoanalytischen Aspekt, heißt das: Auf dem Mond oder einem anderen Planeten zu leben, bedeutet den Verlust des Kontaktes zur Menschheit.

Sexueller Dimorphismus ist in Burroughs' Welten sehr verbreitet. So unterscheiden sich die furchtbaren Männer aus Opar deutlich von den wunderschönen Frauen. Trotz einer gehörigen Portion nackter Schönheiten werden sexuelle Beziehungen bei ERB nicht erwähnt oder auch nur angedeutet. Wir scheinen immer in einer präpubertären Welt zu sein. Das ist mehr als eine Verbeugung vor der prüden literarischen Konvention der Zeit. Thuvia, die *Jungfrau vom Mars,* verbringt fünfzehn Jahre als ›Spielzeug und Sklavin‹ der berüchtigten weißen Marsianer, läuft während der ganzen Zeit nackt bis auf die Stiefel herum, schafft es aber ohne Anstrengung, ihre Unberührtheit für den Titel zu retten!

Doch die *Gefahr* des Sex ist allgegenwärtig bei Burroughs. Der fleißige Kritiker Richard D. Mullen hat die Vergewaltigungsdrohungen zusammengerechnet und entdeckt, daß die weibliche Tugend sich in den zwischen 1911 und 1915 geschriebenen Büchern nicht weniger als obsessive sechsundsiebzig Mal in Gefahr befindet. Zu den Bedrohern gehören Affen, schwarze Sultane, Neger, grüne, weiße und gelbe Marsianer, Höhlenmenschen, Neanderthaler, Monstermenschen, Orang-utans und japanische Kopfjäger.[7] In jedem Fall gelingt es, die Unschuld erfolgreich zu schützen.

Carl Jung erzählt in seinem *Erinnerungen, Träume, Gedanken* von der Psychose einer weiblichen Patientin, die glaubte, auf dem Mond gelebt zu haben. Sie erzählte Jung über das Leben dort. Es schien, daß das Mondvolk vom Aussterben bedroht war. Ein Vampir lebte in den hohen Bergen des Mondes. Der Vampir entführte und tötete Frauen und Kinder, die deshalb unter der Erde versteckt leben mußten. Die Patientin zog aus, den Vampir zu töten, aber als sie ihm von Angesicht zu Angesicht gegenüberstand, gab der Vampir sich als junger Mann von überirdischer Schönheit zu erkennen.[8]

Jung macht danach eine Bemerkung, die auf der Titelseite dieses Buches stehen könnte: »Ich selber habe seither die Leiden der Geisteskranken mit anderen Augen gesehen, denn ich wußte nun auch um die bedeutenden Ereignisse ihres inneren Erlebens.« Ohne Burroughs für geisteskrank erklären zu wollen, glaube ich, daß Jung einen Schlüssel zum Schreiben von Fantasy und den Echos ihrer Themen liefert. Er bringt damit Licht in etwas Zwanghaftes und sich ständig Wiederholendes an Burroughs' Produktion.

Aus diesem Grund ist es Unfug, einzuwenden, daß Burroughs' Bücher von den Tatsachen abwichen.[9] Burroughs' Mars ist dasselbe wie später der Mars von Ray Bradbury; er berichtet aus Gebieten, die man durch kein Teleskop beobachten kann.

Burroughs paßt sehr gut in Leslie Fiedlers Synthese der Mythen, die der Kunst und dem Leben Amerikas den speziellen Charakter gegeben haben.[10] Fiedler sieht bei Burroughs und anderen Pulp-Schreibern die verdrängten Schuldgefühle und Ängste gegenüber dem Indianer in den monströsen Fremdrassen wieder auftauchen.

Eine Theorie, die durchaus tragfähig ist. Sogar tragfähiger als Fiedler selbst glaubt, denn Sax Rohmer, der Erfinder des Dr. Fu Manchu war ein Engländer; und wir haben gesehen, daß die

Hauptquellen für Burroughs' Mars in *Gulliver of Mars* und *She* liegen, beide von Engländern geschrieben. Die Amerikaner sind nicht allein mit obsessiven Ängsten von Sex und Farbigen. Solche Ängste gibt es sogar bei Völkern im tiefsten Afrika. Überflüssig zu betonen, daß Pocahontas und Ayesha wirklich etwas in Bewegung gesetzt haben. Hinter diesen Mutterfiguren erhebt sich die Schuld an ihren zum Untergang verurteilten Kontinenten. Burroughs führte die roten/schwarzen/gelben/grünen Männer in die SF ein, und seitdem sind sie immer auf dem Kriegspfad gewesen – den ganzen Weg zu den Sternen!

*

Burroughs markierte einen Rückzug auf das Primitive. Andere Autoren wandten sich in ihrer Flucht aus den Städten anderen Wegen zu. Die Hauptattraktion von George Allan Englands *Darkness and Dawn,* Erstveröffentlichung 1912, war die Beschreibung einer großen Stadt – New York –, wie sie in Ruinen liegt. Zwei moderne Rip Van Winkles, Barbara und Allan, erwachen im 48. Stock eines Wolkenkratzers und müssen feststellen, daß sie fünfzehnhundert Jahre verschlafen haben und die Zivilisation inzwischen zusammengebrochen ist.

England (1877–1936) schrieb noch eine Reihe anderer Serien für die Pulps der Periode, darunter *The Air Trust* und *The Golden Blight* sowie zwei Fortsetzungen zu *Darkness and Dawn.* Wie Wells und anders als die meisten seiner Kollegen in den Pulps war er ein Sozialist. Seine Charaktere sind konventionell, seine Prosa ist ein wenig großspurig. Er hat sich nicht so gut gehalten wie Borroughs, obwohl er einmal dessen Rivale war.

Ähnliches läßt sich von Otis Adelbert Kline sagen, allerdings imitierte dieser Borroughs ganz offen. Klines *Planet of Peril* spielt auf der Venus und erschien 1929 als Fortsetzungsgeschichte, bald gefolgt von einer unvermeidlichen zweiten Folge. Später zog Kline mit *The Swordsmen of Mars* zum Mars um und von da mit *Tam, Son of the Tiger* und *Jan of the Jungle* in Tarzans Dschungel. Aus dem letzteren machte man dann bei Universal auch gleich eine Filmserie wie zu Tarzan. Und so weiter und so weiter.

Unter den anderen »Schundschreibern« finden sich Austin

Hall und Homer Eon Flint mit ihrem *The Blind Spot* (1921), Ralph Milne Farley, ein Exsenator aus Wisconsin, auf dessen *The Radio Man* (1924) gleich noch *The Radio Beasts, The Radio Planet* und *The Radio Minds of Mars* folgten, Ray Cummings, Charles B. Stilson, Victor Rousseau und J. U. Giesy, Autor des attraktiv betitelten *Palos of the Dog Star Pack,* Palos von der Hundssternmeute, dem ebenfalls viele Fortsetzungen folgten.

Croft, der Held von *Palos,* erreicht einen fernen Stern mit Hilfe astraler Projektion, ganz in der Manier von John Carters Mars-Reise oder des anonymen Reisenden in *A New Journey to the World in the Moon* aus dem Jahre 1741. Der Mystizismus stirbt auf die eine oder andere Art nie aus, und besonders die SF hat immer ihren Teil daran zu tragen.[11] Man kann ihn sowohl als eine andere Form, den materialistischen Problemen des Stadtlebens zu entfliehen, betrachten, als auch einfach ein Hilfsmittel, den Helden schnell und weit aus dem Alltagsleben in eine bizarre Umgebung zu versetzen, darin sehen. Diese Alternativen schließen sich nicht gegenseitig aus.

Ein anderer Fluchtweg war auch immer das Makabere, der Weg in die Schattenwelten, wo das Übernatürliche an die Stelle der öden Rationalität tritt. Was immer man auch von Burroughs halten mag, er schenkt uns einen Fries von Schwertern und Klauen schwingenden Wesen, voller Pulp-Leben, im begeisterten Kampf mit ihrer Umwelt und ihren Zeitgenossen. Auf Hodgson, Merritt und Lovecraft liegt dagegen schwer der Schatten des Grabes, wie er auf Poe lag; diese Autoren stehen noch weiter auf der »träumenden Seite« als ERB.

*

William Hope Hodgson geboren 1877 in Essex, diente in der britischen Handelsmarine. Er war ein mutiger und aktiver Mann, der 1918 im Schützengraben fiel, in dem Krieg, der Saki und Millionen andere umbrachte. Hodgsons Gesamtproduktion ist nicht groß, und er schaffte es nie, ein wirklich ausgereiftes Buch zu schreiben; doch er schuf zwei Romane, in die Visionen eingebettet sind, so kolossal und beeindruckend, daß sie keiner anderen in diesem Buch erwähnten nachstehen. Sie sind die Grundlage für einen Ruf, der erst langsam nach Hodgsons Tod gewachsen ist. Natürlich findet er sich in keinem Literaturlexikon, und keine Standardliteraturgeschichte erwähnt seinen Namen.

The House on the Borderland (1908) [Das Haus an der Grenze] ist tatsächlich ein sehr merkwürdiges Haus, ein massiver Steinbau, in dem der Ich-Erzähler mit seiner alten Schwester lebt. Das Haus ist über einem Abgrund gebaut, aus dem Schweinswesen heraufsteigen (eine andere unterdrückte Nation?) und das traditionelle unheimliche nächtliche ekelhafte Treiben aller Schweinswesen aufführen.

So weit also nichts besonders Bermerkenswertes. Aber im Mittelpunkt der Geschichte steht etwas ganz anderes. Der Abgrund ist in einer vagen Weise mit dem Universum selbst verbunden. Der Erzähler steht an das Fenster seines Hauses gebannt, während sich draußen die Zeit beschleunigt. Die Sonne beginnt über den Himmel zu rasen, bis sie zu einem feurigen Bogen wird, einem Sonnenstrom.

> Mich vom Himmel abkehrend, blickte ich auf die Gärten nieder. Sie waren nun nichts mehr denn ein Fleck fahlen, schmutzigen Grüns. Ich hatte das Gefühl, daß sie höher lagen als in den Tagen der Vergangenheit, ein Gefühl, daß sie meinem Fenster näher waren; so, als hätten sie sich tatsächlich gehoben. Dennoch lagen sie nach wie vor ein gutes Stück unter mir, denn der über der Öffnung der Schlucht befindliche Felsen wölbt sich hoch empor.
> Später bemerkte ich, daß die Farbe der Gärten wechselte. Das fahle, schmutzige Grün wurde immer bleicher und bleicher, nahezu weiß. Nach geraumer Zeit spielten die Gärten schließlich mehr ins Graue und blieben sehr lange so. Und zuletzt ging das Grau, wie vorher das Grün, in ein totes Weiß über. Und dieses blieb, beständig und unveränderlich. Demzufolge wußte ich nun, daß auf dem nördlichen Teil der Erde Schnee lag.
> Und so, Jahrmillionen lang, vollführte die Zeit ihren Flug durch die Ewigkeit, raste, auf das Ende zu – das Ende, an das ich in alten Erdentagen nur fern und flüchtig und in

vage spekulativer Art gedacht hatte. Und jetzt näherte es sich auf eine Weise, wie keiner es sich jemals vorgestellt hätte.

Ich entsinne mich, daß damals eine lebhafte, wenngleich morbide Neugier in mir erwachte, wie sich das Ende vollziehen würde – doch seltsamerweise versagte meine Phantasie.

Und ununterbrochen nahm der Verfallsprozeß seinen Fortgang. Die wenigen gebliebenen Glasstücke waren seit langem verschwunden; doch ab und zu bekundete ein leiser, dumpfer Ton und eine kleine Staubwolke, daß ein Stück Mörtel oder Stein heruntergefallen war.

Ich blickte wieder empor zu dem feurigen Laken, das hoch droben über mir bis weit hinunter zum südlichen Himmel zitternd schwang. Bei diesem Anblick gewann ich den Eindruck, daß der ursprüngliche Glanz dieses Feuers etwas abgenommen hatte, daß es nun düsterer und intensiver getönt war.

Und aufs neue sah ich hinab auf das verwaschene Weiß der Landschaft. Manchmal erhob ich den Blick zu dem trübe brennenden Feuer, so dereinst die Sonne gewesen, die sich nun verbarg. Und zuweilen wandte ich mich um und betrachtete die zunehmende Düsterkeit des großen, schweigenden Zimmers mit dem von Äonen hingebreiteten Teppich schlummernden Staubs . . .

So durchwachte ich den Flug der Zeiten, versunken in geistzermürbende Gedanken und Fragen und von einer neuen Art der Müdigkeit beherrscht.

Nach etwa einer Jahrmillion erkannte ich zweifelsfrei, daß die feurige Scheibe, die unsere Erde beleuchtet, tatsächlich dunkler wurde.

Ein weiterer unermeßlicher Zeitraum verging, und der gewaltige Flammenherd hatte eine intensivere Kupferfärbung angenommen. Allmählich dunkelte er von reinem Kupfer zu Kupferrot, und von diesem wechselte er zuzeiten in eine tiefe, finstere Purpurtönung mit einem seltsamen Anflug von blutroter Farbe.

Obgleich das Licht schwächer wurde, konnt' ich keine

> Verminderung der augenscheinlichen Schnelligkeit der Sonne gewahren. Noch immer breitete sie den blendenden Schleier aus in rasendem Flug.
> Die Erde lag, soweit ich sie überblicken konnte, in schreckliche Verschattung und Finsternis getaucht, als ob wahrhaftig ihre letzten Tage kämen.

Als das Haus zusammenfällt, wird die Sonne schließlich immer dunkler. Am Ende hängt sie unbeweglich wie ein Bronzeschild am Himmel. Die Luft wird zu Schnee, der sich über die Ruine des Hauses legt. Die Zentralsonne erscheint. Die Erde selbst ist ein vergessener Himmelskörper.

Welche Bedeutung hatte dieses überwältigende Schauspiel der Einsamkeit für Hodgson?

Seine mystische Vision, die sich klar und unaufgesetzt liest, trägt das Echo der mystischen Beschwörung Harmachis' aus dem vierten Kapitel von Haggards *Cleopatra* (»Sieh die Welt, die du verlassen«, sagte die Stimme, »sieh und zittere«); aber Hodgsons Größenordnung und sein Gefühl sind etwas Eigenständiges. Die ganze Vision ist eine Mischung aus astronomischen und psychischen Erfahrungen und zieht sich durch mehrere Kapitel – ein Bravourstück der Schreibkunst, das alles bis damals Geschriebene an Größe übertraf und sich weit aus der banalen Horrorgeschichte, in die es eingebettet ist, heraushebt.

The Night Land (1912) erhebt sich zu gleicher Höhe und stirbt an seiner Unlesbarkeit. Hier beging Hodgson den strategischen Fehler, seine Hauptgeschichte, die weit in der Zukunft spielt, in eine Rahmenhandlung aus dem 17. Jahrhundert einzubauen und das Ganze in künstlich antiquiertem Stil zu schreiben. Es ist ein sehr langes Buch, und man sollte jedem Leser verzeihen, der es nicht bis zum Ende schafft, selbst die überarbeitete Ausgabe von 1921. Doch trotz seiner Längen entfaltet sich in ihm ein morbides Drama von großartiger Pracht, das Drama der Letzten Zuflucht.

Es spielt in einer fernen Zukunft, in der die Überlebenden des Menschengeschlechts unter Belagerung stehen. Die alte Welt ist von ›Monstern und un-menschlichen Wesen‹ in eine Wüste verwandelt worden, denen eine längst vergangene menschliche Wissenschaft erlaubt hat, die ›Lebensgrenze‹ zu überschreiten. Die Letzte Zuflucht ist eine sieben Meilen hohe Pyramide auf einer verlassenen Ebene.

Die Zuflucht wird von Elektrizität versorgt, die man aus der Erde zieht. In der Ebene haben sich phantastische Wesen aus den Nachtländern versammelt, die auf das Versiegen der schützenden Energie warten. Die größten dieser Wesen sind die Beobachter. Sie sind riesig, unbeweglich, schweigend, und sie sind schon seit unbekannten Jahrtausenden dort und warten auf das Ende, das kommen muß.

> Vor mir lief die Straße Wo Der Schweigende Geht; ich suchte sie mit dem Fernglas ab; denn der Anblick eines jener Schweigenden ließ mein Herz immer mächtig klopfen.
>
> Und alsbald, allein auf all diesen Meilen jener nachtgrauen Straße, sah ich im Blickfeld meines Glases einen – eine stille, verhüllte Gestalt, die sich bewegte, ohne nach rechts oder nach links zu sehen. Und so war es immer mit diesen Wesen. In der Zuflucht erzählte man, sie würden keinem Menschen etwas zu Leide tun, soweit der Mensch sich in einem ausreichenden Abstand von ihnen hielte; daß es aber klug sei, ihnen niemals nahe zu kommen. Und das will ich sicher glauben.
>
> Und so suchte ich die Straße mit meinem Blick ab, und er wanderte vorbei an dem Schweigenden und vorbei an der Stelle, wo die Straße, die sich weit nach Südosten erstreckte, auf gar seltsame Art ein wenig von dem Licht aus den Schächten des Silberfeuers erhellt wird. Und weiter dorthin, wo sie sich zum Süden des Dunkelen Palastes hin wendet, und dann noch weiter südwärts, bis sie westwärts abbiegt hinter den gebirgigen Rücken des *Wachenden Ding Im Süden* – des größten Monsters in allen sichtbaren Nachtlanden. Mein Fernglas zeigte es mir klar und deutlich – ein lebender Hügel der Wachsamkeit, uns als der Beobachter des Südens bekannt. Dort brütete es, breit und mächtig, vor den blassen Glanz der Glühenden Kuppel hingekauert.

> Viel, so weiß ich, ist über den Seltsamen, Riesigen Beobachter geschrieben worden; denn er ist schon vor einer Million Jahre aus der Finsternis der Unbekannten Südländer gewachsen; und seine ständig wachsende Nähe ist von den Männern, die sie Monstruwacans nennen, beobachtet und gemessen worden; so war es möglich, in unseren Bibliotheken zu suchen und vom ersten Kommen dieses Tieres in der Altvorderenzeit zu lesen.

Diese beschwörende Darstellung hat eine bedrohliche Qualität, die an die Geschichte erinnert, die Jungs Patientin über das Monster – in ihrem Fall ein Vampir –, das den Mond tyrannisiert, erzählt. Die Situation in *The Night Land* findet nie eine Lösung, wie vielleicht ein Trauma in Hodgsons privatem Leben nie eine Lösung fand. Er läßt uns im Angesicht dieser monströsen Dinge zurück, die dort unverrückbar sitzen und warten, daß die Zeit der Menschheit, daß die Ewigkeit vorbei ist.

*

Was läßt sich zu dem großen A. Merritt sagen? Er hat einen Namen, der das Herz altgedienter Fans noch immer höher schlagen läßt: Verehrer, die die Titel seiner Fantasy-Romane wie eine Litanei aufsagen können. Merritt ist mit Sicherheit kein SF-Autor, aber seine träumerischen, betäubenden Geschichten wurden in SF-Magazinen nachgedruckt und fanden begeisterte Aufnahme.

Abraham Merritt (1884–1943)[12] beschritt den Fantasy-Weg noch viel weiter als Burroughs. Letzten Endes kann man wenigstens in den Nachthimmel aufblicken, um Mars und Venus wirklich zu sehen, über die man dann mit Burroughs spekulieren mag; Merritt floh in ein Niemandsland der Phantasie ohne die guten Vorsätze eines Morris. Seine Helden schreiten für immer durch seltsame Juwelen, galoppieren durch große Tore in Berge hinein, entdecken Treppen, die erloschene Vulkane hinabführen, oder gelangen in Tempel voller unheiliger Mysterien inmitten vergessener Oasen. Er steht ganz außen auf der Seite der Träumer.

Merritts bekanntesten Titel, *The Moon Pool* [Der Mondsee], *The Ship of Ishtar* [Schiff der Ischtar/König der zwei Tode],

Seven Footprints to Satan, Dwellers in the Mirage [Königin im Schattenreich/Die Höhle des Kraken] und *Burn, Witch, Burn!* [Flieh, Hexe, flieh!], erschienen alle in den prosperierenden Pulps der Jahre 1918–1932. Zwei von ihnen wurden verfilmt. Merritts überhitzter Stil paßte genau zu seinen Plots, die sich um Schlangen, Federn, Pelze, große schwarze Streitrösser, Unholde, nackte Frauen, böse Priester, goldene Pygmäen, Talismane, Monster, schöne Priesterköniginnen, böse Mächte und unerklärliche Sehnsüchte rankten. Merritt glaubte an Feen.

> Ich hörte eine süße, helle Stimme auf der anderen Seite des Turmes die Sprache der kleinen Menschen trillern.
> Und dann – sah ich Evalie.
> An einen Weidenzweig, der im Frühtau über einem kleinen Elfenteich schaukelt, an eine schlanke Birke, die im Feenwald im Wind tanzt, an huschende grüne Schatten in einem Hain, Schatten, die Dryaden sind und nicht wissen, ob sie sich dem Wanderer zeigen sollen – an all das mußte ich denken, als sie auf uns zukam. Sie war ein hochgewachsenes Mädchen. Ihre Augen unter den Wimpern waren vom Braun eines Bergbaches im Herbst. Ihr Haar glänzte in einem Schwarz, das unter bestimmten Lichtbedingungen tiefblau wirken mußte. Ihr Gesicht war schmal mit weder klassischen noch regelmäßigen Zügen. Die geraden Brauen trafen sich fast über der zierlichen Nase. Ihre Lippen waren breit, aber feingeschnitten und verrieten Empfindsamkeit. Über ihrer breiten, niedrigen Stirn trug sie die Zöpfe zu einer Krone aufgesteckt. Ihre Haut war wie Bernstein und schimmerte durch das lose und doch anliegende Gewand aus schleierdünnem Gespinst, das ihr bis zu den Knien reichte. Um ihre Hüften hatte sie ein Lendentuch wie das der kleinen Menschen geschlungen. Doch im Gegensatz zu ihnen trug sie Sandalen.
> Ihre Anmut war es, die einem den Atem raubte, wenn man sie ansah – ihre grazile Gestalt, so sanft und fließend wie Wasser, das über einen gerundeten Stein strömt.
> Ja, das war es – und das Leben, das wie die grüne Flamme eines unberührten Waldes brannte, wenn den Küssen des

> Frühlings die wärmeren Liebkosungen des Sommers folgten. Ich verstand jetzt, weshalb die alten Griechen an die Dryaden, die Najaden, die Nereiden . . . [etc.] . . .
> Ich hätte ihr Alter nicht schätzen können – sie war von der heidnischen Schönheit, die kein Alter kennt . . .
> Die kleinen Krieger umringten sie mit erhobenen Speeren.
> *(Dwellers in the Mirage,* Kap. 8)

Wie der SF-Kritiker Moskowitz meint: Merritt war ›auf der Flucht vor den Brutalitäten und den Ungerechtigkeiten der Welt‹. Seine Welt endet nicht mit einem Knall, sondern mit einem wehleidigen Lächeln.

Merritts spätere Geschichten wandten sich mehr und mehr den dunkleren Seiten des Okkulten zu, und dort war es, wo H. P. Lovecraft erst begann.

Damit kommen wir zu diesem freundlichen, einsamen und einflußreichen Mann, Howard Phillips Lovecraft, geboren 1890, aus dieser Welt gegangen 1937. Mit ihm wird die Flucht in das Irrationale komplett. Finsternis herrscht auf der Seite der Träumer. Seine literarischen Ahnen umfassen Poe und den bemerkenswerten Lord Dunsany (1878–1957), der viele herrliche Fantasy-Geschichten über Nirgendwo-Länder schrieb, während er im Buren-Krieg diente und bei den Royal Inniskilling Fusiliers im 1. Weltkrieg und ansonsten ein sportliches Leben in der freien Natur schätzte. Lovecraft dagegen war ein Gefangener der Bibliotheken und der kalten, feuchten Hände. Das Grauen, die Ableugnung der Persönlichkeit, scheint sein einziges dauerndes Interesse gewesen zu sein. Obwohl der Horror, wenn man ihn sparsam verwendet, eine gute literarische Würze ist, gibt er wie Salz ein ungenießbares Bankett ab. Das Ende von Lovecrafts erster veröffentlichter Geschichte, *Dagon* (1919), zeigte schon, was er weiter vorhatte:

> . . .Das Ende ist nah. Ich höre ein Geräusch an der Tür, als ob ein ungeheuerer, schlüpfriger Körper sich dagegendrückt. Es soll mich nicht finden. Gott, *diese Hand!* Das Fenster! Das Fenster!

Das Makabere, das Unheimliche ist Lovecrafts Reich. Er erfand einen dämonischen Kult um furchtbare Wesenheiten, die Brut des Bösen, die nach der Herrschaft über die Erde streben – Cthulhu, Yuggoth, Yog-Sothoth, Nyarlathotep, das Magnum Innominandum und andere Ungeheuer, deren Namen an Anagramme von Kinderfrühstücksmarken erinnern. Seine besondere Vorliebe galt der von Hodgson in *The House on the Borderland* benutzten Erzählweise, dem Ich-Erzähler, der verzweifelt in sein Tagebuch kritzelt, bis ihn der Wahnsinn packt oder das Monster ihm den Kopf abbeißt. (Tatsächlich könnte der Schluß von dem Manuskript in *The House on the Borderland* das direkte Vorbild für den einige Jahre später erschienen *Dagon* sein: »Etwas hantiert an der Klinke. O Gott, steh mir in Gnaden bei! Jesus – die Tür geht auf – langsam. Etw-«)

Hier verblaßt und schwindet selbst Merritts Welt des prikkelnden Phantasieabenteuers. Die einzige Kultur, die in Lovecrafts Universum möglich bleibt, ist die fieberhafte Suche nach alten Büchern über Schwarze Magie. Versucht man irgendetwas anderes, beginnen schon die Monstrositäten schleimig aus dem Keller zu steigen.

Ein wie schlechter Erzähler Lovecraft auch sein mag, so vorhersehbar seine Schrecken auch sind, irgendwo in seinen Geschichten verbirgt sich etwas, ein Element der Verunsicherung, das auch bleibt, wenn die Adjektive wie Blätter im Herbst abgefallen sind. Colin Wilson zeigt diese Qualität auf, wenn er sagt, daß Lovecrafts Geschichten als psychologische Fallgeschichte interessant bleiben, auch wenn sie als Literatur versagt haben.

»Hier war ein Mann, der nicht den geringsten Versuch machte, mit dem Leben fertig zu werden. Er haßte die moderne Zivilisation, besonders was ihren vertrauensvollen Glauben an Wissenschaft und Fortschritt anging. Größere Künstler von Dostojewski bis Kafka und Eliot hatten ähnliche Gefühle . . . Vielleicht werden zukünftige Generationen empfinden, daß Lovecraft ›symbolisch‹ wahr ist.«[13]

Darüber läßt sich streiten. Lovecrafts Haß auf Wissenschaft und Fortschritt ist Teil seines Hasses auf das Leben überhaupt. Und das Mißtrauen gegenüber der Wissenschaft, ihren Zielen und Ergebnissen, findet einen rationaleren Ausdruck bei späteren SF-Autoren wie Ray Bradbury, der zugab, daß er in Lovecrafts Schuld steht. Tatsächlich hat Lovecraft besonders auf spätere Autoren Einfluß gehabt. Es war nicht immer ein glücklicher Einfluß, denn talentierte, sensitive und intelligente Schriftsteller wie August Derleth (dessen Memoiren in *Walden West* ein ausgesprochenes Lesevergnügen sind) und Robert Bloch (am bekanntesten durch seinen Roman *Psycho,* nach dem Hitchcock seinen Thriller drehte) dürften durch Lovecrafts zu einfache Art der Grabräuberei von ihrem eigentlichen Weg abgelenkt worden sein. Das gilt möglicherweise auch für den unlesbaren Clark Ashton Smith. (Aber wie habe ich als Junge sein *City of Singing Flame* geliebt!)

Ein oder zwei von Lovecrafts Geschichten können zur Science Fiction gezählt werden. Da ist zum Beispiel *Herbert West – Reanimator* [Herbert West – der Wiedererwecker], eine Bearbeitung des Frankenstein-Themas. Wests Lebenswerk ist die Wiedererweckung der Toten. Der 1. Weltkrieg versorgt ihn mit der entsprechenden Menge an Leichen. Lovecraft widmet sich wieder ganz seinem alten Geschäft, der Erzeugung von Gänsehaut, auch wenn es noch so lächerlich wirkt:

> Denn die wirklich frische Leiche, die sich nun endlich zu vollem und schrecklichem Bewußtsein durchrang, warf mit angstgeweiteten Augen, in Erinnerung an das letzte irdische Erlebnis, verzweifelt in einem Kampf auf Leben und Tod, um Luft zu bekommen, die Hände empor und brach in einer zweiten, diesmal endgültigen Auflösung zusammen, aus der es keine Rückkehr geben konnte, und stieß den Schrei aus, der auf ewig in meinem schmerzenden Gehirn widerhallen wird:
> »Hilfe! Bleib mir vom Leibe, du verdammtes flachshaariges Scheusal – bleib mir mit deiner Nadel vom Leibe!«
>
> (Aus *Dagon and Other Macabre Tales)*

Man mag Lovecraft komisch finden und die meisten seiner dramatischen Effekte überladen. Aber er hatte und hat noch heute seine treuen Anhänger. August Derleth und Donald Wandrei gründeten 1939 den Verlag Arkham House, nur um die kostbaren Werke von HPL in dauerhafterer Form als in Magazinen zu veröffentlichen. Und diese frühen Ausgaben sind nun wertvoll, selten und sehr gesucht. Ohne Zweifel sind Freunde mehr wert als Kritiker.

ANMERKUNGEN ZU KAPITEL SIEBEN

1. North Hollywood, Kalifornien, Leisure Books Inc., 1970.
2. Kingsley Amis, *New Maps of Hell,* Kapitel 1, 1961.
3. Zum Vergleich, wie sich die Dinge seit Wallaces und Burroughs' Tagen verändert haben: Von den James Bond-Romanen Ian Flemings waren 1967 siebzig Millionen verkauft. Die Filme bringen ebenfalls hohe Gewinne. In den *ersten 12 Tagen* nach der Premiere von »Diamantenfieber« setzten die Kassen von gut 1000 Kinos rund um die Welt 24568915 Dollar um. Nach Roger Eglin und Ian Murray, ›The Gilt-Edged Bond‹, *Business Observer,* 16. 1. 1972.
4. »Ich habe nicht geschrieben, weil ich irgendeinen Zwang dazu verspürte oder eine besondere Liebe dafür hatte. Ich habe geschrieben, weil ich eine Frau und zwei Kleinkinder hatte . . . Ich verabscheute die Armut . . .« Autobiographischer Artikel in dem Magazin *Open Road,* Sept. 1949, wiedergegeben in Kapitel 12 von Richard Lupoffs wohlwollender Burroughs-Biographie.
5. Eine Untersuchung, wie sich die Phantasie im Laufe der Jahre mit der Venus beschäftigt hat, bietet mein *Farewell, Fantastic Venus! A History of the Planet Venus in Fact and Fiction,* 1968.
6. Und schlimmeres als betäubt! »The Story of Kirk« in Robert Lindners *The Fifty Minute Hour, and Other True Psychoanalytic Tales,* New York, 1954 erzählt den Fall eines jungen Mannes, Kirk, der sich mit einem interplanetarischen Helden in der Art John Carters identifiziert, dessen Abenteuer sich durch eine lange Fantasy-Serie ziehen; wie Lindner es darstellt, handelt es sich bei der Serie allerdings nicht um eine Burroughs', sondern um die Lensman-Reihe von E. E. Smith (siehe Kapitel 9). Durch Zufall hat der Held den gleichen Namen wie Kirk (ein angenommener Name). Schon bald ist Kirk mit seinem fiktiven Namensbruder »weit fort auf fernen Planeten, macht schönen Prinzessinnen den Hof, regiert Provinzen und führt Kriege gegen fremdartige Feinde.« Die Identifikation wird Teil einer Psychose, die Lindner nur mit großen Schwierigkeiten heilen kann. Ich bin Dr. Leon Stover für den Hinweis verpflichtet, daß »Kirk« in Wirklichkeit das Pseudonym für einen Politiker ist, der später selbst unter einem anderen Pseudonym Science Fiction schrieb – Cordwainer Smith.
7. Die vollständige Liste läßt sich bei Richard D. Mullen, dem Älteren, nachlesen in »Edgar Rice Burroughs and The Fate Worse Than Death«, in *Riverside Quarterly,* Jahrgang 4, Nummer 3.
8. Der Traum wird erzählt in »Psychiatric Activities«, *Memories, Dre-*

ams, Reflections, Kapitel 4, 1963. [*Erinnerungen, Träume und Gedanken von C. G. Jung,* aufgezeichnet und herausgegeben von Aniela Jaffe, Zürich und Stuttgart].

9. Richard D. Mullen, »The Undisciplined Imagination: Edgar Rice Burroughs and Lowellian Mars«, *SF: The Other Side of Realism,* 1971.
10. Leslie A. Fiedler, *The Return of the Vanishing American.*
11. Eine Besprechung des Mystizismus in einem SF-Magazin der dreißiger Jahre findet sich in Leland Sapiros »The Mystic Renaissance: A Survey of F. Orlin Tremaine's *Astounding Stories«, Riverside Quarterly,* Jahrgang 2, Nummer 2–4.
12. Hat man einmal Damon Knights Beschreibung von Merritts äußerer Erscheinung gelesen, vergißt man sie so leicht nicht wieder: »Merritt war kinnlos, kahlköpfig und von der Gestalt eines ›shmoo‹.« [Unübersetzbarer Ausdruck aus dem amerikanischen Jiddisch, etwa: ›Widerling‹] *In Search of Wonder,* Kapitel 2, 1967.
13. Colin Wilson, *The Strength to Dream,* Kapitel 1, 1962. Seitdem er dieses Buch veröffentlicht hat, ist Wilson selbst mehr und mehr unter Lovecrafts Bann geraten, den er mit W. B. Yeats und Peter Kürten, dem Düsseldorfer Mörder, vergleicht. Er hat inzwischen selbst zwei Romane geschrieben, die Material aus Lovecrafts Cthulhu-Mythos verwenden.

8.
Im Namen des Zeitgeistes

DIE DREISSIGER JAHRE

Those find, who most delight to roam
'Mid castles of remotest Spain,
That there's, thank Heaven, no place like Home;
So they set out upon their travels again.
Aldous Huxley: Ninth Philosopher's Song

Dreißig Stunden lang hatte er sich über die Mondoberfläche gekämpft. Stunden der Mühsal in einer Welt der völligen Stille, von scharfen schwarzen Schatten und hart glänzendem Licht, von trügerischen Abgründen und berghohen Weghindernissen. Sein Herz dröhnte hörbar; Schweiß klebte ihm an Gesicht und Körper; seine Muskeln stöhnten unter der Qual der fortgesetzten, übermenschlichen Anstrengungen.
Doch hinter dem kugelförmigen Glassit-Helm seines Raumanzuges lag auf dem jungenhaften Gesicht von Jerry Blaine ein Ausdruck des Triumphs, den keine Erschöpfung zu vertreiben vermochte. Seine blauen Augen zwinkerten vergnügt.
Lloyd Arthur Eshbach: Dust

Wie C. S. Lewis habe ich nie einsehen können, warum der Genuß von Shakespeares Stücken die Freude an Comics ausschließen soll, oder daß jemand, der Barsoom besucht, sich nicht auch in Hardys Wessex wohlfühlen kann. Es gibt mehr Dinge für mehr Gelegenheiten, als die etablierte Literaturkritik jemals zulassen wird.

Wie dem auch sei, die Autoren, die sich in diesem Kapitel versammeln, sind wirklich eine Herausforderung für den dogmatischen Literaturgeschmack. Zwischen den humanistischen Bestrebungen eines Čapek und der Technikversessenheit eines Campbell erstrecken sich Lichtjahre von kalten Schultern.

Wir haben gesehen, daß es in der Science Fiction zu einer Trennung gekommen ist, die es in *Frankenstein* noch nicht gab. Die Trennung zwischen der analytischen Dichtung, die Wells schrieb, und den Abenteuer- und Fantasy-Erzählungen eines Burroughs; oder zwischen der träumenden und der denkenden Seite, wie wir sie genannt haben.

Diese Trennung wurde später durch das Entstehen von Magazinen, die sich ganz auf SF spezialisierten, institutionalisiert. Der Blütezeit der Pulp-Magazine folgte bald eine Zeit der Spezialisierung ähnlich der Art, wie sich einige Saurierarten in ihrer späteren Entwicklung mit grotesken Hornpanzern spezialisierten. Als die Genres sich breitmachten, gehörten die generalistischen Magazine der Vergangenheit an. Diese unterschiedlichen Epochen werden durch das Erscheinen des *Strand* 1890 und von *Amazing Stories* 1926 gekennzeichnet.

Ab dem späteren Datum finden wir für lange Jahre den analytischen Typ der Science Fiction nur noch außerhalb der Magazine veröffentlicht, während die Magazine mit vielerlei Arten von Fantasy gefüllt sind, oft Imitationen von Burroughs und oft – aber weniger attraktiv – »anti-burroughsianisch«. Das letztere ist eine dritte Art von Science Fiction, die man am passendsten »gernsbackianisch« nennt. Sie wird weder von der Kultur noch von Träumen erwärmt; sie ist Propaganda für die Erzeugnisse des Erfinders.

Monokulturen bergen Gefahren, sei es in der Literatur oder in der Landwirtschaft. Für Werke mit einem nur irgendwie seriösen Inhalt wurde es unmöglich, in den Magazinen zu erscheinen. Auch wenn es einige wenige Ausnahmen gibt, hatten die respektablen Autoren der dreißiger Jahre, die etwas Neues zur SF beitrugen, in der Regel nie von dem Begriff »Science Fiction« gehört.

Es ist schwer, sich vorzustellen, Franz Kafka, Aldous Huxley, Karel Čapek oder andere Autoren dieses Formats hätten ihre Werke *Amazing Stories* oder *Weird Tales* als Fortsetzungsgeschichten angeboten. Genausowenig kann man sich E. E.

Smith, den Erfinder der »grauen Lensmen«, als Vordenker der westlichen Zivilisation vorstellen. Zwischen den zwei Sorten des gleichen Lesestoffes klafft ein tiefer Abgrund.*

Dieses Kapitel befaßt sich mit Schriftstellern, die eher für ihre Freunde schrieben als für ein breites Publikum. So enthält es einige große Namen, darunter den Schriftsteller mit der brillantesten Imagination, den die Science Fiction bisher kennt. Und es schließt etwas trivial mit der Untersuchung des ersten »Scientifiction«-Magazins.

*

Wer eine der wenigen Aufführungen von *The Makropoulos Case* sah, die die Sadler's Wells Oper 1971 gab, war privilegierter als er damals wissen konnte. Ende des Jahres lebte die prächtige Marie Collier, die die Hauptrolle sang, nicht mehr.

Ironischer Weise spielte Miss Collier die Emilia Marty, eine schöne junge Frau, die bereits mehrere hundert Jahre alt ist, wenn der Vorhang aufgeht. Emilia Marty hat im Jahre 1565 ein Lebenselixier getrunken. Im Jahre 1907, in dem die Oper spielt, ist sie zwischen dem Verlangen, das Geheimnis des in seiner Wirkung nachlassenden Elixiers (das sich unter dem schwer zugänglichen Makropoulos-Erbe befindet) zu lüften und so ihr inzwischen sinnlos gewordenes Leben zu verlängern, und einer überwältigenden Todessehnsucht auf der anderen Seite hin- und hergerissen. Ihre früher einmal so helle und warme Existenz hängt jetzt nur noch von einer Formel ab. Schließlich bricht diese faszinierende und schreckliche Gestalt zusammen; es bleibt nur ein zerbrechlicher und zerbrochener Körper in den Armen ihres Geliebten.

Die Musik ist von Janaček. Als Vorlage für die Oper diente ein Theaterstück (1927 als *The Makropoulos Secret* ins Englische übersetzt; deutsche Übersetzung *Die Sache Makropoulos,* bearbeitet von M. Brod, Wien 1927) des tschechischen Dichters

* Aber die SF ist die Literatur der Überraschungen. *Amazing Stories* veröffentlichte im August 1927 tatsächlich *The Tissue-Culture King,* eine Geschichte von Aldous Huxleys älterem Bruder Julian Huxley!

Karel Čapek. Wenn der Vorhang sich hebt, befinden wir uns in einem von hölzernen Tischen und Regalen gefüllten, verstaubten Arbeitszimmer, unter dessen Spinnweben wertvolle Dokumente und vergessene Geheimnisse vermodern. Es ist das Prag des Habsburgischen Reiches, das Prag der Geheimnisse und Verschwörungen. Vielleicht erinnerte es das Publikum an ähnliche düstere Räume, die sich in den seltsamen unvollendeten Romanen finden, die im selben Jahr, als Čapeks Stück ins Englische übersetzt wurde, erschienen sind.[1] Ich meine die Romane von Franz Kafka.

Kafkas einzigartiges Werk wurde erst nach seinem Tode zusammengetragen und veröffentlicht. Čapeks Ruhm kam früher, obwohl er sieben Jahre jünger war als Kafka.

Čapek war ein großer Humanist – und ein ebenso großer Humorist, Charakteristika, die er mit einem anderen international berühmten tschechischen Schriftsteller teilte, mit Jaroslav Hašek, dem Autor des braven Soldaten *Schwejk.* Čapeks Humor war nicht so grimmig wie die anarchistischen Späße Hašeks und überzeugt heute weniger. Aber es steckt noch immer Kraft in seinem besten Werk, dem Theaterstück *W. U. R.,* das 1921 in der Hauptstadt der neugegründeten Tschechoslowakei uraufgeführt wurde und bald darauf um die ganze Welt ging.

W. U. R. steht für Werstands Universal Roboter. Das Stück ist eine Satire auf die Produktionsmethoden des Kapitalismus und auf einer hintergründigeren Ebene eine Verkörperung von Čapeks Ängsten, daß die fortschreitende Automation und Reglementierung die Menschheit entmenschlichen könnte. Der alte Werstand hat eine Formel entwickelt, mit der künstliche Menschen in einer Fabrik hergestellt werden können. Seine Roboter sind vereinfachte Ausführungen menschlicher Wesen; sie haben keine Seele und können nichts als arbeiten (das Wort »Roboter«, das von Čapek geprägt wurde, kommt aus einer slavischen Wurzel mit der Bedeutung »Arbeit«). Am Ende setzen sich die Roboter durch und löschen die Menschheit aus. Sie können sich nicht fortpflanzen, aber zwei aus der Art geschlagene Roboter entdecken die Liebe und bleiben übrig, um von vorne anzufangen.

Heute ist das Wort »Roboter« Wesen aus Metall vorbehalten; Čapeks Roboter waren das, was wir »Androiden« nennen würden. Sein Thema ist eine logische Weiterentwicklung des Frankenstein-Themas. Victors Einzelprodukt wird zur Fließband-Ware.

W. U. R. entstand in Zusammenarbeit mit Karels älterem Bruder Josef, einem Maler, der als Kubist gewisse Bedeutung erlangte. Die Brüder arbeiteten auch bei dem Stück *Aus dem Leben der Insekten* zusammen, das ebenfalls in den frühen zwanziger Jahren erfolgreich war.

Karel Čapek war Schauspieldirektor des Prager Nationaltheaters. Später gründete er sein eigenes Theater (in dem er unter anderem Shelleys *Cenci* aufführte) und war Herausgeber einer bedeutenden Kulturzeitschrift. Er reiste viel und schrieb viele Reise- und Gartenbücher; er war auch ein enger Freund von Thomas Masaryk, dem ersten tschechischen Präsidenten, dessen Biographie er in den dreißiger Jahren schrieb.

Seine Vielseitigkeit war erstaunlich. Ebenso groß war sein andauerndes Interesse an Themen, die der Science Fiction nahe stehen. 1922 erschien sein Roman *Die Fabrik des Absoluten,* eine wellsianische Diskussion der Relativität menschlicher Werte. Eine Fabrik macht sich an die Produktion, diesmal nicht von Robotern, sondern von atomgetriebenen Maschinen, Lokomotiven, Autos, Schiffe, Gewehre, alles. Wie in *W. U. R.* bricht ein allesvernichtender Krieg aus. Čapek hätte Erskine Childers sicher darin zugestimmt, ›daß die Vorbereitung auf den Krieg diesen fördert‹. Sein Roman *Krakatit* (1924) berichtet, wie die Atomenergie entdeckt wird und durch menschliche Verantwortungslosigkeit große Zerstörungen verursacht.

1936 veröffentlichte Čapek *Der Krieg mit den Molchen,* einen weitschweifigen, aber stellenweise amüsanten Roman, der das alte Thema des Autors variiert. Die Molche sind eine zwergenhaft kleine, friedliche Rasse von Lebewesen, die im Meer leben. Aus Profitgier werden sie von den Menschen versklavt. Wie die Roboter erheben sie sich schließlich, unterminieren die Kontinente und bringen die Menschheit zu Fall.

In der realen Welt unterminierten damals bereits Hitlers Roboter den Kontinent. Masaryks Republik war auf den Krieg gut vorbereitet, aber Frankreich und England nicht, und die Vereinigten Staaten verfolgten eine isolationistische Politik. Die Tschechoslowakei wurde überredet, Hitlers Drohungen nachzugeben, und die Panzer der Wehrmacht rollten 1938 in das Sudetenland. Die Vernichtung des tschechischen Staates begann. Čapek, ein großer und liberaler Mann, starb Weihnachten 1938 und verblaßte zu einem unbedeutenden Atom in der Finsternis, die sich über Europa breitete. Sein Bruder Josef starb 1945 im Konzentrationslager von Belsen.

*

Franz Kafka (1883–1924) wurde als Sohn eines einflußreichen jüdischen Geschäftsmannes in Prag geboren. Anders als Čapek schrieb er in Deutsch, nicht in Tschechisch. Sein früher Tod ersparte ihm die Schrecken, die auf so viele seiner Landsleute warteten. Aber seine Romane blicken nicht nur zurück auf die niederträchtigen und verstaubten Akten der Doppelmonarchie, in denen wertvolle Dokumente für immer verlorengehen konnten, sondern auch voraus in Nacht und Nebel des Dritten Reiches, wo ganze Familien für immer verschwanden.

Die Welt, die Kafka in seinen beiden Hauptwerken *Der Prozeß* und *Das Schloß* entstehen läßt, ist so in sich geschlossen und eigenständig wie die Welten von Swift oder Lewis Carroll und so gewaltig, daß sie eine ganze Bibliothek von Interpretationen nach sich zog. Es liegt nicht einfach daran, daß beide Romane sich mit Rätseln befassen, die nie gelöst werden, oder daß Kafka seine Rätsel zu verschlüsselt präsentiert, sondern daran, daß wir es bei ihm oberflächlich mit unserer normalen Alltagswelt zu tun haben, aber einer Alltagswelt, in der wir hilflos die Orientierung verlieren.

Einer seiner Kritiker, Erich Heller, drückt es so aus, daß Kafkas Universum »wie des Lesers eigenes (ist); ein Schloß, das ein Schloß ist und kaum mehr ›symbolisiert‹ als alle Schlösser symbolisieren; Macht und Autorität; ein Telefongespräch, das mehr Verwirrung als Verständigung schafft; eine Bürokratie, die in einer Flut von Formularen und Akten ertrinkt; eine obskure Beamtenhierarchie, die es unmöglich macht, jemanden zu finden, der für eine bestimmte Sache verantwortlich ist; Beamte, die Überstunden machen, die doch zu nichts führen; zahllose Fragen, die immer an der Sache vorbeigehen; Wirtshäuser, in denen sich die Bauern treffen, und Schankmädchen, die Beamten bedienen. Es handelt sich tatsächlich um eine unausstehlich vertraute Welt, aber sie wird von einem kreativen Denker beschworen, der mit dem Wissen gewappnet ist, daß es sich um eine für immer verdammte Welt handelt.«[2]

Man muß sich nicht dem letzten Satz anschließen (denn Kafkas Welt ist für das Drama der Verdammnis zu alltäglich und beschäftigt sich eher mit der Verderbtheit), um die Wahrheit des Rests anzuerkennen. Alice war ein gewöhnliches kleines Mädchen. Kafka beschreibt eine gewöhnliche kleine Welt; aber über ihr liegt ein Bann des Schreckens, eines eigenartig komischen Schreckens.

Kafka scheint keine Allegorien zu schreiben, auch wenn viele Kritiker da anderer Ansicht sind, und er paßt auch nicht zu den Symbolisten. Er ist eine Sache für sich, er geht seinen Geschäften so gründlich und überzeugend nach, daß ein gewöhnlicher Leser von den Huldigungen der Literaturkritiker an Kafka fast abgeschreckt werden könnte, angefangen mit W. H. Audens: »Hätte man den Autor zu nennen, der für unsere Zeit dieselbe Bedeutung hat, wie Dante, Shakespeare und Goethe sie für ihre Zeit gehabt haben, wäre Kafka der erste, an den man denken müßte.« Gegen die Kritiker bewaffne man sich mit dem Bericht von Kafkas Freund Max Brod, nach dem Kafkas Freunde in schallendes Gelächter ausbrachen, als er ihnen Passagen aus *Der Prozeß* vorlas. Kafkas Atmosphäre des Bedrohlichen ist mit Humor durchsetzt (einem sehr speziellen Humor), während seine Tagebücher[3] ihn als einen zurückhaltenden, vom Vater beherrschten, aber mit einem hinterhältigen Witz ausgestatteten Mann zeigen. Dickens steht unter seinen literarischen Vorfahren an prominenter Stelle.

Von Kafkas Werk wurde zu seinen Lebzeiten wenig veröffentlicht, obwohl er sich bei seinem Tod in Deutschland und der Tschechei einen gewissen Namen gemacht hatte. Sein Testamentsvollstrecker Max Brod sollte Kafkas literarische Hinterlassenschaft verbrennen. Glücklicherweise ignorierte er diesen Letzten Willen. So erschienen posthum die drei Romane *Der Prozeß, Das Schloß* und *Amerika,* alles unvollendete Werke, die von Max Brod herausgegeben wurden.

Der Prozeß ist die Geschichte von Josef K., der völlig überraschend wegen einer nie näher erläuterten Anklage verhaftet und schließlich trotz aller Versuche, seine Unschuld zu beweisen, nach dem Schuldspruch eines Richters, den er nie zu Gesicht bekommt, hingerichtet wird.

Das Schloß ist die Geschichte von K., der behauptet, ein Landvermesser zu sein, und in ein Dorf kommt, das von einem Schloß verwaltet wird, in dem K. Arbeit sucht; aber die Mächte im Schloß verhalten sich völlig passiv und akzeptieren ihn nie als Landvermesser, so daß die ganze Situation ungelöst bleibt.

Dies sind Kafkas zwei längeren Werke, die der Science Fiction nahe kommen. Natürlich sind sie keine SF, obwohl es nur der Enthüllung (doch Kafkas Literatur ist keine, die etwas enthüllt) bedürfte, daß der Richter K.'s Doppelgänger ist, oder daß das Schloß von Außerirdischen übernommen wurde, um beide Romane auf traditionelle SF zu reduzieren. Und doch machen die überwältigende Atmosphäre, die paranoiden Verwicklungen und die fremdartigen Motive der »Anderen« die Romane zu einer Art *haute* SF. Man braucht sie nur mit der orthodoxen SF von Wells oder Burroughs zu vergleichen, um zu erkennen, daß Kafka über eine erschreckend andersartige Vorstellungskraft verfügte, mit der er eine ganze Generation heimgesucht hat. Wie Poe besaß er die Nachinnengekehrtheit gemeinsam mit Vorstellungskraft und Erfindungsgabe.

Weil seine Stärke darin liegt, ein Netz von Verdächtigungen, Andeutungen und Anspielungen zu weben, lassen sich Kafkas beste Effekte nur schwer durch einen Auszug wiedergeben. Hier ist eine Stelle aus *Das Schloß,* als K. am Anfang des Romans das Dorf erkundet und an der Schule vorbeikommt:

> Eben kamen die Kinder mit dem Lehrer heraus. In einem dichten Haufen umgaben sie den Lehrer, aller Augen blickten auf ihn, unaufhörlich schwatzten sie von allen Seiten, K. verstand ihr schnelles Sprechen gar nicht. Der Lehrer, ein junger, kleiner, schmalschulteriger Mensch, aber ohne daß es lächerlich wurde, sehr aufrecht, hatte K. schon von der Ferne ins Auge gefaßt, allerdings war außer seiner Gruppe K. der einzige Mensch weit und breit. K.,

als Fremder, grüßte zuerst, gar einen so befehlshaberischen kleinen Mann. »Guten Tag, Herr Lehrer«, sagte er. Mit einem Schlag verstummten die Kinder, diese plötzliche Stille als Vorbereitung für seine Worte mochte wohl dem Lehrer gefallen. »Ihr seht das Schloß an?« fragte er sanftmütiger, als K. erwartet hatte, aber in einem Tone, als billige er nicht das, was K. tue. »Ja«, sagte K., »ich bin hier fremd, erst seit gestern abend im Ort.« – »Das Schloß gefällt Euch nicht?« fragte der Lehrer schnell. »Wie?« fragte K. zurück, ein wenig verblüfft, und wiederholte in milderer Form die Frage: »Ob mir das Schloß gefällt? Warum nehmt ihr an, daß es mir nicht gefällt?« – »Keinem Fremden gefällt es«, sagte der Lehrer. Um hier nichts Unwillkommenes zu sagen, wendete K. das Gespräch und fragte: »Sie kennen wohl den Grafen?« – »Nein«, sagte der Lehrer und wollte sich abwenden. K. gab aber nicht nach und fragte nochmals: »Wie? Sie kennen den Grafen nicht?« – »Wie sollte ich ihn kennen?« sagte der Lehrer leise und fügte laut auf französisch hinzu: »Nehmen Sie Rücksicht auf die Anwesenheit unschuldiger Kinder.« K. holte daraus das Recht zu fragen: »Könnte ich Sie, Herr Lehrer, einmal besuchen? Ich bleibe längere Zeit hier und fühle mich schon jetzt ein wenig verlassen; zu den Bauern gehöre ich nicht und ins Schloß wohl auch nicht.« – »Zwischen den Bauern und dem Schloß ist kein großer Unterschied«, sagte der Lehrer. »Mag sein«, sagte K., »das ändert an meiner Lage nichts. Könnte ich Sie einmal besuchen?« – »Ich wohne in der Schwanengasse beim Fleischhauer.« Das war nun zwar mehr eine Adressenangabe als eine Einladung, dennoch sagte K.: »Gut, ich werde kommen.«

Das Treffen ist so einleuchtend und so rätselhaft wie jedes wirkliche Treffen zwischen zwei Leuten. Kafka bietet jede Menge Daten, aber wenig Interpretation. In dieser Beziehung unterscheidet er sich deutlich von einem anderen mitteleuropäischen Juden, dessen Werk während der Auflösung der Doppelmonarchie entstand: Sigmund Freud.[4]

Der Science Fiction noch näher stehen einige von Kafkas Kurzgeschichten, darunter *Die Verwandlung* (1916). In ihr geht es um einen Mann, der eines morgens aufwacht und sich in ein riesiges Insekt verwandelt findet. Die Familie ist zunächst ein wenig pikiert, gewöhnt sich aber dann schnell an die Veränderung. Die Geschichte erinnert bereits an Ionescos *Nashörner* und das absurde Theater. *In der Strafkolonie* steht mit seiner ungeheuerlichen Foltermaschine ebenfalls der SF nahe. *Der Bau* ist die Geschichte eines riesigen Maulwurfs, eine Art humorvolle Fantasy. J. G. Ballard hat ihr seinen »Ertrunkenen Riesen« nachempfunden, eine echt kafkaeske Geschichte.

In der Gegenwart arbeitet in Prag ein anderer sehr interessanter und eigenständiger SF-Schriftsteller, Josef Nesvadba, von dessen Geschichten viele im Westen[5] und in der UdSSR übersetzt wurden. Obwohl eine Nesvadba-Geschichte unverwechselbar von Nesvadba ist, steht er doch in der Nachfolge des etwas grimmigen und labyrinthischen Humors eines Kafka und, in geringerem Maße, eines Čapek.

*

Während Kafka *Das Schloß* schrieb, veröffentlichte in Ungarn Mihaly Babits seine phantastische Erzählung *A Gólya Kalifa (1916).* Dieser Kurzroman handelt von einem Fall von Persönlichkeitsspaltung und verdankt philosophischen Gedanken und den neuen wissenschaftlichen Entdeckungen der Zeit viel.[6]

Frigyes Karinthy, ein anderer populärer ungarischer Schriftsteller, fügte den vier Büchern von *Gullivers Reisen* zwei eigene neue hinzu. In *Die Reise nach Faremido* (1917) gelangt Gulliver zu einer Roboterkultur, in *Die Reise nach Capillaria* (1921) in ein von Frauen beherrschtes Land. Das letztgenannte Buch wurde bei seinem ersten Erscheinen durch einen einführenden Brief an H. G. Wells eingeleitet.[7]

*

Einige Jahre später befaßte sich ein englischer Schriftsteller mit einer Welt, in der die Automation regiert und extra-uterine Babys in Mode sind. Es war Aldous Huxley, dessen *Schöne neue Welt* 1932 erschien. Zum Teil war sie eine Antwort auf H. G. Wells' utopische Ideen[8] und trat an die Stelle des überschätzten *The Machine Stops* (1909) von E. M. Forster, das von seinem Autor als ›eine Reaktion auf eines der früheren Paradiese von H. G. Wells‹ ausgegeben wurde.

Forsters Geschichte steht ganz unter dem Motto »Zurück zur Natur«. In einer unterirdischen Welt lebt jeder für sich in seinem Raum und wird völlig von einer Maschine versorgt. Am Ende sterben die meisten Menschen, die Maschine ist ausgefallen, aber einige Glückliche überleben, um draußen ›durch den Nebel und den Farn‹ zu streifen. Die Menschheit hat ihre Lektion gelernt. Soviel zu den Träumen der englischen Mittelklasse von stillen Gartenvorstädten! *Schöne neue Welt* hat wesentlich mehr zu bieten, aber keine einfachen Lösungen und keine Moralpredigten.

Schöne neue Welt kann man für den berühmtesten SF-Roman der westlichen Welt halten.

Auch Jahre nach seinem Erscheinen und in einer veränderten Welt bleibt Huxleys Roman von großem Interesse. Das liegt zum Teil an der zentralen Debatte, wie weit Menschen ihre Individualität zum Wohle eines allgemeinen Wohlfahrtsstaates aufgeben sollen, die immer aktuell bleibt, und zum Teil liegt es an der guten Portion Witz, mit dem wir durch dieses Utopia geführt werden – ganz anders als bei den meisten anderen Utopien.

Aldous Huxley (1894–1963) beginnt seinen Roman munter und kompromißlos im Jahre 632 nach Ford. Das ist etwas, was bisher keiner seiner Vorgänger gewagt hatte; selbst Wells beginnt mit seinen Romanen vorsichtig in der Gegenwart. Auch bei seiner zukünftigen Zivilisation ist Huxley nicht kleinlich. Anstatt eine zentrale Veränderung einzuführen, zum Beispiel die extra-uterine Aufzucht von Embryos oder die Kloning-Methode zur Erzeugung identischer Individuen (im Buch heißt sie »Bokanowskyverfahren«) oder das Verschwinden des Christentums usw., zeichnet Huxley das Bild einer Gesellschaft, in der verschiedene solcher großen Veränderungen zusammenspielen.

Auf der ersten Seite geraten wir gleich in eine Führung durch die Londoner Brutzentrale, eine verblüffende und polemische Besichtung dieser grausigen, aber wohldurchdachten Zukunft.

Anders als der arme E. M. Forster zeigt Huxley uns eine Welt, die durchaus ihre Attraktionen hat. Wir können an sie glauben.

Die Schwäche des Buches liegt (abgesehen davon, daß es sich gelegentlich im Facettenhaften verliert) im Charakter des Wilden, den Huxley einführt, um die Welt des Geistes zu symbolisieren, die aus dem auf Ford gegründeten Utopia verbannt worden ist. Der Wilde wird niemals glaubwürdig; in allen Romanen Huxleys ist es in der Regel ein weiser alter Mann wie Propter in *Nach vielen Sommern* und Rontini in *Zeit muß enden,* der die Funktion des Aufklärers erfüllt. Der Wilde ist ein weiser junger Mann, der zu oft Shakespeare zitiert und nie aufhört, das Klischee der zwanziger Jahre von einem rebellischen jungen Mann zu sein, gezeichnet von jemandem, der D. H. Lawrence persönlich kannte.

Man liest das Ganze leicht hintereinanderweg, wobei das leichte, verjazzte Arrangement der Prosablöcke hilft. Das Buch sprudelt über von Erfindungen und Aphorismen, während die selbstgefällige Gesellschaft mit ihren immer willigen Mädchen und ihren Soma-Träumen uns all ihre monströsen Errungenschaften vorführt. Die Saxophone wimmern, die Fühlfilme laufen auf vollen Touren (»Da gibt's eine Liebesszene auf einem Bärenfell; man erzählt, es sei großartig. Jedes einzelne Haar des Bären kannst du fühlen«), jeder schwatzt, jeder kopuliert, Ford sei Dank ist alles in Ordnung mit der Welt.

»Alle Menschen sind physio-chemisch gleich.«

»Jeder ist seines Nächsten Eigentum.«

»Enden ist besser als wenden. Ein Gramm versuchen ist besser als fluchen.«

Die Kunst hat man längst über Bord geworfen. Sie hätte das Boot zu sehr geschaukelt. »Das ist der Preis, den wir für unsere Stabilität bezahlen mußten. Wir hatten die Wahl zwischen Glücklichsein und dem, was die Leute früher ›hohe Kunst‹ nannten.« Auf den Fortschritt der Wissenschaften mußte man genauso verzichten. Wissen und Wahrheit sind gefährlich. Gott wurde ebenfalls mit Rücksicht auf das Allgemeinwohl abgeschafft. »Jeder kann heutzutage tugendhaft sein. Christentum ohne Tränen – das ist Soma.«

Der Weltaufsichtsrat faßt es so zusammen: »Industrielle Zivilisation ist nur ohne Selbstverleugnung möglich. Selbsterfüllung bis an die äußersten Grenzen, die Volksgesundheit und Volkswirtschaft gezogen sind. Sonst stehn die Räder still.« Die Philosophie der Konsumgesellschaft.

Die genormten Menschen in Huxleys neuer Welt mögen von Wells' Seleniten inspiriert sein, aber der Roman als Ganzes ist von einer frischen Originalität, die noch heute ihre Wirkung nicht verfehlt, nachdem seine »schockierenden« Aspekte längst ihre verkaufsfördernde oder -hemmende Wirkung eingebüßt haben.

Huxley war neben seinen Romanen auch ein bemerkenswerter Essayist, der nicht nur ein weites Themenspektrum beherrschte, sondern in einem einzigen Essay eine Vielzahl von Themen bearbeiten konnte. Er schrieb noch andere Romane, mit denen er seine eigene Art der Science Fiction schuf.

Nach vielen Sommern (1939), der witzigste seiner Romane, umfaßt eine Sicht von Los Angeles, die später von Evelyn Waugh in *Tod in Hollywood* vertieft wurde, die wundervolle Nachahmung eines Tagebuchs des 18. Jahrhunderts und Huxleys beißende Kommentare zur Evolution.

Der verschrobene englische Dichter Jeremy Pordage macht sich auf die Reise nach Kalifornien, wo er die Büchersammlung eines Millionärs katalogisiert. Die fleischlichen Lüste, für die Huxley immer viel übrig hatte, stellen ihm dort kräftig nach.

Stoyte, der Millionär, hat Angst vor dem Tod. Als Pordage im zweihundert Jahre alten Tagebuch eines englischen Earls das Geheimnis der Unsterblichkeit entdeckt, reist man gemeinsam nach England. Und dort findet man den alten Knaben tatsächlich in einem stinkenden Keller seines Hauses lebendig vor – zweihundert Jahre alt und von der Erscheinung und dem Wesen eines Affen. Der schon im Foetus angelegte Affenmensch konnte durch die Lebensverlängerung voll ausreifen! Was für ein langer Weg von Čapeks Bearbeitung des Unsterblichkeitsthemas bis zu diesem bösen Scherz!

Affe und Wesen (1949) zeigt noch einmal, wie der Mensch dem Affen in ihm unterliegt. Der als Filmdrehbuch verfaßte und mit einem seine ironischen Absichten verratenden Vorwort versehene Roman benutzt eine Nach-Atomkriegsgesellschaft, in der Gott und der Teufel ihre Rollen vertauscht haben, um das Zwillingsübel Fortschritt und Nationalismus anzuprangern. Die Radioaktivität hat die genetische Struktur der Menschheit durcheinandergebracht, so daß es statt Liebe nur noch eine Brunstzeit mit jährlichen Massenorgien gibt (die Huxley wie üblich leicht angeekelt beschreibt).

Man muß zugeben, daß *Affe und Wesen* kein besonderes Lesevergnügen ist, was zum Teil an seinem gelegentlich etwas schrillen Ton liegt. Aber die kühle Aufnahme, die es bei seinem Erscheinen fand, verdiente es nicht. Huxley gelang es hier, bis zu einem gewissen Maß seine Schwierigkeit mit der allwissenden Propter-Figur, die Vorträge über Kunst und Moral hält, durch die Einführung von gleich zwei solche Figuren zu überwinden. Die beiden sind sogar recht komisch. Einer ist der Erzähler der Szenarios, dessen Zwischenbemerkungen immer kurz und pointiert sind. Der andere ist der Erzvikar, eine komisch-sinistere Gestalt, die Schweinshaxen schmatzt, während sie ihre Vorträge hält (von hintergründiger Huxley-Raffinesse wie immer!).

Ein Grund für die anfänglich kühle Aufnahme des Buches ist derselbe, aus dem viele Werke, die in die SF-Kategorie fallen, keinen Erfolg haben. Huxleys prophetische Gedanken gehen weiter, als ihm seine Kritiker folgen können. Sie halten seine Ausführungen für übertrieben oder komisch. Tatsächlich diagnostiziert er einen Zustand der Menschheit, der erst nach seinem Tod von der Allgemeinheit erkannt wird. Im folgenden Auszug schwatzt der Erzvikar vertraulich vom Teufel:

> Vom ersten Beginn der industriellen Revolution an sah Er voraus, daß der Mensch von den Wunder seiner eigenen Technologie so überwältig sein würde, daß er schon bald allen Sinn für die Realität verlöre. Und genau das ist es ja, was dann auch passiert ist. Diese armseligen Sklaven von Hebeln und Zahnrädern begannen sich selbst als Eroberer der Natur zu beglückwünschen. Eroberer der Natur, tatsächlich! In Wirklichkeit hatten sie natürlich kaum mehr vollbracht, als das Gleichgewicht der Natur zu stören, und waren schon dabei, die Folgen zu spüren zu bekommen.

> Denke nur daran, womit sie sich eineinhalb Jahrhunderte lang vor der *Sache* beschäftigt haben. Sie verseuchten die Flüße, töteten die wilden Tiere, zerstörten die Wälder, brannten einen Ozean von Petroleum ab und verschleuderten die Mineralien, die aufzubauen es die ganzen geologischen Erdalter gebraucht hatte. Eine Orgie von krimineller Imbezilität. Und sie nannten es Fortschritt. Fortschritt! (II)

Huxley ist hier so scharfsichtig, so prophetisch, so wagemutig und so beeindruckend wie H. G. Wells in seinen besten Werken.

Sich über den schwierigen und weitschweifigen Roman *Island* (1962) ein Urteil zu bilden, ist auch heute noch schwer. Man kann sagen, daß er kein Roman, sondern ein Musterexemplar einer Streitschrift ist. *Eiland* ist Huxleys letzter Roman, angefüllt mit allem, was ihn beschäftigte. Hier finden sich viele Ideen aus der *Schönen neuen Welt,* die dreißig Jahre früher geschrieben wurde, auf den Kopf gestellt wieder.

Drogen werden jetzt zum Beispiel als Pforten der Wahrnehmung gepriesen, und die freie Liebe als die Erweiterung der Persönlichkeit; selbst die Kinderreime aus dem früheren Buch sind hier zu einer lustigen Art, leichter zu lernen, geworden. Der fragwürdige kleine Staat Pala, eine Insel irgendwo in der Nähe von Indonesien, ist in der Tat ein echtes Utopia des allgemeinen Glücks.

Unglücklicherweise auch des Geschwätzes. Der alte Huxleysche Ekel und seine Ironie sind verschwunden, dafür erläutern die Personen ihre großen Ideen jetzt in der Babysprache. Kapitel 6 fängt an:

> »Donnerwetter!« explodierte die kleine Krankenschwester, als die Tür sich hinter ihnen geschlossen hatte.
> »Ich stimme völlig mit Ihnen überein«, sagte Will.
> Das voltairsche Licht funkelte für einen Moment aus Mr. Bahus evangelistischem Gesicht. »Donnerwetter!« wiederholte er.

Der frühe Aldous Huxley hätte niemals Dialoge schreiben können, wie sie sich durch *Eiland* ziehen. Wollte er uns zeigen, daß die Bewohner dieses Utopia nicht dünkelhaft daherreden, nur weil sie perfekt sind, oder war Huxley mit dem Alter sanftmütig geworden? Ich ziehe es vor, die Sache so zu sehen, wie Philip Toynbee sie beim Erscheinen des Buches darlegte:

> Dieses Buch ist dann ein Akt einzigartiger Tugend und Liebe. Mr. Huxley hat auf seinen natürlichen Erzählstoff verzichtet, weil er nicht mehr länger glaubt, daß einfacher Ekel ausreicht, um uns zu ändern. Er hat sich verzweifelt auf ein Gebiet verlegt, wo er automatisch zu einem Stotterer wird, der unbeholfen mit seinen Worten hantiert. Ich glaube, er hat das getan, weil er weit mehr darum besorgt ist, der Welt weiterzuhelfen, als darüber, ob er einen von den Kritikern gelobten Roman schreibt. Und es scheint mir, daß es unsere Pflicht ist, hinter seine Fehler zu sehen ... um zu hören, was es ist, was er uns sagen will. Wenn wir das tun, werden wir, denke ich, viel Weisheit und tatsächlich Hilfe in diesen unbeholfen geschriebenen Seiten finden.[9]

Aldous Huxley war der Enkel des großen T. H. Huxley, dem Anhänger Darwins, der später Wells' Lehrer wurde. Huxleys Ruhm ist dreifach: als Zyniker, als mystischer Philosoph und nach seinem Tod als eine Art Pate der Hippiebewegung. Er war gelehrt, auf seine eigene Art fromm und ein Mann mit außerordentlichen Gaben, die sich vielleicht besser in seinem Leben selbst als in seinen Büchern zeigen.[10]

Sein forschender Geist erlaubte Huxley nie, sich auf dem Erreichten auszuruhen. Man kann ihn ohne große Entstellung als Beispiel für den Weg, den die Welt im 20. Jahrhundert gegangen ist, sehen. Denn dieser Sproß einer anerkannten englischen Familie, ein Zögling Etons und Balliols, den man in der Periode seiner Vorkriegserfolge mit Noel Coward verband, wanderte immer weiter hinaus, bis er die akzeptierte Religion und vieles andere ablehnte und sich durch das fernöstliche Gedankengut zu einer philosophischen Position, über den Dingen zu stehen und sich doch um sie zu sorgen, durcharbeitete.

Auf sein späteres Leben bezugnehmend, sagte Isaiah Berlin über ihn:

> Er wollte – jedenfalls in der Öffentlichkeit – von nichts anderem sprechen als von der Reintegration dessen, wovon beide, Wissenschaft und Leben, sich so scharf getrennt hatten: der Wiederherstellung des Kontaktes zwischen dem Mensch und der nichtmenschlichen Kultur, der Notwendigkeit eines Gegengiftes für die einseitige Entwicklung des Menschen hin zu Beobachtung, Kritik, Theorie und fort von der harmonischen Entwicklung der Sinne, von der »vegetativen« Seele, von dem, was der Mensch mit Tieren und Pflanzen gemeinsam hat.[11]

Im Jahre 1954 veröffentlichte Huxley sein *Die Pforten der Wahrnehmung,* ein Bericht über seine Erfahrungen mit Meskalin. Wieviel dieses Buch und sein Nachfolger *Himmel und Hölle* zur Verbreitung des Drogengebrauchs beigetragen hat, kann man nur vermuten; aber Huxleys begeisterter Bericht über seine Erfahrungen veranlaßte zumindestens einen Leser, in die nächste Apotheke zu laufen und nach Meskalin zu fragen (was dort völlig unbekannt war).

Nach dem Tod seiner ersten Frau heiratete Huxley 1956 eine Amerikanerin und ließ sich in Kalifornien nieder. Er gibt eine würdige Vaterfigur für die Hippies ab. Seine Bibliothek mit einer lebenslangen Sammlung von Büchern und Manuskripten wurde bei einem Canyon-Brand vernichtet, aber er trauerte nicht weiter darum. Er und seine Frau nahmen LSD und genossen viele glückliche psychedelische Tage, nicht um der Welt zu entfliehen, sondern um ihre Wahrnehmung zu bereichern. In dieser Atmosphäre entstand *Eiland,* und das sollte uns helfen, den Roman besser zu verstehen.

Huxley lebte gegen Ende seines Lebens keinesfalls weltabgeschieden – achtzehn Monate vor seinem Tod unternahm er eine anstrengende Vortragsreise. Als er starb, ging er von einer Woge von Moksha-Medizin getragen aus dieser Welt, während ihm seine Frau von ihrer Liebe zuflüsterte.[12]

Was Huxley uns hinterlassen hat, ist ein – zur Zeit jedenfalls noch – unterschätztes Werk von beachtlichem Umfang. Seine Schriften sind beeindruckend in ihrer Vielseitigkeit und ihrer nie nachlassenden Suche nach dem Wesen und der Verbesserung des freien Menschen. Sein Leben ist beeindruckend in der Art, wie es den Weg unserer Epoche nachvollzogen hat, von der Strenge einer viktorianischen Erziehung über eine ungeheuere Popularität zur erleuchteten Freiheit eines kalifornischen Gurus.

*

Huxley starb am 22. 11. 1963, dem Tag, an dem Präsident John F. Kennedy ermordet wurde. Kaum vierundzwanzig Stunden später war auch Professort C. S. Lewis tot. Er starb in Headington, Oxford.

Wie Huxley war auch Lewis ein Wahrheitssucher gewesen; er fand seine Erleuchtung im christlichen Glauben. Wie Huxley rief er Zuneigung und Respekt bei allen, die ihm begegneten hervor, selbst wenn sie seine Ansichten nicht teilten. Und wie Huxley fand er in der Science Fiction sein Ausdrucksmittel.

Mit der möglichen Ausnahme von Huxley war C. S. Lewis der beeindruckendste und anerkannteste Denker der Science Fiction, den das junge Genre bisher kennengelernt hatte.

Clive Staples Lewis (geboren 1898) verbrachte das meiste seines Arbeitslebens in Oxford oder Cambridge. Im ersten Weltkrieg diente er bei der Infantrie und wurde 1918 verwundet. Er war gewählter Fellow und Tutor für englische Literatur am Magdalen College, Oxford, eine Stellung, die er von 1925 bis 1954 innehatte. Es war während seiner Zeit in Oxford, daß er die Trilogie schrieb, mit der er sich einen beneidenswerten Platz in den Annalen der Science Fiction verdiente: *Jenseits des schweigenden Sterns* (1938), *Perelandra* (1943) und *Die böse Macht* (1945).

Keine interplanetare Reise war bis dahin von größeren Konsequenzen begleitet als die, die Devine und Weston zu Lewis' Welt Malacandra (dem Mars) unternehmen. Denn ihre Reise durchbricht die Quarantäne, unter der Thulkandra, der schweigende Stern (die Erde), seit langen Zeiten steht und damit von den anderen Planeten des Sonnensystems getrennt ist – das von den Eldila, den engelhaften Wesen, unter dessen Aufsicht es steht, die Gefilde von Arbol genannt wird.

Im ersten Band der Trilogie wird Ransom von Devine und Weston gekidnappt und gezwungen, sie auf einem Flug zum Mars zu begleiten. Die beiden letztgenannten sind Karikaturen der materialistischen Weltsicht und des fortschrittsgläubigen Wissenschaftlers.

Zunächst ist Ransom von Malacandra und seinen Bewohnern zutiefst erschrocken. ›Sein Gehirn war, wie so viele Gehirne seiner Altersgenossen, in bedenklichem Maße mit Schreckgespenstern vollgestopft. Er hatte seinen H. G. Wells und andere Schriftsteller gelesen.‹ Aber Malacandras Bewohner erweisen sich als ausgesprochen freundlich, wie er bei seinem ersten näheren Kontakt zu einem Hrossa, einem seehund-ähnlichen Wesen, bald merkt. Später lernt Ransom die hochgewachsenen Sorns, die Fröschen gleichenden Pfifltriggi und den großen Oyarsa kennen, den Eldil, der über Malacandra regiert.

Da er Philologe ist, lernt Ransom ohne große Schwierigkeiten die Sprache Oyarsas. Weston und Devine gelingt es jedoch nur, in dieser Sprache zu radebrechen, was zu einer der aufschlußreichsten und komischsten Szenen des Buches führt. Weston wendet sich in den Begriffen, die H. G. Wells oder Olaf Stapledon benutzt hätten, an Oyarsa, und Ransom bemüht sich, Weston zu übersetzen. Nur daß die Begriffe in der Übersetzung ein wenig seltsam klingen:

> »Das Leben ist größer als alle Sittengesetze; was es fordert, duldet keine Einschränkungen. Nicht durch Stammesverbote und Lehrbuchsätze hat das Leben sein unaufhaltsames Vorwärtsschreiten von der Amöbe zum Menschen und vom Menschen zum jetzigen Hochstand durchgeführt.«
>
> »Er sagt«, begann Ransom, »daß Lebewesen stärker und wichtiger seien als die Frage, ob eine Handlung krumm ist oder gut – nein, das ist wohl falsch – er sagt, es sei besser, lebendig und krumm zu sein als tot – nein, er sagt, er sagt – ich kann nicht in deiner Sprache sagen, was er sagt,

Oyarsa. Aber er besteht darauf, daß es das einzig Gute sei, wenn möglichst viele Geschöpfe lebten. Er sagt, es habe vor den ersten Menschen viele Tiere gegeben, und die späteren seien stets besser gewesen als die früheren; aber er sagt, die Tiere seien nicht um dessentwillen geboren worden, was die Eltern den Jungen über krumme und gute Taten erzählen. Und er sagt, jene Tiere empfänden kein Mitleid.«

»Es. . .«, fuhr Weston fort.

»Entschuldigen Sie«, unterbrach ihn Ransom, »aber ich weiß nicht mehr, um welches ›Es‹ es sich handelt.«

»Um das Leben natürlich«, antwortete Weston bissig. »Es hat erbarmungslos alle Hindernisse niedergebrochen und alle Fehlleistungen zunichte gemacht, und heute drängt es in seiner höchsten Form – dem Menschen unserer Zeit – und in mir als deren Verkörperung vorwärts zum Sprung von Planet zu Planet, wodurch es vielleicht für immer der Reichweite des Todes entzogen wird.«

»Er sagt«, verdolmetschte Ransom, »jene Tiere hätten gelernt vieles Schwierige zu vollbringen, die dazu Unfähigen ausgeschlossen. Diese starben, und die anderen Tiere bemitleideten sie nicht. Und er sagt, das beste Tier sei jetzt die Menschenart, die die großen Hütten baut und die schweren Lasten trägt und all das andere leistet, wovon ich dir gesagt habe; und er sei einer davon, und er sagt, wenn die anderen alle wüßten, was zu tun er im Begriff stehe, so würden sie sich sehr freuen. Er sagt, wenn er euch alle töten könne und die Unseren nach Malacandra bringen, auf daß sie dort lebten, dann würden sie vielleicht befähigt sein, hier weiterzuleben, wenn unserer Welt Schlimmes widerfahre. Und wenn dann auch Malacandra Schlimmes widerfahre, würden sie vielleicht aufbrechen und die Hnau einer anderen Welt töten. Und die einer weiteren – und so würden sie nie aussterben.« (Kapitel 20)[13]

Oyarsa entscheidet, die Menschen auf die Erde zurückzuschicken, nur Ransom darf auf Malacandra bleiben, wenn er möchte. Seine Antwort ›Kann ich nicht auf Thulkandra leben, so ist es besser für mich, gar nicht zu leben‹ könnte eine Rüge für John Carter sein. Ransom kehrt sicher zur Erde zurück und beendet damit eine der wunderbarsten Weltraumfahrten der Literatur.

Die ganze Trilogie baut auf Lewis' starken religiösen Überzeugungen auf. Er hat viel Spaß am Fabulieren wie jeder gute Geschichtenerzähler, aber manchmal gewinnen die erbaulichen Absichten die Oberhand. Im zweiten Band der Trilogie sind die Fabulierkunst und das erbauliche Element beide noch ausgeprägter, obwohl Lewis kategorisch bestritt, er schriebe in erster Linie zu didaktischen Zwecken.[14]

Perelandra ist die Venus, eine von Wasser bedeckte Welt. Die Beschreibung des Planeten mit seinen auf endlosen Wogen rollenden, schwimmenden Inseln ist wunderbar. Ransom wird durch Oyarsas Kräfte von Thulkandra dorthin gebracht. Auf einer der schwimmenden Inseln trifft er die grüne Frau. Sie befindet sich gerade von ihrem König getrennt, der anderswo unterwegs ist. Perelandra ist noch eine Welt vor dem Sündenfall, und die grüne Frau ist die Eva dieser Welt (doch wir werden gleich gewarnt, daß sich die Geschichte nie exakt wiederholt). Die Schlange erscheint in der Gestalt von Ransoms alten Feind Weston, dessen Körper der Krumme übernommen hat. Der Krumme ist der Teufel. »Weston« versucht die grüne Frau dazu zu verführen, auf dem festen Land zu leben, was Maleldil, Gott, ihr verboten hat.

Die Versuchung zieht sich über viele Tage hin, in denen Ransom, nicht immer überzeugend, für das Gute spricht. Schließlich kommt es zu einem physischen Kampf zwischen Ransom und dem übernommenen Weston, in dem der Krumme besiegt wird. Ransom erlebt noch einige Abenteuer in einer unterirdischen Welt, bevor er wieder mit der grünen Frau und ihrem König zusammenkommt, um ein großes Finale zu erleben, bei dem auch wieder die Eldila anwesend sind. Perelandra konnte vor dem Bösen gerettet werden. Lewis schafft es, sowohl das Grauen des Ding, das nicht länger Weston ist, überzeugend zu schildern, als auch im Kontrast dazu die Schönheit und das Glück der venusischen bzw. der perelandraschen Dinge darzustellen. Er führt seinen Lesern auch mit bemerkenswertem Geschick die Kraft und die Wahrheit, die hinter dem christlichen Mythos steht, vor Augen – das heißt, die Bedeutung der Freiheit des Individuums, wie kümmerlich sie auch erscheinen mag. Was er nicht kann, ist Nicht-Christen sein Gesamtkonzept glaubhaft zu machen, obwohl er sie unbezweifelbar peinlich berühren kann, besonders mit seinem psalmodierenden Schluß.[15]

Es ist ein Zeichen vieler originaler Werke, daß sie sich nicht schämen, ihre Ahnen erkennen zu lassen. Die beiden ersten Romane von Lewis zeigen deutlich ihre literarische Abkunft.

Jenseits des schweigenden Sterns ist in gewissen Grenzen von einem der Lieblingsromane Lewis' inspiriert: *Die Reise zum Arcturus* von David Lindsay. Lindsays Roman donnert wie ein spätes Werk des »Sturm und Drang« am Leser vorbei, obwohl die extravagante Geschichte 1920 veröffentlicht wurde.

Sie erzählt, wie ein gewisser Krag einen gewissen Nightspore und einen gewissen Maskull überredet, in einem Raumschiff zum Planeten Tormance zu fliegen, wo sie unheimliche metaphysische Abenteuer erleben. Als Allegorie entziehen sich diese Abenteuer jeder Interpretation; so muß man sie schon einfach als Vision akzeptieren.

Perelandra ist viel mehr eine Allegorie als eine Vision. Es bezieht seine Kraft aus einer anderen großen Allegorie, dem Gedicht *Paradise Lost,* mit dem Lewis sehr vertraut war. Man kann jedoch daraus keinesfalls schließen, daß sich *Perelandra* und *Paradise Lost* ähnlich seien, was sich schon daran zeigt, daß ein so unterschiedlicher Roman wie Mary Shelleys *Frankenstein* – so düster und atheistisch wie Lewis' Venus hell und religiös – ebenfalls auf Milton zurückgreift.

Je länger man darüber nachdenkt, desto deutlicher wird, daß jeder englische Autor phantastischer Erzählungen in Miltons Schuld steht, was auch für den gerade erwähnten Lindsay gilt.[16]

Wenden wir uns nun dem dritten Teil von Lewis' Trilogie zu.

Die Kräfte des »Fortschritts«, die die Welt zugrunderichten wollen, sind in *Die böse Macht* noch stärker geworden. Devine ist zu Lord Feverstone geworden und steht hinter dem »National Institute for Coordinated Experiments, kurz N.I.C.E.* Das Programm dieses N.I.C.E. ist vage und grandios. Es reicht von einem umfangreichen Vivisektionsprogramm über pränatales Lernen bis zu einer Umerziehung der ganzen Menschheit. N.I.C.E. beginnt das Städtchen Edgestow zu übernehmen, wobei es sich einer Mischung aus Bestechung und Geheimpolitik bedient. Der Erfolg wäre ihm sicher, hätte es nicht die Quarantäne der Erde durchbrochen und so den Eldila erlaubt, herabzusteigen und den Menschen zu helfen, N.I.C.E. zu besiegen.

Die etwas wild zusammengewürfelten Kräfte, die sich dem N.I.C.E. entgegenstellen, umfassen Ransom, der inzwischen über eine gewisse Macht verfügt, und den wiederauferstandenen Merlin. Glücklicherweise liegt Edgestow auf dem Gebiet des ehemaligen Logres. Merlin kann seine alten Kräfte entfalten. Er und Ransom werden zum Pendragon und vernichten N.I.C.E. mit Hilfe von Erdmagie.

Es ist ein seltsamer Roman, der eine Reihe von verschiedenen Ebenen aufweist – von realistischen bis zum symbolistischen. H. G. Wells tritt als Jules auf, der Strohmann des Institutes, und wird erschossen. Das Institut selbst arbeitet mit soviel kafkaesker Verwirrung, daß es schwer zu glauben ist, dabei könnte eine Bedrohung für etwas anderes als den angestrebten Fortschritt herauskommen. Mehr noch, seine Beschäftigung mit der Wissenschaft ist so nebulös, daß es Lewis damit nicht gelingt, wirklich die Bösewichter zu porträtieren, die er treffen will. Devine hat den Mars besucht, und eines der Ziele, was er durch N.I.C.E. verwirklichen ließe, wäre sicher, Westons Raumflug zu wiederholen, um die gegnerischen Kräfte dort auszuschalten, deren Gegenwart er sich dunkel bewußt ist. Im Roman taucht dieser Gedanke jedoch nie auf.

Auf der anderen Seite kann man sich auch nur schwer vorstellen, daß Christen sich der Magie aus den Tagen König

* [National Institute for Coordinated Experiments heißt auf deutsch etwa Nationales Institut für koordinierte Experimente; die Abkürzung N.I.C.E. ist gleichbedeutend mit »nice«, was »schön« heißt. Anm. d. Ü.]

Artus' bedienen, um hohe moralische Ideale zu verwirklichen und gleichzeitig ein bukolisches kleines England zu erhalten.

Die Wirkung des Ganzen ist eher so, als hätten sich C. P. Snow und Charles Williams zusammengesetzt, um Rex Warners *Der Flugplatz* neu zu schreiben: bemerkenswert, aber nicht gelungen. Was an *Die böse Macht* und der Trilogie, zu der es gehört, lebendig bleibt, ist der Versuch, Wells' Position mit seinen eigenen Mitteln zu widerlegen. Lewis schrieb keine Anti-Utopie; er wandte sich gegen den Gedanken der Utopie überhaupt. Damit repräsentiert er einen echten Minderheitenstandpunkt.

In einem kurzen Buch über C. S. Lewis[17] gibt sein Schüler Roger Lancelyn Green einen Brief von Lewis wieder, in dem dieser sagt:

> Was mich zwang, sofort mit dem Schreiben zu beginnen, war Olaf Stapledons »Last and First Man« und ein Essay in J. H. B. Haldanes *Possible Worlds,* die beide die Idee solcher (Weltraum-) Reisen ernst zu nehmen schienen und den gleichen verzweifelt unmoralischen Ausblick bezeugten, den ich versuchte, mit der Gestalt Westons anzuprangern. Ich mag die ganze interplanetarische Idee als eine *Mythologie* und wollte mich einfach auch für meinen (christlichen) Standpunkt dessen bemächtigen, was bisher nur von der Gegenseite benutzt worden war. Ich glaube, Wells' *Die ersten Menschen auf dem Mond* ist das beste von dieser Art, was ich gelesen habe . . .

Nichtsdestotrotz besaß Lewis ein recht ambivalentes Verhältnis zu Wells[18]. Wells erweckte zur selben Zeit Lewis' Phantasie und seinen moralischen Abscheu. Nicht anders erging es ihm mit Stapledon: »Ich bewundere seinen Einfallsreichtum (wenn auch nicht seine Philosophie) so sehr, daß ich mich einer Anleihe bei ihm nicht zu schämen brauche«, sagt Lewis in seinem Vorwort zu *Die böse Macht.*

Eine interessante Fußnote zu *Die böse Macht* ist der andere Einfluß, den es neben der Wells-Stapledon-Achse zeigt, nämlich der von zwei nahen Freunden von Lewis in Oxford: J. R. R.

Tolkien und Charles Williams. Letzterer ist im Logres-Stoff gegenwärtig, ersterer in eher rätselhaften Anspielungen auf Numenor und den »wahren Westen«.

Als Tolkiens *Herr der Ringe* schließlich seinen gewaltigen Auftritt hatte, erwies er sich so anti-wellsianisch und in jedem Wort so phantastisch wie Lewis' Trilogie. An der Art, wie die SF-Leser ihn an die Brust und Busen drückten, kann man erkennen, daß ihr wahres Interesse nicht dem Standpunkt des Autors gilt, sondern eher seiner Einfallskraft. Lewis oder Wells, Stapledon oder Tolkien, Burroughs oder Heinlein – in den Augen der Leser sind sie in einer Beziehung alle gleich; was sie gemeinsam haben, ist größer als das, was sie trennt; das Medium ist die Botschaft.

Wells war auf der Flucht vor den Schrecken der geplagten viktorianischen Unterschichten und sah die Hoffnung auf eine bessere Welt, die die Wissenschaft bot. Die, die wie Lewis und Forster gegen ihn argumentierten, sahen nur das ewig Menschliche, das sich aus religiöser Sicht auch durch die Wissenschaft nicht verbessern ließ. Auch Wells sah die menschlichen Beschränktheiten und verabscheute sie – deshalb der starke Hang zum Pessimismus in seinen Werken –, aber Wells glaubte, sie wären formbar und nicht ewig. Nun, er könnte recht haben, wenn an den Voraussagen über eine zukünftige biologische Kontrolle des lebenden Organismus etwas Wahres ist – Wells' Hoffnung und seine Furcht! Seit seiner Zeit hat man seine Furcht anerkannt, aber seine Hoffnung wurde abgelehnt oder von Männern wie Huxley, Forster und Lewis mit seinen eigenen Mitteln angegriffen.[19]

Wir wenden uns nun dem größten von Wells' Anhängern zu, der von Wells' Einfluß sagte: »Ein Mann rühmt nicht die Luft, die er atmet.« Wir haben Lewis' *bête noire,* W. Olaf Stapledon, vor uns.

Stapledon wurde 1886 in Wirral, Cheshire, England geboren. Den größten Teil seiner Kindheit verbrachte er in Ägypten. Er erhielt eine gute Erziehung und war ein, allerdings eher ungewöhnliches, Produkt von Balliol. Im ersten Weltkrieg diente er in einer Sanitätseinheit. Er lehrte an der Universität von Liverpool Philosophie und schrieb mehrere philosophische Werke.

Seine Romane lassen sich alle als spekulative Literatur einordnen, selbst sein dünnes letztes Buch *A Man Divided,* das starke autobiographische Elemente enthält. Es erschien 1950, dem Jahr, in dem Stapledon starb. Bisher ist kein Standardwerk der Literaturkunde in der Lage, etwas über ihn zu sagen, aber dieser beschämende Zustand mag sich irgendwann ändern.*

Die Atmosphäre von Stapledons Werken ist eisig, aber berauschend. Seine Bücher zu lesen ist, wie auf einem hohen Berg zu stehen. Man kann viel von der Welt und den unbeständigen Werken der wimmelnden Menschen sehen, aber wenig wirklich menschliche Dinge. Aus dieser Vogelperspektive geht jedes Gefühl für den Sinn des einzelnen Individuums verloren.

Das Beste von Stapledon findet sich in zwei langen spekulativen Werken und zwei kürzeren Romanen. Sein berühmtestes Werk ist das erste, was er veröffentlichte: *Last and First Men: A Story of the Near and Far Future.* Es erschien 1930.

Last and First Men ist eine phantastische Evolutionsgeschichte. Sie beginnt in Stapledons Gegenwart von 1930 und führt weiter und weiter in die Zukunft, zweitausend Millionen Jahre, bis die letzte menschliche Spezies, die sechzehnte Menschheit, sich auf dem Neptun niederläßt und dort ihrem Ende entgegensieht, weil die Sonne zu erlöschen beginnt.

Der Autor selbst betrachtete seine Chronik als noch weiter fortführbar oder sagte das wenigstens; denn die nächste Generation würde sicher schon darüber lächeln. Nun, es kann keinen Zweifel geben, daß man über die Beschreibung der Ereignisse zwischen 1930 und unserer heutigen Gegenwart nur lächeln kann. Sie lohnt der genaueren Betrachtung, falls jemand einen Beweis sucht, wie falsch Voraussagen sein können. Fast alles, was Stapledon über Deutschland und Amerika erzählt, ist unrichtig. Nur wenn es einem Leser gelingt, sich durch die Anfangskapitel zu kämpfen, wird er von den Flügeln der stapledonschen Inspiration davongetragen – Mythos nannte Stapledon sie. Politische Spekulationen treten dann hinter die Untersuchung des Lebensprozesses zurück.

* [In Deutschland ist Stapledons *Star Maker* dank Wolfgang Jeschke immerhin in Kindlers Literatur Lexikon enthalten. Anm. d. Ü.]

Etwas in diesem Buch versagt nie: Stapledons Erfindungsgabe. Die zweite Menschheit z.B. wird durch eine Invasion vom Mars bedroht; obwohl diese Idee von Wells entliehen sein kann, sind die Marsianer wolkenähnliche Wesen, die Stapledon völlig alleine ersann.

Darüberhinaus wird diese Erfindungsgabe unterstützt und genährt von einer großen Vorstellungskraft, und die aufeinanderfolgenden Panoramen des Lebens, die Stapledon vor uns entrollt, sind immer faszinierend und voneinander unterschieden. Es handelt sich um Variationen des Themas des Menschen als Wesen wie jedes andere, hilfloses Opfer seiner Umwelt, so daß alles, was an diesem Wesen göttlich ist, nur auf blinden Zufall zurückgeführt wird. Wie Hardy war Stapledon von Schopenhauers Seinsphilosophie beeinflußt, daneben von Spenglers Philosophie der zyklischen Natur der Geschichte. Stapledons Sicht ist gleichzeitig stolzer und pessimistischer als die Hardys.

Hier ist seine abschließende Vision, die SF-Leser zweifelsohne ausgesprochen beeindruckend finden werden – obwohl es die Art von Passage ist, die Lewis ausgesprochen erschrekkend gefunden haben muß:

> Aber wenn die Zeit erfüllt war, würde eine weit ernstere Krise kommen. Die Sonne würde weiter abkühlen, und zuletzt würde der Mensch nicht mehr in der Lage sein, aus der Sonnenstrahlung die für das Leben notwendige Energie zu beziehen. Es würde notwendig werden, Materie zu annihilieren, um den Mangel auszugleichen. Für diesen Zweck mochte man die anderen Planeten benutzen und vielleicht auch die Sonne selbst. Oder, vorausgesetzt man fände Versorgungsmöglichkeiten für eine so lange Reise, würde der Mensch seinen Planeten kühn in die Nachbarschaft eines jungen Sternes versetzen. Von da an wäre er vielleicht in der Lage, in einem viel größeren Rahmen zu operieren. Er würde alle bewohnbaren Planeten in jedem Winkel der Galaxis erforschen und kolonisieren und sich schließlich zu einer riesigen Gemeinschaft denkender Welten zusammenschließen. Dann (so träumten wir) mochte

er sogar in der Lage sein, Kontakt mit anderen Galaxien aufzunehmen. Es schien nicht unmöglich zu sein, daß der Mensch selbst der Keim jener Weltseele war, der es bestimmt ist, so hoffen wir noch immer, für eine Weile vor dem Niedergang des Universums zu erwachen und den ewigen Kosmos mit seinem gerechten Lohn an Wissen und Bewunderung zu krönen, in ständigem Fluß und doch ewig. Wir wagten zu hoffen, daß in einer fernen Zukunft der menschliche Geist in all seiner Weisheit, seiner Macht und seiner Herrlichkeit mit einem gewissen Respekt auf unsere primitive Zeit zurückblicken würde; ohne Zweifel auch mitleidig und ein wenig amüsiert, aber trotzdem nicht ohne Bewunderung für unseren Geist, der noch nur halb erwacht war und mit großen Unzulänglichkeiten kämpfte. (Kapitel 16)

Eine so kalte Vision paßt am besten in die Literatur oder in die Musik; als Architektur oder in der Politik wäre sie unerträglich.

Im Jahre 1932 veröffentlichte Stapledon *Last Men in London,* ein Pendant zu seinem vorausgegangenen Buch. Sein größtes Werk erschien 1937, als der Schatten eines neuen Krieges sich über Europa ausbreitete. In seinem Vorwort entschuldigte sich Stapledon dafür, etwas zu schreiben, das soweit von dem Schlachtlärm seiner Zeit entfernt war. Er sagt von denen, die mitten in den heraufziehenden Kämpfen stehen, daß sie sich ›in edler Weise etwas von der Objektivität, der Macht der kalten Abschätzung, vergeben, die ja zu den wertvollsten menschlichen Fähigkeiten gehört‹ – eine sehr suspekte Äußerung. Man kann nicht leugnen, daß er von dieser kalten Objektivität so viel hielt, weil er sie selber empfand. Er gehörte zu jenen »ungeheueren, kalten und unfreundlichen Geistern«, von denen bei Wells in einem anderen Kontext die Rede ist.

The Star Maker [Der Sternenmacher] beginnt in gewisser Weise dort, wo *Last and First Men* aufhörte. Ein nicht näher benanntes menschliches Wesen, das entkörperlichte »Ich« des Buches, fällt in eine Trance, einen »Adlerflug der Phantasie«, während es auf einem mit Heidekraut bewachsenen Hügel nahe seines Hauses sitzt. Der Geist des »Ichs« wird fortgezogen von der Erde hinaus in das Sonnensystem und dann immer weiter und weiter in die Tiefen des Kosmos.

Dies ist eine neue – und bisher nicht übertroffene – Form der Seelenreise. Eine neue Generation verarbeitet neues Wissen; Einsteins Theorien und die Popularisierung der Gedanken von Eddington und James Jeans geben Stapledons Modell des Universums ein neues Kaliber:

> Nach einiger Zeit bemerkte ich, daß sich die Sonne und die in ihrer Nähe sichtbaren Sterne rötlich färbten, während die Himmelskörper der Gegenseite ein kaltes Blau annahmen. Die Erklärung für dieses Phänomen war schnell gefunden. Ich schien mich bereits so schnell zu bewegen, daß selbst das Licht von meiner Geschwindigkeit nicht unbeeinflußt blieb. Die mich überholenden Lichtwellen brauchten länger, ehe sie mich erreichten und wirkten daher durch langsamere Schwingungen auf mich ein, als sie normalerweise hatten. Auf diese Weise nahmen sie für mich eine rötliche Färbung an, und die mir entgegenkommenden Lichtwellen, zusammengedrängt und verkürzt, erschienen mir daher als blau.
> Sehr bald bot der Himmel einen außerordentlichen Anblick. Alle Sterne direkt hinter mir waren tiefrot, während die Sterne in meiner Flugrichtung eine violette Färbung angenommen hatten. Rubine lagen hinter mir, Amethyste vor mir. Die rubinrote Sternengruppe war von einem Ring topasfarbener Sterne umgeben, während sich um die violette Konstellation ein Ring von Saphiren schloß. Zu beiden Seiten meiner Flugrichtung gingen die Farben langsam in das normale Weiß der vertrauten Himmelskörper über. Da ich mich beinahe in der Ebene der Galaxis dahinbewegte, hatte auch der Reif der Milchstraße eine entsprechende Färbung angenommen. Kurz darauf trübten sich die Sterne vor und hinter mir und verschwanden, wobei sie zwei sternenlose Löcher im Himmel zurückließen, von denen jedes von einem Ring farbiger Lichtpunkte umgeben war. Offensichtlich nahm meine

> Geschwindigkeit weiterhin zu. Das Licht der verloschenen Sterne war für meine beschränkten menschlichen Sinne nicht mehr erfaßbar.
> Meine Geschwindigkeit steigerte sich, und die beiden sternenlosen Löcher schoben ihre farbigen Umgrenzungen vor und begannen die Myriaden normaler Sterne beiderseits meines Flugweges zu verschlingen. Außerdem stellte ich dort nun Bewegung fest. Meine hohe Geschwindigkeit bewirkte, daß sich die näher liegenden Sterne vor dem Hintergrund der entfernteren Lichter bewegten. Diese Verschiebung beschleunigte sich, bis der ganze sichtbare Himmel ein einziges Streifenmuster fliegender Sterne bildete. Dann wurde es dunkel um mich. Wahrscheinlich war meine Geschwindigkeit so groß geworden, daß das Sternenlicht überhaupt nicht mehr auf mich einwirken konnte. (Kapitel 2)

Der Reisende fliegt immer weiter auf der Suche nach Planeten mit menschenähnlichen Lebensformen. Schließlich gelangt er auf die ›andere‹ Erde. Bevor der Reisende wieder aufbricht, wird eine ausführliche Beschreibung der dortigen Kulturen und Gesellschaftssysteme gegeben. Sie enthält ein wenig milde Satire auf menschliche Verhaltensweisen zusammen mit Passagen, die die Geschichten intelligenter moderner SF-Autoren vorwegnehmen, etwa von C. S. Lewis und James Blish. ›Kurz bevor ich die andere Erde verließ, entdeckte ein Geologe ein versteinertes Diagramm einer sehr komplizierten Radioanlage.‹ Hier melden sich schon die außerordentlichen Realitätsumkehrungen eines Philip K. Dick an.

Auf seiner Reise, die inzwischen schneller als das Licht vorangeht, trifft das »Ich« andere vergeistigte kosmische Abenteurer. Gemeinsam erforschen sie endlose Welten, endlose Variationen des Lebens, bei denen Stapledons geniale Begabung bei der Erfindung unterschiedlicher Lebensformen, die sich bereits in *Last and First Men* zeigte, zur vollen Entfaltung kommt. Hier, unter allen möglichen Arten fremder Umweltbedingungen, zeigt er uns viele »seltsame Menschheiten«, wie er sie nennt. Darunter finden sich Zentauren, die im Universum recht verbreitet sind (man erinnere sich an A. E. van Vogts Bemerkung in *The Storm,* daß die Zentaur-Familie ›fast universal‹ sei), Echinodermen-Menschen, intelligente Schiffe sowie symbiotische Rassen, zusammengesetzte Gehirnwesen, bewegliche Pflanzenmenschen und andere Variationen des Lebens. Utopias, interstellare Raumfahrt, interplanetare Kriege, galaktische Reiche, schreckliche Krisen der galaktischen Geschichte, telepathische Sub-Galaxien, die wahnsinnig werden . . . bis schließlich ein galaktisches Utopia möglich wird. In all dem ist die Geschichte von *Last and First Men* nur noch eine kleine Fußnote, die zwischen größeren Dingen verloren geht. Stapledon ist wirklich manchmal beängstigend.

Er dreht aber noch weiter auf. Wir ziehen auf die paragalaktische Ebene. Sterne haben ebenfalls ein Bewußtsein, und den vergeistigten Welten gelingt es, mit ihnen Kontakt aufzunehmen. Als die Galaxis zu verfallen beginnt, gibt es eine perfekte Symbiose zwischen Sternen und belebten Planeten. Inzwischen beobachtet das »Ich« den ›großen Schneesturm der vielen Millionen Galaxien‹. Eine telepathische Erforschung des ganzen Kosmos ist jetzt möglich, doch das »Ich« bleibt sich selbst noch immer ein Geheimnis.

Noch einmal wird der Rahmen vergrößert. Das »Ich« ist jetzt Teil des kosmischen Geistes und lauscht den flüsternden Gedanken der Sternennebel, während es sich auf die Suche nach dem Sternenschöpfer selbst macht. Dieser oberste Schöpfer wird am Ende gefunden, sternengleich und zurückgezogen. Er weist die Verehrung des kosmischen Geistes zurück – er liebt weder, noch verspürt er das Bedürfnis nach Liebe. ›Denn wenn der Schöpfer seine Geschöpfe lieben würde, würde er damit nur einen Teil seiner selbst anbeten.‹

Diese Begegnung versetzt den kosmischen Geist in eine Art Traum. Im phantastischsten Teil des Buches besucht der kosmische Geist frühere Versionen des Kosmos, mit denen der junge Sternenmacher experimentiert hat. Sie sind so etwas wie Spielzeuguniversen. An dieser Stelle können und sollen sie nicht weiter beschrieben werden, denn ihr Platz ist genau dort, wo Stapledon sie hingesetzt hat. Es genügt zu sagen, daß eines dieser Spielzeuguniversen aus drei verbundenen Kosmen besteht, die einer christlichen Version der Welt gleichen. Im ersten spielen ein guter und ein böser Geist um den Besitz der Seelen seiner Geschöpfe. Je nachdem, wer gewinnt oder verliert, gelangen die Seelen in den zweiten oder dritten Kosmos, das heißt, in einen ewigen Himmel oder eine ewige Hölle, wo sie entweder ewige Qualen oder ewige Ekstase des Verstehens erwarten.

Die Vielfalt der Kosmen setzt sich fort, sie entwickeln sich zu immer höheren Formen, während die Kunst des Sternenschöpfers und seine Erkenntnis durch seine Modelle weitergebildet wird – er wächst immer wieder auf tragische Weise über seine Schöpfungen hinaus. Spätere Schöpfungen zeigen ökonomischere Anstrengungen als unsere, aber das Leid ist immer weit verbreitet. Die Schöpfungen folgen eine auf die andere, bis der kosmische Geist erschöpft ist. Dann wird der ultimative Kosmos erreicht.

Danach erwacht der kosmische Geist aus seinem »Traum« und versteht, daß er dem Bewußtsein des Sternenschöpfers begegnet ist, das alle Leben in einer einzigen zeitlosen Vision umfaßt. Solche Besinnung ist das höchste Ziel des Geistes.

Das »Ich« kehrt zur Erde zurück, ist wieder in der Gegenwart und mag Zuflucht im Kleinen suchen. Der Mann geht heim zu seinem Weibe. Doch privates Glück wird durch die heraufziehenden Katastrophen verhöhnt. Die Welt steht einer neuen Krise gegenüber. Alles was wir tun können, ist fürein wenig Erleuchtung kämpfen, bevor die letzte allumfassende Dunkelheit hereinbricht.

Zeittafeln vervollständigen diese großartige und entnervende Vision.

Die Vision in *Star Maker* ist nicht nur viel umfassender als in *Last and First Men,* sie ist auch viel feingeschliffener. Nicht nur, daß eine viel variationsreichere Kontinuität die einzelnen Teile verbindet als das etwas grobe Ursache-und-Wirkung, das die Veränderungen in dem früheren Buch hervorrief, sondern auch die Prosa selbst ist flexibeler. Hier wird der persönliche Erzähler, wie sehr er auch eingepaßt wird, eine Hilfe, die eine Geschlossenheit bringt, wie sie *Last and First Men* fehlt.

Last and First Men ist nur ein atheistisches Traktat, das zum größten Teil auf Gedanken des 19. Jahrhunderts fußt. In *Star Maker* wird der Atheismus selbst zu einem Glauben, so daß er schließlich unausweichlich selbst zu einer höheren Religion führt, die sich in einem genuin neuen, dem 20. Jahrhundert entsprechenden Verständnis der Kosmologie verkörpert. Damit ist in Stapledons Kunst ein großer Schritt vorwärts markiert. Sein Denken entfaltet sich ohne große Anstrengung natürlich von Kapitel zu Kapitel. Es ist großartig. Und es ist beinahe unerträglich.

Stapledon veröffentlichte auch etwas orthodoxere Romane, von denen nur *Odd John [Die Insel der Mutanten]* (1935) und *Sirius* [Sirius] (1944) zu erwähnen sind. *Odd John* ist eine hübsche Supermann-Geschichte, die erzählt, wie John aufwächst, seine Fähigkeiten entwickelt und mit ihnen experimentiert, bis er andere seiner Art findet und mit ihnen eine Gemeinschaft auf einer kleinen Insel im Pazifik gründet. Obwohl dieses kleine und etwas verrückte Utopia am Ende ausgelöscht wird, ist die Stimmung des Buches hell und fröhlich. Die Geschichten der verschiedenen Supermenschen sind alle verschieden, und Stapledon hat deutlichen Spaß daran, die Vorgeschichten für sie zu erfinden. Da dieses Buch dasjenige Stapledons ist, das man am ehesten als »gut zu lesen« bezeichnen kann, ist es der beste Stapledon für den Anfänger, ein Übungshügel, den man erklettern sollte, bevor man sich an die gewaltigen, schwindelerregenden Höhen dahinter macht.

Sirius ist der menschlichste von Stapledons Romanen, vielleicht, weil die Hauptfigur ein Hund ist. Sirius ist ein Schäferhund, der das Gehirn und damit die Erkenntnisfähigkeiten eines Menschen hat, in anderen Beziehungen aber ein Hund geblieben ist. Zunächst nur das Produkt eines wissenschaftlichen Experiments, gewinnt der Hund nach und nach seine Unabhängigkeit. Sein Leben wird durch die erwiderte Liebe zu dem Mädchen Plaxy erträglich. Liebe ist ein seltenes Ding in Stapledons Werk; hier, wo sie zwei verschiedene Arten miteinander verbindet, findet sie ihren wärmsten und rührendsten Ausdruck. Sie lebt weiter, selbst nachdem der Hund getötet wird.

Auch diese beiden Romane sind auf ihre Art bemerkenswert.

Der Name Olaf Stapledon würde allein wegen ihnen in den Annalen der Science Fiction nicht vergessen werden. Aber *Last and First Men* und *Star Maker* sind Schritte weit über die akzeptierten Grenzen der Science Fiction hinaus. Oder man könnte eher sagen, Stapledon ist das große klassische Beispiel, der kalte Hauch der Perfektion bei der Verwandlung wissenschaftlicher Konzepte in riesige ontologische Prosagedichte, der ultimative SF-Schriftsteller. Besonders *Star Maker* steht in einer Reihe mit jenen seltenen Büchern, in denen gewaltige, rücksichtslose Unternehmen gemäß den Ambitionen ihrer Autoren voll ausgeführt wurden: Hardys *Dynast* steht dort, die Schriften von Sir Thomas Brown, C. M. Doughtys epische Gedichte und vielleicht Miltons *Paradise Lost.* Wie es kommt, daß die Leichenbestatter, die als Kritiker die englische Literatur konservieren sollen, Stapledon von ihren kritischen Lobpreisungen völlig ausgenommen haben, ja ihn ignorieren, ist eine Sache, vor der jede Spekulation versagt. Seine Prosa ist so kristallklar wie seine Vorstellungskraft gewaltig und erschrekkend. *Star Maker* ist wirklich das eine große heilige Buch der Science Fiction – vielleicht liegt letztlich doch etwas angemessenes in seiner wunderbaren Vergessenheit und Mißachtung!

*

Dieses Kapitel über die dreißiger Jahre ließe sich noch weit ausdehnen. Zu nennen sind J. B. Priestleys Stücke wie *Die Zeit und die Conways* (1937),* die Romane von S. Fowler Wright wie *The World Below* (1929), Philip Wylies *Wenn Welten zusammenstoßen* (1932), gemeinsam mit Edwin Balmer geschrieben und später verfilmt, und sein *Das große Verschwinden,* James Hiltons zweimal verfilmten Bestseller *Lost Horizon [Irgendwo in Tibet]* – ein anderer exotischer Sohn Haggards, und die Romane von John Tain (dem Mathematiker Eric Temple Bell) wie *Before the Dawn* (1934). Aber Zeit und Raum lassen nicht mehr als einen liebevollen Hinweis zu. Stattdessen müssen wir uns den SF-Magazinen zuwenden.

* Priestley setzt sich mehr als einmal für das Vergnügen an der SF ein und war einer der ersten, die *Last and First Men* lobten.

Die Schriftsteller, die wir bisher in diesem Kapitel versammelt haben, schufen ihre Werke als Antworten auf die gesellschaftlichen Fragen und die Ideen ihrer Zeit. Ihre Bücher sind spezifische Antworten auf spezifische Bedingungen. Kafka, Huxley, Čapek, Stapledon, sie alle geben Zeugnis von ihrer Weltanschauung.

Und in ihrem Besten heben sie sich über ihre eigene Zeit hinaus und schaffen etwas, das auch für spätere Generationen andauern wird. Indem sie den *Zeitgeist* einfingen, lehnten sie sich gegen ihn auf.

Das meiste, was in den SF-Magazinen geschrieben wurde, ist dagegen nicht von Bestand. Es reflektiert wenig von der Welt, in der es entstanden ist, und wesentlich mehr von den Marktbedingungen, denen es sich anpassen mußte. Es machte die Science Fiction zu einem wirklichen Medium, aber dabei drückte es unvermeidlich ihr Niveau.

Es ist leicht zu erklären, daß Hugo Gernsback (1884–1967) eine der schlimmsten Katastrophen war, die dem Genre je widerfahren sind. Nicht nur, daß die Absonderung der Science Fiction in eigens darauf spezialisierte Magazine eine Getto-Situation mit dem aufblühenden Genre unangemessenen Orthodoxien schuf, dazu kam noch, daß Gernsback ein Mann ohne jedes literarische Verständnis war. Damit gab er ein verheerendes Beispiel, dem viele spätere Herausgeber folgten.

Gernsback stammte aus Luxemburg. Nach einer technischen Ausbildung wanderte er 1904 in die USA aus mit der Absicht, dort als Erfinder Geld zu machen. Im Handumdrehen brachte er Radiobausätze auf den Markt und veröffentlichte der Welt erstes Radiobastler-Magazin *Modern Electrics.* In dieser Zeitschrift druckte er 1911 in Fortsetzungen seinen Roman *Ralph 124C 41+: A Romance of the Year 2660* [*Ralph 124C 41+*] ab. Der Roman läßt schon deutlich erkennen, daß ihm jedes Interesse an etwas anderem als technischen Wundern und Erfindungen abging.

Ein Auszug aus diesem einzigartigen Dokument soll uns nicht erspart bleiben. Hier ist die Eröffnung von Kapitel 3 »Tot oder lebendig?«:

Ein entschuldigendes Hüsteln kam vom Eingang des Laboratoriums. Es ging auf ein Uhr des folgenden Tages zu.

Einige Minuten später wurde es zum äußersten Mißfallen des Wissenschaftlers wiederholt, der angeordnet hatte, unter keinen Umständen bei seiner Arbeit gestört zu werden.

Nach dem dritten »Ähm« hob er den Kopf und starrte scharf auf den leeren Raum zwischen dem Türpfosten. Selbst der überzeugteste Optimist konnte aus diesem Blick kein Willkommen entnehmen.

Peter, der seinen Nacken um die Ecke schob, bis ein Auge sich mit dem Blick seines Herrn traf, zog den Kopf schnell wieder zurück.

»Nun, was gibt es?« kam es mit einer leicht irritierten, barschen Stimme aus dem Laboratorium.

Diese geschmacklose und ungebildete Geschichte strotzt von Vorhersagen aller Arten technischer Neuerungen, von denen jede gerade vor Beginn der Geschichte im Jahre 2660 erfunden sein muß. Denn die Gesellschaft ist unverändert: Jungen und Mädchen treffen sich auf die verklemmte Art von 1911, und der Held hat einen altmodischen Diener. Schlaf wird in dieser grauenvollen Welt als vergeudete Zeit betrachtet, weshalb man Kinder während der Nacht mit Lernstoffen füttert und Erwachsene – das schlimmste von allem – mit dem Inhalt der Tageszeitungen! Das Ganze ist einfältiger viktorianischer Utilitarismus. Gernsbacks Philospohie, viel mehr als die Stapledons, ist das, was C. S. Lewis verabscheute; aber auch Stapledon hätte sie verabscheut, wenn er etwas davon mitbekommen hätte.[20] Die schlimmste Gernsbackianische Science Fiction träumt weder, noch denkt sie.

Gernsbacks armseliges Gebräu hatte jedoch großen Erfolg. Seine Erfindungen ließen sich glatt schlucken, was durch den Mangel an Psychologie und Imagination nur noch gefördert wurde. Gernsback begann noch mehr Science Fiction zu veröffentlichen – dankenswerter Weise aus anderen Federn. Im April 1926 brachte er das Magazin *Amazing Stories* auf den

Markt. Die erste Ausgabe enthielt Geschichten von Verne, Poe und Wells. Zuversichtlich ließ er 1927 *Amazing Stories Annual* folgen, das bereits 1928 von einem *Amazing Stories Quarterly* abgelöst wurde, in dem Gernsback dann 1929 noch einmal seinen *Ralph 124C 41+* wiederholte.

Anfang 1929 verlor er die Redaktion von *Amazing Stories,* aber im Sommer kam er schon mit *Science Wonder Stories* wieder auf den Markt. Gernsback war ein energischer und mutiger Verleger, der sich sofort an eine Erfolgsrichtung anhängte. Er prägte den Begriff »science fiction«, nachdem er das Recht auf die unaussprechliche gernsbackianische Häßlichkeit »scientifiction« verloren hatte. Trotz alledem ist es schwer zu verstehen, warum man ihn jemals den »Vater der Science Fiction« nennen sollte[21]; wir haben inzwischen genug Leute kennengelernt, die solche Ansprüche gelten machen könnten, um zu erkennen, daß Gernsback nur eine als junge Mutter verkleidete Hebamme war.

Allein die Existenz vom Gernsbacks Magazinen zog schon Autoren an. Namen wie Murray Leinster, David H. Keller, Stanton A. Coblentz, Jack Williamson, Bob Olson, Harl Vincent und Philip Francis Nowlan, dessen Buck Rogers es im Comic zur Unsterblichkeit brachte, werden mit Gernsback assoziiert. Er importierte auch deutsche Autoren in Übersetzungen, so daß exotische Namen wie Otfrid von Hanstein und Bruno H. Burgel auf seinen Seiten auftauchten.

Gernsback legte große Betonung auf die Notwendigkeit wissenschaftlicher Genauigkeit in den Geschichten, und seine Konkurrenten fühlten sich später dazu verpflichtet, das zu kopieren. Obwohl dieses Diktat eher durch Umgehung als Beachtung geehrt wurde, hatte es den Effekt, eine tödliche Pedanterie in die Geschichten zu tragen. Solange die Geschichten nur wie Diagramme aufgebaut waren und so übersichtlich wie Diagramme ohne jede Atmosphäre und Sensibilität, störte es offensichtlich nicht, wie albern die beschriebene »Wissenschaft« oder die Psychologie der Charaktere tatsächlich war.

Eine typische Geschichte dieser Art besteht etwa darin, daß ein Wissenschaftler, der in seinem privaten Laboratorium experimentiert, einen neuen Weg Atome zu zertrümmern entdeckt, um ihre Energie freizusetzen. Dabei erzeugt er aber leider einen sich selbst erneuernden Energiewirbel, der entweder den Wissenschaftler oder seinen Assistenten umbringt oder sogar die Karriere der Tochter des Wissenschaftlers bedroht, bevor er, der Energiewirbel, dann aus dem Fenster entweicht und in der Umgebung größere Verwüstungen anrichtet, gegen die die örtliche Feuerwehr machtlos ist. Der Wirbel wird immer größer und unberechenbarer. Bald zerstört er New York (oder Berlin oder Moskau) und verursacht dabei allgemeine Panik. Zehntausende von Amoklaufenden ziehen auf's Land und vernichten alles, was ihnen in den Weg kommt. Die CID (oder die Miliz oder die Schützengarde oder die Rote Armee) sind hilflos.

Glücklicherweise hat der Lieblingsassistent des Wissenschaftlers oder der Reporter der Lokalzeitung oder der Freund der schönen Tochter den großen Einfall, der sofort vom Präsidenten (oder dem Kanzler oder Stalin) aufgegriffen wird. In jedem Land der Welt werden riesige Traktoren mit gigantischen Elektromagneten gebaut, und von diesen wird der Wirbel umzingelt, nachdem er sich gerade die Golden Gate Bridge (oder Krupp oder den Kreml) einverleibt hat. Entweder geht alles gut, und der Held und die schöne Tochter fahren zusammen auf dem Trittbrett einer der gigantischen Maschinen mit, während der Energiewirbel in den Weltraum hinausgeschleudert wird – oder im letzten Augenblick läuft alles schief, bis ein Vulkanausbruch von bisher noch nicht dagewesener Stärke erfolgt und den Energiewirbel doch noch in den Weltraum hinausschleudert.

Der Held und die schöne Tochter kommen sich im Licht eines neuen Mondes näher (oder bekommen Orden verliehen oder bestatten Daddy oder waschen sich zusammen die Hände).[22]

Das Ergebnis solcher Geschichten war, daß sie die Vorliebe für die interplanetarischen Romanzen nach Art Burroughs' zerstörten. Die leuchtenden Farben der letzteren wurden durch die grauen Zwischenfälle und den Waffenstillstand der Technokratie abgelöst.

Aber Talente setzen sich durch, selbst unter widrigen Umständen. Nach und nach bahnte sich eine Synthese zwischen den Burroughsianern und den Gernsbackianern an.

Diese Synthese wurde in den »Gosh-wow!«-Typ-Geschichten erreicht, und nicht allein durch Gernsbacks Magazine. *(Amazing,* das erstaunlicherweise noch immer überlebte, hat im Grunde wenig zum Genre beigetragen.) Farnsworth Wrights großes alter Pulp-Magazin *Weird Tales* veröffentlichte seit seinem ersten Erscheinen im März 1923 eine beachtliche Menge Science Fiction, ohne dieses Material immer so zu etikettieren. Und im Januar 1930 tauchte ein neues Magazin auf dem Markt auf. Es nannte sich *Astounding Stories of Super Science.* In ihm erschien die neue Synthese und gab der Sache eine neue Richtung.

ANMERKUNGEN ZU KAPITEL ACHT

1. Vielleicht ist in einer Anmerkungen noch Raum, kurz darauf hinzuweisen, wie oft die Oper sich eines großen Fantasy-Themas annahm. Wagners *Götterdämmerung* mit ihrem Höhepunkt aus Feuer und Wasser fällt einem sofort ein. Stravinskys *Oedipus Rex* zeigt die Gefahren, die in der Suche nach Wahrheit liegen. Bartoks *Blaubart* demonstriert das Unglück, das einer Frau drohen kann, die alles über die Vergangenheit ihres Geliebten zu erfahren sucht. Und so weiter. Es ist sicher nicht unverständlich, wenn behauptet wird, daß die Oper mit all ihren Farben, ihrer Musik und ihren Ritualen die kraftvollste Art der Bearbeitung eines Fantasy-Themas ist.
2. Erich Heller, »The World of Franz Kafka«, *The Desinherited Mind,* Cambridge 1952.
3. *Tagebücher 1910–1932,* hrsg. von Max Brod.
4. Was den Einfluß der Psychoanalyse auf Kafka angeht, siehe Charles Neiders *The Frozen Sea,* 1948.
5. Nesvadbas beste in England veröffentlichte Sammlung ist *In the Footsteps of the Abominable Snowman,* 1971. [In Deutschland erschien von Nesvadba die Story-Sammlung *Einsteins Gehirn,* München 1977.]
6. Für den Hinweis auf dieses und das nächstgenannte Buch stehe ich in der Schuld von Mr. Peter Kuczka, der bekannten ungarischen SF-Autorität.
7. Der ungarische Originaltitel ist *Utazás Faremidoba Capillaria.*
8. In *Writers at Work: The Paris Review Interviews* behauptet Aldous Huxley, daß *Schöne neue Welt* »als eine Parodie auf Wells' *Men Like Gods* begann, sich aber dann nach und nach anders entwickelte. . .«
9. Aus Philip Toynbees Rezension von *Island, Observer,* 1. 4. 1962.
10. Es gibt ein frühes Buch über Huxley: John Atkins *Aldous Huxley: A Literary Study,* überarbeitete Ausgabe 1967. Das jüngste Werk ist George Woodcocks *Dawn and the Darkest Hour,* 1972.
11. Isaiah Berlins Essay ist zusammen mit anderen in *Aldous Huxley, 1894–1963 A Memorial Volume,* hrsg. von Julian Huxley, 1972, enthalten.
12. Laura Archera Huxley, *This Timeless Moment: A Personal View of Aldous Huxley,* 1969.
13. Eine Stelle, die Bewunderer von A. W. Kinglakes *Eothen* an die Unterhaltung des Reisenden mit einem Pascha erinnern wird, aus der geschlossen wird, »daß ein Hinzuziehen des Dolmetschers für den Geist einer Unterhaltung tödlich ist.«

14. ALDISS: Ich hätte gedacht, daß Sie *Perelandra* aus didaktischen Gründen konstruiert haben. LEWIS: Ja, das denkt jeder. Sie haben alle sehr unrecht . . . Die Geschichte dieses verhinderten Sündenfalls kam erst ganz nebenher dazu. Natürlich wäre es nicht diese spezielle Geschichte geworden, wenn ich nicht auf einer anderen Ebene an diesen speziellen Gedanken so interessiert gewesen wäre. Aber das war es nicht, wovon ich ausgegangen bin. (Aus »C. S. Lewis, Discussion of Science Fiction«, aufgezeichnet von Brian Aldiss. Veröffentlicht in *SF Horizons I,* 1964. Nachgedruckt in *Of Other Worlds.*
15. Vielleicht werden die Schwierigkeiten, die man mit *Perelandra* hat, von Lois und Stephen Rose ausgedrückt, den Autoren von *The Shattered Ring: Science Fiction and the Quest for Meaning,* 1970. Sie sagen: »Der böse Gegenspieler, Weston, wird oft mit einem unartigen kleinen Jungen gleichgesetzt. Seine »Unartigkeit« wird in seinem grausamen Quälen von Tieren dargestellt. . .« Lewis gibt uns »Unartigkeit« und eine Prise Entsetzen. Aber er konfrontiert uns nicht mit etwas wirklich Bösem.
16. Wer *Die Reise zum Arcturus* lesbar, aber verwirrend findet, sei auf die Gollancz-Ausgabe von 1963 verwiesen. Sie enthält eine Anmerkung, die den Roman im Licht von Miltons Dichtung betrachtet. Die Anmerkung stammt von E. H. Visiak, der 1972 vierundneunzigjährig starb. Wie Lewis war auch Visiak ein Schüler Miltons. Sein esoterischer Roman *Medusa* (1929) trägt selbst die Spuren Miltons. [Diese Anmerkung ist auch als Nachwort in der deutschen Ausgabe *Die Reise zum Arcturus,* Heyne-Buch 3440, München 1975, enthalten.]
17. Roger Lancelyn Green, *C. S. Lewis,* eine Bodley Head Monographie, 1963, Seite 26.
18. Sehr ambivalent. Lewis entschuldigt sich in einer besonderen Anmerkung zu *Out of the Silent Planet [Jenseits des schweigenden Sterns]* bei Wells; aber der Jules aus *That Hideous Strength [Die böse Macht]* ist eine beschämende und persönliche Karikatur Wells, der kaum dafür verantwortlich gemacht werden kann, daß er ein Cockney mit kurzen Beinen war.
19. Für eine ausführliche Diskussion dieses Themas siehe Mark R. Hillegas, *The Future Nightmare: H. G. Wells and the Anti-Utopians,* New York, 1967.
20. Als sich 1936 ein SF-Fan an Stapledon heranmachte, erhielt dieser zum ersten Mal Gelegenheit, in ein SF-Magazin zu blicken. »Mein Eindruck ist, daß die Stories sehr unterschiedlich waren, was ihre Qualität angeht«, sagte Stapledon höflich. Die Anekdote wird aus-

führlicher in Sam Moskowitzs' *Explores of the Infinite,* Kapitel 16, erzählt.

21. ›Der wirkliche »Vater der Science Fiction« ist Hugo Gernsback und niemand kann ihm diesen Titel streitig machen.‹ Sam Moskowitz, *Explorers of the Infinite,* Kapitel 14.
22. Eine Story, die dieser apokryphischen verdächtig ähnlich erscheint, erschien in der Ausgabe April 1929 von *Amazing Stories.*

9.
Die Zukunft auf dem silbernen Tablett

DIE WELT VON JOHN W. CAMPBELLS »ASTOUNDING«

The boat-express is waiting your command!
You will find the »Mauretania« at the quay,
Till her captain turns the lever 'neath his hand,
And the monstrous nine-decked city goes to sea.
Kipling: The Secret of the Machines

Er öffnete seinen Geist. Überall um ihn verbanden sich die Gedanken der Baldies zu einem weltumspannenden, endlos verwebten Netz von Gedanken, vielleicht die letzte und größte Struktur, die der Mensch je bauen würde. Sie zogen ihn in ihre Mitte und machten ihn zu einem von ihnen. Es gab nichts Trennendes mehr. Sie urteilten nicht über ihn. Sie verstanden. Sie alle verstanden ihn, und er war ein Teil von ihnen allen . . .
Henry Kuttner (Lewis Padgett): Humpty Dumpty

Es könnte amüsant sein, sich einmal auszumalen, was wohl geschehen wäre, wenn Hugo Gernsback ein ebenso feines Gespür für literarische Qualität an den Tag gelegt hätte wie für gewinnträchtige Geschäfte. Und wie hätte sich die Science Fiction weiterentwickelt, wenn bereits zu Beginn der dreißiger Jahre ein Herausgeber in Erscheinung getreten wäre, der die Zeichen der Zeit richtig zu deuten verstand? Diese Spekulationen sind indes müßig, denn eine solche Herausgeberpersönlichkeit trat erst dann auf den Plan, als sich das Jahrzehnt schon seinem Ende zuneigte.

Mittlerweile war angesichts der existenzbedrohenden Auswirkungen der Weltwirtschaftskrise für die Literatur und für die Bevölkerung eine schlimme Zeit angebrochen. Das amerikanische Volk schien nur noch Wunder und die Möglichkeit zur Flucht aus dem tristen Alltag herbeizusehnen. Und genau diese Möglichkeit boten Hollywood und die Pulps.

Gerade deshalb sind die in den dreißiger Jahren so hochgeschätzten SF-Magazine heute kaum noch lesbar. Trotzdem haben sie in gewisser Weise überlebt, nämlich als Artefakte einer weit zurückliegenden, uns heute fremd anmutenden Zeit. Wenn wir heute die alten Magazine mit ihren seltsamen und wunderschönen Cover anschauen, empfinden wir angesichts dieses Augenschmauses ein wehmütiges Gefühl der Nostalgie. Die künstlerische Gestaltung der Titelbilder ist immer noch beeindruckend, weil einige der Zeichner, wie etwa Frank R. Paul – der von Gernsback entdeckt wurde –, Wesso, Virgil Finlay und Elliott Dold, einen unverwechselbaren persönlichen Stil entwickelt haben. Die Magazine der dreißiger Jahre sind jetzt Antiquitäten, von Connaisseurs ähnlich geschätzt wie Meißner Porzellan oder englische Aquarelle.

Diese Connaisseurs sind natürlich hauptsächlich Science Fiction-Fans. Gernsback entdeckte bald, daß sich ein sehr rühriges Fandom gebildet hatte, das er für seine Zwecke benutzen konnte. Diese Fans – zumeist junge Burschen, die alle erscheinenden Magazine mit gläubiger Inbrunst bis zum letzten Buchstaben lasen und alles für bare Münze nahmen, was die Herausgeber ihnen unterjubelten – fanden sich in Gruppen und Clubs zusammen, gaben ihre eigenen Amateurmagazine, »Fanzines« genannt, heraus und bildeten eine sehr stimmgewaltige Unterabteilung der Leserschaft. Viele Autoren und Herausgeber gingen später aus ihren Reihen hervor.

Dieses Phänomen einer enthusiastischen, ihrer Sache bis zum letzten ergebenen Leserschaft war damals wie heute eine besondere Eigentümlichkeit der Science Fiction. Die Fans gründeten sogar eigene Verlagshäuser, verliehen ihre eigenen internationalen Literaturpreise (natürlich »Hugos« genannt) und veranstalteten Zusammenkünfte auf örtlicher, regionaler, nationaler und internationaler Ebene, die sogenannten Conventions oder kurz »Cons«. In einer Zeit, da sich die meisten Schriftsteller darüber beklagen, von ihrem Publikum isoliert zu sein, kommt kein Autor umhin, für eine solche Aufmerksamkeit dankbar zu sein. Aber jede Medaille hat eine Kehrseite. Es ist eine traurige Wahrheit, daß zahlreiche vielversprechende Schriftsteller dadurch verdorben wurden, daß sie ausschließlich danach strebten, bei den Fans immer beliebter zu werden – und wie jede Gruppe von Enthusiasten wollen auch die SF-Fans immer nur mehr von dem vorgesetzt bekommen, was sie bisher schon mit Begeisterung verschlungen haben. Um aber eine eigene schriftstellerische Persönlichkeit zu entwickeln, muß man die goldenen Ketten des Fandoms abwerfen – wie angenehm es auch immer sein mag, am Lagerfeuer zu sitzen und von der guten alten Zeit zu schwärmen.

Und wie fern von den anerkannten Kunstgattungen jenes Lagerfeuer damals, in den späten zwanziger und den dreißiger Jahren, doch flackerte! Die prunkvollen Cover zum Beispiel, die im Laufe der Zeit zu einer eigenständigen Kunstform wurden, entwickelten sich in völliger Abgeschiedenheit von den aufregenden neuen Strömungen des frühen zwanzigsten Jahrhunderts. Kubismus, Futurismus oder Surrealismus übten keinen Einfluß auf die Science Fiction-Kunst aus. Etwa zur gleichen Zeit, als Burroughs anfing, über Barsoom zu schreiben, begründete der italienische Maler Giorgio de Chirico gerade die metaphysische Malerei; wie er selbst schrieb, wurde er unter anderem von Jules Verne dazu angeregt.[1] Gerade die seltsame Atmosphäre der Gemälde de Chiricos hätte sogar die Phantasie von Autoren aus Gernsbacks Stall beflügeln können. Und doch kam es erst in den frühen sechziger Jahren zu einer Berührung zwischen Science Fiction und moderner Kunst, als Penguin in England eine neue Science Fiction-Reihe auf den Markt brachte, deren Cover surrealistische Gemälde und andere Meisterwerke moderner Kunst zierten. Romane von Bradbury und Blish erhielten Titelbilder mit Ausschnitten aus Gemälden von Max Ernst, ein Bild von Picasso schmückte Roy Lewis' *The Evolution Man* [*Wegbereiter der Evolution*], Hal Clement bekam ein Cover von Yves Tanguy und Frank Herbert ein Paul Klee-Titelbild.[2]

Zu diesem Zeitpunkt hatten Science Fiction und Fantasy bereits zahlreiche Künstler hervorgebracht, deren Namen und

Werke jedem Science Fiction-Fan geläufig waren, selbst wenn sie außerhalb des Genres niemand kannte. Virgil Finlay, Paul, Wesso und Dold haben wir schon erwähnt. Später kamen Orban, Charles Schneeman, Roy Krenkel, Hubert Rogers, Timmins, Edd Cartier, John Schoenherr, Kelly Freas, Jack Gaughan und zwei weitere außergewöhnlich begabte Künstler hinzu, nämlich Richard Powers, dessen Aufstieg zeitlich in etwa mit dem Vordringen der SF in den Taschenbuchmarkt und mit dem Gebrauch experimentellerer Maltechniken zusammenfällt, und »Emsh« – Ed Emshwiller, der später als Filmemacher berühmt werden sollte (sein Film *Relativity* gilt allgemein als einer der frühesten und nachhaltigsten Erfolge des Underground-Kinos). Unter ihren englischen Gegenstücken sind besonders Brian Lewis, Eddie Jones und Bruce Pennington zu nennen.

Auch die Japaner haben einige exzellente SF-Künstler hervorgebracht, darunter Hiroshi Manabe, dessen geistreiche Bildideen und stilistische Fertigkeiten besonders beeindruckend sind. Italienische Graphiker sind mit einigen bemerkenswerten Werken an die Öffentlichkeit getreten, und die sehr schönen surrealistischen Cover des Belgiers Karel Thole können in jeder Ausstellung einen Ehrenplatz beanspruchen. Und wir dürfen es hier auch nicht versäumen, die prächtigen Fantasy-Comics des Franzosen Phillipe Druillet zu erwähnen.

Die Geschichte der Science Fiction-Kunst verdient es wirklich, geschrieben zu werden. In mancher Hinsicht war sie weitaus weniger provinziell als die Science Fiction der Pulp-Magazine, der wir uns jetzt zuwenden wollen.

Das Bild, das sich uns in den dreißiger Jahren nach dem Aufstieg von *Amazing* bietet, ist nicht sehr ermutigend. Weder die Autoren noch die Herausgeber scheinen klare Vorstellungen von dem zu haben, was sie da eigentlich tun – abgesehen davon, daß sie eine sichere Hand dafür beweisen, endlose Variationen alter Ideen zu produzieren. Dabei herrschen zwei Hauptrichtungen vor, nämlich die Fantasy im Stile eines Burroughs oder Merritt und der *Popular Mechanics*-Stil von Gernsback und seinen eifrigen Mitstreitern.

Die Autoren, die auch heute noch gelesen werden, sind diejenigen, die es irgendwie fertiggebracht haben, in ihren

Werken beide Stilrichtungen zusammenzufassen und ihnen ihren unverkennbaren persönlichen Stempel aufzudrücken. Drei Namen ragen aus dem Einheitsbrei der dreißiger Jahre heraus. Zwei dieser Männer, nämlich Edward E. Smith, Ph. D., und John W. Campbell, sind Erneuerer, wenngleich natürlich nur innerhalb der dem Genre eigenen Beschränkungen. Der dritte, Jack Williamson, ein Jünger Merritts, spricht auch moderne Leser noch an, weil er es meisterlich versteht, mit unterschwelligen Ängsten und Wünschen zu spielen.

Im Fandom – also in jener Clique von Lesern, für die im Grunde genommen nur die Pulp-Magazine echte SF sind – gilt E. E. Smith, Ph. D. (bekannt als »Doc« Smith) als einer der größten SF-Autoren aller Zeiten, wenn nicht sogar als der größte überhaupt.

Zwar sind wir auch bisher schon auf viele Superlative gestoßen, aber dank E. E. Smith (1890–1965) wird die Liste noch ein ganzes Stück länger werden. Ihm ist die logische Weiterentwicklung der Gernsback'schen Denkweise zuzuschreiben, die eine grenzenlose Weiterentwicklung der Technologie um ihrer selbst willen propagierte und ein wahres Feuerwerk gigantomanischer Phantasien auslöste. E. E. Smith war es, der dem Millionen-Jahre-Traum jenes Gesicht gab, das heute ein fester Bestandteil des Bildes der Science Fiction in der breiten Öffentlichkeit ist.

Als Smith in die Galaxis hinausstürmte, purzelten die Lichtjahre wie Kegel, und die oftmals trockenen Erkenntnisse der Wissenschaft verwandelten sich unter seinen Händen zu Rohmaterial für die unmöglichsten Abenteuer. Smith siedelte seine Rothäute zwischen den Sternen an.

Als E. E. Smiths erste Erzählung *Skylark of Space* [*Die Abenteuer der Skylark*] 1928 von *Amazing* angekauft wurde, entwickelte er im Hauptberuf noch Pfannkuchenrezepte für eine Pfannkuchenfabrik. Zum Ausgleich dafür war *Skylark of Space* bis zum Bersten angefüllt mit Super-Wissenschaft. Interstellare Reisen wurden als selbstverständlich vorausgesetzt, und die Helden waren natürlich allesamt Supermänner. Schon zu Beginn seiner Karriere als Schriftsteller hatte Smith ein Erfolgsrezept entdeckt, das er nie wieder aufgeben sollte. Auf den

Skylark-Zyklus folgte bald die Lensman-Serie, die schließlich sechs Bände umfaßte, von *Triplanetary* [*Die Planetenbasis*] (erstmals als Fortsetzungsserie 1934 in *Amazing)* bis hin zu *Children of the Lens [Das Erbe der Lens], 1947 in Astounding* als Fortsetzungserie erschienen.[3]

Dieser Zyklus geht davon aus, daß draußen im Weltall zwei uralte, einander unvereinbar gegenüberstehende Kulturen existieren, nämlich die über alle Maßen edlen Arisier und die abgrundtief bösen Eddorier. Diese beiden Rassen wissen nichts voneinander, bis ihre zuvor getrennten Galaxien sich im Verlauf einer kosmischen Katastrophe ineinanderschieben. Die Arisier sind allen Intelligenzen wohlgesonnen und fördern die kosmischen Zivilisationen nach Kräften, während die Eddorier geschlechtslos und machthungrig sind. Liebliche Träumer kontra greuliche Intellektuelle also.

Die Geschichte dieses Kampfes – in dem sich Erdenmenschen und auch außerirdische Völker auf die Seite Arisias stellen – füllt alle sechs Bände. *Triplanetary* beginnt: »Vor etwa zwei Milliarden Jahren nahm ein Ereignis von wahrhaft gigantischen Ausmaßen seinen Lauf; zwei Galaxien kollidierten. Eigentlich wäre eine weniger genaue Zeitbestimmung angebracht, denn der Vorgang, der eher ein gegenseitiges Durchdringen der beiden Galaxien war, dauerte allein mehrere hundert Millionen Jahre.« Und so geht es in einem fort weiter. Ereignisse wie der Untergang von Atlantis, der Aufstieg und Fall des Römischen Reiches und die beiden Weltkriege waren nicht viel mehr als unbedeutende Randereignisse im langen Kampf gegen die Eddorier.

Mit einem Wort: Doc Smith schrieb das gigantischste Räuber-und-Gendarm-Spiel aller Zeiten. In seiner Saga wimmelt es nur so von unüberwindlichen Kraftfeldern, unbezwingbaren Festungsplaneten, Hyperraumtunnels, Superwaffen und Welten voller unsagbar fremdartiger Lebensformen, die über fürchterliche Psikräfte verfügen.

> Jetzt wurden die Türen und Fenster des Lokals eingedrückt und gaben den Weg frei für eine Truppe von Kämpfern, die in der ganzen Galaxis gefürchtet war – für

den valerianischen Sturmtrupp unter der Leitung von Peter van Buskirk.
Beim Anblick der Patrouillensoldaten, die ihre schweren Raumäxte schwangen, wandten sich die Piraten zur Flucht. Doch sie entkamen der Postenketten des Rauschgiftdezernats nicht.
»Alles in Ordnung, Kinnison?« fragte Lieutenant Peter van Buskirk, als alles vorüber war. »Kim – du irdische Wanze – wie geht's uns denn?«
»Hallo, Bus – alter valerianischer Affe!« erwiderte der Lens-Träger grinsend. »Gute Arbeit.«
»Allerdings, Kim. Ich schlage vor, daß wir jetzt . . .«
»Nein, nein. Ich habe andere Pläne. Ich möchte nach außen hin mit der Angelegenheit nichts zu tun haben. Die Piraten müssen glauben, daß es sich um eine Routine-Aktion des Dezernats gehandelt hat, verstanden? Raumho, Leute. Ich muß mich wieder auf den Weg machen.«
»Wohin?« wollten sie fragen, doch der Freie Lens-Träger war schon wieder verschwunden.

Dieser ganze gigantische Wanderzirkus arbeitet letztlich mit Magie. Die Linsen (Lens) der Lensmen ähneln phantastischen Juwelen, sind aber in Wirklichkeit semi-intelligente Lebensformen. Sie werden von den Arisiern nur an besonders bewährte Mitkämpfer vergeben, da sie ihrem Träger parapsychische Kräfte verleihen. Raumschiffe reisen dank eines »trägheitslosen Antriebs« mit Überlichtgeschwindigkeit über Hunderte von Lichtjahre, lassen sich im Notfall mit einem vollendeten Ortungsschutz umgeben, können Gedankenschirme durchdringen und vollführen wahnwitzige Flugmanöver, die jeden ernsthaften Physiker die Hände über dem Kopf zusammenschlagen lassen würden. Die Lensmen tragen ein Schutzfeld, das unmöglich anzumessen ist, und können sogar auf geistiger Ebene in die Gedankenwelt finsterer Außerirdischer oder harmloser Insekten eindringen. Sie sind zudem praktisch unverwundbar und stellen sich den erschröcklichsten Gefahren so fröhlich und unbekümmert wie Schulbuben.

Smith gab sich große Mühe mit seinem Epos und schrieb

sogar die zuerst erschienenen Teile um, um sie in das gewaltige Gesamtkonzept zu integrieren. Und dieses Konzept ist auf seine Art wirklich beeindruckend. Unglücklicherweise donnert die Handlung mit so atemberaubender Geschwindigkeit dahin – oder aber sie bleibt abrupt stehen und erstarrt in langatmigen Dialogen, damit die Geschichte wenigstens eine kleine Chance hat, sich selbst wieder einzuholen –, daß alles, was sich in der Theorie gut anläßt, an der praktischen Umsetzung kläglich scheitert. Smith gelingt es nicht, die Personen und Handlungsorte in der Vorstellungswelt der Leser lebendig zu machen; die überwältigenden Erlebnisse und Erfahrungen der Helden werden an keiner Stelle nachvollziehbar. Dazu trägt sicherlich auch sein salopper, ja oft banaler Stil bei, der aus den weiter oben zitierten Textauszügen wohl hinreichend deutlich wird.

Für pubertierende Jugendliche hält das ganze aufregende Gedankengebäude aber immerhin ein gerütteltes Maß an Vergnügen und Aufregungen bereit, und das vor allem, weil Doc Smith – was immer er als Autor zu leisten vermochte und was nicht – es offensichtlich selber genoß, diesen Pfannkuchenteig aus galaxisweiten Kämpfen anzurühren.[4]

Als E.E. Smith 1965 starb, waren ihm alle Ehrungen zu Teil geworden, die die Science Fiction nur bereithält. Außerhalb des Genres kannte ihn allerdings niemand.[5]

*

Es muß eine bedrückende Erfahrung gewesen sein, in den dreißiger Jahren für die Pulps zu schreiben. Wer sich nicht in das gängige Schema pressen lassen wollte, mußte seinen Hut nehmen. Es gab keinerlei literarische Traditionen und keine Richtschnur, an die ein Autor sich hätte halten oder auf die er sich hätte berufen können. Niedrige Honorarsätze zwangen die Autoren regelrecht dazu, Schund zu produzieren.

Vielleicht hätte sich das nie geändert, wenn die Herausgeber, die oftmals knapp an geeignetem Material waren, nicht gezwungen gewesen wären, manchmal Geschichten zu veröffentlichen, die ihren Wünschen nicht entsprachen, aber die zur allgemeinen Überraschung gut beim Publikum ankamen. Sei es, wie es will: Neben solchen Autoren wie John Russell Fearn[6], der unter zahllosen Pseudonymen Schund vom Fließband schrieb und sich die notwendigen Ideen dafür aus allen Ecken zusammenstahl, das Kino eingeschlossen, gab es bald auch ein paar ernster zu nehmende Schriftsteller. Viele davon, so etwa Edmond Hamilton, der Chronist von *Captain Future [Kapitän Zukunft],* hätten ein eigenes Kapitel verdient, aber wir müssen uns auf ein repräsentatives Beispiel beschränken: nämlich auf den stets getreu zur Fahne stehenden Jack Williamson.

Williamson begann seine Laufbahn als Schriftsteller bei Gernsbacks *Amazing,* und von da an war sein Aufstieg nicht mehr aufzuhalten. Williamson wurde stark von Abe Merritt beeinflußt, und er schaffte es irgendwie, Merritts Gefühl für Farbe und Bewegung in sein eigenes Werk einfließen zu lassen, ohne dabei zugleich auch die Feen zu übernehmen. Sein literarischer Ausstoß war recht beachtlich, und das mußte er auch sein, wenn man davon leben wollte, SF-Literatur zu schreiben. *Amazing* und *Wonder,* die Hauptabnehmer, zahlten nämlich gerade einen halben Cent pro Wort – das aber natürlich nur, wenn die Geschichte auch wirklich angekauft wurde. Williamsons größter Anfangserfolg war eine 1934 in *Astounding* veröffentlichte Fortsetzungsserie, *The Legion of Space [Wächter im All],* ein rechtes *Gosh-wow!*-Epos*, mit dem er auf den Spuren Doc Smiths wandelte. Aber es gibt drei spätere Romane Williamsons, die viel mehr als das bieten und die – im Gegensatz zu manchen anderen der sogenannten »Klassiker« des Genres – nicht so oft nachgedruckt worden sind, wie man es ihnen gewünscht hätte.

The Legion of Time [Die Zeit-Legion] erschien zuerst 1938 als Fortsetzungsserie in *Astounding.* Die Handlung der Geschichte ist zwar philosophisch völlig belanglos, aber trotzdem eine wahre Wonne. Lanning, ein Harvard-Absolvent, der Reporter geworden ist, denkt über das Wesen der Zeit nach.

* *[Gosh-wow!* bezeichnet eine besondere Art von spektakulärer, reißerisch aufgezäumter Geschichte. Anm. d. Ü.]

Deshalb erhält er Besuch von der schönen und edlen Lethonee. Lethonee kommt aus einer ferner Zukunft; sie trägt einen riesigen Edelstein, der es ihr möglich macht, nach rückwärts in Lannings Zeitebene zu reisen. Später wird Lanning auch von der vor Sex nur so sprühenden Sorayina besucht, die gleichfalls aus der Zukunft stammt. Lethonees und Sorayinas Zukunftswelten schließen einander aus. Nur eine von beiden kann eines Tages real werden – auf Kosten der anderen. Entweder wird Jonbar, die Heimatstadt Lethonees, oder Gyronchi, die lasterhafte Heimat Sorayinas, in der Zukunft materielle Gestalt annehmen – was davon abhängt, wie die Potentiale, die ihre Verwirklichung erst ermöglichen, in Lannings eigener Zeit gestärkt werden.

Nach vielen verzweifelten Kämpfen, in denen Lannings Zeitlegion zumeist siegreich bleibt, wird plötzlich entdeckt, daß der schicksalhafte Augenblick, an dem sich die Zeitlinien trennen, ein Tag im Jahre 1921 ist. Das Zeitschiff der Legion nimmt Kurs auf dieses Jahr, aber dichtauf folgt schon Sorayinas furchtbares, nachtschwarzes Gyronchi-Schiff.

Im Jahre 1921 angekommen, finden Lanning und seine Freunde auf einer Wiese einen kleinen Jungen vor. Dieser Junge ist John Barr. Neben ihm liegt ein Magnet im Gras. Wenn John Barr ihn findet und aufhebt, wird ihn dieses Erlebnis auf lange Sicht so stark beeinflussen, daß er beschließt, Wissenschaftler zu werden (und als solcher wird er bedeutende Entdeckungen machen, dank derer sich dann Jonbar entwickelt). Hebt er jedoch nicht den Magneten, sondern den direkt daneben liegenden Kieselstein auf, wird er sein Leben als umherziehender Landarbeiter beschließen. In diesem Falle wird seine große Entdeckung von einem ›des Landes verwiesenen Ingenieur aus Sowjet-Eurasien und einem abtrünnigen buddhistischen Priester‹ gemacht werden, und diese beiden Schurken werden die Entdeckung (die irgend etwas mit auf mentalem Wege freigesetzter Atomenergie zu tun hat) für ihre eigenen finsteren Ziele verwenden, wodurch sich dann Gyronchi entwickeln kann.[7]

Obwohl ihm seine Gegner laufend Knüppel zwischen die Beine werfen, kämpft sich Lanning bis zum Ort und Zeitpunkt der Entscheidung durch. Er wirft den Magneten direkt vor Barrs Füße und sieht ›das Licht reiner Wissenschaft‹ in den Augen des Jungen aufblitzen. Und so ist Gyronchi endgültig besiegt. Lanning segelt über den Zeitstrom nach Jonbar, um sich sein Mädchen zu holen, und ist angenehm (wenngleich nicht *sehr)* überrascht, als er feststellen muß, daß Lethonee und Sorayina durch die Zeitmanipulation zu einem einzigen Mädchen verschmolzen sind. Am Ende hat er sie also alle beide gekriegt.

In gewisser Weise enthüllen Märchen stets zugleich auch harte Wahrheiten über das Alltagsleben. Science Fiction entpuppt sich in vielen Fällen als Märchen, doch selten war ihr märchenhafter Charakter deutlicher als in diesem Roman. Die Bedeutung der Ungereimtheiten in Williamsons Erzählung ist an anderer Stelle diskutiert worden[8]; ihrer besonderen Anziehungskraft tun diese Ungereimtheiten allerdings keinen Abbruch. Wie Doc Smiths Saga arbeitet auch *The Legion of Time* mit Magie. Ein Großteil der traditionellen SF tut das. Die Zaubersprüche erhalten bloß ein neues Etikett, etwa ›auf mentalem Wege freigesetzte Atomenergie‹; das Gleißen der Hyperantriebe beleuchtet den Weg nach Babylon.

So kann es nicht überraschen, daß Williamsons wohl bester Roman sich geradeheraus mit Magie beschäftigt. *Darker Than You Think [Geschöpfe der Finsternis]* erschien 1940 in *Unknown.* Wie Lanning ist auch Barbee Reporter. Er macht sich auf, um einen Bericht über die Rückkehr einer wissenschaftlichen Expedition aus Innerasien zu schreiben, deren Teilnehmer er von früher kennt. Die Wissenschaftler bringen von ihrer Reise eine eisenbeschlagene Truhe mit, die ein schreckliches Geheimnis enthält, das die Expeditionsteilnehmer sogar mit ihrem Leben zu schützen bereit sind.

Dabei begegnet Barbee einem wunderschönen Mädchen namens April Bell, das seltsame kleine Schauer seinen Rücken hinunterrieseln läßt. April Bell repräsentiert eine Lethonee-Sorayina-Dualität: Tagsüber ist sie einfach nur ein attraktives Mädchen, aber in Barbees Träumen verwandelt sie sich in eine stattliche weiße Wölfin. Und bald muß Barbee feststellen, daß er in seinen Träumen die Macht hat, sich gleichfalls in einen

Wolf zu verwandeln und ihr in die Wildnis zu folgen. In diesen Träumen verführt die Wölfin Barbee auch dazu, in seiner Wolfsgestalt in einsame Häuser einzudringen und die darin lebenden Menschen zu töten. Rasch mehren sich die Beweise dafür, daß die Träume gar keine sind.

In der Truhe, die Dr. Mondrick und seine Kollegen so ängstlich bewachen, ruht der Beweis dafür, daß der Homo lycanthropus, der Werwolf, einst tatsächlich existierte – ein Hexenvolk, dessen Gene sich inzwischen mt denen der Menschheit vermischt haben und jetzt durch sorgfältige Zuchtwahl wieder dominant werden könnten. Einer nach dem anderen werden Mondrick, seine Frau und die anderen Expeditionsteilnehmer ermordet. Barbee ist dabei stets in der Nähe des Tatorts, und er fühlt sich auf seltsame Weise schuldig, obwohl er versucht, seinen Freunden zu helfen. Nur Sam Quain, Barbees engster Freund, überlebt und kann fliehen, wobei er die Truhe mit dem tödlichen Geheimnis hinter sich herschleift. Barbee bietet ihm seine Hilfe an, aber Quain traut ihm nicht länger. Obwohl sich die Krise immer mehr zuspitzt, versucht Barbee, menschlich zu bleiben. Aber die spöttisch lächelnde Wölfin mit ihren grünen Augen und der roten Zunge zieht in unwiderstehlich an. Schon bald wird der Schwarze Messias, der neue große Zauberer, seine Herrschaft antreten und das Alte Volk wieder zu Macht und Ruhm führen.

Barbee ist der Schwarze Messias. Er verwandelt sich einen Pterodactylus, tötet Quain und zerstört den einzigen Beweis, der die Menschheit dazu veranlassen könnte, sich noch rechtzeitig dem Alten Volk in den Weg zu stellen. Dann folgt Barbee der weißen Wölfin in die Wälder.

Der hier gegebene kurze Abriß mag die Geschichte ein wenig lächerlich wirken lassen, aber der Roman selbst bietet eine außergewöhnlich gute Bearbeitung des Themas, randvoll mit echter Dramatik und einem alles durchdringenden Gefühl des Bösen, dem sich der Leser nicht entziehen kann. Die Charaktere sind zwar eindimensional angelegt, aber sorgfältig gezeichnet. Der größte Pluspunkt dieses Romans ist jedoch, daß aus jeder Zeile eine überwältigende Lust am wilden, freien Leben, am Herumstreifen in der Finsternis, in den Wäldern und

Hügeln spricht. Fast könnte man als Leser glauben, die Witterungen und Düfte, die der Wind mit sich trägt, selber zu riechen. *Darker Than You Think* ist kein blutleeres Diagramm, sondern ein wirklich kraftvoller Roman, in dem uns Jack Williamson ganz ohne Schulmeisterei vorführt, wie erregend es doch sein muß, eine weiße Wölfin durch die Nacht zu jagen. Der folgende Textauszug mag belegen, wie viel beglückender eine solche Flucht aus dem Menschsein sein kann als die Methode, die der arme Jekyll wählte.

> Und plötzlich war er frei.
>
> Die schmerzhaften Fesseln, die er sein Leben lang getragen hatte, waren von einem Augenblick auf den anderen gesprengt. Er sprang leichtfüßig aus dem Bett und hielt einen Moment inne, um die Gerüche des kleinen Apartments in sich aufzunehmen – das beißende Aroma aus dem leeren Whisky-Glas auf der Kommode, die seifige Feuchtigkeit des Badezimmers und die abgestandene Süße der schmutzigen Wäsche im Schrank. Der Raum wurde ihm zu eng: er brauchte frische Luft.
>
> Er lief schnell zum offenen Fenster und kratzte ungeduldig über die Scheibe. Das Fenster schwang weit auf, und er sprang hinaus auf die feuchte, harte Erde von Mrs. Sadrowskis unkrautüberwuchertem Blumenbeet. Er schüttelte sich, sog dankbar die saubere Luft dieses winzigen Stückchens Naturbodens durch die Nase, bevor er über den Bürgersteig in den ekligen Geruch nach verbranntem Gummi und Öl lief, der die Straße beherrschte. Er lauschte kurz auf den Ruf der Wölfin. Dann rannte er mit geschmeidigen Bewegungen los.
>
> *»Frei-«*
>
> Nicht länger war er in diesen langsamen, täppischen, gefühllosen zweifüßigen Körper eingesperrt, den er bisher immer gekannt hatte. Seine alte menschliche Gestalt kam ihm nun irgendwie fremd, ja monströs vor. Vor seinen Sinnen hatte sich ein Mantel gehoben, der die Wahrnehmungen bisher fast erstickt hatte.
>
> Frei und schnell und stark! »Hier bin ich, Barbee!« rief die weiße Wölfin von jenseits der schlafenden Stadt.

Der Kernpunkt des Plots von *Darker Than You Think* ist charakteristisch für die Zeit: Eine zufällig gewonnene wissenschaftliche Erkenntnis enthüllt, daß die menschliche Natur oder das Wesen der Realität ganz anders sind, als wir bisher angenommen haben. Die Enthüllung ist dabei immer unerfreulich. Charles Fortes Sentenz »Wir sind Eigentum!«, die sich in Eric Frank Russells Roman *Sinister Barrier [Gedanken-Vampire]* (ebenso wie *Darker Than You Think* in *Unknown* veröffentlicht) findet, ist ein Paradebeispiel dafür. Wenig später schildert A. E. van Vogts *Asylum* [Asyl] die Erde als eine Art Schuttabladeplatz für den Abschaum des Universums, genau wie Thulcandra der Schuttabladeplatz des Krummen ist. In Williamsons Roman bemerkt der Psychiater Glenn dazu:

> Das Unterbewußtsein scheint manchmal eine finstere Schreckenskammer zu sein, und uns unangenehme Tatsachen finden oft in den Symbolen von Legenden und Mythen ihren Ausdruck.

Angesichts der Schrecken eines weltumspannenden Krieges formten die SF-Autoren ihre eigene Art von Mythen. Trotz einer gewissen Plumpheit wirkt *Darker Than You Think* auch heute noch durch die Verarbeitung solcher Mythen.

Williamsons *The Humanoids [Wing 4]* ist in dieser Hinsicht weniger gut gelungen. Er erschien 1948 in *Astounding* unter dem Titel . . . *And Searching Mind* als eine Fortsetzung von Romanlänge zu der Kurzgeschichte *With Folded Hands [Die Humanoiden]*. Williamson präsentiert wieder ein gutkonstruiertes Plot, dessen Glaubwürdigkeit durch immer wieder eingestreute pseudowissenschaftliche Erklärungen geschickt untermauert wird. Die Geschichte dreht sich um völlig menschenähnliche Roboter, die auf einem Planeten landen, der gerade zum Krieg gegen eine Nachbarwelt rüstet. Als Forester, der Held des Romans, zum erstenmal miterlebt, wie einer der Roboter seine menschliche Maske fallenläßt, ist er von der Schönheit des künstlichen Geschöpfs geradezu überwältigt.

> Dennoch war, was unter der Verkleidung zum Vorschein kam, nichts wirklich Grauenhaftes.
> Eigentlich war es sogar wunderschön. Die Form war fast menschlich, aber sehr dünn und graziös und ohne jede mechanische Schwerfälligkeit und Eckigkeit. Es war etwa einen halben Kopf kleiner als Forester und stand nun nackt und geschlechtslos da. Seine glatte Haut war von leuchtendem Schwarz, in dem sich die Lichter des Raumes bronzefarben spiegelten.

Die menschenähnlichen Roboter kommen zu Tausenden und übernehmen auf dem Höhepunkt der Krise den Planeten. Sie sind Untereinheiten eines viele Lichtjahre entfernten kybernetischen Gehirns, und ihre oberste Direktive lautet, ›zu dienen und zu gehorchen und die Menschheit vor Schaden zu bewahren.‹ Das führt im Endergebnis dazu, daß sie den Menschen zwar den Frieden bringen, sie aber zugleich eben zu diesem Zweck in bester Absicht jeder Freiheit berauben. Anders als Čapeks menschenähnliche Roboter sind die von Williamson diensteifrig und untertänig bis zur Selbstaufgabe. Williamson läßt das Ende des Romans – die Roboter schmieden gerade Pläne, wie sie auch die im Andromeda-Nebel lebenden Menschen mit ihren Wohltaten beglücken können – wohlweislich offen. Ist diese Art von Frieden ein Triumph oder eine Tragödie? Wie Damon Knight im vierten Kapitel seines Buches *In Search of Wonder* schreibt, ist *The Humanoids* ein wichtiger Roman, weil sein Thema wichtig ist.

Leider verliert der Roman stark an Eindringlichkeit, weil Williamson seine Geschichte weit draußen in der Galaxis spielen läßt. Es wäre dramaturgisch günstiger gewesen, die Ereignisse auf der Erde anzusiedeln. Und natürlich treten die philosophischen Implikationen hinter die Abenteuergeschichte zurück. Trotz dieser Einschränkungen ist *The Humanoids* sehr lesenswert, weil Williamson hier wie in *Darker Than You Think* überaus anschaulich schreibt (wir werden dauernd an die *Allgegenwart* der androgynen Metallgeschöpfe erinnert) und weil seine Charaktere keine hirnlosen Supermänner wie bei Doc Smith sind, sondern ganz gewöhnliche, fehlbare Menschen, die ebenso wie wir Leser gelegentlich einer Stütze bedürfen.

Unter seinem Namen und einer Reihe von Pseudonymen verfaßte Williamson noch zahlreiche weitere Romane und Erzählungen. In den fünfziger Jahren schrieb er zusammen mit Frederik Pohl SF-Abenteuergeschichten, die in der Tiefsee spielen. Seither hat er vergleichsweise wenig Prosa publiziert; sein derzeit letzter Roman ist *Moonchild* (1972). Heute leitet er Science Fiction-Seminare an einer Universität.

*

Der dritte Autor, der in den Magazinen der dreißiger Jahre eine Sonderstellung einnahm, ist eine sehr widersprüchliche Gestalt. Kaum ein anderer Autor hat einen größeren Einfluß auf die Magazin-SF gehabt als dieser Mann.

John W. Campbell (1910–1971) gehörte zu den Intellektuellen des Genres. Er war ein Mann mit kraftvollen, aber oft irrigen Ideen. Der positive Einfluß, den er auf die Entwicklung der Science Fiction genommen hat, wiegt allerdings viele dieser Fehler wieder auf.

Campbells erste Erzählung, *When the Atoms Failed,* erschien im Januar 1930 in *Amazing.* Rasch machte er sich mit Geschichten, die noch heute die kurzsichtigen Augen der Uralt-Fans aufleuchten lassen, einen guten Namen auf dem von »Doc« Smith erschlossenen Gebiet des megalomanischen Galaxien-Feldzuges. An dieser Stelle seien nur einige besonders bekannte Titel erwähnt: *Piracy Preferred [Der Luftpirat], The Black Star Passes [Die tote Sonne], The Islands of Space [Kosmische Kreuzfahrt], The Mightiest Machine [Das unglaubliche System], Invaders from the Infinite [Invasion aus der Unendlichkeit].* Die meisten dieser Geschichten zeugen von Campbells starkem Interesse für komplexe Maschinen und sind vollgepfropft mit Erklärungen ihrer Arbeitsweise.

1934 änderte Campbell seinen Stil. Er legte sich das Pseudonym Don A. Stuart zu (abgeleitet von »Donna«, dem Vornamen seiner Frau) und schrieb eine Reihe von Kurzgeschichten, aus denen eine viel nachdenklichere Grundstimmung spricht.

Die erste davon, *Twilight [Dämmerung]*, imitiert die Endzeitstimmung von Wells' *Time Machine.* Ihr Held ist ein Mann, der in eine ferne Zukunft reist, in der die Menschheit aus Mangel an Überlebenswillen und Neugierde ausgestorben ist. Die Stimmung, die Campbell hier anstrebt, ist die vornehmen Weltschmerzes. Campbell benutzt dazu eine Art Singsang-Intonation und einen pseudo-naiven Stil.

> Können Sie die niederschmetternde Hoffnungslosigkeit richtig werten, in die mich diese Erkenntnis versetzte? Ich, der ich die Naturwissenschaften liebe und in ihnen das Heil, den Aufstieg der Menschheit erblicke – oder erblickt habe – mußte einsehen, daß jene wunderbaren Maschinen aus der Zeit ruhmreicher Vollendung mißachtet und nicht mehr verstanden wurden. Jene prächtigen, fehlerlosen Maschinen, die für diese sanften, freundlichen Wesen sorgten, sie schützten und betreuten! Wesen, die alles vergessen hatten!

Als *Twilight* später vom Shasta-Verlag in einer Erzählungssammlung neu aufgelegt wurde, erhob Campbell den Anspruch, daß diese Geschichte sich ›grundlegend von jeder anderen Science Fiction-Erzählung unterscheidet, die bisher erschienen ist‹. Diese Behauptung entbehrt jeder Grundlage. Immerhin stellte *Twilight* eine echte Alternative zum in der Magazin-SF gepflegten Utilitarismus eines Gernsback, zu sprechenden Tieren und zum *Gosh-wow!*-Stil dar; ihre resignative Stimmung des »all passion spent« wurde rasch von anderen Schriftstellern aufgegriffen, von denen hier nur Lester del Rey und Arthur C. Clarke erwähnt seien.

Selbst in den Erzählungen, die mit dem Druck auf die Tränendrüse arbeiteten, fuhr Campbell fort, über riesige Maschinen und die leider in Vergessenheit geratenen übernatürlichen Kräfte der Menschheit zu schreiben. Zugleich streute er immer wieder langatmige Beschreibungen technischer Details ein. Der Glaube an die ungeheuren Möglichkeiten der ESP, der außersinnlichen Wahrnehmung, ließ ihn sein ganzes Leben lang nicht los.[9] Hier sind vier Absätze aus *The Cloak of Aesir*

[Äsir], erstmals 1939 veröffentlicht, die verschiedene seiner literarischen Charakteristika zeigen. Die Sarn-Mutter, einer der Herrscher der besiegten Erde, berichtet:

> »Äsir sprach auf telepathischem Wege, von Geist zu Geist, und er erklärte uns, wer er sei; allen Menschen und Sarn in der Halle war seine Aussage klar vernehmbar. Er streckte die schwarze Hand aus und berührte Drunnel. Der Mann stürzte sofort zu Boden und zerfiel in Stücke wie ein brüchiges Gefäß. Die Leiche war im Nu glashart gefroren. Ich ließ daher Grayth und Bartel frei.
>
> In der Halle ist eine Atomsprengdüse eingebaut; bei Einsatz der Höchststärke ist sie imstande, in der Minute zweitausend Millionen Kubikmeter Materie zu vernichten. Ferner besitze ich dort einen Atom-Flammenwerfer, mit dem ich aufs genaueste zielen kann, und der ausreicht, 20 Tonnen Stahl in der Sekunde zu schmelzen. Diese Waffe setzte ich auf Äsir an. Was aber geschah? Die finstere Erscheinung absorbierte alles – ohne einen Laut oder elektrostatische Entladungen, und ohne daß dieser dreidimensionale Schatten sich aufhellte.«

Als *Aesir* veröffentlicht wurde, war Campbell bereits Herausgeber von *Astounding.* Er übernahm diesen Posten 1938 im Alter von achtundzwanzig Jahren, und damit begann eine Regentschaft, die mehr als dreiunddreißig Jahre währen sollte.[10] Donald Wollheim hat darauf hingewiesen, daß Campbell der erste Herausgeber war, der auf eine Riege junger Schriftsteller zurückgreifen konnte, die selbst mit der Magazin-SF aufgewachsen waren. »Die Science Fiction baut auf der Science Fiction auf.«[11]

Der neue Herausgeber sah sich sogleich auch neuer Konkurrenz gegenüber. 1938 erschien das vielversprechende, knallig bunte *Marvel Science Stories* in den Auslagen der Geschäfte, kurz darauf gefolgt von *Startling Stories, Dynamic* und *Science Fiction.* Manchmal kommt's eben knüppeldick, und dann auch noch Schlag auf Schlag. Aus dem gleichen Stall wie *Amazing* – das zu jener Zeit der Ziff-Davis-Kette gehörte – kam *Fantastic*

Adventures, darauf folgte *Planet Stories,* und darauf wiederum zwei Magazine, *Astounding Stories* und *Super Science Stories,* die von Frederik Pohl betreut wurden, der damals noch ein Teenager war. Doch damit nicht genug: Weitere Magazine, so etwa *Future Fiction, Comet Stories* und *Stirring Science Stories,* schossen wie Pilze aus dem Boden. Die meisten dieser Magazine standen in der Burroughs-Tradition, besonders *Planet Stories.*

Astounding selbst erwarb bei der Street-und-Smith-Verlagsgruppe ein Schwestermagazin, *Unknown,* das im Frühjahr 1939 in den Auslagen erschien und es auf weniger als vierzig Ausgaben brachte. Campbell betreute beide Magazine gleichzeitig. *Unknown* spezialisierte sich auf bizarre Fantasy, auf Geschichten also, die manchmal in unserer gewohnten Umwelt spielten, aber die Realität verfremdeten und auf den Kopf stellten. *Darker Than You Think* ist ein gutes Beispiel dafür. Als *Unknown* eingestellt wurde, schwand – so schien es jedenfalls zunächst – auch Campbells Vorliebe für dieses besondere Genre. Als Folge des Kriegsausbruchs machte sich eine »realistische« Stimmung in den Erzählungen breit – auch wenn diese Erzählungen ihrer Handlung nach oft alles andere als realistisch waren.

Campbell erwies sich rasch als kompetenter und ehrgeiziger Herausgeber. Er trieb seine Autoren dazu an, gründlicher als bisher über das nachzudenken, was sie eigentlich aussagen wollten, und war in seiner Ablehnung des *Gosh-wow!*-Stils manchmal päpstlicher als der Papst. Wenn allerdings ein so genialischer Irrer wie A. E. van Vogt des Weges kam, erwies sich Campbell als klug genug, ihm seinen Willen zu lassen. Bei allen seinen Bemühungen kam ihm zugute, daß er gerade dann ans Ruder gekommen war, als sich die monströsen Fußabdrücke von Burroughs und Gernsback wenigstens in gewissem Umfang gegenseitig ausgelöscht hatten. Ein Strom frischer Ideen aus Europa führte zudem eine neue, ernsthaftere Note in die Science Fiction ein.

Campbell beschäftigte sich auch intensiv mit Logik – eine Eigenschaft, die bei seinen Konkurrenten immer zu kurz gekommen war. Auch wenn Campbells Logik stets die eines

Querdenkers war (was seine Schwäche für Lewis Carroll erklärt), so brachte sie ihn doch dazu, schundige Plots und glubschäugige Monster – die so vielzitierten »Bug-Eyed Monsters«, oft auch nur kurz BEMs genannt – abzulehnen. Genialisch über das Undenkbare nachdenkend bemerkte Campbell einmal:

> Zwei Handlungsmotive, die zu den Standardthemen der Science Fiction im BEM-Stil zählen, können wir schnell verwerfen. So ist es äußerst unwahrscheinlich, daß eines Tages Außerirdische die Erde überfallen und die Menschen als Fleischlieferanten für ihre Kochtöpfe züchten. Das mag ein hübscher Hintergrund für Horror-Fantasy sein, aber besonders wirtschaftlich wäre es nicht. Es dauert schätzungsweise zehn Jahre, um einhundert Pfund Menschenfleisch heranzuziehen, und dazu braucht man sehr teures Futter. Rinderherden sind da viel ergiebiger – auch wenn dadurch das Horror-Motiv den Bach 'runtergeht.
>
> All das gilt natürlich nur, wenn man von der unsinnigen Annahme ausgeht, daß der Metabolismus der Außerirdischen irdische Proteine überhaupt vertragen kann.
>
> Sollte dieser unwahrscheinliche Fall doch eintreten, dann wäre es immer noch viel einfacher für die Außerirdischen, die örtlichen Eingeborenen, die ja ideal an die Umweltbedingungen ihres Planeten angepaßt sind, dafür anzuheuern, auf die Viehherden aufzupassen. Das ist bestimmt wesentlich kostengünstiger. Nebenbei bemerkt könnten die Außerirdischen die von ihnen unterjochten Erdlinge ja mit nutzlosem Kram wie etwa Industriediamanten oder mit wertlosen kleinen Kraftfeldgeneratoren bezahlen, mit Kinderspielzeugen, die zum Beispiel feste Gegenstände nur mit einer Genauigkeit von weniger als einem Millionstel Millimeter durchschneiden.
>
> Dann ist da noch die alte Geschichte, in der Außerirdische die Erde überfallen, um »die schönsten Töchter Terras« als Liebessklavinnen auf fremde Planeten zu verschleppen. Ein denkbares Motiv, gewiß . . . wenn man nur den Begriff »Schönheit« angemessen definieren könnte. Soll-

ten die Außerirdischen zufällig von einem Planeten mit einer auch nur geringfügig höheren Schwerkraft kommen, würde der hypothetische Überfall auf »die schönsten Töchter der Erde« vielleicht sehr unangenehme Folgen für die islamischen Gorillas haben. Denn in solchen Geschichten wird ja nie etwas über die geistigen Fähigkeiten der »Schönsten« gesagt; ein junges, bezauberndes Gorillafräulein würde den einzigen von den Außerirdischen in Betracht gezogenen Test sicher mit Leichtigkeit bestehen . . . falls das Schönheitsideal der Außerirdischen ein wenig anders aussähe. Und offensichtlich sind die interstellaren Harems-Agenten sowieso nicht an Nachwuchs interessiert; aus genetischen Gründen könnte es ohnehin keinen geben.[12]

Rasch sammelte Campbell eine Gruppe neuer Autoren um sich, zu der bald auch altbekannte Autoren stießen, die nun unter Pseudonymen schrieben – was oftmals ein erstaunlich wirksamer Weg ist, eingefahrene Schreibgewohnheiten zu ändern. Im Gegensatz zu vielen Herausgebern vor und nach ihm wußte Campbell, wann eine Geschichte einen Sinn ergab und wann nicht. Er diskutierte angeregt mit seinen Mitarbeitern – und seine Argumente waren oft wohlfundiert und fair. Auf diese Weise legte er den Grundstein für das, was die treuen Seelen im Fandom das »Goldene Zeitalter« nennen.

Alva Rogers, eine Autorität in diesem Bereich, gibt den Zeitpunkt, an dem das »Goldene Zeitalter« anbrach, sogar sehr genau an. Wenn er in seiner Chronik das Jahr 1939 erreicht, heißt es da: »Die Juli-Ausgabe war fraglos der erste echte Vorbote von *Astoundings* Goldenem Zeitalter.«[13] Diese Ausgabe enthielt eine Geschichte von A. E. van Vogt, *Black Destroyer,* die später Teil seines Buches *The Voyage of the Space Beagle [Weltraum-Expedition der Space Beagle]* wurde. Auch andere neue Autoren, die bald Berühmtheit erlangen sollten, stellten sich in diesem Jahr erstmals dem Publikum vor, darunter Robert A. Heinlein, Isaac Asimov und Theodore Sturgeon.

Heinleins erster Kurzroman, *If This Goes On . . . [Revolte im Jahre 2100],* erschien Anfang 1940 – eine lebensnahe Erzählung, die eine totalitäre Diktatur in den Vereinigten Staaten beschreibt, die unter dem Deckmantel der Religion operiert. Auf diese Geschichte folgte eine Fortsetzungsserie von L. Ron Hubbard, *Final Blackout,* in der Hubbard von der Annahme ausging, daß sich der Krieg in Europa solange hinziehen würde, bis die gesamte Zivilisation zusammenbrach. Hubbard war früher bereits als Fantasy-Autor bekanntgeworden. Seine und Heinleins Geschichte erschienen zu jener Zeit sehr viel plausibler als die Aufmachergeschichten, die die Magazine zuvor veröffentlicht hatten.

1941 enthüllte Heinlein die Pläne für seinen Entwurf einer Serie über die »Geschichte der Zukunft«, während Asimov die ersten einer langen Reihe von Erzählungen über Roboter mit Positronengehirnen begann, deren Verhalten von den drei »Robotergesetzen« gelenkt werden, die alle Roboter daran hindern, dem Menschen Schaden zuzufügen.

In gewisser Weise brachten Heinlein und Asimov erstmals auf literarischer Ebene Gesetz und Ordnung in die Magazin-SF. Asimovs Robotergeschichten sind amüsante kleine Gedankenspielereien ohne die philosophischen Implikationen von Williamsons *The Humanoids,* Čapeks Robotern oder Frankensteins Monster, von denen sie letztendlich abstammen. Wir sollten aber nicht vergessen, daß es vor allem Asimov zu verdanken ist, daß die die Menschheit versklavenden metallenen Horden und die bei jeder Gelegenheit nach der nächsten Axt greifenden Metallmänner - beides Themen, die in endlosen, ermüdenden Variationen die Magazine bis in Campbells Zeit hinein beherrscht hatten – jetzt endlich aus der Science Fiction verbannt wurden.

Die Erzählkunst von Asimov und Heinlein zeichnet sich sowohl durch eine klug durchdachte Handlungsführung als auch durch ein fundiertes Sachwissen aus. Einige Romane Heinleins, darunter besonders *Starship Troopers [Sternenkrieger],* litten zwar katastrophal darunter, daß Heinlein in fataler Weise von der Macht fasziniert wurde, aber das war erst später; in den frühen vierziger Jahren konnte er einfach nichts falsch machen. Allein 1941 veröffentlichte *Astounding* drei Heinlein-

Erzählungen, die man auch heute noch mit Gewinn lesen kann, nämlich *Logic of Empire [Auktion auf der Venus]*, eine Geschichte, die auf der Venus spielt, *Universe [Das Universum]*, wo die Handlung auf einem gigantischen Sternenschiff angesiedelt ist, und *By His Bootstraps [Im Kreis]*, eine Zeitparadoxon-Geschichte, die immer noch durch ihren Scharfsinn besticht. Zudem erschienen 1941 mehrere exzellente Kurzgeschichten.

Heinleins Werk war so vielgestaltig, daß es schien, als sei das Universum darin aufgehoben wie eine Perle in einer Auster. Aber kein Autor hat mehr als ein geheimes Zentralthema oder würde mehr als ein solches Leitmotiv brauchen. *Logic* handelt vom Aufstand gegen eine Autorität; *Universe* schildert, was geschieht, wenn die Autorität zusammenbricht; und *Bootstraps* ist eine launige Darstellung der Probleme, die entstehen können, wenn es plötzlich keine Vaterfigur mehr gibt.

Das Goldene Zeitalter strebte seinem Höhepunkt entgegen.

Der Umschwung läßt sich besonders deutlich an den Titelbildern der Magazine ablesen. Das Symbolische geht immer dem Wirklichen voraus – man muß sich ein neues Konzept bildlich vor Augen führen, bevor man es realisieren kann. So kommt es, daß die Titelbilder oft die inhaltlichen Neuerungen vorwegnehmen. Die *Astounding*-Cover des Jahrgangs 1938 stellen eine große Anzahl unterschiedlicher Themen bildlich dar, aber obwohl sie interessant sind, mangelt es ihnen am augenfälligen Bezug auf den Inhalt des Magazins. Von 1939 an wird erstmals ein übergreifender Zusammenhang sichtbar. Das Campbell-Orchester stimmt sich aufeinander ein. Die Titelbilder der Januar-Nummern zeigen sowohl 1939 als auch 1940 romantisch verklärte industrielle Produktionsprozesse (d.h. organisiertes Handeln im Gegensatz zum individuellen Handeln)[14] und könnten heute mit der gleichen Berechtigung auch als realistische Illustrationen verwendet werden. Das Zeitalter des einsamen Erfinders Gernsback'scher Prägung ist vorbei. Die Helden, die zugleich Spitzenwissenschaftler und Supermänner waren, müssen ihre angestammten Plätze räumen. Campbell brachte die Mythologie seiner Zeit auf den neuesten Stand – und das in einem Magazin, das kaum mehr als ein Jahrzehnt zuvor als *Son of Amazing, Sohn von Amazing* also, gegründet worden war.

Campbell produzierte eine Synthese aus den traditionellen Elementen der Magazin-SF und neuen Beiträgen. Das Resultat dieser Synthese war etwas, das zum ersten Mal einem Vergleich mit der Science Fiction, die wir in früheren Kapiteln kennengelernt haben, standhalten konnte. Die von Campbell geprägte neue Art von Science Fiction hatte zwar ein ganz anderes Flair als ihre literarischen Ahnherren, aber jetzt wurde zum ersten Mal deutlich, daß auch sie ihre Qualitäten besaß.

Zwar konnte die Magazin-SF keine Swifts, keine Mary Shelleys und keine Wells' hervorbringen, aber immerhin ernährte sie eine ständig wachsende Zahl hochklassiger Unterhalter, die, waren sie gerade in Höchstform, den Leser mit ihren Werken auch nachdenklich stimmen und seine Phantasie anregen konnten.

Während Kafka, Huxley, Stapledon und andere Autoren dieses Typus' noch Gesellschaftskritiker waren, die wie einsame Rufer in der Wüste vor zukünftigen sozio-technologischen Entwicklungen warnten, führte die spezifische Natur der Magazin-SF mit ihrer regelmäßigen monatlichen Erscheinungsweise zu einem Phänomen ganz anderer Art: nämlich zu einem Dialog zwischen Schriftstellern. Die Voraussetzungen dafür waren in den dreißiger Jahren schon im Keim angelegt; in den vierziger Jahren, unter Campbell, trugen sie Frucht. An die Stelle des wechselseitigen Diebstahls von Ideen trat ein offener und oftmals stürmischer Austausch.

Wenn es uns heute, einige Jahrzehnte später, schwerfällt, die allgemeine Aufbruchstimmung, die das Goldene Zeitalter der SF kennzeichnete, gefühlsmäßig nachzuvollziehen, so liegt das gerade daran, daß einer der stimulierenden Faktoren jener schöpferische Gedankenaustausch war, der von Ausgabe zu Ausgabe und von Jahr zu Jahr weiterging, gelenkt von Campbell und anderen Herausgebern wie etwa Pohl. Und niemand vermochte genau zu sagen, was als nächstes kommen würde. Jeder neue Monat versprach noch wildere und kühnere Ideen – und das Versprechen wurde stets gehalten!

Eine ähnlich stimulierende Situation ergab sich erst wieder Mitte der sechziger Jahre, als Michael Moorcock *New Worlds* übernahm. Wie später Moorcock benutzte auch Campbell die Leitartikel seiner Magazine dazu, seine Ansichten darzulegen, wobei er hoffte, daß die Autoren seine Anregungen aufgreifen würden. Es ist bezeichnend für den Erfolg von *Astounding,* daß nicht nur die Erzählungen wieder und wieder in Anthologien nachgedruckt wurden; auch eine Auswahl von Campbells Leitartikeln ist inzwischen in Buchform erschienen.[15]

Die Autoren der Magazin-SF unterschieden sich noch in einer anderen wichtigen Hinsicht vom Huxley'schen Schriftstellertypus. Diese Feststellung ist in dem, was bereits gesagt wurde, schon enthalten. Obwohl Campbells Autoren durchaus ahnten, daß die technologische Entwicklung auch bedenkliche Folgen für die Menschheit haben mochten (waren es nicht gerade diese Folgen, um die die meisten SF-Geschichten sich drehten?), verzichteten sie trotzdem darauf, den grundlegenden Wert technologischer Weiterentwicklung zu hinterfragen und hingen stattdessen dem Glauben an, daß ein noch geballterer, noch besser organisierter Einsatz technologischer Mittel solche Probleme schon lösen würde. Dieser zwar zur Leerformel erstarrte, aber trotzdem unerschütterliche Glaube trug dazu bei, Campbells Magazine – die bis zu seinem Tode im Jahre 1971 eine Bastion dieser Philosophie blieben – zu einer Kraft werden zu lassen, mit der man rechnen mußte und die ihre Vorgänger bei weitem übertraf.

Die Raumschiffe, die Heinlein und van Vogt ersannen, hätten, wären sie wirklich jemals gebaut worden, ein Vielfaches der irdischen Energievorräte und alle metallischen Erze geschluckt. Aber was für eine *Symbolkraft* diese Raumschiffe doch hatten!

Jahrelang war die Behauptung ›Ein Raumschiff ist nur ein Phallussymbol‹ ein beliebtes Scherzwort bei den Science Fiction-Fans. Das mag sicherlich für viele Titelbilder zugetroffen haben – Emsh, um nur einen SF-Künstler zu nennen, benutzte Raumschiffe oft mit voller Absicht als Phallussymbole.[16] Aber die gigantischen Raumschiffe versinnbildlichten noch sehr viel mehr. Wie wir gesehen haben, übernahmen sie in den dreißiger Jahren die Rolle der Trampfrachter oder solcher Ozeanriesen wie der *Mauretania,* die Kipling in seinem diesem Kapitel vorangestellten Gedicht erwähnt. In den Werken, die unter dem Einfluß Campbells entstanden, können sie auch als Sinnbilder für die männliche Ergebenheit der gerechten Sache gegenüber, für eine verschworene Männergemeinschaft oder für die romantische Verklärung industrieller Prozesse von gigantischen Ausmaßen verstanden werden.[17]

Waren die Raumschiffe also einerseits vieldeutige Symbole, so dienten sie andererseits natürlich auch einfach als ein bequemes Mittel, um die Helden der Geschichten über die Papierlichtjahre hinweg zu transportieren. Aber man muß nicht zu jenen Leuten gehören, die in allem und jedem Symbole für etwas sehen, um zu erkennen, daß Raumschiffe, wofür sie auch sonst immer stehen mögen, auf symbolischer Ebene die Überwindung der Natur meinen. Manchmal wird auch die Umkehrung dieses Symbols verwendet.

> Lange Reihen von Läden und Warenhäusern lagen verlassen da. Die Türen gähnten weit offen. Die Dächer waren stellenweise schon eingesunken. Hier und da nur noch schwarz-verbrannte Ruinenreste. Alle Gebäude waren von Ranken und Buschwerk überwuchert.
> Aber in der Ferne, jenseits der geborstenen Straßen, bot sich der traurigste Anblick überhaupt. Ein Dutzend hoher Schiffe stand über das rissigeLandefeld verteilt, so wie sie aufgesetzt hatten. Einmal waren sie stolze Raumer gewesen. Sie hatten die Menschen und das Material ins All getragen, um Fort America zu bauen. Sie hatten die Arbeitsbatallione auf den Mars getragen, waren unter die Wolken der Venus getaucht und hatten die kalten Monde von Jupiter und Saturn erkundet. Sie waren der lange Arm und die eiserne Faust von Tylers Direktorat gewesen, die eiserne Ferse im gebeugten Nacken der Menschheit.

Ein Auszug aus Jack Williamsons *The Equaliser [Der Equalisator]*, 1947 in *Astounding* erschienen. Diese Geschichte handelt von einer neuen Energieform, die die Atomkraft bei weitem übertrifft und jeden Menschen zu seinem eigenen, von niemandem sonst abhängigen Herrn macht, so daß der Sozialvertrag außer Kraft gesetzt wird.

Williamsons Schilderung deutet auf eine gewisse Verwirrung des Autors hin – die Raketenschiffe sind früher als Unterdrükkungsinstrument verwendet worden, und doch behauptet Williamson, ihre Stillegung sei ›der traurigste Anblick überhaupt‹ –, aber trotzdem wird der Zusammenhang von Raumschiffen und Beherrschung der Umwelt wohl hinreichend deutlich.

Astounding entwickelte sich zu einem einzigen großen Hymnus der technologischen Umweltbeherrschung. Diese Töne mögen heutzutage nicht mehr in Mode sein; aber Modeströmungen kommen und gehen.

So hatten die Autoren der Magazin-SF in mancherlei Hinsicht größere Möglichkeiten als die Schriftsteller außerhalb der Science Fiction. Vor allem konnten sie eine technologische Kultur als fortlaufenden Entwicklungsprozeß schildern – und das oftmals über Zeiträume von Tausenden von Millionen Jahren hinweg. Obwohl die Autoren in ihrem manchmal blinden Optimismus die lebenswichtige Tatsache übersahen, daß die irdischen Bodenschätze und andere Ressourcen rasch ausgeschöpft sein würden, begriffen sie immerhin, daß die westliche Zivilisation in zunehmendem Maße auf gezielte, planvolle Innovationsprozesse angewiesen ist – also auf »research and development«, Forschung und Entwicklung, und nicht auf Ralph 124 C4I +. Der einsame Erfinder ist der kontinuierlichen Arbeit der modernen Forschungslaboratorien gewichen.

Dieses Konzept kontinuierlicher Weiterentwicklung findet eine Analogie in der Kontinuität von *Astounding* in den Blütejahren dieses Magazins. Wie Don Wollheim es formulierte: »Die Science Fiction baut auf der Science Fiction auf.« Es war nicht länger sinnvoll, von wechselseitigen Einflüssen oder Entwicklungslinien zu sprechen; die systematische Zukunftsforschung hatte begonnen. In seinen besten Jahren war *Astounding* ein Gemeinschaftswerk: die erste Denkfabrik. Spätere Magazine wie *Galaxy* und *Fantasy and Science Fiction* setzten die von *Astounding* begonnene Arbeit fort.

Die Sternenimperien, die Asimov in seinem *Foundation*-Zyklus *[Die galaktische Trilogie]* oder van Vogt in seiner *Child of the Gods*-*Serie [Das Erbe des Atoms* und *Der Zauberer von Linn]* erschaffen haben, besitzen – mögen sie auch beide auf älteren Vorbildern (etwa Gibbon oder Robert Graves' Claudius-Büchern) fußen – eine Lebenskraft, die der aller geschichtlichen Imperien überlegen ist, weil die Konzeption dieser Imperien auf der Grundannahme beruht, daß Technologie Kontinuität und Expansion verlangt. Das Manhattan-Projekt, das Spezialisten aus allen Ländern zusammenbrachte, machte diese Erkenntnis zum Allgemeingut – aber die Science Fiction hat diese Erkenntnis vorweggenommen, bevor sie von der Gesamtgesellschaft akzeptiert wurde. Daß der Weg zum Mond hinter der Tür mit der Inschrift »Research and Development« beginnt, erfuhr man zuerst aus Campbells *Astounding.*[18]

Campbells besonderes Interesse galt der Atomphysik, die sich schon bald nach Campbells Einzug ins Redaktionsbüro von *Astounding* als ein zunehmend wichtiger werdendes Feld der Naturwissenschaften erwies. Es war durchaus kein Zufall, daß Agenten des militärischen Abschirmdienstes 1944 Campbell in seinem Büro besuchten, um die Hintergründe von Cleve Cartmills Geschichte *Deadline* zu untersuchen, die Campbell gerade veröffentlicht hatte.

Deadline handelt von der Entwicklung einer Atombombe. Cartmill hatte dazu Fakten zusammengetragen, die zu dieser Zeit bereits allgemein bekannt waren. Von der Existenz des Manhattan-Projekts, dessen Forschungen sich in der gleichen Richtung bewegten wie die Arbeit der Wissenschaftler in seiner Erzählung, hatte Cartmill allerdings keine Ahnung. Die Geschichte der Geheimdienstinvasion in Campbells Büro erfreute sich in SF-Kreisen immenser Beliebtheit, wurde sie doch als Beweis dafür gewertet, daß SF-Romane nicht nur Märchen waren, sondern den Anspruch erheben durften, ernsthafte Voraussagen über die Zukunft zu machen. Bedeutsamer ist die Tatsache, daß das Manhattan-Projekt selbst, jene bombastische, unter strengen Sicherheitsvorkehrungen stehende Verschwörung hochtalentierter Wissenschaftler, ebenfalls bereits in *Astounding* vorweggenommen worden war. Die Industrialisierung von Wissenschaft, der Aufstieg des Industriespions, die ängstliche Geheimhaltung neuer Produktionsprozesse, die sich in den hochbezuschußten Laboratorien breitmachende

Paranoia – all diese Themen tauchten, wenngleich im Larvenstadium, in zahllosen Geschichten auf.

Diese thematische Ausrichtung führte natürlich dazu, daß die typische *ASF*-Geschichte von einer kalten und unpersönlichen Aura umgeben war und manchmal sogar zu einer Art bebilderter Vorlesung degenerierte. Schon nach wenigen Jahren hatte die Gimmick- oder Gadget-Story* viel von ihrer Popularität eingebüßt. Zumindest *ein* Leser verzichtete (wenigstens für einige Monate) auf seine regelmäßige SF-Lektüre, nachdem er sich über die aalglatte Oberflächlichkeit von Harry Stines 1951 erschienenen *Galactic Gadgeteers* geärgert hatte. Zu ihrer besten Zeit stammten die Gadget-Geschichten von Schriftstellern wie Hal Clement, einem Absolventen des Massachusetts Institute of Technology (MIT), dessen Roman *Mission of Gravity [Unternehmen Schwerkraft]* (1953 als Fortsetzungsserie in *ASF* veröffentlicht) sich auch heute noch großer Beliebtheit erfreut.

Clements Kurzgeschichte *Fireproof [Feuerfest]* prophezeite bereits 1949, daß bei einer Fortsetzung des Ost-West-Konflikts bald waffenstarrende Killersatelliten die Erde umkreisen würden. In dieser Geschichte ist ein Spion des Ostblocks unbemerkt an Bord eines westlichen Satelliten gelangt, aber als er ihn sprengen will, scheitert sein Vorhaben daran, daß Feuer dort, wo es keine Luftströmung gibt – also etwa in der Schwerelosigkeit des Satelliten – nicht brennen kann (eine Tatsache, die man dem Spion bei seiner Einsatzschulung nicht beigebracht hatte – was für ein Glück für den Westen!). Clements Erzählung ist eigentlich gar keine, wenn man literarische Maßstäbe an sie anlegt; und auch Campbell betrachtete sie nicht als Geschichte, sondern eher als Teil der kontinuierlichen *Astounding*-Debatte. Der Beweis dafür findet sich in Campbells Vorbemerkung zu der Geschichte. Überhaupt war Campbell ein Meister in der so verkannten Kunst der Vorbemerkung.

* [Gimmick-Story: eine auf einen möglichst witzigen Schlußgag hin angelegte Geschichte. Gadget-Story: eine Geschichte, deren Handlung sich um ein technisches Gerät rankt, dessen Funktionsweise aber meist nicht weiter erklärt wird. Anm. d. Ü.]

> Diese Geschichte, meine Herrschaften, steuert einen brandneuen Gedanken zur Diskussion um die Raumfahrt bei. Zwanzig Jahre dauert die wissenschaftliche Debatte nun schon – und diese wirklich hübsche, einfache und außerordentlich elegante Pointe hat man dabei ganz übersehen. Bevor Sie, hochverehrter Leser, zum Ende der Geschichte kommen, sollten Sie ruhig einmal probieren, selbst auf den richtigen Dreh zu kommen!

Es gab Zeiten, da duftete *Astounding* so stark nach Forschungslaboratorium, daß man es auf Filtrierpapier hätte drukken sollen.

Auf jeden Fall brachte die an ein Forschungslabor erinnernde Machart originelle Ideen hervor. Kein anderes populäres Magazin bot jemals dem Leser einen solchen intellektuellen Hochgenuß. Viele spätere Probleme deuteten sich in *Astounding* umrißhaft an und wurden von den Autoren rastlos durch die Mangel gedreht. Supermanngeschichten wie Mark Cliftons *What Have I Done? [Was habe ich getan?]* problematisierten den Begriff der »Gleichheit« in der menschlichen Gesellschaft und kamen zu dem Schluß, daß es keine absolute, sondern immer nur eine relative Gleichheit geben könne. Simaks *City*-Zyklus *[Als es noch Menschen gab]* untersuchte am Beispiel von Menschen, Robotern und Hunden neuartige Beziehungen zwischen verschiedenen Arten lebender Wesen. Eric Frank Russell stellte sich in Geschichten wie *Symbiotica [Der grüne Planet]* merkwürdige neue Symbioseformen vor. Und der unermüdliche Vielschreiber Murray Leinster schließlich schilderte sehr bildhaft eine Zukunft, in der die Menschen das Interesse an der Erhaltung einer Zivilisation, die nur Mühen und Plagen mit sich bringt, verlieren könnten. Man mag einwenden, daß gerade in dieser Geschichte, *Trog,* das Interesse an der Zivilisation durch eine von feindlichen Intelligenzen ausgestrahlte, teuflische Gedankenwelle zum Erlöschen gebracht wird, aber das Hauptanliegen der Geschichte ist doch die Beschreibung einer kulturellen Entwicklungsstufe, der wir uns inzwischen rapide zu nähern scheinen.

Viele Schriftsteller führten erregte Debatten über die Rolle des Computers, bevor noch der erste Computer seine Transistoren warmlaufen ließ. Wie, so fragten diese Autoren, würde der Computer in die Welt des Menschen hineinpassen? Eine der brillantesten und treffendsten Antworten darauf gab die kaum eine Seite lange Geschichte *Answer* von Frederic Brown. (Obwohl sie nie in *Astounding* erschien, ist ihr Schlußsatz, »*Jetzt* gibt es einen Gott!«, in gewissen Kreisen zu einer regelrechten Parole geworden.)

Und was die Außerirdischen betrifft – tja, die waren einfach überall. Zumindest in *Astounding* fielen allerdings die Außerirdischen à la Burroughs wohltuender Vergessenheit anheim, als immer mehr Autoren begriffen, daß von allen lebenden Arten nur der Mensch nicht auf bestimmte artspezifische Verhaltensmuster festgelegt ist und daß man der Formbarkeit der menschlichen Natur am besten dadurch gerecht werden konnte, daß man die Außerirdischen einfach so verwandte, als seien sie bloß mit Fangzähnen und Schuppen verkleidete Menschen mit merkwürdigen Verhaltensmustern. Simaks Außerirdische etwa sind im allgemeinen nur Menschen vor dem Sündenfall. Später, in den fünfziger Jahren, änderte sich diese Haltung – vielleicht unter dem Einfluß von Campbells Xenophobie. Wie Wollheim trefflich bemerkte: »Ein Internationalist war er ja gewiß nicht.« Die Außerirdischen wurden nun zu Symbolen tiefgründiger Ängste umfunktioniert. Aber in den vierziger Jahren war die Welt noch in Ordnung.

A. E. van Vogt plauderte damals,so um 1943, über interstellare Winde, und gelegentlich erwähnte er beiläufig, daß der Weltraum doch eigentlich ganz schön groß ist – etwa, wenn eines seiner Forschungsschiffe meldet, daß man ein kleines Sternensystem entdeckt habe, daß ›260 Millionen Kubiklichtjahre umfaßt und fünfzig Millionen Sonnen enthält‹.

Van Vogt war genau der Mann, der Doc Smiths Millionen-Jahre-Traum weiterspinnen konnte. Zugleich war er aber nicht so hart und kalt und gefühllos wie Clement, Asimov oder Heinlein, sondern verstand es, durch Beschreibungen, aus denen fast eine gewisse Zärtlichkeit oder aber der blanke Wahnsinn sprechen, ein Gegengewicht zu all der Supertechnologie zu schaffen, die in seinen Romanen fröhliche Urstände feierte.

Ab und an tauchten aus dem Strudel außerirdischer Mächte und wahnwitziger Mentalkräfte sogar menschliche Gefühle an die Oberfläche.

In seinen Romanen zeigt sich van Vogt selten in Höchstform; in *World of Null-A [Welt der Null-A]* kommt er so rettungslos durcheinander wie seine Leser. In seinen Kurzgeschichten hingegen gelingt es ihm oft, seine miteinander im Widerstreit liegenden Begabungen in dynamischer Balance zu halten. Eine der besten dieser Erzählungen ist *The Storm* [in: *Das Reich der fünfzig Sonnen]* (1943), die einige Liebesszenen zwischen Maltby und der Lady Laurr enthält. (Was Titel angeht, war van Vogt ein richtiger Schmarotzer.) In der Tat lassen sich Hinweise darauf finden, daß sich der Titel der Geschichte auch auf einen inneren Sturm von Gefühlen beziehen soll. Wirklich sehr subtil! Aber natürlich interessierten sich die Leser dafür nicht. Was sie wollten, war ein handfester intergalaktischer Sturm – und den bekamen sie auch.

> In den letzten Minuten vor der Katastrophe glühte das Schlachtschiff *Star Cluster* wie ein riesiges, schimmerndes Juwel. Der warnende Glanz der Nova löste ein unglaubliches Alarmgeheul in all ihren hundertundzwanzig Decks aus.
> Von einem Ende zum anderen flackerten all ihre Lichter auf. Reihe auf Reihe flammten sie über die eintausendfünfhundert Meter der *Star Cluster,* im harten Glitzern geschliffener Edelsteine. Gegen die Reflektionen dieses Lichts hob sich die Schiffshülle wie ein schwarzer Berg ab, wie der berühmte Planet Cassidor, ihr Zielplanet, der, einer erloschenen Sonne gleich, im diamantenen Feuer seiner Städte glühte.
> Still wie ein Geist, großartig und wunderbar jenseits aller Vorstellungskraft, ruhmreich in seiner Macht glitt das große Schiff durch die Dunkelheit auf dem besonderen Fluß von Raum und Zeit, den ihr Kurs ihr bestimmte.
> Selbst als sie in den Sturm ritt, war nichts zu sehen. Der Raum vor ihr sah so leer aus wie jedes Vakuum. So dünn waren die Gase, die den Sturm bildeten, daß ein Schiff sie,

selbst wenn es sich mit atomarer Geschwindigkeit bewegt hätte, nicht hätte wahrnehmen können.
Die ungeheuere, die kataklysmische Gefahr für die *Star Cluster* war ein direktes Resultat ihrer eigenen furchtbaren Geschwindigkeit.
Hätte sie Zeit gehabt abzubremsen, wäre der Sturm ohne jede Bedeutung gewesen.
Aber der Zusammenprall mit dieser Gasmasse bei einem halben Lichtjahr in der Minute war wie der Aufprall auf eine endlose solide Wand. Das große Schiff erbebte mit jeder Stahlplatte, als die Reibung an seiner gigantischen Schubkraft zu zerren begann.
In Sekunden hatte sie alle Sicherheitssysteme, die für die *Star Cluster* als Ganzes von den Erbauern vorgesehen waren, überwunden.
Die *Star Cluster* brach auseinander.

Der Stil ist klar und knapp und vermittelt dem Leser durchaus van Vogts eigene Erregung angesichts dieses gewaltigen Schauspiels. Später, als seine Geschichten längst nicht mehr in Campbells Magazinen erschienen, schaffte es van Vogt nie mehr, solche Stimmungen mit der gleichen Spontaneität und Frische wie in seinen frühen Werken einzufangen. Und auch jene Mischung aus Heimwerker-Wissenschaft – ein halbes Lichtjahr pro Minute, wirklich! – und lyrisch-seelenvoller Erregung wollte ihm nicht mehr so recht gelingen.

Wie van Vogt hatte auch Henry Kuttner einen Hang zu lyrischen Bildern – aber er gab dem Leser stets das Gefühl, das ganze Bild zu sehen.

Kuttners Welt hatte keinerlei Ähnlichkeit mit einem Diagramm, sondern war durch und durch sinnlich – mit einer leichten, die Phantasie anregenden Unschärfe an den Rändern. Während sich Asimov mit Robotern und Androiden herumschlug, lehnte Kuttner solche trockenen Themen ab. Stattdessen siedelte er in seinem Universum eine menschliche Gesellschaft an, in der es eine Sub-Spezies von Telepathen gab, die alle durch ihre Gedanken und Gefühle ständig miteinander verbunden waren. Von den gewöhnlichen Menschen unterschieden sie sich äußerlich durch ihre kahlen Köpfe, und darum war die Serie als *The Baldies,* die Glatzköpfe, bekannt.* In Kuttners Welt heirateten die Hauptpersonen, bekamen Babys, weinten und ließen auch schon einmal die Milch anbrennen. Sie liebten die Erde und den Sonnenschein. Ähnlich wie Donne hatten sie begriffen, daß der Mensch keine Insel ist – und erst recht keine vollcomputerisierte Robotinsel. »Jedesmal wenn ein Telepath stirbt, fühlen alle, die sich in Reichweite seines Geistes befinden, wie sich die Dunkelheit um einen erschöpften Geist schließt, und sie fühlen, wie auch ihr eigener Geist als Erwiderung ein wenig verlöscht.«

Selbst in Zeiten höchster Anspannung sind Kuttners telepathisch begabte Geschöpfe offen für scheinbar unwichtige Randeindrücke. In *Humpty Dumpty [Hexenjagd;* deutsch unter dem Pseudonym Lewis Padgett], 1953 in *Astounding* erschienen, finden wir folgende Stelle:

> Jetzt befand sich Cody in dem Park vor dem langen byzantinischen Gebäude. In einem kleinen rechteckigenTeich wurden Goldfische gehalten, die hoffnungsvoll schnappend an die Oberfläche schwammen und wieder hinabtauchten. Die winzigen Gehirne der Fische lagen offen vor Cody, als er an dem Teich vorbeiging, Hirne, gedankenlos wie die hellen, winzigen, gleichmäßigen Flammen von kleinen Geburtstagskerzen.

Ein Bild, das so einprägsam ist wie dieses, kann noch jahrelang in den Gedanken eines Lesers nachwirken.

Henry Kuttner heiratete eine sehr sensible, ebenfalls für die Pulps schreibende Autorenkollegin, Catherine Moore, und ihre Zusammenarbeit erwies sich als sehr fruchtbar. Kuttner starb jung, aber als reifer Mann im Alter von 43 Jahren. Unser eigener Geist erlosch ein wenig in der Erwiderung darauf.

* Die Serie erschien 1953 bei Gnome Press in einer bearbeiteten Romanfassung unter dem Titel *Mutant [Die Mutanten,* in Deutschland unter dem Pseudonym Lewis Padgett.]

Kuttner fand bei den Fans der Vorkriegszeit wenig Anerkennung, da diese seinen Versuch, ein wenig Sex und Sensibilität in die Science Fiction einzubringen (worum er sich besonders in seinen Geschichten für die *Marvel Science Stories* bemühte[19]), nicht akzeptieren wollten und konnten. Von den zwei Kritikern des SF-Genres, auf deren Urteil man sich wirklich verlassen kann, hat nur James Blish eine Lanze für Kuttner gebrochen.[20]

Es soll hier nicht abgestritten werden, daß Kuttner, der ja ständig den Ängsten und Unterdrückungsmechanismen ausgesetzt war, unter denen alle litten, die ihren Lebensunterhalt in diesem Genre verdienen mußten, auch eine Menge Schund produziert hat; schließlich waren die Herausgeber nahezu allmächtig und stets auf ihren eigenen wirtschaftlichen Vorteil bedacht. Trotzdem wurde er 1947 auf einem SF-Con zum beliebtesten lebenden SF-Autor gewählt.

Kuttner war in jeder Hinsicht eine Ausnahmeerscheinung. Campbell hingegen versuchte stets, bei den Lesern seiner Magazine den Eindruck zu erwecken, daß alle veröffentlichten Geschichten maschinell von Präzisionsautomaten gefertigt würden. (Die in *Astounding* abgedruckten Geschichten wurden monatlich auf ihre Beliebtheit getestet; zu diesem Zweck führte Campbell eine besondere Sparte, »An Lab« genannt, ein, in der die Leser aufgefordert wurden, die Geschichten der jeweiligen Ausgabe in eine Rangfolge zu bringen.)

Trotzdem beschränkte sich *Astounding* in weiser Voraussicht nicht darauf, nur Material zu bringen, das mit hundertprozentiger Sicherheit gut beim Leser ankam.[21] Neben den technischen Geschichten von George O. Smith und Hal Clement erschienen – sozusagen als ein kleiner Ausgleich – gelegentlich ein neues Häppchen der Lensman-Saga, eine neue Verrücktheit von A. E. van Vogt oder ein düsterer Psychospaß von Theodore Sturgeon. Campbell hatte eine Schwäche für gute Witze. Eric Frank Russell war jahrelang sein bestallter Hofnarr, und daneben gab es noch Nonsense-Artikel von Isaac Asimov und John Brunners *Report on the Nature of the Lunar Surface,* der schlagend bewies, daß der Mond wirklich aus grünem Käse besteht.

Das Unmögliche wurde nie ausgegrenzt, und sei es auch nur deswegen, weil ja niemand weiß, was möglich ist und was nicht. Zudem deutet schließlich vieles darauf hin, daß SF-Autoren ohnehin sehr anfällig dafür sind, Wissenschaft und Magie durcheinanderzuwerfen.

Sogar der sonst so nüchterne Campbell, der in der Wissenschaft und ihrer praktischen Anwendung »die Erlösung und das Heil der Menschheit« sah, glaubte fest daran, daß es so etwas wie ein Perpetuum mobile geben könne, wenn man nur die richtige Formel oder den richtigen Zauberspruch fände. Er vertrat steif und fest die Ansicht, daß die wichtigsten 75 Prozent des menschlichen Gehirns noch brachlägen, nahm regen Anteil an der Entwicklung von obskuren Sekten wie der Scientology (die von dem SF-Autor L. Ron Hubbard unter der Bezeichnung »Dianetics« gegründet wurde) und begeisterte sich für den Dean-Antrieb, eine nette kleine Apparatur, die angeblich Schub erzeugen konnte, ohne daß zugleich ein gleich starker, aber entgegengesetzt gerichteter Gegenschub entstand. Der Dean-Antrieb erinnerte verdächtig an jenes Gerät, das Jack Williamson einige Jahre zuvor in *The Equaliser* beschrieben hatte. (Dieser Equalisator war ein in ausgeklügelter Weise umwickelter Solenoid, der fast unbegrenzte Energien erzeugte und so jeden einzelnen Menschen in die Lage versetzte, völlig vom Rest der Menschheit unabhängig zu werden, was zugleich das Ende jeder Diktatur bedeutete.) Campbell, der vom grundsätzlichen Wert der Science Fiction überzeugt war, versuchte stets, sie wenigstens teilweise auch zu leben.[22]

*

»Kultureller Hintergrund« ist ein Schlagwort, das von Literaturkritikern heiß geliebt wird. Aber dieses Schlagwort hat auch einen realen Kern, den wir nie vergessen sollten, wenn wir auf das zurückblicken, was Campbell mit *Astounding/Analog* vollbrachte. Anfangs gehörte sein Magazin zu jenen vielen hundert Pulp-Magazinen, die sich besonders durch kurze Sätze und eine kurze Lebensdauer auszeichneten und die ja keineswegs zur »anerkannten« Literatur zählten. Als Campbell die

Redaktion von *Astounding* übernahm, war die große Zeit der Pulps zudem eigentlich schon vorbei; es wird oft behauptet, daß bereits die durch den ersten Weltkrieg verursachte Papierknappheit den Pulps den Todesstoß versetzt habe.[23] Aber eben diese Pulps werden heute als eine völlig neue Form volkstümlicher Kultur angesehen, die sozusagen auf den Trümmern des kulturellen Erbes des 19. Jahrhunderts heranwuchs. Während sich die Werke früherer SF-Autoren wie etwa Huxley an ein wohlhabendes, gebildetes Lesepublikum richteten, das keine wirklichen Existenzängste kannte, wandten sich die Pulps an die untere Mittelschicht und die Arbeiterklasse, zu denen auch viele Einwanderer gehörten – an Menschen also, die keinerlei gesellschaftliche Vorrechte hatten. Die Pulps gaben dieser ganzen Bevölkerungsschicht, die ja besonders schwer von der Wirtschaftskrise betroffen war und deren Angehörige ständig in einem Zustand ökonomischer Unsicherheit lebten, in gewisser Weise eine gemeinsame Identität.

Tony Goodstone hat darauf hingewiesen, daß das ›latente psycho-sexuelle Drama der Wirtschaftskrise‹ teilweise darauf beruhte, daß in dieser Ära ›der Broterwerb konstitutiv für die männliche Identität war.‹[24] Um es einfacher auszudrücken: Es dürfte kaum zu bezweifeln sein, daß ein Mann, der arbeitslos ist oder kaum genug verdient, um sich und seine Familie über Wasser zu halten, tatsächlich ein Gefühl der Machtlosigkeit verspürt.

Alle erfolgreichen Pulps boten den gesellschaftlich Unterprivilegierten starke Helden, die ihre Geschicke selbst in die Hand nahmen, als Identifikationsfiguren an. All die Fliegerasse, Cowboys, Detektive, Tarzans, Conans und Mächtigen Rächer sowie Doc Savage und Der Schatten stehen in dieser Tradition – von Supermann, Batman und den unzähligen Comic-Superhelden, die später das gleiche Erfolgsmuster ausbeuteten, gar nicht zu reden. Die Science Fiction schließlich hob die letzten Einschränkungen auf, die andere Genres ihren Helden und deren Machtpotential noch auferlegen mochten.

Nun gut, Nick Carter räumte in der New Yorker Unterwelt auf, tapfere Abenteurer und Flieger bezwangen ihre schurkischen Gegner gleich reihenweise, und Doc Savage besaß eine unerschöpfliche Goldmine an einem geheimen Ort in Südamerika – aber was war das alles schon im Vergleich zu Campbells Helden, die über einen Equalisator verfügten, der wirklich alle sozialen Unterschiede ausgleichen konnte: nämlich über die Macht der Gedankenkontrolle und die unerschöpflichen Kräfte phantastischer Energieaggregate!

Zwar übernahm die Science Fiction ungebrochen die Erfolgsformel der Pulps – nämlich die Ideologie vom »starken Mann« –, aber zugleich wies sie doch über die normalen Pulps hinaus: *ihre* starken Männer waren in der Lage, das ganze Universum zu erobern. Gleichzeitig aber hatten die Probleme, denen sich die Helden der SF gegenübersahen, sowohl auf einer »realistischen« als auch auf einer »mythologischen« Ebene unterschwellig eine sehr große Ähnlichkeit mit jenen Problemen, denen sich der Leser in einer technologischen Gesellschaft tagtäglich gegenübersah. Wo andere Magazine sich noch auf die schnöde Gegenwart einließen, servierte Campbell seinen Lesern die Zukunft auf einem silbernen Tablett.

Und die Science Fiction hatte sogar noch einen weiteren entscheidenden Vorteil: Auch wenn die zumeist jugendlichen Leser älter wurden, konnten sie immer noch an die Campbell'sche Magie glauben. Als Erwachsener konnte man schlecht an Doc Savages eher alberne Goldmine glauben, aber man mußte schon ein recht kluger Kopf sein, um in der Science Fiction die ernstzunehmenden Voraussagen von der Fantasy zu trennen. *Astounding* war eben ein Blatt für die ganze Familie.[25]

ANMERKUNGEN ZU KAPITEL NEUN

1. In einem italienischen Magazin aus dem Jahre 1919 macht De Chirico diese Bemerkungen über Verne: ›Freudiges aber unfreiwilliges Schaffen des Metaphysischen kann man sowohl bei Malern als auch bei Schriftstellern beobachten, und wenn wir von Schriftstellern sprechen, möchte ich an einen alten französischen Provinzler erinnern, den wir den Lehnstuhl-Entdecker nennen. Ich spreche von Jules Verne, der Reise- und Abenteuerromane schrieb und der für einen Kinderbuchautor gehalten wird.
   Aber wer war mehr als er begabt, das metaphysische Element einer Stadt wie London einzufangen, mit ihren Häusern, Straßen, Klubs, Plätzen und Freiflächen; die Geisterlinien eines Sonntagnachmittags in London, die Melancholie eines Mannes dort, eines wirklichen wandelnden Phantoms, wo sind sie besser eingefangen als in Phineas Fogg aus *In achtzig Tagen um die Welt?*
   Das Werk Jules Vernes steckt voll solcher vergnüglichen und ungeheuer dichten Momente; ich erinnere mich der Beschreibung der Abfahrt eines Dampfschiffes aus Liverpool in *Die Propellerinsel.*‹
   Das Essay ›On Metaphysical Art‹, aus dem dieser Auszug stammt, ist enthalten in Massimo Carras *Metaphysical Art,* 1971.
2. Der ›art editor‹ dieser Reihe war der Italiener Germano Facetti.
3. Nach der Chronologie der Handlung läuft die Serie *Triplanetary, First Lensmen, Galactic Patrol, Gray Lensmen, Second Stage Lensmen, Children of the Lens.*
4. Es gibt sogar einen Führer durch das Werk ›Doc‹ Smiths, eine Ehre, die er mit Shakespeare, Dickens und anderen Größen teilt. Es handelt sich um Ron Ellik und Bill Evans, *The Universe of E. E. Smith,* Chikago 1966.
5. 1971 begann der englische Verlag W. H. Allen mit der Herausgabe einer teueren gebundenen Ausgabe der Lensmen-Saga. Sie verkauft sich gut und schafft eine neue Generation von Fans. Aber D. B. Wyndham Lewis wies schon vor langer Zeit darauf hin, daß es Dummheit sei, in der Kunst einen Fortschritt zu erwarten.
6. Fearns begeisterter Biograph Philip Harbottle behauptet, der in Liverpool geborene Fearn habe mehr Pseudonyme als jeder andere Fantasy-Schreiber gehabt und erzählte mir von dreiunddreißig; vielleicht hatte er sogar mehr. Für andere Genres benutzte er sicher noch andere Pseudonyme. Alle Einzelheiten dazu finden sich in *The Multiple Man: A Biographic and Bibliographic Study of John Russell Fearn.* Privatdruck des Autors Harbottle, 1968.

7. Das ist ein großartiges Beispiel für das, was Franz Rottensteiner die lächerliche Übertreibung der Rolle eines einzelnen Individuums nannte (in *The Other Side of Realism*).
8. Siehe meinen langen Artikel ›Judgement at Jonbar‹ in *SF Horizons I.*
9. Campbells unermüdliche Versuche, aus Telepathie, ESP und anderen seltsamen psychischen Phänomenen eine ›Psionik‹ genannte Wissenschaft aufzubauen, basieren auf unwissenschaftlichen Voraussetzungen, die er in seinem Artikel ›The Story Behind the Story‹ über seine Novelette *The Double Minds* offenlegt, veröffentlicht in *Thrilling Wonder Stories* in der Ausgabe vom August 1937. Was Campbell dort harmlos eine ›Lieblingsidee‹ nennt, wurde in Wirklichkeit zu einer regelrechten Besessenheit:

   »In most instances, I think, authors have some ›pet‹ ideas that gradually work themselves into the shape of a story, given time. The present yarn, *The Double Minds,* is based on the interesting fact that no man ever used, or began to use so much as a quarter of the capacity of his brain. The total capacity of the mind, even at present, is to all intents and purposes, infinite. Could the full equipment be hooked into a functioning unit, the resulting intelligence should be able to conquer a world without much difficulty.«

10. Eine Analyse von Campbell findet sich in Kapitel 17 von Donald Wollheims herrlichem und dogmatischem *The Universe Makers,* New York 1971. Er erzählt von den Frustrationen, die Campbells lange Arbeit als Herausgeber von *ASF* mit sich brachte (ein mit solcher Hingabe ausgeübter und so miserabel bezahlter Job), und auf welche Weise Campbells Politik ihn später vom Fandom isolierte.
11. Ebenda.
12. Die Stelle ist einem Editorial von 1960, ›Unimaginable Reasons‹, entnommen und vermittelt einen Eindruck davon, wie Campbell es liebte, seine Autoren zu belehren. Wie Harry Harrison gesagt hat: »Wenn John Campbell redete, ging eine Menge schweigendes Nikken durch die Runde!«
13. Alva Rogers, *A Requiem for Astounding,* Kapitel 5, ›The Dawn of the Golden Age, 1939–1940.‹
14. Ich verdanke diese Beobachtung Dr. Leon Stover vom I. I. T., Chikago.
15. John W. Campbell, *Collected Editorials from Analog,* ausgewählt von Harry Harrison, New York 1966. In seiner Einführung zu diesem Band erklärt Harrison den Einfluß, den Campbell auf seine Schreiber hatte, und fügt hinzu: »Keiner dieser Autoren ist so kleinlich gewesen, diesen Einfluß zu leugnen, und die Zahl der Bücher,

die ihm gewidmet wurden, zeugt davon. Ich würde schätzen, daß es nicht weniger als dreißig sind, ein Rekord, der, da bin ich sicher, in der Literatur einzigartig ist.«

16. Als Beispiel für die Verwendung eines Unterseebootes als phallisches Symbol siehe Arnold Kohns Titelbild der Ausgabe März 1949 von *Fantastic Adventures;* darauf wird auch weiter unten in 21 eingegangen. Unterseeboote werden gewöhnlich als nahe Verwandte von Raumschiffen betrachtet. Kohn setzt diesen Gedanken ins Bild um.
17. Beispiele: Van Vogts ›Far Centaurus‹ [Terra-Alpha Centauri und zurück], *Astounding Science Fiction,* Januar 1944, verwendet ein Raumschiff, um den Gedanken der Hingabe zu symbolisieren – die in diesem Falle ironisch abgewehrt wird. L. Ron Hubbards ›To the Stars‹, *ASF,* Februar bis März 1950, benutzt es als Symbol des Zusammengehörigkeitsgefühls. Was die Verwendung für die Romantisierung des industriellen Prozesses angeht, sie ist unterschwellig so allgegenwärtig, daß es schwer fällt, ein herausragendes Beispiel zu finden. Man kann etwa die Venus-Stories von George O. Smith nehmen oder sein ›The Impossible Pirate‹, *ASF,* Dezember 1946. Für das Raumschiff als Symbol der Einkerkerung des Lebens, die der technische Fortschritt mit sich bringen kann, muß man sich einer späteren Generation von Autoren zuwenden. Da wäre zum Beispiel mein eigener Roman *Non-Stop [Fahrt ohne Ende],* der in den Vereinigten Staaten als *Starship* erschien.
18. Eine gleiche Beobachtung erblickte zum ersten Mal das Licht der Welt in Leon Stovers *American Science Fiction: An Anthropological Exegesis,* Kapitel 5.
19. Zum Beispiel in ›The Time Trap‹, *Marvel Science Stories,* Band 1, Nummer 2, November 1938. In dieser Fantasy-Welt Kuttners treten nicht weniger als drei nackte Damen auf. Die freiwillige Stripperin ist Nirvor, Priesterin mit silbernem Haar, und immer von Leoparden begleitet. Sie erklärt dem Held ihre Liebe und schnurrt. Er weist sie jedoch ab, weil sie einmal ein Leopard gewesen ist; die Vivisektion ist hier sehr erfolgreich gewesen. Wie Dr. Moreau wohl gelacht hätte!
20. So zum Beispiel in *The Issue At Hand,* S. 78–79, wo ich mit Vergnügen bemerkte, daß Blish dieselbe Stelle mit den wie Kerzenflammen leuchtenden Goldfischgedanken heranzieht.
21. Eine Bemerkung, die noch viel mehr für andere Magazine des Gebietes gilt. Sehen wir uns *Fantastic* vom März 1949 an. Hier sind einige der Titelanreißer: »Unter dem Meeresgrund liegt ein großes Geheimnis – bewacht von der riesenhaften Meerrasse . . . .«; »Das Volk von Loran sah zum Himmel auf und erblickte das riesige

Raumschiff. War es möglich, daß ein Gott zurückgekehrt war?«; »Ist die Existenz, wie wir sie kennen, nur eine Reihe verschlossener Türen in der Zeit? Und ist der Verstand der Schlüssel, sie zu öffnen?«; »Dave mußte das Schachspiel gewinnen – denn wenn er verlor, wurde die Erde vernichtet . . .« Sie geben eine Idee davon, welche von den Illustrationen und Geschichten dann noch mächtig verstärkten Bilder das Genre benutzte, Bilder, die legendäre Macht über uns haben. Die kaum verhüllte erotische Bedeutung gerade des Titelbildes dieser Ausgabe mit einer Meerfrau, die ein Unterseeboot mit einer Hand gepackt hält, verstärkt diesen Eindruck noch.

22. Als Ergebnis liefen die SF-Fans in Scharen davon, nachdem aus *Astounding* das seriöse und schwer verdauliche *Analog* geworden war. Ihr Urteil sollte von denen im Gedächtnis behalten werden, die das Fandom für eine Art kopflose Bestie halten! Unter dem neuen Herausgeber Ben Bova wird *Analog* nun wieder lebendiger.
23. Siehe z. B. *The Pulps: Fifty Years of American Pop Culture,* herausgegeben von Tony Goodstone, New York, o. J.
24. Ebenda, Kapitel 7.
25. Eine weitere Betrachtung der Auswirkungen, die *Astounding* auf seine Leser hatte, und eine Sammlung der am besten im Gedächtnis gebliebenen Stories insbesonders aus seiner goldenen Zeit bringt *The Astounding-Analog Reader,* hrsg. von Harry Harrison und Brian Aldiss, New York, 2 Bd. 1972 - 73.

10.
Nachdem das Unmögliche möglich wurde

DIE FÜNFZIGER UND WEITER VORWÄRTS UND RÜCKWÄRTS

Die Klauen wurden schneller und größer. Neue Typen tauchten auf, einige mit Fühlern, andere, die fliegen konnten. Es gab sogar einige springende Arten. Die besten Techniker arbeiteten auf dem Mond an ihrem Design, machten sie immer ausgeklügelter und flexibeler. Sie wurden unzuverlässig; die Russen bekamen eine Menge Ärger mit ihnen. Einige kleine Klauen lernten, sich zu verstecken und gruben sich tief in den Staub, um darunter auf der Lauer zu liegen.
Philip K. Dick: Second Variety

Seit dem Ende des zweiten Weltkrieges und dem Abwurf der Atombombe auf Japan – der zugleich auch ein unheilvoller Vorbote des »Kalten Krieges« war – hat sich die Science Fiction in vielfältiger Hinsicht verändert und weiterentwickelt. Eine Analyse dieser neuen Entwicklungen führt uns geradewegs in die Gegenwart.

Nach dem zweiten Weltkrieg gelang es der SF nämlich, sich über die engen Grenzen der Magazine hinaus auszubreiten und in die traditionelle Verlagsszene vorzudringen. Nun, da die ersten SF-Romane in Hardcover-Ausgaben erschienen, erreichte die Science Fiction endlich das breite Publikum und fand auch Eingang in die Bibliotheken. Als bahnbrechend erwiesen sich zwei 1946 erschienene Anthologien, *Adventures in Time and Space* von Raymond J. Healy und J. Francis McComas und *The Best of Science Fiction* von Groff Conklin, denen ein bemerkenswerter Erfolg beschieden war. Von nun an konnte sich die Science Fiction als ernstzunehmende Literatur verstehen. Eine zunehmende Ernsthaftigkeit ist denn auch in den letzten Jahren zum wichtigsten Charakteristikum der SF geworden. Ob das einen wirklichen Fortschritt darstellt oder nicht, sei dahingestellt.

Jetzt schien die Saat der Science Fiction aufzugehen. Denkfabriken wie etwa Herman Kahns Hudson-Institut schossen aus dem Boden und verdrängten die SF aus ihrer Rolle als prognostisches Instrument, ganz so, wie ICBM* die altmodischen Bomber des SAC* verdrängt hatte.** Vielen der Fans, deren gesamte Vorstellungswelt von der SF geprägt worden war, schien sogar die Weltraumfahrt – und der Abschuß der ersten Sputniks und Satelliten – nicht viel mehr als eine Ausweitung der Science Fiction in die Realität hinein zu sein. Und was war die Atombombe denn überhaupt anderes als die Verwirklichung der Wells'schen Visionen?

Noch bevor sich die ersten Weltraumraketen mühsam von der Startrampe quälten, um einen Menschen in eine Umlaufbahn um die Erde zu tragen, hatten die SF-Magazine Propaganda für die bemannte Weltraumfahrt betrieben. Und wer könnte es da den begeisterten Fans verdenken, wenn sie glaubten, daß es letztlich ihre Träume und Wünsche gewesen seien, die den großen Durchbruch erst ermöglicht hätten? Die Weltraumfahrt war *der* große Traum gewesen, das große Glaubensbekenntnis; nun plötzlich wurde dieser Traum materielle Realität – und Gegenstand ganz gewöhnlicher Tagespolitik.

Der erste Sputnik wurde im Oktober 1957 in eine Erdumlaufbahn geschossen, und damit begann das Weltraumzeitalter.

* ICBM = computergesteuerte ballistische Waffensysteme. SAC = Strategic Air Command = Strategisches Luftwaffenkommando. Anm. d. Ü.]

**Frederik Pohl hat allerdings ein gutes Argument dafür ins Feld geführt, daß die Science Fiction nach wie vor eine nützliche prognostische Funktion haben kann. Nur die SF kann nämlich ein Bild der Zukunft entwerfen, das auch die Gefühle zukünftiger Menschen berücksichtigt – ein wichtiges Moment, das nüchterne Statistiken außer acht lassen. Die Science Fiction könnte uns so dabei helfen, zu erkennen, ob wir die Zukunft, die die Planer für uns vorgesehen haben, überhaupt akzeptieren wollen.

Heute läßt sich kaum noch nachvollziehen, auf wie viel Unverständnis und Ablehnung der Gedanke, es könne je eine unbemannte oder gar bemannte Weltraumfahrt geben, bis zu diesem Zeitpunkt gestoßen war – und das sogar bei jenen, die es eigentlich hätten besser wissen müssen! Noch 1956 erklärte ein britischer Kronastronom öffentlich: »Es ist völliger Quatsch, an zukünftige interplanetarische Reisen zu glauben.« (Später versuchte er seinen Irrtum damit zu bemänteln, daß er behauptete, in Wirklichkeit habe er nur *Geschichten* über interplanetarische Reisen als völligen Quatsch bezeichnet.)

Ja, die Weltraumfahrt war ein Traum – der kostbarste Traum der SF-Fans. Und sie war ein integraler Bestandteil der Machtphantasien der SF-Magazine. Als die Weltraumfahrt Wirklichkeit wurde, wurde den Fans dieser Traum weggenommen. Kein Wunder, daß die Verkaufszahlen der Magazine rapide sanken! Vielen SF-Historikern ist es schwergefallen, diesen Auflagenrückgang zu erklären, aber eigentlich liegt der Grund dafür auf der Hand – die Fans litten unter Entzugssymptomen.

Zwar ernüchterte die Tatsache, daß ihr Traum nun materielle Gestalt angenommen hatte, viele SF-Fans, aber zugleich führte sie auch dazu, daß die Ideen der Science Fiction allgemeine Anerkennung fanden und das Vokabular der SF in den allgemeinen Sprachgebrauch aufgenommen wurde. Nun, nachdem das Unmögliche geschehen war, stellten sich die Menschen darauf ein, daß die Zukunft noch viele unerwartete Entwicklungen mit sich bringen mochte.

Die Mauern des Gettos, in dem sich die SF bisher befunden hatte, begannen von außen heraus zu zerbröckeln. Wer SF las, mußte sich nicht länger als Außenseiter fühlen. Die Architektur neuer Städte, die kühne Gestaltung von Weltausstellungen und Expos, das Design von Büros und Gemeindezentren, die irrwitzige Machart von Fernseh-Werbespots, das Hochglanzdekor der James Bond-Filme und zahlloser anderer Streifen ähnlicher Machart – das alles verschmolz mit der flotten Welt der Science Fiction. Der Begriff »Science Fiction« wurde in zunehmenden Maße ein Modewort für alles, was irgendwie mit der Zukunft, mit unerklärlichen Phänomenen oder mit den Mysterien der modernen Technologie zusammenhing.

Überdies mehrten sich die Anzeichen dafür, daß es auch in der UdSSR – jenem finsteren kommunistischen Alter Ego des kapitalistischen Westens – eine ständig wachsende Zahl von Science Fiction-Autoren gab. Später wurden Übersetzungen sowjetischer SF-Erzählungen auch im Westen aufgelegt, während zugleich die westliche SF ihren Weg ins sozialistische Lager fand. Viele westliche SF-Autoren schlossen Freundschaft mit Kollegen jenseits des sogenannten »Eisernen Vorhangs« und erfuhren dabei, daß sich die Autoren und Fans in den sozialistischen Staaten nichts sehnlicher wünschten als eigene SF-Magazine – ein Bedürfnis, das wir aus früheren Jahren noch sehr gut kannten. Einige Zeit nach diesen ersten Kontakten fand ein Internationales SF-Symposium statt, bei dem sich sowjetische und westliche SF-Autoren trafen, angeregt ihre Ansichten austauschten und die freundschaftlichen Beziehungen vertieften.[1]

Mit diesem Überblick nehmen wir gewissermaßen den Inhalt dieses und des nachfolgenden Kapitels vorweg. Um aber die Gegenwart besser verstehen zu können, sollten wir zunächst einen intensiveren Blick auf die Entwicklungen nach dem zweiten Weltkrieg werfen, als die Science Fiction noch ein Minderheitenkult war, den außerhalb eines kleinen Kreises von Verehrern kaum jemand kannte.

*

In *Astounding* hatte sich nach dem Kriege eine sehr düstere Stimmung breitgemacht. Autoren und Leser – vom Herausgeber ganz zu schweigen! – knackten immer noch an den Problemen herum, die sich aus dem Abwurf der Atombombe ergeben hatten. Würde die Beherrschung des Atoms die Menschheit zu neuer Größe führen oder in die totale Zerstörung? Es war ein schmerzhafter Prozeß: Die alten Machtphantasien nahmen reale Gestalt an. Viele Geschichten, die in diesen Jahren erschienen, handelten von der Vernichtung der Erde, von zum Untergang verurteilten Zivilisationen, vom Aussterben der Menschheit und von den entsetzlichen Auswirkungen radioaktiver Strahlen, die Mutationen verursachten oder einen schleichenden Tod brachten. In der Phantasie der Autoren sah es auch außerhalb des Sonnensystems nicht viel ermutigender aus.

Titel von Erzählungen, die in den späten vierziger und in den fünfziger Jahren in *Astounding* erschienen, belegen das: *Tomorrow and Tomorrow* (Kuttner), *The End Is Not Yet* (Hubbard), *There Is No Defence [Es gibt keine Abwehr]* (Sturgeon), *Dawn of Nothing* (Chandler), *Space Fear* (Schmitz), *And Then There Were None [Keine Macht der Erde]* (Russell). In Simaks *City*-Zyklus hatte die Menschheit die Erde verlassen und sie einer Horde von Hunden und Miniaturrobotern überlassen. Und auch von Trantor kam unerfreuliche Kunde – dort hatte sich der »Fuchs« niedergelassen, der Asimovs Galaxis mit vielen tausend Jahren der Sklaverei und Barbarei bedrohte. Aber die absolute Vorherrschaft von *Astounding* neigte sich ihrem Ende entgegen; neue Magazine und neue Autoren bereiteten sich hinter den Kulissen auf ihren Auftritt vor.

Begriffe wie »Pessimismus« oder »Optimismus« werden in der Diskussion um die Science Fiction sehr freigebig, aber auch sehr unpräzise gebraucht. Sicherlich gab es in *Astounding* jede Menge Pessimismus; schließlich ist Pessimismus eine grundlegende Gefühlsregung. Was der Pessimismus von *Astounding* jedoch vermissen ließ, war jenes Element tiefer, aufrichtiger Verzweiflung, das stets charakteristisch für einen beträchtlichen Teil der Hochliteratur gewesen ist. Und noch 1972 lehnten SF-Herausgeber Erzählungen mit der Begründung ab, sie seien »zu depressiv« – fürwahr ein merkwürdiger Ablehnungsgrund, wo doch die SF insgesamt seit jeher eine düstere Literatur gewesen ist!

Tiefe, aufrichtige Verzweiflung – von der Art, die dem Rest des Lebens erst die richtige Würze verleiht – finden wir in den Werken solcher Autoren wie Bester, Sheckley, Harrison und – später – Spinrad, Ballard und Disch. Diese Autoren haben Sinn für Humor, zeigen Respekt und Zuneigung für ihre Mitmenschen und wissen um die wichtige Rolle, die die Sexualität im menschlichen Leben spielt – alles vitale Faktoren, die oft mit echter Verzweiflung Hand in Hand gehen. Von den genannten Autoren begann nur Harrison seine Laufbahn bei *Astounding*.

Seine ersten beiden Romane, *Deathworld [Die Todeswelt]* und *A Sense of Obligation* (der als Buch unter dem Titel *Deathworld II [Die Sklavenwelt]* erschien), wurden zu Anfang der sechziger Jahre veröffentlicht, als der Verlag *Astounding* gerade in *Analog* umbenannte, und wiesen Harrison als einen der wenigen Autoren aus, die in der Lage waren, den alten Schwung in die neue Epoche hinüberzuretten.

Bester und Sheckley hingegen fanden ihren angestammten Platz bei *Galaxy*, einem von Horace Gold herausgegebenen Magazin, das ebenso wie das *Magazine of Fantasy and Science Fiction** zu Beginn der fünfziger Jahre kometengleich am Firmament der Magazin-SF erschien. (Gold hatte schon sehr früh – nämlich 1934 – damit begonnen, für *Astounding* zu schreiben; zusammen mit L. Sprague de Camp steuerte er das gespenstische *None But Lucifer* zu Campbells *Unknown* bei.) Alfred Bester schrieb zwei farbenprächtige Romane, in denen er mit sicherem Strich faszinierende Zukunftsgesellschaften entwarf: *The Demolished Man [Demolition]* (1952 erstmals als Fortsetzungsserie erschienen) und *The Stars My Destination [Die Rache des Kosmonauten]*, der 1956–57 in mehreren Fortsetzungen in *Galaxy* veröffentlicht wurde und auch unter dem Titel *Tiger! Tiger!* bekannt ist.

Besonders *The Stars My Destination* verdient ohne Abstriche die Bezeichnung »Breitwand-Barock«. Bester schert sich hier einen Dreck um literarische Konventionen und spult ein interplanetarisches Abenteuer ab, das sich besonders durch den brillant gestalteten Hintergrund, Szenen voller echter Dramatik und die Bereitschaft auszeichnet, selbst das Unwahrscheinlichste für selbstverständlich zu nehmen. Besters Stil ist fein und doch zugleich prunkvoll – ein Stil, zu dem Bester sicherlich eher durch Golds als durch Campbells Art von Wahnsinn ermutigt wurde.

* Im allgemeinen Sprachgebrauch kurz als F & SF bekannt.

Er jauntete.

Er war an Bord der *Nomad,* trieb in die leere Kälte des Raumes.

Er stand an der Schwelle zum Nirgendwo.

Die Kälte schmeckte nach Zitronen, und das Vakuum kratzte wie Krallen auf seiner Haut. Sonne und Sterne waren Fieber, das seinen Körper schüttelte. *(Tiger! Tiger!,* Kapitel 15)

In Durrells später erschienener *Alexandria-Tetralogie* mit den Romanen *Justine, Balthazar, Mountolive* und *Clea* finden sich Passagen, die dem nicht unähnlich sind und die auch vor einem exotischen Hintergrund spielen (»Lange Sequenzen in Tempera. Licht, gefiltert durch die Essenz von Zitronen. Eine Luft, in der Ziegelstaub schwebt – süß riechender Ziegelstaub und der Duft von heißen Bürgersteigen, auf denen das Wasser dampft«).

Nach diesen beiden eruptiven Romanen verstummte Bester (obwohl es da noch *Rat Race* gibt, eine beißende Satire über das Fernsehen und seine Macher). Offensichtlich sah Bester ein, daß er alles gesagt hatte, was es zu sagen gab, und überließ es nun anderen Autoren mit einem Zehntel seines Empfindungsvermögens und Scharfblicks, müde Kopien seiner Romane auf den Markt zu werfen.

Auch die Kurzgeschichten, die Bester geschrieben hat – viele sind es nicht –, erfreuen sich großer Beliebtheit. Die meisten davon schildern lang andauernde, problematische zwischenmenschliche Beziehungen. Ein gutes Beispiel dafür ist *Time is the Traitor,* eine Erzählung, in der ein gewisser John Strapp in der Galaxis herumreist, um ein Duplikat des Mädchens zu finden, das er vor zehn Jahren einmal liebte. Zwar findet er es, aber er selbst hat sich mittlerweile zu sehr verändert. ›Die Gedanken schweifen zurück, aber die Zeit bleibt nicht stehen, und wenn man Lebewohl sagt, so am besten für immer‹ – so lauten die Schlußworte der Geschichte. Leider scheinen sie zugleich Besters persönliche Lebensphilosophie widerzugeben.

Sheckley in Höchstform ist eine Art »Voltaire mit Soda«. Sein Nihilismus perlt wie Champagner, was sich am deutlichsten in der beißenden Ironie seiner Kurzgeschichten zeigt. Sheckleys Erzählungen brachen in den fünfziger Jahren wie eine Springflut über *Galaxy* herein – wobei die Qualität allerdings sichtlich unter der Quantität litt. Sheckley hat eine Schwäche für irrwitzige Ideen, die zwar amüsant, aber oft auch oberflächlich sind.

In Sheckleys *Dimensions of Miracles* trifft der Held der Geschichte, Carmody, der einen galaktischen Preis gewonnen hat, einen Typen namens Maudsley, der, wie sich später herausstellt, den Planeten Erde entworfen und gebaut hat. Allerdings scheint ihm bei der Planung und Durchführung so allerlei danebengegangen zu sein . . .

> Die Erde war meine erste Probearbeit [sagt Maudsley], und deshalb werde ich mich immer daran erinnern.
> Ein großer, bärtiger Alter mit stechenden Augen war zu mir gekommen und hatte einen Planeten bestellt. (So fing das mit deinem Planeten an, Carmody.) Na, ich habe schnelle Arbeit geliefert, sechs Tage brauchte ich nur, glaube ich. Ich dachte, damit wäre die Sache erledigt gewesen. Es war wieder einer von diesen Budget-Planeten, und ich mußte hier und da etwas abzwacken. Aber wenn man sich danach den Besitzer angehört hat, hätte man denken können, ich hätte ihm die Augen aus dem Kopf gestohlen.
> Warum sind da so viele Tornados? wollte er wissen. Das ist ein Teil der Atmosphären-Zirkulationssystems, erklärte ich ihm. (Tatsächlich war ich da gerade ein wenig in Eile gewesen und hatte vergessen, ein Luftzirkulations-Überdruckventil einzubauen.)
> »Drei Viertel von der Welt sind Wasser!« sagte er mir. »Und ich hatte eindeutig ein vier-zu-eins Land-zu-Wasser-Verhältnis spezifiziert!«
> »Tja, so hat es leider nicht geklappt«, erzählte ich ihm. »Wir konnten es nicht so hinkriegen.« (Ich hatte seine lächerlichen Spezifikationsunterlagen verloren; ich konnte bei diesen absurden Ein-Planeten-Projekten noch nie richtig bei der Sache bleiben.) (Kapitel 12)

Sheckley scheint keine moralischen, religiösen oder politischen Überzeugungen zu haben, die ihn dazu drängen könnten, in seinen Erzählungen einen klaren Standpunkt einzunehmen; da ist nichts, was den Künstler in Sheckley an die Kandare nehmen könnte – ein Dilemma, unter dem viele SF-Autoren Zeit ihres Lebens zu leiden haben. Amis nannte Sheckley einmal »den Störenfried der Science Fiction«, und ein Störenfried ist er bis heute geblieben – und deswegen sollten wir ihn herzlich willkommen heißen.

Galaxy unter der Herausgeberschaft von H. L. Gold und *F & SF* unter der Herausgeberschaft von Anthony Boucher boten einer Vielzahl von Autoren eine kongeniale Plattform für ihre Experimente. In der zweiten Nummer von *Galaxy* erschien die ursprüngliche Fassung von Ray Bradburys Roman *Fahrenheit 451 [Fahrenheit 451]*, der heute zu den modernen Klassikern der SF gezählt wird. 1952 präsentierte *Galaxy* dann Theodore Sturgeons außergewöhnliche Erzählung *Baby Is Three [Baby ist drei]*, die Sturgeon später zu einem Roman, *More Than Human [Die neue Macht der Welt]*, erweiterte. *More Than Human* erzählt die Lebensgeschichte von sechs Außenseitern der Gesellschaft, die, wenn sie sich zusammenschließen, in ihrer Gesamtheit einen lebensfähigen »Gestalt-Organismus« ergeben. In dem Konzept des »Gestalt-Organismus«, der zusammen mehr ist als die Summe seiner Teile, findet eines von Sturgeons zentralen Themen seinen reifsten Ausdruck: die Frage nach der existenziellen Einsamkeit des Menschen und nach ihrer Überwindung.[2]

1952 war überhaupt ein gutes Jahr für *Galaxy*. Es brachte nicht nur den sensationellen Erfolg des in mehreren Fortsetzungen abgedruckten Romans *Gravy Planet* von Frederik Pohl und Cyril Kornbluth, dessen Buchfassung unter dem Titel *The Space Merchants [Eine Handvoll Venus und ehrbare Kaufleute]* bekannt ist, sondern auch die ersten Folgen von Clifford Simaks wohl bestem Werk, *Ring Around the Sun [Schlüssel zur anderen Welt]*. *Astounding* konnte dem nichts Gleichwertiges entgegensetzen; Asimovs Fortsetzungsroman *The Currents of Space [Der fiebernde Planet]* ging von der selbst damals schon hoffnungslos veralteten Grundidee aus, daß das

Schicksal der Erde von einem einzigen Mann abhinge – und der auch noch sein Gedächtnis verloren habe! Asimovs Erzählung *The Martian Way [Auf marsianische Art],* die zur gleichen Zeit in *Galaxy* erschien, war da schon viel zeitgemäßer.

Pohl und Kornbluth ergaben zusammen ein Autorengespann, das zu den größten der Science Fiction zählt. Als Kornbluth im Alter von fünfunddreißig Jahren starb, war das eine kleinere Katastrophe – und das vielleicht nicht zuletzt für Pohl. Zusammen hatten sie einige ausgezeichnete Romane geschrieben. Wie *Space Merchants* fanden auch *Gladiator-at-Law [Die gläsernen Affen],* das in und um »Belly Rave«, einem Slumgebiet, spielt, *Wolfbane [Welt auf neuen Bahnen]* und *Search the Sky [Die letzte Antwort]* eine begeisterte Anhängerschaft.

Von diesen Romanen, die alle in *Galaxy* erschienen, ist *Wolfbane* wohl der seltsamste: Ein Irrläufer-Planet, der von merkwürdigen Pyramidenwesen bewohnt wird, reißt die Erde aus ihrer bisherigen Umlaufbahn. Eines der Pyramidenwesen kappt die Spitze des Mount Everest und läßt sich dort häuslich nieder. Tropile, der Held des Romans, wird von den Pyramiden gefangengenommen und von ihnen als Teilstück eines gigantischen und wahrlich grotesken Computers benutzt. Als Tropile nach der Gefangennahme aus der Bewußtlosigkeit erwacht, stellt er fest, daß er mit gespreizten Armen und Beinen in einem riesigen Tank treibt und ganz automatisch *etwas* tut, wobei er sich über das »Was« und »Wie« völlig im Unklaren ist. Zudem kann er seine Umgebung in einem Winkel von 360 Grad überblicken, ohne den Kopf überhaupt bewegen zu müssen – die Pyramiden haben ihm die Gabe völliger Rundumsicht verliehen. Dann schaut Tropile auf seine Hände:

> Auch sie konnte er in der ganzen Runde sehen, fiel ihm auf; er sah jedes Fältchen, jede Pore, in allen sechzehn . . . *Sechzehn Hände.*
> Das war der zweite Augenblick, in dem der Verstand beinahe für immer Abschied genommen hätte.
> Er schloß die Augen. Sechzehn Augen! Kein Wunder, die totale Wahrnehmung! Nach einer Weile öffnete er sie wieder.

Die Hände waren da. Alle sechzehn.

Vorsichtig wählte Tropile einen Finger, der seiner Erinnerung bekannt vorkam, und bewegte ihn nach kurzem Nachdenken. Er beugte sich. Er wählte einen anderen. Einen anderen Finger – an einer anderen Hand, diesmal.

Er konnte jede einzelne oder alle sechzehn Hände gebrauchen. Sie gehörten alle ihm, alle sechzehn.

Ich scheine eine Art achtgliedriger Schneekristall zu sein, dachte Tropile wirr. Jedes meiner Glieder ist ein menschlicher Körper.

Er regte sich und fügte einen weiteren Faktor hinzu. Ich scheine mich außerdem in einem Tank voller Flüssigkeit zu befinden, und trotzdem ertrinke ich nicht.

Daraus ließen sich bestimmte Schlußfolgerungen ziehen. Entweder hatte jemand – die Pyramiden? – einen Eingriff an seiner Lunge vorgenommen, oder die Flüssigkeit lieferte ebensogut Sauerstoff wie die Luft. Oder beides.

Plötzlich begann das Lichterspiel der Datenlämpchen an der Schalttafel unter ihm. Augenblicklich und unwillkürlich betätigten seine sechzehn Hände die Schalter und übermittelten komplizierte Steuerbefehle in einem blitzschnellen Strom von Ein-Ausschaltungen.

In *New Maps of Hell* bezeichnet Amis Pohl als den »beständigsten talentierten Autoren, den die moderne Science Fiction bisher hervorgebracht hat.« Vielleicht kommt Amis der Wahrheit näher, als er Pohl an anderer Stelle »eine Art Romancier des in ökonomische Zwänge verstrickten Menschen« nennt. Die besten Arbeiten Pohls – die immer ein starkes surrealistisches Element enthalten – finden sich in seinen Kurzgeschichtensammlungen, deren Titel (wie etwa *Turn Left at Thursday [Mondschein auf dem Mars], The Man Who Ate the World [Neue Modelle], The Case Against Tomorrow* und *Day Million)* schon auf den Inhalt gespannt machen.

Legt man strenge Maßstäbe an, so muß man feststellen, daß Pohl es eigentlich nie ganz geschafft hat, zu einer eigenen, persönlichen Aussage zu finden (aber wenn er erführe, daß man eine solche Aussage von ihm fordern könnte, würde er wahrscheinlich nur darüber lachen). Trotzdem hat Pohl einen gewaltigen Beitrag zur Entwicklung der Science Fiction geleistet – und das nicht zuletzt dank seiner Fähigkeiten als Herausgeber. Er betreute unter anderem *Star, If* und *Galaxy,* das er von Horace Gold übernahm, als seine Art von Normalität sich als ebenso effektiv wie Golds messianisches Sendungsbewußtsein erwies.

*

In den fünfziger Jahren reifte auch das Talent von James Blish heran, der bis dahin hauptsächlich durch einen Zyklus von Erzählungen über die »Okies« bekannt geworden war, die in ihren fliegenden Städten die ganze Galaxis durchstreiften. (Später wurden die »Okie«-Geschichten in vier Bänden unter dem Obertitel *Cities in Flight* zusammengestellt.)*

Die Okie-Serie mag auf den ersten Blick wie die übliche karge *Astounding*-Kost erscheinen, und in gewisser Hinsicht war sie das auch. Die Handlung der Romane basiert letztlich auf zwei neuen Erfindungen: dem »spin-dizzy«, der die fliegenden Städte antreibt und mit Energie versorgt, und einer den Alterungsprozeß aufhaltenden Droge, die die Besatzungen der ja nur mit Unterlichtgeschwindigkeit reisenden Städte praktisch unsterblich macht. Die Auswirkungen dieser Quasi-Unsterblichkeit auf die Besatzungen wird allerdings nie untersucht, und so erweist sich die Unsterblichkeitsdroge letztlich nur als ein Trick, der die Handlung überhaupt erst möglich macht.

Aber während die Autoren anderer Erzählungen ihre Helden draußen in der Galaxis im Stile van Vogts von Eroberung zu Eroberung jagten, ließ Blish die Besatzungen seiner fliegenden Städte nicht nach galaktischen Imperien streben. Stattdessen suchten sie ganz einfach – Arbeit. Diese Idee stellte eine deutliche Abkehr von Campbells Machtphantasien dar und bot

* [Der Zyklus umfaßt die Romane *They Shall Have Stars [Brücke zur Ewigkeit], A Life for the Stars, Earthman, Come Home [Stadt zwischen den Planeten]* und *The Triumph of Time* (auch als: *A Clash of Cymbals) [Triumph der Zeit]*.]

zugleich einen Vorgeschmack auf die so bemerkenswert andersartigen Werke, mit denen Blish später noch an die Öffentlichkeit treten sollte.

Anfang der fünfziger Jahre veröffentlichte Blish, der sich immer mehr vom *Astounding*-Stil entfernte, mehrere bestechende Erzählungen, darunter *Common Time [Die gewöhnliche Zeit], Beep [Stimmen aus der Zukunft]* und *A Case of Conscience [Der Gewissensfall]*. Gerade *A Case of Conscience* ist heute als eines der Hauptwerke der modernen Science Fiction anerkannt – ein mustergültiger Roman, der eigene Maßstäbe setzt und als einzigartig innerhalb und außerhalb des Genres dasteht. Blish war im Grunde seines Wesens ein vorsichtiger Mann, der sich angesichts seiner Erfolge ein Herz faßte und sich an immer kühnere Themen heranwagte. Im Gegensatz zu vielen geringeren Autoren schien ihn sein Erfolg allerdings immer ein wenig zu überraschen.

Besonders die Beharrlichkeit, mit der Blish in immer neue Gebiete vorstieß, um sie auszuloten, zeichnet ihn vor allen anderen zeitgenössischen SF-Autoren aus. Zu viele Autoren behaupten von sich, neue Zukunftswelten zu erfinden, während sie in Wirklichkeit nur mit geschäftigem Eifer die alten Klischees neu aufbereiten. Blish hingegen verzichtete ganz auf abgenutzte Requisiten wie Telepathie, Überlichtantriebe und galaktische Eroberungsfeldzüge; stattdessen wählte er mit dem ihm eigenen Starrsinn schwierige Themen und ging stets seine eigenen Wege. Zugleich erwies er sich auch als manchmal boshafter, aber immer treffsicherer SF-Kritiker.[3]

Anfang der fünfziger Jahre wurde die Science Fiction – soweit sie überhaupt bekannt war – für gewöhnlich mißverstanden und kategorisch verdammt. Selbst die Pornografie hatte eine bessere Presse. Doch während die SF von außen angefeindet wurde, erneuerte sie sich zugleich von innen heraus und streifte die letzten Reste der Gernsback-Tradition ab.

Unter der in Harrisons Werken allgegenwärtigen Gewalt, der kraftvollen Emotionalität Besters, der auf dem Prinzip der Umkehrung beruhenden Komik Sheckleys, den Eschatologien Blishs und der Sozialkritik Pohls wurde umrißhaft die Entstehung einer liberalen (oder sich doch wenigstens liberalisierenden) Gesellschaft spürbar. So entwirft Harrison etwa in seinem Roman *Make Room, Make Room [New York 1999]** ein völlig glaubwürdiges Portrait des übervölkerten New Yorks, dessen Sozialgefüge nicht nur von mürrischen Polizisten und Zwangsmaßnahmen der Behörden zusammengehalten wird, sondern auch dadurch, daß das Millionenheer der Einwohner trotz der widrigen Umstände den Gesellschaftsvertrag einhält, ohne sich selbst dessen bewußt zu sein – was dazu führt, daß am Ende des Romans der Status quo noch hält und die Stadt als Gesamtheit weiterbesteht. (Ein Geniestreich Harrisons, und das nicht nur, weil er damit das erstarrte Klischee aufbricht, daß im letzten Kapitel stets alles auseinanderfällt.)

Eine Haltung, die so von den Idealen des Liberalismus geprägt ist, beinhaltet zugleich eine deutliche – wenngleich vielleicht durchaus unbewußte – Ablehnung der Allmachtsphantasien, die die Geschichte der Science Fiction von den alten Pulps bis hin zu *Astounding* geprägt haben.

»Wir wollen Handel und nicht Krieg«, sagen Blishs Okies, und dadurch tun sie einen Riesenschritt vorwärts auf eine weniger autoritäre Einstellung zu.

Das trifft auch auf *Tiger! Tiger!* zu *(Tiger! Tiger!* ist zweifellos dank seiner Anspielung auf Blake der bessere Titel): »Das Leben muß noch einen anderen Sinn haben, als bloß zu leben«, sagt Besters Held Gully Foyle und weist damit auf Moorcocks Jerry Cornelius voraus: »Wer sind wir denn, daß wir uns anmaßen, eine Entscheidung für die Welt zu treffen?«

*

Diese Weiterentwicklung des Denkens war mehr als ein rein literarisches Phänomen. In einer Welt, die sich einem Hitler und einem Stalin gegenübersah – und den Millionen, die ihren Aufstieg zur Macht überhaupt erst möglich gemacht hatten –, begann dem alten Ethos der Pulps zunehmend ein Odium des

* Inzwischen unter der Regie von Richard Fleischer von M-G-M als *Soylent Green [Jahr 2022 . . . die überleben wollen]* verfilmt.

Unanständigen anzuhaften. Aber neben den aktuellen politischen Ereignissen mag noch ein anderer Faktor eine entscheidende Rolle gespielt haben. Seit Darwins Zeit erweitert und vertieft sich unser Verständnis für menschliches Verhalten zunehmend. Die westliche Gesellschaft ist immer noch in einem Prozeß der Liberalisierung begriffen, so schmerzlich dieser Prozeß – der im übrigen ständig von gegenläufigen Tendenzen bedroht wird – auch sein mag. Früher wurden Menschen dafür gehenkt, daß sie Brot stahlen; heute erhalten sie Arbeitslosenunterstützung. Noch im vorigen Jahrhundert war es gang und gäbe, daß Kinder als Arbeitssklaven ausgebeutet wurden; heute wird die Schulzeit ständig weiter verlängert. Und es ist noch gar nicht so lange her, da wurden Leute, die in Wirklichkeit krank waren, als Kriminelle behandelt. Sicherlich mag es viele Rückschläge geben, aber in sozialer und gesellschaftlicher Hinsicht sind wir heute aufgeklärter als zu Beginn unseres Jahrhunderts.

Obwohl es schmerzlich war, begannen wir zu verstehen, daß es nur einen einzigen Weg gibt, gesellschaftliche Randgruppen – seien es nun rassische Minoritäten, sozial schwache Bevölkerungsschichten oder Menschen mit einem niedrigen Intelligenzquotienten – wieder in die Gesellschaft zu integrieren; nämlich, ihnen nicht voller Haß, sondern mit Verständnis und Anteilnahme entgegenzutreten und die sozialen Schranken zu durchbrechen, statt immer neue Schranken zu errichten.[4] Schon Mary Shelley hat diese Wahrheit erkannt und sie uns mit ihrem *Frankenstein* vor Augen zu führen versucht.

Die moralischen Fortschritte, von denen hier die Rede ist, sind sicherlich nicht zuletzt auf die Höherentwicklung der Wissenschaft zurückzuführen. In einer Zeit, da uns besonders die negativen Auswirkungen der Wissenschaft beschäftigen, sollten wir diese positiven Folgen nicht außer acht lassen. Die biologischen und biochemischen Wurzeln menschlichen Handelns sind noch nicht restlos erforscht; wir können nur bereits jetzt sagen, daß die gewonnenen Erkenntnisse ernsthafte Zweifel an scheinbar »naturgegebenen« Macht- und Herrschaftsstrukturen wecken und traditionelle moralische Urteile als unangemessen erscheinen lassen. Die Doppelhelix der Vererbung könnte sich durchaus als das nächste polit-religiöse Symbol nach dem Hakenkreuz entpuppen.

Weil sich diese verständnisvollere, auf wissenschaftlichen Erkenntnissen beruhende Geisteshaltung ihren Weg zur allgemeinen Anerkennung noch erkämpfen muß – und sie hat gewiß noch einen schmerzlich langen Weg vor sich! – , können wir vermuten, daß sie als Vorschein bereits heute in vielen literarischen Werken zu finden ist, wenngleich natürlich durch die unterschiedlichen Standpunkte der jeweiligen Autoren gebrochen.

Und das trifft in der Tat zu. Neben den bereits erwähnten Romanen, die hier stellvertretend für viele andere stehen mögen, können wir in der Nachkriegszeit eine ganze Reihe von Prosatexten finden, in denen die Stellung des Menschen in einer autoritären Gesellschaftsordnung untersucht werden. Zu dieser Gattung gehören unter anderem George Orwells *Animal Farm [Farm der Tiere]* (1945), B. F. Skinners *Walden Two [Futurum Zwei]* (1948), Orwells *1984* (1949), George Stewarts *Earth Abides [Leben ohne Ende]* (1949), Kurt Vonneguts *Player Piano [Das höllische System]* (1952), David Karps *One* (1953), Evelyn Waughs *Love Among the Ruins* (1953), Pohl und Kornbluths *The Space Merchants [Eine Handvoll Venus und ehrbare Kaufleute]* (1953), Ray Bradburys *Fahrenheit 451* (1954) und, um noch einige Beispiele vergleichsweise neueren Datums zu nennen, die beiden in den sechziger Jahren erschienenen Romane *A Clockwork Orange [Uhrwerk Orange]* (1962) und *The Wanting Seed* (1962) von Anthony Burgess und *A Torrent of Faces [Tausend Milliarden glücklicher Menschen]* (1967) von James Blish und Norman Knight.

Mögen sich all diese Romane auch ansonsten in mannigfaltiger Weise voneinander unterscheiden, so behandeln sie doch alle die mißliche Lage des Individuums in mehr oder minder stark auf Unterdrückung aufgebauten Gesellschaftssystemen.

Ohne Zweifel lassen sich die hier aufgeführten Romane durchweg als Anti-Utopien klassifizieren, aber zugleich sind sie mehr als das. Vom Slogan »Alle Tiere sind gleich« bis zu F. Alexanders Bemerkung »Ein Mensch, der nicht wählen kann, hört auf, ein Mensch zu sein« in *A Clockwork Orange* suchen die Autoren beständig nach einer Definition des Menschen, die angesichts der schrecklichen Erkenntnisse, die uns das zwanzigste Jahrhundert gebracht hat, bestehen kann.

Auf Grund ihrer Versuche, den aktuellen Kurswert des Individuums zu bestimmen, sind die SF-Autoren die heimlichen Bankiers der westlichen Welt geworden. Und es mag sein, daß die Beharrlichkeit, mit der sie ihren Hauptpersonen nur vage Konturen gaben, nicht auf schriftstellerisches Unvermögen hindeutet, sondern vielmehr darauf, daß diese Bücher literarische Blankoschecks sind, ausgeschrieben auf das moralische Konto des Lesers.

*

Zu der hier kurz umrissenen Debatte steuerte Georg Orwell (1903-50) keine aufsehenerregend neuen Gesichtspunkte bei. Trotzdem erwies sich sein Roman *1984,* der im Jahr vor seinem Tode veröffentlicht wurde, sofort als durchschlagender Erfolg. Zwar ist der Ruhm von *1984* derzeit im Schwinden begriffen, aber das mag nur eine vorübergehende Erscheinung sein, da kein anderer Roman so nachhaltig die unermeßliche Niedergeschlagenheit widerspiegelt, die sich als Nachklang des zweiten Weltkrieges in England und Europa ausbreitete. Wer *1984* heute erneut zur Hand nimmt, der wird mit Erschütterung feststellen, wie exakt Orwell es verstand, die psychologischen Auswirkungen des Krieges und seiner Begleitumstände – Begleitumstände, zu denen etwa die Massenumsiedlungen, die katastrophalen Wohnverhältnisse, die lose abgepackten Zigaretten, die Rationierungen, die unzähligen Verordnungen der Sicherheitsorgane und schließlich die allgegenwärtigen, Angst und Verwirrung stiftenden Plakate mit der Aufschrift HITLER HÖRT ZU gehörten – auf die breite Masse der Bevölkerung nachzuzeichnen.

Kritiker haben Orwell zudem vorgeworfen, *1984* sei nur eine Kopie der beängstigenden Anti-Utopie *Wir* des russischen Autors Jewgenij Samjatin. Zwar wurde *Wir* erst 1970 in Großbritannien veröffentlicht, aber der Roman entstand bereits im

Jahre 1920 und erschien schon 1924 in den Vereinigten Staaten in einer englischen Übersetzung. Auch wurde er in mehrere andere europäische Sprachen übertragen, noch bevor Samjatin 1937 in seinem Pariser Exil starb. Es erscheint durchaus nicht unwahrscheinlich, daß Orwell – und vor ihm vielleicht schon Huxley – in Frankreich auf eine Ausgabe von *Wir* gestoßen ist.

Sei es, wie es will – Orwells Idee, einen individualistischen Helden allein gegen einen Superstaat antreten zu lassen, war jedenfalls nicht neu. Besonders auf den Seiten der SF-Magazine begegnete sie dem Leser auf Schritt und Tritt.

Es liegt auf der Hand, daß Orwell, der ja eine Vorliebe für alles literarisch Abseitige hegte, eine Menge Science Fiction gelesen haben muß.[5] Und so liest sich *1984* fast wie ein van Vogt, den man einer gelungenen Gehirnoperation unterzogen hat – nur daß bei Orwell die »Neusprache« an die Stelle der »Allgemeinen Semantik« van Vogts getreten ist. Das psychotische Grundmotiv des einsamen Helden, der ganz alleine gegen das ganze Universum steht, ist reinster van Vogt, wobei Orwells besonderer Dreh ist, daß in *1984* das Universum (repräsentiert durch den »Großen Bruder«) gewinnt. Vielleicht spiegeln sich in Winston Smiths Versuchen, die Vergangenheit zu enträtseln, Orwells eigene Versuche wider, *Die Welt der Null-A* zu enträtseln.

Eine solche Behauptung mag zugleich auch als ironischer Seitenhieb gegen die Heerscharen von gelehrten Kommentatoren verstanden werden, die eifrig danach trachten, *1984* als ein Konglomerat zusammengestohlener Ideen zu entlarven. Denn bei allen Schwächen hat der Roman doch zwei Kardinaltugenden, eine intellektuelle und eine emotionale, die zusammengenommen einen eigenständigen Beitrag zu der dargelegten Debatte ergeben.

Erstens stellt Orwell mit aller Deutlichkeit klar, daß es das Ziel jeder politischen Gruppe ist, einmal gewonnene Macht auch zu behalten. Die »Innere Partei« Orwells hat die Macht im Staate inne und genießt diese Machtposition auch; daher jene bemerkenswerte Zeile, an die wir uns stets erinnern sollten: »Wenn Sie ein Bild der Zukunft wollen, dann stellen Sie sich einen Stiefel vor, der ohne Unterlaß auf dem Antlitz der

Menschheit herumstampft.« Anders als seine Vorläufer – und auch anders als Wells, der letztlich immer nach Höherem strebte – identifiziert sich Orwell stark mit den unteren Klassen, obwohl er sie manchmal abstoßend fand;[6] und dank dieses Standpunktes erkannte er mit großer Klarheit, daß die, die einmal unten sind, auch unten gehalten werden. *Schöne neue Welt* hingegen läßt diese Erkenntnis gänzlich vermissen und wirkt deshalb auch an einigen Stellen so unglaubwürdig wie ein Reklameposter. Huxley, der als Angehöriger der Oberschicht nie das Gefühl sozialer Unsicherheit kennengelernt hat, kommt niemals auf die Idee, uns auch die Peitsche zu zeigen.

Die emotionale Wirksamkeit von *1984* beruht darauf, daß Orwells utopische Sehnsüchte sehr viel menschlicher sind als die seiner großen Vorgänger wie etwa Plato oder Morus. Sein Rezept für ein gutes Leben ist sinnlich und erdverbunden: etwas zu essen, keine neugierigen Nachbarn, ein wenig Behaglichkeit und ein Mädchen, mit dem man ins Bett gehen kann.[7]

Orwell gelang es, Intellekt und Gefühl auf einen Nenner zu bringen. Er führt seinen Lesern vor, was geschieht, wenn Macht zu Allmacht wird und als Folge davon das, was den Menschen erst menschlich macht, ausgerottet zu werden droht:

> »Was hat man mit Julia gemacht?« fragte Winston . . . »Hat man sie gefoltert?«
> O'Brien ließ das unbeantwortet. »Nächste Frage,« sagte er. »Existiert der Große Bruder?«
> »Natürlich existiert er. Die Partei existiert. Der Große Bruder ist die Verkörperung der Partei.«
> »Existiert er so, wie ich existiere?«
> »Sie existieren nicht,« sagte O'Brien.

Macht vernichtet die Persönlichkeit.[8]

Es ist keineswegs einfach, Intellekt und Gefühl bruchlos miteinander zu verbinden, und es läge mir fern, zu behaupten, *1984* sei ein einfaches Buch. An wen richtet Orwell eigentlich seine Warnung? An die Wähler? Träfe das zu, so wäre *1984* ein anti-prophetisches Buch, denn es würde seine Funktion um so besser erfüllt haben, je weniger von Orwells Voraussagen bis zum fraglichen Zeitpunkt Wirklichkeit geworden wären. Eben dies mag teilweise Orwells Absicht gewesen sein, aber darin erschöpft sich *1984* keineswegs. In seinem Buch über Orwell hat Richard Rees einige weitere, tiefergreifende Aspekte sehr gut herausgearbeitet. Rees schreibt unter anderem:

> Läßt man einmal Winstons persönliche Tragödie und den ganzen Sadismus beiseite, so bleibt als Kern von Orwells *1984* die Botschaft übrig, daß unsere hochindustrialisierte Maschinenzivilisation unweigerlich dahin tendiert, uns zu entwurzeln und kraftlos zu machen und uns am Ende sogar ganz zu zerstören. Es ist auffällig und zugleich zutiefst deprimierend, daß diese Auffassung gleichermaßen von so unterschiedlichen Denkern wie Orwell, Huxley, Gandhi, Simone Weil und D. H. Lawrence vertreten wird, von vielen anderen wie etwa Eliot und Koestler ganz zu schweigen, die zumindest teilweise mit ihnen übereinstimmen würden. Heute glaubt niemand mehr ernsthaft daran, daß sich der Rhythmus der Industrialisierung und Mechanisierung in Zukunft wieder mäßigen würde; vielmehr steht zu befürchten, daß er sich (falls es nicht zu einem Krieg kommt) immer mehr beschleunigen und ausbreiten wird, bis die ganze Weltbevölkerung in die Massenzivilisation einbezogen ist.[9]

Viele der nachdenklicheren Science Fiction-Autoren hatten dieses Problem schon viele Jahre zuvor erkannt und sich in ihren Erzählungen damit auseinandergesetzt.[10] Orwells *Animal Farm* erschien 1945 – ein schmales, aber gehaltvolles Buch, das von allen von uns bisher erwähnten Büchern vielleicht dasjenige sein wird, das zuerst zum Pluto gelangt, auf Mikrofilm gebannt und in der Tasche eines irdischen Raumfahrers verborgen: ein Buch mit Überlebenswert.

Animal Farm mag sich in der Aussage nur geringfügig von *1984* unterscheiden, und doch hat es eine ganz andere Wirkung auf den Leser. Die Geschichte von den Tieren, die ihren eigenen Bauernhof verwalten, ist so zeitlos, daß auch die Kinder der Zukunft sie noch mit Genuß werden lesen können – etwa so, wie wir uns heute an Gullivers Abenteuern in Lilliput erfreuen können, ohne uns große Gedanken über die Anspielungen auf Königin Annes Hof zu machen. Orwells *1984* hingegen ist sehr viel zeitgebundener.[11]

Natürlich ist *Animal Farm* keine Science Fiction im eigentlichen Sinne des Wortes. Aber wie die *Alice* zählt diese Erzählung ganz unzweifelhaft zu jenen bezaubernden Büchern, die jeden, der für ihre besondere Art von Poesie empfänglich ist, sofort in ihren Bann schlagen. Alle Tiere sind gleich, aber Orwells Tiere sind gleicher als andere.

*

Vor dem zweiten Weltkrieg gehörten die populären Romane, die am engsten mit der Science Fiction verbunden waren, ohne regelrechte SF zu sein, hauptsächlich dem Fantasy-Genre an. Das beste Beispiel dafür ist James Hiltons *Lost Horizon* (die letzte der Rider Haggard-Imitationen?), das später als Vorlage für einen ausgezeichneten Film mit Ronald Coleman in der Hauptrolle diente.*

In der Zeit nach dem Kriege erschienen dann eine Vielzahl von seriösen Romanen, die sich bei der Leserschaft ebenfalls großer Beliebtheit erfreuten und die zugleich der SF thematisch in vieler Hinsicht näherstehen. Aus der Fülle dieser Romane können wir hier nur eine Zufallsauswahl treffen, doch selbst dann ist die Liste noch beeindruckend genug. Sie umfaßt etwa Nigel Balchins *Small Back Room;* Nevil Shutes *No Highway, On the Beach [Das letzte Ufer]* und *In the Wet;* C. P. Snows *The New Men;* John Bowens *After the Rain;* Constantine FitzGibbons *When the Kissing Had to Stop [Wenn alle Küsse enden];* L. P. Hartleys *Facial Justice;* Kingsley Amis' *The Anti-Death League* und seinen eindrucksvolleren späteren Roman *The Green Man [Zum grünen Mann]* (der unter anderem eine unglaubliche Begegnung mit Gott schildert); Michael Frayns *The New Men;* praktisch alle in der nahen Zukunft angesie-

* [Der Titel des Films ist *Shangri-La;* Regie führte Frank Capra. Anm. d. Ü.]

delten Politthriller der *Fail-Safe*-Kategorie*; Angus Wilsons *The Old Men at the Zoo*; die beiden bereits erwähnten Romane von Anthony Burgess; einige der Romane J. B. Priestleys; William Burroughs' außergewöhnliche, vielfach gebrochene Romane wie etwa *The Ticket That Exploded;* Lawrence Durrells *Alexandria Quartet* und seine Werke *Tunc* und *Nunquam; Nabokovs brilliante Ada oder Das Verlangen*; die Erzählungen Donald Barthelmes; John Barths *Giles Goat Boy;* die Verwirrspiele Jorge Luis Borges'; die außergewöhnlichen literarischen Schöpfungen Samuel Becketts; und vor allem William Goldings Romane *Lord of the Flies [Herr der Fliegen]* und *The Inheritors [Die Erben]* mit ihrer magischen Beschwörung verlorener Dinge . . . Hier wollen wir innehalten, obgleich sich die Liste noch beliebig lange fortsetzen ließe. Alle erwähnten Romane bemühen sich um eine Definition des Menschen und um die Bestimmung seiner Stellung in der modernen Welt. Sie alle nähern sich in ihrem Wesen der Science Fiction; ganz so, wie sich auf der anderen Seite des Zaunes die Science Fiction dem zeitgenössischen Roman näherte. Ausschlaggebend für diese Wiederannäherung mag eine allgemeine Veränderung des geistigen Klimas sein. Einerseits hat die rasche Weiterentwicklung von McLuhans »globalem Dorf« dazu geführt, daß sich eine ständig wachsende Zahl von Menschen mit den Problemen beschäftigt, die uns die Zukunft bringen wird – und eben das ist ja auch ein Wesensmerkmal der Science Fiction. Andererseits war das gleiche kulturelle Phänomen auch Anlaß dazu, daß sich SF-Autoren und -Leser in zunehmendem Maße mit der Welt, in der sie hier und heute leben müssen, auseinandersetzen und sich nicht länger mit den realitätsfernen Handlungsmustern traditioneller SF-Abenteuer zufriedengeben.

Natürlich wird es auch in Zukunft SF-Romane geben, die sich von Western nur darin unterscheiden, daß sich die Rothäute draußen in der Galaxis auf den Kriegspfad begeben. Schließlich bietet kein anderes Genre bessere Voraussetzungen für nerven-

* Zu dieser Kategorie zählen besonders alle Romane, in denen internationale Krisen zum Einsatz von Atomwaffen zu führen drohen.

zerfetzende Überraschungen, ausweglose Situationen und schreckliche Geheimnisse – letztlich alles Grundmotive in der Tradition der Schauerromantik – als die Science Fantasy. Und tatsächlich gelangten in den fünfziger Jahren gerade jene handwerklich geschickten Autoren zu Weltruhm, die sich auf solche Abenteuergeschichten spezialisierten, darunter so produktive Schriftsteller wie Poul Anderson, Robert Silverberg und John Brunner, die alle auch unter Pseudonymen schrieben. Zugleich wurden jedoch andernorts Anzeichen für einen Umschwung sichtbar.

Ray Bradbury war der erste, der die traditionellen Requisiten der SF umfunktionierte und sie in höchst individueller Weise dazu benutzte, um das Universum so darzustellen, wie er es mit seinen großen Kinderaugen sah. Das große Problem bei Genrematerial ist, daß es sich im Laufe der Zeit abnutzt. Insgesamt gesehen verfügt die Science Fiction nur über eine sehr beschränkte Anzahl von Requisiten: Raketenschiffe, Telepathie, Roboter, Zeitreise, fremde Dimensionen, riesige Maschinenanlagen, Außerirdische, Sternenkriege. Nach einer Weile sind diese Themen so abgegriffen wie Münzen, die zu lange im Umlauf waren (obwohl sie andererseits, wenn sie durch die Hände geschickter Autoren gegangen sind, auch eine Art ehrwürdige Patina ansetzen können). Als sich die Science Fiction in den fünfziger Jahren neue Leserkreise erschloß, fügten die Autoren diese Standardthemen mit wahrhaft byzantinischer Kunstfertigkeit zu immer neuen Kombinationen zusammen, und überraschenderweise ist es gerade dieser »Permutations-Effekt«, der seither die Science Fiction für viele SF-Liebhaber so besonders anziehend macht. Aber sogar damals gab es schon Anzeichen dafür, daß die SF an ihre eigenen Grenzen stieß. In den sechziger Jahren ließen sich die Warnzeichen nicht mehr länger übersehen.

Die Autoren, die in den fünfziger Jahren besonders erfolgreich waren, polierten die abgenutzten Klischees gründlich auf – entweder, indem sie ihnen (wie Bradbury und Clarke) mit unverbrauchter Phantasie neue Seiten abgewannen oder, indem sie (wie Heinlein und Frank Herbert) das thematische Spektrum ausweiteten und die alten Requisiten in Verbindung mit exotischen Elementen benutzten. Philip K. Dick und Kurt Vonnegut, die eigentlich schon ins nächste Kapitel gehören, machten sich die Klischees dienstbar, indem sie ihnen geistreich ihre eigene Weltschau wie einen unverwechselbaren Stempel aufprägten.

Den größten Ruhm aber erlangte gerade jener Autor, der als erster die alten Requisiten auf seine eigene Weise neu zusammensetzte: Ray Bradbury. Obwohl seine flammenden Raketenschiffe manchmal arg überladen waren, trugen sie ihn doch sicher in einen hohen literarischen Orbit. Und wenn man das jemandem von ganzem Herzen gönnen mochte, dann ihm.

> Eben noch war es ein richtiger Ohio-Winter: die Türen waren geschlossen, die Fenster verriegelt, die Scheiben blind durch Frost, Eiszapfen rahmten jedes Dach ein, Kinder rutschten auf Skiern die Hänge hinab, Hausfrauen bewegten sich schwerfällig wie große schwarze Bären durch die vereisten Straßen.
> Doch dann strich eine gewaltige Wärmewelle über die kleine Stadt dahin. Eine Sturzflut heißer Luft ; es war, als habe jemand eine Backstubentür aufgestoßen. Die Hitze wogte zwischen den Häusern und Büschen und Kindern. Die Eiszapfen fielen herab, zerbrachen und begannen zu schmelzen. Die Türen flogen auf. Die Fenster wurden hochgeschoben. Die Kinder schälten sich aus ihren Wollsachen. Die Hausfrauen warfen ihre Bärenhaut ab. Der Schnee schmolz und legte die braunen Rasenflächen vom letzten Sommer frei.
> *Raketensommer.* In den offenen, lüftenden Häusern riefen es sich die Leute zu. *Raketensommer.*

Das sind natürlich die Worte, mit denen Bradbury seine *Martian Chronicles [Die Mars-Chroniken]* (die bisweilen auch unter dem Titel *The Silver Locusts* erschienen) eröffnet. Obwohl dieses Werk schon direkt zu Beginn der fünfziger Jahre entstand, beeindruckt es auch heute noch durch seine Feinsinnigkeit und seine stilistische Eleganz. Wie außerordentlich poetisch doch allein die Idee ist, daß Raketenabgase die Wetterbedingungen verändern können! Und vielleicht läßt sich in diesem poetischen Symbol auch ein wenig dichterische Prophetie entdecken – denn Jahre später veränderten die Weltraumraketen ja tatsächlich die politische Großwetterlage und halfen sogar mit, den »Kalten Krieg« etwas weniger frostig zu machen.

Damals begriff allerdings noch niemand, daß Bradbury sich eigentlich immer mit einer vorpubertären Welt beschäftigte und daß sich seine Erzählungen wie Übersetzungen ukrainischer Volksmärchen lesen. Bradbury schien wie ein Zauberer, der selbst seine Kritiker in einen magischen Bann schlug.

The Illustrated Man [Der illustrierte Mann] . . . The Golden Apples of the Sun [Geh' nicht zu Fuß durch stille Straßen] . . . Fahrenheit 451 . . . The October Country . . Welche Poesie spricht allein schon aus den Titeln der frühen Werke Bradburys – und wie sehr wir diese Poesie damals brauchten!

Auf ihre eigene, unverwechselbare Weise sind Bradburys Erzählungen vollkommen, und die ihnen eigentümliche Stimmung ist die von *The Wind in the Willows.** Sie sind untrennbar mit einer imaginären amerikanischen Vergangenheit verbunden, in der jede Stadt ihre hölzernen Bürgersteige und jedes Haus eine Veranda mit einem Schaukelstuhl darauf und eine Dachstube mit Rosenblütentapete hatte, in der eine liebenswerte alte Großmutter dahinwelkte. In diesem Milieu sind Raketen nur unverständliches neumodisches Zeug – wie die frühen Automobile von Ford, Hudson und Packard. Allerdings finden sich bei Bradbury bisweilen auch beißende sozialkritische Kommentare, so etwa in der Geschichte *The Pedestrian [Geh' nicht zu Fuß durch stille Straßen]*, in der ein Mann wegen unamerikanischer Umtriebe festgenommen wird – nämlich wegen Fußgängerei.

Bradbury ist ein Nachfahre des Hauses Poe. Die Krankheit, über die er schreibt, täuscht mit rosig glühenden Wangen vor, Gesundheit zu sein. Wenn Bradbury funktionalen Gebrauch von der Gegenüberstellung von scheinbarer Gesundheit und

* [*The Wind in the Willows* (Der Wind in den Weiden) ist eine im englischen Sprachraum überaus beliebte Tierfabel für Kinder. Anm. d. Ü.]

sich darunter verbergender Krankheit macht, ist er stets am überzeugendsten. Ein gutes Beispiel dafür ist *The Third Expedition [Die Dritte Expedition]*, eine Episode aus den *Martian Chronicles.*

In dieser Geschichte stellen die Mitglieder einer irdischen Marsexpedition nach ihrer Landung überrascht fest, daß der Mars bis in letzte Details der Erde ihrer Kindertage gleicht. Die Raumfahrer entdecken reizende alte Häuser im viktorianischen Stil (sogar mit richtigen Butzenscheiben), weiße Holzhäuser, Häuser, die ganz aus roten Ziegeln erbaut sind, Kirchtürme mit goldenen Glocken und Bäume und saftiges grünes Gras in Hülle und Fülle. Die Einwohner des Ortes sind die Gestalten, die du als Kind gekannt und (weil dies Bradburys Wirklichkeit ist) auch heiß und innig geliebt hast – Oma und Opa, Mama, rosig, rundlich und stets gut gelaunt, und Paps. Und natürlich agieren sie vor der anheimelnden Kulisse kratzender Grammophone und festlicher Truthahnessen.

Dann muß Kapitän Black nach oben gehen, wo er zusammen mit seinem Bruder, der merkwürdig goldene Schultern hat, im alten Messingbett seiner Kindheit schlafen soll – und abrupt schlägt die Stimmung um. Als die Lichter im Haus gelöscht werden, beginnt Black sich zu fürchten. Und plötzlich begreift er, daß das ganze kunstvolle Arrangement nur ein furchtbarer und hinterhältiger Trick der Außerirdischen ist.

> Und wenn nun die beiden Leute nebenan gar nicht mein Vater und meine Mutter wären, sondern zwei Marsianer, die mich unglaublich geschickt in meiner Traumhypnose halten können!

Black schafft es nie bis zur Schlafzimmertür. Sein Bruder holt ihn vorher ein.

Eines Tages meldete sich Christopher Isherwood zu Wort und erklärte kategorisch, Bradbury sei ein wirklicher Dichter. Und so wurde Bradburys Name praktisch über Nacht berühmt. Seither ist er einer unserer bedeutendsten Dichter geblieben: der Hans Christian Andersen des Jet-Zeitalters.

Ein anderer Autor, der erfolgreich in den sternenfunkelnden

Lichthimmel vorstieß, der die niederen Sphären der SF überspannt, ist Arthur C. Clarke. Die dazu nötige Fluchtgeschwindigkeit erreichte er, indem er sein umfangreiches technisches und naturwissenschaftliches Wissen als Treibstoff benutzte, und sein Aufstieg erinnerte in vielerlei Hinsicht an die Träume von Erfolg und Karriere, die wohl jeder Schuljunge heimlich hegt. Bradbury ist – sicherlich zu Unrecht – vorgeworfen worden, er schreibe SF für all jene, die keine Science Fiction mögen. Eine derart ungeheuerliche Anklage kann gegen Clarkes Werke nun gewiß nicht erhoben werden. Mehr als jeder andere SF-Autor ist Arthur C. Clarke seinem Jugendglauben treu geblieben, daß Wissenschaft die Rettung der Menschheit bedeute und die Menschheit eine Rasse potentieller Götter sei, deren Bestimmung es sei, nach den Sternen zu greifen. Wenn Stapledon Nachfolger hat, so ist Clarke an erster Stelle zu nennen. Bei aller Selbstgefälligkeit hat Clarke doch mit ehrlicher Ergebenheit an diesem Glauben festgehalten. Für ihn ist die SF nach wie vor die Literatur der Götter.

Clarke ist ein Autor mit konventionellen literarischen Fähigkeiten, und seine Prosa ist solider Durchschnitt. Aber Clarkes Romane und Erzählungen gewinnen immer dann an Ausdruckskraft, wenn er es schafft, die beiden gegensätzlichen Pole seines Wesens – nämlich strenge Rationalität und phantasievolle Träumerei – zu vereinigen (also, um es auf eine Kurzformel zu bringen, die Welten von Wells und Burroughs miteinander zu verschmelzen). Dies gelingt ihm in mehreren meisterhaften Kurzgeschichten – besonders in der zu Recht berühmten Kurzgeschichte *The Nine Billion Names of God [Die neun Milliarden Namen Gottes]* – und in zwei Romanen, *The City and the Stars [Die sieben Sonnen]* (1956) und *Childhood's End [Die letzte Generation]* (1953). Vor allem in *Childhood's End* drückt Clarke eine ziemlich banale philosophische Idee – nämlich die, daß sich die Menschheit eines Tages zu einem unbegreiflichen Kollektivbewußtsein weiterentwickeln könnte – in einfacher, aber gewählter Sprache aus, die sogar noch im freigebigen Gebrauch der Semikolen vage an biblische Psalmen erinnert und in Verbindung mit einem dramatischen Gefühl des Verlustes unbestreitbar wirkungsvoll ist.

Der folgende Textauszug stammt aus der Schlußpassage von *Childhood's End.* Karellen, ein Angehöriger einer weniger weit entwickelten Rasse, hat miterlebt, wie die Menschheit vom Antlitz der Erde verschwunden ist, und bereitet sich nun darauf vor, auf seine ferne Heimatwelt zurückzukehren:

> Trotz aller Leistungen, dachte Karellen, trotz aller Beherrschung des physikalischen Universums war sein Volk nicht besser als ein Stamm, der sein ganzes Dasein auf irgendeiner flachen und staubigen Ebene verbracht hatte. Weit entfernt waren die Berge, wo Kraft und Schönheit wohnten, wo der Donner über den Gletschern dröhnte und die Luft klar und frisch war. Dort war auch die Sonne und vergoldete die Gipfel, wenn alles Land unten in Dunkelheit gehüllt war. Und sie konnten nur beobachten und staunen; sie konnten niemals die Höhen ersteigen.
>
> Und doch wußte Karellen, daß sie bis zum Ende standhalten würden. Sie würden ohne Verzweiflung ausharren, welches Schicksal auch immer wartete. Sie würden dem Übergeist dienen, weil sie keine Wahl hatten, aber selbst in diesem Dienst würden sie ihre Seelen nicht verlieren.
>
> Der große Bildschirm erglühte für einen Augenblick in einem dunkelroten Licht. Ganz in Gedanken las Karellen die Botschaft, die diese wechselnden Linien brachten. Das Schiff verließ die Grenzen des Sonnensystems: Die Energien, die es antrieben, verebbten schnell, aber sie hatten ihre Arbeit getan.

Das Geheimnis von Arthur C. Clarkes Erfolg liegt nicht allein in literarischen Kriterien begründet. Seine bahnbrechenden Arbeiten über Erdsatelliten, mit denen er schon 1945 an die Öffentlichkeit trat, und seine fundierten Kommentare zu den Apollo-Flügen der sechziger und frühen siebziger Jahre haben ihn zu einer Institution gemacht, die ein so fester Bestandteil des Weltraumzeitalters ist wie Kap Kennedy. Zudem wird er auch als Mitautor des Stanley Kubrick-Films *2001* gefeiert, einem der großen Kultfilme der heutigen Zeit.*

In der Zeit, von der hier die Rede ist, gab es noch eine

Vielzahl anderer großer Erfolge. Viele davon werden wir auslassen müssen, und das nicht nur der gebotenen Kürze wegen, sondern auch, weil wir manche Romane und Erzählungen heute noch gar nicht gebührend würdigen können. So ist es eben mit der Geschichtsschreibung: Je näher man an die Gegenwart kommt, desto größer werden die Irrtümer und Fehlurteile. Weil sich auch der Geschichtsschreiber in vielen seiner Urteile zunehmend von der eigenen Subjektivität leiten läßt, möchte ich den Leser daran erinnern, daß ich nun über eine Periode schreibe, auf die ich selbst einen gewissen Einfluß ausgeübt habe – und so werde ich es von nun an wagen, ab und an ein persönliches »Ich« zu gebrauchen.

Bevor wir dazu übergehen, die Meilensteine zu diskutieren, die Autoren wie Tolkien, Peake, Heinlein, Herbert, Brunner und Miller gesetzt haben, müssen wir zumindestens die Scharen von begabten Schriftstellern der fünfziger Jahre erwähnen. Jeder dieser Autoren hat seine Anhänger, und ihre Geschichten bereiten uns auch heute noch viel Vergnügen.

Zu dieser Gruppe zählen sicherlich einige Senioren der Science Fiction, die bereits damals aktiv waren und oft auch heute noch aktiv sind – Schriftsteller wie L. Sprague de Camp etwa. De Camp, der von Haus aus eigentlich eher ein Gelehrter ist, hat sich hauptsächlich der Fantasy verschrieben. Viele Fans erinnern sich sicher noch gerne an seine *Viagens Interplanetarias*-Serie** zurück, die auf der gar nicht so unwahrscheinlichen Grundannahme beruht, daß Brasilien im 21. Jahrhundert die erste Geige im Konzert der Weltmächte spielen wird. Ein anderer überaus fähiger und intelligenter Autor, Lester del Rey,

* Vor *2001* drehte Kubrick *Dr. Strangelove [Dr. Seltsam oder Wie ich lernte, die Bombe zu lieben]* nach Peter Georges Roman *Red Alert*. Auf *2001* folgte dann *A Clockwork Orange [Uhrwerk Orange]* nach dem gleichnamigen Roman von Anthony Burgess, ein Werk, das später durchaus den Rang eines Klassikers der Filmkunst einnehmen könnte. In Anbetracht dieser Tatsache sollte man Kubrick vielleicht als den größten SF-Regisseur der Moderne anerkennen.

** [Aus dieser Serie erschien in Deutschland u. a. der Roman *Rogue Queen [Das Orakel der Fremden] Anm. d. Ü.]*

betreute zugleich auch als Herausgeber eines der qualitativ besseren SF-Magazine, *Space Science Fiction.* Poul Anderson, dessen Helden ihre Kämpfe zwischen den Sternen oft mit dem Schwert in der Faust austrugen, hat überall auf der Welt nach wie vor eine gewaltige Zahl von eingeschworenen Fans; allerdings blieb sein erster Roman, *Brain Wave [Die Macht des Geistes]* zugleich auch sein bester. Charles Beaumont, der Komödiant unter den SF-Autoren, blieb bis zu seinem Tode im Grunde seines Herzens jung. Algis Budrys, der einen nachhaltigen Einfluß auf die zeitgenössische SF ausübte und unter anderem zwei faszinierende Romane, *Rogue Moon [Projekt Luna]* und *Who [Zwischen zwei Welten]*, schrieb, wechselte später ins Kritikerlager über – was immer ein fataler Schritt ist, wie man sieht. Kenneth Bulmer, der lange Jahre getreu zur Fahne der Campbell-Magazine stand, hat kürzlich die Herausgeberschaft von *New Writings in SF* übernommen. Colonel Theodore Cogswells *Wall Around the World [Die Mauer um die Welt]* erlebt auch heute noch regelmäßige Neuauflagen. *Hero's Walk* – dessen Autor sich erfolgreich hinter dem Pseudonym »Robert Crane« verbrg* – mußte man einfach gelesen haben, wenn man mitreden wollte. Der ambitionierte und produktive Autor Gordon Dickson wurde besonders durch seinen *Dorsai*-Zyklus bekannt. Durch originelle Ideen bestachen auch David Duncans Romane, darunter *Another Tree in Eden [Unternehmen Neptun]*, *Dark Dominion* (im Mittelpunkt der Handlung steht hier ein seltsames neues Metall) und *Occam's Razor* mit der großartigen Zeile »Meine Herren, wir werden jetzt das Universum kurzschließen!«. Philip José Farmer brach schon Tabus, bevor die Science Fiction überhaupt wußte, daß sie welche hatte. Jack Finneys Werke leben vor allem von ihrer Stimmung zarter und phantastischer Nostalgie. Daniel Galouye, ein Schüler Heinleins, fand besonders mit seinem packenden Roman *Counterfeit World [Welt am Draht]* zu einem eigenen, unverwechselbaren Stil. James Gunn stand leider immer etwas im Schatten der ganz großen Autoren, aber

* [Der richtige Name des Autors lautet B. Glemser. Anm. d. Ü.]

seine Romane *The Immortals [Der Gamma-Stoff]* und *The Joymakers [Wächter des Glücks]* verdienen mehr Beachtung, als man ihnen derzeit schenkt. Daniel Keyes' *Flowers for Algernon [Charly]* wurde gleich bei seinem Erscheinen vom Publikum begeistert begrüßt (und später als *Charly* verfilmt). Damon Knight, der heute vor allem als kompetenter Kritiker und als Herausgeber von Anthologien bekannt ist, war damals ein inspirierter und stilistisch eleganter Kurzgeschichtenautor. Fritz Leiber, der für seine Fantasy-Erzählungen, die in imaginären Welten spielen, gefeiert wird, bewies durch so überwältigende Geschichten wie *A Pail of Air [Das Nest]*, daß er auch ein Meister der SF-Kurzgeschichte ist. J. T. McIntosh begann vielversprechend mit Romanen wie *One in Three Hundred [Einer von 300]*. Charles Eric Maine schrieb lange Zeit spektakuläre und manchmal reißerische SF-Romane, von denen *The Darkest of Nights* vielleicht der beste ist. Richard Matheson dröhnte wie eine Lokomotive durch die fünfziger Jahre, bis er schließlich in Hollywood Station machte, wo er das Drehbuch zu seinem eigenen Roman *The Incredible Shrinking Man [Die unglaubliche Geschichte des Mister C.]* schrieb. Ward Moores *Bring the Jubilee* gilt heute zu Recht als einer der Klassiker der Science Fiction. Dan Morgans Telepathen-Zyklus *The Minds** erscheint in England immer noch. Kris Neville ist ein Satiriker, der leider zu wenig schreibt. Alan E. Nourse bringt das Einfühlungsvermögen eines Arztes in seine Prosa ein; unter anderem schrieb er eine ganze Reihe packender Kurzgeschichten und mehrere Jugendbücher. Edgar Pangborn, ein anderer hochangesehener Autor, legte so faszinierende Romane wie *A Mirror for Observers [Der Beobachter] und Davy [Davy]* vor. Fletcher Pratt, ein Historiker, der sich besonders dem Studium des amerikanischen Unabhängigkeitskampfes widmete, schrieb neben seinen wissenschaftlichen Arbeiten vor allem Fantasy-Romane. Frank Robinsons packender Roman *The Power*

* [In Deutschland erschienen aus diesem Zyklus die Romane *The New Minds [Das Labor der Esper]*, *The Several Minds [Esper in Aktion]* und *Mind Trap [Die Psi-Agenten]. Anm. d. Ü.]*

[Die gnadenlose Macht] wurde auch verfilmt. James H. Schmitz schrieb eine der besten exo-ökologischen SF-Erzählungen, *Grandpa [Opa]*. E. C. »Ted« Tubb, ein Autor mit überschäumender Phantasie – der auch das Magazin *Authentic* herausgab –, galt für ein paar Jahre als der ungekrönte König der britischen SF. Wilson Tucker begann als aktiver Fan und verfaßte später mehrere exzellente Romane, darunter *The Long Loud Silence [Geheimwaffe Mensch]* und einen Roman mit dem wunderbaren Titel *The Year of the Quiet Sun [Das Jahr der stillen Sonne]*. Jack Vance bewies sein Talent auf mindestens einer Million imaginärer Welten. James White widmete sich mehrere Jahrzehnte lang seinen *Sector General*-Geschichten, die von einem Weltraumhospital handeln, in dem vorwiegend kranke Außerirdische kuriert werden.* Einer der ungewöhnlichsten Romane dieser Zeit ist Bernard Wolfes klug durchdachte Amputierten-Utopie *Limbo 90.* Will Worthington ist ein großer Surrealist, der zu wenig SF schreibt. Viele andere Autoren müßten an dieser Stelle noch genannt werden – und besonders viele Autorinnen, die ich mir bis zum Schluß aufgehoben habe.

Einige wenige Autorinnen, darunter C. L. Moore, Katherine Maclean und Leigh Brackett, schrieben schon sehr früh Science Fiction. Insgesamt muß man sie eher zu den Romantikern des Genres zählen, obwohl Katherine Maclean auch wunderbare Hard-Core-SF schreiben konnte (wie etwa *Incommunicado [Incommunicado]*) oder köstliche Satiren (wie *The Snowball Effect,* eine Geschichte, in der das Nähkränzchen von Watashaw die Macht in Amerika an sich reißt – Ehrenwort!). Leigh Brackett konnte viele Erfolge verbuchen, bevor sie ein hochbezahlter Drehbuchautor in Hollywood wurde. Ihr Roman *The Sword of Rhiannon [Das Erbe der Marsgötter]* (1953) ist in meinen Augen nach wie vor das magischste Werk in der klassischen Burroughs-Tradition. Leigh Brackett gelang damit die beste Beschwörung jenes Phantasie-Mars, der eine solche

* [In Deutschland erschienen davon die Romane *Hospital Station [Die Weltraum-Mediziner]*, *Star Surgeon [Kampf der Weltraum-Mediziner]* und *Major Operation [Die Ärzte der Galaxis]* Anm. d. Ü.]

Faszination auf uns ausübt, daß wir selbst unseren Schwertarm freudig dafür opfern würden, um ihn auch nur einmal besuchen zu dürfen.

> Trotz der späten Stunde schlief Jekkara nicht. Die Städte am Niederkanal kannten keinen Schlaf, denn sie lagen außerhalb des Gesetzes, und Zeit bedeutete für sie nichts. In Jekkara, Valkis und Barrakesch war die Nacht nur ein dunklerer Tag. Carse blickte auf das stille schwarze Wasser des alten Kanals, der tief in den Grund des schon lange ausgetrockneten Ozeans gegraben war. Er schritt an seinem Ufer entlang, und der trockene Wind rüttelte an den Fackeln, die nie erloschen. Hin und wieder klangen Harfenklänge an sein Ohr, nie schien die Musik in den alten Städten zu verstummen. Schlanke, grazile Männer und Frauen begegneten ihm in den düsteren Straßen; leise wie Katzen waren sie, und sie wären nicht zu hören gewesen, hätten nicht die kleinen Glöckchen der Frauen bei jedem Schritt sanft geklingelt, ein Geräusch so zart wie Regen, destilliert aus aller süßen Verruchtheit der Welt. (Kapitel 1)

Seit es *Galaxy* und *F & SF* gibt, haben sich immer mehr Autorinnen der Science Fiction zugewandt, da sie nun nicht mehr dazu gezwungen waren, einseitig technologisch orientierte SF zu schreiben und sie außerdem ein breiteres Publikum erreichen konnten. Von all den berühmten Namen seien hier nur Zenna Henderson, die mit ihren Erzählungen über »The People«* große Popularität erlangte, Marion Zimmer Bradley, Rosel George Brown, Margaret St. Clair (Autorin zahlreicher Romane und der Kurzgeschichte *Prott [Das Prott]*, die ein wahres Juwel unübertrefflicher Komik ist) und ihrer aller Altmeisterin Miriam Allen de Ford genannt, die vollendete erotische Fantasy zu schreiben versteht, wie ihre Kollektion *Xenoge-*

* [In Deutschland erschienen davon die Romane *Pilgrimage – The Book of the People [Wo ist unsere Welt?]* und *People: No Different Flesh [Aufbruch ins All]* Anm. d. Ü.].

nesis (1969) beweist. Und wir sollten auch Andre Norton nicht vergessen, deren Science Fantasy-Romane eigentlich für Teenager gedacht sind, aber stattdessen gerade bei Erwachsenen reißenden Absatz finden.

Vielleicht vermittelt allein diese Auflistung einen Eindruck davon, wie viele talentierte Autoren sich in den fünfziger Jahren und später auf den Seiten der Magazine ein Stelldichein gaben. Die Aufzählung ist natürlich keineswegs vollständig – und wir werden sie im nächsten Kapitel fortsetzen.

Wenn man nur mechanisch berühmte Namen aneinanderreiht, geht man allzuleicht über viele persönliche Favoriten hinweg. Ich werde mir daher an dieser Stelle den Luxus erlauben, zwei meiner Lieblingsautoren etwas näher vorzustellen.

Keine Bestandsaufnahme der zeitgenössischen SF – die das vorliegende Buch keineswegs zu sein beansprucht – käme umhin, das facettenreiche Werk Lyon Sprague de Camps zu untersuchen. Wie viele andere Autoren seiner Zeit – David Duncans Name drängt sich hier unwillkürlich auf – hat de Camp nie Meisterwerke geschrieben, aber seine Bücher sind auch selten langweilig. Bei der Lektüre gewinnt man stets den Eindruck, de Camp habe sie zu seinem eigenen Vergnügen eben mal so aus dem Ärmel geschüttelt, während er gerade seine Ausrüstung für eine zweite Expedition ins Orinoco-Delta oder sonstwohin zusammenstellte.

Viele von de Camps Büchern sind Koproduktionen. Das trifft auch auf den Fantasy-Roman *The Incomplete Enchanter [Am Kreuzweg der Welten]* (der zuerst in *Unknown* erschien) und seine Fortsetzung, *The Castle of Iron*, zu, die de Camp beide zusammen mit Fletcher Pratt schrieb. Eine weitere Koproduktion – diesmal mit P. Schuyler Miller – ist *Genus Homo [Die neuen Herrscher]*, das thematisch eng mit der »Planet der Affen«-Serie verwandt ist. Aber der bissigste Roman de Camps stammt von A bis Z allein aus seiner Feder – *Lest Darkness Fall [Vorgriff auf die Vergangenheit]*, in dem der erfindungsreiche Martin Padway durch die Zeit zurückfällt und im Rom des sechsten Jahrhunderts landet, wo er sich sofort daranmacht, mit seinen unzeitgemäßen Erfindungen den Lauf der Weltgeschichte zu verändern.

De Camp schreibt auch Sachbücher. Er ist der Autor des *Science Fiction Handbook* und hat in mehreren Büchern historische und mythologische Reisen geschildert. Zu dieser Kategorie seines Schaffens gehört auch *Lands Beyond* – eine weitere Koproduktion, diesmal mit Willy Ley. Der erste Satz des Vorworts von *Lands Beyond* lautet: »Drei herausragende Gestalten schreiten durch die Phantasielandschaften des frühen Menschen: der Krieger, der Zauberer und der Wanderer.« Dieser eine Satz verrät uns zugleich viel über das Wesen des frühen de Camp.

Neben de Camp möchte ich hier Charles Harness erwähnen, einen Autor, für den Qualität immer vor Quantität ging. Sein Roman *The Rose [Die Rose]* erscheint des öfteren mit Geleitworten solcher Connaisseurs wie Michael Moorcock, Judith Merril und Damon Knight. Die besondere Bedeutung von *The Rose* liegt darin, daß er die Frage aufwirft, ob Wissenschaft und Kunst miteinander vereinbar sein können – und ob sie einander nicht vielleicht sogar zu ergänzen vermögen.[12]

Ich persönlich bevorzuge allerdings Harness' Roman *The Paradox Men*, der in gewisser Weise als Höhepunkt des Millionen-Jahre-Traumes angesehen werden kann. Harness spielt in *The Paradox Men* kühn mit Raum und Zeit, wirbelt wie eine verrücktgewordene Hornisse in der Galaxis umher und ist in einem Atemzug geistvoll, profund und trivial – und so voller verschwenderischer Phantasie, daß die Scharen von Möchtegern-Imitatoren, die *The Paradox Men* gerne kopiert hätten, kläglich gescheitert sind. In meinem Vorwort zur britischen Ausgabe dieses Romans habe ich ihn als »Breitwand-Barock« bezeichnet.[13] Zu dieser Kategorie gehören auch die Romane von Doc Smith und A. E. van Vogt und vielleicht die Alfred Besters – aber nur Harness' Roman hat das gewisse Etwas, das so prickelt wie Whisky mit Champagner, das Lieblingsgetränk der nepalesischen Sultane.

*

Die fünfziger Jahre waren eine entscheidende Periode. Die SF kam aus ihrer Schale gekrochen und begann genauso über die Fülle der Liebe zu reden, wie über die Leere des Weltraums, obwohl interplanetare Abenteuer noch immer alle anderen Themen dominierten. Die Magazine machten gute Umsätze – die bald jedoch wieder zurückgingen, aber die allgemeine Verbreitung des Genres hatte bereits stattgefunden. Und was früher dem Magazin-Markt vorbehalten war, wurde nun zu einem Teil des allgemeinen Buchmarktes (insbesondere des aufblühenden Taschenbuchmarktes), so daß die SF nie wieder etwas vergleichbares erleben würde wie die zwei hinter ihr liegenden Dekaden in einer abgeschiedenen eigenen Wildnis.

Natürlich hatte diese Neuorientierung des Publikums ihre Auswirkungen. Die ganze Angelegenheit verlor an Inzucht. Eine andere Auswirkung war, daß die Autoren nun in die Lage versetzt wurden, lange Bücher zu schreiben, die als Bücher für sich selbst standen und nicht zusammengesetzte Fortsetzungsgeschichten waren. Man konnte sie als Ganzes erkennen; das Ergebnis war manchmal ungeheuer. Einige der entstehenden Giganten hatten einen sofortigen und andauernden Einfluß auf unsere Kultur.

Hinter oder über oder außerhalb der Science Fiction, aber über sie wachend wie das Schloß in Kafkas Roman über das Dorf, steht J. R. R. Tolkiens Trilogie *The Lord of the Rings [Der Herr der Ringe]*.

Dieses enorme Gebilde wurde im wesentlichen Mitte der fünfziger Jahre errichtet, obwohl der eigentliche Hobbit-Kult erst begann, als Ace und Ballantine 1965 in den Staaten ihre Taschenbuchausgaben veröffentlichten. Bis dahin hatten sich die Bücher zwar bereits gut verkauft, aber Tolkien – eine vertraute Gestalt in Oxford, Professor für englische Sprache und Literatur am Merton-College – war in erster Linie als Herausgeber des Oxford University Press-Bestsellers *Sir Gawaine and the Green Knight* bekannt. Der Kult nahm dann später seinen Weg von Amerika nach England zurück (die Engländer schreiben gut, aber sie borgen sich ihren Enthusiasmus gerne anderswo).

Man kann annehmen, daß dieses weitgefaßte Werk die

Hauptursache für das zwischenzeitliche ungeheuere Anwachsen von phantastischer und weltabgewandter Literatur ist – die andere Ursache ist auf jeden Fall der beklagenswerte Zustand der realen Welt.

Man kann über den Kult sprechen. Über das Werk selbst zu sprechen ist wesentlich schwieriger. Wie Dr. Johnson nach apokryphischen Berichten über *The Oxford English Dictionary* gesagt haben soll: »Es ist eine Errungenschaft, die zu bewundern irrelevant wäre, zu loben vermessen und zu konsultieren tollkühn.«

Die Saga gestaltet sich in der Form einer »quest«, einer Fahrt, durch Mittelerde. Der wissenschaftliche Apparat des Professors hat geholfen, diese Parallelwelt realistisch darzustellen, mit detaillierter Kartographie und entwickelten Sprachen sowie einem majestätischen eigenen Sagenschatz: Hobbits leben in gemütlich eingerichteten Höhlen und essen mit der Begeisterung von ausgehungerten Schuljungen; Elfen; Zwerge; Trolle; Drachen; gute und böse Zauberer; und so weiter. Der freundliche Zauberer Gandalf thront über der bewaldeten Szene, aber im Osten droht das schreckliche Land Mordor, beherrscht vom gefürchteten Sauron mit seinen lebenden Toten und seinen Ork-Armeen. Frodo der Hobbit erringt zum Schluß jedoch einen gewaltigen Sieg, und der magische Ring, der seinem Träger absolute Macht gibt, wird vernichtet, was das Ende für Sauron und alle auf seiner Seite Kämpfenden bedeutet.

Ein so weitgefaßtes Werk steht vielen Interpretationen offen. Es gibt keinen Grund, warum man es als »einfache« Geschichte akzeptieren sollte. Eine Theorie, die nun weitgehend abgelehnt wird, war, daß man es als eine Allegorie auf den 2. Weltkrieg verstehen könne. Mir gefällt Lundwalls Beschreibung des *Herrn der Ringe* als »Utopia eines Konservativen«[14], denn die strenge Klassenstruktur von Mittelerde und das Gefühl, die Märchenländer könnten von den schwarzen industriellen Mächten des bösen Sauron zerstört werden, tragen eine starke Erinnerung an das England von Tolkiens Jugend. Und wo sonst könnten die besten Phantasiegeschichten anfangen, wenn nicht in der Jugend von jemandem?

Worin *Der Herr der Ringe* der Science Fiction gleicht ist, daß die Helden alle gut sind – das Böse ist veräußerlicht und kann besiegt werden, etwas, das im wirklichen Leben nicht passieren kann, wie wir alle wissen, denn das Böse ist in uns selbst. Aber vielleicht liegt darin ein anderer Grund für Tolkiens Popularität. Man kann durchaus zuviel wirkliches Leben mitbekommen; Tolkien hält es einem für mehrere Monate hintereinander vom Leib.

Der Erfolg Tolkiens hat auch anderen großen Fantasy-Schriftstellern Popularität eingebracht. Dazu gehören etwa James Branch Cabell oder der verehrte Mervyn Peake – in Peakes Fall allerdings nicht so sehr viel Popularität, denn Peakes große »gotische« Trilogie *Titus Groan, Gormenghast* und *Titus Alone* (1946–59) verlangt wesentlich konzentriertere Lektüre als Tolkien. Man vergleiche die beiden folgenden Texte:

Frodo ist mit dem Ring auf dem Weg zum Schicksalsberg. Sein treuer Diener Sam begleitet ihn, und die beiden sind von bedrohlichen Wesen umgeben, durstig und völlig auf sich alleine gestellt. Die Nacht bricht herein.

> Auf dieser Straße konnten sie nicht weitergehen; denn sie führte nach Osten in den großen Schatten, doch der Berg erhob sich nun zu ihrer Rechten, fast genau südlich, und auf ihn mußten sie zuhalten. Doch erstreckte sich vor ihm noch ein ausgedehntes Gebiet von rauchendem, kahlem, aschebedecktem Land.
>
> »Wasser, Wasser!« murmelte Sam. Er hatte sich keins gegönnt, und in seinem ausgedörrten Mund kam ihm die Zunge dick und geschwollen vor; aber trotz seiner Vorsorge hatten sie jetzt nur noch sehr wenig, etwa die halbe Flasche, und vielleicht müßten sie noch tagelang weitergehen. Alles wäre schon längst verbraucht, wenn sie nicht gewagt hätten, die Orkstraße zu benutzen. Denn in weiten Abständen waren an der Straße Brunnen gebaut worden für die Versorgung von Heeren, die in Eile durch diese wasserlosen Gebiete geschickt wurden. In einem fand Sam noch etwas Wasser, es war schal, von den Orks verschmutzt, aber ausreichend für ihre verzweifelte Lage.

> Doch war das schon ein Tag her. Und es bestand keine Hoffnung, noch welches zu finden.
> Erschöpft von seinen Sorgen schlief Sam endlich ein und vergaß das Morgen, bis es kam; mehr konnte er nicht tun. Traum und Wachen vermengten sich wirr. Er sah Lichter wie glotzende Augen und dunkle kriechende Gestalten, und er hörte Geräusche wie von wilden Tieren oder wie entsetzliche Schreie von gefolterten Wesen; und dann fuhr er auf und fand die Welt ganz dunkel und nichts als leere Schwärze ringsum. Nur einmal, als er aufstand und verstört um sich blickte, schien ihm, obwohl er nun wach war, daß er immer noch bleiche Augen sah; aber bald flackerten sie und verschwanden.
> Die abscheuliche Nacht verging langsam und zögernd. (Buch 6, Kapitel 3)

Nun besuchen wir Schloß Gormenghast, und wieder ist es Nacht. Die unglückselige Irma hat mit Mr. Bellgrove ein Stelldichein im Garten:

> Ohne besondere Absicht gingen sie zusammen in die Laube und setzten sich auf eine Bank, die sie in der Dunkelheit fanden. Die Nacht floß von allen Seiten herein – eine Million Kubikmeilen Nacht. O, die Herrlichkeit mit jemandem geliebten nackt auf einer sich drehenden Murmel zu stehen, während die Kugel flammend durch das Universum raste! Diese Dunkelheit war so intensiv und samtig. Es war, als ob sie sich in einer Höhle befunden hätten, außer daß die Abgründe durch die kleinen, leuchtenden Seen des Mondlichtes dargestellt wurden . . .
> Aus Irmas Sicht war die vom Mondlicht gesprenkelte Laubenhöhle beruhigend und irritierend zugleich.
> Beruhigend deshalb, weil das Betreten einer in Mitternacht gehüllten Höhle mit nicht einmal einem winzigen Lichtschein, um den Abstand zu ihrem Partner zu erkennen, entsetzlich gewesen wäre, selbst mit dem Wissen und dem Zutrauen, das sie ihrem verläßlichen und ritterlichen Begleiter entgegenbrachte. Diese lichtgesprenkelte Laube war jedenfalls nicht ein so gefährlicher Platz. Die Licht-

klauen, mehr fahl als fröhlich, nahmen ihr jedenfalls jenes Gefühl des Schreckens, das nur Flüchtlinge kennen oder solche, die schon einmal in einem Land der Ghoule von der Nacht überrascht wurden.
So groß auch ihr Gefühl der Dankbarkeit dafür, daß die Dunkelheit gebrochen wurde, war, es kämpfte ein Gefühl der Irritation in ihrem flachen Busen mit dieser Erleichterung. Diese Irritation, kaum zu verstehen für jemanden, der nicht Irmas Figur besaß oder sich ein lebendiges Bild der Laube vor Augen führen konnte, hatte ihre Ursache in der verrückt machenden *Art und Weise,* in der die Rauten des Lichtes ein Muster auf ihren Körper zeichneten.
Sie hatte einen kleinen Spiegel herausgenommen, mehr aus Nervosität als aus irgendeinem bestimmten Grund, den sie jetzt in der Dunkelheit vor sich hielt. In der dunklen Luft sah sie nichts weiter als ein langes scharfes Lichtsegment. Der Spiegel war genau wie die Hand, die ihn hielt, ganz unsichtbar, aber die abgetrennte und erleuchtete Spiegelung ihrer Nase schwebte vor ihr in der Dunkelheit. Zuerst wußte sie gar nicht, was das eigentlich war. Sie bewegte ihren Kopf ein wenig und sah vor sich eines ihrer kleinen, müden Augen wie Quecksilber glitzern; unter jeden Umständen eine alarmierende Beobachtung, um wieviel mehr aber erst, wenn es das eigene Organ ist, das man da vor sich schweben sieht. *(Gormenghast,* Kapitel 36)

Tolkiens Prosa, ein sehr gestalterisches Werkzeug seiner Geschichte, ist schmeichelnd und allgemein. Sie hat keine besondere eigene Charakteristik, außer daß sie gerne lange Sätze mit »und« verbindet, was auf die Dauer leicht ermüdend werden kann. Peakes Prosa dagegen ist scharf und speziell. Man kann sie nicht mit irgendjemandes andren Stil verwechseln; sie hat ihren Witz, was sie anti-sentimental macht – wesentlich weniger einlullend als die Tolkiens. Auf der anderen Seite ist sie entschieden zu verschnörkelt, zu *dicht*. Ein bißchen zur rechten Zeit ist alles, was man davon aushalten kann. Tolkiens Prosa ist dagegen für das lange anhaltende, begeisterte

Lesen gemacht. Doch Peake beschwört den besonderen Zauber einer ganz besonderen Nacht und kommt den Dingen, die im Schatten lauern, so wesentlich näher. Vielleicht ist das alles aber auch nur einfach eine Frage des Geschmacks.

*

Nun zu anderen Büchern und Meilensteinen auf dem Weg in die sechziger Jahre.

Isaac Asimov und Robert Heinlein sind uns bereits begegnet, als sie lustig die Seiten von *Astounding* füllten. Wie Bester scheint Asimov gewußt zu haben, wann es genug ist, und hörte kurz nach seinem besten Roman, *Die nackte Sonne*, (1957) mit dem Schreiben von SF-Romanen auf. Allerdings hat er es jetzt mit *The Gods Themselves [Lunatico oder: Die nächste Welt]* (1972) noch einmal versucht.

Asimov nahm für seinen Blick auf das Leben ein Weitwinkelobjektiv, und es ist eine Schande, daß sein größter Meilenstein, die *Foundation*-Trilogie*, geschrieben wurde, bevor SF-Autoren sich ihre Werke als Bücher dachten und nicht als Kurzgeschichten-Serie in kurzlebigen Magazinen (oder Magazinen, die kurzlebig gewesen wären, hätten sich die Fans nicht ihrer Geschichte angenommen). Als eine organische Einheit entwikkelt, wäre die *Foundation*-Serie unzweifelhaft zu einem Werk von noch größerer Majestät geworden.[15]

Anstatt ein Romanautor zu werden, hat sich Asimov zu einem profilierten Sachbuchautor entwickelt, der einen ständigen Strom populärwissenschaftlicher Werke der verschiedensten wissenschaftlichen Disziplinen über seine Leser ergießt. Doch die Popularität seiner Romane hält an. Wie viele andere Autoren begann Asimov in einem subversiven Ton; er prophezeite Veränderung und Barbarei. Aber eine Generation später haben solche Ideen ihren Stachel verloren und sind dem großen Publikum vertraut. Währenddessen kann man sehen, wie sich der konservative Glaube an die Technologie in Asimovs Romanen steigert. Seine Kurzgeschichten geraten oft etwas zu witzig.

* [In Deutschland erschienen als *Der Tausendjahresplan, Der galaktische General* und *Alle Wege führen nach Trantor.]* Anm. d. Ü.]

Heinleins Übergang vom Magazin-Schreiber zum Romanautor ist dramatischer. Seine große und seltene Tugend besteht darin, daß er sich niemals damit begnügte, einen eigenen Erfolg nachzuahmen oder sich auf eine Formel zu verlassen; und das ist, wie wir aus unserer Studie über Edgar Rice Burroughs wissen, ein Weg, sich die Popularität zu verbauen. Trotzdem gewann Heinlein seine Popularität.

Er ist in vieler Hinsicht ein zum Besseren bekehrten Pulp-Schreiber, den seine Erzählkraft manchmal in eine sich selbst nur halb bewußte rechte politische Philosophie treibt, so etwa in *Starship Troopers [Sternenkrieger]* (1959), einem Blick auf Ausbildung und Kämpfe eines Infantristen der Zukunft. Jeder, der selbst in der Vergangenheit gedrillt wurde, erkennt die Art, auf die Heinlein sein Bild glorifiziert. Aber Realismus ist nicht Heinleins Sache, obwohl er die Gabe besitzt, an der richtigen Stelle ein aussagekräftiges Detail einzubauen, was manchmal die Illusion des Realismus hervorrufen mag. Für meinen Geschmack ist Heinleins genießbarster Roman *Double Star [Ein Doppelleben im Kosmos]*, der zuerst als Fortsetzungsserie 1956 in *Astounding* erschien. *Double Star* ist eine Hymne auf den Behaviourismus. Ein einziges Mal beginnt Heinlein hier mit einem »kleinen« Mann, fast einem Wells'schen Cockney, einem pathetischen gescheiterten Schauspieler, Lawrence Smith, der sich selbst gerne als Lorenzo den Großen sieht.

Wegen seiner zufälligen Ähnlichkeit mit Bonforte, einem der führenden Politiker des Sonnensystems, wird Lorenzo gezwungen, diesen Politiker zu spielen und seine Rolle zu übernehmen, bis er dann, in dessen Macht und Persönlichkeit geschlüpft, wirklich zu einem neuen Bonforte wird. Auch in anderen Heinlein-Romanen haben Menschen häufig ungewohnte Rollen zu übernehmen. Sie werden überraschend Revolutionäre, Raumsoldaten, oder müssen – wie Smith in *I Will Fear No Evil [Das geschenkte Leben]* – gar als Mann im Körper einer Frau leben.

Heinleins politische Auffassungen waren schon immer bemerkenswert ahnungslos, und die politische Kernfrage der Freiheit, die im Mittelpunkt von *Double Star* zu stehen scheint, wird durch die furchtbaren Hauruck-Methoden, denen sich die Politiker bedienen, ad Absurdum geführt. Lorenzo wird für seine Rolle schanghait, nachdem Bonforte von der Gegenpartei, den Humanisten, gekidnappt wurde. Dieses Chikago-Gangstertum wirkt um so deplacierter, weil Heinlein sich gleichzeitig bemüht, eine Politik nach dem Vorbild des englischen Parlamentarismus zu zeichnen: Bonforte ist ein »Right Honourable« und »Führer der loyalen Opposition«.[16]

Trotz dieses monströsen Fehlgriffs überlebt *Double Star* als Roman, weil die Haupthandlung aus dem Prozeß besteht, durch den Lorenzo zu Bonforte wird, und der wird von Heinlein mit einer Klarheit beschrieben, die er in seinen Erwachsenen-Romanen sonst selten erreicht. Die Szene auf dem Mars, in der Lorenzo als Bonforte in ein marsianisches Nest aufgenommen werden soll (seltene Ehre für einen Erdenmann), ist ausgesprochen wirkungsvoll. Es gibt Parallelen zwischen dem Roman und Hopes *Der Gefangene von Zenda*.

In einem seiner Jugendromane zeichnet Heinlein ein anderes beeindruckendes Bild vom Mars *(Red Planet,* 1949). Der rote Planet scheint eine rätselhafte Anziehungskraft für ihn gehabt zu haben. Als Denker ist er primitiv; vielleicht ist das die Quelle seines Erfolges bei den Lesern. Der Kritiker Panshin sagt, daß Heinleins »Idee der Freiheit wölfisch und kompromißlos ist«.[17] Auch wenn es stimmt, daß viele seiner Romane von Kriegen und Revolutionen handeln, macht das aber aus Heinlein keinen Zapata. Der düstere und blutrote Planet leuchtet nur in dem komplexen Universum seines eigenen Geistes; sein Freiheitsgedanke gilt nur der Freiheit, sich das zu nehmen, was man bekommen kann.

Über Heinlein ist mehr Unfug geschrieben worden als über jeden anderen SF-Autor. Er ist kein ausgesprochen guter Erzähler, und seine Charaktere sind oft nicht voneinander zu unterscheiden, sein Stil ist banal, und ihn mit Kipling zu vergleichen ist absurd. Schon besser wäre der Vergleich mit Nevil Shute, der ebenfalls Maschinen liebte, und zu dessen Rezept auch eine Prise Mystizismus gehörte; aber Shute ist lesbarer.

Shute ist jedoch keine so interessante Persönlichkeit. Das Interesse an Heinleins Erzählungen liegt in der Komplexität seines Charakters begründet, die sich durch die lange in all seinen Romanen enthaltene Autobiographie enthüllt. Er ist ein typischer Fall dieses verzaubernden Erzählers, der niemals erwachsen wird – ein bei SF-Autoren verbreitetes Phänomen.

Das zeigt sich am deutlichsten in seinem besten Roman, *Stranger in a Strange Land [Ein Mann in einer fremden Welt]* (1961). Auch wenn das Buch seine Fehler hat, erreichen hier Heinleins Energie und seine Dreistigkeit ihren Höhepunkt. Es ist ein Buch mit Ambitionen, und das muß man respektieren.

Mars steht wieder dicht über dem Horizont.

Die Gestalt im Mittelpunkt von *Stranger* ist Valentine Michael Smith, fünfundzwanzig Jahre alt und ein entfernter Verwandter von Tarzan; er wurde auf dem Mars geboren und von Marsianern erzogen. Auf die Erde zurückgekehrt, werden seine seltsamen marsianischen Gewohnheiten zu einer Bedrohung für die politische Stabilität. Er ist allerdings wesentlich besser ausgestattet als Tarzan, sowohl materiell als auch geistig – materiell, weil die seltsamen Umstände seiner Geburt ihn zum Erben großer Vermögen und möglicherweise sogar zum Besitzer des Mars gemacht haben; geistig, weil er von seinen marsianischen Pflegeeltern allerlei Psi-Kräfte mit auf den Weg bekommen hat.

Obwohl der Roman in keiner Weise »eine flammende Anklage gegen die westliche Zivilisation« ist, wie der Klappentext einer englischen Ausgabe* verheißt, prangert er eine ganze Reihe unserer Torheiten an, genau wie es die frühen Tarzan-Bücher getan haben.

Aber die eigenartige Anziehungskraft von *Stranger* beruht darauf, daß hier die Burroughs-Tradition mit der Peacock-Huxley-Tradition zusammenfließt. Es steckt voller Diskussionen über Religion, Moral und freie Liebe. Denn Smith gerät unter die Fittiche von Jubal Harshaw, einem reichen, exzentrischen alten Alleswisser, der alles unter der Sonne unter seiner Fuchtel hat. Jubal ist ein ferner und langweiliger Verwandter des Propter aus *Nach vielen Sommern* (und bringt später den noch entfernteren und langweiligeren Chad Mulligan aus *Stand on Zanzibar* hervor).

* New English Library, 1965.

Den Gedanken, alles zu teilen, verdankt Smith seinem marsianischen Nest, was sehr nach dem Nest in *Double Star* klingt.

Alle Personen in *Stranger* reden viel. Ihre Redseligkeit wird nur noch von den Charakteren in *I Will Fear No Evil* übertroffen. Hier ist ein Auszug, in dem Jubal und Ben über Smiths Ablehnung konventioneller Moralvorstellungen diskutieren:

> »Deine Eifersucht trübt deinen Blick und lähmt dein Urteilsvermögen, Ben.«
> »Nein, nicht völlig.«
> »Aber zu neunundneunzig Prozent. Ben, die sexuelle Ethik ist ein dornenreiches Problem. Wir alle müssen irgendwie mit der üblichen Moral auskommen; wir erkennen vielleicht, daß sie falsch ist, und die meisten von uns halten sich gelegentlich nicht daran. Aber wir büßen dafür, indem wir Schuldgefühle haben, und uns scheinbar zu Moralbegriffen bekennen, die wir für unseren eigenen Lebensbereich nicht gelten lassen wollen.
> Das war auch bei dir der Fall, Ben. Du hast dir eingebildet, ein freier Mensch zu sein – und hast gegen die bestehenden Moralbegriffe verstoßen. Aber sobald du auf ein neuers Problem der sexuellen Ethik gestoßen bist, hast du die Lösung im Rahmen dieser alten Moral gesucht und nicht gefunden. Folglich mußten die anderen Unrecht haben, nicht wahr? *Pah!* Dann wäre mir ein Gottesurteil lieber! Du hast automatisch reagiert, wie es deiner Erziehung nach nicht anders zu erwarten war. Dein Magen hatte mehr damit zu tun als dein Kopf.«
> »Und wie steht es mit deinem Magen?«
> »Meiner ist auch dumm – aber ich lasse nicht zu, daß er mein Gehirn beherrscht. Ich sehe ein, daß Mike versucht, ein Ideal zu verwirklichen, indem er den Menschen erklärt, daß Sex glücklich und zufrieden machen soll. Anstatt zu befehlen: ›du sollst nicht begehren deines Nächsten Weib . . .‹ verkündet er: › du brauchst meine Frau nicht zu begehren – *liebe* sie!‹ Wir haben dabei alles zu gewinnen und außer Angst und Haß und Schuldbewußtsein und Eifersucht nichts zu verlieren.«
> »Dieser Vorschlag klingt unglaublich. Soviel ich weiß, wa-

ren früher nur die Eskimos so naiv – und sie lebten so isoliert, daß sie fast »Marsmenschen« waren. Jetzt sind sie zivilisiert und kennen Treue und Ehebruch wie wir. Was haben sie dadurch gewonnen, Ben?«
»Ich möchte trotzdem kein Eskimo sein.«
»Ich auch nicht«, gab Jubal zu. »Stinkender Fisch bekommt mir nicht.«
»Ich dachte eher an Wasser und Seife.«

Smith stehen eine Reihe von PSI-Kräften zur Verfügung, zu denen die Fähigkeit, seinen Herzschlag zu verlangsamen, die Psychokinese und das Verschwindenlassen von Dingen gehört – zu den verschwindenden Dingen gehören Kleider, Gewehre und Menschen.[18] Er wird außerdem als Wesen mit einem hochentwickelten Intellekt vorgestellt und hat großen Erfolg bei den Mädchen. Wie James Blish so vielsagend erläutert, Smith »kann jedes große Wunder vollbringen und die meisten von den kleinen, alles was in der Campbellianischen SF so geläufig war.«[19]

Smith ist also von seinem Autor ideal ausgestattet, eine neue Religion zu gründen – und genau das tut er dann auch. Nachdem er einige unliebsame Leute »entleibt« hat, erlaubt Smith, daß er vom Mob getötet wird, und entleibt sich selbst zu einer astralen Existenz.[20]

Stranger erinnert an Huxleys *Island* in seinem Versuch, uns ein Schema für besseres Leben anzubieten, aber Huxley wäre über die darin enthaltenen, kaum verhüllten Machtphantasien entsetzt gewesen. Man könnte sogar noch weiter gehen als Blish (der das oben Zitierte zur Zeit der Veröffentlichung von *Stranger* schrieb) und sagen, daß Heinleins Roman die Apotheose der Campbell-SF und damit der langen Pulp-Tradition darstellt.

Stranger hat eine seltsame Wirkungsgeschichte. Bei seiner ersten Veröffentlichung verkaufte es sich nicht besonders gut, obwohl es in der SF-Szene den Hugo gewann. Es arbeitete sich dann langsam hoch und wurde zusammen mit *Lord of the Flies* und *Lord of the Rings* zu einem Campus-Bestseller.

Panshin, der das Folgende wahrscheinlich 1965 schrieb, hat

dazu etwas bemerkenswert Prophetisches zu sagen. Von der Tatsache sprechend, daß die religiösen Voraussetzungen von Heinleins Roman nicht stimmen und es eben keine Superkräfte gibt, bemerkt er: ». . . ohne diese wird sich jeder, der versucht, die Religion des Buches zu praktizieren (zu der Massensex gehört), in große Schwierigkeiten bringen. Mit anderen Worten, die Religion bringt niemandem etwas.«[21]

Die sechziger Jahre, die vielen Menschen im Westen viel Gutes brachten, begannen mit dem Erfolg von *Lolita* und dem Prozeß um *Lady Chatterley* und endeten mit den Morden von Charles Mansons Hippie-Familie. Mansons Karriere verkörpert großartig all die düstereren Manifestationen dieser Dekade. Mansons groteske »Religion« war aus allem möglichen zusammengesetzt, was gerade in der Luft lag. Dazu gehörten Bibeltexte, die Musik der Beatles und Drogenerfahrungen. Er griff auch ein wenig Scientology (das Geisteskind eines anderen SF-Autors, nämlich Ron Hubbard alias René LaFayette) auf, *und,* in den Worten seines Biographen,

> . . . ein weiteres Buch, das Manson für seine Family eine theoretische Basis lieferte, war Robert Heinleins *Stranger in a Strange Land . . .* Am Anfang übernahm Manson viele Begriffe und Ideen aus diesem Buch – darunter hoffentlich nicht den darin beschriebenen rituellen Kannibalismus. Mit dem Helden des Buches, einem gewissen Valentine Michael Smith, sollte sich Manson später allerdings identifizieren (Mansons erstes Kind von einer seiner Anhängerinnen erhielt den Namen Valtentine Michael Manson). Dieser Smith, der eine religiöse Bewegung gründet, tötet oder »entleibt« seine Feinde . . . .
> Bis zum heutigen Tag halten Mansons Anhänger Wasser-Kommunions-Zeremonien ab.[22]

Natürlich würde nur ein Moralist während des Vietnamkrieges auf den Gedanken gekommen sein, daß die Sharon-Tate-Morde und der ganze Rest von Mansons anrüchigem Hokuspokus in irgendeiner Form das logische Endresultat der so gut etablierten und angesehenen Pulp-Tradition des *allmächtigen*

Mannes seien, der in Campbells großtuerischen interstellaren Helden so überzeugend dargestellt wurde.

Bevor wir uns von Heinlein abwenden, muß noch etwas anderes erwähnt werden. Die Alt-Fans halten ihn noch immer gerne für einen Hardware-Spezialisten. Tatsächlich wandte er sich schon sehr früh einer anderen Art von SF zu, einer Richtung, die meiner Meinung nach wesentlich besser zu den Sechzigern und den Siebzigern paßt – eine Variante, die man »Lebensstil«-SF nennen könnte.[23] Damit ist eine Literatur gemeint, die ihre Betonung auf experimentelle Lebensform legt, wie sie den Zwängen des modernen Lebens angemessener sind oder sich daraus ergeben.

*

Eine andere Mode, zu der Heinlein beigetragen hat, ist die Vorliebe für lange Romane. Wenn du keinen großen Roman schreiben kannst, schreib einen dicken! Frank Herberts *Dune [Der Wüstenplanet]* (1965) ist auf jeden Fall ein dicker Roman, und viele halten ihn auch für einen großen.

Dune genießt einen ähnlichen Erfolg wie *Stranger in a Strange Land.* Wahrscheinlich auch aus einem ähnlichen Grund, denn seine Leser können sich an einer Machtphantasie und einer seltsamen Religion berauschen. Aber an *Dune* und seinen Nachfolgern *Dune Messiah [Der Herr des Wüstenplaneten]* (1969) und *Children of Dune [Die Kinder des Wüstenplaneten]* (1978) ist mehr.[24] Obwohl darin die Campbellianische Science Fiction noch immer anwesend ist, findet sich dort auch die Beobachtung lebendiger Details, was eine Antithese zu Campbell darstellt. Die öde, trockene Wüstenwelt Arrakis ist eine der intensivsten der Science Fiction. Der allgegenwärtige Wassermangel* zum Beispiel zeigt sich nicht einfach als schematischer Bestandteil des Plots, sondern durchdringt alle Facetten der Existenz auf Arrakis.

* Es war der Wassermangel auf dem Mars, der zu der »Wasserbruderschaft« führte, die Smith in *Stranger in a Strange Land* ins Leben rief.

Der Herzog blieb auf der Schwelle des Speisesaals stehen und hielt für einen Moment inne. Sorgfältig überprüfte sein Blick das Arrangement auf dem Tisch. Als er den Giftschnüffler wahrnahm, dachte er: *Alles geht nach einem bestimmten Ritual vor sich. Man kann uns schon aufgrund unserer Sprache sondieren. Daß wir solche Geräte überhaupt besitzen, zeigt an, daß wir von Geburt an von Mord und Intrigen umgeben sind. Wird heute abend jemand versuchen, uns mit Chaumurky zu vergiften? In einem Getränk? Oder mit Chaumas, in der Nahrung?*

Er schüttelte den Kopf. Neben jedem Teller entdeckte er ein kleines Fläschchen Wasser. Alles zusammengerechnet ergab es sicherlich genug, um eine arme Familie auf Arrakeen ein Jahr lang am Leben zu halten.

Neben der Eingangstür standen breite Bassins, verziert mit zierlich gelben und grünen Kacheln. Und neben jedem dieser Bassins hingen mehrere Handtücher. Es sei, so hatte die Haushälterin ihm erklärt, eine alte Sitte, daß jeder Gast, der das Speisezimmer betrat, sich zeremoniell die Fingerspitzen in einem der Bassins wusch und danach die Hände an den Handtüchern abtrocknete. Nach dem Essen versammelten sich regelmäßig die Bettler vor dem Haus, denen man die Handtücher überließ, damit sie sie auswringen und auskauen konnten.

Wie typisch das alles doch für die Harkonnens ist, dachte der Herzog. *Es gibt doch wirklich keine Erniedrigung, die ihnen nicht eingefallen wäre.* Als er fühlte, wie die aufkeimende Wut ihm Magenschmerzen verursachte, holte er tief Luft.

»Diese Sitte schaffen wir ab!« knirschte er.

Eine der Bediensteten, die die Haushälterin ihnen empfohlen hatte – eine der vertrocknet und alt aussehenden Frauen aus der Stadt – erschien zögernd in der gegenüberliegenden Tür, die zur Küche führte. Mit einem Handzeichen winkte der Herzog sie heran. Sie kam aus dem Schatten heraus, umrundete den Tisch. Er musterte ihr ledriges Gesicht und die völlig blauen Augen.

»Mylord wünschen?« Sie hielt den Kopf gesenkt, sah ihn nicht an.

Er deutete nach hinten. »Die Bassins und Handtücher werden sofort entfernt.«

»Aber. . .Euer Hochwohlgeboren . . .« Sie schaute auf, mit offenem Mund.

»Ich kenne diese Sitte«, sagte der Herzog barsch. »Diese Bassins werden an der Eingangstür aufgestellt, und jeder Bettler, der während des Essens erscheint, bekommt einen vollen Becher Wasser. Ist das klar?«

Und das ist aus *Analog* in seinen schlimmsten Tagen![25] Die beiden Herbert-Serien über Arrakis erschienen dort 1963/64 und 1965. Es sind dichte und komplexe Bücher, und es lohnt, sie sorgfältig zu lesen.[26] Ihre Hauptidee, neben vielen anderen, ist eine ökologische, was sie zu Büchern macht, die sehr im Trend der Zeit liegen.

Herbert war schon lange vorher als beeindruckender Autor bekannt. Seine große Serie *Under Pressure [Atom-U-Boot 1881],* die 1955 in *Astounding* erschien und oft als Taschenbuch nachgedruckt wurde, beinhaltet ebenfalls starke religiöse Elemente. Es lohnt sich, sie herauszusuchen, wenn man eine Studie besessener Männer in einem Unterwasserkrieg der Zukunft lesen will. Herberts *The Santaroga Barrier [Die Leute von Santaroga]* porträtiert eine kleine utopische Gemeinde, die sich selbst vom Rest der Vereinigten Staaten isoliert hat.

Unser nächster Gigant ist John Brunners *Stand on Zanzibar* (1968). Sansibar hat mit der ganzen Sache allerdings nichts zu tun; es hat lediglich die Fläche, die man brauchen würde, um alle Bewohner von Brunners überbevölkertem 2010 Ellbogen an Ellbogen nebeneinander zu stellen. Wir haben es mit einem Überbevölkerungsroman zu tun, der seine Atmosphäre durch Zeitungsausschnitte, Unterhaltungen, Witze und das, was der Autor »Kontexte« nennt, gewinnt. Die Handlung bezieht dieses Material ein, was ihre Dichte und Komplexität sehr steigert.

Zwischen all diesen Ablenkungen bringt *Zanzibar* drei gut integrierte Geschichten, die um drei Charaktere aufgebaut sind. House ist der schwarze Direktor von General Technics, einem riesigen Konzern, der größere Investitionen in dem für die Entwicklung reifen afrikanischen Land Benina plant. Houses Zimmergefährte Hogan wird entführt und zu einem Attentäter gemacht, als der er in einem östlichen Land namens Yatakang abgesetzt wird, wo man einen neuen Menschentyp züchtet. Beide, House und Hogan, sind gleichtzeitig Teil der häuslichen Szene, die von dem großen bösen Hippie-Philosophen Chad Mulligan beherrscht wird.

General Technics gehört ein Computer namens Shalmaneser. Das Gerät ist sowohl verwundbar als auch ungeschützt. Trotzdem darf es von Touristen besichtigt werden. Ein Mädchen versucht, ihn mit einer Axt zu Bruch zu hauen, und House, als einer der Direktoren, wird gerufen, um die Sache ins Reine zu bringen. Er benutzt dazu einen Strahl Flüssighelium, der dem Mädchen die Hand vom Arm abtrennt. Diese Art von unwahrscheinlichen und unerfreulichen Melodramen überwältigt schließlich das intellektuelle Gedankenspiel des Romans. Aber vorher hält Brunner noch ein fröhliches Teach-In unter der Leitung von Chad Mulligan über die aktuellen Unzufriedenheiten ab. Mit Mulligan ist es leider wie mit allen Propter-Figuren: er wird ermüdend, weil er nur die Sprecher des Autors ist. Er stellt alles richtig und redet sogar Shalmaneser nieder. Das Buch wird einfach zu lang.

Wenn Brunner dann gegen Ende vor dem Problem steht, die verschiedenen Handlungslinien zu einem brauchbaren Schluß zusammenzuführen, flüchtet er sich in eine wilde Actionorgie. Die Kraft des Romans wird verschwendet.

Aber er bleibt ein interessantes Experiment, nicht zuletzt für den Kritiker, denn es markiert einen großen Schritt von den Pulps in Richtung auf einen Gesellschaftskommentar. Für diese Ambition war Brunner, der vorher in der Hauptsache zahllose Ace SF-Thriller geschrieben hatte, kaum ausreichend vorbereitet. In *Zanzibar* hat sich Brunner von den neuen Entwicklungen in der SF der sechziger Jahre Mut machen lassen, und vielleicht gibt er uns bald etwas Größeres und Besseres – oder lieber etwas Dünneres und Besseres.

Mit den vielen populären Romanen, die bereits hinter ihm liegen, erinnert Brunner an einen anderen arbeitsamen SF-

Produzenten, Robert Silverberg. Silverberg traf die mutige Entscheidung, seine Produktivität zu Gunsten seiner Kreativität einzuschränken und sich selbst eine neue Karriere aufzubauen. Solche Entschlossenheit verdient Beifall und wird Silverberg in den siebziger Jahren neue Leser einbringen. Sein *Dying Inside [Es stirbt in mir]* (1972) ist sehr einfühlsam und in jeder Beziehung zu loben.

Wir wenden uns jetzt dem letzten Buch in unserer Giganten-Parade zu. Wie alle vorausgegangenen, mit Außnahme von *Zanzibar*, spielt in ihm ebenfalls Religion eine Rolle. Aber hier ist es die Hauptrolle.

Im zweiten Weltkrieg geriet der Amerikaner Walter Miller jr. wie sein Schriftstellerkollege Kurt Vonnegut Jr. auf den europäischen Kriegsschauplatz. Vonnegut erlebte die Vernichtung von Dresen und schrieb *Schlachthof 5 oder Der Kinderkreuzzug*. Miller wurde Zeuge des Angriffes auf das Benediktinerkloster vom Monte Cassino und schrieb *Lobgesang auf Leibowitz (A Canticle for Leibowitz).*

Canticle ist so zäh, gewagt und nahrhaft wie ein Cordon Bleu aus Dörrfleisch. Alle SF-Autoren sind erstaunlich, aber einige SF-Autoren sind erstaunlicher als andere.*Canticle* scheint der schroffe Gipfel von Millers kurzer Schriftsteller-Karriere zu sein.

Er hatte einen starken Einstand mit seinen Stories in – da ist es schon wieder – Campbells *Astounding*. Mit *Izzard and the Membrane, Blood Bank* und *The Big Hunger* benutzte er den Weltraum für seine rätselhaften privaten Metaphern. Aber die Geschichten, die später zu *Canticle* zusammengefaßt wurden, erschienen in *Fantasy & Science Fiction (F & SF).*

Eine kurze Anmerkung zu diesem Magazin muß gemacht werden, nachdem wir soviel über *ASF* und *Galaxy* gesagt haben. Es wäre eine schäbige Geschichte der SF, die nicht einige warme Worte für Anthony Boucher als Herausgeber von *F & SF* fände. Bouchers wirklicher Name war William Anthony Parker White. Er kam durch Campbells *Unkown* zur SF – wie sein Konkurrenzherausgeber Horace Gold.

Wie Gold durch *Galaxy* das Genre um Bester, Pohl, Sheckley und den unglaublichen William Tenn bereicherte, so brachte

Boucher ihm durch *F & SF* ein höheres literarisches Niveau und eine wesentlich weitere Auffassung der »Science«. Wie Judith Merril sagte: »Bevor Boucher und McComas 1949 *Fantasy and Science Fiction* herausbrachten, gab es in dem von Campbell beherrschten Feld keinen Platz für Autoren, die Stories schrieben wie Beaumont, Budrys, Clingerman, Cogswell, Dick, Henderson, Matheson, Miller, MacDonald, Moore, Nourse, Pangborn, Tenn, Vance, Vonnegut und eine Reihe anderer. Sie begannen zu schreiben, und mit ihnen begannen andere wie Asimov, Bester, Leiber und Wyndham, die aufgehört hatten, bis das notwendige neue Magazin auftauchte.«[27]

Seit Bouchers Tagen ist *F & SF* erfolgreich von einer Reihe von Herausgebern fortgeführt worden, zu deren bekanntesten Robert Mills, Avram Davidson und Ed Ferman gehören.

Canticle erschien 1960 als Buch und wurde von den Rezensenten wärmstens aufgenommen – das heißt, sie sagten, es wäre so gut, daß es unmöglich SF sein könne.[28] Es hatte seine Längen, aber es ist der beste Nach-dem-Atomkrieg-Roman.[29]

Dem nuklearen Holocaust folgt ein neues Mittelalter, eine dunkle Zeit. Die Überreste des Wissen, die noch aus den Ruinen zusammengelesen werden können, bewahrt die katholische Kirche, besonders die heiligen Männer vom Orden des Sankt Leibowitz helfen dabei. Das Ganze bleibt aber weit davon entfernt, zu einer neuaufgelegten Feudalgeschichte mit Ritterromantik zu werdenMillers Sinn für Ironie und den passenden Ort verhindert das wirkungsvoll. Er führt uns in eine neue Renaissance, in der die Technologie sich wieder zu ihrer alten Höhe aufschwingt. Von ein paar Mutanten mehr oder weniger abgesehen, ist wieder alles wie vorher.

In dieser Zusammenfassung klingt das nach einem schwer mit Botschaften befrachteten Werk. Aber *Canticle* ist nichts dieser Art.

> Die zweiköpfige Frau und ihr sechsbeiniger Hund warteten mit einem leeren Gemüsekorb am neuen Tor; die Frau sang leise auf den Hund ein. Vier Beine des Hundes waren gesund, aber ein drittes Paar baumelte nutzlos von seiner

> Schulter. Und was die Frau betraf, so war ihr zweiter Kopf ebenso nutzlos wie die Beine des Hundes. Es war ein schmaler Kopf, der Kopf eines Cherubs, aber er hatte noch nie die Augen aufgetan. Er schien nicht am Atem oder an der Intelligenz der Frau beteiligt zu sein. Er baumelte nutzlos von der Schulter, er war blind, taub, stumm und führte nur eine Art vegetatives Leben. Vielleicht besaß der Kopf gar kein Gehrn, denn es gab kein Anzeichen von selbständigem Bewußtsein oder Persönlichkeit an ihm. Das andere Gesicht der Frau war gealtert, verwittert, aber der überflüssige Kopf bewahrte seine kindlichen Züge, obwohl der Sandwind und die Wüstensonne sie verhärtet und gebräunt hatten.
> Die alte Frau knickste, als sie näher kamen, und ihr Hund wich knurrend ein paar Schritte zurück. »Abend, Vater Zerchi«, quäkte sie.

Das pathetische alte Wesen verlangt vom Abt, daß er Rachel tauft. Was zu einem hübschen theologischen Problem wird, denn Rachel ist ihr zweiter schlafender Mutationskopf. Wieviel Seelen hat eine zweiköpfige alte Frau?

Viele Jahre vorher hatte Altvater Heinlein schon eine Story geschrieben, die den Titel *Common Sense* trug und in der ein zweiköpfiger Mutant namens Joe-Jim auftritt. Joe-Jim ist Führer einer Bande von Mutanten. Beide Köpfe, Joe und Jim, können sprechen und benehmen sich wie Brüder; am Ende wird einer von ihnen durch einen Stich ins Auge getötet. Die alte Mrs. Grales in *Canticle* repräsentiert eine inspirierte Verbesserung des alten Modells; Miller gibt dem schlafenden Kopf eine mysteriöse Signifikanz.

Die Bomben fallen. Das Kloster stürzt über Vater Zerchi zusammen. Unter den Trümmern liegend, sieht er Mrs. Grales auf sich zukommen. Aber nun ist das Gesicht von Mrs. Grales bleich und eingefallen; ihre Augen sind geschlossen; sie scheint zu sterben.

Rachel ist dagegen zu bewußtem Leben erwacht. Anders als die glanzlos gelben Augen von Frankensteins Geschöpf sind die Augen, die die Bomben geöffnet haben, von kühlem Grün und voll aufmerksamer Neugier. Rachel ist jung und schön, gerade erst geboren und voller Wunder über die verwundete Welt. Der sterbende Priester sieht in ihren Augen eine Urunschuld und die Hoffnung auf die Auferstehung, als sie vor ihm kniet. Weitere Bomben fallen.

*

Die Science Fiction ist wie ein Meer. Die Bilder kommen und gehen, geheimnisvoll von Verwandlung zu Verwandlung untereinander verbunden. Viele Flüsse ergießen sich in dieses Meer, all die Empfindungen, die uns das Leben im Wachen und im Traum abfordert. In diesen Tagen haben wir alle zwei Köpfe. Frankensteins Monster ist an unserer Seite und hält sich gerade unter der Wasserlinie unseres Bewußtseins, ganz unbekümmert mit seinem eigenen Leben beschäftigt.

ANMERKUNGEN ZU KAPITEL ZEHN

1. Charakteristischerweise auf neutralem Boden! Es war das erste internationale SF-Symposium überhaupt, daß 1970 in Tokio zusammen mit der Expo '70 abgehalten wurde. Organisiert wurde es von Sakyo Komatsu und vorgeschlagen vom Autor dieses Buches. Zu den Anwesenden gehörten Frederik Pohl, Judith Merril, Vasily Zakharchenko, E. I. Parnov, Julius Kagarlitski, Arthur C. Clarke und Brian Aldiss.
2. Damon Knight spricht von *More Than Human* und *The Demolished Man* als »den beiden berühmtesten SF-Büchern der Fünfziger«. Siehe seine Einführung in *A Science Fiction Argosy*, hrsg. von Damon Knight, New York 1972.
3. Unter dem Namen William Atheling schrieb Blish zwei Bücher mit SF-Kritiken, erschienen bei Advent House: *The Issue at Hand* (1964) und *More Issues at Hand* (1970). Er wurde auch durch seinen Beitrag zur James Joyce-Forschung bekannt.
4. Darauf wurde auch von anderen hingewiesen. Aus der Sicht eines Humanbiologen u. a. in Alex Comfort, *Nature and Human Nature*, (1966).
5. Nach der Untersuchung von Jungen-Zeitschriften sagt Orwell in seinem berühmten Artikel »Boys' Weeklies« von 1939: »Das einzige neue Thema ist das der Wissenschaft. Todesstrahlen, Marsianer, unsichtbare Menschen, Roboter, Helikopter und interplanetarische Raketen werden häufig eingesetzt; hier und dort gibt es ein paar ferne Gerüchte über Psychotherapie und Hormondrüsen.« Er sprach dabei hauptsächlich von *Modern Boy* und *Champion*. Im selben Artikel werden auch ›threepenny Yank Mags‹ erwähnt – die von Woolworth vertriebene Konkurrenz, der traditionelle Ort, wo sich spätere britische Anhänger mit dem SF-Virus infizierten.
6. Orwell gehört zu den ›zornigen jungen Männern‹ seiner Zeit, eine Linie, die sich von Shelley und Wells zu Amis und Osborne zieht – Männer, deren Sympathien den unterdrückten Klassen galten. Wie Desmond King-Hele in seinem *Shelley: His Thought and Work*, Kapitel 8, bemerkt, ist das Lied »Beasts of England« in *Animal Farm* eine Parodie auf Shelleys Herausforderung an die herrschende Klasse, »Song of the Men of England«:

   Men of England, wherefore plough
   For the lords who lay ye low?
   Wherefore weave with toil and care
   The rich robes your tyrants wear?

   Wie Shelley schrieb Orwell auch eine Parodie auf die Nationalhymne. Sie erschien in *Animal Farm* als ›Comrade Napoleon‹. Ein Buch, das nicht in England verboten wurde, sondern in der UdSSR.

7. Auf diesen Umstand weist Chad Walsh mit anderer Betonung in seinem *From Utopia to Nightmare,* 1962, Kapitel 8, hin.
8. Etwas von dieser Sicht taucht, wenn auch diffuser, in H. F. Heards *Doppelgängers,* New York, 1947 auf. Heard richtet zwei Welten ein, eine oben und eine unten, beide von Tyrannen regiert, eine eher wie *Schöne neue Welt* und eine ähnlich der in *1984*. Die Hauptfigur wird wie Winston Smith ihrer Persönlichkeit beraubt, in diesem Fall aber durch ein sehr wirkungsvolles, futuristisches, nach dem Prinzip des Behaviorismus arbeitendes Gerät.
9. Sir Richard Rees, George Orwell: *Fugitive from the Camp of Victory,* 1961. Siehe Kapitel 8.
10. Ein anderer Weg, die zersetzenden Auswirkungen der technologischen Zivilisation auf uns zu zeigen, ist, den Menschen als »entmenschlicht« darzustellen – als einen Roboter oder Androiden (die Botschaft von *W.U.R.),* wie es in den meisten Robotergeschichten geschieht. Geschichten von »vermenschlichten« Robotern kamen mir persönlich immer pervers vor, eine Verwirrung der Symbole.
11. In diesem Zusammenhang ist es interessant, kurz einen Blick auf die Umsetzung der beiden Bücher in andere Medien zu werfen und sie zu vergleichen. Orwells *1984* war einer der frühsten Erfolge des englischen Nachkriegs-Fernsehen – eine Serie, die jeder gesehen haben wollte. Sein grausiger Inhalt paßte gut zu der grausigen neuen Technik des flimmernden kleinen Schirms. Später wurde daraus ein weniger erfolgreicher Film mit Michael Redgrave als O'Brien und Patrick O'Brien als Smith gemacht. *Animal Farm* lieferte die Vorlage zu einem gleichnamigen Trickfilm.
12. Eine Frage, die besonders Michael Moorcock interessieren dürfte. Siehe seine Einführung zur Roberts and Vinter-Ausgabe von *The Rose,* 1966.
13. Englische Ausgabe bei Faber und Faber, 1964. Einführung von Brian Aldiss. Taschenbuchausgabe 1967.
14. Sam Lundwall, *Science Fiction: What It's All About,* 1971, Kapitel 5.
15. ›Der Verlust für jeden von uns besteht darin, daß die literarischen Fähigkeiten des jungen Asimov für sein Thema nicht ausreichten . Tolstoi wäre bleich geworden und hätte sich abgewandt!‹ Brian Aldiss, *The Shape of Further Things,* 1970.
16. Ein Kritiker hält den Roman »nicht für melodramatisch, sondern für überzeugend real.« Das stammt aus Alexei Panshins *Heinlein in Dimension: A Critical Analysis,* Chikago 1968, Kapitel 3.
17. Ibid, Kapitel 8.
18. Eine aufschlußreiche Betrachtung des »wish-fulfilment« des Romans bringt Dr. Robert Planks Artikel »Omnipotent Cannibals:

Thoughts on Reading Robert Heinlein's *Stranger in a Strange Land«, Riverside Quarterly,* Band 5, Nr. 1.

19. James Blish, »Cathedrals in Space«, in *The Issue at Hand.*
20. Es ist interessant, Heinleins Roman, der vor dem Hippie-Kult geschrieben wurde, mit meinem eigenen *Barefoot in the Head* (1969) zu vergleichen.
21. Panshin, op.cit., Kapitel 4.
22. Aus Kapitel 1, 1. Abschnitt von Ed Sanders, *The Family: The Story of Charles Manson's Dune Buggy Attack Battalion,* New York 1971. [Ed Sanders, The Family - Die Geschichte v. Charles Manson und seiner Strand-Buggy Streitmacht, Ü. v. Edwin Ortmann, Hamburg 1972].
23. Soweit ich weiß, wird der Begriff zum ersten Mal benutzt in »A Day in the Life-Style of . . .«, meinem Nachwort von *Best SF:1971,* wo er sich auf Romane wie Luke Rhineharts *The Dice Man* [Der Würfler] bezieht.
24. Wie die ersten beiden Bücher miteinander verknüpft sind (sie sind mehr als einfach Fortsetzungen), ist in Robert C. Parkinsons Artikel »*Dune* - An Unfinished Tetralogy« untersucht. [Inzwischen ist tatsächlich bereits der dritte Band von *Dune* erschienen und der vierte angekündigt, was Aldiss zur Entstehungszeit dieses Buches noch nicht wissen konnte. Anm. d. Ü.]
25. *Dune World* und *The Prophet of Dune* erschienen als Fortsetzungen in *Analog, Dune Messiah* in *Galaxy.*
26. Der Autor dieses Buches muß eingestehen, daß er selbst so von ihnen angetan ist, daß ihm zur Zeit die Kraft für eine angemessene Rezension fehlt.
27. Judith Merril, »What Do You Mean – Science Fiction?«, *Extrapolation,* Band 8, Nr. 1.
28. So strikt, wie es in dem unsterblichen Couplet von Kingsley Amis und/oder Robert Conquest festgehalten ist:
    »Sf's no good,« they bellow till we're deaf.
    »But this looks good.« – »Well, then, it's not sf.«
    ›SF ist nicht gut«, brüllten sie uns taub.
    »Aber das ist gut.« – » Dann ist es eben keine SF.«
29. Obwohl ich eine Schwäche für Pat Franks Roman *Alas, Babylon* (1959) habe, in dem der 3. Weltkrieg ausbricht und die USA zurück in die Steinzeit gebombt werden. Eine kleine Gemeinschaft überlebt in Florida völlig von der Welt abgeschnitten. Schließlich kommt ein Hubschrauber zu ihnen durch, und die Überlebenden erhalten Nachrichten aus der Welt draußen. Einer von ihnen fragt: »Wer hat den Krieg gewonnen?« Der Hubschrauberpilot ist ganz erstaunt. »Das heißt, ihr wißt das nicht? . . . Wir haben gewonnen. Wir haben sie richtig fertiggemacht!«

11.
Die Rache des Kosmonauten*

GESTERN UND MORGEN

Dieses Bild von der Erde, wie sie über dem Mond steht, sollte in jedem Klassenzimmer und jedem Heim der Welt hängen. Eine Menge Wolken und Wasser sind zu erkennen, aber sehr wenig Land. Keine nationalen Grenzen sind zu sehen.
Ist diese Botschaft nicht klar genug?
Harry Harrison: Men on the Moon

Die große offizielle Eröffnung des Weltraumzeitalters fand im Oktober 1957 statt, als der erste Erdsatellit in die Umlaufbahn geschossen wurde. Von da an konnten wir unserem Planeten entkommen.** Ein wenig später brachten uns die beeindrukkenden Sateliten-Photos eine Erkenntnis, die wir noch wesentlich notwendiger hatten: daß Luft, fruchtbare Erde und Wasser unseres Planeten begrenzt waren und mit ihnen sorgfältig umgegangen werden mußte, wenn wir überleben wollten.

1969 brachte Donald Wollheim, damals bei Ace Books am Ruder, eine Anthologie mit dem Titel *Men on the Moon* heraus. Er überredete siebenundzwanzig Schriftsteller, ihren Eindruck von der ersten Mondlandung wiederzugeben, die im Juli jenes

* [Der englische Originaltitel dieses Kapitels ist »The Stars My Detestation«, etwa »Die Sterne – meine Enttäuschung«, eine Anspielung auf den Romantitel »The Stars My Destination«. Dieser Roman erschien in Deutschland unter dem Titel »Die Rache des Kosmonauten«, ein Titel, der zu diesem Kapitel wesentlich besser paßt als zu dem Buch. Anm. d. Ü.]

** Ich gebe zu, das Pronomen hier sehr speziell verwandt zu haben.

Jahres stattgefunden hatte. Isaac Asimov, John Brunner, E. C. Tubb, Alan Nourse und andere gaben ihre Stellungnahmen ab. Nur Philip K. Dick, Ray Bradbury und Poul Anderson ergingen sich in unqualifizierten Lobeshymnen. Die meisten Autoren sahen die weitere Entwicklung mit sehr skeptischen Augen. Die Phrase auf der Plakette »We Came in Peace for All Mankind«, »Wir kamen in Frieden für die Menschheit«, war ihnen im Hals stecken geblieben; sie begannen sich an die Indianer zu erinnern. Michael Moorcock gab J. G. Ballards düstere Bemerkung wieder: »Wenn ich ein Marsianer wäre, würde ich jetzt zu laufen anfangen!« Isaac Asimov hoffte, wir könnten im Weltraum zu einer Größe finden, von der viele träumen und wenige sie in die Tat umsetzen. Bob Shaw meinte, die Plakette hätte keine Worte, sondern ein Symbol tragen sollen, dessen Bedeutung im ganzen Universum zu verstehen wäre – »etwas wie eine grabschende Hand, die ihre Finger in die Monderde krallt«. Harlan Ellison sprach von kleinen, alten Damen, denen die Handtaschen gestohlen würden. Harry Harrison war derjenige, der Vietnam erwähnte. Er legte dar, daß es der Krieg war und nicht die Apollo-Mission, der alles Geld verschleuderte. Andere Autoren fühlten, daß der Spaziergang über den Mond den Armen und Unterdrückten der Erde wenig Begeisterung entlocken könne.

Allen gemeinsam war eine vorsichtige Betrachtungsweise. Seit dem Beginn des Weltraumzeitalters waren die SF-Autoren nie weniger romantisch gewesen, was die Raumfahrt anging, obwohl es immer Ausnahmen wie Poul Anderson gab. Die Sicht von C. S. Lewis, daß wir Zerstörung mit uns bringen, wohin wir auch gehen, setzt sich immer stärker durch. Es mag etwas Wahres an Kenneth Bulmers Bemerkung in *Men on the Moon* sein: »Wir haben das kreative Gefühl eines Steinzeitmenschen, der gerade in einem Einbaum mit der Hand über einen Meeresarm gepaddelt ist – nun sind alle Ozeane bezwungen, meint er.« Aber die alte Freude an größeren und besseren Einbäumen ist heute nicht mehr so spontan. Kann man jetzt, nachdem der Mond zu unserem wirklichen Besitz geworden ist, noch so leicht von ihm träumen und ihn als Symbol benutzen? Hat die grandiose Vision des interstellaren Raumflugs ihre

Macht verloren, nachdem sie sich der Realität nähert? Sehen wir nun mit Verzweiflung zu den Sternen statt mit Hoffnung? Ist der Millionen-Jahre-Traum vorbei?

Meine Antwort auf diese Fragen ist vielleicht eine sehr persönliche. Ich habe noch nie viel von der prophetischen Seite der SF gehalten. Einen Krieg für 1999 zu prophezeien, bedeutet 1973 gar nichts; und es macht 1999 auch keinen großen Unterschied, wenn er dann wirklich kommt. Das Ganze wird noch weniger aussagekräftig, wenn es die einzige richtige unter 99 falschen Prophezeiungen ist. Eine andere Sache ist es, als Warnung zu prophezeien (wie es meiner Meinung nach Orwell mit *1984* tat).

Aber wenn SF als Prophezeiung nicht mehr gefragt ist, dann ist sie es als prodromisches Symptom, als Warnung vor einer nahenden Krankheit, auf jeden Fall noch. Wir haben gesehen, daß Mary Shelley eine entsprechende Gabe besaß. Ich glaube, daß die SF als Ganzes eine ähnliche Fähigkeit besitzt.

Um das im einzelnen nachzuweisen, bedürfte es einer langen Monographie. Aber ich will versuchen, wenigstens kurz darzulegen, was ich meine.

Alle paar Jahre läuft ein großes unterschwelliges Thema durch die Science Fiction, das die Grundströmung bestimmt. Es gibt natürlich Wirbel und Nebenströmungen, aber diese Grundströmung läßt sich klar erkennen. In den sechziger Jahren machte die Hinwendung zu Umweltfragen diese Grundströmung aus. Genauer gesagt, die wichtigsten Werke tendierten zu einer sozialwissenschaftlichen Betrachtung, zu den komplexen Faktoren, die dazu führen, daß die technologische Kultur dem Menschen und seiner natürlichen Umwelt langsam die Lebensgrundlagen entzieht. Dies findet in vielen der Erzählungen, mit denen wir uns in diesem Kapitel noch befassen werden, seinen Ausdruck. Sie beschäftigen sich charakteristischerweise eher mit den Problemen unserer eigenen übervölkerten Welt als mit fremden Welten, oder untersuchen die Rolle des Inidviduums in dieser Welt – was wir Lebensstil-SF genannt haben.

Ich glaube, daß diese Grundströmung der sechziger Jahre, die auf eine Auseinandersetzung in der großen Öffentlichkeit über die gleichen Fragen in den siebziger Jahren hindeutet, ihren unvermeidlichen Vorläufer in der Grundströmung der SF der fünfziger Jahre hatte. Die Grundströmung der Fünfziger könnte man die Furcht vor der Entmenschlichung im Angesicht der Sterne nennen.

Die Angst vor dem Verlust der Persönlichkeit, des »Ichs«, war nicht neu. Was neu war, war die charakteristische Form des Ausdrucks, den diese Angst in der SF erhielt. Da sie aber niemals einen wirklich perfekten Ausdruck fand (oder nur auf einer sehr niedrigen Ebene), kam und ging sie, ohne bis jetzt recht bemerkt worden zu sein.

Weil das Thema nie zur klaren Perfektion gedieh, sticht es nicht so deutlich neben ähnlichem Material ab. Trotzdem läßt sich der Gipfel seines Einflusses deutlich 1953 erkennen.

Roboter können Ängste vor der Entpersönlichung verkörpern. Das ist vielleicht ihre wichtigste psychologische Funktion. Dann stellen sie einen Ausdruck des menschlichen Bemühens dar, unter den Zwängen der modernen Gesellschaft zu überleben, wie etwa in *W.U.R.*. Seit damals hat die SF ihren Symbolismus weiterentwickelt und unterschiedliche Ausdrucksmöglichkeiten für die Sorgen gefunden, die die Konfrontation der Psyche mit der Raumfahrt und fremden Welten bereitet; anders gesagt, für den Kulturschock durch den »Alien«, den Außerirdischen, den *Fremden*.

Es gab eine Reihe von Vorläufern vor 1953: John W. Campbells *Who Goes There (Das Ding aus einer anderen Welt),* schon 1938, Eric Frank Russells *Metamorphosite [Metamorphose]* (1946) und Van Vogts *The Sound* (1950) sind nur drei Beispiele.

Dann kam 1952 Alan Nourses *Counterfeit,* und darin war das Thema dann fast voll ausgereift.

Counterfeit erschien in *Thrilling Wonder* und war entsprechend melodramatisch, aber es machte deutlich, worum es ging. Ein Raumschiff ist auf dem Rückflug von der Venus zur Erde. An Bord sind Menschen und ein Außerirdischer, der sich als Mensch ausgibt, eine fast unerkennbare Kopie bis auf die einzelnen Körperzellen (Nourse ist Arzt und bringt sehr überzeugende Details). Der Außerirdische kann nur durch Zufall entdeckt werden, was einem Dr. Crawford gelingt. Er tötet den

»Mann«, woraufhin sich der Außerirdische in einen kleinen roten »blob« verwandelt.

Aber es ist mehr als ein Außerirdischer an Bord. Das Schiff landet auf der Erde, die Crew verabschiedet sich, aber Crawford geht noch einmal allein zurück ins Schiff. Er hört etwas. Ein anderer Außerirdischer muß da sein! Er stellt ihn von Angesicht zu Angesicht, und starrt sich selbst in die Augen! Der Außerirdische tötet den echten Crawford und macht sich auf den Weg in die Stadt.

Eine perfekte Fabel von der Entmenschlichung im Angesicht der Sterne.

1953 finden sich verschiedene Versionen dieser Geschichte, darunter auch eine andere von Nourse selbst: *Nightmare Brother*.

Diesmal wird ein Mann auf der Erde trainiert, den Schrecken eines fremden Planeten zu widerstehen. Diese Schrecken werden nie genau beschrieben. Alles, was wir wissen, ist, daß wie in der vorausgegangenen Nourse-Geschichte nichts so ist, wie es scheint. Die fremden Schrecken können den Geist eines Menschen spalten und tödliche Illusionen in ihm wecken.

Selbst das Training ist schon fast zuviel für Cox, Nourses Helden. Seine Freundin bittet für ihn.

»Es kann ihn töten! Ihr verlangt zuviel, er ist kein Supermann, er ist bloß ein gewöhnliches, hilfloses menschliches Wesen, wie jeder andere es auch wäre. Er hat keine magischen Kräfte.«

Und das stand in *Astounding*, wo magische Kräfte eigentlich an der Tagesordnung waren. Vor dem Test durch den wirklichen Raumflug läßt die Pulp-Fantasy aber dann doch noch ihre Maske fallen.

Cox meistert alle fremden Bedrohungen, aber nicht alle Charaktere, die 1953 ähnlichen Gefahren gegenüberstanden, hatten ähnliches Glück. So zum Beispiel die Helden von Philip K. Dicks beiden Varianten *Imposter* und *Colony*: In der ersten entdeckt ein Mann, daß er ein Androide ist, der auf einer fremden Welt zusammengebaut wurde, ja noch schlimmer, ein Roboter mit einer Bombe in der Brust! In der zweiten nimmt das alles verschlingende Alien gleich die Form eines Raumschiffes an, in das die Menschen freudig marschieren im Glauben, sie flögen jetzt zurück zur Erde.

James Gunn's *Breaking Point* erschien in Lester del Reys kurzlebigem, aber exzellenten *Space Science Fiction*. Hier ist die Raumschiff-Crew unerträglichen Halluzinationen ausgesetzt, die ihnen von den Außerirdischen von draußen ins Schiff projiziert werden. Damon Knight, Robert Sheckley und viele andere liefern ihren Beitrag zum Thema.

Im nächsten Jahr ist das Thema der Entmenschlichung schon wieder im Schwinden begriffen. Aber in *Galaxy* erscheinen zwei gute Beispiele. Fred Pohls *The Tunnel Under the World*, in der ein Mann, der sich mit unerklärlichen Vorfällen herumschlagen muß, erkennt, daß er nur ein Roboter ist, stellt die einzige Geschichte dar, in der die Bedrohung nicht aus dem Weltraum kommt. Es ist eine Pohl'sche Story – die Bedrohung ist die Reklame. William Tenns *Down Among the Dead Men* [»Unter Toten« in *Mögliche Welten*, 1973] ist die grausamste von allen. Im Kampf der Erde gegen insektoide Invasoren aus dem All werden die Soldaten knapp. Aber Reste von ihnen können zusammengeflickt und mit einer neuen Technik wiederbelebt werden. Das Unangenehme ist, daß die Zombies ein wenig riechen, was den Männern, die sie in die Schlacht führen, Unmut bereitet . . . Die Entmenschlichung im Angesicht der Sterne kann kaum weiter gehen.*

Wahrscheinlich liegt darin auch der Grund, warum das Thema nach diesem Höhepunkt in seiner spezifischen Form verschwindet, die übrigens eine ausgesprochen amerikanische war ihrer Essenz nach.[1]

Aber in der Natur der Sache liegt, daß kein Thema in der SF völlig aussterben kann.[2] Das Thema der verwandlungsfähigen Aliens schmorte noch eine Weile vor sich hin, so in Fredric Browns *The Mind Thing* (1961) und John Brunners *Double*

* Aber wie oft liest sich SF wie Religion für Atheisten. Die Entmenschlichung ist die atheistische Version der dämonischen Besessenheit. Die beiden Disziplinen vereinigen sich bei Westons Übernahme durch den Krummen in *Perelandra*.

Double (1967), seitdem scheint allerdings das Feuer aus zu sein. Doch jetzt kommt das Thema aus einer völlig anderen Richtung mit seiner ganzen kreativen Kraft zurück, und zwar mit Stanislaw Lems *Solaris* (1961, englische Übersetzung 1970), wo ein einen Planeten bedeckender Ozean Doppelgänger erschaffen kann, die einen über ihm kreisenden Satelliten bedrohen. Der russische Film *Solaris* (1972) setzt das Thema sehr erfolgreich auf die Leinwand um.

Für mich war dieses Thema der Entmenschlichung im Angesicht der Sterne eine der Geburtswehen des Weltraumzeitalters, ein Prodrom der neuen Belastungen, vor die die russischen und amerikanischen Raumflüge die Gesellschaft gestellt haben. Das Thema hatte innerhalb der SF gleichzeitig die Funktion, uns für eine Bewegung fort von den Sternen zurück zur Erde vorzubereiten, die dann zum dominierenden Thema der SF der sechziger Jahre wurde.

*

Wir wollen die Karriere eines einzelnen Autors nehmen, um daran die Entwicklung bis in die Gegenwart aufzuzeigen, eine Karriere, die alle Phasen der SF erkennen läßt.

Der Autor ist John Wyndham. Er wechselte mehrfach seinen Namen und seine Spezialitäten. Er durchlief eine Reihe von Larvenstadien, bis er sich schließlich als prächtiger Schmetterling entpuppte.

Wyndham hatte mehrere eigene Namen, denen er sich in den verschiedenen Stadien seiner Entwicklung bediente. Sein voller Name lautet John Wyndham Parkes Lucas Beynon Harris, und er wurde 1903 auf dem Lande in Warwickshire geboren. Seine berühmtesten Romane tragen Erinnerungen dieser ländlichen Gegend, entweder an ihre Zerstörung oder an ihren Triumph.

Er begann in den dreißiger Jahren unter dem Namen John Beynon Harris SF an die amerikanischen Magazine zu verkaufen und wurde populär. Sein Stil war leicht und amüsant; er schrieb so über den Raumflug, daß man ihm anmerken konnte, er war nicht von dem flammenden Glauben an seine mögliche Realisierung besessen. In *Exiles on Asperus* werden Erdenmenschen von den fledermausähnlichen Bewohnern eines Asteroiden versklavt und gewöhnen sich mit der Zeit an ihre Ketten.

1935 veröffentlichte ein verbreitetes englisches Familienmagazin mit dem Namen *The Passing Show* eine Fortsetzungsgeschichte durch die Sommermonate, um die Leser in den Urlaubsorten bei der Stange zu halten. Sie war von dem bemerkenswerten Fortunino Matania illustriert, der bereits sehr sexy Arbeiten für zwei von Burroughs' Venus-Romanen, die im selben Magazin erschienen waren, geliefert hatte. *The Secret People [Das versteckte Volk]* war von John Beynon. Harris hatte seinen »Harris« fallengelassen.

Die Franzosen haben in Zusammenarbeit mit den Italienern einen Teil der Sahara zu einem riesigen See gemacht, um die Wüste in fruchtbares Land zu verwandeln. Held und Heldin stürzen mit ihrem Flugzeug in den See und werden von einer starken Strömung in eine unterirdische Höhle gerissen. Dort geraten sie in die Hände von unterirdisch lebenden Pygmäen (die Letzten der unterdrückten anderen britischen Nation?). Am Ende der Geschichte gelingt es ihnen zu entkommen, und sie nehmen das Geheimnis der Pygmäen, das »kalte Licht«, mit sich. Die Pygmäen ertrinken alle, als der See ihre Höhlen überflutet. *The Secret People* war offenbar recht populär bei der Leserschaft; es hatte allerdings einige ungewohnte Elemente, die verwirren mochten. Noch im selben Jahr erschien es als Buch in einer gebundenen Ausgabe.

The Passing Show brachte später noch *Stowaway to Mars [Die Reise zum Mars]* vom selben Autor als Serie, das dann ebenfalls im Hardcover erschien. Beide Bücher kamen später auch als Taschenbuch heraus und wurden 1972 neu aufgelegt. Wyndham hat sich als erfolgreicher Autor etabliert, obwohl sich seine literarischen Talente bisher nur mäßig enthüllt hatten.

Andere Autoren, die Mitte und Ende der dreißiger Jahre schrieben, sind heute fast vergesen. Aber sie suchte auch keine Magazin-Abdrucke, sondern schrieben in einem literarischen Stil. Erwähnt werden sollte Alun Llewellyn mit *Strange Invaders*, einer der ungewöhnlichsten und beeindruckendsten Eiszeitgeschichten.[3] Viel mehr im Stil der Zeit lag R. C. Sherriffs *The Hopkins Manuscript* (1939) *[Der Mond stürzt auf Europa]*. Sherriff ist der Autor von *Journey's End*. *The Hopkins Manus-*

cript ist die ›gemütliche Katastrophengeschichte‹, sehr die Art, wie Wyndham sie zwei Dekaden später adaptieren sollte. Es liest sich heute wie eine Parodie auf alles Britische und die Gewohnheiten der dreißiger Jahre.

Der Held Hopkins kommt aus einer alten und ehrenvollen Familie, hat eine Cambridge-Erziehung und ist in den Fünfzigern. Er züchtet Truthähne. Im echten Edwardianischen Stil lebt er allein mit seiner Haushälterin in einem großen, komfortablen Haus. Als der Mond auf die Erde zu stürzen beginnt, sagt Hopkins: » . . . nach sorgfältiger Überlegung entschied ich mich, die Krise im Dining-Room abzuwarten.« Er nimmt das chinesische Porzellan aus den Regalen und verstaut es vorsichtshalber im Schrank.

Der Mond klatscht in den Atlantik, was den Meeresspiegel anhebt und einige unerfreuliche Probleme mit sich bringt.

> Und wie würden wir leben müssen, wenn, wie ich mir überlegte, die ganze Zivilisation zusammengebrochen war? Keine Butter, keine Milch, kein Brot, kein Fleisch? . . . Die grimmigen, unlösbaren Probleme zogen wie Geister in der Dämmerung vor mir herauf: kein elektrisches Licht – keine Müllabfuhr – kein sauberes Wasser . . . Mir fehlte auch die Morgenzeitung; mir fehlten die Vögel mit ihrem morgendlichen Gezwitscher. Selbst das fröhliche Pfeifen des Milchmanns vermißte ich jetzt . . . (Kapitel 22)

Reiche Minerallager werden auf dem abgestürzten Mond entdeckt. Krieg bricht aus unter den europäischen Mächten. Hopkins entschließt sich verzweifelt, nach Notting Hill umzuziehen. Sein Manuskript wird präsentiert, als habe man es tausend Jahre später zufällig gefunden. Die Entdecker sind Angehöriger östlicher Rassen, die das geteilte Europa erobert haben.

Die Idee vom geteilten Europa sollte schon bald Wirklichkeit werden. Der Krieg brach aus, und schließlich fand sich John Wyndham wie mehr als ein englischer SF-Schreiber im Royal Corps of Signals wieder. Er nahm an der Landung in der Normandie teil. Nach dem Krieg, als die Früchte des Sieges sich in die Asche des Friedens verwandelten, stand er ohne Karriere und Ziel da.

Damals entschloß er sich dann, den Weg einzuschlagen, der ihn zum Meister der gemütlichen Katastrophe machte. *The Day of the Triffids [Die Triffids]* von John Wyndham erschien in Fortsetzungen in *Colliers,* als Buch in England 1951. Sein Erfolg kam sofort und war andauernd, was niemanden mehr überraschte als den bescheidenen Wyndham selbst. Als er eines Tages in einem Pub seinen Sherry trank, hörte er zwei Gärtner neben sich bei einem Glas Bier schwadronieren; einer sagte: »Da ist so einer neben meinem Gewächshaus – ein großes Monster. Das ist vielleicht ein Triffid!« Das Wort hatte die Sprache erobert, so unbemerkt und nachhaltig wie Heinleins Waldos.

Die Triffids sind große fortbewegungsfähige Pflanzen mit giftigen Ranken, die gerade, als jeder bis auf den Helden durch außergewöhnliche Meteore erblindet ist, auftauchen. Selten hatte eine Geschichte einen so wenig versprechenden Anfang. Doch *The Day of the Triffids* hatte seine eigene Magie, wenn der Held und sein Mädchen sich durch ein zusammenbrechendes London kämpfen. Es könnte an Conan Doyles »Poison Belt« erinnern, aber diesmal gibt es keine Möglichkeit mehr, hinterher einfach alles aufzuräumen. Der Zusammenbruch ist total. Die Landschaft hatte sich seit Conan Doyle unwiderruflich verändert.

Und 1953 änderte sie sich wieder, als die Kraken den Triffids folgten. *The Kraken Wakes [Kolonie im Meer]* bringt eine Invasion der Welt durch Wesen aus den Tiefen des Meeres, die die Eiskappen der Pole abschmelzen wollen, um sich mehr *Lebensraum* zu verschaffen. Motorboote auf der Oxford Street. Wie die vorausgegangenen Romane war *Kraken* ein enormer Erfolg und wurde für das Radio bearbeitet – obwohl er nie zu einem (so katastrophalen) Film gemacht wurde wie die *Triffids*. Beide Romane waren völlig ohne neue Ideen, lasen sich aber gut und erreichten so eine größtmögliche Leserschaft, die Spaß an gemütlichen Katastrophen hatte. Es mochte etwas mit dem Zusammenbruch des britischen Empire zu tun gehabt haben, oder der Zurück-Zur-Natur-Bewegung oder dem stillen

Gefühl, die Industrialisierung sei zu weit gegangen, oder mit allen drei Dingen. Andererseits sind *Consider Her Ways* und *Trouble with Lichen [Ärger mit der Unsterblichkeit]* reich an Ideen, waren aber nie so erfolgreich.

Wyndhams Popularität hielt an. Kurzgeschichten, alle urban und gefällig, und weitere Romane folgten. Zu ihnen gehört *The Midwich Cuckoos* (1957) *[Es geschah am Tage X],* aus dem später der sehr beeindruckende Film *Das Dorf der Verdammten* gemacht wurde. Sein bester Roman ist *The Chrysalids [Wem gehört die Erde?]* (1955) über eine Gemeinschaft nach dem Atomkrieg in Neu-England, in der alle mutierten Kinder ausgerottet werden. Kein sehr originelles Thema, aber die Charaktere und ihre Umgebung sind wunderbar lebendig. Wyndham starb 1969.

Neben Sherriffs Helden entschlossen sich auch viele andere, der Krise im Dining-Room entgegenzutreten. Das Wesen der gemütlichen Katastrophe ist, daß der Held sich eine schöne Zeit macht (ein Mädchen, alle Suiten im Savoy zur Verfügung, jedes Auto für ihn da), während alle um ihn herum sterben müssen. Das beste und erinnerungswürdigste Beispiel dieses Sub-Genre ist aus Amerika: George Stewarts *Earth Abides [Leben ohne Ende],* aber es waren die englischen Autoren, die sich darauf spezialisierten.

Unter den Katastrophen, die der Erde von britischen Schreibern widerfuhren, sind u.a. Schnee (John Bolands *White August*); Stürme (J. G. Ballards *The Wind from Nowhere [Der Sturm aus dem Nichts];* Wahnsinn (Dighton Morels *Moonlight Red*); Pest (John Blackburns *The Scent of New-Mown Hay*); verschwindende Ozeane (Charles Eric Maines *The Tides Went Out*); und Superbestien (J. T. McIntoshs *The Fittest [Die Überlebenden].*

Jüngere Versionen der Katastrophe verzichten auf die Natur-Kataklysmen und treiben nur die gegenwärtigen Weltsituation etwas weiter auf die Spitze, was ihnen eine recht überzeugende Note gibt. Christopher Priests *Fugue for a Darkening Island [Schwarze Explosion]* (1972) zeigt England in einem Bürgerkrieg, der der Einwanderung von Millionen von afrikanischen Flüchtlingen folgt. Es markiert eine Weiterentwicklung von Robert Batemans *When the Whites Went* (1963), »Als die Weißen gingen«, in dem, wie der Titel schon sagt, die Schwarzen ans Ruder kommen.

Die amerikanischen Gegenstücke wie Wilson Tuckers *The Year of the Quiet Sun [Das Jahr der stillen Sonne]* (1970) oder Alan Seymours *The Coming Self-Destruction of the USA* (1969) fahren schärfere Geschütze auf. Das Katastrophenthema paart sich in ihnen mit der amerikanischen Farbigenangst. Die Gemütlichkeit ist verschwunden.

Meister des semi-gemütlichen war John Christopher, dessen Name oft it dem Wyndhams verbunden wird.

Bei Christopher verliert die Katastrophe ihre Gemütlichkeit und gewinnt eine Prise Entsetzen. In seinem besten Roman, *Death of Grass [Das Tal des Lebens]* (1956), ist der Schrecken allerdings noch recht harmlos und nimmt die Gestalt eines Virus an, der alle Getreidearten und Gräser befällt. Hier sind dafür die Charaktere überzeugend. Nach diesem Publikumserfolg wurden seine Katastrophen immer düsterer und ungemütlicher. Das beste davon ist vielleicht *The World in Winter* (1962).

Christopher baut sich jetzt einen neuen Ruf mit seinen Kinderbüchern auf. Ein intelligenter, gewitzter junger Mann mit einer wunderbaren Gabe zu schreiben, schien er einmal der führende SF-Autor des Landes zu werden. Aber die schnellsten machen nicht immer das Rennen etc. etc.

Vielleicht arbeitete auch die Zeit gegen Christopher und Wyndham; denn der Katastrophen-Roman setzt voraus, daß zunächst einmal eine zu zerstörende Ordnung besteht, und das Gefühl wuchs in den sechziger Jahren, daß sowieso alle etablierten Ordnungen der Vergangenheit angehörten.

Christopher und Wyndham hatten elegante Auftritte in E. J. »Ted« Carnells Magazinen *New Worlds* und *Science Fantasy*, die mit dem charakteristischen Enthusiasmus von SF-Freunden gegründet worden waren, als niemand sonst etwas davon wissen wollte. Die beiden Magazine lebten mit einem Minimum an Talenten und einer gelegentlichen Infusion starken amerikanischen Blutes vor sich hin, hauptsächlich wegen der Beharrlichkeit Carnells.*

Alle englischen Autoren wanderten durch Ted Carnells Hände. Fast gegen seinen Willen baute er daraus schließlich eine literarische Agentur auf, um sich um seine Autoren zu kümmern, und richtete so ein kleines Reich ein, von dem sich auch außenstehende Autoren wie Harry Harrison und Frederik Pohl angezogen fühlten. Carnell hat der englischen SF geholfen, nicht zuletzt weil er ausreichend zäh, völlig verläßlich und ausgesprochen ehrlich war. Er wußte nichts über Literatur, aber er wußte, was ihm gefiel.

Die Publikumsmagneten seiner Magazine waren Hausautoren wie E. C. »Ted« Tubb, viele Jahre lang der *doyen* der Britischen SF, Kenneth Bulmer, John Rackham, John Brunner (der schon mit siebzehn Geschichten an *Astounding* verkauft hatte) und Michael Moorcock, dessen Talent für schimmernde Fantasy sich um die enigmatische Gestalt des Elric von Melniboné zu kristallisieren begann – Elric, dem rotäugigen Albino mit dem Breitschwert Sturmbringer, das Seelen fraß.

So wie Carnell war, erschienen die Magazine mit skrupelloser Regelmäßigkeit bis zur letzten Ausgabe von *New Worlds* im April 1964. Die letzten Worte von Carnells letztem Editorial waren: »Laßt uns dies nicht als das Ende einer Linie ansehen, sondern nur als das natürliche Übergehen in eine neue Metamorphose in der Entwicklung der Science Fiction.« Ein kluger Rat! Carnell machte sich danach an die Herausgabe von *New Writings in SF,* eine erfolgreiche Taschenbuchserie, die er bis zu seinem Tod im Jahre 1972 betreute. Danach übernahm Ken Bulmer sie.

Carnells Magazine wurden von neuen Verlegern übernommen. *Science Fantasy* kam unter die Herausgeberschaft von Kyril Bonfiglioli. *New Worlds* wurde von Michael Moorcock fortgeführt, der sich daran machte, Carnells Abschiedsworte wörtlich zu nehmen. Metamorphosen waren nach seinem Geschmack. Zu dieser Zeit war England *swinging,* die Beatlemania hatte das Land ergriffen, die Haare wuchsen und die

* Zwischenzeitlich gingen in den fünfziger Jahren andere britische Magazine wie *Nebula* und *Authentic* ein. Das Pionier-Magazin *Tales of Wonder* war schon während des 2. Weltkrieges der Papierrationierung zum Opfer gefallen.

Miniröcke flatterten. Das Britische Empire hatte sich aufgelöst; die Römer schickten sich an Italiener zu werden.

Moorcocks besonderer Sturmbringer war J. G. Ballard, ein junger Autor, der seine surrealistischen Fähigkeiten schon in Carnells Tagen hatte unter Beweis stellen können. Er veröffentlichte u. a. *Billenium*, eine der besten Überbevölkerungsgeschichten, und *The Terminal Beach*, eine Geschichte, die eine echte Ballard-Geschichte ist und sich anders kaum spezifizieren läßt. Mit großem Mut und entsprechender Voraussicht nahm sich Moorcock dieser beunruhigenden Qualität Ballards an und baute darauf sein neues Programm auf.

Das allererste Moorcock-*New Worlds* im Sommer 1964 enthielt den Beginn einer zweiteiligen Ballard-Serie und einen Artikel von Ballard über William Burroughs. »In *The Naked Lunch* vergleicht Burroughs die organisierte Gesellschaft mit ihrem extremen Gegenteil, der unsichtbaren Gesellschaft der Drogenabhängigen. Die von ihm implizierte Schlußfolgerung ist, daß sich die beiden Gesellschaften nicht sehr unterscheiden, mit Sicherheit jedenfalls an den Punkten, wo sie den engsten Kontakt zueinander haben – in Gefängnissen und psychiatrischen Anstalten . . .« Es waren diese extremen Punkte, die Ballard instinktiv ansteuerte, die Orten der geistigen Unzurechnungsfähigkeit, wo sich Normales und Abnormales auf apotropäisch neutralem Grund trifft.

Moorcocks Energie und Ballards Vorstellungsbilder zogen ein neues Publikum für die Science Fiction an. Es war ein Publikum, das bereits wartete, aber seinen eigenen Lebensstil hatte und mit den erschöpften albernen alten Pulp-Traditionen nichts mehr anzufangen wußte.

Das neue *New Worlds* baute auf einer sehr essentiellen Wahrheit auf: der spekulative Gehalt in der SF der Vergangenheit hatte genau auf einer Zukunft beruht, wie sie in der Mitte der sechziger Jahre Wirklichkeit geworden war. Reißerische Illustrierten, immer mehr LP's, Drogen, Promiskuität, billige Jetflüge, Farbfernsehen, Pop-Musik, die plötzlich zu einem eigenen Lebensstil geworden war – und auf der anderen Seite die fortwährende Bedrohung, daß der Mittlere Osten oder Vietnam oder Südafrika oder sonst etwas plötzlich explodieren würde und mit der ganzen phantastischen Scharade ein für alle Mal Schluß sei, amen – dies *war* tatsächlich bereits die Schöne neue Welt, und wir waren mitten drin!

Um *New Worlds* und die flamboyante Gestalt Moorcocks sammelte sich eine Mitarbeiter-Truppe, die oft auch die Autoren darstellte, darunter der gefürchtete Charles Platt, Langdon Jones, Hilary Bailey, Mal Dean, M. John Harrison, Diane Lambert und der Anthologist Douglas Hill. Die Sache sprach sich herum, und schon tauchten auch amerikanische SF-Autoren auf, von denen sich viele gleich in London niederließen. Von ihnen müssen besonders Thomas Disch, John Sladek und Pamela Zoline erwähnt werden, drei Schriftsteller voller Talent und Energie. Tom Dischs düsterer Roman *Camp Concentration [Camp Concentration]* erschien 1967 als Serie in *New Worlds*.

Zu diesem Zeitpunkt traten jedoch einige Schwierigkeiten auf. *New Worlds* geriet wieder in finanzielle Probleme, aus denen es durch eine großzügige staatliche Beihilfe im Rahmen der Kunstförderung gerettet wurde, für die sich so ehrenwerte Persönlichkeiten wie Edmund Crispin, Anthony Burgess, Roy Fuller, Kenneth Allsop, Angus Wilson, J. B. Priestley und Marghanita Laski einsetzten.[4]

Zu den später auf der Szene auftauchenden Amerikanern gehörten James Sallis und Norman Spinrad, dessen monströser Roman über das Leben in der Tiefkühltruhe und die Macht des Fernsehens, *Bug Jack Barron*, fast das ganze Jahr 1967 über in *New Worlds* lief. Seine Vulgärausdrücke (und vielleicht seine nicht zu überlesende Respektlosigkeit vor allen Politikern) führte dazu, daß Spinrad im Unterhaus als »Degenerierter« bezeichnet wurde, eine bemerkenswerte, wenn nicht sogar einmalige Ehre – und dazu, daß das Magazin von W. H. Smith, dem größten Zeitschriftenvertrieb, aus dem Verteiler genommen wurde. Das brachte noch mehr Schwierigkeiten ein. Paradoxer Weise wurde gleichzeitig die staatliche Förderung für eine weitere Periode verlängert.

Inzwischen hatte Ballard, der vielleicht langsam verrückt darüber wurde, daß man ihn so fest an den Mast von Moorcocks Piratenschiff genagelt hatte, die lineare Erzählform abgelehnt und schrieb »condensed novels«, »verdichtete Romane«, zusammengepreßte Visionen einer zeitlosen, dimensionslosen Welt, vom Wissen ausgebrannt und eine Illustration von William Burroughs Diktum: »Ein Psychotiker ist ein Bursche, der gerade herausgekriegt hat, was wirklich los ist.«

New Worlds war nicht nur »schmutzig« geworden, es bekam jetzt auch Glanzdruck. Die bildende Kunst wurde von Namen wie Christopher Finch, Eduardo Paolozzi, M. C. Escher, Jim Cawthorne, Richard Hamilton und unvermeidlicher Weise Mervyn Peake vertreten. Letzterer war eine andere Besessenheit Moorcocks. Typische Ausgaben dieser Zeit enthalten die Namen von Giles Gordon, C. C. Shackleton, John Brunner (mit Auszügen aus *Stand on Zanzibar*), Disch, Platt, Dr. Christopher Evans, Roger Zelazny, Gene Wolfe, James Sallis, Peter Tate, Michael Butterworth, Zoline mit ihrem überragenden *Heat Death of the Universe [Der Hitzetod des Universums],*[5] David I. Masson, George MacBeth, Sladek und Aldiss mit seiner Acid Head War-Serie. Und den großen Ballard:

> *Pentax Zoom.* In diesen Gleichungen, den Gesten und Posituren der Frau, erkundete Trabert die fehlerhaften Dimensionen der Raumkapsel, die verlorene Geometrie und nach Raum bemessene Zeit der toten Astronauten.
>
> (1) Lateraler Schnitt durch die linke Achselhöhle von Karen Novotny, den Ellbogen in einer Geste des Ärgers gehoben: die Umschreibung des weiblichen Geschlechtsteils durch Ralph Nader.
>
> (2) Eine Serie von Bildern imaginärer Sexualorgane. Während er durch die Ausstellung ging und sich des Griffs von Karens Hand um sein Handgelenk bewußt war, suchte Trabert nach einer Beurteilungsmöglichkeit, die etwas wert war. Diese obszönen Bilder, die kopflosen Kreaturen eines Alptraums, grimmassierten ihm entgegen wie die ausgestellten Leichen in der Apollo-Kapsel, die Opfer tausender Verkehrsunfälle.
>
> (3) *Der gestohlene Spiegel* (Max Ernst). In den erodierten Treppengängen und den porösen Felstürmen dieser aus einer Wirbelsäule gebauten Landschaft sah Trabert das zerfetzte Epithel der Astronauten, die von der Zeit bezwungene Haut von Karen Novotny.

Ein »Kapitel« aus *The Death Module*, ein machtvolles Zeugnis der Verwirrungen und unausgesprochenen Beziehungszusammenhänge seiner Zeit.

Als Romanautor war Ballard weniger erfolgreich. *The Wind from Nowhere* wurde bereits als gemütliche Katastrophe erwähnt. Das beste Gebräu liefert *The Drowned World [Karneval der Alligatoren]* (1963), das Bild einer unter heißen Fluten glühenden Landschaft, in der der Mensch zu einem amphibischen Ding wird. Die Katastrophe liegt bereits hinter ihm, aber er wird angelockt von einer ultimativen und gewollten Nemesis.

Drowned World liefert das Muster für die anderen Ballard-Romane, die alle von Katastrophen handeln und im Aufbau – wenn nicht auch sonst – John Wyndham viel verdanken; was der Grund dafür sein mag, daß Ballard einige treffende Dinge zu Wyndham geschrieben hat. In *The Crystal World [Die Kristallwelt]* (1966) verdoppelt sich Ballards glitzernder Stil selbst wie die Juwelen, die den saturnischen Wald des Romans überwuchern. Aber das zentrale Problem, einen Roman zu schreiben, bei dem der Held oder die Charaktere keine handelnden Absichten verfolgen – noch akuter in *The Drought [Welt in Flammen]* (1965) – wird nicht gelöst. Ballard löste es nie.

Seine Kurzgeschichten sind wesentlich geglückter: sie bauen auf Handlungslosigkeit, ihre Welt ist die von Verlust und Niederlage, in der jedes Handeln irrelevant wird. Die Romane erfinden farbige Untergangswelten; die besten Kurzgeschichten begeben sich in Gebiete am Stadtrand von London und Los Angeles, die uns nur zu entsetzlich vertraut sind. Ballards einzigartige Gabe besteht darin, diese Landschaften zum Sprechen zu bringen.

Einige von Ballards »condensed novels« wurden in England 1970 als Buch mit dem Titel *The Atrocity Exhibition* veröffentlicht. Amerikanische Verlage trauten sich nicht an das Werk. Hintereinander gelesen, werden die »condensed novels« ermüdend, da sie sich doch sehr wiederholen, und Ballards Art, mit dem Jargon zu »pushen« wie andere mit Dope, ist zu offensichtlich. Nimmt man sie sich einzeln vor, sind sie wesentlich beeindruckender. Aber es sind vielleicht die Geschichten, die Ballard in seiner *Terminal Beach* – Periode schrieb, die am längsten Bestand haben werden. Seine wilde Intelligenz, sein Witz, seine Streitlust und besonders seine außerordentliche Wiedergabe der perversen Vergnügen der Paranoia der heutigen Zeit machen Ballard zu einem der großen Magier der modernen Literatur. Er besitzt einen ungewissen Zauber, doch der reicht – wie Moorcock als erster bewußt entdeckte – weit über die Grenzen der gewöhnlichen Science Fiction hinaus.

*

Moorcocks Kampagne bekehrte eine Menge Fans. Sie »grokten« die Sache. Die alte Pulp-Formel war mit dem Wind verweht. Auch in *Science Fantasy* tauchten neue Namen auf. Da war etwa Keith Roberts, ein exzellenter Illustrator, der ebenso gut schreiben konnte (seine »Pavane«-Serie erschien in *Science Fantasy* [Die folgenschwere Ermordung Ihrer Majestät Königin Elisabeth I.]. Es gab noch mehr vielversprechende Autoren wie Jael Cracken, John Runciman, Daphne Castell und Chris Priest sowie Johnny Byrne und Thomas Keyes, die sich später in der Pop-Welt einen Namen machten (Byrne schrieb *Groupie* und Keyes *All Night Stand*).

Es waren schon seltsame Leute, die da bei der SF aufgetaucht waren. Aber die herausragendste Erscheinung war der Herausgeber von *Science Fantasy* selbst, dessen Rolls-Royce vor seinem Siebenundzwanzig-Zimmer-Haus in North Oxford vergammelte – einem Haus, das einmal einem Bischof, dessen Bruder und ihrer gemeinsamen Geliebten, einer norddeutschen Prinzessin, gehört hatte. Das phantastische Oxford schlug wieder zu.

Schließlich kaufte Bonfiglioli für ein Butterbrot einen Tintoretto, der 40 000 Pfund wert war, und übergab sein Magazin, das nun wahlweise *SF-Impulse* oder *Impulse* genannt wurde, an Keith Roberts, von dem ging es weiter an J. G. Ballard (für sechs Tage) und dann an den erstaunlichen Harry Harrison, der gerade auf einer seiner regelmäßigen Wanderschaften durch England war.

Ein anderer bemerkenswerter Imigrant war Judith Merril, als Schriftstellerin und Anthologistin bereits allgemein bekannt, die ein *Year's Best SF* herausbrachte, das im Laufe der Jahre immer autobiographischer und konfuser wurde. Ihre Begeisterung und ihre Verrücktheit und ihre Reisen durch England zogen andere Schreiber und Dichter in die Bewegung; sie war die Priesterin des Propheten. Hauptsächlich durch Judiths Aktionen wurde aus der Moorcock-Ballard – *New Worlds* – Sache die sogenannte »New Wave«.

Die »Neue Welle« rauschte bis nach Amerika. Jeder Schreiber mit einem ausgefallenen Stil wurde sofort ein hochgeehrtes Mitglied der New Wave. Der Fehler dabei war, daß man meinte, daß Stil alles sei und Inhalt sowieso nirgendwo. Aber im Herz der *New Worlds* – New Wave – wenn man vergaß, welches Treibgut sich an der Peripherie sammelte – stand der harte und unübertragbare Kern einer Botschaft, einer Lebenseinstellung, – ein Skeptizismus gegen die Segnungen der Gesellschaft und aller zukünftigen Gesellschaften.

Von dem neuen Hurra-Geschrei ermüdet (und es war sehr ermüdend, wenn man nicht jung war und high und in Ladbroke Grove lebte), sagte Isaac Asimov: »Ich hoffe, daß, nachdem die New Wave ihre Seichtheiten abgeladen hat und wieder zurückweicht, darunter von neuem die große und solide Küste der Science Fiction zum Vorschein kommt.«

Was die New Wave zurückließ, war sehr notwendiger Nährboden für den inzwischen recht ausgetrockneten Strand. Denn die New Wave ist nur eine von vielen Fluten, und sie kommt den Notwendigkeiten und den Bedürfnissen des kreativen Schreibens wesentlich näher als die Pulp-Formeln. Ihre Helden stampfen nicht in Magnetstiefeln durch die Gegend. Sie sind im allgemeinen Anti-Held, deren Bestimmung öfter das Bett als die Sterne ist.

In solch einem Streit für eine bestimmte Seite Stellung zu nehmen ist ein Fehler; gute Autoren sind überall rar. Die neue Bewegung erweiterte aber auf jeden Fall die Bandbreite der SF und ihr Publikum. Mehr noch, wie dieses ganze Buch gezeigt hat, war die neue Bewegung nur an den Maßstäben der Magazin-SF gemessen so revolutionär. Läßt man aber das Pulp-Genre außer Acht, dann stand sie viel mehr in der großen alten Tradition als die Magazine selbst – die man im Laufe der Zeit nur noch als einen kleinen vitalisierenden Beitrag zum großen Strom der SF sehen wird. Man kann sich allerdings trotzdem daran erinnern, was George Melly in seinem *Revolte in Style* über die Beatles sagte, daß sie »durch ihre Intelligenz Pop zerstörten«. Die New Wave machte das gleiche mit der SF; Intelligenz und Geringschätzigkeit bekamen ihr nicht immer. Ballards Sicht der Welt ist nicht die einzige mögliche, und man kann auch anders an sie herangehen als Moorcock.

Als Judy Merrils große Anthologie erschien, die 1968 in New York unter dem grauenvollen Titel *England Swings SF* veröffentlicht wurde, war das »Swinging« schon im ausklingen, Miß Merrils gigantischer Enthusiasmus wandte sich anderen Dingen zu, und es blieb anderen überlassen, die Reste der Party aufzuräumen.

*

In den Staaten waren inzwischen große junge Namen emporgestiegen wie Roger Zelazny, Samuel »Chip« Delany und Harlan Ellison (zu seinem nicht enden wollenden Entzücken vom *New Yorker* zum »chief prophet of the New Wave« ernannt). Der bereits erwähnte Disch baute sich eine solide Reputation auf (trotz seiner manchmal so alles und nichts sagenden Titel wie *White Fang goes Dingo,* etwa »Weißer Zahn wird Dingo«), später gefolgt von dem Renegaten Robert Silverberg und so unterschiedlichen Schriftstellern wie Harvey Jacobs, Barry Malzberg und vielen anderen.

Aber es gab auch eine ganze Reihe weniger ikonoklastische Autoren, die sich bereits einen Namen gemacht hatten und unter dem Eindruck der neuen Bewegung ihr Themenspektrum erweiterten.

Solche Namen wie Mack Reynolds müssen genannt werden, der linke politische Vorstellungen auf die Seiten von *Analog* brachte; und Philip José Farmer, dessen *Strange Relations* (1960) zu seinen frühen Ausflügen in eine fremde Sexualität gehört *[Die Liebenden];* Poul Anderson, der Weltraum-Fetzer mit einer großen Fan-Gemeinde; Robert Bloch, dessen *Psycho* einer der Film-Hits der sechziger Jahre war; Ben Bova, der nach

Campbells Tod *Analog* übernahm; John Brunner, der solche Romane wie *Squares of the City [Die Plätze der Stadt]* (1965) und *Quicksand* (1967) schrieb; Lin Carter, der sich als großer Entdecker verlorener Fantasy-Werke erwies; Edmund Cooper, urbaner Romanerzähler und enthusiastischer Rezensent; D. G. Compton, Dramatiker mit einer beachtlichen SF-Lesergemeinde; Lee Harding, einer der bekanntesten neuen australischen Autoren; Fred Hoyle, berühmter und umstrittener Astronom, inzwischen geadelt, dessen *Black Cloud [Die schwarze Wolke]* (1957) nur der erste einer Reihe von SF-Romanen und Fernsehserien war; Damon Knight, der sich zu einer unerschütterlichen Autorität des Genres entwickelte und die SFWA [Science Fiction Autoren von Amerika] gründete; Cyril Kornbluth, dessen posthumer Ruhm wuchs, nicht zuletzt dank Edmund Crispin, der *The Best Science Fiction Stories of C. M. Kornbluth* (1968) zusammenstellt und für eine würdige Hardcover-Ausgabe von *The Syndic [Schwarze Dynastie]* sorgte; Keith Laumer, einer der großen und fleißigen Unterhaltungsschreiber der sechziger Jahre; Sam Lundwall, mit Romanen, die seinen genialen und aufschlußreichen Betrachtungen über die SF folgten; Larry Niven, der die Papier-Lichtjahre noch immer mit mächtigen Maschinen und fremden Rassen bevölkerte; Bob Shaw, dessen knappe und klare Romane beachtliche Einsicht in die menschliche Natur zeigen; Christopher Priest mit zwei eleganten Romanen; Cordwainer Smith, Surrealist, Dichter, mit einem bewunderungswürdigen Einfallsreichtum begabt, bei dem schon die Titel *Game of Rat and Dragon, Think Blue, Count Two* und *The Lady Who Sailed the Soul* von seltsamer Beschwörung waren; Theodore Sturgeon, der Ende der sechziger Jahre triumphal zum Genre zurückkehrte; van Vogt, der mit Romanen wie *Rogue Ship* (1968) wieder auftauchte, in dem ein gewisser Lesbee einen Schrei ausstößt, mit dem schon viele SF-Schreiber aus dem Schlaf hochgeschreckt sein dürften: »He, ich habe die wahre Natur des Universums herausgekriegt!«; Ted White, der sich mit *Amazing* einen glänzenden Namen zu machen versuchte.

Und Autoren mit neueren Namen wie Mark Allard; T. J. Bass; Richard Cowper; G. C. Edmondson; David Gerrold; Mark

S. Geston; John Hartridge; Vincent King; R. A. Lafferty; Bruce McAllister; Andrew Offut; Emil Petaja; Jannick Storm; James Tiptree; George Zebrowski und viele andere Namen, von denen einige die Gelegenheit bekamen, in Harlan Ellisons Mammut-Anthologie *Again, Dangerous Visions* zu erscheinen (1972), triumphaler Nachfolger zu seinem ersten Mammut, *Dangerous Visions* (1967). Es gibt heute eine neue Generation von SF-Autoren in den Staaten – jung und ehrgeizig –, die Männer der achtziger Jahre, die mehr am Lebensstil als an Technologien interessiert sind. Für sie ist die New Wave ein ebenso akzeptierter Bestandteil des Genres wie Edgar Rice Burroughs. Malzbergs *Beyond Apollo* (1972) *[Das Venus-Trauma]* ist ein Roman, der die neuen Entwicklungswege aufzeigt.

Einige Autoren werden sich zu kurz gekommen fühlen, weil sie nur in diesen Listen auftauchen; andere, weil sie nicht auftauchen. Sich eines Unrechts bewußt zu sein, schafft es noch nicht aus der Welt. Aber ich bin mir jedenfalls bewußt, daß das Werk von Autoren wie »Chip« Delany und Roger Zelazny wesentlich sorgfältigere Untersuchung verdient, als in diesem Kapitel möglich ist. Beide haben große Stärken – Zelazny trotz der perversen Versuche ganze Mythologien in SF-Mythologie zu transformieren, und Delany trotz C. S. Lewis' Diktum, daß merkwürdige Dinge von merkwürdigen Leuten zu erzählen, eine Merkwürdigkeit zu viel ist. Beide sind wahre Autoren von Burkes Erhabenem.

Ich habe auch noch nicht die Frauen dieser Periode erwähnt. Selbst eine kurze Liste muß die Namen von Angela Carter (mit ihrem *Infernal Desire Machines of Dr. Hoffmann*), Jane Gaskell, Hillary Bailey, Sonya Dorman, Carol Emshwiller, Ursula LeGuin, Anne McCaffrey; Naomi Mitchison; Kit Reed; Joanna Russ; Josephine Saxton; Kate Wilhelm und Pamela Zoline enthalten. Von diesen Damen haben sich Kit Reed und Kate Wilhelm bereits einen soliden Ruf als Autorinnen von Kurzgeschichten aufgebaut; und Ursula LeGuin stellt sich als eine der kraftvollsten Romanerzählerinnen der siebziger Jahre heraus.

Sie begann ausgezeichnet mit ihrem *The Left Hand of Darkness [Winterplanet]* (1969) und hat sich von da mit solchen Romanen wie *The Lathe of Heaven [Die Geißel des Himmels]*

(1972) weiterentwickelt. In einer Rezension ihres *The Tombs of Atuan [Die Gräber von Atuan]* (1972), dem Nachfolger von *A Wizard of Earthsea [Der Magier der Erdsee]*, die John Rowe Townsend für den *Guardian* schrieb, heißt es: »Sie scheint mir so gut wie das beste, was auf diesem Gebiet geschrieben wurde«, und der Rezensent wüßte nicht, ob es für sie ein Kompliment wäre, sie mit Tolkien zu vergleichen. Man muß hinzufügen, daß LeGuin auch darin eine Seltenheit ist, daß sie wunderbar erzählt. Nicht hübsch. Ihre Prosa zu lesen ist ein Vergnügen.

> Eine Zeitlang antwortete Estraven nicht. Er starrte ins Feuer, dessen Flammen tanzten und von dem Becher und der breiten, glänzenden Silber-Amtskette, die schwer auf seinen Schultern lag, reflektiert wurden. Das alte Haus rings um uns her lag schweigend. Beim Essen waren wir zwar von einem Diener versorgt worden, doch die Karhider, die weder die Institution der Sklaverei noch die der Leibeigenschaft kennen, engagieren Bedienstete, nicht Dienstboten, und daher hatten sich die Angestellten inzwischen längst in ihre Wohnungen zurückgezogen. Allerdings mußte ein Mann wie Estraven irgendwo Leibwachen haben, denn Attentate sind sehr beliebt in Karhide, doch ich hatte weder Wachen gehört noch gesehen. Wir waren allein.
>
> Ich war allein mit einem Fremden innerhalb der Mauern eines düsteren Palastes in einer fremden, vom Schnee beherrschten Stadt inmitten der Eiszeit einer fremden Welt.
>
> Und plötzlich kam mir alles, was ich jemals gesagt hatte – heute abend und überhaupt seit ich auf Winter eingetroffen war – dumm und unglaubhaft vor. Wie konnte ich denn von diesem Mann und seinen Landsleuten erwarten, daß sie meine Berichte über andere Welten, andere Rassen und eine wohlmeinende Regierung irgendwo im fernen Weltraum glaubten? Alles Unsinn. Ich war in Karhide mit einem sehr sonderbaren Schiff gelandet und unterschied mich körperlich in verschiedener Hinsicht von den Gethe-

nianern; dafür verlangten sie Erklärungen. Doch meine eigenen Erklärungen waren lächerlich. Im Augenblick glaubte nicht einmal ich selber an sie.

»Ich glaube Ihnen«, sagte der Fremde, der mit mir allein war, und meine Anwandlung von Selbstentfremdung hatte mich so überwältigt, daß ich verwirrt zu ihm aufblickte. »Und ich fürchte, daß Argaven Ihnen ebenfalls glaubt. Aber er traut Ihnen nicht. Zum Teil, weil er mir nicht mehr traut.«

Das war aus dem ersten Kapitel von *The Left Hand of Darkness*. Die Handlung spielt auf einem fremden Planeten, und es ist eine wunderbar zum Leben erweckte Welt. Aber die Aufmerksamkeit der Autorin läßt sich nie von der eigenartigen Wechselbeziehung zwischen der Persönlichkeit des Menschen und des Außerirdischen ablenken.

Ich stimme mit Harlan Ellison darin überein, daß viel vom Besten, was zur Zeit in der SF geschrieben wird, aus der Feder von Frauen stammt.

Was heute den Unterschied macht, ist das Verschwinden der »Male-chauvinist-pig«-Attitüde der sechziger Jahre; und auf der anderen Seite das langsame Verblassen der Gernsbackianischen Einstellung, SF sei allein Technik. Science Fiction, um es mit anderen Worten zu sagen, hat wieder zu einer wesentlich zentraleren Position in der Welt der Kunst zurückgefunden. Die eskapistischen männlichen Machtphantasien hatten eine Zeit lang alles überdeckt, was wir den Huxleyianischen Zweig nennen können, solche Literatur, die in unregelmäßigen Abständen als soziale Kritik auftritt. Die Science Fiction ist aus dem Getto der verewigten Pubertätsträume zurückgekehrt; und, um die Wahrheit zu sagen, sie scheint ihr Gefängnis ganz gut überstanden zu haben.

Verschiedene abgesonderte Gebiete gibt es immer noch. Tatsächlich gibt es wahrscheinlich heute mehr Machtphantasien, als jemals zuvor; aber sie haben sich im wesentlichen auf die »Sword-and-Sorcery«-Ecke des Marktes konzentriert [»Sword-and-Sorcery«, Schwert und Magie, ist das, was auf dem deutschen Markt im allgemeinen als »Fantasy« angeboten wird]. Ich glaube jedoch, daß die Hauptrichtung der SF heute wesentlich realistischer ist als früher. Und ich glaube, daß darin bestimmte künstlerische Verbesserungen begründet liegen. Denn dieser Realismus bedeutet sorgfältigeres Schreiben (der Leser ist aufmerksamer und läßt sich weniger leicht mitreißen), bessere Charakterzeichnungen (die Charaktere sind nicht mehr einem technischen Plot unterzuordnen) und eine größere Vielseitigkeit der Themen (die Sterne sind nicht mehr die einzige Bestimmung).

Das so zu sagen, ist eine entsetzliche Verallgemeinerung, worüber ich mir klar bin. Und es ist wie immer ein Fehler, von *der* Science Fiction als solcher zu sprechen. Die Science Fiction per se existiert nicht. Es gibt nur den Willen – oder den fehlenden Willen – der individuellen Autoren zu ihr.

Mit Sicherheit gibt es heute mehr Schriftsteller, die in irgendeiner Form spekulative Literatur schreiben, als jemals zuvor. Es gibt auch mehr Nachdrucke als jemals zuvor. Der Abstand zwischen dem SF-Roman und dem traditionellen ist schmaler geworden, wie es auch der Abstand zwischen dem Blick in die Zukunft und der Nostalgie geworden ist.

Die konformistische Gesellschaft, von der wir so viel in den fünfziger Jahren gehört haben, hat sich nicht entwickelt. Stattdessen hat die Gesellschaft sich stärker diversifiziert; selbst in den Reihenhaussiedlungen gibt es heute mehr Leute, die »machen, was sie wollen«, als jemals zuvor. Die SF ist auf dieselbe Art vielseitiger geworden. Vielseitigkeit ist einer der instinktiven Abwehrmechanismen des Individuums gegen das Maschinenprinzip, das – in der heutigen Zeit jedenfalls – der Gesellschaft eine künstliche Uniformität aufzwingen will.

*

Mit Rücksicht auf den zur Verfügung stehenden Platz habe ich darauf verzichten müssen, die Vielseitigkeit der heutigen SF ausführlicher darzustellen. Ich habe die großen europäischen Schriftsteller der Zeit nicht erwähnt: Vercors, einer der Helden der französischen Resistance im 2. Weltkrieg, schrieb eines der für dieses Jahrhundert bedeutendsten Bücher über eine Definition des Menschen mit *Borderline* (das u. a. einmal den englischen Titel, es tut mir leid, das sagen zu müssen, *The Murder of the Missing Link*, bekam [Dtsch Ausg.: »Das Geheimnis der Tropis«]. Aus der Tschechoslowakei kamen die herrlichsten Geschichten von Josef Nesvadba. Aus Polen die ingeniösen Phantasien von Slavomir Mrozek sowie die schwergewichtigen und weisen Romane von Stanislaw Lem, aus der Sowjetunion Jefremows *Andromeda* und viele andere Geschichten. Aus Indien Lee Tungs außergewöhnliche surrealistische Phantasie der Überbevölkerung *The Wind Obeys Lama Toru*. Aus Norwegen Axel Jensens beeindruckendes *Epp*, eine Studie der Alten und Gescheiterten. Aus Schweden Harry Martinsons dramatisches Gedicht *Aniara*, aus dem eine phantastische Oper wurde. Und so weiter, von den gewaltigen Aktivitäten in Japan bis zu den unbekannten Entwicklungen in China.

Näher zu Hause wurden wir in den letzten Jahren Zeugen eines Phänomens, das fast noch erfreulicher ist als der Aufstieg neuer Autoren – das Entstehen neuer Kräfte bei älteren und etablierteren Autoren.

Moorcock, zum Beispiel, war von seiner Arbeit mit *New Worlds* so wenig ausgelastet, daß er eine Flut von Romanen produzierte. Einige seiner Fantasy-Romane sind Renner und halfen mit, *New Worlds* zu finanzieren. Doch dazu kamen noch die Erschaffung von Jerry Cornelius, dessen Abenteuer in Romanen wie *The Final Programme [Miss Brunners letztes Programm], A Cure for Cancer* und *The English Assassin* erzählt werden.[6] In Cornelius treffen sich die Welten von Ronald Firbank und Ian Fleming; Cornelius verkörpert viele Aspekte der Gegenwart, projiziert in eine »art-deco«-Zukunft, in der Ladbroke Grove eine ebenso wichtige Bestimmung geworden ist wie Alpha Centauri. Moorcocks *Behold the Man [INRI oder: Die Reise mit der Zeitmaschine]* hat ernsthaftere Züge. Es geht um eine Zeitreise in die Zeit Christi, bei der der Zeitreisende selbst die Rolle des Jesus übernehmen muß. Gleich gut ist *Breakfast in the Ruins* (1972).

Harrison produzierte einer Serie vergnüglicher Unterhaltung, darunter am bemerkenswertesten *Bill the Galactic Hero [Der Chinger-Krieg]*, das in seiner ungezwungenen Art schon viel von der neuen Welle hatte, eine Parodie auf Heinleins

Sternenkrieger und Asimovs Trantor. *The Technicolor Time Machine [Zeitreise in Technicolor]* setzte die Reihe fort, gefolgt von *A Transatlantic Tunnel, Hurrah! [Der große Tunnel],* einer Parallelwelt-Geschichte, in der die Vereinigten Staaten nie von England unbhängig geworden sind. Diese drei Romane sind fast eine eigene Kategorie, geprägt von Harrisons individuellem Lebensstil. (Harrison ist wie Mack Reynolds einer der wenigen Autoren, der die Welt, die er beschreibt, auch intensiv bereist hat.)

Viele seiner unbedeutenden Romane wirken hastig geschrieben, was kaum überraschen kann, denn Harrison ist auch einer der wichtigsten Herausgeber des Genres. Zu seinen beachtenswerten Anthologien gehört ein *Year's Best SF* (mit der Hilfe eines Junior Assistant zusammengestellt).

Sein Roman *Make Room, Make Room* – einer der am klarsten gezeichneten Übervölkerungsromane – wurde bereits an anderer Stelle erwähnt. Seine Stahlratten-Bücher um einen gewissen unbesiegbaren Slippery Jim DiGriz tragen allerdings kaum zu seinem guten Ruf bei. Trotzdem brechen auch in ihnen hin und wieder die typischen Harrison'schen Künste durch – zum Beispiel seine Liebe für steinzeitliche Industrieerzeugnisse. Hier ist eine Szene, in der DiGriz (incognito) das verräucherte Schloß eines Herzog Rdenrundt auf einem abgelegenen und übelbeleumdeten Planeten besucht.

> Als plötzlich die Tür aufflog, zuckte ich unwillkürlich zusammen, weil ich glaubte, der Krieg sei ausgebrochen. Hinter mir stand jedoch nur ein Roboter, der entsetzlich zischte und knallte, als stehe er kurz vor der Explosion. Der Herzog erteilte dem Ungetüm den Befehl, die Bar heranzurollen. Als es sich umdrehte, sah ich eine Öffnung hinter seiner rechten Schulter, die nur ein Schornstein sein konnte. In dem Raum roch es nach brennender Kohle.
> »Funktioniert er mit Kohle?« fragte ich verblüfft.
> »Leider«, antwortete der Herzog und goß zwei Gläser voll. »Er ist das beste Beispiel dafür, daß die augenblickliche Regierung nichts taugt. Roboter dieser Art bekommt man in der Hauptstadt schon lange nicht mehr zu Gesicht.«

»Allerdings«, murmelte ich und starrte die Maschine an, aus deren Ventilen zischend Dampf entwich. Die Platten waren angerostet und an einigen Stellen dick mit Kohlenstaub bedeckt.

»Ich bin allerdings lange nicht mehr auf Freibur gewesen . . . alles verändert sich natürlich . . . «

»Aber nicht schnell genug!« unterbrach mich der Herzog wütend. »Spielen Sie nur nicht den erfahrenen Kosmosreisenden, Diebstall. Ich bin schon öfters in Misteldross gewesen und weiß, wie ihr Bauernburschen dort lebt. Bei euch gibt es überhaupt keine Roboter – nicht einmal ein so kümmerliches Ding wie das hier.« Er versetzte der Maschine einen wütenden Tritt. Sie stolperte rückwärts, während Dampf in die Beine strömte, damit der Stoß aufgefangen wurde.

»Demnächst sind wir zweihundert Jahre Mitglied in der Planeten-Liga«, fuhr Rdenrundt fort, »aber was haben wir davon? Ein Luxusdasein für den König und seine Höflinge. Hier draußen auf dem Land bekommen wir nur die Materialien und müssen uns die Roboter selber bauen. Und in der Provinz, wo Sie aufgewachsen sind, glauben die Leute immer noch, daß Roboter nur eine Art neues Ruderboot sind!«

Der Herzog leerte sein Glas auf einen Zug. Ich schwieg, ohne den Versuch zu machen, die Maßnahmen der Planeten-Liga zu rechtfertigen oder zu erklären. Natürlich konnte man innerhalb weniger Tage eine Milliarde Roboter nach Freibur schaffen – aber was sollte dann aus der Wirtschaft des Planeten werden? Aus diesem Grund erhielten die Einheimischen vorläufig nur die elektronische Ausrüstung und mußten den Rest selbst bauen. Wenn ihnen das Ergebnis ihrer Bemühungen nicht paßte, konnte sie Verbesserungen erfinden, anstatt sich nur zu beklagen.

Der Herzog war natürlich anderer Meinung. Angelina hatte seine geheimsten Wünsche ganz richtig erkannt und für ihre Zwecke nutzbar gemacht. Rdenrundt beugte sich plötzlich nach vorn und starrte auf den Druckmesser an der Vorderseite des Roboters.

»Sehen Sie sich das an!« brüllte er. »Schon wieder nur sechs Atmosphären Druck! Demnächst fällt das blöde Ding noch auf die Nase und setzt das ganze Schloß in Brand. Nachfeuern, du Idiot – *nachfeuern!«*
Im Innern der Maschine klickten einige Relais; der Roboter zischte leise und setzte das Tablett mit den Gläsern ab. Ich nahm einen Schluck aus meinem Glas und verfolgte die weitere Entwicklung mit einem amüsierten Lächeln. Der Roboter hatte unterdessen den offenen Kamin erreicht und riß jetzt die Feuerklappe in seinem Magen auf. Er griff nach der Schaufel neben dem Kohleneimer, versorgte sich mit einer reichlichen Portion Anthrazit und schlug die Klappe wieder zu. Aus seinem Schornstein stiegen dichte schwarze Rauchwolken auf. Immerhin war er stubenrein und schüttelte seinen Rost nicht durch das Zimmer.
»Hinaus, verdammt noch mal, hinaus mit dir«, schrie der Herzog nach einem Hustenanfall. Der Rauch war wirklich fast unerträglich. Ich schenkte mir noch einen Drink ein und fand allmählich Spaß an der Sache.

Der Humor und die Phantasie sind typisch Harrison.

James Blishs neuerere Romane zeigen ebenfalls neue Kräfte am Werk. Insbesondere die beiden zusammengehörenden Romane *Black Easter [Der Hexenmeister]* und *The Day After Judgement [Der Tag nach dem Jüngsten Gericht]* führen die SF in neue Dimensionen. Der phantastische letztgenannte Roman spielt in einer Welt, in der Gott tot ist und sich im Death Valley die rotglühende Höllenstadt Dis erhebt. Er ist *sui generis*. Obwohl er irgendwo in die eschatologische Schule gehört, wo der Geist von C. S. Lewis haust, machen ihn seine besondere Art, das Vokabular des technologischen »Overkill« mit dem der biblischen Offenbarung zu verbinden, zu einer Klasse für sich. Dabei wird er durch seine gnadenlose Argumentation zu einem der beeindruckendsten intellektuellen Romane der SF.

Philip K. Dick ist ein anderer Intellektueller, aber aus einer anderen Schule – der Schule von Pirandello. In seinen Romanen sind die Dinge niemals das, was sie zu sein scheinen. Zwischen dem Leben und dem Tod liegen die Dick'schen

Schattenländer, Orte von Halluzinationen, Illusionen, künstlichen Realitäten, zwielichtigem Halbleben und paranoiden Zuständen. Alle seine Romane sind in Wahrheit nur ein einziger großer Roman, elegant, überraschungsreich – wie Blishs Welten oder die von Ballard, witzig, voller verunsichernden Artefakten, wandelnden Vogelscheuchen, Verbannten und verrückten Robotern. Es ist überflüssig, einzelne Titel herauszusuchen, sieht man davon ab, daß einige Romane zu hastig geschrieben sind (der unangemessene Anfang von *Ubik [Ubik]* ruiniert fast den ganzen Roman). Aber *Martian Time-Slip [Mozart für Marsianer], The Penultimate Truth [Zehn Jahre nach dem Blitz], The Three Stigmata of Palmer Eldritch [LSD-Astronauten]* und der unvergeßliche *Man in the High Castle [Das Orakel vom Berge]* sind auf hohem Niveau stehende Ergebnisse von Dicks Meditation.

Weil er so sehr ein Anti-Materialist ist, weil er allem äußeren Schein mißtraut, ist Dicks Name viel weniger bekannt als der von zugänglicheren Autoren wie Heinlein oder Vonnegut. Doch Dick hat in den Vereinigten Staaten wie Ballard in England ein lebendiges und originelles Werk geschaffen, das besondere Aufmerksamkeit fordert.

The Man in the High Castle (1962) ist das beste Beispiel für seine Talente. Es entwirft eine Zukunftswelt, in der die Achsenmächte den 2. Weltkrieg gewonnen haben. Nordamerika ist in drei von Norden nach Süden laufende Streifen aufgeteilt worden. Der große östliche Teil ist von den Nazis besetzt, die Westküste von den Japanern. Das Gebiet dazwischen sind die Rocky Mountains-Staaten, eine neutrale und machtlose Pufferzone. Dick bevölkert diese Welt mit einer Anzahl unterschiedlicher Charaktere, von denen manche einflußreicher handeln können als andere, die aber alle von völlig untergeordneter historischer Bedeutung sind.

Doch in den Rocky Mountains-Staaten lebt ein Mann, dessen Visionen der Geschichte dieser Welt entgegengesetzt sind. Er ist ein Romanautor (in mancher Beziehung eine Heinlein ähnliche Gestalt), der einen Roman mit dem Titel *The Grasshopper Lies Heavy* geschrieben hat. In diesem Roman wird von einer Welt ausgegangen, in der Deutsche und Japaner im Krieg besiegt wurden; das Buch gilt deshalb als subversiv und wird unterdrückt; aber seine Botschaft beginnt die besiegten Amerikaner zu revitalisieren.

Zu den attraktiven Seiten des Romans gehört die Art, mit der er uns Sieger und Besiegte in gleicher Weise verständlich und sympathisch macht. Eine der Gestalten im Mittelpunkt ist ein Mr. Tagomi von der japanischen Handelsmission, ein guter Mensch, der vor jeder Entscheidung sein I Ching um Rat fragt. Wie vielen positiven Charakteren in Dicks Büchern ist ihm ein wirklicher Blick auf das Böse vergönnt, das sich wie Gott in Amis' Roman *Zum grünen Mann* materialisiert.

Das Böse manifestiert sich für Tagomi, als er der Diskussion zuhört, wer nach dem Tod von Martin Bormann Deutschlands neuer Führer werden wird. Dick bringt die schrecklichen Verwirrungen, die daraus folgen, in einer entsprechend verwirrten Prosa zum Ausdruck:

> Der Beamte des Auswärtigen Amtes beendete seinen trokkenen, langsamen Vortrag.
> Mr. Tagomi dachte, ich glaube, ich werde verrückt. Ich muß hier raus; ich bekomme einen Anfall – ich sterbe. Er arbeitete sich hoch und schob sich zwischen den Stühlen und Menschen hindurch. Er konnte kaum sehen. Muß in den Waschraum. Er rannte.
> Ein paar Köpfe drehten sich um. Sahen ihn. Erniedrigung. Krank bei wichtiger Sitzung. Gesicht verloren. Er rannte weiter, durch die offene Tür, die ein Angestellter der Gesandtschaft hielt. Und dann ließ seine Panik nach. Sein Blick wurde wieder klarer. Er sah die Gegenstände wieder deutlich. Stabiler Boden, Wände.
> Ein Anfall von Übelkeit. Eine Funktionsstörung im Mittelohr. Irgendein momentaner organischer Zusammenbruch. Ich muß mich beruhigen. Mich an die Ordnung der Welt erinnern. Woran festhalten? Religion?
> Ein Angestellter der Botschaft neben ihm: »Sir, kann ich Ihnen helfen?«
> Mr. Tagomi verbeugte sich. »Es ist schon wieder gut.«
> Das Gesicht des anderen, ruhig, besorgt. Kein Spott.

Lachen vielleicht alle über mich? dachte Mr. Tagomi. Tief im Inneren?

Das ist das Böse! Es ist greifbar wie Beton.

Ich kann es nicht glauben. Ich kann es nicht ertragen. Das Böse ist nicht nur ein Standpunkt. Er wanderte durch die Vorhalle und hörte den Verkehr auf der Sutterstreet, hörte den Beamten aus dem Außenministerium zu den versammelten Männern sprechen. Unsere ganze Religion ist falsch. Was soll ich tun? fragte er sich.

Trotz seiner hohen Produktionsrate sind Dicks Romane beneidenswert begabt, wenn nicht sogar mehr als das. Es stimmt, daß vieles an ihnen schluderig geschrieben ist – sein Stil ist zum Verrücktwerden ungleichmäßig –, aber seine Welt ist eben auch schluderig in ihrer Erscheinung und in ihrer Sprache, denn sie ist das Produkt eines Universums, in dem das Böse und das Gute kämpfen und das Böse immer dicht vor dem Sieg steht. Es ist möglich, daß Dick sich als einer der signifikantesten Schreiber unserer Tage erweisen wird, einfallsreicher als C. S. Lewis (der eine andere Zone derselben kosmischen Schlacht beschrieb) und so fundamental wie Mary Shelley.

Man kann auch beobachten, daß in Dicks Romanen das Horn der Freiheit geblasen wird. Wir hören es im Hintergrund von *The Crack in Space, Galactic Pot-Healer [Joe von der Milchstraße]* und den bereits genannten Romanen. Die meisten Dick'schen Protagonisten sind Gefangene, Unterdrückte eher als Unterdrücker, Opfer einer Gesellschaft, die zu umfassend und zu komplex für sie ist. Seine verwickelten Plots, die von Van Vogt abstammen, sind notwendig, um diese den Einzelnen aufsaugende Größe und Komplexität darzustellen. Das ist Dicks Art, die Grenzen und das, was dahinter liegt, zu definieren. Selbst der Gefangene einer Illusion zu sein, bedeutet, diese Illusion zu besitzen. Aber selbst der Tod führt bei Dick in eine andere Form der Existenz wie in *Counter-Clock World [Die Zeit läuft zurück]* und *Ubik*.

Dieser Ruf nach Freiheit – nach Alleinsein, nach Rebellion oder nach einer Veränderung der Zwänge der Gesellschaft – schallt beständig durch die SF, von Mary Shelley, Verne, Wells, London, Stapledon, Orwell bis auf den heutigen Tag. Bei Dick klingt er fern und geisterhaft, wie er zu unserem düsteren Weltbild paßt; aber er ist nicht zu überhören. Er ist mehr als eine Geste, er ist eine Geisteshaltung. Man hört ihn auch in Vonneguts Werk, aber dort bekommt er eine manieristische Note.

Dick ist einer der Meister des Unbehagens an der Gegenwart in der großen alten Trdition der Verzweifler, zu der Swift und Huxley gehören. Für Dick gibt es keine einfachen Lösungen, keine allmächtigen Helden. Seine Figuren stehen knietief im technologischen Müll und starren auf Visionen jenseits ihres eigenen Verständnisses. Die Stimmung ist oft die einer grauen metaphysischen Komödie – in *Do Androids Dream of Electric Sheep? [Träumen Roboter von elektrischen Schafen?]* (1968), zum Beispiel, wird Rick Decard davon zu seiner endgültigen Desillusionierung gebracht, daß er entdeckt: eine Kröte, die er in der Wüste aufgelesen hat, ist auch nur ein anderes künstliches Erzeugnis mit einer Schaltleiste auf dem Bauch. Die Kröte erweckt in uns soviel Widerwillen und Lachen wie Harrisons dampfgetriebener Roboter; vielleicht vergleichen wir unbewußt Kröte und Roboter mit der Vision des Menschen als Sohn Gottes und sehen in ihnen gleichzeitig Symbole für unseren Erfolg und für unser Scheitern.

Hier ist ein Absatz aus *Do Androids Dream.* John Isidore, als Vertreter des technologischen Menschen, steht in einem leeren San Franziskoer Apartment-Haus.

> Schweigen. Es schlug ihm von jedem Möbel und von den Wänden entgegen und traf ihn mit so schrecklicher Gewalt wie ein übermächtiger Stromstoß. Es stieg vom Fußboden auf, von dem zerschlissenen grauen Bodenbelag. Es entstieg auch den kaputten oder beschädigten Küchengeräten, den toten Maschinen, die schon nicht mehr funktioniert hatten, als Isidore hier einzog. Es strömte aus der nutzlosen Stehlampe im Wohnzimmer und verschmolz mit dem unerträglichen Schweigen, das sich von der fleckigen Zimmerdecke herabsenkte. Dieses Schweigen ging tatsächlich von jedem Gegenstand in seinem Blickfeld aus, als ob es an die Stelle der greifbaren Dinge treten wollte. Daher schmerzte es nicht nur in seinen Ohren, sondern auch in seinen Augen.

Dick versagt nie. Aber Vonnegut hat sich nicht verbessert, seit er zu einem von Amerikas großen Gurus gewählt wurde.

Die reinsten Vonnegutianischen Vergnügen finden sich in seinen frühen Romanen *Sirens of Titan [Die Sirenen von Titan]* (1959) und *Cats Cradle* (1963), mit seiner eleganten neuen Religion des Bokononismus. Besonders *Sirens* ist eine Kaskade von absurden Einfällen, seine Gedankensprünge eine »sophisticated« Prise aus der Breitwand-Barock-Schule. Die Verwicklungen des Plots lesen sich wie eine außergewöhnlich sonnige Geschichte von Dick (worin man auch gleich Dicks Vaterfigur Van Vogt anerkennen sollte); die Schwindelerklärungen der Ursprünge von Stonehenge und der Chinesischen Mauer liegen in dieser Tradition. Aber die Erzählung hat alles ganz ausgezeichnet integriert – eine perfekte kleine Vorstellung.

Die gleiche Komplexität des Plots und das Ineinanderlaufen der Handlungslinien finden wir auch in Vonneguts bestem Roman *Mother Night* (1961). Er repräsentiert einen Triumph der Vieldeutigkeit, wie ihn selbst Dick nie übertroffen hat. Ist die Gestalt im Mittelpunkt ein Verräter oder der größte Held seines Landes? Nicht einmal er selbst weiß es. Obwohl dieser Roman keine SF ist, trägt die Hauptfigur den Namen Howard W. Campbell Jr. Ob das nun ein Witz Vonneguts auf John W. Campbell Jr.'s Kosten sein soll oder ob es sich hier um einen profunden Kommentar zu Campbell als dem größten Lieferant von Pulp-Machtphantasien handelt, muß ich weiseren Kritikern zu entscheiden überlassen. Es ist eine Tatsache, daß Vonnegut sich auf die SF bezieht, auf ihre Themen und Charaktere, während er bestreitet, etwas dieser Art zu schreiben.

Ein Beispiel dafür erscheint auch in *Gott segne Sie, Mr. Rosewater* (1965). Inzwischen ist die Vieldeutigkeit von Botschaften, die nicht zu überhören sind, abgelöst worden. Die Botschaft von *Mr. Rosewater* besteht darin, daß Non-Konformisten mehr Spaß machen als Konformisten – keine so erschütternde Neuigkeit. Hier findet die SF-Obsession ihre Verkörperung in der Figur des Kilgore Trout, Schreiber von interplanetaren Abenteuern, Autor von siebenundachtzig Taschenbüchern, außerhalb der SF völlig unbekannt.

Eliot Rosewater, die Hauptfigur, besucht die Milford-Konferenz, ein SF-Ereignis, das unter der Regie von Damon Knight auch in Wirklichkeit regelmäßig stattfindet.

»Ich liebe euch Hundesöhne«, sagte Eliot in Milford. »Nur euch lese ich noch. Ihr seid die einzigen, die von den wirklich enormen Veränderungen erzählten, die vor sich gehen; die einzigen, die verrückt genug sind, um zu wissen, daß das Leben eine Raumfahrt ist, und zwar keine kurze, sondern eine, die Milliarden Jahre dauert. Ihr seid die einzigen, die den Mut haben, sich wirklich um die Zukunft Gedanken zu machen, die wirklich beachten, was Maschinen bedeuten, was Kriege uns bedeuten, was Städte uns bedeuten, was große einfache Ideen uns bedeuten, was große Mißverständnisse, Fehler, Unfälle und Katastrophen uns bedeuten. Ihr seid die einzigen, die verrückt genug sind, sich über Zeit und Entfernungen ohne Grenzen quälende Gedanken zu machen, über Mysterien, die nie aussterben, über die Tatsache, daß wir jetzt in diesem Augenblick entscheiden, ob die Raumfahrt für die nächsten Milliarden Jahre zum Himmel oder zur Hölle führen wird.«

Vonneguts Beitrag zum Millionen-Jahre-Traum – zu lang und fortdauernd, um nur Satire zu sein.

Schlachthof 5 (1969, inzwischen verfilmt) ist ein ruheloses Buch; ob seine Hin-und-Her-Technik den Schrecken der Vernichtung von Dresden angemessen ist, ob das soziale Bewußtsein hier nicht zu verdächtig herausgekehrt wird, sei dahingestellt. Die Zeitreise und der SF-Apparat wirken aufgesetzt, so faszinierend sie auch sein mögen. Vonneguts Technik eignet sich für die Bearbeitung frivolerer Themen wesentlich besser wie in *Sirens of Titan*, wo erschütternde Unternehmungen (wie eine Botschaft, die quer durch die ganze Galaxis überbracht wird und schlicht »Seid gegrüßt!« heißt) nur pseudo-erschütternd sind und nichts vom Tod von Dresden an sich tragen. Die geistige Verödung im Gefolge von Dresden war offensichtlich, schon bevor Vonnegut darüber schrieb. Aber Dick, so scheint es mir, gibt uns neue Einsichten in die Verödungen des täglichen Lebens. Trotz diese Einschränkungen gibt es viel an Vonnegut zu bewundern – nicht zuletzt eine Fülle von Einfällen, die er mit jedem besseren SF-Schreiber gemeinsam hat.

Vonnegut verließ das Feld der SF, sobald er das Geld für das Benzin hinauszufahren hatte. Das sollte man ihm nicht vorhalten, obwohl er nicht darum herumkommt, anzuerkennen, daß er noch immer SF schreibt. Aber der Verkehr fließt nicht nur in eine Richtung. Andere Schriftsteller aus anderen Disziplinen kamen herein und lieferten einen Beitrag. Sich die SF als eine Art geschlossenen Verein vorzustellen, ist lächerlich und der schnellste Weg, den Verein wirklich dicht machen zu müssen.

*

Wir schließen, wie wir begonnen haben, mit einer Frau. Diese Frau schrieb wie Mary Shelley Science Fiction, ohne es zu wissen. Und indem sie das tat, schuf sie einen der großen Romane der Science Fiction.

> Ich hätte wieder damit anfangen müssen, sie überall zu suchen. Die Wiederholung war wie ein Fluch. Ich dachte an ruhige blaue Meere, stille Inseln, weit fort von hier. Ich dachte an die Indris, jene glücklichen Kreaturen, Symbole eines Lebens in Frieden, auf einer höheren Ebene. Ich sollte alles klar machen und zu ihnen gehen. Nein, das war unmöglich. Ich war an sie gefesselt. Ich dachte an das Eis, das sich über die Welt schob und seine Schatten eines schleichenden Todes warf. Eisklippen dröhnten in meinen Träumen, unbeschreibliche Explosionen donnerten und dröhnten, Eisberge stießen zusammen, schleuderten riesige Brocken wie Raketen in den Himmel. Wirbelnde Eissterne bombardierten die Welt mit ihren Strahlen, die die Erde aufrissen und durchdrangen, das Herz der Erde mit ihrer tödlichen Kälte füllten, die Kälte des sich heranschiebenden Eises verstärkten. Und immerfort schob sich auf der Oberfläche die unzerstörbare Eismasse vorwärts, zerstörte mitleidlos alles Leben. Ich hatte ein angstvolles Gefühl von Druck und Dringlichkeit, es gab keine Zeit zu vergeuden, ich verschwendete Zeit. Ihre Albino-Haare erleuchteten meine Träume, schienen heller als das Mondlicht.

Ich sah den toten Mond über den Eisbergen tanzen, wie er es am Ende unserer Welt tun würde, während sie aus dem Zelt ihrer glitzernden Haare zusah.
Ich träumte von ihr, ob ich schlief oder wachte. Ich hörte sie schreien: »Eines Tages werde ich gehen . . . du wirst mich nicht wieder sehen . . . « Sie war ja bereits von mir gegangen. Sie war entkommen. Sie rannte die Straße einer unbekannten Stadt hinunter. Sie sah anders aus, weniger ängstlich, mehr ihrer sicher. Sie wußte genau, wohin sie ging, sie zögerte kein einziges Mal. In einem weitläufigen öffentlichen Gebäude ging sie direkt zu einem Raum, der so überfüllt war, daß sie kaum die Tür öffnen konnte. Nur ihre extreme Schlankheit erlaubte ihr hineinzuschlüpfen zwischen die vielen hohen stillen Gestalten, unnatürlich fern, fantastisch hoch, deren Gesichter alle von ihr abgewandt waren.

In seinem Schrecken und seiner Schönheit, seinen merkurischen Stimmungswechseln, seinen gekonnten Rutschpartien, die uns abrupt von einer Ebene der Realität auf die andere bringen, ist dies unverwechselbar eine Passage aus Anna Kavans *Ice* (1967).

Ich habe Annas Geschichte bereits andernorts erzählt[7] – wie sie jahrelang die Heldin spielte und selbst darüber hinauswuchs, wie sie von Land zu Land reiste, und wie sie eine Woche, bevor die Neuigkeit, daß Doubleday ihr *Ice* angenommen hatte, Selbstmord beging. Die Geschichte von *Ice* verkörpert in vielen Beziehungen ihr inneres Leben weiter. Es ist die Geschichte der endgültigen Katastrophe – das Kommen des Eises ist realistisch genug, aber es ist immer das Eis der Seele, die Haltung »dem Tod entkommt keiner«. Für mich stellt das Buch einen der Höhepunkte der Science Fiction dar und wird so unklassifizierbar.

Von Klippen blinzt durch Schneegespinst
Fernher ein Schein trübweiß:
Wir sahen hier nicht Mensch noch Tier, dazwischen war nur Eis.

Einige von *Ice's* illustren Verwandtschaften sind offensichtlich. Kafka zunächst einmal. Anna Kavans angenommener Name begann zu seiner Ehre mit einem K. Da ist außerdem die surrealistische Note, wie sie sich in einigen von Cocteaus Werken und in *Hebdomeros*, dem einzigen Roman des Malers De Chirico, findet. Wieder haben wir einen Katastrophenroman, aber er geht so weit über Ballard hinaus, wie Ballard sich von Wyndham entfernte, und segelt in die eisigen Lüfte der Metaphysik. Er wirft einen Seitenblick auf seinen großen Zeitgenossen unter den pornographischen Romanen, Pauline Réages *Geschichte der O*. Noch darüber hinaus ist er in sich selbst geheimnisvoll, unbefriedigend, ein Rätsel – wie alle der größten Science Fiction-Romane nähert er sich der Verzweiflung; aber in seiner Anerkennung des Unausweichlichen ist er von einer blinden Kraft, die sehr der Hoffnung gleicht.

Wie in unserem inneren Wesen gibt es nur drei Personen in *Ice*. Verfolgte und Verfolger wechseln oft die Rollen, werden ununterscheidbar. Damit erinnern sie uns an Frankenstein und sein Monster und erinnern uns, wie Frankenstein und Monster und ihre zahlreiche Nachkommenschaft aus unserem inneren Wesen gekommen sind, wo Leben, Kunst und Wissenschaft alle ihren Anfang haben.

ANMERKUNGEN ZU KAPITEL ELF

1. Drei wenig später erschienene britische Version können noch festgehalten werden: Brian Aldiss' *Outside*, 1955, das mehr eine nähere Untersuchung als eine Variante ist; Eric Frank Russells *Three to Conquer*, 1955, und Kingsley Amis' *Something Strange*, 1960.
2. Noch genauer, ein Thema wird nicht aussterben, solange es noch sozio-ökonomische Gründe für sein Überleben gibt. Das britische Thema der »unterdrückten Nationen« – aus Disraelis zwei Nationen entstanden – erlosch erst endgültig zum Ende des 2. Weltkrieges, noch kurz in Partei und Prol in *1984* entfacht, als es in der Realität dafür nicht mehr länger eine Grundlage gab. Daraus können wir ableiten, daß das Thema der Fremden in unserer Mitte noch lange in der amerikanischen SF auftauchen wird.
3. Persönliche Fußnote. Ich kaufte diesen bemerkenswerten Roman für einen Shilling in den ersten Kriegsmonaten von 1940. Obwohl ich schon vorher viel SF gelesen hatte, war es immer in Magazinen gewesen. Dies war das erste Mal, daß ich entdeckte, daß es sie auch im Roman gab; und die formale Schönheit des Stils, in dem er geschrieben war, überwältigte mich. Er verkörpert auch heute noch einige der fesselndsten Elemente des Geschichtenerzählens: lebendige Charaktere, die Elemente in Aufruhr, ein Gefühl des Schrekkens, packende Situationen und Schicksale so fern und leuchtend wie der Mond.
4. Diese Liste gibt eine Idee davon, wie die populäre Science Fiction immer gute intellektuelle und kulturelle Unterstützung in England fand, vielleicht weil die Pulps kein englisches Phänomen waren. In den Staaten kam die Unterstützung eher von Wissenschaftlern als von Literaten – eher von John R. Pierce als von J. B. Priestley. Amerikas Antwort auf C. S. Lewis und Marghanita Laski war Clifton Fadiman und Spring Byington. Als die SF in den frühen Fünfzigern begann, im Hardcover zu erscheinen, taten Kritiker wie Amis, Conquest und Philip Toynbee viel dafür, daß sie eine gute Aufnahme fand. Edmund Crispins Anthologie-Reihe *Best SF,* von Faber & Faber herausgebracht, die 1955 zu erscheinen begann, war entscheidend für die Etablierung einer wertvollen Kritik.
5. Mein kritischer Essay zu Pamela Zolines Story »The Heat Death of the Universe« erschien in *The Mirror of Infinity: A Critic's Anthology of Science Fiction* von Robert Silverberg, New York 1970. Es enthält nützliche Essays von Amis, Conquest, Knight, Blish, Willis McNelly, Harrison und anderen über eine Reihe von Autoren wie Asimov, Ballard, Clarke, Campbell und Heinlein.

6. Jerry und seine Freundin Miss Brunner wurde Underground-Lieblinge, als Mal Deans Cornelius-Strip in *International Times* erschien. Seine Abenteuer wurden auch von einer Reihe anderer Autoren aufgezeichnet, darunter Langdon Jones, James Sallis, Maxim Jakubowski, Norman Spinrad und Brian Aldiss. Diese Abenteuer wurden gesammelt in *The Nature of the Catastrophe*, hrsg. von Michael Moorcock und Langdon Jones, 1971. [Eine vollständige Ausgabe der Cornelius-Romane befindet sich bei Bastei-Lübbe für 1981 in Vorbereitung.]
7. In meiner Einführung zur amerikanischen und englischen Taschenbuchausgabe von *Ice*. »Die Opfer ihrer Katastrophe springen nicht auf und umarmen die Katastrophe; auch fliehen sie nicht vor ihr; sie akzeptieren sie als Teil ihres Lebens.«
8. Für ein neueres Beispiel siehe *Above the Human Landscape: A Social Science Fiction Anthology*, hrsg. von Willis E. McNelly und Leon E. Stover, Pacific Palisades, Kalifornien, 1972. Eine exzellente Anthologie voller berühmter Namen, illustriert und mit Appendices von zwei Professoren: »Apeman, Superman – or 2001's Answer to the World Riddle« von Leon Stover und «Vonnegut's *Slaughterhouse Five:* Science Fiction as Objective Correlative« von Willis E. McNelly. Trotz all ihrer Unterhaltungsfunktion war die SF schon lange ein Feld des Geistes und lohnt solche Analysen.

NACHTRAG

In der besten Tradition des Genres sollte ich eine Voraussage machen.

Die letzten Jahre geben Zeugnis von der enormen Vielseitigkeit der Science Fiction – die so groß ist, daß der eine Flügel den anderen oft nicht mehr als zur selben Sache gehörend erkennt.

Mein Glaube ist, daß diese Diversifikation sich noch steigern wird, auf der einen Seite mit Comics, dem Flimmern des Bildschirms und Dayglos Postern von Mittelerde; auf der anderen Seite mit der Art Literatur der Extreme, wie sie von so individuellen Männern wie Samuel Beckett, William Burroughs, Lawrence Durrell, Anthony Burgess u. a. praktiziert wird. Dazwischen wird es noch eine Menge Platz geben, einige Gebiete werden kommerziell nutzbar sein, einige kreativ.

Davon ausgehend, kann man feststellen, daß das SF-Feld eine Ausdehnung erleben wird – oder schon erlebt –, wie die allgemeine Literatur sie schon hinter sich hat, mit hochliterarischen Romanen und weniger literarischen Werken und allem, was dazwischen liegt. Und wie immer wird das, was genuin neu ist, mit Mißtrauen empfangen werden, bevor es sich durchgesetzt hat. Die Intensivierung von SF-Studien-Kursen wird die Tendenz zur Verbreiterung des Genres noch steigern. (Universitäts-Kurse in SF, von Mark Hillegas und Leon Stover in den USA und von Philip Strick und Peter Nicholls in England begründet, sind heute allgemein verbreitet.)

Die Tage, als jemand sich wünschte – oder wünschen konnte –, alles, was erschien, zu lesen, sind wahrscheinlich für immer vorbei. Was das Lesen angeht, ist mehr als genug besser als weniger als genug. Die Ausdehnung hat eben ihre Vor- und Nachteile.

Im Augenblick sind die Hauptpreise, die für das Genre verliehen werden, wie der Hugo und der Nebula Award (von der SFWA) und der neue Europa, Preise für Popularität oder bemerkenswerte Neuheiten. Früher oder später wird der Prix Goncourts des Feldes auftauchen, der Werken, die eine wirklich genuine Schöpfung darstellen, verliehen wird. Wir hoffen, daß der neue John W. Campbell Memorial Award ein Schritt in diese Richtung ist. Die Akademia und die Mittelklasse wenden sich der SF[8] zu und werden Ordnung in das Chaos bringen.

Obwohl die Hilfe beim Erschaffen dieser Ordnung einer der Vorsätze dieses Buches ist, verbeugt sich sein Autor mit tiefster Zuneigung vor dem Chaos der Vergangenheit.

BIBLIOGRAPHIE

I. ENGLISCHSPRACHIGE SEKUNDÄRLITERATUR

Die folgenden Bücher und Monographien wurden vom Autor in erster Linie als Quellen herangezogen. Aufgeführt sind nur Werke, die sich mit Autoren des SF-Bereiches befassen. Andere Quellen sind in den Anmerkungen zu den jeweiligen Kapiteln aufgeführt.

Allen, Dick (Hrsg.). *Science Fiction: The Future,* New York, 1971.

Amis, Kingsley. *New Maps of Hell,* 1961.

Armytage, W. H. G. *Yesterday's Tomorrows: A Historical Survey of Future Societies,* 1968.

Atheling, William, Jr. *The Issue at Hand: Studies in Contemporary Magazine Science Fiction,* Chicago, 1964.

– *More Issues at Hand: Critical Studies in Contemporary Science Fiction, Chicago, 1970.*

Atkins, John. Tomorrow Revealed, 1955.

Bailey, J. O. *Pilgrims Through Space and Time: Trends and Patterns in Scientific and Utopian Fiction,* New York, 1947.

Bergonzi, Bernard. *The Early H. G. Wells: A Study of the Scientific Romances,* Manchester, 1961.

Bloch, Robert. *The Eighth Stage of Fandom: Selections from 25 Years of Fan Writing,* Chicago, 1962.

Bretnor, Reginald (Hrsg.). *Modern Science Science Fiction: Its Meaning and Its Future,* New York, 1953.

Chesneaux, Jean. *The Political and Social Ideas of Jules Verne,* 1972.

Churchill, R. C. *A Short History of the Future,* 1955.

Clareson, Thomas D. (Hrsg.), *SF: The Other Side of Realism: Essays on Modern Fantasy and Science Fiction,* Ohio, 1971.

Clarke, I. F. (Zusammengestellt von). *The Tale of the Future: From the Beginning to the Present Day: A Check-list,* 1961.

– *Voices Prophesying War, 1763–1984,* 1966.

Cohen, John, *Human Robots in Myth and Science,* 1966.

Davenport, Basil; Heinlein, Robert A.; Kornbluth, C. M.; Bester,

Alfred; Bloch, Robert. *The Science Fiction Novel: Imagination and Social Criticism,* Chicago, 1964.

Derleth, August. *Thirty Years of Arkham House 1939–1969: A History and Bibliography,* Sauk City, Wisconsin, 1970.

Ellik, Ron, and Evans, Bill. *The Universes of E. E. Smith,* Chicago, 1966.

Eshback, Lloyd Arthur (Hrsg.). *Of Worlds Beyond: The Science of Science Fiction Writing,* 1965.

Evans, I. O. *Jules Verne: Master of Science Fiction,* 1956.

Franklin, H. Bruce. *Future Perfect: American Science Fiction of the Nineteenth Century,* New York, 1966.

Green, Roger Lancelyn. *Into Other Worlds: Space-Flight in Fiction, from Lucian to Lewis,* 1957.

Harbottle, Philip (Gesammelt von). *The Multi-Man: A Biographic and Bibliographic Study of John Russell Fearn.* Privately printed, 1968.

Harrison, Harry (Hrsg.). *The Light Fantastic: Science Fiction Classics from the Mainstream,* New York, 1971.

Hillegas, Mark R. *The Future as Nightmare: H. G. Wells and the Anti-utopians,* New York, 1967.

Kagarlitski, Julius. *The Life and Thought of H. G. Wells.* 1966.

Knight, Damon. *In Search of Wonder: Essays on Modern Science Fiction,* Chicago, 1956. Revised edition, 1967.

Leighton, Peter. *Moon Travellers: A Dream That Is Becoming a Reality,* 1960.

Lewinsohn, Richard. *Prophets and Predictions: The History of Prophecy from Babylon to Wall Street,* 1961.

Lewis, C. S. *Of Other Worlds: Essays and Stories,* 1966.

Lundwall, Sam J. *Science Fiction: What It's All About,* New York, 1971.

Lupoff, Richard A. *Edgar Rice Burroughs: Master of Adventure,* New York, 1965.

Meadows, A. J. *The High Firmament: A Survey of Astronomy in English Literature,* Leicester, 1969.

Moore, Patrick. *Science and Fiction,* 1957.

Moskowitz, Sam. *Explorers of the Infinite: Shapers of Science Fiction,* Cleveland and New York, N. D.

– *Seekers of Tomorrow: Masters of Modern Science Fiction,* New York, 1967.

– (Hrsg.) *Under the Moons of Mars: A History and Anthology of »The Scientific Romance« in the Munsey Magazines, 1912–1920,* New York, 1970.

Nicolson, Marjorie Hope. *Voyages to the Moon,* New York, 1949. Paper, 1960.

Panshin, Alexei. *Heinlein in Dimension: A Critical Analysis,* Chicago, 1968.

Philmus, Robert M. *Into the Unknown: The Evolution of Science Fiction from Francis Godwin to H. G. Wells,* Berkeley and Los Angeles, 1970.

Praz, Mario. *The Romantic Agony,* Second Edition, 1970.

Rogers, Alva. *A Requiem for Astounding,* Chicago, 1964.

Rose, Lois and Stephen. *The Shattered Ring: Science Fiction and the Quest for Meaning,* 1970.

Silverberg, Robert (Hrsg.). *The Mirror of Infinity: A Critic's Anthology of Science Fiction,* New York, 1970.

Stella Nova, The Contemporary Science Fiction Authors, Los Angeles, Limited Edition, 1970.

Summers, Montague. *The Gothic Quest: A History of the Gothic Novel,* 1968.

Trout, Kilgore (Gesammelt von). *SF-1: A Selective Bibliography,* New York, 1971.

Walsh, Chad. *From Utopia to Nightmare,* 1962.

Wollheim, Donald A. *The Universe Makers: Science Fiction Today,* 1972.

Die unbezahlbaren Indizes:

Index to the Science-Fiction Magazines, 1926–1950, zusammengestellt und herausgebracht von Donald B. Day, Portland, Oregon, 1952.

Index to the S-F Magazines, 1951–1965, zusammengestellt von Erwin S. Strauss, MIT Science Fiction Society, Cambridge, Massachusetts, 1966.

Index to the Science-Fiction Magazines, 1966–1970, New England Science Fiction Association, West Hanover, Massachusetts, 1971.

The Complete Checklist of Science-Fiction Magazines, herausgegeben von Bradford M. Day, New York, 1961.

Und die ebenfalls unbezahlbaren Amateur-Magazine, auch Fanzines genannt. Besonders wurden vom Autor herangezogen:

Extrapolation, herausgegeben von Thomas Clareson.
Riverside Quarterly, herausgegeben von Leland Sapiro.
SF Commentary, herausgegeben von Bruce Gillespie.
Speculation, herausgegeben von Peter Weston.

II. DEUTSCHE AUSGABEN DER BESPROCHENEN LITERATUR

Diese Bibliographie enthält nicht alle angesprochenen Bücher und Stories aus dem SF-Bereich. Insbesondere Veröffentlichungen in Heftform wurden nicht berücksichtigt. Aufgenommen wurde jeweils die neueste greifbare Ausgabe. Nach dem Originaltitel wird jeweils der Übersetzer genannt.

ALDISS, Brian W., Am Vorabend der Ewigkeit (The Long Afternoon of Earth), Walter Ernsting, München 1979.

ALDISS, Brian W., Das Ende aller Tage (Galaxis Like Grains of Sand), Walter Brumm, Rastatt 1980.

ALDISS, Brian W., Fahrt ohne Ende (Star Ship), Wulf Bergner, München 1970.

ASIMOV, Isaac, Die nackte Sonne (The Naked Sun), Jesco von Puttkamer, München 1977.

ASIMOV, Isaac, Der Tausendjahresplan (Foundation), Wulf H. Bergner, München 1966.

ASIMOV, Isaac, Der galaktische General (Foundation and Empire), Wulf H. Bergner, München 1966.

ASIMOV, Isaac, Alle Wege führen nach Trantor (Second Foundation), Wulf H. Bergner, München 1968.

ASIMOV, Isaac, Lunatico (The Gods Themselves), Thomas Schlück, München 1974.

BALLARD, J. G., Karneval der Alligatoren (The Drowned World), Inge Wiskott, Hamburg und Düsseldorf 1972.

BALLARD, J. G., Kristallwelt (The Crystal World), Margarete Bormann, Hamburg und Düsseldorf 1969.

BALLARD, J. G., Der Sturm aus dem Nichts (The Wind from Nowhere), Gisela Stege, München 1969.

BALLARD, J. G., Der unmögliche Mensch (The Impossible Man), Alfred Scholz, Hamburg und Düsseldorf 1971.

BALLARD, J. G., Der vierdimensionale Alptraum (The 4-Dimensional Nightmare), Wolfgang Eisermann, Hamburg und Düsseldorf 1973.

BALLARD, J. G., Welt in Flammen (The Drought) Wulf H. Berner, München 1978.

BECKFORD, William, Die Geschichte des Kalifen Vathek (Vathek), Franz Blei, Berlin 1975.

BELLAMY, Edward, Ein Rückblick aus dem Jahr 2000 (Looking Backward 2000–1887), Clara Zetkin, Frankfurt 1973.

BRACKETT, Leigh, Das Erbe der Marsgötter (The Sword of Rhiannon), Lore Straßl, Rastatt 1978.

BESTER, Alfred, Die Rache des Kosmonauten (The Stars My Destination), Gisela Stege, München 1978.

BESTER, Alfred, Demolition (The Demolished Man), Horst Pukallus, München 1979.

BLISH, James, Der Gewissensfall (A Case of Conscience), Walter Brumm, München 1973.

BLISH, James, Der Hexenmeister (Black Easter), Richard Paul, München 1974.

BLISH, James, Der Tag nach dem Jüngsten Gericht (The Day after Judgement), Birgit Reß-Bohusch, München 1974.

BLISH, James u. KNIGHT, Norman L., Tausend Milliarden glücklicher Menschen (A Torrent of Faces), Helga Wingert-Uhde, Hamburg und Düsseldorf 1969.

BLISH, James, Stadt zwischen den Planeten (Earthman, come home), Tony Westermayr, München 1963.

BLISH, James, Brücke zur Ewigkeit (They Shall Have Stars), Birgit Reß-Bohusch, München 1973.

BLISH, James, Triumph der Zeit (A Clash of Cymbals), Walter Brumm, München 1973.

BRADBURY, Ray, Der illustrierte Mann (The Illustrated Man), Peter Naujack, München 1973.

BRADBURY, Ray, Die Mars-Chroniken (The Martian Chronicles), Thomas Schlück, Hamburg und Düsseldorf 1972.

BROWN, Charles Brockden, Wieland oder Die Verwandlung (Wieland; or The Transformation), Friedrich Polakovics, München 1977.

BULWER-LYTTON, Edward George, Vril oder Eine Menschheit der Zukunft (The Coming Race), G. Wachsmuth, Dormach 1958.

BUTLER, Samuel, Jenseits der Berge (Erewhon), H. E. Herlitschka, Wien 1928.

CAMPBELL, John W. jr., Die tote Sonne (The Black Star Passes), Walter Brumm, München 1975.

CAMPBELL, John W. jr., Der unglaubliche Planet (The Incredible Planet), Otto Schrag, München 1971.
CAMPBELL, John W. jr., Das Ding aus einer anderen Welt (Who Goes There?), Margarete Auer, Berlin-Schöneberg o. J.

ČAPEK, Karel, Die Fabrik des Absoluten (Tovarna na absolutno), Wien und Hamburg 1978.
ČAPEK, Karel, Der Krieg mit den Molchen (Valka s mloky), E. Glaserová, Hamburg 1964.
ČAPEK, Karel, W. U. R. (R. U. R.), O. Pick, Prag und Leipzig 1922.
ČAPEK, Karel, Die Sache Makropoulos (Vec Makropoulos), Bearb. M. Brod, Wien 1927.
ČAPEK, Karel, Krakatit (Krakatit), J. Mader, München 1978.

CARROLL Lewis, Alice im Wunderland (Alice in Wonderlan), Christian Enzensberger, Frankfurt 1974.
CARROLL, Lewis, Alice hinter den Spiegeln (Through the Looking Glass), Christian Enzenberger, Frankfurt 1974.

CHESTERTON, G. K., Der Mann, der Donnerstag war (The Man who Was Thursday), Bernhard Sengfelder, München 1974.

CHILDERS, Erskine, Das Rätsel der Sandbank (The Riddles of the Sands), Hubert Deymann, Zürich 1975.

CLARKE, Arthur C., Die sieben Sonnen (The City and the Stars), Tony Westermayr, München 1962.
CLARKE, Arthur C., Die letzte Generation (Childhood's End), Else von Hollander-Lossow, München 1978².

CLEMENT, Hal, Unternehmen Schwerkraft (Mission of Gravity), Wulf H. Bergner, München 1978.

COLERIDGE, Samuel Taylor, Der alte Seemann und Kubla Khan (The Rime of the Ancient Mariner), Wolfgang Breitwieser, Heidelberg 1959.

DICK, Philip K., Joe von der Milchstraße (Galactic Pot-Healer), Joachim Pente, Frankfurt 1974.
DICK, Philip K., Mozart für Marsianer (Martian Time-Slip), Renate Laux, Frankfurt 1973.
DICK, Philip K., Das Orakel vom Berge (The Man in the High Castle), Heinz Nagel, Bergisch Gladbach 1980.

DICK, Philip K., Träumen Roboter von elektrischen Schafen (Do Androids Dream of Electric Sheep?), Norbert Wölfl, Hamburg und Düsseldorf 1969.
DICK, Philip K., Zehn Jahre nach dem Blitz (The Penultimate Truth), Tony Westermayr, München o. J.

DISCH, Thomas M., Camp Concentration (Camp Concentration), Gertrud Baruch, München 1971.

DOYLE, Conan, Die vergessene Welt (The Professor Challenger Stories – The Lost World), Elisabeth Simon, München 1979.

FARMER, Philip José, Die Liebenden (The Lovers), Jürgen Inhoff, München, Zürich 1978.

GERNSBACK, Hugo, Ralph 124 C 41 + (Ralph 124 C 41 +), Eugen Müller-Frantz, München 1973.

HAGGARD, Henry Rider, Sie (She), H. Degner, Zürich 1970.

HARNESS, Charles L., Die Rose (The Rose), Birgit Reß-Bohusch, München 1971.
HARNESS, Charles L., Todeskandidat Erde (The Ring of Ritornel), Birgit Reß-Bohusch, München 1970.

HARRISON, Harry, Die Todeswelt (Deathworld), Wulf H. Bergner, München 1966.
HARRISON, Harry, Die Sklavenwelt (Deathworld II), Wulf H. Bergner, München 1966.
HARRISON, Harry, Die Barbarenwelt (Deathworld III), Wulf H. Bergner, München 1969.
HARRISON, Harry, New York 1999 (Make Room! Make Room!), Tony Westermayr, München 1969.
HARRISON, Harry, Der Chinger-Krieg (Bill the Galactic Hero), Rosemarie Ott, Bergisch Gladbach 1973.
HARRISON, Harry, Zeitreise in Technicolor (The Technicolor Time Machine), Birgit Reß-Bohusch, München 1979.
HARRISON, Harry, Der große Tunnel (A Transatlantic Tunnel, Hurrah!), Tony Westermayr, München 1972.
HARRISON, Harry, Agenten im Kosmos (The Stainless Steel Rat), Wulf H. Bergner, München 1966.

HEINLEIN, Robert A., Ein Doppelleben im Kosmos (Double Star), Else von Hollander-Lossow, München 1973.
HEINLEIN, Robert A., Ein Mann in einer fremden Welt (Stranger in a Strange Land) Wulf H. Bergner, München 1970.

HEINLEIN, Robert A., Der Rote Planet (Red Planet), Herbert Roch, München 1980.
HEINLEIN, Robert A., Das geschenkte Leben (I Will Fear No Evil), Walter Brumm, München 1973.

HERBERT, Frank, Der Wüstenplanet (Dune), Ronald M. Hahn, München 1978.
HERBERT, Frank, Der Herr des Wüstenplaneten (Dune Messiah), Walter Brumm und Ronald M. Hahn, München 1978.
HERBERT, Frank, Die Kinder des Wüstenplaneten (Children of Dune), Ronald M. Hahn, München 1978.
HERBERT, Frank, Die Leute von Santaroga (The Santaroga-Barrier), Birgit Reß-Bohusch, München 1980.

HOLBERG, Ludwig, Niels Klims unterirdische Reise, Hamburg 1970.

HODGSON, William Hope, Das Haus an der Grenze (The House on the Borderland u. a. Erzählungen), Traude Dienl, Frankfurt 1973.

HUXLEY, Aldous, Schöne neue Welt (Brave New World), H. E. Herlitschka, Frankfurt 1953.
HUXLEY, Aldous, Nach vielen Sommern (After Many A Summer), H. E. Herlitschka, München 1954.
HUXLEY, Aldous, Affe und Wesen (Ape and Essence), H. E. Herlitschka, München 1959.

JEFREMOW, Iwan, Das Mädchen aus dem All, Heinz Lorenz und Dieter Pommerenke, Berlin 1971.

KAFKA, Franz, Sämtliche Erzählungen, Frankfurt 1971
KAFKA, Franz, Das Schloß, Frankfurt 1968.

KORNBLUTH, C. M., Schwarze Dynastie (The Syndic), Leni Sobez, Rastatt 1974 (siehe auch unter POHL)

KUTTNER, Henry, siehe Lewis PADGETT

LASSWITZ, Kurd, Auf zwei Planeten, Frankfurt 1979.

LE FANU, Sheridan, Onkel Silas oder Das verhängnisvolle Erbe (Uncle Silas), Michael Krüger, München 1972.

LE GUIN, Ursula K., Winterplanet (The Left Hand of Darkness), Gisela Stege, München 1974.
LE GUIN, Ursula K., Die Geißel des Himmels (The Lathe of Heaven), Birgit Reß-Bohusch, München 1974.

LE QUEUX, William, »Das Geheimnis der Fuchsjagd« in Greene, Hugh, Die Rivalen des Sherlock Holmes (The Rivals of Sherlock Holmes), Hamburg und Düsseldorf 1971.

LEIBER, Fritz, Wanderer im Universum (The Wanderer), Thomas Schlück, München 1979.

LEM, Stanislaw, Solaris (Solaris), I. Zimmermann-Göllheim, Hamburg und Düsseldorf 1972.

LINDSAY, David, Die Reise zum Arcturus (A Voyage to Arcturus), Walter Brumm, München 1975.

LEWIS, Clive Staples, Jenseits des schweigenden Sterns (Out of the Silent Planet), Walter Brumm, München 1976.

LEWIS, Clive Staples, Perelandra (Perelandra), Walter Brumm, München 1976.

LEWIS, Clive Staples, Die böse Macht (That Hideous Strength), Walter Brumm, München 1977.

LONDON, Jack, Die eiserne Ferse (The Iron Heel), E. Magnus, München 1978.

LONDON, Jack, Die Zwangsjacke (The Star Rover), Erwin Magnus, München 1979.

LOVECRAFT, Howard Phillips, Cthulhu – Geistergeschichten (Story-Sammlung), H. C. Artmann, Frankfurt 1972.

LOVECRAFT, Howard Phillips, »Dagon« (Dagon) und »Herbert West – der Wiedererwecker« (Herbert West – Reanimator) in: Stadt ohne Namen, C. von Klinckowstroem, Frankfurt 1973.

MAC DONALD, George, Lilith (Lilith), Uwe Herms, Stuttgart 1977.

MALZBERG, Barry N., Das Venus-Trauma (Beyond Apollo), Michael Kubiak, Bergisch Gladbach 1975.

MANNING, Laurence, Der Jahrtausendschläfer (The Man Who Awoke), Walter Brumm, München 1977.

MATHESON, Richard, Ich, der letzte Mensch (I am Legend), Werner Gronwald, München 1970.

MERRITT, Abraham, Der Mondsee (The Moon Pool), Bernd Holzrichter, München 1978.

MERRITT, Abraham, Die Königin der Schatten (Creep, Shadow Creep!), Annegret Groß-Hermanns, Rastatt 1978.
MERRITT, Abraham, Königin im Schattenreich (Dwellers in the Mirage [Teil I]), Lore Straßl, Rastatt 1978.
MERRITT, Abraham, Die Höhle des Kraken (Dwellers in the Mirage [Teil 2]), Lore Straßl, Rastatt 1978.
MERRITT, Abraham, Schiff der Ischtar (The Ship of Ishtar [Teil 1]), Lore Straßl, Rastatt 1977.
MERRITT, Abraham, König der zwei Tode (The Ship of Ishtar [Teil 2]), Lore Straßl, Rastatt, 1977.
MILLER, Walter M. jr., Lobgesang auf Leibowitz (A Canticle for Leibowitz), Jürgen Saupe und Erev, München 1979.

MOORCOCK, Michael, Elric von Melniboné (Elric of Melnibone), Thomas Schlück, München 1979.
MOORCOCK, Michael, Miss. Brunners letztes Programm (The Final Programme), München 1973.

MORRIS, William, Kunde von Nirgendwo (News from Nowhere), Köln 1974.

NERVAL, Gérard de, Aurelia oder der Traum und das Leben, Hedwig Kubin, Berlin 1979.

ORWELL, Georg, 1984 (Nineteen Eighty-Four), Kurt Wagenseil, Berlin 1979.

PADGETT, Lewis, d. i. KUTTNER, Henry, Die Mutanten (Mutant/ Humpty Dumpty), Wulf H. Bergner, München 1966.

POE, Edgar Allan, Das gesamte Werk in zehn Bänden, Arno Schmidt und Hans Wollschläger, Olten 1966.

POHL, Frederik/KORNBLUTH, C. M., Die letzte Antwort (Search the Sky), Fritz Steinberg, München 1972.
POHL, Frederik/KORNBLUTH, C. M., Eine Handvoll Venus und ehrbare Kaufleute (The Space Merchants), Helga Wingert-Uhde, Hamburg und Düsseldorf 1971.
POHL, Frederik/KORNBLUTH, C. M., Welt auf neuen Bahnen (Wolfbane), Tony Westermayr, München 1972.

ROBERTS, Keith, Die folgenschwere Ermordung Ihrer Majestät Königin Elisabeth I. (Pavane), Thomas Schlück, München 1977.

ROBIDA, Albert, Luftschlösser der Belle Epoque, Dortmund 1979.

RUSSELL, Eric Frank, Menschen, Marsianer und Maschinen (Men, Martians and Machines), Walter Brumm, München 1968.
RUSSELL, Eric Frank, Die große Explosion (The Great Explosion), Gisela Stege, München 1965.

SAMJATIN, Jewgenij, Wir (MY), Gisela Drohla, München 1970.

SHECKLEY, Robert, Planet der Verbrecher (The Status Civilisation), Charlotte Winheller, München 1963.

SHELLEY, Mary Wollstonecraft, Frankenstein oder Der neue Prometheus (Frankenstein or The Modern Prometheus), Friedrich Polakovics, München 1970.
SHELLEY, Mary Wollstonecraft, »Die Verwandlung« (The Transformation) in: Die Damen des Bösen (The Gentlewomen of Evil), hrsg. v. Peter Haining, Inge Wiskott, Stuttgart 1969.

SILVERBERG, Robert, Es stirbt in mir (Dying Inside), Gisela Stege, München 1975.

SIMAK, Clifford, Als es noch Menschen gab (City), Tony Westermayr, München 1978[2].

SMITH, Cordwainer, »Die Frau, die in der Seele segelte« (The Lady who sailed the Soul) u. a. Stories in: ders. Sternenträumer, Rudolf Hermstein, Frankfurt 1975.

SMITH, Edward E., Die Abenteuer der Skylark (The Skylark of Space), Thomas Schlück, München 1976.
SMITH, Edward E., Die Planetenbasis (Triplanetary), Thomas Schlück, München 1969.
SMITH, Edward E., Die ersten Lensmen (The First Lensmen), Thomas Schlück, München 1969.
SMITH, Edward E., Galaktische Patrouille (Galactic Patrol), Thomas Schlück, München 1969.
SMITH, Edward E., Die grauen Herrscher (Gray Lensmen), Thomas Schlück, München 1969.
SMITH, Edward E., Das zweite Imperium (Second Stage Lensmen), Thomas Schlück, München 1969.
SMITH, Edward E., Das Erbe der Lens (Children of the Lens), Thomas Schlück, München 1969.

STAPLEDON, Olaf, Die Insel der Mutanten (Odd John), Walter Brumm, München 1977.

STAPLEDON, Olaf, Der Sternenmacher (Star Maker), Thomas Schlück, München 1969.

STAPLEDON, Olaf, Sirius (Sirius), Ilse Pauli, München 1975.

STEVENSON, Robert L., »Der seltsame Fall des Dr. Jekyll und Mr. Hyde«, in ders., Der Selbstmörderklub – Gesammelte Erzählungen, München 1976.

STEWART, George R., Leben ohne Ende (Earth Abides), Ernst Sander, München 1966.

STURGEON, Theodore, Die neue Macht der Welt (More than Human), Walter Brumm, München 1970.

TENN, William, »Unter Toten« (Down among the Dead Men), in ders., Mögliche Welten (Of all Possible Worlds), Heinz Nagel, München 1973.

TOLKIEN, J. R. R., Der Herr der Ringe (The Lord of the Rings), 3 Bände, Margaret Carroux, Stuttgart 1972.

VERNE, Jules, Reise durch das Sonnensystem (Hector Servadac), Lothar Baier, Frankfurt 1967.

VAN VOGT, A. E., Das unheimliche Raumschiff (Rogue Ship), Wulf H. Bergner, München 1966.

VAN VOGT, A. E., Die Waffenhändler von Isher (The Weapon Shops of Isher), Wulf H. Bergner, München 1967.

VAN VOGT, A. E., Welt der Null – A (World of Null – A), Walter Brumm, München 1968.

VAN VOGT, A. E., Slan (Slan), Wulf H. Bergner, München 1967.

VILLIERS DE L'ISLE-ADAM, Philippe-Auguste, Die Eva der Zukunft (L'Eve future), A. Kolb, München 1972.

VILLIERS DE L'ISLE-ADAM, Philippe-Auguste, Grausame Geschichten (Contes Cruels), E. Sander, München 1972.

VONNEGUT, Kurt, Gott segne Sie, Mr. Rosewater (God bless you, Mr. Rosewater), Joachim Seyppel, Hamburg 1974.

VONNEGUT, Kurt, Schlachthof 5 (The Children's Crusade), Kurt Wagenseil, Hamburg 1972.

WELLS, H. G., Die Insel des Dr. Moreau (The Island of Doctor Moreau), Paul Felix Greve, München 1980.

WELLS, H. G., Der Krieg der Welten (The War of the Worlds), G. A. Crüwell u. Claudia Schmölders, Zürich 1974.

WELLS, H. G., Stern der Vernichtung (Best Stories of H. G. Wells), Werner Kortwich, München 1964.

WELLS, H. G., Wenn der Schläfer erwacht (When the Sleeper Wakes), Ida Koch-Loepringen, Wien 1977.

WELLS, H. G., Die Zeitmaschine (The Time Machine, An Invention), Peter Naujack, Zürich 1974.

WILLIAMSON, Jack, Geschöpfe der Finsternis (Darker Than You Think), Leni Sobez, Berlin 1979.

WILLIAMSON, Jack, Wing 4 (The Humanoids), Otto Schrag, München o. J.

WYLIE/BALMER, Wenn Welten zusammenstoßen (When Worlds Collide), Else von Hollander-Lossow, Berlin-Schöneberg 1970

WYLIE/BALMER, Auf dem neuen Planeten (After Worlds Collide), Else von Hollander-Lossow, Berlin-Schöneberg, 1970.

WYLIE, Philip, Das große Verschwinden (The Disappearance), Walter Brumm, München 1969.

WYNDHAM, John, Ärger mit der Unsterblichkeit (Trouble with Lichen), Brigitte Kraus, München 1970.

WYNDHAM, John, Die Reise zum Mars (Stowaway to Mars), Angelika Deutsch, München 1973.

WYNDHAM, John, Kolonie im Meer (The Kraken Wakes), Lothar Heineke, München 1962.

WYNDHAM, John, Wem gehört die Erde? (The Chrysalids), Tony Westermayr, München 1961.

WYNDHAM, John, Die Triffids (The Day of the Triffids), Hubert Greifeneder, München 1973.

WYNDHAM, John, Das versteckte Volk (The Secret People), Angelika Deutsch, München 1973.

WYNDHAM, John, Es geschah am Tage X . . . (The Midwich Cukkoos), Gisela Stege, München 1965.

ZELAZNY, Roger, Fluch der Unsterblichkeit (This Immortal), Roland Fleißner, Hamburg und Düsseldorf 1973.

ZOLINE, Pamela, »Der Wärmetod des Universums« (The Heat Death of the Universe), in »Koitus 80«, hrsg. von F. R. Scheck, Rolf Eckart John und Frank Rainer Scheck, Köln und Berlin 1970.

Index